江戸見立本の研究

小林ふみ子／鹿倉秀典／延広真治／広部俊也
松田高行／山本陽史／和田博通
編著

汲古書院

はじめに

火事が江戸の華であった往時、ゆかりの人々は提灯を持って火事見舞いに駆けつけた。提灯を持たない八五郎もつい周囲に釣り込まれ、「八五郎でございます」と差し出したのが何と斬られた自分の首。これは見立て落ちの典型と言われる落語「首提灯」のサゲであるが、このように常識的に似ていないと判断されているもの同士の類似性に気付き興がる時、その人は「見立て」の面白さを発見したことになる。

この「見立て」は『万葉集』以来、受け継がれて来た表現の一形式で、殊に太平を謳歌した江戸時代に発達を見、遂に世界に比類ない作品群を生み出した。そこで同好の士と味読の喜びを分かち合おうと、数多の作品中より選んだのが『狂文宝合記』。幸い平成十一年度科学研究費補助金「研究成果公開促進費」の交付を受け、翌年二月、汲古書院より「『狂文宝合記』の研究」として上梓を見た。とは言え、「見立て」の面白さを存分に発揮する作品に事欠かないのが、江戸文学の懐ろの深いところ。再び繙読の楽しみを共有したいと、『狂文宝合記』とは肌合いを異にする四作を選んだのが本書で、影印・翻刻・注釈を兼備する。つまり烏亭焉馬『甚孝記』（安永九年刊、一七八〇）、万象亭『絵本見立仮譬尽』（天明二年刊、一七八二）、岸田杜芳『通流小謡万八百番』（同四年刊）、山東京伝『初衣抄（百人一首和歌始衣抄）』（同七年刊）でいずれも秀逸と言うを憚らない。

次に右の四作を取り上げるに至った経緯を略記しよう。昭和五十七年、広部俊也・松田高行・山本陽史・和田博通の四名が黄表紙研究会を結成、後に小林ふみ子・鹿倉秀典の参加を見、月一回集まり研鑽を重ね今日を迎えた。四作中もっとも長期にわたるのは『初衣抄』で、昭和五十六年、広部・松田・山本の三名を中心とする東京大学文学部の自主ゼミナールで読み始めて以来、実に二十五年を閲みしており感慨なきを得ない。また書名も山本陽史の命名により、「見立本」のいわば初出の用例となる。その来由を忖度すればこうでもあろうか。「本書所収の四作は、既存の実用書の器に相応しからぬ内容を盛った作品群で、擬え本などと称うべきところ、通行の『見立絵本』を生かしつつ、必ずしも挿絵を伴っていないので仮に称して見立本と」。

『風流見立模様』など、共有財産としたい作品はまだまだ多い。ことに視覚に訴える見立て絵本は、外国の人々にも受け容れられ易く、日本文化の普及に資すると思われる。本書の続篇の公刊を、共著者の一人として切望するとともに、前書の序文の結びを再述せざるを得ないことを御許し頂きたい。

「ただ残念ながら、完璧とは言い難い。各位に御海恕を乞うとともに、お気付きの点を御面倒ながら御指摘頂きたい。そして本書をお育て頂きたい。この事を幾重にも冀って序に代える」。

なお出版に際しては、平成十七年度日本学術振興会科学研究費補助金「研究成果公開促進費」の交付を辱うした。記して感謝する。

平成十七年十一月三日

延広　真治

目次

絵本見立仮譬尽

初衣抄

江戸見立本の研究

甚孝記

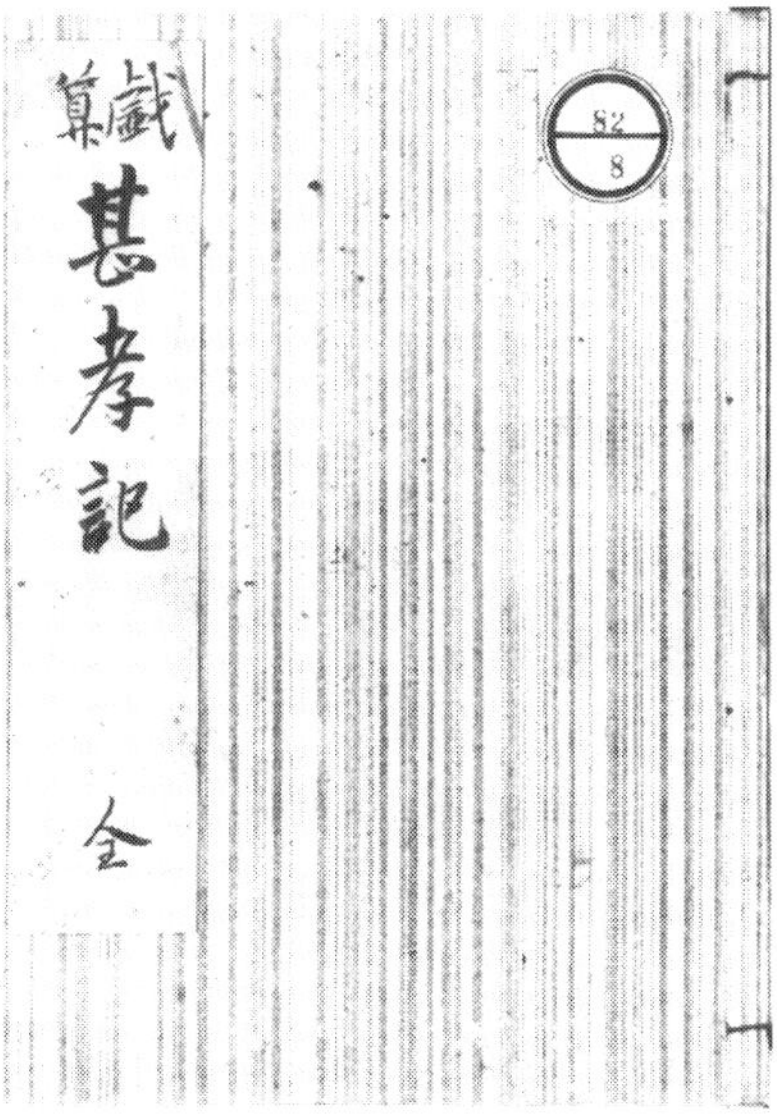

凡例

○翻刻

一、上段と下段の内容は直接には関係のないこと、丁移りが一致しないことなどから、まず下段を通して示し、上段はまとめて後にまわした。上・下段にまたがる項目は、下段のみの項目と同じ扱いとした。

一、各項目に漢数字の整理番号を付した。

一、本文の行移りは、底本に従わなかった。ただし、意味のある改行については、その体裁を再現した。

一、本文中の漢字は、概ね通行の字体に改めた。

一、本文中の平仮名・片仮名は、全て現行の字体に統一し、合字はひらいた。

一、振仮名は底本通りであるが、その位置を改めた場合もある。

一、読解の便宜をはかり適宜濁点・半濁点を施した。

一、反復記号は原則として底本に従ったが、漢字一字の反復記号は「々」に改めた。

一、読解の便宜をはかり適宜句読点を施した。

一、本文の丁替りは、その丁の表および裏の末尾の文字の次に（　）を付してあらわした。その際、底本の丁付を用い、慣例に従ってその表裏をそれぞれ片仮名で示した。

○註釈

一、本文の一まとまりの内容の後に、項目ごとに「・」の記号を冒頭に置き、註釈を施した。

一、全体の趣向、『塵劫記』の項目との関係等は、「※」の記号を冒頭に置いて解説を加えた。

一、語註の見出しに適宜（　）に入れて漢字を示し、解釈の助けとした。

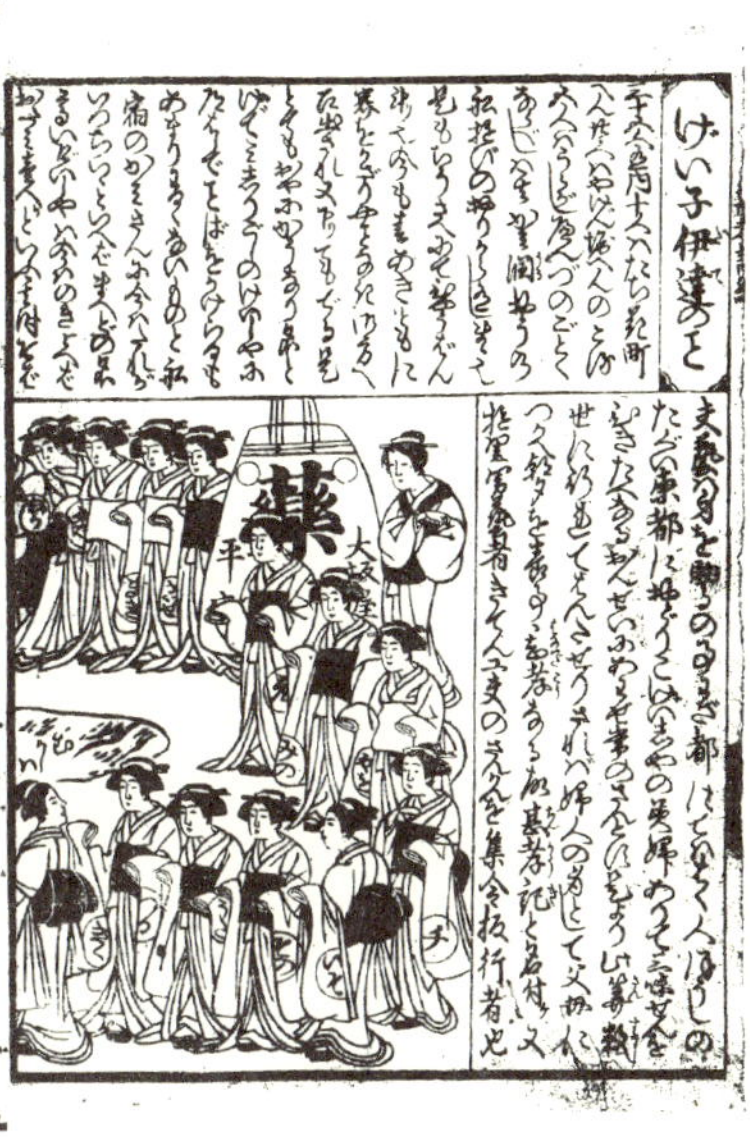

丁付なしウ

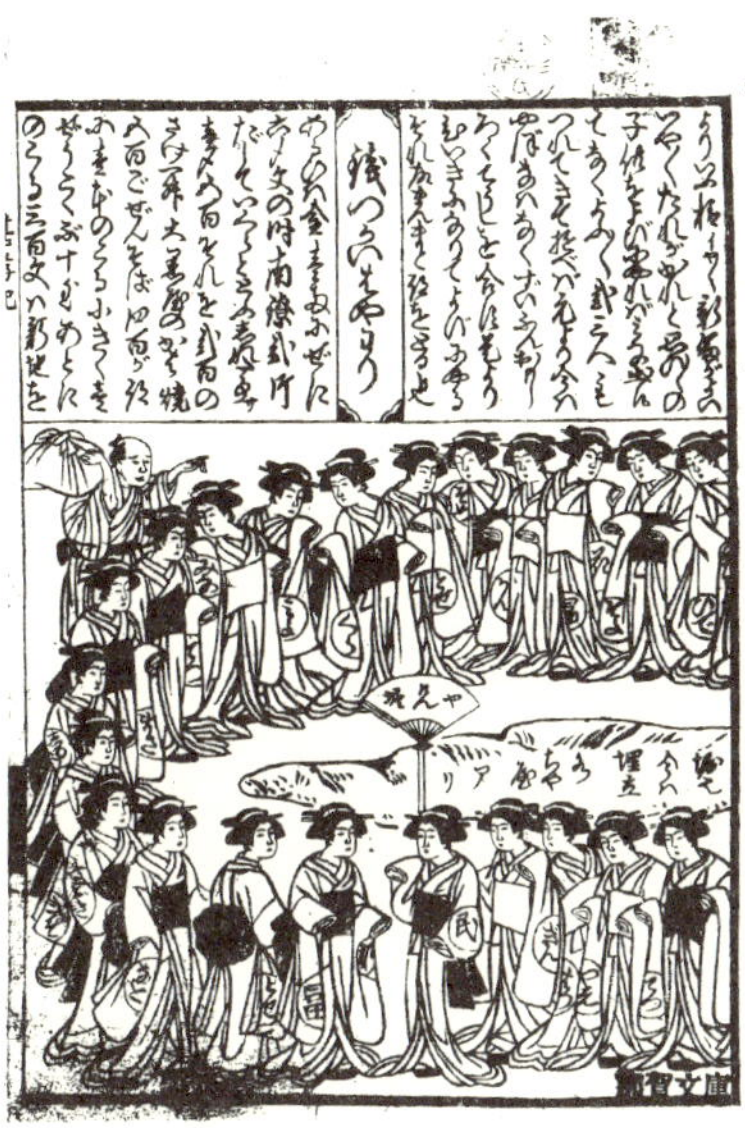

一オ

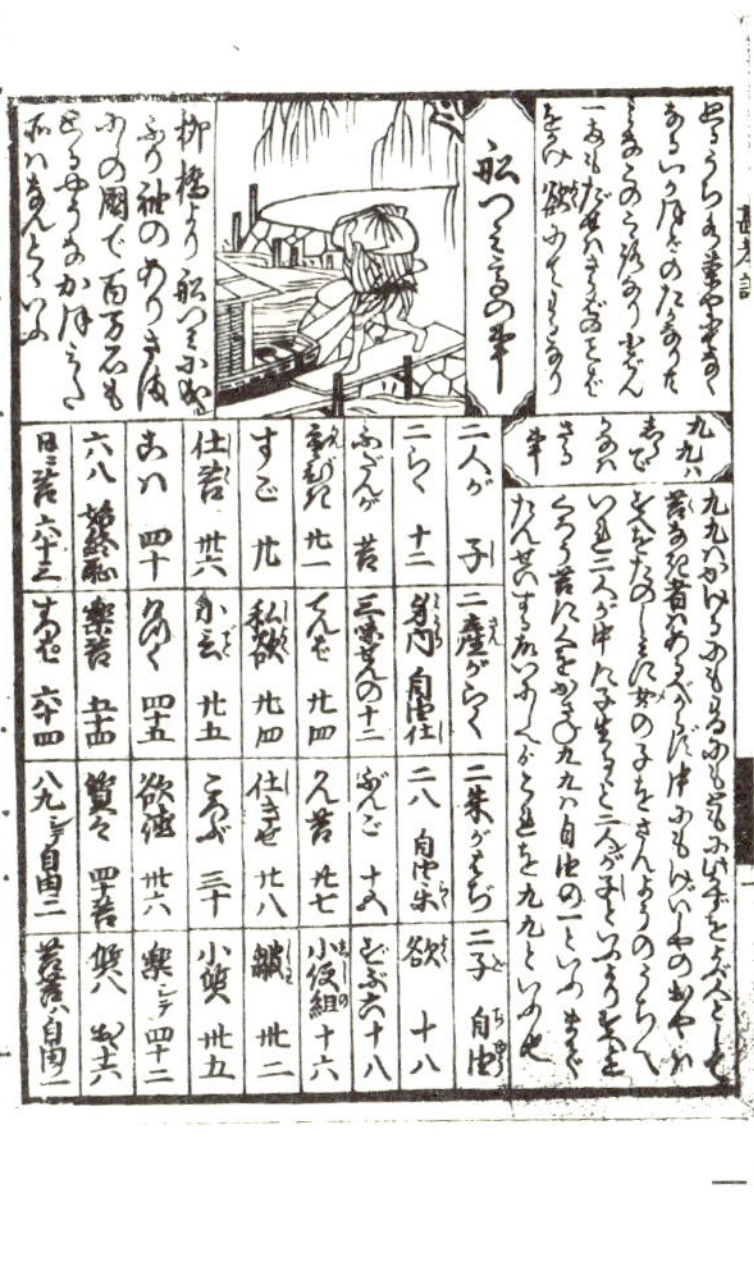

一ウ

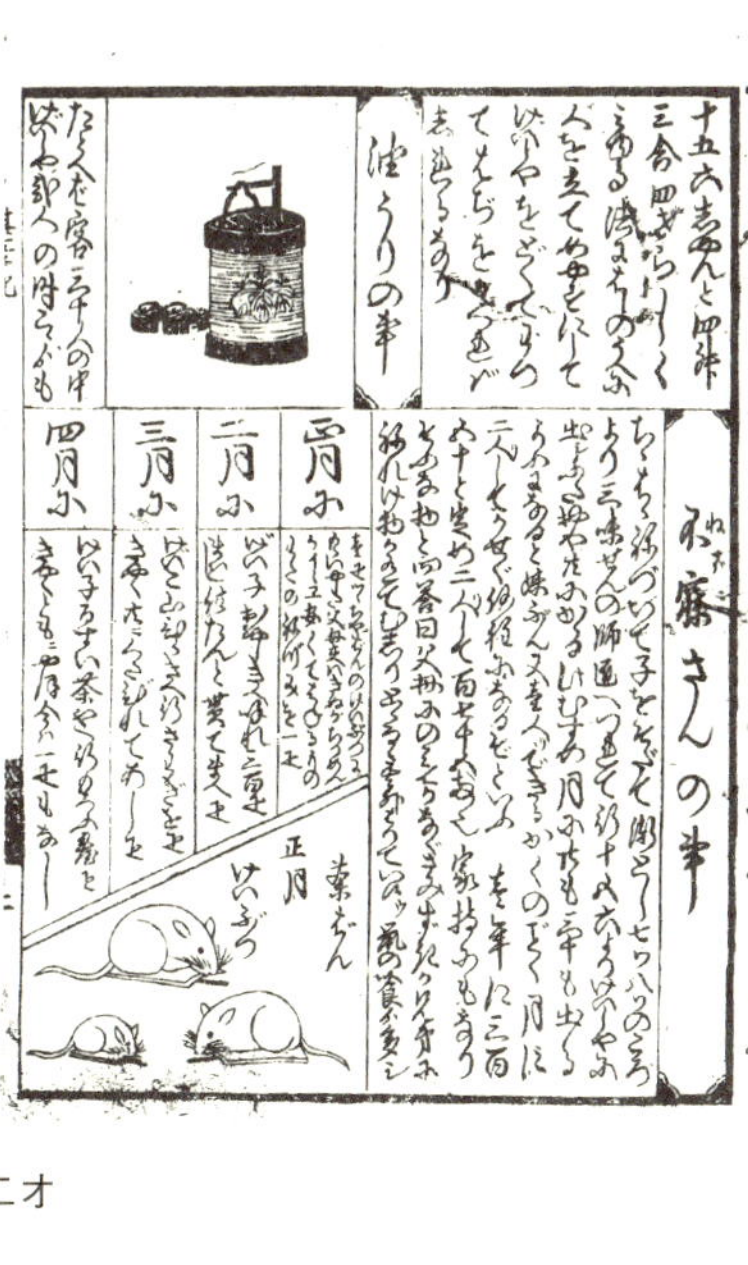

二オ

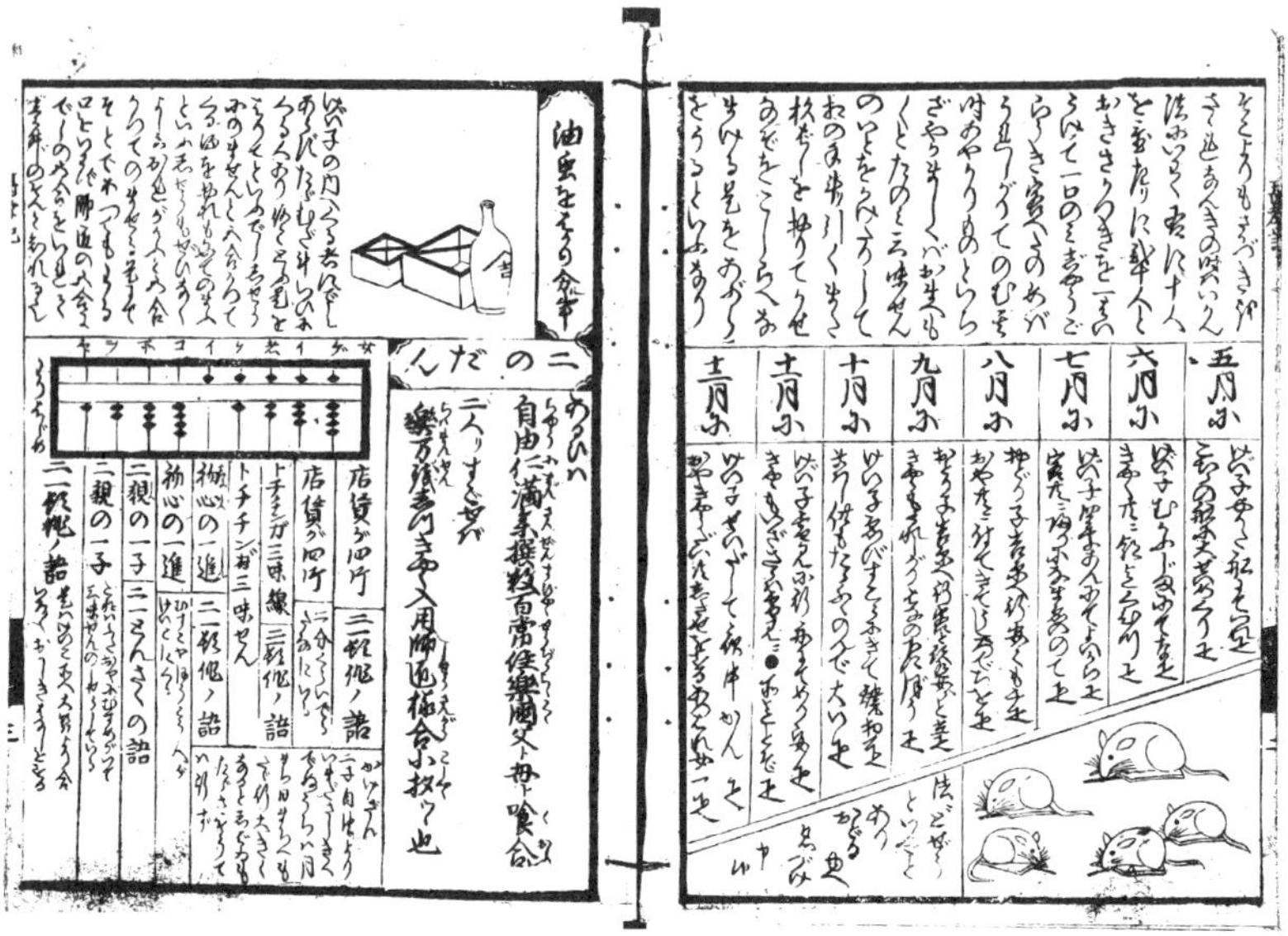

三オ　　　　ニウ

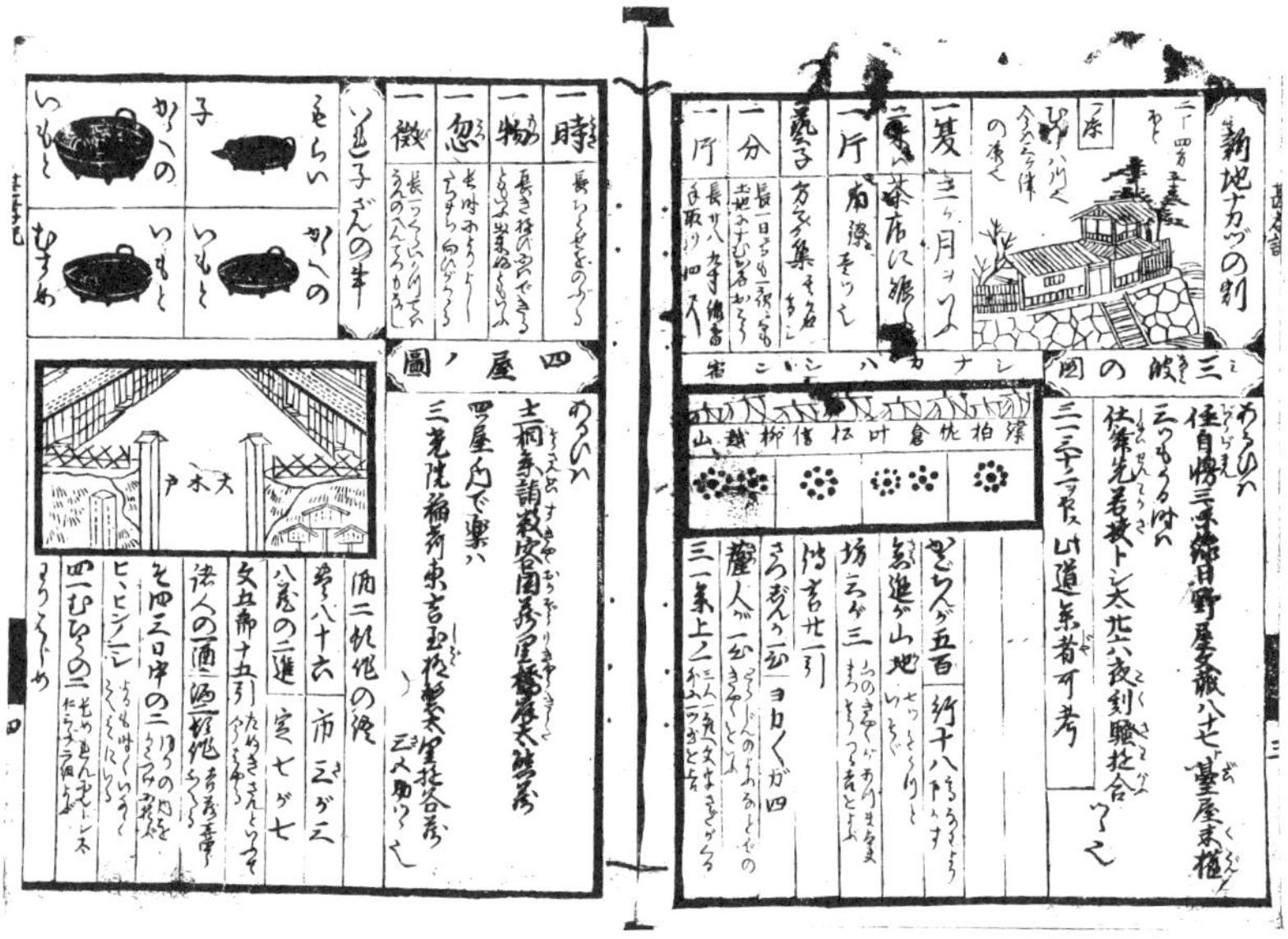

四オ　　　　三ウ

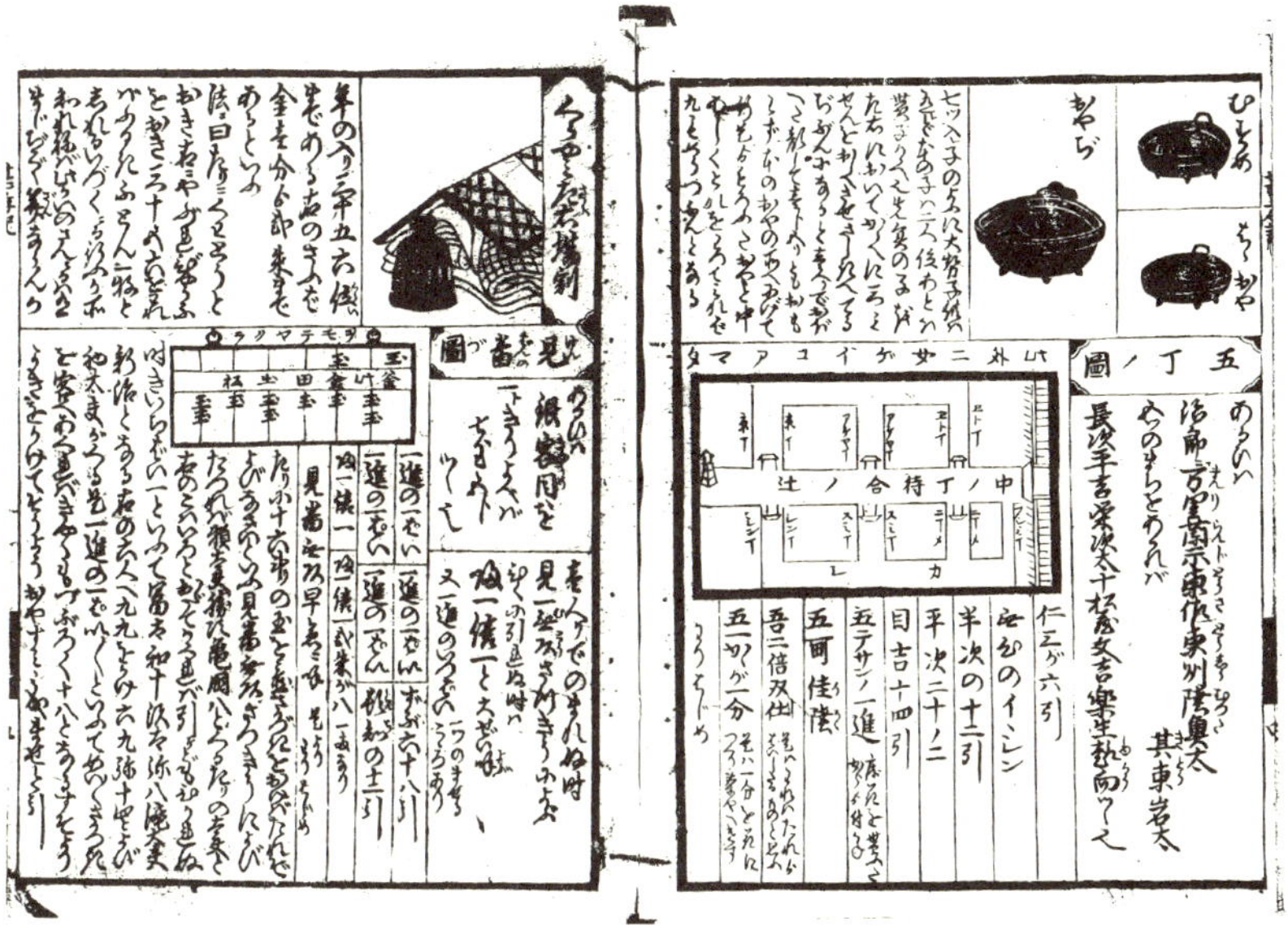

五オ　　四ウ

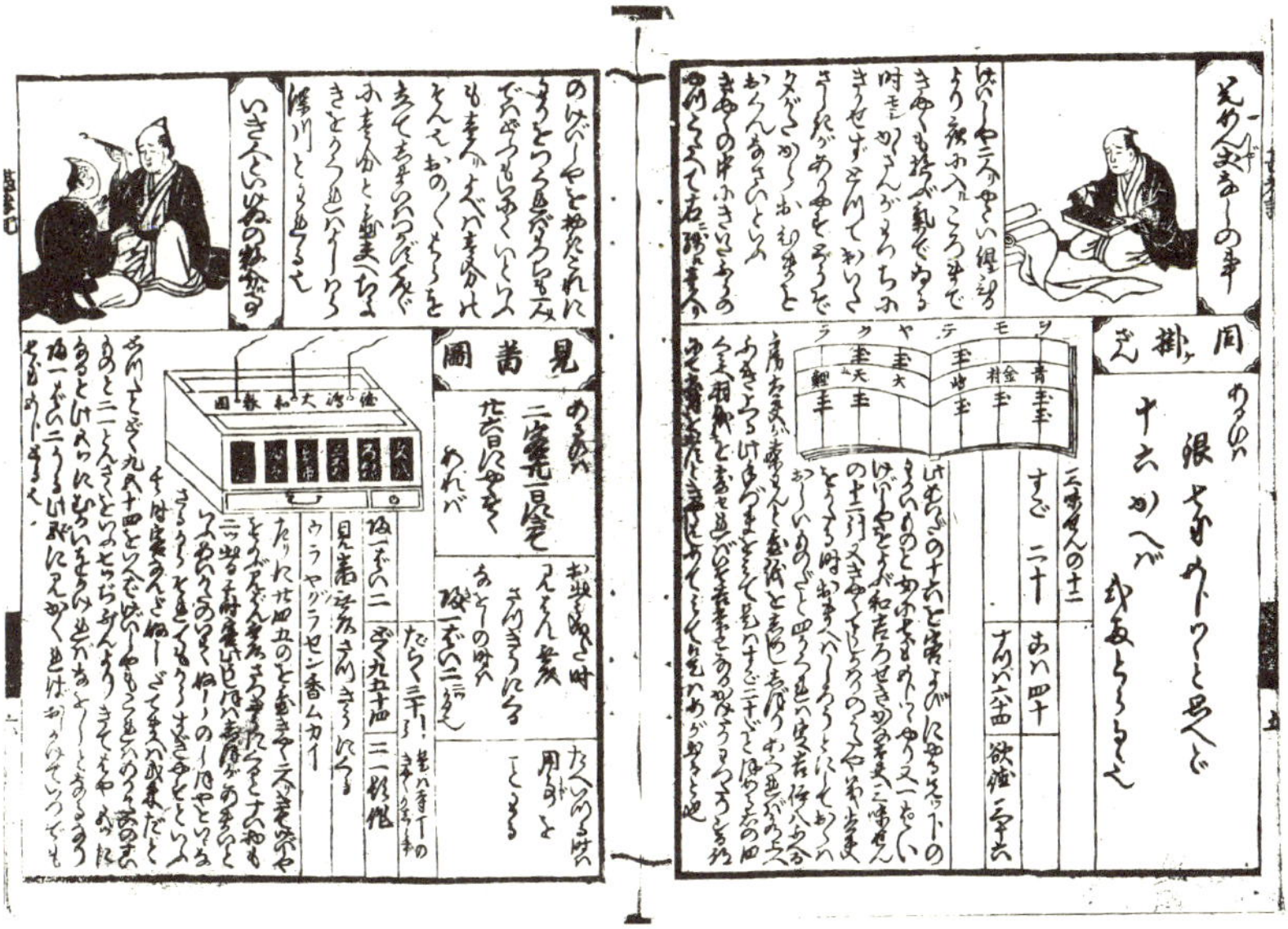

六オ　　五ウ

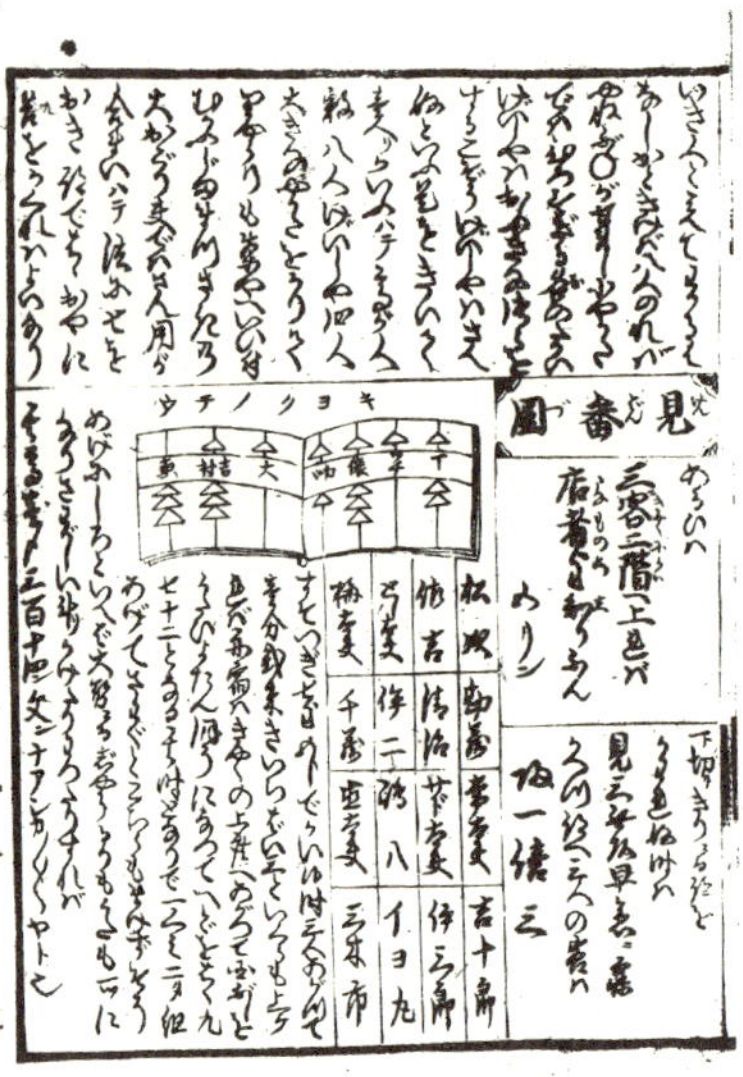

六ウ

七オ

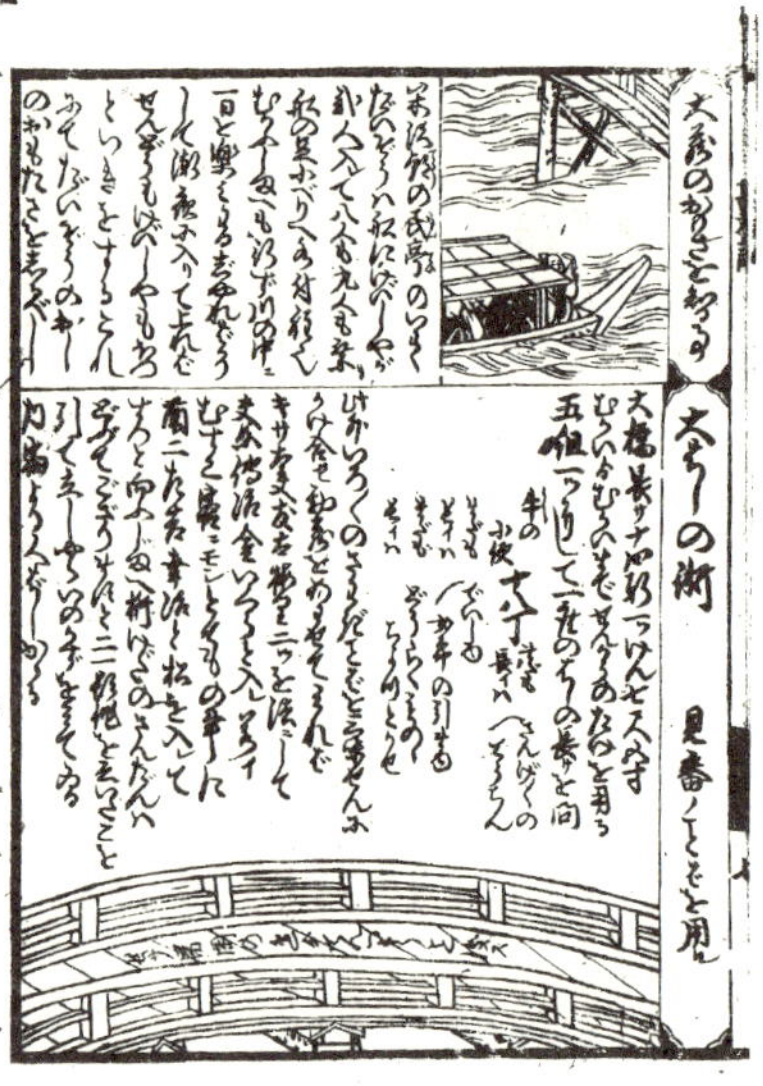

七ウ

八オ

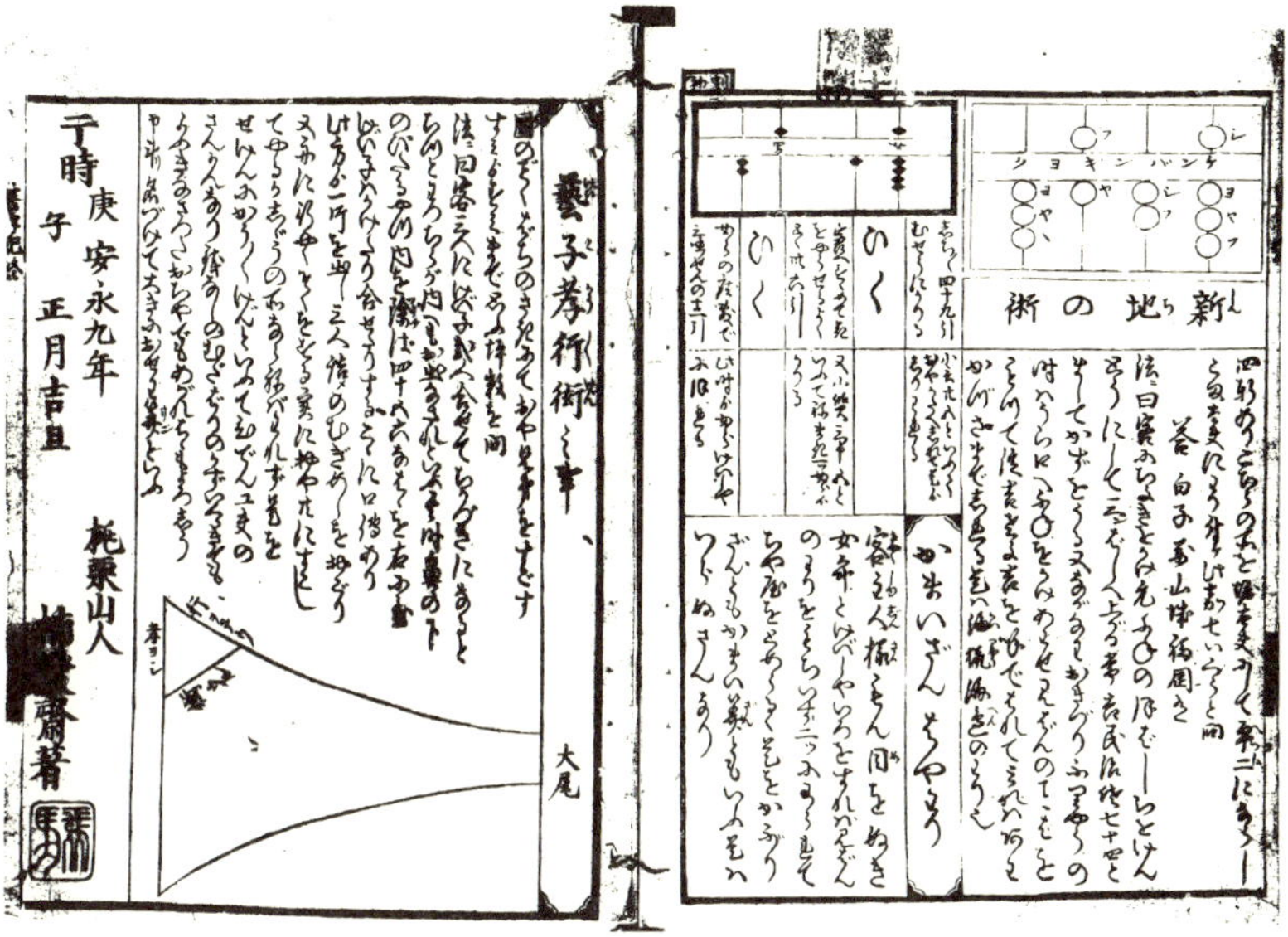

丁付なしオ　　　　八ウ

甚孝記

（一）［序］

夫芸は身を助るの事わざ、都にては、はく人・ほうしのたぐい、東都におどりこ・げいしやの美婦ありて、三味せんをひき、たへなるおんせいにあわせ、常のさんとす。是より此算数世に行れてはんたせり。されば婦人の身として、父母につかへ朝夕を養事甚孝なる故、甚孝記と名付ヶ、又遊里男芸者きてん工夫のさんかんを集、令板行者也。

※『塵劫記』の序のもじりだが、いずれをもとしたか未詳。亜流の『塵劫記』では、算術の各項目は、本文もほぼ吉田光由のものを踏襲するが、序は勝手に付したものも多い。ここでは、時代は下るが、長さと内容が比較的に近い弘化版『大字ぢんかうき』の序を示しておく。「夫算は伏羲隷首に命じてより、周官に保氏を置しより以来、算数世に行れて、国家の重器たり。されば人として学ずんば有べからず。故に世に算術の書多し。其うち初学の要用を集めて板行するに、ことぐ＼く改正す。聊も誤なし」（一ウ）。

・**芸は身を助る**　諺。すぐれた一芸があれば、困窮した時に生計の助けとなる、の意。

・**はく（白）人**　京の祇園、大坂の島の内・曽根崎新地などにいた私娼の通称。

・ほうし（法師）　この場合、法体の俗人のことで、琴・三味線の師匠や、太鼓持ちなどをする座頭をいう。
・たへ（妙）なる　何ともいえず巧妙な。
・さん（産）　お金を産み出す元の意の産に、算をかける。
・はんた（繁多）　物事が多くて忙しいこと。
・さんかん（算勘）　勘定、計算。

（一一）　芸子伊達（げいだて）のこと

三十五人有内、十人はたち花町へん、廿人はやげん堀へん、のこる五人はうらがしへん、づのごとくならべしは、其かみ潤（うる）おうの船遊びのおりから有しまゝ也。是もちうさへにて、ひやうばん計リ也。今も春あきともに華をかざり、やごとなき御方へ召出され、又下リてもでる、是とてもおやにかうなり、名とげて、みしりごしのげいしやに道はしでことばをかけらるゝも、あまりわるくないものと、船宿のかみさんに、今はたれがいつちい、といへば、まへどの名高いげいしやは今はのき候へば、おたみ壱人リといふ。其時そば（「甚孝記終」、丁付なしウ）よりいふ様、イヤ〳〵新富がよい、いや〳〵たれがかれと、思ひ〳〵の子供をよびにやれば、みな出候てなく、よふ〳〵弐三人もつれてきて遊べば、元より今はやぼなはなく、ずいぶんおもしろくてうしを合す。是よりひいきになりて、よびにやる。それ故まんまと跡をとる也。

【図】（薬袋）薬　大坂屋　平

（堀の中）むかしは（丁付なしウ）堀也。今は埋立、水ちや屋アリ。

（扇）やげん堀

（芸者の袖。扇より左回りに）民・新富・とせ・なを・みき・きそ・しゅん・まさ・てつ・みな・みね・くら・とせ・そめ・かん・花富・そよ・ひで・なか・秀・まき・きせ・元・みの・やを・千・いそ・その・うた・つる・きく・てつ・やえ・はつ・ぎん

※「継子立て」のもじり。継子立ては、実子十五人と継子十五人を円形に並ばせ、ある順序で一人ずつ除いて行き、残った一人に財産を継がせるという、算術遊戯。『徒然草』にも引かれており古くからあったが、『塵劫記』五巻本に絵入りで載って以来一般に有名となった。ここではそれに見立てて芸者を三十五人並ばせている。現在すべての確認はできないが、十人が橋町、二十人が薬研堀、五人が裏河岸の実在の芸者であろう。安永二刊、菊屋七郎兵衛版『（新撰／大成）改算塵劫記』（以後、註記なき『塵劫記』の引用は、すべて本書による）の「まゝ子だての事」の本文は、「子卅人有内十五人は先腹、のこる十五人は当ばらの子也。かくのごとく立ならべて、十にあたるをのけ、又二十に当るをのけ、廿九人までのけて、のこる一人にあとをゆづり候はんといふ時に、まゝ母、かくのごとく立たる也。扨かぞへ候へば、先腹の子十四人迄のき申候時に、今一たびかぞふれば、先腹の子皆のき候ゆへ、一人のこりたるまゝ子のいふやうは、あまりかた一双にのき申候間、今よりは我からかぞへ給へといへば、ぜひに及ばずして一人残りたる先腹の子よりかぞへ候へば、当腹の子みなのきて、先腹の子一人のこりてあとをとるなり」。

図の大坂屋の薬袋の位置には、『塵劫記』では通常岩や道標などが描かれ「よみはじめ　左へよむべし」の書入があり、横に継母がいる。本書扇の図は、『塵劫記』では扇であったり旗であったりし、「のちにこれより右へよむべし」と書かれる。また、本書左上方に袋を持った町人が描かれているが、『塵劫記』ではそろばんを手に計算する男が描かれる。

・**たち花町**（橋町）　現中央区東日本橋三丁目辺。大田南畝の『奴凧』に「女芸者の事を昔はをどり子といふ。明和、安永のころよりげいしやとよび、者などゝしやれたり。弁天おとよ、新富などゝいひし、橋町に名高し。妓者呼子鳥といふ小本ー〔割注〕田

にし金魚作、後に虎の巻と改む—此二人の事を記せり。橘町大坂屋平六といふ薬種やの辺に芸者多し」とある。

・**やげん**（薬研）**堀**　現中央区東日本橋一丁目辺。付近の橘町・米沢町などと共に踊子と呼ばれる芸者が多かった。

・**うらがし**（裏河岸）　現中央区東日本橋二丁目辺。柳橋の西河岸。米沢町のある両国橋西詰広小路辺りを指す。

・**其かみ潤おうの船遊び**　「以前は女芸者の有力な収入源であった船遊び」の意を、中国の王の名めかした表現か。屋根船に乗船させて遊興し、また、向島方面の料理茶屋に出かけることは、通常のことであった。

・**ちうさへ**（中冴）　中程度の「さへ」、即ち遊興の華やかさが今ひとつ、の意。

・**おやにかうなり、名とげて、みしりごしの**　謡曲「舟弁慶」「功成り名遂げて身退くは天の道」（『老子』より）のもじり。

・**おたみ**　薬研堀の芸者。『通詩選笑知』（天明三刊）「糞舟鷲レ人」の頭註に、「薬研堀のお民が曰、楓江が唄は必可聞。臭香はかたきの末にも聞べからずといふ」とある。

・**子供**　ここでは芸妓のこと。

・**大坂屋**　橘町三丁目にあった薬種問屋大坂屋平六。「ずぼうとう」「うにこおる」などの蘭薬で有名。既出「たち花町」の註参照。

・**むかしは堀也。今は埋立、水ちや屋アリ。**　薬研堀は元御米蔵への入り堀であったのが、御米蔵の築地移転後、明和八年（一七七一）、「六月より十一月迄に埋立て、其の頃町屋と成り、薬研堀埋め立て地と号す」（『武江年表』）。

（二）　九九はしらでかなはざる事

九九は、かけるにもわるにも、ともに此かずをよぶ。人として苦なき者はあるべからず。中にもげいしやのおやは、すへをたのしみに女の子をさんようのうちへいれ、二人が中に子生るゝと、二人ゝが子といふよりすへ迄くろう、苦にくをかさね、九九は自由の一といふまでたんせいする故、いにしへよりこれを九九といふ也。

二人が　子(し)	二産(さん)が　らく	二朱が　はぢ	二子(ご)　自由(ぢゆう)
二らく　十二	身内(みうち)　自由仕(し)	二八　自由楽(らく)	欲(よく)　十八
ふだんが　苦	三味せんの　十二	ぶんご　十五	ずぶ六　十八
寒(かん)びき　廿一	てんば　廿四	かん苦　廿七	小便組　十六
すご　廿	私欲(しよく)　廿四	仕(し)きせ　廿八	皺(しわ)　卅二
仕苦(しく)　卅六	小言(ごと)　廿五	ころぶ　三十	小質　卅五
こは　四十	けつく　四十五	欲徳　卅六	楽シテ　四十二
六八　始終恥	楽苦　五十四	質々　四十苦	質八　お丶十六
日ニ苦　六十三	すつぱ　六十四	八九シテ　自由ノ二	苦苦ハ　自由ノ一

（一ウ）

※九九のもじり。『塵劫記』では、「九々の事」「九々の数」等と題した九九の掛け算表を載せるだけで、説明文はないものが多い。文があるものでも、その説明文に対して「九々を知らでかなはざる事」の別題があるものとないものとがある。『広完塵劫記』（東京学芸大学付属図書館望月文庫蔵本、刊年未詳、内題は「早割ぢんこうき」、別題がない説明文の形式）による本文は、「九々は掛(かけ)るにも割(わる)にもともに此数をよぶゆえに、算を習初めにまづ是を覚ゆべし。第一不算(さん)なる人もそら算の便と成て重宝なり。わらんべの口すさみにもいひ習ひ安く、めのこ算のつもりに用ひてはやし、二二が四と云より初て九九八十一といふにて終(をは)るゆえ、いにしへより是を九九と言也」。

・**女の子をさんようのうちへいれ**　「女の子が生まれることを予定して」の意に、「めのこ算用」（そろばんや筆算を用いずに、一つ一つの数量を目で確かめながら数えること）を掛ける。

・**九九は自由の一**　「九九　八十一」の音をもじる。「九九」に「苦苦」を掛け、「自由」は、ここでは経済的に豊かであること。表中すべて同様のもじり。

・**たんせい**（丹精）　心を込めて行うこと。

・**二朱がはぢ**　「二朱」は最低金額を表す語としても使われた。

・ぶんご　豊後節。都一中の門人宮古路豊後掾が享保年中に始めた浄瑠璃。一代で途絶えたが、この流派から常磐津節・富本節・清元節などが派生し、それらの総称としても豊後節という。
・寒びき　琴・三味線の寒稽古。
・ずぶ六　泥酔したさま。また、その人。
・てんば（転婆）　軽はずみで活発なこと。おてんば。
・かん（甘）苦　楽と苦。
・小便組　しょうべんぐみ。妾奉公をした上で、わざと寝小便をして暇を貰い、契約金をだまし取る連中のこと。『絵本見立仮譬尽』三「気海」参照。「しし」の読み仮名は、それが小便の小児語であることに、九九の「四四　十六」を掛けたもの。
・すご　「凄い」の意の略形。「四五」を掛けた。
・仕きせ（仕着）　主人が使用人に、季節の着物を与えること。また、その着物。夏冬の二季、又は四季に与えた。
・ころぶ　芸者など、遊女でない女がひそかに売春すること。
・けつく（結句）　結局。挙句。
・質八　質入すること。「八」は「しち」から続くための語呂合わせで添えた言葉遊び。
・すつぱ　六十四　九九「八八　六十四」のもじり。「すっぱ」は、うそつき・詐欺師、また、すり・ぬすびと。
・八九シテ　「四苦八苦して」を掛ける。

（四）不寝（ねずみ）ざんの事

ち、は、ねづいて子をそだて、漸とし七ッ八ッのころより三味せんの師匠へつれて行、十五六よりげいしやに出シ、ふたおや共にか、る。此むすめ、月に廿も三十も出るよふになると、妹ぶん又壱人リできる。かくのごとく月に二人リしてかせぐ。何程になるぞといふ。壱年に三百五十と定め、二人リして百七十五両也。家持にもなりそふな物と問。答曰、父母にのみてか、なぐさみずきか、兄弟にねれけ物が有てむしりとらるゝ。其外はりて・い候ウ、鼠の喰より多シ。

正月に	壱疋ヅ、ちゃばんのけいぶつにもらいやした。父母夫はきぬかちりめんか、イ、ヱ安くてはねるもの、わたのねずみを一疋。	
二月に	げい子おやしきへ呼れ三百疋。	まはし供たんと貰てまへ疋。
三月に	げいこ山びらきへ行さわぎを疋。	きやく共ニくたびれてあし疋。
四月に	げい子るすい茶やへ行もろふ台疋。	きやくどもニやぼ今は一疋もなし。

［図］茶ばん　正月　けいぶつ（二オ）

五月に	げい子やかた船にてつれ疋。	こちらの船に大ぜいめくり疋。
六月に	げい子むかふじまにてな疋。	きやく共ニ朝迄くびつ疋。
七月に	げい子四季あんにてよいから疋。	客共ニ帰りになまゑいのて疋。
八月に	おどり子吉原へ行、安くも千疋。	おや共ニ付てきてうしろでぢを疋。
九月に	おどり子吉原へ行、客と訳有女郎と立疋。	きやくもうれしがりはなの下にぼう疋。
十月に	げい子ゑびすこうにきて、焼物一疋。	まはし供もたらふくのんで大い疋。
十一月に	げい子雪見に行、舟にてめり安疋。	きやくもいざさらば雪見ニ●所迄とぞ疋。
十二月に	げい子せいだして夜中かん疋。	おやきやうだい共しきせをするあつぱれ女一疋。

［図］法ニどぜうといふことあり。おどるゆへ名づけ申候。（二ウ）

※「鼠算」のもじり。毎月十二匹の子を産む鼠が、生まれた子も子を産むとして、一年間にどれほどの数になるかの計算。『塵劫記』では、「正月にねずみ父母出て、子を十二匹うむ。おや共に十四ひきになる。此ねずみ二月には子も又子を十二匹づゝうむゆへに、おや共に九十八匹に成。かくのごとく月に一度づゝ、おやも子も、まごも、ひこも月々に十二匹づゝうむ時に、十二月にはなにほ

どになるぞといふ。年中の分合二百七十六億八千二百五十七万四千四百二疋なり」という結果の後に、本書と同様の表がある。表では「正月　生れ子十二疋。親ともに十四疋」のように各月毎の計算があり、表の後には「法に鼠二疋に七を十二たびかくれば、右ねずみの高しれ申候也」とある。本書では、月々の計算部分は最後の「疋」だけを合わせ、全体の音はもじっていない。

・**ねづいて**　「寝ずにいて」の意か。

・**妹ぶん**　女芸者は通常二人一組で接客する。他方が「転ぶ」ことにないように、相互監視するのであろう。

・**壱年に三百五十と定め、二人リして百七十五両**　旧暦では一年は三百五十日強であった。女芸者の一回の料金が金一分だから、二人で三百五十回接客すると、合計が七百分、即ち百七十五両になる。

・**のみて**　飲み手。

・**なぐさみずき**　博打好き。

・**はりて**（張り手）　女をものにしようとつけねらう者。

・**ねれけ物**（練気者）　老練家。遊び慣れた人。

・**ちやばん**（茶番）　手近な物などを用いて行う素人の滑稽な寸劇や話芸。内容に相応した景品を出し、観客に配った。

・**わたのねずみ**　ここでは「とんだりはねたり」と呼ばれた玩具の鼠が描かれている。バネを仕掛けた割竹の台の上に張り子などの人形を乗せ、はねるようになっていた。

・**まはし**　廻し方。通常は遊里などで座敷内の雑事をする者をいうが、ここでは、女芸者に従って三味線箱を運ぶ男。箱屋。

・**まへ疋**（前弾）　浄瑠璃などで、歌や語りの前に弾かれる器楽の前奏部分。

・**山びらき**　三月二十一日から深川八幡宮別当永代寺が山門を開き、庭園の見物を一般に許したこと。

・**るすい茶や**　各藩の留守居役が接待等でよく利用する料理茶屋。

・**台疋**（引）　土産として持ち帰らせる料理や菓子。

・**つれ疋**（連弾）　二人以上での連奏。

・**めくり**　めくりカルタ。当時流行のカルタ賭博。『初衣抄』⑫「紫式部」の項参照。町奉行所の取締りを恐れて、屋根船等で行われることもしばしばあった。

・**むかふじま**（向島）　隅田川の東岸で、浅草の対岸あたり。寺社や料亭が多くある。「雨に濡れ雪にはころぶ向島」（『柳多留』七十八編）。

・**な疋**（靡き）　男の誘いを受け入れること。

・**くびつ疋**　首っ引き。ここでは、そばから離れないでいること。

・**四季あん**　中洲の料理屋。「中洲の四季庵を銭なしの光りものは腮を長くして覗き込み」（『大通俗一騎夜行』安永九刊）。

・**安くも千疋**　一疋は二十五文。芸者の代は通常金一分（約銭千文）、転ぶ際は二分とされる。

・**うしろでぢ**（地）**を疋**（弾）「地」は舞踊の伴奏。

・**立疋**（引）　客を取り合って張りあうこと。

・**はなのしたにぼう疋**（引）　鼻の下を伸ばすことと同意であろう。

・**ゑびすこう**　商家で、恵比寿を祭って商売繁盛を祝う行事。一月と十月の二十日に行った。「ゑびす講おどり子を呼ぶむす子の代」（『柳多留』五編）。

・**大い疋**　大鼾（いびき）。

・**めり安**（やす）**疋**（弾）「めりやす」は長唄の一種。歌舞伎の下座音楽として、台詞なしの仕草が続く際演奏された。

・**いざさらば雪見ニ●所迄**　芭蕉の発句「いざさらば雪見にころぶ所まで」。芸者に「転ぶ」（遊女でない者が身を売ること）は禁句なので、「●」で伏字とした。

・**かん疋**（寒弾）　三「九九はしらでかなはざる事」参照。

・**しきせ**（仕着）　三「九九はしらでかなはざる事」参照。

・**どぜう**　踊子の異称。

(五)　二のだん

あるひは
自由(ぢゆう)仁(に)満(まん)参(さん)撰(ぜん)数(す)百(ひやく)常住(ぜうぢう)楽国(らくこく)父ト母ト喰合(くおふ)
二人リすごせば
楽万銭(らくまんせん)しつきやく入用師匠(しせう)様(さん)合(がう)小(こ)抄(しやく)ヅ、也

[図]　女ゲイ者ケイコ所ヲ印
わりはじめ

店賃が四片	二一頓作ノ語	かけざん
店賃が四片	二分くらいでるたなにいる	二子自由より、いまだざしき
トチチンガ三味線	二一頓作ノ語	へでぬうちは、月まち日まち
トチチンガ三味せん		へもたゞ行、大きくなるとし
初心(しよしん)の一進(しん)	二一頓作ノ語	ばゐもたゞさそうては行ず
初心の一進	むすこやほうこう人がけいこにくる	
二親(しん)の一子	二一とんさくの語	
二親の一子	これはふたおやにむすめがいて、三味せんのしせうしている	
二一頓作ノ語	是はけいこ所へ大勢より合、いろ〳〵おかしきはなしをする	

(三オ)

※「八算」の「二の段」(「二割図」等も同じ)。「八算」は、そろばんで行う一桁の割り算。二から九までの八つの基数があるので八算という。『塵劫記』では、十二万三千四百五十六石七斗八升九合という米の量を元の数とし(銀貨とする書もある)、それを二から九で割る算術・割声を、そろばんの絵入りで解説する。「二の段」では、まず右に大きく問題文「あるひは米／十二万三千四百五十六石七斗八升九合を／二ツにわれば／六万千七百廿八石三斗九升四合五勺ヅ、也」があり、上に初出の割声一覧「二一天作ノ五／逢二進一十」がある。その左が絵と表で、「一二三四五六七八九」という元の数の珠を置いたそろばんの絵の下に、それぞれの桁の割声を表のような形で描く(所々にはその割り算の解説も付く)。さらにその下に、割った数を計算結果に掛けることによって元の数に戻るという検算も絵入りで示している。まず計算結果のそろばんの絵、(本によっては、その下に掛け算の解説「二五の十より段々かくれば、わり初めのごとくなる也」が付く場合もある)、その下に九九の読み声が配置されている。この

画面構成は、掛け算の解説文が二の段だけであることを除いて、九の段まで共通である。本書「二のだん」では割声の一覧部分は省略されている。

・**しつきやく**（失脚）　失費。

・**入用**　費用。必要な経費。

・**師匠様合小抄**　「様合小抄」は「三合五勺」の地口。

・**女ゲイ者ケイコ所ヲ印**　『塵劫記』ではそろばんの図の上には、珠を置いた数が桁毎に漢数字で書かれている。「八算」の場合、左から「一二三四五六七八九」となる。その部分に見立てとして埋め込んだもの。

・**店賃が四片／二分くらいでるたなにいる**　割声「八進四十」のもじり。「八進四十」は、八を払って一つ上の桁に四を置いて次の桁へと計算が進むということ。一片は二朱の南鐐銀貨一枚のこと。四片で八朱、すなわち二分となる。やや時代が下るが、『文政年間漫録』（『未刊随筆百種』第一巻所収）によれば、大工の店賃が年銀百二十匁の例があり、二分が銀三十匁であるから、ここでいう「二分くらいでるたな」を月額とすれば、大工が住む裏店の約三倍の店賃ということになる。

・**二一頓作ノ語**　割声「二一天作五」のもじり。「天作」は、一つ上の桁に上がることを表す。したがって「天作の五」で上の桁に五を立てることになる。「頓作」は、機知や頓智の働くこと。

・**トチチンガ三味線**　「トチチン」は、三味線の擬音。全体は、割声「六進三十」のもじり。

・**初心の一進**　割声「四進二十」のもじり。

・**むすこやほうこう人がけいこにくる**　『浄瑠璃稽古風流（ぶり）』（安永六刊）では、「本多の息子株」と「酒屋の男」が二人連れで稽古に来る。

・**二親の一子**　割声「二進一十」のもじり。

・**月まち日まち**　本来月や日の出を待って拝む行事だが、この頃には徹夜で遊興する日と化していた。月待ちは三日・十三日・十七日・二十三日・二十六日の夜、日待ちは正月・五月・九月の吉日。

・**たゞ行**　見習いの時には花代も取らずに行く。

（六）　三波（みなみ）の図

あるひは
住自慢（ぢうぢまん）三味線日野屋文蔵八十七ト台（だい）屋来権（くごん）
三ツもうる時は
仕舞先若狭（しまいせんわかさ）トシ太廿六夜刻騒遊合（こくさわがふ）ッ、也
三一三十ノ一ヲ印ス　此道参者（じゃ）可考
［図］シナガハシン宿
津・柏・佐・倉・叶・松・信・柳・越・山

かごちんが五百	行十八高なわより。丁かず
急（きう）進が山地（ち）	七ツをうつといそぐ
坊三が三	山のきやくがあづま太夫まつぞうつる吉をよぶ
伝吉廿一引	
さつじんが一心	ヨカ〳〵ガ四
薩（さつ）人が一心	とうじんのよふなことばのきやくをいふ
三一参上ノ一	三人一座へ文字さだがくる外に一ツ玉を上ル

（三ウ）

※「三割図」のもじり。三波は南、すなわち品川宿（実態は遊里に近い）を指す。『塵劫記』「八算、三割図」の問題文は、「あるひは米／十二万三千四百五十六石七斗八升九合を／三ツにわれば／四万千百五十二石二斗六升三合ヅ、なり」。

本項中に名が出る芸者「日野屋文蔵・八十七・若狭トシ太・あづま太夫・まつぞう・つる吉・伝吉・文字さだ」のうち、品川細見『南海細見図』（安永九刊か）により確認できるのは、「八十七」が「新内　菊沢八十七」、「まつぞう」が「中村松蔵」、「つる吉」が「鶴吉」、「伝吉」が「吉田伝吉」、「文字さだ」が「ぶんご　常磐津文字定」。「つる吉」は、『古契三娼』（天明七刊）に「つる吉といった新内の芸者は、どこに今はおりやすへ」とある。また、「あづま太夫」は、『声曲類纂』巻三（弘化四刊）に高輪在住の鶴賀若狭掾門人として載る吾妻太夫か。

・**台屋**　遊廓での料理の仕出し屋。

・**廿六夜刻騒遊合**　月待ちの日（五「二のだん」参照）。高輪は月待ちが盛んなことで知られ、特に二十六日（中でも七月）は盛大であった。

・**三一三十ノ一ヲ印ス**　「三二三十ノ二」は割声そのまま。「三十ノ一ヲ印ス」は修験道の印をさすと思われるが、未詳。

・**此道参者可考**　「参者」は「算者」の地口。

・**シナガハシン宿**　品川本宿の北の新宿のこと。歩行新宿。遊里同然であったことは本宿に同じ。江戸初期から遊所として繁栄していた。近くに薩摩屋敷と、増上寺を初めとする寺社が多くあり、武士客と僧侶の客が多かった。『婦美車紫鹿』（安永三刊）に「侍……品川の客は坊主が多イそふだでなア大和ハイなる程坊主が五分武家方が三分町人は二分ほかござりませぬ」とある。

・**津・柏・佐・倉・叶・松・信・柳・越・山**　『塵劫記』のそろばんの図には、上下の珠を分ける梁の部分に、桁数が漢数字で書かれている。「八算」の場合、左から「万・千・百・十・石・斗・升・合・尺」とある。その部分を見立てて、品川実在の遊女屋の家名の略記としている。この一文字の略記は、品川遊里の細見等に見られる。『婦美車紫鹿』を参照すれば、「津」は津川屋か津の国屋、「柏」は柏屋、「佐」は佐渡屋、「叶」は新叶屋、「松」は松坂屋、「信」は信濃屋、「柳」は柳屋、「越」は越前屋、「山」は山崎屋。「倉」は千代倉か。

・**かごちんが五百**　次註の道中の駕籠賃であろうが、五百文は高すぎるように思われる。『南客先生文集』（安永八刊）「かごいざなしに百五十いたゞきやせう芝いや〳〵、いつでも赤羽根（あかばね）から百五十でのるものを」とあり、山中共古『砂払』でこの箇所について、「当時芝赤羽根より品川迄、安きは百五十文でゆきしと見ゆ」と記している。

・**行十八**　九九「二九　十八」のもじり。高輪大木戸から品川宿入口までは、十八町であった。豊芥子『岡場遊廓考』（『未刊随筆百種』第一巻所収）に「高輪（中略）品川迄十八丁ありて上み下とわかつ、南町仲町北町、其外寺社門前地多し、此地南国遊客の引手茶屋百三十余軒あり」とある。

・**急進が山地　七ツをうつといそぐ**　割声「九進三十」のもじり。「急進」は急いで行くこと。「七ツ」は午後の四時頃。参勤交代で江戸に来ている国侍など、門限のある客は急ぐ必要があった。

・**坊三が三**　九九「一三　三」のもじり。

・山のきやく　品川で「山」といえば増上寺を指した。
・伝吉廿一　九九「三七　二十一」のもじり。
・さつじん（薩人）が一心　ヨカ〳〵ガ四　割声「三進一十」のもじり。「ヨカ」はなまりで、薩摩藩の武士を暗示。
・とうじん（唐人）のよふなことば　外国人が話すような理解できない言葉や道理の分からない者をののしっていう表現。
・三一参上ノ一　割声「三一三十ノ一」のもじり。

（七）四屋ノ図

あるひは
主相参詣数客岡蔵里(そうさんけいすきやくおかぞうり)橋(きやう)岸太(きした)熊蔵
四ッ屋ノ内で楽は
三光院稲荷東吉至極(しごく)繁太里遊谷蔵三(さ)五助ヅヽ也

【図】大木戸

酒二頓作の語
豊八十六　市三(さ)が三
八蔵の二進　定七が七
文五郎十五引たぬきさんといふて今はやる
諸人の一酒　酒二頓作吉蔵喜四郎ふへる
その四三日中の二ほりの内をかこつけに遊ぶ
ヒ、ヒンノ一シよるも時々いなゝくこへみゝにいる
四一むちうの二是めれんに也トシ太仁三郎二組よぶ
わりはじめ

（四オ）

※「四割図」のもじり。割声一覧のもじりは略されている。四屋は四谷、すなわち甲州道中の内藤新宿。ここも品川と同じく、遊里同然であった。『塵劫記』の問題文は「あるひは米／十二万三千四百五十六石七斗八升九合を／四ツにわれば／三万八百六四石一斗九升七合二勺五才ヅ、也」。

本項登場の芸者「岡蔵・里橋・岸太・熊蔵・東吉・繁太・里遊・谷蔵・三五助・豊八・市三・八蔵・定七・文五郎・吉蔵・喜四郎・トシ太・仁三郎」のうち、「岡蔵・（西川）里遊・（藤田）市三・（坂田）八蔵・（名見崎）定七」が『内藤新宿細見』（天明八頃刊か）に、「（錦屋）熊蔵・（竹沢）東吉・（富本）里遊・（富士田）市三・（坂田）八蔵・（名見崎）定七・（鈴木）文五郎・（松本）吉蔵・（ふじた）仁三郎」が『江戸名物評判記集成』（中野三敏編、岩波書店）所収の新宿遊女評判記『恋家新色』（安永十刊）「男芸者之部」に見える。また、「トシ太」は、同書の「竹本歳太夫」か。

・**三光院**　内藤新宿にあった花園稲荷（現在の花園神社）のこと。その別当寺が三光院。

・**大木戸**　甲州道中から江戸への入口の関門。四谷塩町三丁目と内藤新宿の間。現在の四谷四丁目あたり。木戸を設け、高札場や番屋があった。

・**酒二頓作の語**　割声「四二天作五」のもじり。

・**豊八十六**　九九「二八　十六」のもじり。「豊八」が芸者の名であろう。

・**たぬきさん**　未詳。

・**諸人の一酒**　割声「四進一十」のもじり。

・**そ四三日中の二**　次註の堀の内参詣を「お祖師さま参り」ともいい、三の付く日が縁日（特に十月十三日）であった。それを割声「四三七十ノ二」にもじった。

・**ほり（堀）の内**　現杉並区内の地名。安永年間に、祖師日蓮像を安置する当地の日円山妙法寺参詣が流行し、道中の内藤新宿が栄えることとなった。

・**ヒ、ヒンノ一シ**　割声「四進一十」のもじり。「ヒ、ヒン」は馬のいななく声。四谷・新宿は馬の通行が多く、馬糞が名物とされた。『半日閑話』明和九年二月の条に「廿四日、四谷内藤新宿に問屋場宿次を建立。伝馬を出し、遊女を置事御免あり」とある。

・めれん　酒に酔って正体をなくすこと。

（八）　五丁ノ図

あるひは
治郎ニ万里蘭示東作東州陸奥太其東岩太
五ッのまちをあがれば
長次平吉栄次太十松蔵文吉楽生趣向ヅ、也

［図］此外ニ女ゲイコアマタ
　中ノ丁待合ノ辻
　フシミ丁
　ヱド丁・二丁メ／ヱド丁・二丁メ
　アゲヤ丁・スミ丁／アゲヤ丁・スミ丁
　京丁・シン丁／京丁・シン丁
　カシ

仁三が六引
無心のイ、シン
半次の十二引
平次二十ノ二
目吉十四引
五テサンノ一進 床花を貰ふた女郎より付がね
五町佳陸
吾二倍双仕 是はわれはたれよりばいしたるものと思ふ
五一か、が一分 是は一分を花につくり茶やへ遣す
わりはじめ

（四ウ）

※「五割図」を新吉原の五丁町にもじり、そろばんの図を吉原細見風の五丁町の絵とした。割声一覧のもじりはない。『塵劫記』の問題文は、「あるひは米／十二万三千四百五十六石七斗八升九合を／五ッにわれば／二万四千六百九十一石三斗五升七合八勺ヅ、

也」。

本項に出る芸者「治郎・万里・蘭示・東作・東州・陸奥太・其東・岩太・長次・平吉・栄次・太十・松蔵・文吉・仁三・半次・平次・目吉・五町・佳陸」のうち、安永八年秋の吉原細見『秋の夕栄』（蔦屋版）に「竹本万里・十寸見蘭示・十寸見東佐・十寸見東洲・春富士陸奥太夫・市川其東・竹本岩太夫・長次郎・瀧川平吉・野沢栄次郎・鳥羽屋太十郎・鳥羽屋松蔵・岡安文吉・西嶋仁三郎・山彦半次・竹沢平治・大薩摩目吉・五調」が見える。また、同書「蔦屋次郎吉」が本書の「治郎」か。「佳陸」は安永八年春の吉原細見『扇の的』（蔦屋版）に「浅住々　佳陸」として出ている。

・**此外ニ女ゲイコアマタ**　『塵劫記』のそろばんの図上部にある、珠数を書いた漢数字の見立て。

・**無心のイ、シン**　割声「六シン一十」のもじり。

・**五テサン**（御亭様）　茶屋・船宿などの亭主。

・**床花**　決まった揚げ代等の外に、客の随意に遊女に直接与える祝儀。

・**付がね**（金）　遊女が花代の中から茶屋か船宿に祝儀を出したということ。

・**吾ニ倍双仕**　**われはたれ**（誰）**よりばい**（倍）**したるもの**　割声「五二倍作四」のもじりだが、文意不明。

・**五一か〻が一分**　割声「九一加下一」のもじり。一を九で割った余りを一桁下に加えること。「か〻」は次註の内容から、茶屋のおかみであろう。

・**一分を花につくり茶やへ遣す**　「花」は祝儀のこと。

（九）　見番図（けんばんのづ）

［図］　ヲモテヤグラ

玉・玉

釜・此・金・田・土・松

玉玉
玉
玉
玉玉
玉
玉玉

左リに十六計リの玉を置、さかづきをおけば、たれぞよびなさいといふ。見番無頭さつきうによびたつれば、頼太夫・勝次・亀・国八とくる。左リの太夫と右のこはいろとおだてかくれば、引ケどもひかれぬ時、きいちばい一といふて、富太・和十・沢太・弥八・滝太夫・新治となる。右の六人へ九九をかけ、六九弥十四をよび初太夫がくる。是一進の一ぱい／＼といふてめい／＼さかづきを客へあぐれば、きやくもづぶろく十八となる。すそよりよぎをかけて、そうようおやすみ被成ませと引。（五オ）

あるひは　銀客目（きやくめ）を　一トきりよべば、七匁五分ヅヽ也。	壱人リでのまれぬ時　見一無頭（むとう）さつきうによぶ。ひくに引れぬ時は　帰一倍一と大ぜい呼（よぶ）。又一進のいつぱい 一ツのませるこゝろあり
一進の一ぱい	一進の一ぱい　ずぶ六十八引
一進の一ぱい	一進の一ぱい　頓知（とんち）の十二引
帰一倍一	帰一倍一　弐朱が八 一両なり
見番無頭早急ニ呼 是よりわりはじめ	

※「見一（割）図」のもじり。「見一」は、そろばんでの二桁以上の割り算。『塵劫記』では、十の位が一から九まで、すなわち「見一」から「見九」まで、八算と似た形式で示されるが、計算が複雑化するため、長めの丁寧な解説文が付く。「見一」の場合、「あるひは　銀百目を十六にわれば、六匁二分五厘ヅヽ、なり」という問題の下に、割声の説明「おかれぬときは見一無頭作九一、引かれぬときは帰一倍一、又一進一十／是は十一より十九迄ニわる時用る也。又百卅五ニわるも千卅にわるも、一万五千ニわるに

も此法ニてわる丶。見九までみな同じ心持なり」がある。そして横に八算と同様のそろばんの図と割声の一覧、さらにその横に解説文「左に十六と、右に百目を置。此百目を見一無頭作九ノ一といふて、百目の所を九一とつくりて、此九と左の六と九々によぶ。六九五十四と九の次にて五十四ひけ共、ひかれぬ時に帰一倍一といふて、九の内を一ツ下へもどせば、八二と成。此八と左の六と六八四十八と引け共、ひかれぬときに、帰一倍一と二度もどせば六四と成を、左の六と右の六と九々によぶ、六六三十六と引ヶば次に四残る也。又是を一進一十といふてかみへ二度あげて、此二と左の六と二六の十二引。のこった八ある残を、又一進の一十といふて五度上ゲ、此五と左の六と五六三十引」がある。

・**見番**　芸者（場所によっては遊女も）の取り次ぎや支払い等の世話をし、支配した所。「妓芸者の名を札に書付て堤る也、茶屋より呼にくる時は其札を引なり、故に札を見てくるといふ方言也、芸者太夫共二朱の揚代なれば、見番え二匁、茶屋三匁、芸者一匁五分とるなり」（『岡場遊廓考』）。

本項登場の芸者「頼太夫・勝次・亀・国八・富太・和十・沢太・弥八・滝太夫・新治・弥十（四）・初太夫」のうち、「滝太夫」は、深川細見『深見草』（安永五・六頃刊か）に載る「竹本多喜太夫」か。「新治」は、『古契三娼』「土橋の芸者じやア、春吉、小吉、三喜蔵、おみきなぞが売つたものさ。男芸者では千蝶が古いものさ。新次、五介、清二、喜六なぞも通つたものさ」の「新次」であろう。

・**ヲモテヤグラ**（表櫓）　深川永代寺門前の山本町（現江東区門前仲町一丁目）にあった岡場所。深川七場所の一。

・**玉・玉……**　そろばんの絵の珠を、「玉」の文字で表した。玉は芸妓・遊女などの称。文字の配置が左から「二一二一六二五」となり、「見一図」とは異なっている。

・**釜・此・金・田・土・松**　『塵劫記』では、置かれた珠の表す数をそろばんの梁の部分に数字で示してある。その部分の見立てで、文字は表櫓の茶屋を表わしていると思われるが、未詳。

・**一トきり**　昼夜をそれぞれ四～六分した、最も短い遊興時間の単位。

・**七匁五分**　二朱の異称。遊女の一切の揚げ代であった。「昼夜四ツ切／七匁五分　深川表櫓」（『婦美車紫𪊲』中品上生之部）。

・**無頭さつきう**　割声「見一無頭作九一」のもじり。是を「早急」の意味にもじるのは、一般的であった。『古朽木』（安永九刊）

に「無とうさつ急な胸算用は、生まれついた町人形気」とある。

・一進のいつぱい　割声「一進一十」をもじって、酒を一杯勧める意とした。

・ずぶ六十八　九九「三六　十八」のもじり。「ずぶ六」は三「九九はしらでかなはざる事」に既出。

・弐朱が八一両なり　十六朱で一両になる。

（十）同掛ヶざん

[図] ヲモテヤグラ

玉・玉・玉

青・金村・嶋・大・天・鯉

玉玉

玉　玉　玉　玉

あるひは
銀七匁五分ヅヽと思へど
十六かへば弐両とらるゝ也
三味せんの十二
すご二十　こは四十
すつぱ六十四　欲徳三十六

此あいだの十六を客よびにやる。先ッ下のわかいものと女に七匁五分ヅヽやり、又、一ぱいげいしやをよぶ。和吉・ろせき・かな太夫、三味せんの十二引、又、きやくてうしがはりのうたや義太夫をかたる時、おまへはしろうとにしておくはおしいものだと四かくれば、定吉・伊八ふへる。房太夫が茶わんと置紙をしめし、しぼりあぐれば、水、上へふき上る。此手づまをみて、是はすご二十だとほめる。右の四くみへ羽織を寄せれば、いそ吉常となる。かけたりわつたりする跡にて書付を出すと、きやくはじめてみて、是はめが出ると也。（五ウ）

※「見一図」の検算のこと。『塵劫記』では、見一が複雑なため、検算も元の「見一図」と同じ大きさ・同じ構成で詳しく示している。本文は「あるひは／銀六匁二分五厘ヅヽ／十六あはすれば百目になるなり」、後ろの説明文は、「左リの十六を右の六匁弐分五リによびかくる。まづ下の五リより下へ二けたさがりて、此二けためにいる事は、左のけたの数ほどさがるなり。右の五厘に左リの六をかくる。又五六卅と置、さて又一けたあがり、又右の五厘に左リの十をかくる。一五五と下に置て、はじめの五厘を払ひ申也。又右の二分へ左リの十六をかくる時も、一分のけたより二けた下にいて、左リの六よりよぶ。二六十二と置て又一けたあがりいて、右の弐分へ左の十をかけ、一二ノ二とをけば四と成。また右の六匁より下へ二けためにいて、右の六匁に左の六をよぶ。六六三十六とおき、又一けたあがり、左リの十を右の六匁ニよぶ。一六六とをけば、百目と成なり」。

本項登場の芸者「和吉・ろせき・かな太夫・定吉・伊八・房太夫・いそ吉」のうち、「かな太夫」は、『深見草』に「竹本かな太夫」と見える。「伊八」は十三「開山記大成」参照。

・**ヲモテヤグラ**　九「見番図」に既出。

・**青・金村・嶋・大・天・鯉**　梁に書かれた文字。九「見番図」と同様、表櫓の茶屋を表すと思われる。

・**玉・玉……**　「玉」の文字の配置が左から「一六五／六一二」で、『塵劫記』の「同掛算」とは異なっている。

・**銀七匁五分ヅヽ**　金二朱。九「見番図」参照。

・**十六かへば弐両とらるゝ也**　揚げ代の二朱は、一両の八分の一。

・**此あいだの十六**　九「見番図」の内容をさすか。

・**義太夫**　浄瑠璃節の代表的な流派である義太夫節のこと。

・**四かくれば**　「四を掛ける」に「仕掛ける」（積極的に相手への動作を行う）を掛ける。

・**茶わんと置紙をしめし……**　細い管を用いて水を吹き上げる手妻は各種あるが、茶碗と紙を使うものは未詳。

・**羽織**　深川の芸妓の俗称。『深川大全』（天保四序）に「昔は此土地にて娘の子を男に仕立て、羽織をきせて出せしゆへ、はをり芸しやといふ也」とある。

・**書付**　勘定書。

・**め（目）が出る**　勘定が高くて驚いた時の様子をいう。「尤も、遠州の書付があつたが四十両だいだ。目が出るの」（『通言総籬』天明七刊）。

（十一）　見番図

[図] 徳・嶋・大・和・春・岡

文八
ろ朝
三木太
シゲ市
磯太
多蔵

左リに廿四五のを置、きやく二人リきてげ

あるひは	お出被成た時	たへいづる時は用事(じ)をこ
二客廿一日にきて	見ばん無頭	とわる
廿六日にやくそくあれば	さつきうにくる。	
	なをしの時は	
	帰(き)一ばい二ツう 二る也	
	だらく三十引 是は寺丁のきやくかしらず	
帰一ばい二	どく九五十四	二一頓作
見番無頭さつきうにくる		
ウラヤグラセン香ムカイ		

いしやをよぶ。見ばん無頭さつきうにくると、すい物も二ッ出る。其時、客、此うしほはしほがあまいといふ。あいかたのいわく、ぬしのしほやをい、なさるから、それでもからすぎやすといふ。其時、客、なんだ、ぬしだ、てまへは二朱だと思つたと、どく九五十四をいへば、げいしやも、これはありがたいのすいものと、二一とんさくをいふ。七ッぢぶんよりきて、はや五ッになると、此五ッにむかいをかければ、なをしとなるなり。帰一ばい一うる、此五に見かくれば、おしかけていつでも七匁五分とる也。(六オ)

※「見番図」が二度目であることと、内容から、「見二図」のもじり。『塵劫記』では、「あるひは 銀二百廿一匁を二十六にわれば、八匁五分づゝ也。/おかれぬときは見二無頭作九二、ひかれぬときは、帰一倍二、八算二ノ段入。/是は廿一より廿九までの半有をわる也。あるひは二百四十にわるも、又二子のうへ弐万七千三百廿七にわれといふ共此見二にてわる也」。解説文は、「左リに廿六と置、右に弐二百廿一匁と置。まづ二百を見二無頭作九二といふて二百目の所を九とつくり、二をば次へくはへば九四と成。此九と左の六と九々によびて見れば、六九五十四といふ。是を九ツのつぎにて引け共ひかれぬときは、帰一倍二といふて、九の内を一ツ取て下へ二と加へ入、あとに八置を、此八に左の六によぶ時、六八四十八と右にて引ば、あとに十三残る。此十を八さんの二の段にて二一天作の五とわれば、五となる。此五のつぎにいて、また左の六と右の五と五六三十引ば、八匁五分となるなり」。

そろばんの代わりに置かれた絵は、線香立て。当時線香を燃やして時間を計り、揚げ代の計算を行った。前面には芸者の札がかかる。その芸者「文八・ろ朝・三木太・シゲ市・磯太・多蔵」は未詳。

・**徳・嶋・大・和・春・岡**　線香の脇に書かれた文字。茶屋を表すと思われるが、未詳。

・**廿六日**　月待ち(十四「五丁ノ図」参照)の日。

・**なを**(直)**し**　遊興時間を一切延長すること。

・**た**(他)**へいづ**(出)**る**　他の遊所へ出ると二倍の料金をとった(『仕懸文庫』寛政三刊)。

・**寺丁**　深川永代寺より北西、海辺橋から富岡橋までの東側、八軒の寺が並んでいた地域の俗称。

・**どく九五十四**　九九「六九　五十四」のもじりで、「毒」（悪意のある言葉）を掛ける。
・**ウラヤグラ**　裏櫓は、深川永代寺門前の山本町にあった岡場所。深川七場所の一。
・**うしほ**　魚介類を入れ、塩だけで味付けした吸い物。
・**しほや**（塩屋）　深川に始まるという安永・天明期の流行語。自慢、高慢、自惚れ。
・**ありがたいのすいもの**　「ありがたい」に「鯛の吸物」を掛けた。
・**七ッぢぶんよりきて、はや五ッになる**　「一切」（九「見番図」参照）が過ぎるということ。
・**五ッにむかいをかければ、なをしとなるなり**　『岡場遊廓考』に「一ト切遊ぶに、迎かゝる時は、あとを直して早く帰るを通りもの、遊びとす」とある。
・**此五に見かくれば**　「この後に見かければ」と「この五に掛ければ」を掛ける。
・**七匁五分**　遊女の揚げ代。九「見番図」参照。

（十二）見番図（けんばんづ）

[図]　ギヨクノテウ
丁・ウチ・俵・カゞ・大・吉村・東

すそつぎ七匁五分でかい候時、三人あがつて壱分弐朱、きいちばい三といくらも上ゲれば、舟宿はきやくの上座へあがつて国ぶしをうたひ、よたんぼうになつてへどをはく九七十二となる。其時となり

あるいは 三客二階（きゃくにかい）へ上れば店者（たなもの） 匁知（めし）リふん五リン		一ト切リきりニ而跡をかわれぬ時は、 見三無頭早急ニ寝 かへつ跡へ三人の客は 帰一倍三	
松次	勘蔵	常太夫	吉十郎
佐吉	清治	サド太夫	伊三郎
とし太夫	伊二	嶋八	イヨ丸
梅太夫	千蔵	直太夫	三木市

で一くみ二ﾀ組あげてさわぐと、こちらもまけず、そうあげにしろといへば、大勢ニ而じやうるりもうたも一ッになり、さわがしい計リ。かけたりわつたりすれば、其高一貫三百十四ン文ン。ナアシカ〳〵ヤト也。（六ウ）

※「見番図」が三度目であることと、内容から、「見三図」のもじり。『塵劫記』では、「あるひは銀三貫六十目を三百七十五にわれば、八匁一分六リヅ、也。／をかれぬ時、見三無頭作九ノ三、引れぬ時、帰一倍三。又八算の三の段を用ゆ」。「見三」から「見九」には解説がなく、検算が正しいことをいう「あるひは八匁一分六リヅ、／三百七十五あはすれば、三貫六十目になる也」（見三の場合）があるだけとなっている。

・**ギヨクノテウ**（玉の帳）　深川などの岡場所で、遊女が書くことになっていた客の覚え帳。「枕の引だしの明かりてありければ、引出し見るに玉帳あり」（式亭三馬『辰巳婦言』寛政十刊）。

本項登場の芸者「松次・勘蔵・常太夫・吉十郎・佐吉・清治・サド太夫・伊三郎・とし太夫・伊二・嶋八・イヨ丸・梅太夫・千蔵・直太夫・三木市」のうち、「さきち」は、『深見草』に見え、「嶋八」は『古契三娼』に「新石場じやア金子屋がにぎやかさ。芸者は奴嶋八。三味線が文てう。歌で五郎治。三味線が宇八。羽織でさよ吉、むめ吉さ」と出る。

・**丁・ウチ・俵・カヾ・大・吉村・東**　そろばんの梁の文字。「俵」は裾継ぎ（後述）の妓楼。「東」は表櫓の茶屋東屋。「大」は表櫓の妓楼大黒屋か。「丁・ウチ・カヾ・吉村」は未詳。

・**二階へ上れば**　通常遊里の客を通す部屋は二階で、一階は内証だった。

・**店者**　商家に勤める者。深川の客には、近くの呉服屋・米問屋・酒問屋などの店者が多かった。

・**かへつ跡**　帰った後。

・**すそつぎ**（裾継）　深川遊里の七場所の一。表櫓・裏櫓とともに三櫓の一つに数えられるが、やや格は下がる。「この浄土、裏櫓より少し次なり」（『婦美車紫𪉩』）。

・**国ぶし**　故郷、あるいは地方の唄・民謡。

・よたんぼう　泥酔者。
・そうあげ（惣揚）　その店の遊女・芸者を全部を買い切って遊ぶこと。
・ナアシカ〳〵ヤト　未詳。

（十三）　開山記(かいさんき)大成　仲町ニ土橋をかけるじゆつ

土橋あり、人歩入目壱人リ出るは拾弐匁、二人リ組しは拾五匁、此西の方、中(なか)てうといふ所に扇蔦(せんてう)あり。東の土橋にも千てうあり。両方山へ連て行、入目を問。じゆつに曰、土橋のかたを千てうと置、さき太夫・助治へ二をかけ、嘉吉十四といふ。又喜六廿四とまし金を遣ふ。また仲丁のせんてうを伊八が八と入レ、夫に和蔵用をいくらとすれば、常太夫・平五郎ニ又千吉をめでたい〳〵と口ぐせをものいまい入レ、亀がてづまをみればあづきを二ツにわつて、それをわきへたて、ういろう売を法ニして、たぬき百疋てんもく百ぱいぼう八百本、とはやざんをかけ右へ長治あわせて減増(源ぞう)をしる也。（七オ）

※富岡八幡の山開き（四「不寝ざんの事」参照）と『改算記大成』（『塵劫記』に次いで行われた算術書『改算記』の異本、解題参照）を掛ける。『塵劫記』の「橋の入目を町中へ割りかけること」は項目名としては近いが、もじりにもなっておらず、内容的にかなり相違する。『改算記大成』にも、文言をもじったと思われる項目は見当たらないが、「橋銀割」とその内にある「橋の術」が、本項目と次項十四「大はしの術」の挿絵ときわめて類似しており、これらを念頭に置いて、文章は算術書らしきものを適当に書いたとも考えられる。

本項登場の芸者「扇蔦（仲町）・さき太夫・助治・嘉吉・喜六・伊八・常太夫・平五郎・千吉・亀・長治・源ぞう」のうち、

「千吉・源ぞう・さき太夫」は『深見草』に、それぞれ「千吉・竹沢源蔵・竹本咲太夫」として載る。「扇蔦・伊八・長治」は、『古契三娼』に「仲町の羽織は、大きち、八十吉、今きち、乙吉は廓(てう)へいきやした。仲きち、だん子、ぢんす。太夫で八重太夫、三吉、伊八、千てう、長治、ぜん次、喜三、つる太夫なんぞさ」、「千てう（土橋）・喜六」も同書に「土橋の芸者じやア、春吉、小吉、三喜蔵、おみきなぞが売つたものさ。男芸者では千蝶が古いものさ。新次、五介、清二、喜六なぞも通つたものさ」と出る。また、「助治」は、『繁千話』（寛政二刊）に「それから三朝が所へよつたら土橋の助次が来て居る」と見える。「嘉吉」は、新吉原の男芸者福升屋嘉吉のことか。『江戸春一夜千両』（天明六刊）に「べつして嘉吉なぞはものいまいゆへ、中々せうちせず」とある。「常太夫」は、『声曲類纂』巻三に富本豊前掾藤原敬親門人で「上手の聞こえあり」として見える「常太夫」か。

・**仲町**　永代寺（富岡八幡）門前にあった深川の中心的遊里。揚代十二匁。

・**土橋**　永代寺門前にあり、仲町とともに深川を代表する遊里。「吉原に昼三あれば、仲丁・土橋あり」（『辰巳之園』明和七刊）。

・**人歩**　人足。労務者。

・**入目**　費用。

・**拾弐匁**　「深川土橋の娼婦は昼夜十二匁づつ五ツに切る」（『寛天見聞記』、『燕石十種』所収）。

・**和蔵用**　『古契三娼』に「わぐらといふ所に、下モ二ンの何某とて、句拾ひしたり」とある、深川八幡の裏手、和倉河岸をいうか。

・**ものいまい**　縁起をかつぐこと。また、その人。

・**てづま**（手妻）　手品。

・**ういろう売**　享保三（一七一八）年森田座「若緑勢曾我」で二代目市川団十郎が初演。小田原名物の丸薬、外郎の効能を述べた「つらね」が評判となった。

・**たぬき百疋てんもく百ぱいぼう八百本**　前項の「つらね」の一節に「高野(かうや)の山のおこけら小僧狸(こぞうたぬき)百疋箸(ひきはし)百ぜん天目(もく)百ぱい棒(ぼうはつ)八百ぽん」（『花江都歌舞妓年代記』文化八〜十二刊）とあるのによる。

（十四）大はしの術　見番ノことばを用ル

大橋長サ十四軒一ッけん七尺五寸、むかいよりむかいまでせんかうのたけを用る。五組一ッにして一座のはしの長サを問。

牛の小便十八丁　まだも長ィハ　さんげ〳〵のてうちん
まだも長ィハ　でいしゅ女郎の引まゆ
まだも長ィハ　どうらくもの丶ちよつとかせ

此外いろ〳〵のさわぎことばを三味せんにかけ合セ、勘蔵をあわせてみれば、キサ太夫・友太・梅里、二ッを法ニして、夫に伝治金いくらと入レ、若ィむすこ客ニ、モシとてもの事に蘭二・左吉・幸治と松を入レて、ずつと向ふじまへ桁げたのさんだんはどふでござりますと二一頓作を言、いたこを引て立しやらいのかずをみてゐる内、宿より人ばしか丶る。

［図］長サ富岡の辺よりてんりう迄渡ス。（七ウ）

※何のもじりか未詳（十三「開山記大成」参照）。
本項登場の芸者「勘蔵・キサ太夫・友太・梅里・伝治・蘭二・佐吉・幸治・松」は、八「五丁ノ図」に既出の吉原芸者蘭示以外は未詳。

・**大はし**　両国橋をいう場合もあるが、ここは両国橋の南、浜町から深川六軒町に架かる新大橋。長さ百八間といわれた。深川側籾蔵に岡場所常盤町があった。「新大橋のながく〵しき、三十三間どうよくに、又も一座を直助屋敷」（『風流志道軒伝』宝暦十三刊）、「長ささへ百八間の大橋を数珠つなぎにて人も通れり」（『狂歌江都名所図会』三編、安政三序、刊）。

・**十四軒**　女郎屋の数か。

・**七尺五寸**　芸者の玉代七匁五分を寸法に準えた。

・**せんかうのたけを用る**　十一「見番図」参照。

・**五組一ッ**　未詳。

・**牛の小便十八丁**　だらだらと長く続くことのたとえ。『砂払』に、『南客先生文集』序文の一節を評して「牛の小便十八丁、此割出しは、東海道高輪（たかなわ）牛町より牛車を曳（ひ）き出すとき、牛の小便、牛町即ち田町九丁あり、それより本芝四丁、金杉町四丁ありて金杉橋の辺までたれるゆへ、十八丁と云ふと覚ゆ」とある。

・**まだも長ィハ**　騒ぎ唄の囃子詞か。山東京伝『絵兄弟』（寛政六刊）に「足軽妹にお軽あり。まだも軽いがござりやす。軽石。かるめら。軽口咄」とある。

・**さんげく〵のてうちん**　「さんげく〵」は「慙愧懺悔（ざんぎさんげ）」の変化した語で、大山阿夫利神社に、白衣姿で詣でるとき唱えた語。参詣に先だって身を清めるため、隅田川両国橋際で水垢離を取るとき「さんげく〵六根清浄」などといった。『彙軌本紀』（天明四刊）に「さんげく〵の挑灯は両国橋より長く。納太刀は梁よりも大なり」とあり、長い提灯を携帯していたと思われる。

・**でいしゆ**（出居衆）　遊女や芸者が、特定の見世に抱えられることなく、自前で営業する者。

・**さわぎことば**　宴席で三味線などを伴奏しながら、芸者たちがにぎやかに歌うこと。深川名物となっていた。

・**勘蔵をあわせて**　「勘定を合わせて」の地口。

・**いたこを引て立しやらいのかずを**　俗謡「わしが思ひは仙台河岸の立てし矢来の数よりも」による。『狂文宝合記』（天明三刊）に元木網が「仙台川岸にたてしやらいの古杭」を出品する。

・**人ばしかゝる**　ひっきりなしに繰り返し使いが来ること。

・**てんりう**　未詳。

（十五）　土手積リ高之事

新土手三春よりよし見迄五軒高サ七尺五寸、古土手柳の木よりかぎの手迄拾軒高サ新のばい也。右新土手は夕ビより人歩を入レる。ふる土手土地の人にて築（つき）上る。思ふ坪を問。

術ニ曰、新土手を築上るに、先和太夫に市と置、見ばんのことばをもつてさつきうに呼、久治二十の二、念八が八、何レも夕ビより一ッめを一桁こうてくる。二七忠治引五郎治、秀太を二ッまし、是を半ぞうするとわかる。

古土手柳よりかぎの手まで十軒、此紀志（きし）を今七が七として、名尾しげ八が八と置く。其内つる吉とよ政を二人ンが四入ル。新内の土を助地（すけじ）へもちこみ候故、ぶんご十五引ぎり一ッぺんのあだ築人（つきて）をかくれば、けつく心のもめる高しれる。

〔図〕古土手　拾軒

新土手　五軒　高サ　七尺五寸（八オ）

※題名からすると、「町つもりの事」をもととするか。『塵劫記』本文は、「むかいに人の立てゐる所迄、とをさ何程と云。三町廿八間二尺一寸七分有といふ。法に三寸有かねに長二尺一寸七分ある糸をつけて、口に糸をくはへてむかひの人のたけを見る時に、かねにて八りにみゆる時、是に三をかくれば二分七りと成。是にて人のたけ五尺を割ば二百八間三三三と成。此三三三に六尺をかけ二尺一寸六分ト成。六十間にて割、三町共八間二尺一寸六分六りトしる、也」。

本項登場の芸者「和太夫・九治・念八・忠治・五郎治・秀太・半ぞう・紀志・今七・名尾しげ八・つる吉・とよ政・助地」の

うち、「五郎治」は十二「見番図」、「助地」は十三「開山記大成」参照。

・**新土手**　深川の越中島北西部にあった岡場所新石場。現江東区牡丹二丁目。万治頃、幕府が石置き場としたため俗に石場と呼ばれ、その後、古石場・新石場の二ヶ所に分かれた。『岡場遊廓考』には「深川越中島拝借地・同定浚屋敷・同定浚屋敷上納地、此三ヶ所、里俗新石場ト唱候」とある。

・**三春**　三春屋。お旅（後出）の遊女屋。

・**よし見**　常盤丁にあった遊女屋。

・**五軒高サ七尺五寸**　「三春」から「よし見」までの間に五軒の妓楼があり、揚代が七匁五分であった。

・**柳の木よりかぎの手迄拾軒**　右石場の妓楼の軒数。

・**古土手**　深川の岡場所古石場。

・**タビ**　新大橋の北、大川に面した御船蔵の東側にあった岡場所。お旅。お旅には、藤田屋・三春屋・田島屋・児玉屋・泉屋の五軒の遊女屋があった。

・**新内**　鶴賀若狭掾創始の浄瑠璃節の一派。安永頃、道行物を中心として流行した。

・**ぶんご**　三「九九はしらでかなはざる事」に既出。

・**ぎり一ッぺんのあだ築人をかくれば、けつく心のもめる高しれる**　『辰巳婦言』（寛政十刊）の式亭三馬自序に「蓋(けだし)義理(ぎり)一遍(いっぺん)の通(あだ)情(つき)は、結句心(けつくこころ)のもめる種(たね)」とあるが、いかなる歌謡か未詳。

（十六）新地(しんち)の術

［図］シ・フ

ケンバンキヨク

ヨヤフ・シフ・ヤ・ヨヤ、四軒あり。こちらの所を堀太夫にして、平二(へいじ)にならし、こま太夫にわり付ヶ、此嘉七いくらと問。

答　白子万山城福岡有

法ニ曰、客にちよきをかけ、元ふねのほばしらをけんとうにして、三ンばしへ上がる。常吉民治と七十四とましてかずをうる。又ながなわおきづりふりやうの時は、うら口へふねをかけあわせ、見ばんのことばをもつて淀吉さよ吉を呼で、はれてみれば、あわかづさまでしれる。是は海猟(かいりやう)海辺(へん)のわり也。

※「けん地つもりの事」のもじりと思われる。『塵劫記』の本文は、「けん地つもりやう、図にくはしくあり、此田地いかほどぞといふ。三反四畝十六歩有」。土地の図と計算を示すそろばんの図に続き、「法に、長さ三十七間に、ひろさ廿八間をもつてかくれば千三十六坪となる也。これを田法三百坪をもつてわれば、三反四畝十六歩と知るべし」に始まり、様々な大きさ・形の土地を例として解説が続くが、「白子万山城福岡有」に音が通うものはない。ここでいう新地は深川新地。

本項登場の芸者「堀太夫・平二・こま太夫・嘉七・常吉・民治・淀吉・さよ吉」のうち、「竹本駒太夫・つね吉・さよ吉」が『深見草』に載る。

・**四軒**　新地には、百歩楼・大栄楼・船通楼・中島屋の四軒の茶屋があった。
・**平二**　男芸者の名と「平地」を掛ける。
・**白子万山城福岡有**　「白」は土橋の茶屋白木屋、「万」「山城」は、それぞれ仲町の茶屋万屋・山城屋。「子」は未詳。「福岡」は、古石場に同名の妓楼がある。
・**ちよき**　猪牙舟。小さく細長く船脚の速い舟で、吉原・深川などへの遊び客がよく利用した。
・**元ふね**　小船を従えている大船。
・**ながなわ**（長縄）　延縄(はえなわ)に同じ。一本の幹縄に一定の間隔で多くの枝縄と釣針を付け、水底に仕掛けて置く漁。

・おきづり　船で沖へ出て行う釣り。
・はれてみれば、あわかづさまでしれる　深川新地は越中島の北端で、南は海に面し眺望がよかった。
・海猟海辺　「開立開平」の地口か。

（十七）かまいざんはやわり

[図] 割始

女・男

客主人様もん目をぬき、女郎とげいしや、いろをすれば、見ばんのわりをもちいず、二ッにわられて、ちや屋をとめらるゝ。是をかぶりざんともかまい算ともいふ。是は、いらぬさんなり。（八ウ）

しち〳〵四十九引 むせうにかりる ひく	小言廿五といふて、おやかたへし れて、是よりしりわれる
客へすゝめて花をやらせる。よく とく卅六引	又小質三十五といふて、ねまき一 ッ女郎よりかりる
ひく	
女郎の座敷で、三味せんの十二引	此時より女郎げいしやにほれる

※「亀井算」のもじり。亀井算は、九九を使って割り算を行う算法。これを掲載する『塵劫記』は少ないが、「八算」と同様の形式で桁を少なくして載せているものがある。東京学芸大学附属図書館望月文庫蔵『新編塵劫記（目録首）』では、「かめいわり共、九々引そろばん共、また、かめいの引ざん共なづけてむかしより有。算木さんにかはらず」（二オ）という説

明に続き、「銀百二十三匁四分五厘ヲ二ツに割ば、六十一匁七分二厘五毛ト成」という問題の図説がある。一方『改算記大成』は、八算の六の割まで必ず絵入りで解説した後、「かめゐ割は、九々引そろばんといふて、むかしより有。当代の人つくるにあらず。此算あしきゆへ、今八算見一ヲ用る間、是よりのせず」（元禄十三、須藤権兵衛版、五ウ）の説明以後は略されている。

・**目をぬき**　人目をごまかす。
・**わり**　仲裁。
・**二ッにわられて**　二人の仲を裂かれて。
・**ちや屋をとめらるゝ**　遊女・芸者共に茶屋が営業場所であるから、二人とも収入の道が絶えることになる。
・**かぶりざん・かまい算**　「かぶる」は災いをこうむる。「かまふ」は出入り禁止や追放のこと。
・**しち〱四十九**　九九の「七七　四十九」に「質」を掛ける。
・**しりわれる**　悪事が露見すること。

（十八）　銭つかいはやわり

あるひは金壱両に、ぜに六貫文の時、南鐐弐片だして、いくらととふ。しれた事サ、一貫五百。それを弐百のさけ一升、大黒屋のかば焼五百、ごぜんそば四百が跡に壱本のこる。小ぎく壱ぜう、こくぶ十匁、あとにのこる三百文は新地を（一オ）廻るうち水茶やにてなくなる。いかほどのたかなり共みなこのこゝろなり。小ばん一両もだせば、さうばのことばをかけ、欲にてわるなり。

※「銀つかひ早割」のもじり。弘化版『大字ぢんかうき』の本文は「あるひは金一両にぜに四貫八百文がへにて十二匁の銭いかほ

どといふ時、十二匁と置、四貫八百をかけ、そのうへを六にてわれば、九百六十文となる也。いかほどのたかなりともみな此こゝろなり。小判六十目ゆへに、時のそうばの銭をかけて、六にてわるなり」。

・**壱両**　標準は金一両＝四分＝十六朱＝銀六十匁＝銭四貫文＝四千文。ここでは銭価の下落を反映し、一両が六貫文という相場を想定している。以下の計算は正しく行われている。

・**貫**　銭千文分。実数は九百六十文で一貫とした。

・**大黒屋**　『耳嚢』巻之一「又」（「品川にてかたりせし出家の事」の続き）に「浜町河岸に大黒屋といへるうなぎの名物あり」とある。この店をいうか。浜町河岸は、両国橋から永久橋までの両岸の俗称。

・**ごぜん**（御膳）**そば**　白い御膳粉を用い、細く打った上等の蕎麦。

・**壱本**　四文銭を百枚（実は九十六枚）つないで棒状にしたもの。

・**小ぎく**（菊）　鼻紙などに用いる高級な小判の和紙。遊里で祝儀として与える紙花にもこれを用いた。

・**こくぶ**（国府）　大隅国（鹿児島県）国府産の上等の煙草。

・**新地**　深川西南隅、隅田川口の岡場所を指すこともあるが、ここは茶屋の多くあった中洲新地（二十二「新地ナカズの割」参照）であろう。

・**水茶や**　道端や寺社の境内などで湯茶などを供して人を休息させた店。

・**さうば**（相場）　市場価格を意味する経済用語としての「相場」に、お決まりの、の意を掛けた。

（十九）　船つみ高の事

柳橋より船つみに成ルふり袖のありさま、にしの国で百万石もとるやうなかほ、みた所はなんとゝいふ。（一ウ）十五六しやんと四升三合四才らしくみゆる。法に、はしのうへに人を立てめやすにして、げいしやをどくでわつてはぢをかくればしれるなり。

※船荷の運搬料の計算法。『塵劫記』「舟のうんちんの事」の本文は、「あるいは米二百五十石つみて、何方へなり共つくる時に、うんちん百石ニ付七石づゝ。右二百五十石の内にてはらふ時、うんちん何ほどぞといふ。運賃十六石三斗五升五合一勺四才なり。まづ二百五十石ニ七石をかくれば一七十五となる。是を百七石にてわればうんちん十六石三斗五升五合一勺四才となる也（下略）」。

・**柳橋**　神田川が隅田川に合流する手前にある橋。舟遊びの拠点として船宿が多くあった。

・**ふり袖**　ここでは女芸者（町芸者）のこと。南畝『奴凧』（写）に「天明の頃まで、橘町、薬研堀の芸者、座敷へ出るに振袖着て来り、留袖に着かへ、又帰る時は必ず振袖を着しが」とある。

・**にしの国で百万石とるやうな**　実家は九州の大名であるなどと、大ぼらを吹くこと。また、高慢な態度をとること。「身どもがごとき西の国で百万石とる国やしきをつとめ申浅木浦右衛門が目から見申せば」（『古今三通伝』天明二刊）。ここでは、女芸者が容貌に自信のあるさまをいう。

・**十五六しやんと四升三合**　文意不明。

・**四才らしく**　「仔細」のもじり。わけありの様子、または、もったいぶった様子。

・**どくでわつてはぢをかくれば**　「六で割って八を掛くれば」に「悪口を言って（女芸者に）恥をかかせれば」を掛ける。

（二十）　油うりの事

たとへば客三十人の中げいしや弐人の時、こゝよりも（二オ）そこよりもさかづきをさゝれ、なんぎの時はいかん。法にいわく、右に十人を置、左リに弐十人とおき、さかづきを一ぱいうけて一口のみ、じやうごらしき客へたのめばうれしがりてのむ。其時あやかりものといちざやかましくば、おまへも〳〵とたのみ、三味せんのいとをかけたりして、相の手計ﾘ引く。また杉ばしをおりて、かせなぞをこしらへなまける。是をあぶらをうるといふなり。（二ウ）

※相場割りの一つ「油売買（あぶらうりかい）の事」のもじり。「あぶら十たるにつき十五両がへのとき、一升の代何ほど、云。一匁三分七毛ニ付也。右二十五両がへとおき、六十匁のさうばの銀をかけ、九十匁トなる。ひだりに三斗九升入のたるにて、右の九十匁をわるべし。又は銭にわるときは、十五両に銭さうば四貫にても五貫にてもかけて、三斗九升にてあるべし。相場割はいづれも右のごとし」（弘化版『大字ぢんかうき』）。

・**じやうごらしき**　「上戸」は酒に強い人。「らしき」は原本「らうき」を改めた。

・**相の手計ﾘ引く**　「相の手」は、唄と唄の間の伴奏部分、歌や踊りの調子に合せて間に入れる掛声や手拍子のことで、そこから、会話の合間にはさむ言葉もいう。ここでは、調子を合わせる言葉を横から時々言うだけで、酒を飲まされるのが厄介なため、自分が主体とならないようにする態度をいっている。

・**かせ**（枷）　三味線の調子を高くするために、弦を棹に押さえつけて留めるコマ。

・**あぶらをうる**　仕事の途中で怠ける、むだ話で時間を浪費するの意の慣用句。語源は、髪油を売る者が長話をしたからとか、油売りが油を移すのに時間が掛かったからなどの説がある。

（二十一）　油虫をはかり分ﾙ事

げい子の内へくる者に、でしﾆあらず、たゞむだ計いひにくる人あり。何ととふ。是をはりてといふ。でし、しせうにのませんと五合かつてくる酒を、おれもかふてのまふといふ。しせうもぜひなく、よしな、おれがかふ、と五合かってのませる。是にてそとであつてもわる口をいわず。師匠の五合にでしの五合をいれて、壱升のそんと知れる也。

（三オ・上）

※「油はかり分る事」（「あぶらわくるさんの事」等も同じ）のもじり。「油虫」は他人にたかってただで遊興・飲食する者。『塵劫記』本文は、「油一斗を二人してわけ取時に、七升ますと三升ますにてわくる時は、まづ三升ますにて三ばいくみて七升ますへ入ば、三升ますに二升残る時、七升ますに有をもとの桶へあけ、此二升を七升升へ入、三升ますに一ぱい入ば、五升づゝと成也」。

・はりて　女を自分のものにしようとつけねらう者。

（二十二）　新地ナカヅの割

[図]　二丁四方ほど

一ノ涼

むかしは川也　今は三ヶ津の涼也

※題は『塵劫記』「検地割」「検地つもりの事」等からの連想と思われるが、内容は「田畑間数の名の事」（「田かずの名の事」等も同じ）のもじりとなっている。「一町　但六十間四方也。一間といふは六尺五寸。一反　むかしは

一夏	三ヶ月ヲいふ。
二朱は	茶店に賑ふ。
一片	南鐐壱ツ也。
芸子	方々より集　其名高し。
一分	長一日ニ而も一夜ニ而も 土地にすむお名おこう。
一片	長サ八九寸　線香。 手取リ四尺。
一時（とき）	長ちとせをのぶる。
一物（もつ）	長き遊びには、できる ともいふ、出来ぬともいふ。
一忽（こつ）	長時によりよし。 たちまち向ひがかゝる。
一微（び）	長一ツくらいかつては なんのへんてつもなし。

（三ウ）

三百六十坪、今は三百坪を云也。／一畝　三十歩をいふ／三十歩は三十坪也／一歩　一坪をいふ／一坪　六尺五寸四方也／一分
　長六尺五寸・広　六分五厘／一厘　長　六寸五分・広　同／一毫　長　六寸五分・広　六分五厘／一絲　長　六分五厘・広
同／一忽　長　六分五厘・広　六分五厘／一微　長　六分五厘・広　同」。「新地ナカズ」は、隅田川と箱崎川の分流点を埋め立てた新地「中洲富永町」のこと。『武江年表』安永元年の条に、「大川中洲新地築立成就す。町屋は安永四年に至りて全く成れり」、『江戸名所図会』「三派(みつまた)」に「洪水の時、便(たより)あしきとて、寛政元酉年に至り、復(また)元のごとくの川に堀立らる」とある。

・**二丁四方ほど**　『大抵御覧』（安永八刊）の「三又富永町図」の書入に、「坪数凡九千六百七十七坪」。『洒落本大成』第九巻の同書の解題によれば、天理図書館蔵本には、元々西南東北の順に「二百一間」「七十一間」「百八十五間」「二十八間」とあった。『武江年表』には、「川岸凡そ二丁余り、坪数九千六百七十七坪余り、茶屋九十三軒有り」とある。

・**一ノ涼**　江戸随一の涼み所。「中洲の涼所と近来の大賑(おおにぎわい)、いふも更なり」（『中洲雀』安永六刊）。

・**三ヶ津の涼**　江戸・京・大坂の三都で第一の涼み所。

・**芸子　方々より集　其名高し**　『大抵御覧』では、二十九人の名を列挙している。

・**おこう**　未詳。前項の二十九名の中にはいない。

・**線香**　十一「見番図」参照。

・**手取リ四尺**　女芸者の取り分が銀四匁の意か。

・**一物**　ここでは、心中ひそかに抱いている魂胆の意味であろう。

・**できる**　女芸者を転ばすことができる。

・**一ッ**　一切りのこと。九「見番図」参照。

（二十三）　いれ子ざんの事

［図］もらい子／かゝへのいもと／かゝへのいもと／いもとむすめ（四オ）
　　むすめ／はゝおや／おやぢ

七ツ入レ子のよふに大勢子供は有レど、本の子は二人位、あとは貰子かゝへ也。先実の子を左右において、かゝへに三みせんをおしへさせ、ざしきへでるぢぶんになると、壱人リでおぼへた顔して壱分五リともおもわず、本のおやの所へにげて行。是よりもろふたおやと中あしく、これをわつてみれば、九もめ、うつぷんとなる。（四ウ）

※値段が大きさに比例する入れ子の鍋（大きさの異なる鍋を、大きいものから小さいものへ順次内側に収納して行く形式の鍋）の、合計の値段から、一番小さい鍋の値段を求める算術。『塵劫記』では、「あるひは七ツいれ子を銀廿壱匁にかひ申候時、入れ子壱ツに付六分ヅ、さげて下は何ほどにあたるといふ。まづ七を左右ニ置て、右の七をば一ツ引六になして、左の七ツをかくれば、六七の四十二と成。是を二ツにわれば廿一となる。是に六分をかくれば十二匁六分となる。是を右の廿一匁の内引ば、八匁四分残るを七ツにわるなり」。絵は七つの鍋を描き、それぞれの値段を脇に記している。

・**九もめ、うつぷんとなる**　大いにもめ、鬱憤（心の中に積もる怒り・恨み）となる、の意か。「九もめ」は「九匁」の地口。

（二十四）　くらやみ左右場割

年の入リ三十五六位（くらい）までである。右のさふば金壱分より弐朱まであるといふ。法ニ曰、左リニぐわとうとおき、右ニやぶれびやうぶをおき、三十五六をわれば、ふるきふとん一枚としれる。いづくニ而行ふか所知れねば、此かいのさんニ而は有まじ。ぢごく算（ざん）ならんか。（五オ）

※米相場から売買代金を計算する「御蔵前相場割（おんくらまえそうばわり）」のもじり。「米百俵の三十五石、但一俵の入三斗升也。右米百俵の相場金三十両がへならば、左りに三十両とおき、右の三十五石をわれば金一両ニ一石一斗六升六合六勺としる、也。三十両二朱がへは三十両一二五とおき、同一分は二五と置、同三分二朱は八七五とおく也。右のわり合をこゝろへしるべきなり」（弘化版『大字ぢんかうき』）。

・**年の入リ三十五六**　地獄（後出）の年齢層を意味する。

・**金壱分より弐朱**　『岡場遊廓考』「浅草」の項に「○馬道　浅草チヨンノマ金一歩　当時なし／紫鹿子に云、此浄土、物事静にて人柄、髪の風、地娘といふたて、至て人目をしのびつゝ、しむ故、さわぎはならず、／按ニ当時の地獄トいふものにや／色里名所に、馬みち、一分海道也、問屋より恋の重荷を仕出ス」とあり、また、「地獄」の項には「地獄　当時盛ン　金二朱也、或は金一朱也、あるよし、此名昔より淫売女を差ていふか、／天保四年今様流行物語　物見遊山に深川遊び内々地獄も金銭次第」とある。

・**ぐわとう**（瓦灯）　中に灯火をともすための、上が狭く下の広がった陶製の照明器具。

・**此かい**（界）**のさん**（産）　この辺りの生まれ。

・**ぢごく算**　自宅や中宿で売春した、素人の私娼を地獄といった。「ぢごく算」は未詳。

（二十五）もめん丈（じやう）なしの事

げいしや二人リやとい、但シひるより夜に入ルころまで、きやくも遊ぶ気でゐる時、モシかゝさんがわつちにきかせずとつておいたざしきがありやす。どうぞ夕がたからおひまをおくんなさいといふ。きやくの中にきいたふうのやつこたへて、右ニ残ル壱人リ（五ウ）のげいしやをおき、これにわりをつくれば、わつちも一人リではどふもいにくいといふ。も壱人リよべば壱分のそん也。おの〳〵はらを立てしまいはつかず、てん〴〵に壱分と置夫へちよきをかくれば、よしはら・深川とわれる也。

※「木綿売買（もめんうりかい）の事」のもじり。「木綿売買の事」は、一反の長さが一定しない反物の計算を説く。『塵劫記』では二つの例を挙げており、一例目は「一反二丈五尺の木綿が四匁五分」で共通するが、二例目の数値が諸本で異なっている場合がある。「一反一丈六尺の木綿が五匁二分」であったり、「二丈六尺が十三匁」であったり等である。弘化版『大字ぢんかうき』では、「木綿一たん但し二丈五尺あり。代銀四匁五分にかひたるとき、一尺何程ニあたるといふ。一分八厘にあたるなり。右に四匁五分を置、二丈五尺にて割ば一分八厘としるゝ也。また四匁八分に四をかけてもよし。四をかくるは二十五のわりの時もちゆる也。何ニても二十五ニわるときは、四をかくるなり。また、もめん一たん二丈六尺あり、此代五匁也。右のもめんぎれニて八尺五寸の代銀はなにほどゝいふ。一匁七分五厘なり。まづ八尺五寸に五匁をかくれば四二五となる。これを八尺にてわれば知るなり。何にてももとのこゝろ得にて割べし」（九ウ・十オ・十ウ）。

　また、「もめん丈なし」は、上総産の木綿が丈が短いことから、情のないたとえとして深川で始まった地口「上総木綿で丈(情)がない」をもじっている。

・**わりをつくれば**　割り増しして料金を払う。
・**ちよき**　一六「新地の術」参照。
・**われる**　算術の「割る」に、「客が（吉原と深川に）分かれる」の意を掛ける。

（二十六）いき人といけぬの数分ル事（六オ）

いき人とみへてわかるはなしかときけば、八人のればやねぶねがせまし、小やかたではひろすぎる、名（な）のたかいげいしやはおふきなつらをする、こぞうげいしやはさへぬといふ。是をきいて壱人リがいふ。ハテ高が人数八人、げいしや四人、大きなやかたをかりて、りやうりも茶やへいひ付、むかふじままつさきの大おごり、夫ではさん用が合まい。ハテ法に七をおき、跡では、おやに苦（九）をかくればよいなり。（六ウ）

※「絹（きぬ）と盗人（ぬすびと）の数を知る事」のもじり。中国の算術書『孫子算経』（三〜四世紀）に始まる「盗人算」のことで、品物を分配する際の過不足から、人数と品数を計算するもの。『孫子算経』では、一人が六つ取ると六つ余り、七つ取ると七つ余る、とするが、『塵劫記』では、「さる盗人橋の下にてきぬをわけとるを見れば、八たんづゝとれば七たんたらず、七たんづゝわくれば八端あまるといふ。是をきいてぬす人の数もきぬの数もしれ申候。盗人十五人有。きぬは百十三反ある也。法に、八端に七端をくはへる時十五に成。是を人の数としるべし。何れも此心持にてわるべし」と変えている。
・**八人のればやねぶね**（屋根舟）**がせまし、小やかた**（屋形）**ではひろすぎる**　「屋根舟」は簡単な屋根のある小型の船で、大型のものは「屋形船」と呼ばれた。「[好]……七人ンじや[定]小屋かたにせずはなるまひ」（『芳深交話』安永九刊）。
・**むかふじままつさきの大おごり**　「まつさき」は、隅田川の西岸、向島への橋場の渡しの所にあった真崎稲荷のこと。境内には名物の田楽茶屋が並んでいた。「大おごり」は、その付近まで船遊びで行き、女芸者を料理茶屋へ連れ込んで散財すること。

・**七をおき**　「質」を掛ける。

（二十七）　駕にのせてかはる〴〵供ヲする事

目黒へ女げいしやを二人連て行ふといふ客三人。法にげいしや二人にかご二てう、供壱人ヅヽ、入て二さんが楽といそげば、客は跡よりかけながら、あつ九七十二といふ。不動参りと茶やで中食の時、ちらりとみたばかり、みやげはした、かねだられ、又かごの跡よりかけ〳〵帰る。三人ながら供をして、諸入用ともに二両もつかへば、たゞとられた心ちする。是は高い目黒算（ざん）といふなり。（七オ）

※「馬三疋を四人してかはる〴〵乗合ふ事」のもじり。「馬に乗合算の事」など、一部が異なる題の場合もある。「六里の道を四人にてかはる〴〵三疋の馬に甲乙なくのるには、まづ馬疋に六里をかくれば三六十八里になる。此十八里を乗人四人にわれば、一人分四里半ヅヽ、なり。また、四里半を馬のかず三疋にわれば、一里半なるゆへ、一リ半ヅヽ、乗かはれば甲乙なきなり」（弘化版『大字ぢんかうき』十一オ・十一ウ、「馬三びきを四人にてかわる〴〵のりあはする事」）。

・**目黒**　目黒不動尊。天台宗泰叡山滝泉寺の通称で、参詣客が多かった。門前には、餅花・粟餅・飴などが名物として売られていた。

・**目黒算**　「目黒参」を算術の名めかした。

（二十八）　大蔵のおもさを知る事

米沢朝の民亭のいわく、だいぞうは船にげいしやが弐人入レて、八人も九人も乗リ、船の足小べりへ水付程也。むかふじまへも行ず、川の中ニ一日を楽み、わるじやればかりして、漸夜に入リて上れば、せんどうもげいしやもほつといきをする。これにてだいぞうのおしのおもたさをしるべし。（七ウ）

※「大蔵」は「大象」のもじり。象の重さを測る方法を説く内容だが、ほとんどの『塵劫記』では、「気転工夫の算勘の事」の項目名となっている。その本文は、「大唐武帝の御子のいはく、象を舟にのせて水あとつく処をしるしおき、さて象をおろし、又物をつみてこれをはからば、ざうのおもさをしるべしと也。是きてんのさんかん也」（弘化版『大字ぢんかうき』十二オ）。『改算記』では「蔵の重を知る事」となっている。

・**大蔵**　自分では通人だと思っているが、他人はそれを認めていないという野暮な人。半可通。
・**米沢朝の民亭**　二「げい子伊達のこと」に出る米沢町のお民を、中国の皇帝名めかした。
・**むかふじまへも行ず**　向島へ行くと、料理茶屋で飲食することになるので、その出費を惜しんだのである。
・**おしのおもたさ**　押しの強さ。強引に自分の意志を通そうとする様子。

（二十九）　立チ木のごとき娘の丈を知る事

是ははな紙をおり、中へ金けを入レそつと出せば、たとへ大木のごとくたつたる者ニても、こゝろのたけいくらともしれる。さりながら、てのくるひなぞはあしし。また内またをのぞく事もあれど、それにてはヲ、ヨシナサイトいふ。

（八オ）

※「立木の長を積る法」のもじり。「是ははな紙を四角にをりて、又角をとりて三角におり、扨まへの角と上の角と木の中へ三所ろくへにため合せ、夫より木のもとまで折て、夫にゐたけを入て木の長サにしていふなり。又内またより、見るもあり」（弘化版『大字ぢんかうき』十二ウ）。

・**はな紙をおり、中へ金けを入レそつと出せば**　祝儀を与え、女芸者を転ばせようとしている。

・**ヲ、ヨシナサイト**　客が股を覗くので、「およしなさい」と言っている。

（三十）　芸子孝行衒之事（げいこかう〳〵げん）　大尾

図（づ）のごとく、ばちのさきにておや兄弟をすごす。すみよりすみまで思ふ坪数を問。法ニ曰、客二人にげい子弐人合せてちかづきになると、ちつとわつちらが内へもお出なされといふ。其時鼻の下のびたるやつ、内を除（ノゾケ）ば四十五六なはゝを右に置、げい子はかけたり合せたりする。こゝに口伝あり。此方より一片を出し、三人詰メのむぎめしをおごり、又舟に行やくそくをする。実におや共にすごしてやるが、しゞうの所ならねば、われず。是をせけんにかう〳〵げんといふて、ひでん工夫のさんかんなり。銭なしのむだばりのかずいくらきても、よふきなさつた、おちやでもあがれ、はゝもよろしう申計リ。名づけて大きにおせわ算（サン）といふ

[図] 行ヲコノウ／孝ヨシ／術ウル

※芸子は女芸者のこと。孝行術は「鈎股弦（こうこげん）」のもじり。直角三角形の直角に隣る短い辺を鈎、長い辺を股、斜辺を弦という。鈎股弦の定理は「ピタゴラスの定理」に同じ。「術」は「てらう、ふりをする」の意もある。寛永二十年刊本までの『塵劫記』では鈎股弦に触れておらず、その後の異本によって「勾倍の伸び」や「開平法」の項に補われた。『改算記』では、比較的詳しく解説している。全体としては、いずれのもじりともなっていないが、一部の『塵劫記』にある「是を世間に鈎股弦と云て、秘伝仕は此術也」（京都・菱屋孫兵衛、明和六年再版本による）という部分のみ取っている。

・**すごす**　養う。生活させる。
・**かけたり**　「かける」は、だます、惚れたように見せかける。算術の「掛ける」をかける。
・**合せたり**　相手に調子を合わせるの意に、数を足す意味を掛ける。
・**三人詰〆のむぎめし**　未詳。
・**しゞうの所ならねば、われず**　いつもつかう手でないからバレない。算術の「割れる」に「明るみに出る」の意を掛ける。
・**さんかん**（算勘）　数の勘定。計算。
・**銭なしのむだばり**　金銭を使わずに、女芸者の気を引こうと付け狙っても無駄であること。
・**大きにおせわ算**　安永から天明頃に流行した言葉遊びで、余計なお節介で迷惑である時にいう、「おおきにお世話、お茶でも上がれ」による。「おせわ算」は「おせわ様」のもじり。

[刊記]

于時　庚子

安永九年　正月　吉旦

桃栗山人　柿発斎著　印（焉馬）

（柱記「塵劫記終」、丁付なしオ）

絵本見立仮譬尽

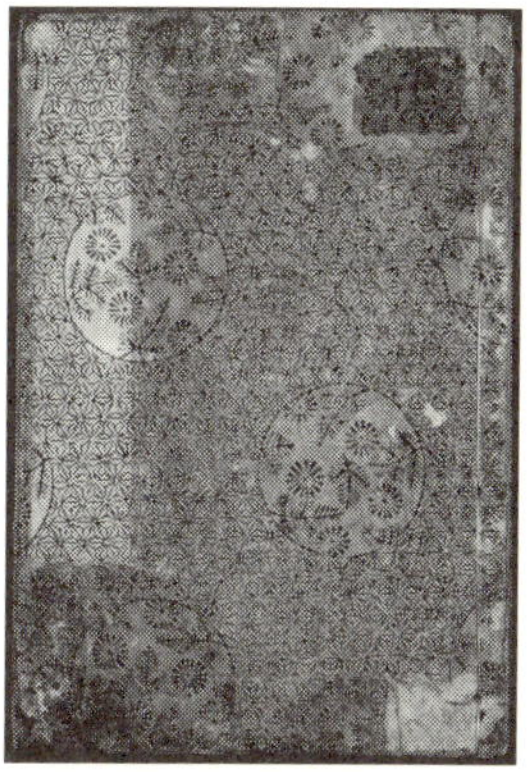

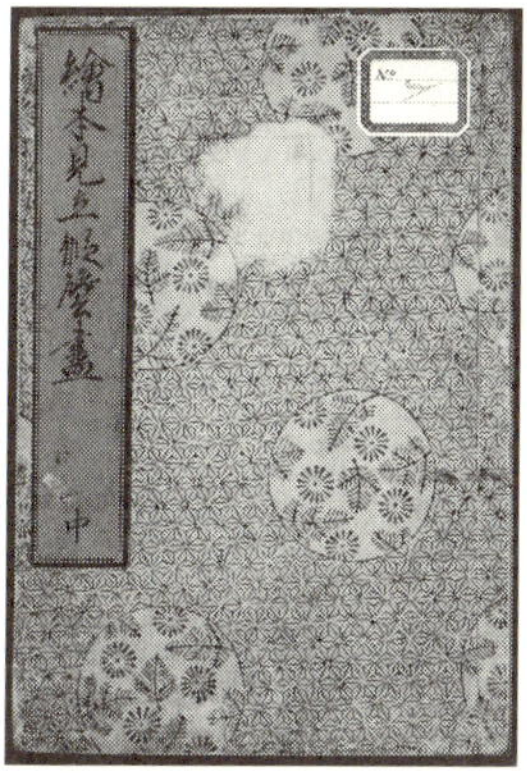

凡　例

○翻刻

一、各項目に漢数字の整理番号を付した。

一、本文の行移りは、底本に従わなかった。

一、本文中の漢字は、概ね通行の字体に改めた。

一、本文中の平仮名・片仮名は、全て現行の字体に統一し、合字はひらいた。

一、振仮名は底本通りとした。

一、読解の便宜をはかり適宜濁点・半濁点を施した。

一、反復記号は原則として底本に従ったが、漢字一字の反復記号は「々」に改めた。

一、原本に存する句読点「。」には必ずしも従わず、読解の便宜をはかり、新たに句読点を施した。

一、意味上、明らかな脱字は〔　〕に入れてこれを補った。

一、本文の丁替りは、その丁の表および裏の末尾の文字の次に（　）を付してあらわした。その際、底本の丁付を用い、慣例に従ってその表裏をそれぞれ片仮名で示した。

○註釈

一、各項の翻刻とともにその図のある各半丁を影印で掲げ、註釈を加えた。

一、本文の一まとまりの内容の後に、項目ごとに「・」の記号を冒頭に置き、註釈を施した。

一、その他の解説には「※」の記号を冒頭に置いた。

一、語註の見出しに適宜（　）に入れて漢字を示し、解釈の助けとした。

一、狂歌を寄せた狂歌師については、必ずしも本書の表記にとらわれず、各註釈の末尾に●を付してもっとも一般的な表記で掲げ、知り得た範囲でその伝を略記した。

絵本見立仮譬尽

自序

改年の御慶申シ入ますとは、片し貝のいかひ片言。扨、当春も依旧、諸名家の筆尖に、散葉花し開版物。その叢中へ鉄面皮、人疑似を倣蟷螂作者。智巧の海の底を探し、硯の海の礒を求て、拾ひ（上一オ）集めし仮譬尽は、心づくしの浪に寄、晒落た貝にも有ばこそ、馬鹿の剥身の身を入て、ちよつかいの廻る長、滅法界にかいつけ侍る。攻苦甲斐が朝折にならず、東家でも西家でも外揚好的、此冊子をお買なさらば、（上一ウ）小可が万年、二来には、出脱書舗の造化かい。ナントさふじやござらぬかいと云爾。

卯のはつ春　天竺老人事　竹杖為軽述　花押〔卍に象〕（上二オ）

・**改年の御慶**　年が改まったご挨拶。寛政九版『よものはる』に「改年の御慶目出度何方も御目ぜん部の節の献立」（海沖名）。

・**片し貝**　ふたつに合わさっていた二枚貝の貝殻の、離れた一片。片言を引き出す枕詞的修辞。『貝尽浦の錦』（寛延二刊）では貝の名とされ、『潮干のつと』（寛政元刊）に「にがしほもさすや紅葉のかたし貝をかべにちかきいそべなるらむ」。

・**いかひ**　たいそうな。貝を掛ける。

・**依旧**　そのまま、もとのままの意の漢語。

・**筆尖に、散蘂花し**（はなをさかせし）　筆尖は筆端の意。『名物六帖』（正徳四序、刊）に「筆尖（フデノサキ）」と見える。李白が幼時、夢に筆の先に花が咲いたのを見て、文才が豊かに花開いたという故事を踏まえ、文章の美しさを称える表現「筆頭花を生ず」（伝、唐・馮贄撰『雲仙雑記』「李太白少、夢筆頭生花。後天才贍逸、名聞天下」）による。『狂文宝合記』（天明三刊）凡例（平秩東作）に「筆端花を吐」。

・**開版物**　出版物。貝を掛ける。

・**鉄面皮**（めんもかぶらず）　鉄面皮、面もかぶらず、ともに厚顔なさま。「母おやへめんもかぶらずいってのけ」（『川柳評万句合勝句刷』明和三、以下『万句合』と略記）、南畝の詠に初午の題で「けふは又こんの大なし白張とばけて狐のめんもかぶらず」（『巴人集』天明四年項所収、日常、だいなしを着る中間が、厚かましくも白張の布衣姿で参詣する。だいなしは無地の筒袖の着物）。ここでは謙遜の意。

・**做**　（物事を）する、の意の白話表現。

・**螂蜆**　猿頬（郎光）は赤貝に似た貝の名、また罵語。『国性爺合戦』二段目（正徳五初演）「君は酢貝（すがひ）とすひつけど、我はあはびの片思ひ、にくやそもじのさるぼほに、くはせたいぞやさゞい貝」は貝尽しの表現として知られる。『絵本狂文棒歌撰』（天明五刊）「さるぼう」項に「さるぼうとは、薬種の百薬前（さるぼう）にても、螂蜆貝にてもなし。ませたる人の猿知恵なるを云也」。

・**智巧の海**　智巧は、智恵と技巧の意。智恵の海は仏語で、元来菩薩の智恵の広大さの譬え。ここでは、智恵を絞った、の意を、この語を用いて貝の縁で海底を探ったと表現する。『たから合の記』（安永三刊）橘実副（橘洲）出品「志度浦海士の縄」に「龍宮へ縄をいれ給はんとの、大職冠のふかき智恵の海より出」。

・**硯の海**　硯の、墨汁をためる窪み。『書言字考節用集』（享保二刊）八に「硯池（スズリノウミ）」。ここでは、万象亭が筆を採って案じだした趣向を書き付けたことを言う。助六物の歌舞伎で意休と助六をくらべる揚巻の台詞「硯の海も鳴門の海も、海といふ名は一つでも、深いと浅いは客と間夫」がよく知られている（天明二初演『助六曲名取草』による。日本戯曲全集一所収）。

・**心づくし**　思い悩んで心の限りを尽くすこと。ここでは考えつくしたさま。「筑紫」を掛ける。

・**晒落た**　貝が日差しや波で「曝れた」と気の利いたの意を掛ける。

・**馬鹿の剥身**　馬鹿をする、馬鹿の本質という意味で、馬鹿貝（あおやぎ）の剥き身と言う。『守貞謾稿』（嘉永六序、写）巻六「むきみは、蛤、あさり、ばか、さるぼう等の介殻を去りたるを云ふ」から、馬鹿貝は剥き身にして売られたことがわかる。

・**ちよつかい**　自らの手先を卑下して言う語。二十四「ちよつ貝」参照。貝を掛ける。

・**滅法界に**　めちゃくちゃに、むやみに。貝を掛ける。

・**かいつけ**　「書き付け」のイ音便形に、貝を掛ける。

・**攻苦甲斐**　「攻苦」は、苦難を冒す意で「ほねおり」に合致。『史記』・『漢書』「叔孫通伝」に用例がある。甲斐に貝を掛ける。

・**朝折**　「朝攀暮折」の略で、いつも台無しになること。

・**東家・西家**　「東家」で、東隣を指す。左右の並びの家を指して「東家西舎」と言う。

・**外揚好的**　「外揚」は外に現れること、また外に広く知らしめること。「好的」は白話表現で、よい、の意。

・**小可**　白話語彙で自称の謙詞。『水滸伝』四十一回「小可」を『通俗忠義水滸伝』中編（天明四刊）二十は「某（ソレガシ）」と訳す。

・**万年**　祝意を表す語。万歳に同じで、同意の「大慶」と振る。『詩経』大雅「江漢」に「天子万年」。江戸訛でいう貝、つまり「けえ」を掛ける。

・**来**　白話語彙で、「一、二、三」等の数詞の後に置いて、列挙の意を表す。清・李漁『意中縁』に「那些王孫公子、一来要買画、一来挑情把金銀見為糞土」。

・**出脱**　白話語彙で、品物を売出すこと。『醒世恒言』「売油郎独占花魁」に「他的油、比別人、分別容易出脱」。

・**造化かい**　造化は白話語彙で、幸運の意。清・顧禄『清嘉録』行春に「観者如市、男婦争以手摸春牛。謂占新歳造化」。「かい」は、次文と同様に、念押しの「かい」に貝を掛ける。

●天竺老人事竹杖為軽　編者万象亭森島中良。宝暦六生、文化七没。幕府の蘭方医桂川家の若き貴公子、桂川甫粲。解題参照。

附（つけ）といふ

○このふみ、横車の故事附とふ事をもぱらにすれば、仮名のたがひ、言葉のよこなわれるも多なるべし。四方八方の風流士等、居つゞけのぐひ流しに見たまへらん事を願ふになむ。
○仮譬の数、つどえて三十まり六あり。貝歌仙のためしにならひて、大鰻鱺江戸の都にすぐれたる、夷曲の歌人に乞て、松の木の脂こき詞のだいに、梅桜の継穂をなして、此ふみに花咲すなるはつ春の笑いはじめにそなふる事とはなんぬ云々。（上二ウ）

※漢文色の強い序文に対して、和文的語彙、とくに上代語を意識的に用いる。
・**附と**　誤刻。後印本では「附て」と改める（解題参照）。
・**横車**　「横車押す」（『譬喩尽』等）の意。理不尽なことを強引に押し通す意。ここでは枕詞風に「故事附け」を引き出す。
・**よこなわれる**　後印本「よこなはれる」に改める（解題参照）。「よこなまる」「よこなばる」に同じく、訛ること。『根南志具佐』（宝暦十三刊）四に「榧の痰切が横なまり」。「仮名のたがひ」と併せ、こじつけによって仮名遣いや表記を歪めたところがあることとの断り。楫取魚彦『古言梯』（明和五頃刊）等により、江戸でも契沖仮名遣いへの意識が高まっていたことを反映するか。江戸狂歌壇における仮名遣いの議論は渡辺好久児「江戸狂歌における和学の受容」（『寛政期の前後における江戸文化の研究』千葉大学大学院社会文化科学研究科、二〇〇〇）参照。
・**多**　後印本では振り仮名の仮名遣いを正して「さは」に改める（解題参照）。数が多いさまを表す上代語。『万葉集』巻三「鵠佐波二」（寛永版本）。『古言梯』に「さは　古　佐波　紀　万　同　多」。
・**風流士**　『万葉集』巻二「於曾能風流士」による表現。寛永版本はこの箇所を「をそのたはれを」と訓ずるが、荷田信名『万葉集童蒙抄』（写）が「たはれとは卑俗の人をいふ事にして、風流の字には甚だ表裏せり。しかれば左注にも容姿華麗風流とあれば、これをよみ訓ぜんことすがたうるはしく、たはれたる事とよまんや。これはすがたうるはしくみやびやかなりとこそよむべき。（略）よつて風流士の三字をみやびと、は訓ぜり」として、風流士に「みやびと」の訓を宛てる。賀茂真淵『万葉考』（明和五刊）

もこれに従う。『根無草』後編（明和六刊）跋に「風流（ミヤビト）のしわざなるべき」。現行の「みやびを」の訓は宣長『万葉集玉の小琴』（写）の所説。

・**居つゞけのぐひ流し**　「ぐひ流し」はさらっとうけ流すこと。「ぐい」は、「ずい」と同様に動詞に冠して勢いよくする意を表す通言。『狂言好野暮大名』（天明四刊）に「ちとしばいの事はぐいながしにあそばされ、ほつこくがよひありたき事と」。「居つづけの」は遊里に居続けすることを「流す」ともいうことから、「ぐい流し」を引き出す枕詞的修辞。

・**貝歌仙のためし**　後印本で「貝」の振り仮名を削る（解題参照）。写本で伝えられた数々の三十六貝歌仙のうち、『新撰三十六貝和歌』（元禄三刊）をはじめ、数種が刊行されている。中でも、後世に大枝流芳『貝尽浦の錦』（寛延二刊）の影響が大きいこと、浅野秀剛「摺物『元禄歌仙貝合』と『馬尽』をめぐって」が論じる（解題参照）。『潮干のつと』（寛政元刊）の朱楽菅江序にも「歌仙の貝にことなずらひて」と見える。

・**大鰻鱺**　江戸前の鰻の大蒲焼きが名高いことから、枕詞めかして江戸を引き出す表現。

・**夷曲**　『日本書紀』神代下に見える古代歌謡を指す語。寛文九版をはじめその他諸本で「ひなぶり」と訓ずる。近世に至って、『古今夷曲集』（寛文六刊）等、狂歌を表す表記の一つとされた（菅竹浦『近世狂歌史』一篇三章、中西書房、一九三六）。『徳和歌後万載集』（天明五刊）山手白人序に「むしろ織る翁も夷曲のさまをさぐり、犬うつわらべも此鄙ぶりをもとめて」。

・**松の木の脂こき詞のだいに、梅桜の継穂をなして**　くどくどしい（自らの）詞に狂歌師連中の秀歌を添えて、の意（解題参照）。

絵本見立仮譬尽

○夢ち貝　○天貝　○気貝　○癪津貝　○女郎貝　○三貝　○とこぶし　○あつ貝　○筋貝　○蝶津貝（上三オ）

（一）　夢（ゆめ）ち貝（がひ）

此貝、正月二日の夜、浪乗船（なみのりぶね）の礒（いそ）に出て、目出度かたち吹出す。此貝の肉（にく）を獏（ばく）といふ獣（けもの）このんで喰ふ。

（上三ウ）

礒によるなみ乗ふねの夢ち貝ひろふ宝は玉のはつ春　もとのもくあみ

勝尾春政画並書（上四オ）

※初夢をめぐる趣向。吉夢を見、凶夢を転ずるために宝船を描いた一枚刷を敷いて寝る習慣により、その札を敷いた（はずの）枕を貝に見立てる。図は貝に見立てられた逆さまの船底枕（箱枕に似て、底が湾曲した枕）が、蜃気楼のように宝船を吹き出すかたち。

・**夢ち貝**　夢違え（江戸訛りで「ゆめちげえ」）を貝に擬える。夢違えは凶夢を吉夢に転ずること。大田南畝「まさに見し一富士二鷹三茄子夢ちがへして獏にくはすな」（『巴人集』写）は、夢を獏に食べさせる、の意。夢違いは、「夢違いの獏の札」、すなわち年頭に売り歩かれた、夢食い獏の図を摺った紙札の略でもある。『年中故事要言』（享保三刊）巻六に「節分ニ獏ト云獣ノ形ヲ画キテ枕ニ敷ハ悪夢ヲ見ズトテ俗ニスル事ナリ。俗説ニ獏ハ夢を食畜ナリト云」とあるように、これを枕の下に敷いて寝て、初夢に凶夢を見た時、それを獏に食わせ、吉夢に返そうとした。『嬉遊笑覧』（文政十三序、写）巻八によれば、「今は宝船の絵に神前の獅子狛犬の如き物、二ツ向ひ合せてかきたる」という。

・**正月二日の夜**　『年中故事要言』巻六に「節分ノ夜船ニ色々ノ宝ヲ積タルヲ画キテ宝船ト名テ褥ノ下ニ籍コトアリ」というように、初夢は古く節分の夜に見るものとされたが、この頃の江戸では正月二日の夜に見るものとされた。「正月二日の夜、世上一統の宝舟の吉事」（『春袋』宝船、安永六刊）、「正月二日夜（略）あすの朝早くおき、雑煮のしたくしながら、権介殿。夕べ、宝舟をまくらへあて、寝たら、とんだい、夢をたんと見たよ」（咄本『虎智のはたけ』「初夢」、寛政十二刊）。『嬉遊笑覧』巻八は「宝舟は種々の宝を舟に積し処を絵にかきて、ながきよのとをのねぶりのみなめざめなみのりぶねのをとのよきかなといふ廻文の歌を書添て、元日か二日の夜敷寝に悪き夢を川へ流す呪事なりとぞ」と記す。

・**波乗船**　前項の初夢の夜に枕の下に敷く宝船の一枚刷りに書かれた回文歌（右『嬉遊笑覧』記事参照）に詠み込まれた語。

・**目出度かたち吹出す**　蜃の気が蜃気楼をかたどるという発想によって、夢違いにより吉夢が生ずることをいう。『史記』天官書に「海旁、蜃気象楼台」と見え、京伝『指面草』（天明六刊）・『奇妙図彙』（享和三刊）に見られるように蜃は一般に大蛤と考えられた。ただし、蜃には貝の他、蛟説もあり、寺島良庵『和漢三才図会』巻四十五（正徳五跋、刊）は後者をとる。

・**獏**　中国の想像上の獣で日本では悪夢を食うとされた。「おそろしい夢を目出度獏が喰い」（『万句合』宝暦十一）。『通詩選』（天明四刊）「船中七福歌」に「獏之食レ夢似レ沽レ咽（ばくのゆめをくふはのどをうるほすににたり）」。

・**ひろふ宝は玉のはつ春**　貝の縁で「拾ふ」、宝と玉が縁語、「玉の」は春、初春にかかる美称。

・**勝尾春政**　当時人気の浮世絵師、勝川春章と北尾重政の名を合成した架空の絵師名。

●元木網　武蔵国杉山（現埼玉県嵐山町）の人、金子喜三郎。江戸に出て京橋北紺屋町（現中央区京橋三丁目）で湯屋を営むかたわら、南畝・橘洲らとともに、明和期以来、狂歌壇の中心となって活躍した。天明初年頃、剃髪して芝西久保土器町（現港区麻布台二丁目、桜田通り飯倉交差点東南側）に転居、「江戸中半分は西のくぼの門人だョ」（『狂歌師細見』天明三刊）と言われるほど、鹿都部真顔や馬場金埒ら数寄屋連中をはじめとする、多数の門人を育てる。編者万象亭にとっても狂歌の師であった。文化八年没。小林ふみ子「落栗庵元木網の天明狂歌」（『近世文芸』七十三号、二〇〇一）参照。

（二一）　天貝（てんがい）

加古川（かこがは）より出る。本蔵（ほんざう）に委敷（くはし）く載（のせ）たり。小浪（こなみ）に引れて山科（やましな）へ吹よする。夜啼貝（よなきがひ）のごとく、妙（たへ）なる音色（ねいろ）にてゴロ〳〵ピイ〳〵となく。御無用といへば、たち所に音（ね）を留（とゞ）む。（**上四ウ**）

尺八を吹寄てくるてん貝に手のうちいる、かど
なみの音　橘洲（上五オ）

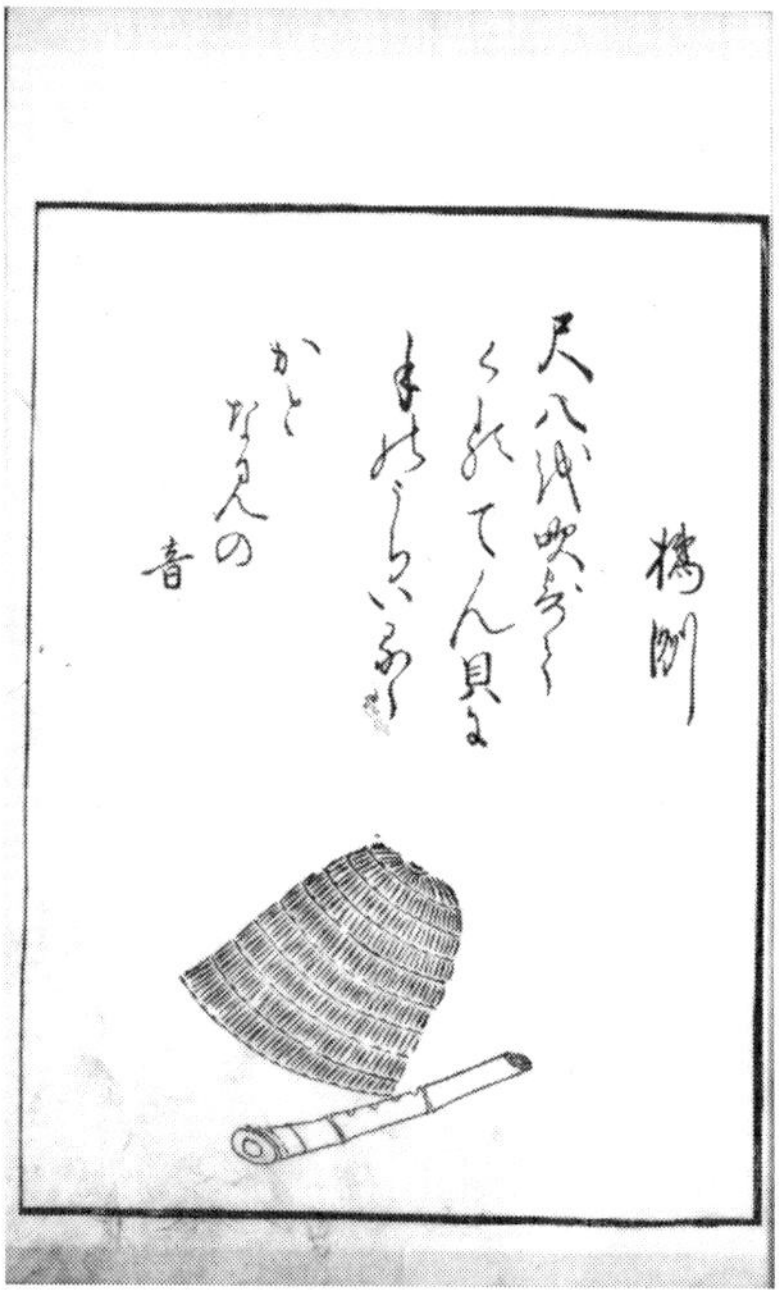

※『仮名手本忠臣蔵』（寛延元初演）九段目、山科閑居の場による趣向。大星由良助の山科の居に、加古川本蔵女房戸無瀬と娘小浪が、小浪の許嫁大星力弥を訪ねて来る。二人を追って本蔵が虚無僧姿で登場、力弥との祝言をその母お石に断られた娘小浪を手に懸けようとする妻戸無瀬を「御無用」と言って止める。その本蔵の被る天蓋（深編笠）を貝に見立てる。図は、本蔵の小道具である編笠と尺八。

・**加古川**　右記の九段目に登場する加古川本蔵の姓を川の名めかす。播磨灘に注ぐ実在の川の名による。

・**本蔵に委敷く載たり**　加古川本蔵の名に、本草書の意を掛ける。『和漢三才図会』その他で明・李自珍『本草綱目』を引く際に「本綱ニ曰ク」などとするのをきかせるか。

・**小浪に引れて山科へ吹よする**　娘小浪を追って、本蔵が山科へ尺八を吹きながらやってきたことをいう。

・**夜啼貝**　『和漢三才図会』巻四十七によれば長螺のこと。同書「香螺」項に「俗云、長螺（ナガニシ）（略）今云夜啼螺（ヨナキ）」。

・**ゴロ〱ピイ〱**　『忠臣蔵』九段目で本蔵が登場する場面で笛を用いて演奏される下座音楽「巣籠」を表す擬音語。「巣籠り、忠臣蔵九だん目につかふ」（『絵本戯場年中鑑』上、享和三刊）。尺八の音は、当時、笛で演出されたようで、『戯場訓蒙図彙』（享和三刊）「糸竹」項に「当国の尺八多くはひゞきの別なる物なり。たとへば外をあるきながら尺八をふくに笛の音は口元になくて遠方にてふくやうにきこゆ」。

・御無用といへば、たち所に音を留む　『忠臣蔵』九段目「御無用と声かけられて思はずも、たるみし拳も尺八も倶にひつそとしづまりしが」をふまえる。

・手のうちいるゝかどなみの音　『忠臣蔵』九段目「又ふり上る又吹出す。とたんの拍子に又御無用。ム、又御無用と止めたは、修行者の手の内か、ふり上げた手の中か。イヤお刀の手の中御無用」をふまえる。手の内－うち入るる門－門並－波の音の掛詞。

●唐衣橘洲　田安家の臣、小島源之助。内山賀邸門で和歌を学び、早く明和初年より狂歌を作り始めた、天明狂歌の祖。寛保三年生、享和二年没。渡辺好久児「狂歌作者唐衣橘洲――その実像を探る一考察――」（『明治大学日本文学』二十一号、一九九三）にその伝が詳しい。赤良の歌風に批判的で、天明初年頃に両者が争ったとする従来の説は、近年、石川了氏によって見直しが図られている。同「『狂歌若葉集』の編集刊行事情」（『日本文学史論』世界思想社、一九九七）、同「赤良・橘洲と三囲狂歌会」（『東海近世』十号、一九九九）参照。

（二二）　気貝

臍の下谷より豆谷へ行道筋。丹田村の辺にあり。此貝をじつと喰しむれば、気をしづめ、分別を出し、怒を留むる事神のごとし。艾を以て焼用ゆれば、小児の寝小便をとゞむ。去ながら、三十振袖四十嶋田の小便にはつんぼ程も利ず。此貝のおほきしまへ俊寛僧都を流罪せられしとぞ。（上五ウ）

　さつま櫛海人もきかいが嶋田髷あしずりよりも頬摺やせむ　四方の赤良（上六オ）

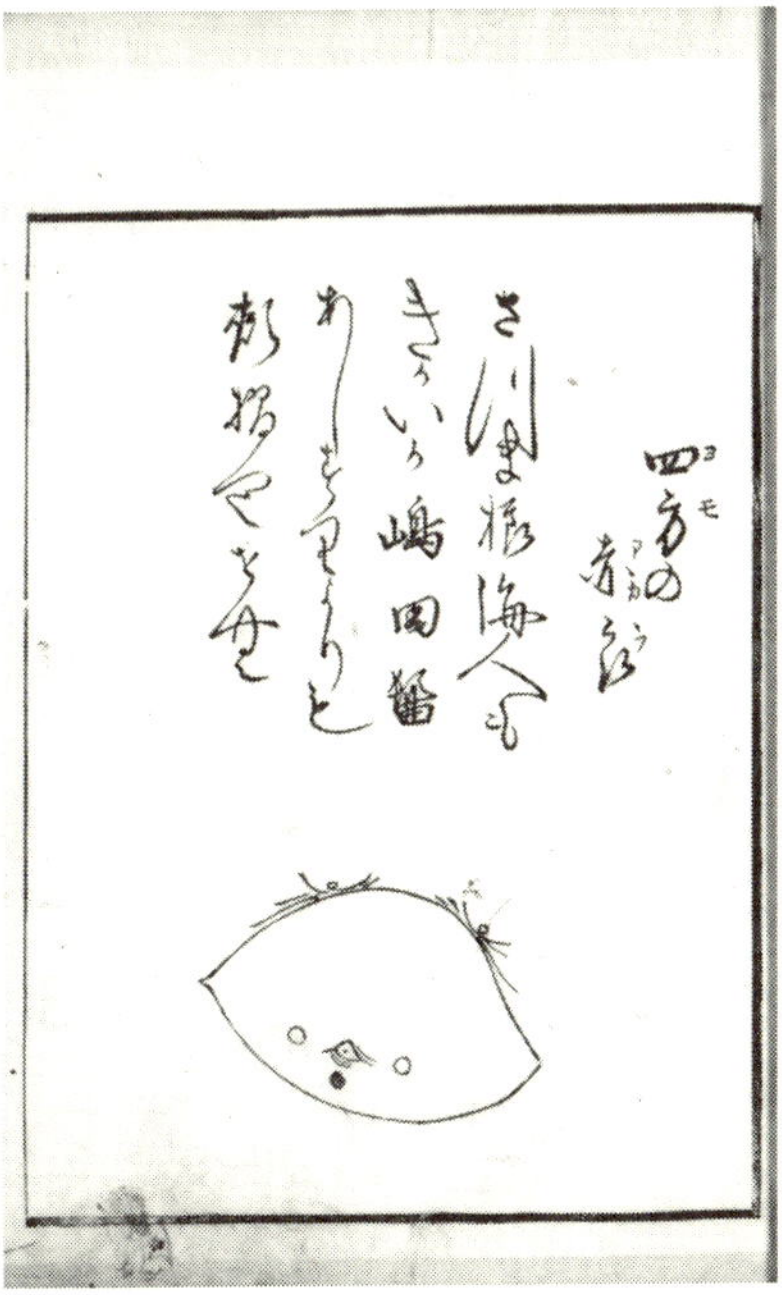

※臍下の灸穴「気海」を貝に見立てる趣向。図は、人体の胸・腹部を貝の形に描き、灸点を示したもの。

・**気貝**　気海。灸穴の一つで、気をつかさどるとされ、臍の下一寸半ほどにある。『公益鍼灸抜萃』（元禄九刊、明和五再刻）に「ホゾノ下一寸半。宛々タル中。男子生気の海」。

・**臍の下谷**　臍の下に下谷の地名を掛ける。安永六、七年頃に流行したという童謡「臍の下谷に出茶屋がござる、柿の暖簾に豆屋と書て、松茸うりならばいらしやんせノウ」（『半日閑話』巻十三、安永六年条）を引く。

・**豆谷**　前項の流行歌の歌詞にいう「豆屋」を地形の谷とみなし、女性の陰部を谷に準えた表現。

・**丹田村**　漢方医学で、臍下、下腹部を指す丹田を村に準える。「鳴神」に「ほぞからちつと間を置てきかい、きかいから丹田」。

・**小児の寝小便をとゞむ**　前掲『公益鍼灸抜萃』気海項に「小児ノ遺尿ヲツカサドル」とある。

・**三十振袖四十嶋田の小便**　「三十振袖四十嶋田」は女性の若作りを揶揄した諺（『譬喩尽』等）で、当該箇所は年増の夜尿の意。小便組を指す。小便組については、『楓軒偶記』（写）三、文化五年の条に、「明和安永ノ頃、江都ニ小便組、仲摩押、座頭金ナド、云ヘル悪俗アリ。小便組ハ少婦ノ容貌絶美ナルモノヲ売リテ大家ノ婢トシ、主人ト同ク寝処シ小遺ヲ漏ラサシム。主人患ヘテ退カシムレバ終ニ其金ヲカヘスコトナシ。又数処ニ転売シテ如此」とある。『江戸生艶気樺焼』（天明五刊）において艶二郎が四十近い女を妾にする場面で「しやうべんぐみなど、いふところはごめんだよ」の台詞がある。

・**つんぼ程も利ず**　聞かずに利かずを掛けた洒落言葉で、まったく効き目がない、の意。小便組は、故意の夜尿なので効かない。

・**此貝のおほきしま**　次項の俊寛らの流刑地として知られる鬼界島を、音の通じる気貝が多いところとする。鬼界島は、現在、鹿児島県大島郡硫黄島に比定される他、同喜界島説・南島の総称とする説など諸説ある。近世には鬼界島は硫黄島とは別に考えられ、この島の南東にある島をさした（『和漢三才図会』巻八十）。

・**俊寛僧都**　後白河院の近臣で、鹿ヶ谷の陰謀が発覚して鬼界島に流罪となる（『平家物語』巻三・謡曲「俊寛」等）。

・**さつま櫛**　薩摩名産の柘植櫛。『国花万葉記』（元禄十刊）巻十四下「薩摩国名産出所」に櫛を挙げて「世にたうぐし共さつまぐし共云」と見える。『国性爺合戦』「栴檀女道行」に「からこわげにはさつまぐし、しまだわげにはとうぐしと、やまともろこし打まぜてさしもならはぬたび立や」とある。

・**きかいが嶋田髷**　鬼界が「島」に「島」田髷を掛ける。

・**あしずり**　鬼界島に流された俊寛が他の流人を連れ戻す舟に乗ることを許されず、足ずりして乗船を乞うた名高い故事をふまえる。『平家物語』巻二「あしずりの事」に「僧都せん方なさに渚にあがりたをれふし、おさなき者のめのとや母などをしたふやうに足ずりをして、これのせて行、ぐして行との給ひて、おめきさけび給へ共、こぎ行舟のならひにて、跡は白なみ計なり」（延宝五版による）。『源平盛衰記』巻九に「僧都はこぎ行舟のふなばたに取付て。一町あまり出たれ共、みつしほ口に入ぬれば、さすがに命やをしかりけん、なぎさに帰りてたふれ臥し、足ずりをして喚きけり」（元禄十四版による）。『狂文宝合記』（天明三刊）、小鍋みそうづ出品の「卞和璧」（実は軽石）は別名を「俊寛僧都足摺石」とする。

●**四方赤良**　天明狂歌の大立者であった大田南畝。寛延二年生、文政六年没。その伝は、玉林晴朗『蜀山人の研究』（畝傍書房、一九四四）、濱田義一郎『大田南畝』（吉川弘文館、一九六三）に詳しい。

（四）　癪津貝

朝鮮国にては弘慶子と名づく。阿蘭陀にてはキイミヨウダと云。此貝、癪、痞、疝気、頭痛に用ゆべし。武州江戸浅草川のほとり、田原町にあり。俗に弘貝子といふは、詞のあやまりなり。（上六ウ）

　しやくつ貝おして浦はのかうけいし底も千尋の竹の皮笠　朱楽菅江（上七オ）

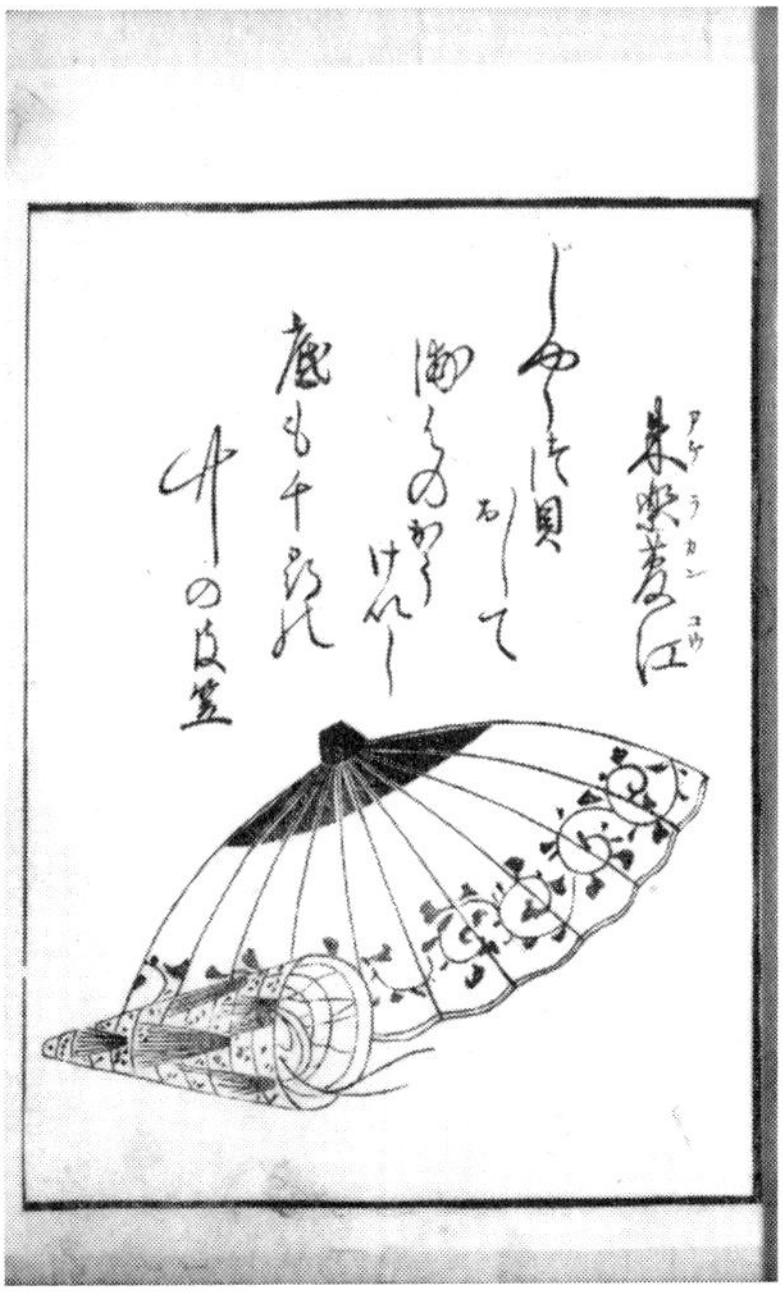

※朝鮮の弘慶子と呼ばれた異装の薬売りの螺尻笠・傘を横から見た図を、巻き貝と二枚貝に見立て、弘慶子の薬の効能にいう「癪」「痞」を江戸訛りで「しゃく・つけえ」と読み、貝の名とする。弘慶子は、『半日閑話』（写）巻十三、安永五年条に「ことし朝鮮の弘慶子といへる薬をうる者有。其様すぼき竹の笠をきて壷を二ツ肩にかけて行。去年より流行すとも云」と見える。『見世物研究姉妹編』（平凡社、一九九二）に後述『福徳夢想大黒銀』所載の螺尻笠をかぶり傘をもった弘慶子の図が載る。

・**阿蘭陀にてはキイミヨウダ**　優れたの意の奇妙だを蘭語めかした表現。弘慶子の売り声「癪や痞に奇妙だ」「阿蘭陀の福輪糖めに売りまかされては」を踏まえる。『福徳夢想大黒銀』（天明元刊）に「てうせんの香桂子（こうけいし）、しやくやつかへにきんみやうじやホホホ」、『流行商人絵詞廿三番狂歌合』（文政十二成、写、『曲亭遺稿』所収）に「ちやうせんのふ、こうけい子、しやッくやつかえに、きンみやうだ、ホホホ、けふはだいぶんうれるはへ、おらんだのふくりんたうめにうりまかされてはならぬてや」。南畝『壇那山人芸舎集』（天明四刊）所収の狂詩「積を病む」には「朝鮮弘慶子　積也痞奇哉（ツカヘニキナルカナ）　欲頼唐傘蔭（カラカサノカゲヲタノマント）　門前不久来（ヒサシクキタラズ）」（承句は売り声を、転句は傘を持つことを穿つ）。花咲一男『江戸行商百姿』（三樹書房、一九九二）参照。

・**癪**　胸や腹が激しく痛む病で、女性が罹るとされた。痛む部位を押して介抱する。弘慶子の売り声をきかせる。

・**痞**　胸がふさがり、苦しむ病。前項と同じく、弘慶子の薬の効能の一つにうたう。

・**疝気**　下腹部が痛む病で、男性が罹るとされた。白杉悦雄「疝気と江戸の人々の身体体験」（『歴史の中の病と医学』思文閣出版、一九九七）に詳しい。

・**田原町**　浅草広小路西側の地名。弘慶子の店があったか。『新造図彙』（寛政元刊）の「朝鮮」項は細く尖った竹笠をかぶり傘をもった弘慶子の姿を描いて「此国のならびにてうせん長屋といふ有り」とする（朝鮮長屋は浅草諏訪町の西にあった岡場所）。

・**弘貝子**（かうかいし）　「痞（つけえ）」を「つ貝」の訛とした類で、「けえ」と江戸訛りと見なして、本来は「かい」だとするのは誤り、とふざける。

・**おして**　癪・痞の症状を押して緩和する。

・**浦は**　浦曲（うらわ）、浦のほとり。万葉語「浦廻（うらみ）」の誤訓に由来する歌語。『和歌八重垣』（元禄十三刊）巻六に「うらは　浦半、浦輪などかけり。浦半は心なし。浦輪は、浦のめぐり也」。癪・痞がつらい、の意で「憂」を掛ける。

・**底も千尋の竹の皮笠**　深い海底の意の歌語「千尋の底」を用いて、千尋の「丈」に「竹」を掛ける。竹皮笠は弘慶子の扮装。

●朱楽菅江　山崎景貫。称、郷助。幕府の御先手与力で、赤良・橘洲と同じく内山賀邸門で和歌を学び、安永頃より狂歌の遊びに加わった。赤良の盟友で、狂歌壇の指導的立場にあった。元文三年生、寛政十年没。濱田義一郎「朱楽菅江覚書」（『江戸文芸攷』岩波書店、一九八八、初出一九七二）、石川了「朱楽菅江－多彩な文学者」（『国文学解釈と鑑賞』六五巻五号、二〇〇〇）参照。

（五）女郎貝　又むだづ貝　けいせい貝

図する所の貝は、元録宝永の頃、新吉原の五十間道にて拾ひ得たる貝なり。或人積負の形に此貝を取しより、百貫の形に取し一ツの貝と云事にて一貝と名を呼しとなり。往古は貝を宝とする事、見るべし。此貝、当時は払底なり。船宿の川岸にてまゝ見懸る事もあり。近来は女郎貝の形さまぐ〵に替り、委敷は記しがたし。糠味噌汁にして喰ふべし。身をもたぬ貝なり。（上七ウ）

金のみか手さへ有その女郎貝しやれては後にぶん流すなり　鹿津部真顔　（上八オ）

※女郎買・傾城買は、無駄遣いであるとして、それぞれを貝の名と見なす。近世前期、吉原に編笠をかぶって入る風俗があったことから、横から見た編笠を二枚貝に見立てる趣向。元禄頃、江戸で流行したこのような浅くやや反った笠を「八分反り」と称することは『守貞謾稿』（嘉永六序、写）巻二十九に見え、「元禄末宝永頃」の宮川長春の図を写したとする図を掲げる。

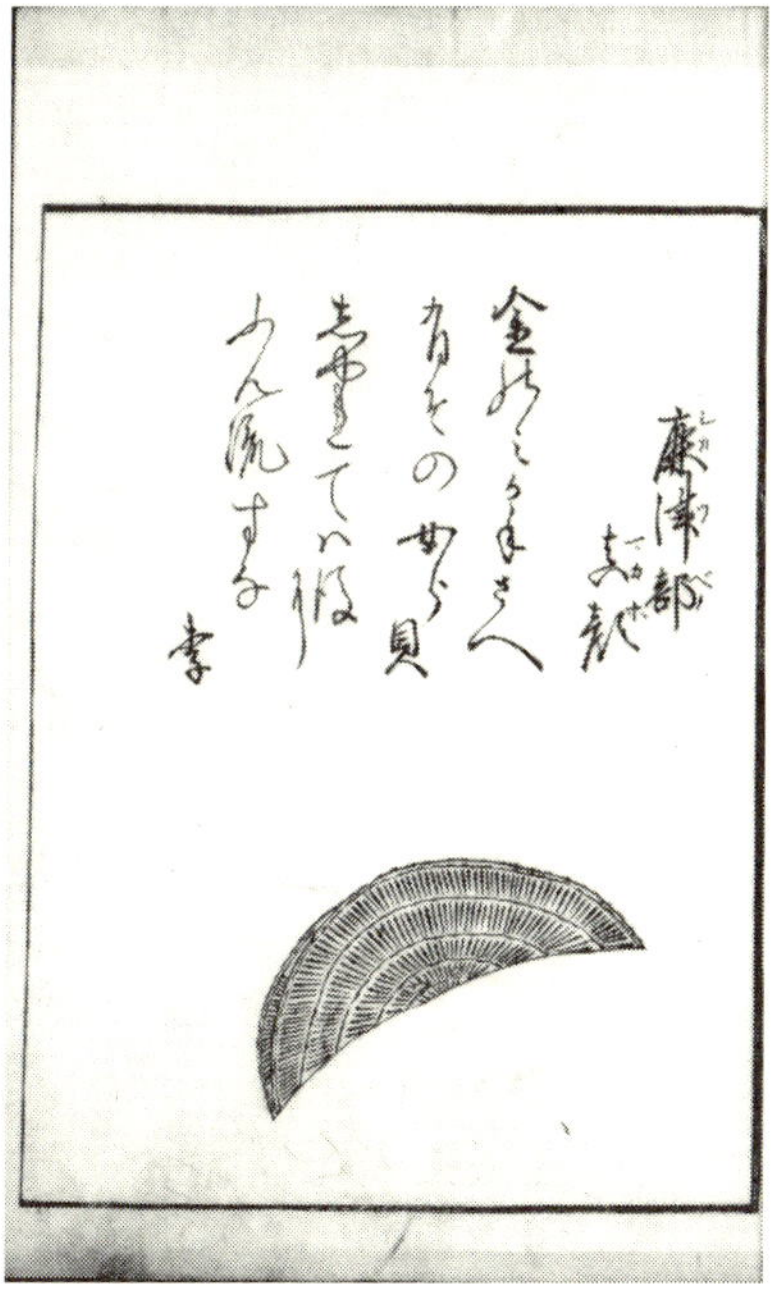

・**元録**（禄）**宝永の頃、新吉原の五十間道にて**　近世前期、吉原大門手前の五十間道の左右に二十軒の編笠茶屋があり、遊客に顔を隠す編み笠を貸した。南畝『金曾木』（文化六成、写）に「古は大門に編笠茶屋あり。近比まで一、二軒ありしが今はみず。遊客編笠をかりて大門にいる事也。編笠をかるに銭百文出してかり、帰路にこれをかえせば六十四文かへせし事也といふ事、浅草寺の奥山にみせを張し泥鰌大夫といひし乞食のはなし也き」。元禄・宝永は、とりわけ前述のように「八分反り」の笠の流行期。

・**積負**（おひめ）　おひめは借金のこと。『書言字考節用集』（享保二刊）では「ヲヒメ」に「債」を宛てる。原本「積負」のごとくに見えるが、この訓によって「積負」と判読する。

・**百貫の形に取し一ツの貝**　諺「百貫の形に笠一蓋」をふまえる。銭四貫を一両とすると「百貫」は二十五両の大金で、大金を貸して返済されず、その形に編笠一つしか取れないことをいう。『絵本譬喩節』（寛政元刊）所載の、この諺を題とする友江笹丸の詠に「百貫のかたみにたつた一文字女郎買の古きあみ笠」。

・**一貝**（会）　遊女芸者などを呼んで遊ぶこと。

・**往古は貝を宝とする事**　古代中国では貝を貨幣とした。『説文解字』「貝」項に「古者、貨レ貝而宝レ亀、周而有レ泉、至レ秦廃レ貝行レ銭」。また『貝尽浦の錦』貝子（こやすがい）項に「古へ宝として交易に用しものなり」。及び同書所掲の漢朱仲「相貝経」に「黄帝・唐尭・夏禹、三代之貞瑞、霊奇之秘宝其有二次レ此者一」とある。金銭の代わりに得た笠一「蓋」に「貝」の字を宛てる理由にこじつける。

・**当時は払底なり**　前掲『金曾木』の記述のように、天明期には編笠で顔を隠して吉原に入る風俗が廃れていたことをいう。南畝は、その風俗が廃れたのが幕府留守居方与力、原武太夫以来のことと言うが、『嬉遊笑覧』（文政十三序、写）巻九はこれを否定して昼遊びが自ずと少なくなったことを理由として、「吉原に通ふ者編笠着ざるやうになりしは、享保より稀になり元文に至りて全くやみたり。（略）田町また五十軒路の左右あみ笠茶屋は、明和五年四月五日焼亡已前迄は両側にて廿軒有しとなり、今も細見にあみ笠茶屋の部あり」という。その明和五年刊の『古今吉原大全』にはたしかに「あみがさ茶やといふは、大門の外五十間道の内、左右に十軒づゝ、廿軒あり。むかしは、万客此茶やへいたり、あみがさをかむりて大門へ入る事なりしが、今は廿軒の茶やはあれど、あみがさは見せへつるさず」とあって、享保〜明和年間が過渡的な時期であったことを窺わせる。

・**船宿**　山谷堀に多かった船宿を指す。遊客に貸す編笠を並べ懸けてあった。万象亭『反古籠』（文化頃成、写）編笠の項に「予が幼年の比は、猪牙船に乗る女郎買は、皆その船宿の名を書たる編笠をかぶる、去に依て宿々の店にはづらりと懸てあり、是は近き比までありしが、此ごろは見かけず」という。『飛鳥川』（文化七序、写）には未だ「今に船宿に編笠をつるし有也」。

・**糠味噌汁**　諺「女郎買の糠味噌汁」（日頃、吝嗇に暮らし、遊興に浪費すること）による表現。『通詩選諺解』（天明七刊）に「諺草女郎買のぬかみそ汁とて旧冬の苦はしれし御事」。伊庭可笑に黄表紙『女郎買糠味噌汁』（天明元刊）があり、洒落本にも『女郎買之糠味噌汁』（同八刊）がある。

・**身をもたぬ**　身代を滅ぼす、の意。

・**金のみか手さへ有その**　（遊客が）裕福なだけでなく手もある、つまり遊興の術に長けたの意に、貝の縁となる荒磯を掛ける。

・**しやれては後にぶん流す**　悪摺れした後には、いい加減な振舞い方をする。

●鹿津部真顔　「鹿都部」とも書く。数寄屋河岸住の町人、北川嘉兵衛。元木網門下で、天明初年頃、本書編者の万象亭らとともに数寄屋橋辺の町人を主体とする数寄屋連を結成して活動した。天明半ばより赤良にも接近、寛政七年には四方連の首領となって四方歌垣真顔を称し、狂歌壇の盟主の一となる。宝暦三年生、文政十二年没。その初期の活動については小林ふみ子「鹿都部真顔と数寄屋連」（『国語と国文学』七十六巻八号、一九九九）参照。

（六）　三貝

初貝、二貝、同種にしておなじからず。三貝は名染。月のさへたる夜、床の海屏風の浦へ花のごとくあつまる。色黄にして山吹の如し。取て煙草盆の引出しへ入置べし。初貝、二貝より味ひ深し。故人三貝の珍味と賞せしは是なり。此味はひにくらひ込ば、身代の毒となる。実は三くわいなれども世俗呼あやまりたるなり。（上八ウ）

うちよする床のうらなみとこ花も仇花ならで拾ふ三貝　古瀬勝雄（上九オ）

※三会、すなわち同じ遊女に通って三度目に馴染みとなる時に与える祝儀（馴染み金）を貝に見立てる。呼び出し、昼三など位の高い遊女の馴染み金の金額は三～五両程度（『新造図彙』寛政元刊、『傾城買四十八手』同二刊等）。部屋持の一分女郎で二両程度（『色講釈』寛政十三刊）。時代が下れば、昼三でも『守貞謾稿』巻二十二のように二両二分とする資料もある。図は小判二枚と一分金二枚をそれぞれ二枚貝に見立てる。小判の表面には、慶長小判以来、図のように「たがね目」「茣蓙目」と呼ばれる横溝が切られ、中央に「壱両」、「光次」（金座主宰者後藤庄三郎光次の名をとる）およびその花押が、その上下に扇面形に囲まれた「五三の桐」が刻される（図では下の五三の桐と「光次（花押）」位置が逆）。図の小判には、裏面に楷書で「文」の字が見えることから、元文元年に改鋳され、文政元年まで鋳造された元文小判と分かる。一分金にも、図のように「光次」とその花押が刻印された。

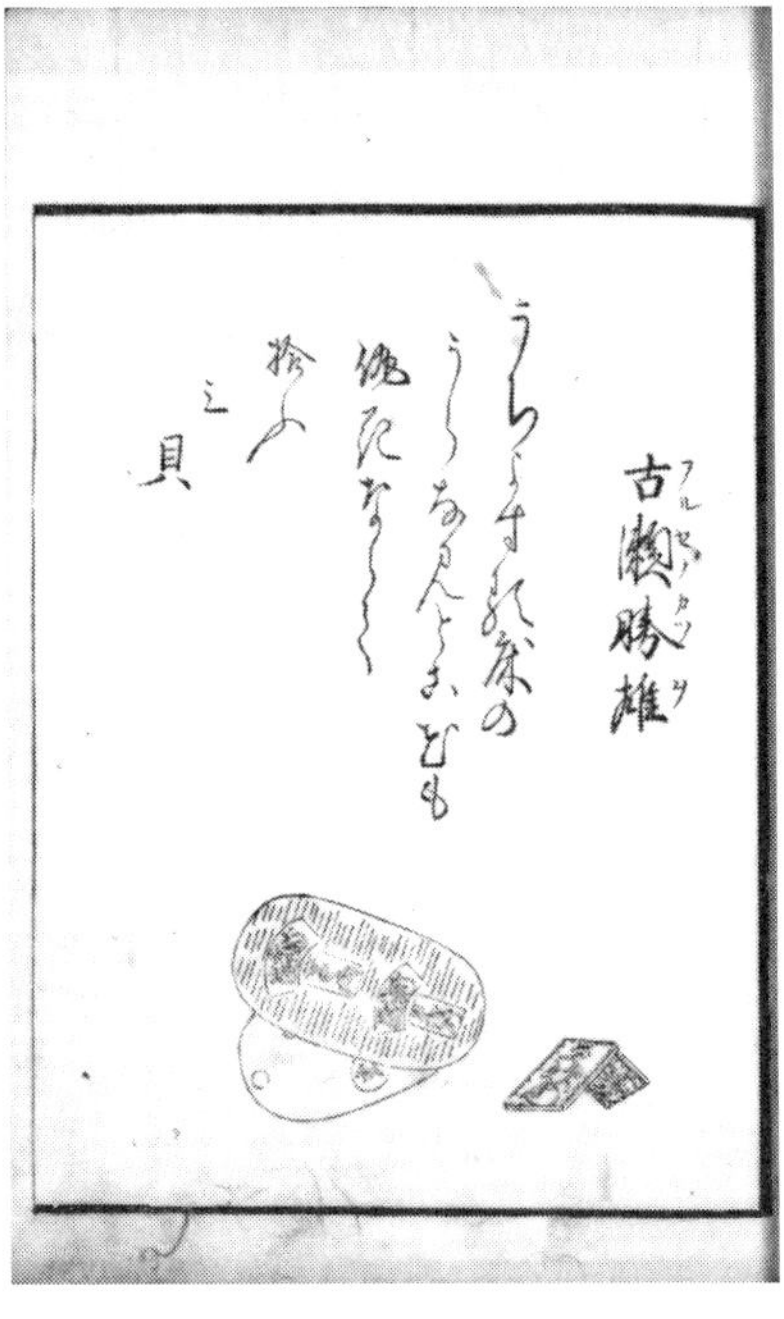

・**初貝、二貝**　遊女に通って最初の時（初会）、また二度目のこと（二会）を貝に擬える。遊女が帯を解くことはないとするのが建前。

・**床の海**　寝床があふれる涙で濡れるさまを海に譬えた歌語。ここでは寝所を、貝の縁で海に喩える。

・**屏風の浦**　屏風の裏側を、讃岐国多度郡に実在する海岸屏風ヶ浦に準える。屏風ヶ浦は空海の出生地として知られた。『弘法大師年譜和讃』（宝暦九刊）に「爰に真言陀羅尼宗日本流伝の高祖をば弘法大師と諡りなす。讃岐の国の多度郡屏風が浦の産なりき」。遊女の閨房では、布団が屏風の陰に敷かれた。

・**花のごとく**　図に描かれる祝儀金は床花（遊女に直接与える祝儀）と呼ばれた。

・**山吹**　小判などの金貨をその黄金色から間接的に山吹・山吹色と称した。

・**煙草盆の引出しへ入置べし**　『婦美車紫𪊲』（安永三刊）床花の項に、「三会目に女郎にやる物也。あからさまにやるべし。隠して煙草ぼんのひきだしなぞに入置く事当世にあわず」とされ、それまで常套的に行われていたことが分かる。

・**三貝の珍味**　山海の珍味を三貝ととぼける。『曾我会稽山』（享保三初演）七段目大切に「貴人の招請、山海の珍味を揃へて」。「山海の珍味」より「山海の珍」「山海の珍物」の方が古いかたちで、『太平記』その他中世以来の用例がある。

・**くらい込**　はまり込む。夢中になる。大磯の虎と化粧坂の少将に馴染んだ曾我兄弟を詠んで「兄弟はさがみ女にくらい込み」（『柳多留』三編）。「身代の毒」となるのは、遊女に入れあげて身上をつぶすから。

・**三くわい**　三会の「会」字は、仮名表記すれば「くわい」であることを種明かしして言う。『合類節用集』（延宝八刊）巻九「会」の左訓に「クワイ」。

・**床のうらなみ**　近江国の歌枕「床浦」（鳥籠浦とも）に、貝の縁となる「浦波」を掛ける。「床花」を引き出す序詞的修辞。

●**古瀬勝雄**　四谷伊賀町の松本半左衛門（『江戸方角分』、写）。古く「明和十五番狂歌合」以来、狂歌に親しみ、『狂歌師細見』（天明三刊）では橘洲社中の「よみ出し」とされる。

（七）人拳（トコブシ）　又さゞいがら

伊奘諾（いざなぎ）、古奘冉（こざなみ）の尊（みこと）の祭礼（さいれい）の時の拍子（ひやうし）、一ッ天俄（にはか）にかき曇（くも）り、雨（あめ）の如くに降懸（ふり）る。ぶう〳〵貝の大きなる物、いさ貝の一ッ種なり。赤貝の血（ち）を見ねば降止（ふりやま）ず。神事（じんじ）祭礼にも限らず、血気の若者（わかもの）集（あつま）りたる所へは降（ふり）か丶るなり。此貝を振舞（ふるま）ふに、くらはせるといふ。又此貝で饗（もてな）すをぶち返すといふ。（上九ウ）

打かへすやつとこぶしのあら男なみくゞりてはとるむなつくし潟　算木有政（上十オ）

※栄螺殻の異名をもつ握りこぶしを貝に見立て、喧嘩の縁で荒事の掛け声「やっとこ」に掛けて、実際にある貝の名である常節（鮑に似た小型の貝）の音を宛てる。

・**さゞいがら**　栄螺の殻に似ることから握りこぶしを指す。『大経師昔暦』（正徳五初演）上に「なまぬるい旦那殿と、たぶさを取てさゞいがら、二三十くらはせ」。

・**古奘冉**（こざなみ）　いざこざの語を、伊奘諾（いざなぎ）に合わせて、伊奘冉（いざなみ）をもじって神名めかした名。

・**祭礼の時**　祭りの場では喧嘩早い若者が出入りを演じることが多いために言う。

・**ぶう〳〵貝**　法螺貝の異称。不満を垂れるならず者（ぶうぶう者）の意を利かせる。

・**いさ貝**　諍（いさか）いを貝と言いなす。ただし本書二十一「いさ貝」は夫婦喧嘩の趣向。

・**赤貝の**　血を引き出して強調する枕詞的修辞。

・**やつとこぶし**　歌舞伎の荒事において山場で発せられる掛け声「やっとことつちゃあうんとこな」の「やっとこ」に、常節を掛ける。「壱人リものやっとことつちゃあころりねる」（『万句合』安永六）は、荒くれの独身者の気ままな暮らし。

・**あら男なみ**　荒男に男波を掛ける。潜るは波・潟、また貝など水の縁語。

・**むなつくし潟**　むなづくしはむなぐら。「切れぶみにせめて使のむなづくし」（『柳多留』二編）。有明海の古称筑紫潟を掛ける。

●算木有政　有正とも書く。橘実副の兄で、京橋弥左右衛門町（現中央区銀座二丁目）の肴屋三河屋細井長助（『江戸方角分』及び同書中野三敏解説、近世風俗研究会、一九七七）。『江戸方角分』は狂歌師の他、詩人・俳諧師の合印を有す。数寄屋連の主要な構成員。寛政五版『四方の巴流』に「四十九年の非を知る」（出典は『淮南子』）という題で狂歌を寄せており、これを実際の年齢と

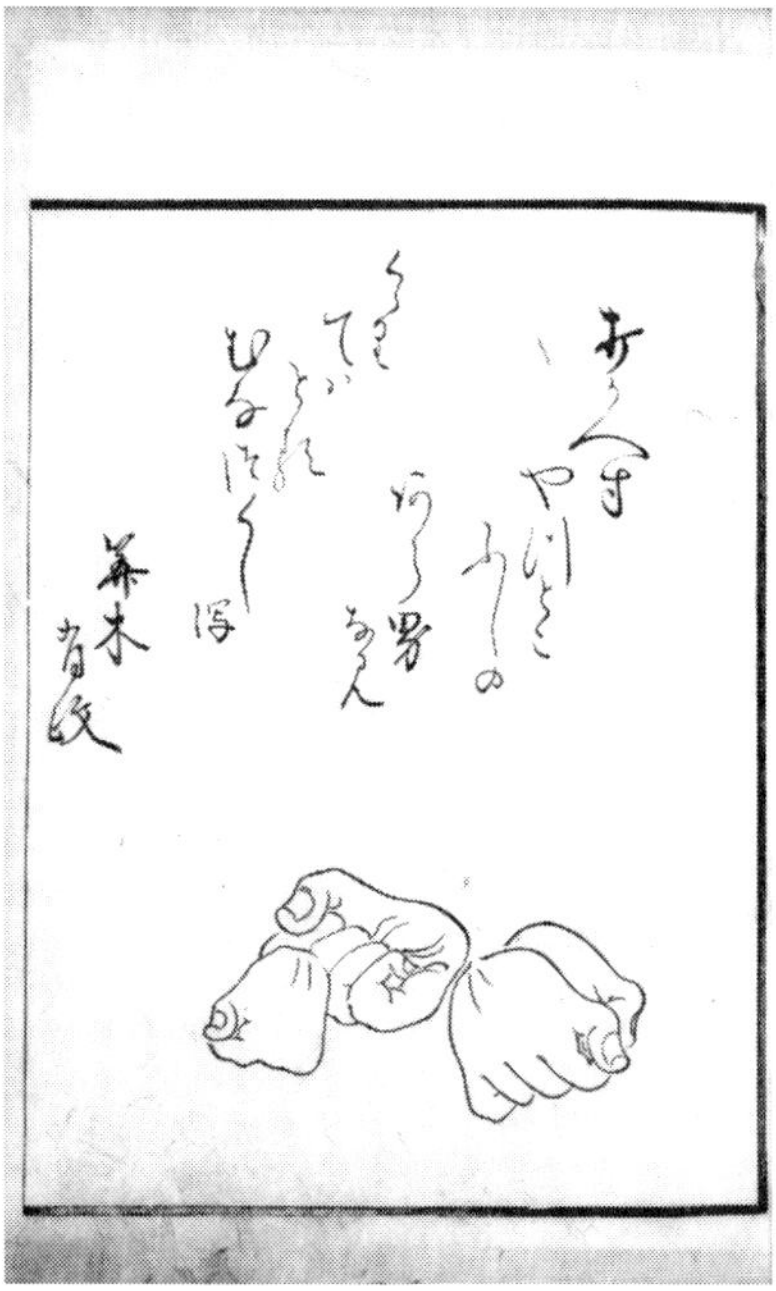

考えれば、延享二年生。狂歌壇での活動は天明二年四月の三囲会（『栗花集』写）より確認できる。寛政七版『四方の巴流』で二代目の襲名が確認できるが、その後の初代の動向は未詳。

（八）　あつ貝

此貝を二ッに分て酒を飲ば、確執(くわくしつ)の根を去り、たちたる腹(はら)を横にする。惣じてこのあつ貝は、いさ貝、とこぶしに取あはせて喰ふべし。（上十ウ）

所がら荒磯じまのあつ貝はともにあたつてくだけぬるかな　物ごとの明輔（上十一オ）

※前項の喧嘩に続く、仲直り、つまり「扱い」を貝に見立てる。図は、口を合わせて二枚貝に見立てられた菊寿の盃で、内側にはそれぞれ「寿」の字・菊花が見える。仲直りを象徴する盃である。

・**あつ貝**　とりなし。調停。「あつかいで村まおとこは五俵だし」（『柳多留』十編）は、間男の仲裁で通例の首代七両二分ではないさまを穿つ。

・**二ッに分て**　図のような口を合わせた二つの盃を一つずつにして、の意。

・**根を去り**　争いの原因、遺恨をとどめないこと。

・**たちたる腹を横にする**　腹立ちをおさめるの意。

・**取あはせて喰ふべし**　「扱ひ」は、もとより「いさかい」「とこぶし」つまり喧嘩の後にのみあるため。

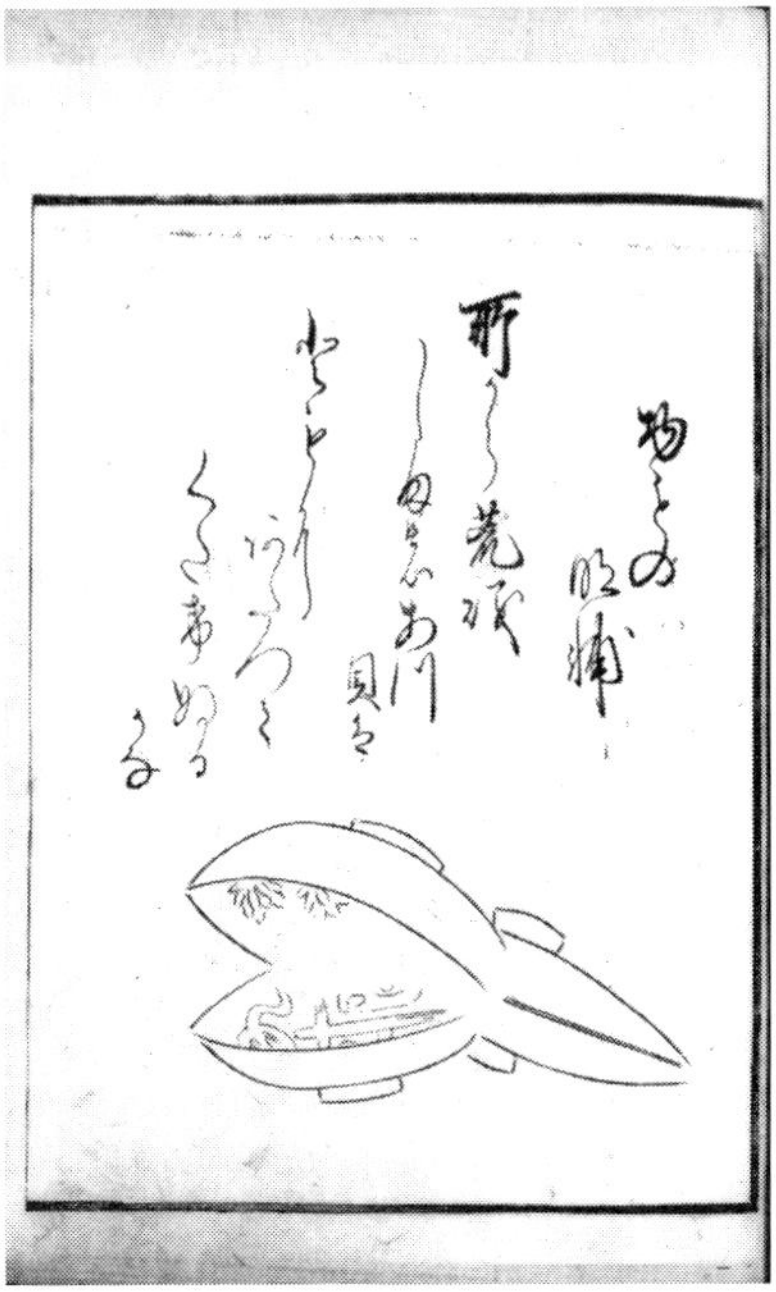

・**所がら荒磯じまの**　荒くれ者が多い土地柄ゆえ、の意を歌語「荒磯島」にことよせていう。

・**あたつてくだけぬる**　俚諺「当たって砕けよ」（成否にかまわず決行せよ）の心意気で仲介して、実際に失敗した、の意か。

●**物事明輔**　数寄屋橋外二丁目、両替商大坂屋甚兵衛（『江戸方角分』）。大妻女子大学蔵『蜀山人自筆文書』（紙片記号R・石川了「大妻女子大学所蔵『蜀山人自筆文書』について」『大妻女子大学文学部紀要』二十一号、一九八九による、以下同）によれば大坂屋甚助。初名は物事明輔で、のち馬場金埒の名で、木網門下、数寄屋連の一員として天明二年頃より活動した。天明三年六月の「なよごしの祓」の時点で「明輔事イハクアリ　馬場金埒」と改名、『落栗庵狂歌月並摺』（天明三刊）・『老莱子』（天明四刊）でも「物事明輔改　馬場金埒」として入集。『仙台百首』（寛政七刊）、『金撰狂歌集』（寛政八刊）、『狂歌猿百首』（刊）などの撰がある。銭屋金埒、また滄洲楼、日頭庵、黒羽二亭、あるいは銭塘金埒と名のった。林旧竹『墓碣余誌』（明治三十五序、東大総合図書館蔵、写）所掲墓碑によれば文化四年没（同碑はもと芝金杉堂瑞寺、旧竹の調査当時は麻布古川光林寺に存）。

（九）　筋貝

此貝、寒の入、土用の入を旬とす。小児虫気の妙薬にして、常に赤団子に添て喰しむれば、いたづらの根を切ル。とをりはたご町三升や平ゑもんが家の重器なり。江州伊吹より出るを上品とす。長居の庄、雪駄の浦にもあり。（上十一ウ）

筋貝をてん手におさへかゝる浪しほさしもぐさすへてしま山　はたけの畦みち（上十二オ）

※切艾とその袋を貝に見立て、小児の脊椎の左右二箇所の灸穴に灸をすえることをいう「筋違」をもじって、その貝の名とする。図は、紙で巻いた切艾を袋から出したところであろう。石畳の模様と三升紋は後出の三升屋平右衛門店で用いられたようで、恋川春町『三升増鱗祖』（安永六刊）や京伝『小紋裁』（天明四刊）「もぐさ縞」に見える。切艾の包み紙は反故紙であったらしく、

『岡目八目』（天明二刊）発端に「孔子の自筆も四書大全も切艾のつつみ紙となり」と見える。袋の表面、中の字については未詳。

・**筋貝**　筋違。斜差とも表記する。小児の風邪や胃腸病等に効くとされる灸のすえ方。『小児必用養育草』（正徳四刊）巻三に「和俗は春秋にかならず灸する事なり。多くは身柱又は九の椎とせすぢかへて灸するなり。和俗すぢかひといふ。男は左を十一にし、女は右を十一にす」とある。

・**寒の入**　二十四節季の「寒」に入る、小寒の日。立冬より六十日目。身体の変調に備えて子どもに灸をすえる。寒灸。

・**土用の入**　立夏より六十日目の小暑のさらに十三日後。暑さがもっとも厳しい時で、やはり子どもに灸をすえる。土用灸。

・**虫気**　腹痛、その他引きつけなど、子どもの病一般をいう。

・**赤団子**　灸を指して子どもに言う語。『俚諺集覧』（写）赤団子の項に「灸を小児に向ひていふかくし詞なり」。

・**根を切ル**　根絶する。灸をすえ、子どものいたずらをこらしめれば二度としない、の意。

・**とをりはたご**（通旅籠）**町三升や**（屋）**平ゑもん**（右衛門）　通旅籠町（大伝馬町三丁目の俗称）に実在した切艾屋。『富貴地座位』（安永六刊）江戸・薬品之部において、浅草の「団十郎艾」で三升屋藤介と並んで、黒上々半白吉の位で「伊吹の正銘ゆざらしの根元」と評される。花咲一男氏は、安永二年『御摂勧進帳』に「一昨年、噂の出店」とあることから、明和八年の開店と推測する（『川柳江戸名物図絵』三樹書房、一九九四）。

・**江州伊吹**　古来、艾の名産地。『和漢三才図会』巻七十一、近江、伊吹山の項に「当山ニ艾多茂生ス。取リ用ヒテ灸ノ燃草トナス」（原漢文）とされる。

・**長居の庄**、**雪駄の浦**　長居する客の雪駄の裏に灸を据えるまじないを地名めかして言う。雪駄は、草履の裏

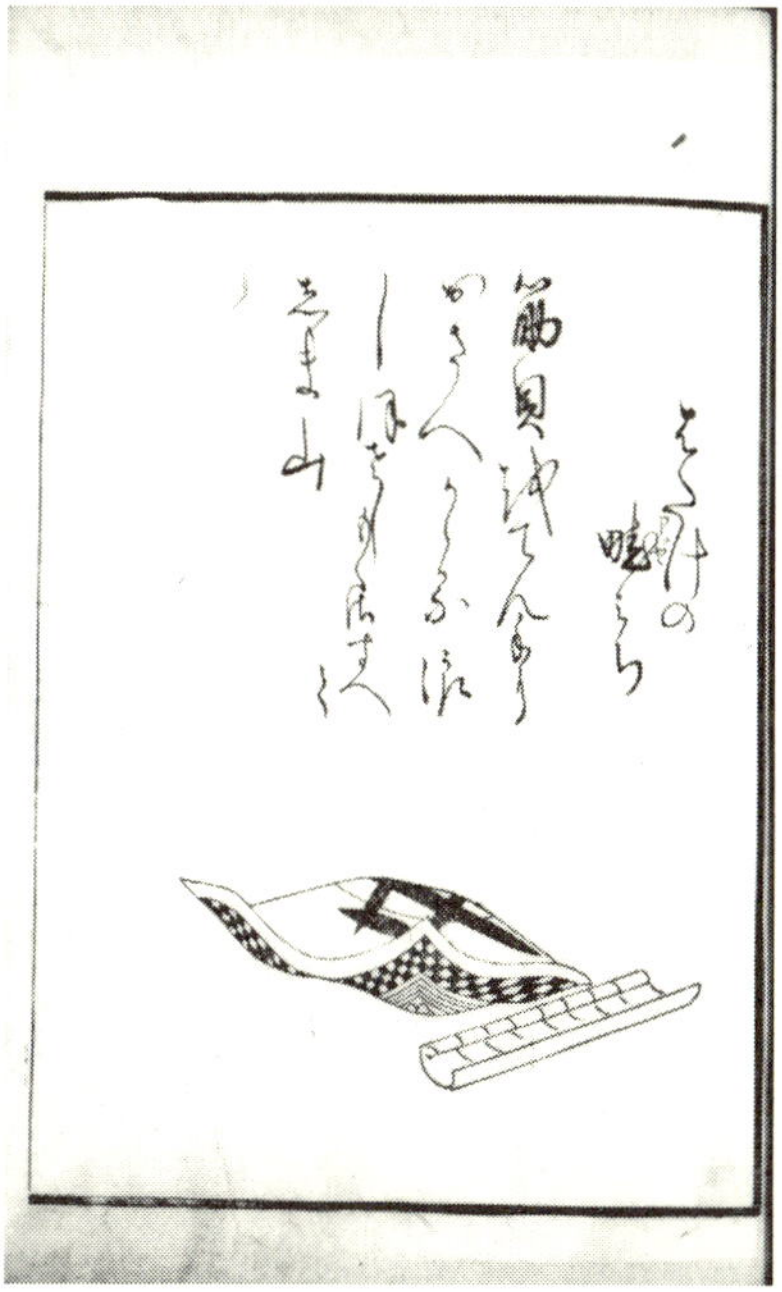

に皮を張り、踵に金属を打って補強したもの。このまじないは「まじないの雪踏の裏へやいと」（『夕涼新話集』、安永五刊）などと称され、『新造図彙』の九天（灸点）図の項にも、灸を「嫌な客を帰へすには草履へすへ」と言う。また「履物へ灸もすへられぬと高尾」（伊達綱宗の伽羅の下駄では匂うので、『柳多留』三十一編）。

・**てん手におさへかゝる**　嫌がる子どもに灸をすえようと大人が大勢で押さえかかるさま。「かかる」は掛詞で浪につながる。

・**さしもぐさ**　蓬の異名で、歌語。『俳諧御傘』（慶安四刊）三に「蓬　さしもぐさ、させもともいふ。皆同草也。もぐさも同じ物ながら、ほしたる蓬をもみて灸に用時の句体ならば植物になるべからず」という。「潮さし」（潮が満ちる）と掛詞。

・**しま**（島）**山**　海辺の小高い丘。すえてしまう、と掛詞で、貝、かかる浪、潮さす、と縁語。「わたつ海のかざしにさせる白妙の浪もてゆへる淡路しま山」（『古今集』巻十七雑上）をはじめ、この語で締めくくる和歌は多く、そのかたちをもじる。

●畠畦道　京橋弥左衛門町（現中央区銀座二丁目）、艾屋伝右衛門（『江戸方角分』・大妻女子大蔵『蜀山人自筆文書』紙片R）といい、その家業に因んだ趣向の割り当て。天明二年の三囲会（『栗花集』写）や『江戸花海老』（天明二刊）以来の数寄屋連中。

（十）　蝶津貝

讃州屏風が浦より出るは紙のごとくにして雀のかたあり。今爰に図する所は尾州名護屋のてふつ貝なり。あがきのしまり能貝なり。雉子集に遊女あづまが詠歌あり。

花さそふ菜たねは蝶の味しらずつがひはなれぬ上羽の蝶の（上十二ウ）

金たんすひらく菜種の色のはま蝶つがひよるはるのあけぼの　東作（上十三オ）

※大小の金属製の蝶番を二枚貝に見立てる。具体的に何の蝶番を指すかは特定できないが、狂歌に「金たんす」とあるように、あるいは蝶番のある掛硯などの金箱を想定するか。『小紋新法』（天明六刊）の「てふつがひ」は女郎の部屋の重ね箪笥の蝶番。

・**讃州屏風が浦**　讃岐国多度郡。空海の出生地として知られた。六「三貝」参照。

・**紙のごとくにして**　屏風の裏には、通常、金属製の蝶番はなく、紙を重ねて貼り、その代わりにすることを言う。

・**雀のかた**　雀形のこと。花輪違（輪違の中に唐花）の四方に鳥二羽の形を入れた模様（『古今沿革考』、享保十五序、写）。屏風の裏紙の柄とされ、とくに吉原で用いられた。未得「名にたてる屏風の浦のむら千鳥とぶを絵やうに見る雀形」（『吾吟我集』巻八、慶安二成、刊）はここの表現と同工。ただし『和訓栞』初編巻十二（安永六刊）はこの文様を雀形とするのは誤りで正しくは風鳥とし、万象亭『見聞雑志』（寛政頃成、写）にも「屏風の雀形」の項に、「屏風の裏に打つ形を雀形といふは誤なり。其実は風鳥なり。屏風は風を障ゆる料の物なれば、風を喰ふ鳥を模様に打事理なり。雀にては詮なかるべし」。『南嶺遺稿』（宝暦七刊）「屏風雀形」項は「雀形といふものは比翼の鳥なりといへり。相思ふ事のふかきゆへなりといふ」といい、吉原によりふさわしい。

・**尾州名護屋**　尾張名古屋の名産物に「諸鍛冶打物」がある（『国花万葉記』巻九、元禄十刊）が、とくに蝶番ないし銭箱・掛硯等の名産地であること未詳。あるいは次項「あがきのしまり能」と関係あるか。

・**あがきのしまり能**　「能」は「よき」。金銭のやりくりが始末であることをいうか。

・**雉子集に遊女あづまが詠歌あり**　めりやす「雉子（きぎす）」を和歌集の名めかし、その世界で、山崎与治兵衛に請け出された大坂新町の遊女あづまの入集歌とした。「雉子」は当時よく歌われためりやすの一。山東京伝『江戸生艶気樺焼』（天明五刊）に「およそひとのしつた口ぢかひめりやすのぶん、小ぐちのところを申やしやう。まづきゞす」と、人口に膾炙した曲の第一に挙げられる。

・**花さそふ菜たねは蝶の味しらず……**　右「雉子」のよく知られた一節をふまえ、和歌の形式に仕立てる。『歌

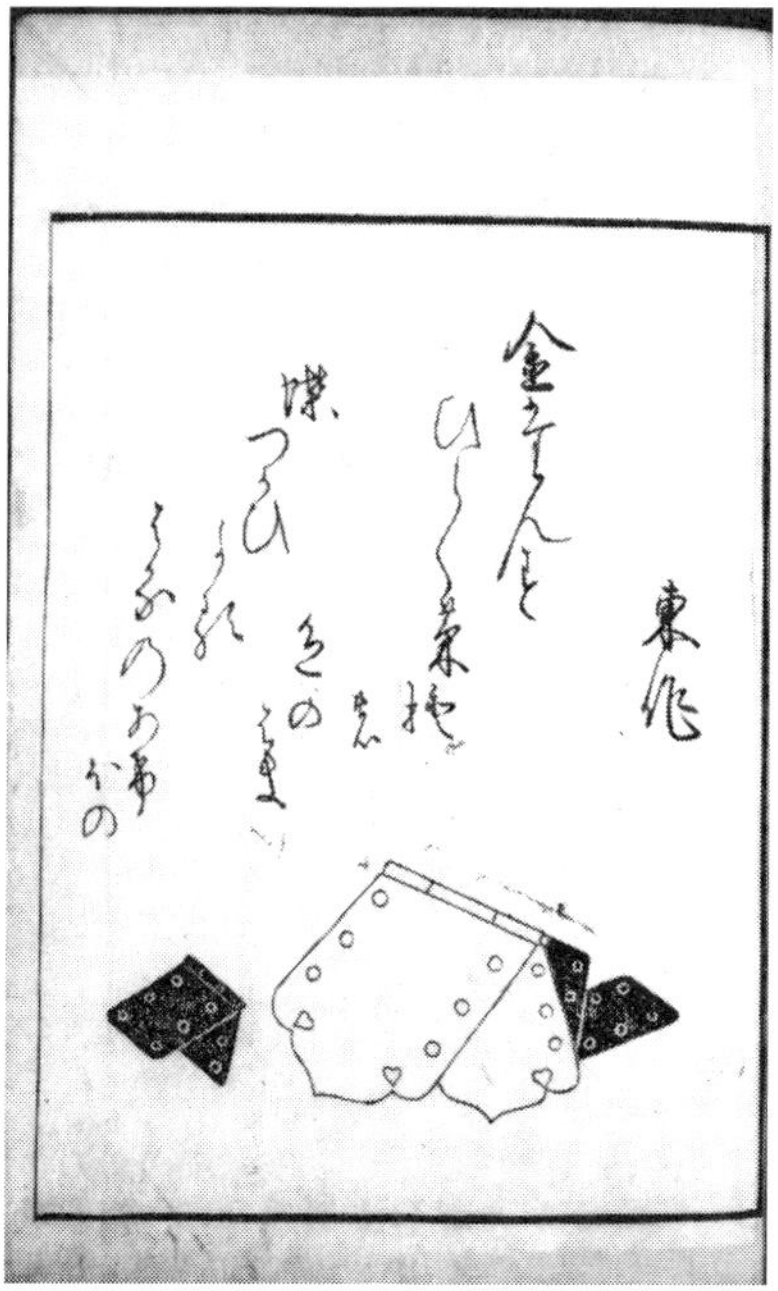

撰集』（宝暦九刊）に「雉子　三下り　きゞすなく野べの若くさつみ捨られて　合　人のよめなといつかさてこがれこがる、　合　くがいの舟のよるべ定めぬ身はかげろふに、あづまが顔も見忘れて、うつ、ないぞや、これなふほんに。あれ、むしさへもつがひ離れぬあげはのてふ。我々とても二人づれ。粋などうしの中々に、春にもそだつ。花さそふ菜種は蝶の花しらず、蝶はなたねのあぢしらず。しらずしられぬ中ならば、うかれまい物。さりとては、そなたのせわになりふりも、我身のすへははなれごま。ながい夜すがらひきしめて、むかしがたりとあすか川」（傍線は引用者）。唐来参和『和唐珍解』（天明五刊）にほぼ同様の箇所を抜き出して、「きゞすを唱ふ声聞こへる。あれむしさへもつがいはなれぬあげはのてう。われ〳〵とてもふたりづれ」「てうはなたねのあぢしらずしらずしられぬなかならば」（原文白話、左訓のみ抜粋）。ただし、この表現はそれ以前の山崎与治兵衛ものに由来する表現で、近松『山崎与次兵衛寿の門松』（享保三初演）に「蝶は菜種の味知らず。知らず知られぬ中ならば」とあり、『俳優風』（天明五刊）において「山崎与治兵衛」の題で詠まれた狂歌に「なたねのてうのあぢしらぬむだなやつらにかまはず」云々の評が加えられる（ただし日本古典文学大系『近松浄瑠璃集』上巻の注によれば、近松以前、すでに富松薩摩の正本に「蝶は菜種の味知らず。菜種は蝶の花知らず」と見えるという）。河東節「乱髪夜編笠」（寛保二成）にも「うつら〳〵と睡る蝶。菜種は蝶の花知らず」。

・**金たんすひらく菜種の色**　「金たんす」は金銭を入れる箱。蝶番があるのは掛硯等の形態。開くと黄金色の小判がある、の意。

・**色のはま**　越前国の歌枕。菜種の色と掛ける。『歌枕名寄』（万治二刊）も掲げる西行の「しほくむとますほのこがひろふとていろのはまとやいふとやあるらん」（『山家集』『夫木和歌抄』では初句「しほそむる」）で知られ、芭蕉も「ますほの小貝ひろはん」と「種の浜に舟を走」らせている（『奥の細道』）。

・**蝶つがひよる**　蝶番に、つがいの蝶がよりそって飛ぶの意を掛ける。

●平秩東作　内藤新宿の煙草屋、稲毛屋金右衛門、本名、立松懐之。父祖は尾張国津島の社家で、その出自にちなんだ趣向の割り当て。享保十一年生、寛政元年没。戯作・狂歌、また詩も能くし、内山賀邸門下の先輩として早くより赤良らと相知り、赤良を戯作へと導いた。井上隆明『平秩東作の戯作的歳月』（角川書店、一九九三）参照。数寄屋連の連中とは、この天明三年の七月の跋をもつ『狂歌師細見』をともに編む（石川了「天明狂歌の連について」『雅俗』四号、一九九七）。

絵本見立仮譬尽　中の巻

○機嫌貝　○梅貝　○西貝　○雑司貝　○せつ貝　○たゝ貝　○懸む貝　○かう貝　○やつ貝　○た貝　○いさ貝（中一オ）

（十一）機嫌貝

気ち貝の種類なり。一ト色の貝にて図のごとく二タ色に変ずるなり。細きかたちの時はあは、〳〵と浪にうかれ、潮にもじかいてくるりと引ッくり返り、上の方へ釣あげて真ッ黒になる時は、口の内にてぶつ〳〵いふ。此時の肉をにらみといふ。赤すぢはつてぷり〳〵する。又目づ貝といふ物あり。色貝の類にして、此貝の別種なり。肉をいやみといふ。（中一ウ）

見るめさへ藻にすむ虫のはやければわれからか
はる機嫌貝かな　ちゑの内子（中二オ）

※図は笑った眼と怒った眼を二枚貝を開いたさまに見立て、気まぐれに好き勝手に振る舞う意の「機嫌買い」をその名とした。

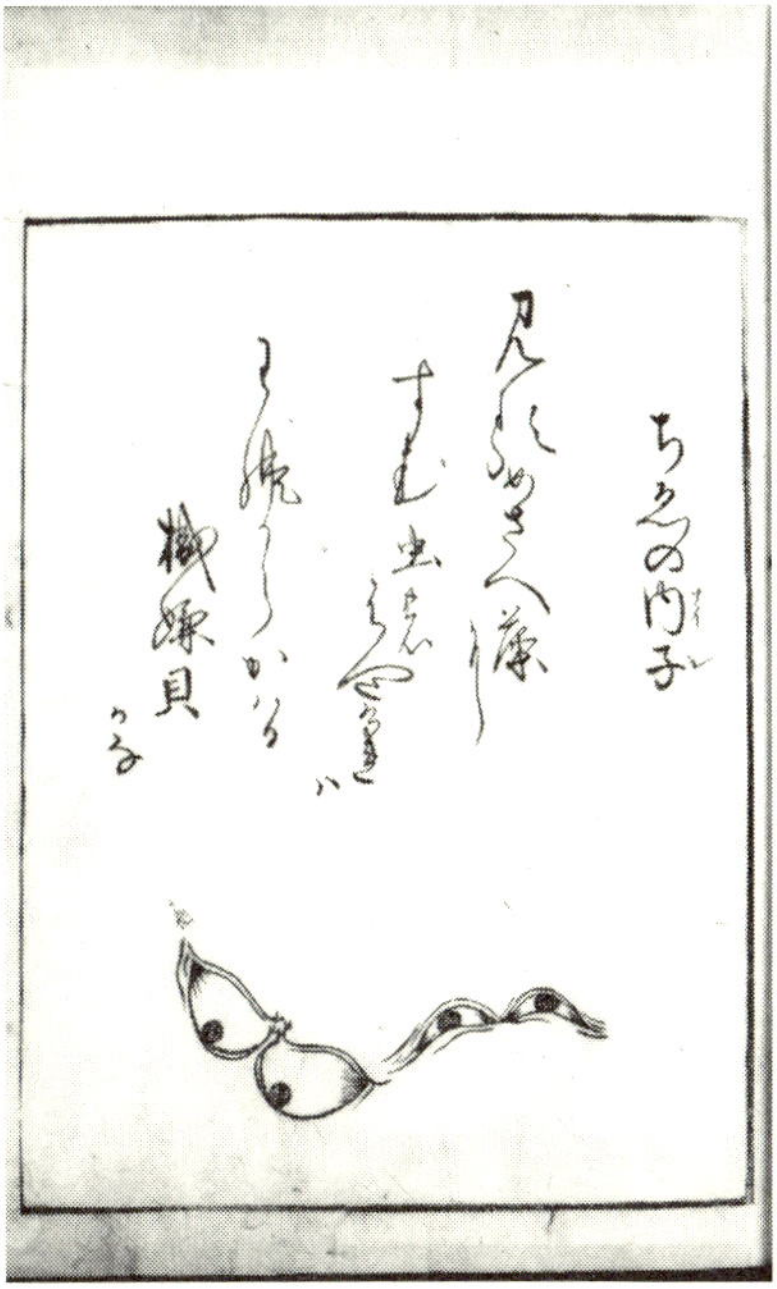

・**真ッ黒になる**　立腹することの比喩表現。『放屁論後編』（安永六序、刊）に「真黒になつて立腹す」。
・**赤すぢ**　眼球に浮き出た血管のこと。怒って睨みつけるさまの形容。
・**目づ貝**　目くばせ、流し目等、視線によって示し合わせようとすることを貝に擬える。
・**色貝**　色のついた貝をいう歌語。『貝尽浦の錦』に「蛤類」とし「なでしこ介を色貝とも云。桜貝の長てなるも、色赤きにより色貝とも云なり」云々と説明する。『潮干のつと』（寛政元刊）に「ふぢ形をうてば紺屋もはだしにてひろふゆかりの花の色貝」。ここでは色事の意を利かせる。
・**いやみ**　不快な態度・言動の意もあるが、ここでは目づかいと併せて妙に色気をもたせた態度・言動の意。
・**見るめ**　見る目であるが、貝の縁で海藻「海松布」と掛ける。
・**藻にすむ虫**　海草にすむ甲殻類、すなわち割殻。「あまのかる藻にすむ虫の我からとねをこそ泣かめ世をばうらみじ」（『古今和歌集』巻十五恋五・『伊勢物語』六十五段）などと、「自分から」の意を掛けて用いる「われから」を引き出すのが古典的な用法。
・**虫のはやければ**　気が早い、短気であるので。
●智恵内子　元木網妻すめ。夫とともに多数の落栗庵門人を指導した。江戸狂歌壇を代表する女性作者として朱楽菅江の妻まつ、こと節松嫁々と並称された。文化四年没。小林ふみ子「智恵内子の狂歌と狂文」（『日本文学』五〇巻一二号、二〇〇一）参照。

（十二）　梅貝

ひらかな盛衰記第四段目に曰、摂州神崎の傾城や千歳やが手水鉢より出たりしを、梅がえといへるうかれ女、爰に三ッ彼処に五ッ拾ひ取、梶原源太景季にあたへたりとぞ。又浜村の瀬川よりも出るとなん。貝の価三百両。甚高直なるものなれど、求むる人は、だんない〳〵と言て即座に買取、袖引ちぎり押包み、甚秘蔵する事なり。小夜の中山光明山の什物なり。（中二ウ）

こゝに三つかしこにいつゝ吹よせて梅貝つゝむ袖のうら風　紀の定丸（中三オ）

※『ひらかな盛衰記』（元文四初演）四段目の趣向により、無間の鐘に見立てた手水鉢を柄杓で打つ、神崎の遊女梅が枝の名を貝の名とし、梅が枝の許に降り来る小判を開いた二枚貝の貝殻に見立てる。小判の五枚と三枚という組み合わせは、本狂文中にも引かれた梅が枝の台詞「ここに三両、かしこに五両」をふまえる。

・**梅貝**　江戸訛で「けえ」と読み、遊女梅が枝の名を貝名めかす。殻の形状が梅の花弁に似るという梅花貝（『貝尽浦の錦』）をきかせる。『潮干のつと』（寛政元刊）に「海中に鶯さそへむらすゞめねをそへてみむむめのはな貝」。

・**ひらかな盛衰記第四段目**　『ひらかな盛衰記』は全五段、文耕堂・三好松洛・浅田可啓・竹田小出雲・千前軒（初代竹田出雲）合作、元文四年竹本座初演。四段目は「神崎揚屋の段」。

・**千歳や**（屋）**が手水鉢より出たりし**　同段では、梶原源太景季の恋人腰元千鳥が、摂津国神崎の廓千年屋に身を沈め、傾城梅が枝と名のる。源太の鎧を請け戻そうと、梅が枝が無間の鐘に準えた手水鉢を打とうと柄杓を振り上げた瞬間に二階から三百両が降りくる。ここではその三百両を無間の鐘に見立てた手水鉢から出たものと見なす。

・**爰に三ッ彼処に五ッ**　同段で「二階の障子の内よりも。其金爰にと三百両。ばらり／＼と投出す。深山おろしに山吹の花ふきちらすごとくにて。爰に三両かしこに五両。是は夢かや現かや」と傾城梅が枝が小判を拾う場面をふまえる。

・**浜村の瀬川**　瀬川菊之丞、屋号浜村屋。当時は三代目。無間の鐘の所作事は、初代菊之丞『けいせい福引名護屋』（享保十六年、中村座）以来の当たり役。二代目にも、宝暦十四年市村座『ひらかな盛衰記』における

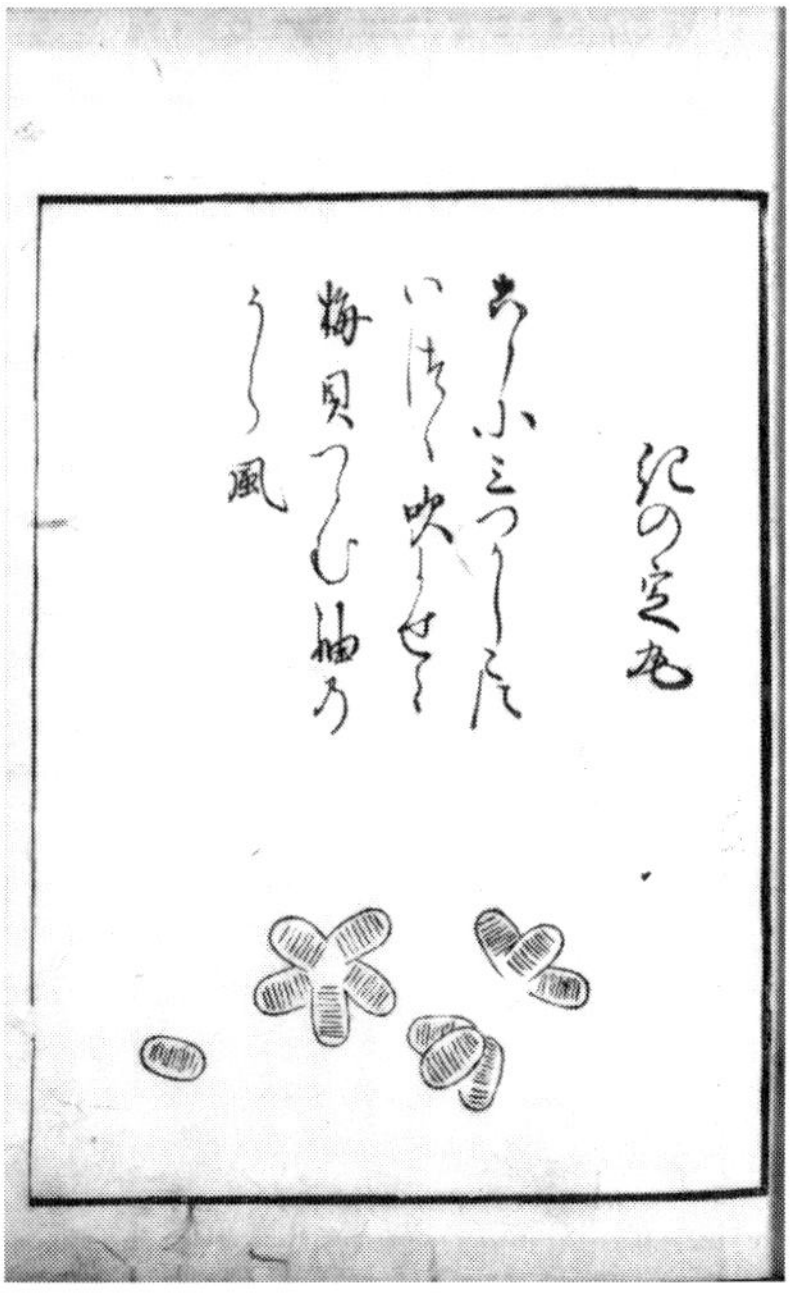

「むけんの鐘むかし草」、三代目には、安永四年三月市村座、二代目三回忌追善『栄曾我神楽太鼓』二番目「廓花葛城鐘」における傾城千代咲の無間の鐘の所作事がある（佐藤知乃「三代目瀬川菊乃丞の芸歴」、服部幸雄編『寛政期の前後における江戸文化の研究』、二〇〇〇）。烏亭焉馬『花江都歌舞妓年代記』（文化八〜十二刊）巻六、安永四年条に「菊之丞けいせい千代崎にて無間ノの鐘大出来」。

・**貝の価三百両**　『ひらかな盛衰記』四段目で、梅が枝が欲した三百両が二階から降り来たったことをふまえる。

・**だんない〳〵**　だいじない、の訛。だいない。構わない、差し支えないの意。『ひらかな盛衰記』四段目「金にもせよ、心ざす所は無間の鐘。此世は蛭にせめられ未来永々無間堕獄の業をうくとも、だんない〳〵大事ない」をふまえる。平秩東作『当世阿多福面』（安永九刊）にこの箇所を引いて「ひるの地ごくも無間のせめも。だんない〳〵といふ気になれば」とする。

・**袖引ちぎり押包み**　同段「袖引ちぎり三百両。包むに余る悦び涙。鎧がはりの此金と押いたゞき〳〵」による。

・**小夜の中山光明山**　小夜の中山近くにあるとされる無間鐘の所在には諸説あるが、その三里北にあるとされる光明山は、そのうちの一つ（『和漢三才図会』巻六十九）。菊岡沾凉『諸国里人談』巻五（寛保三刊）「無間鐘」の項にも「遠江国佐夜中山街道より三里北に光明山あり。此寺の鐘を撞く人は、かならず福徳を得て富貴すれども、来世は無間地獄に堕つといひつたへたり。今は土中に埋む。よつて撞くことあたはず」という。

・**袖のうら**（浦）　出羽の国の歌枕。小判を包む袖の裏に掛ける。貝と浦で縁語とし、また浦「風」は「吹き寄す」と縁語をなすが、この袖を吹き返す「袖の浦風」のかたちも中世以後和歌に用いられた表現。また、江戸でも高輪の海を総称して「袖ヶ浦」と呼んだ。「南楼月」題で「こゝ袖が浦〳〵遠く見通しの部屋もちの夜の月のかげ見世」（草屋師鯵、『若葉集』巻下、天明三刊）、「南江観漁」題で「名にしをふ江戸紫の袖が浦ぬふてふ針ももつや釣人」（遍亜方岳、『狂言鶯蛙集』巻十六、天明五刊）。

●紀定丸　大田南畝の甥、吉見義方、通称儀助。宝暦十年生、天保十二年没。幕臣で、安永七年に家督相続して小普請入、安永八年の仲秋観月会に参加し（『月露草』写）、その頃から狂歌に遊んでいたらしい。濱田義一郎「紀定丸の役職年譜」（「江戸文学雑記帳（一一）」『江戸文芸攷』、初出一九七九）が備わる。

（十三）　西貝（さい）

建礼門院（けんれいもんいん）の上童（うへわらは）、玉虫が持たる貝にして、奈須の与市が宝物（ほうもつ）なり。事は西海（さいかい）すゞりに委敷（くはし）ければ略（りやく）し侍る。此貝を夕日にうつせば、みな紅に見ゆるとなり。（中三ウ）

ゐてとらむ弓にやしまの西貝をかざすあふぎのまとひうちこむ　川井野物簗（カハヰノモノヤナ）（中四オ）

※都落ちした平家の軍を源義経の軍が討った屋島の戦いの一場面、海上の小舟で官女玉虫が掲げた扇の的を、浜辺から那須与一が射落とした逸話（『平家物語』巻十一・『源平盛衰記』巻四十二）による趣向。その扇を二枚貝に見立て、平家一門が落ちた西海を貝の名にこじつける。

・**建礼門院の上童、玉虫**　小舟に乗って扇の的を掲げた女房の名を玉虫とすることは『源平盛衰記』巻四十二に見える。「おきよりかざりたる舟一そう、なぎさにむかふてこぎよす。二月廿日の事なるにやなぎの五かさねにくれなゐのはかまきて袖がさかづける女ばう有。みなくれないのあふぎに日出したるをつえにはさみて舟のへがみに立て、これをいよとて源氏の方をぞまねきたる。此女ばうと云はけんれいもん院の后立（きさき）の御とき、千人の中よりえらび出せる、ざうしに玉（たま）むしのまへ共いひ。又はまひのまへ共申す。ことし十九にぞ成ける」（元禄十四版『源平盛衰記』による）。「玉虫はあ

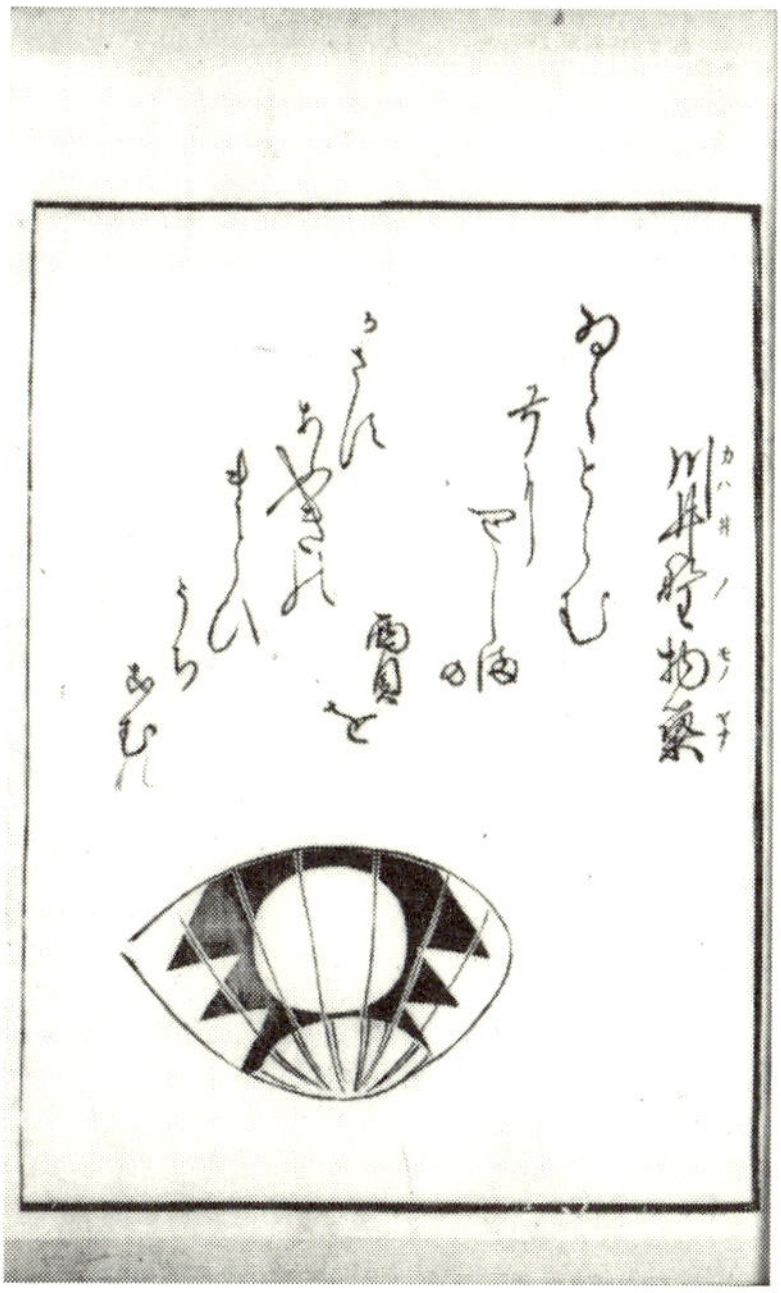

ぶない役をい〻つかり」（『柳多留』二十四編）。

・**奈須の与市**　那須与一。下野那須の人。義経に従って屋島の合戦に参じ、玉虫のもつ扇の的を射落とした。

・**西海す〻り**（硯）享保十九年大坂豊竹座初演の浄瑠璃、並木宗輔・並木丈輔合作『那須与市西海硯』。当該箇所は以下の通り。「既に其日も申の刻、遙の沖より華麗を尽し、飾り立てたる屋方船、金地に日の丸うたせたる陣扇を艫に立て、やなぎの五つ衣、紅の袴たをやかに袖がさかづける上臈の、源氏の方を差招き、陸を目当に漕寄するは、問ふに及ばず賢礼門院、御装ひのあでやかさ。折節夕日に輝きて、扇に照す日の丸も、いと〻色こそ増さりけれ。源氏方には（略）与市は騒がず立つ波を、さつ〳〵と乗切つて、蹄に飛せる汐煙、玉を散せる如くにて、くらづめ鎧のひしぬひもずつぷりと浸るまで打入れ扇を睨詰め、弓矢神正八幡、親子の縁の切れずんば、あの的射させ給へやと、心中に祈念して七たん許りこなたより、しばしかためてかなぐり放しに切つて放せば誤たず、扇の要ぷつ〻りと射切れば扇は空に飛び、暫しが間ひら〳〵、ひらり〳〵と入日に輝き、蝶の飛交ふ其景色、与市が悦び時の面目、駒を汀に引返せば、敵も味方も船端叩き、さつても射たり能ふ射たりと一度にどつと褒むる声、天地も響く計也」。『義太夫執心録』（写）によれば、宝暦十二年春に江戸で上演された（『義太夫年表』）。浮世草子に右の浄瑠璃に基づく江島其磧『風流西海硯』（享保二十刊）がある。

・**夕日にうつせば、みな紅に見ゆる**　申の刻（午後四時頃）、的として掲げられた扇が紅であったため（『源平盛衰記』他）。「みな紅」の語は『源平盛衰記』前掲箇所に見える。

・**弓にやしまの**　「弓に矢」に屋島を掛ける。

・**まとひ**　的射（まとゐ）、また団（まとゐ）。

・**うちこむ**　後印本はこの箇所「うちむれ」（解題参照、底本には朱で書き入れがある）。初案「こむ」は的に弓を打ち込む意であったが、「まとひ」の語の落ち着きが悪く、改案で「団ひ、うち群れ」、見守る人々が群れ集う意としたか。

●川井物築　『江戸方角分』・『蜀山人自筆文書』紙片Rによれば、京橋新肴町（現中央区銀座三丁目）、弓師勘二郎。家業に因む趣向の割り当て。天明二年の三囲会以来の数寄屋連中。狂名は市川団十郎の口癖「かわいの者やな」（『賀久屋寿々免』四）による。

(十四)　雑司貝

十月会式の頃を盛りとす。風に吹るればくる〳〵と廻る貝なり。御土産におかひなさい。(中四ウ)

　袖の浦かざすみやげのざうし貝とりて車も風次第なり　朝寝のひる起(中五オ)

※雑司ヶ谷をもじって貝の名とし、雑司ヶ谷の鬼子母神として知られる法明寺の土産として売られた風車を貝に見立てる。

・**会式**　十月十三日の日蓮の忌日の前後に行われる御命講のこと。ここでは、とくに雑司ヶ谷法明寺のそれを指す。『東都歳時記』(天保九刊)によれば、十二日から二十三日まで。

・**風に吹るればくる〳〵と廻る**　風車をいう。『東都歳時記』に「川口屋の飴、麦藁細工の角兵衛獅子、風車等を土産とす」とある。『世の姿』(天保七識、写)に、「雑司ヶ谷土産の風車も近来は花のかたちに紙をきりて作りしも有り」。「護国寺を素通りにする風車」(『柳多留』初編)といった句もある。『十方庵遊歴雑記』(写)が元禄年間柳下の専右衛門が創始したとするなど、古くより行われた。『絵本吾妻遊』(寛政三刊)・『江戸名所図会』(天保三~五刊)巻四に風車の図がある。

・**御土産におかひなさい**　雑司ヶ谷の風車の売り声を写したものか。「買ひ」は貝を掛ける。

・**袖の浦**　出羽の国の歌枕(十二「梅貝」参照)。

・**かざす**　腕を高く上げ、袖をかざして風車を風に当て

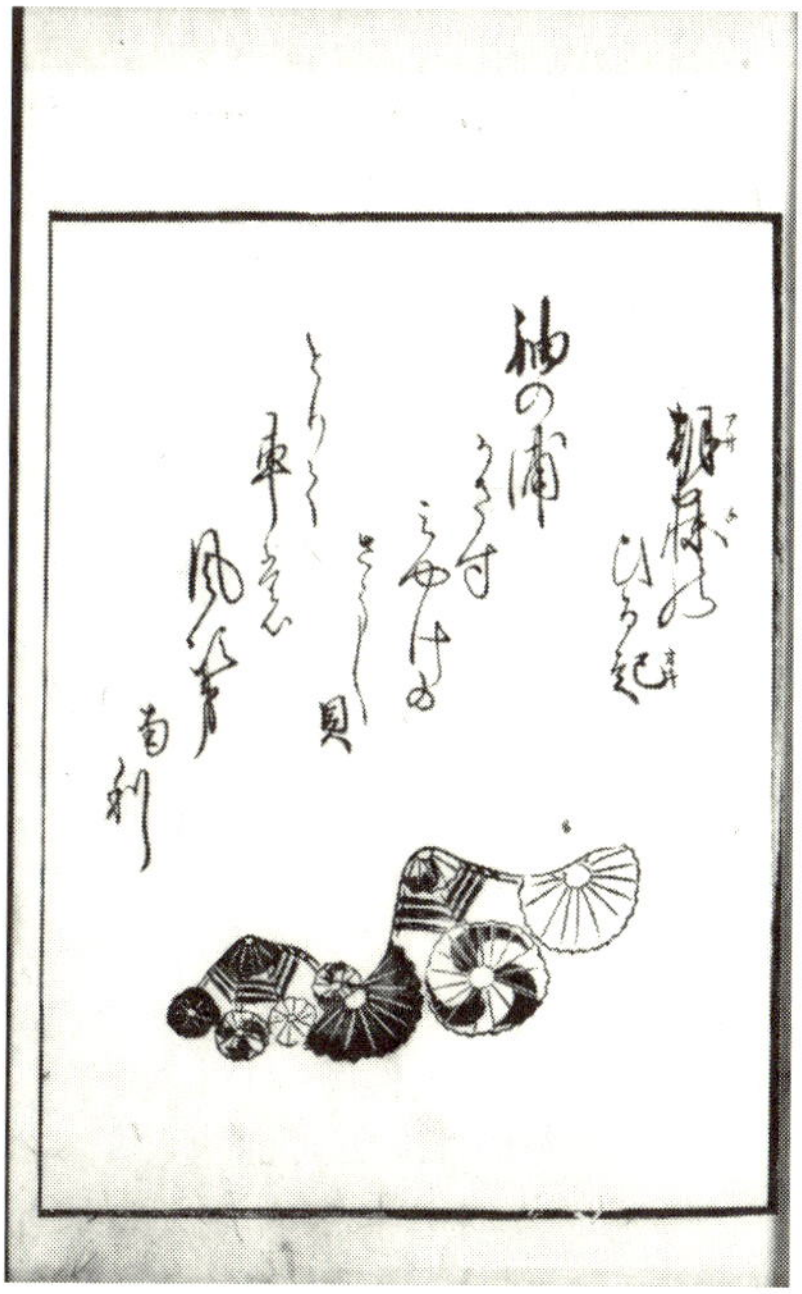

るさま。風車を風に当てるの意と袖をかざすと二重の意味を含む。

●朝寝昼起　『江戸花海老』（天明二刊）で「数寄屋河岸」の一員として名を挙げられる数寄屋連中の一人。『狂文宝合記』（天明三刊）で主品に出品し、『落栗庵狂歌月並摺』（同三刊）・『春興抄』（同四刊）などに入集。

（十五）せつ貝

四方の滝水より出るは、ことの外大きなるせつ貝なり。こゝに画けるは、十二月十七日十八日両日の中に、武州浅草村宮戸川の辺りにて、貝杓子とともに、もとむる所のせつ貝なり。（中五ウ）

　摺ばちをあらひが崎の千鳥みそさらり〳〵とすくふせつ貝　小鍋のみそうづ（中六オ）

※浅草の年の市で売られた切匙を紐で束ねたものを広げて貝に見立て、その名も「切匙」を貝名とする。

・**せつ貝**　切匙。すり鉢で摺った味噌などをこそげる道具。表記はさまざまで「せつかひ　刷匙」（『書言字考節用集』享保二刊）。『和漢三才図会』巻二十一「狭匕」項に「俗云、世加比」「狭匕即片殺削レ之、刮二扱末醤一者。似レ匕而狭（世加比者狭。匕之訓中略）。蓋本朝之製也乎」。『鶉衣』（天明三刊）前編上「摺鉢伝」に「そのころせつかひ（刷匕）といひしおのこは、檜のきの木目細かにそのすがたやさしきから、むかしは御所にうぐひすの名にも呼れしが」。

・**四方の滝水**　新和泉町四方屋忠兵衛の酒の商標。南畝が、この店に関する流行語「鯛の味噌津に四方の赤」に因んで「四方赤良」と名のり、その商標を書き判としたことで知られる。『巴人集』（写）後序に「四方は江都泉町の商家にして、酒醤をひさぐもの、赤はあから也」。『富貴地座位』（安永六刊）江戸・酒の部に「上上吉　四方忠兵衛　いづみ丁　みそのひやうばんも四方にかゞやく明石」、方外道人『江戸名物詩』（天保七刊）、新和泉町「四方赤味噌」の狂詩に「剣菱滝水土蔵充　上戸往来嘗レ舌通　出店分家行処在　味噌赤似二四方紅一」というように、酒とともに味噌を商った。ここでは次項のような味噌屋の看板について言う。

・**ことの外大きなるせつ貝**　味噌屋は、古くより大きな切匙に「みそ」などと記したものを看板とした。柳亭種彦『足薪翁記』（写）

に「味噌の看板にせつかいを出し、は江戸にも所々にあり」というが、『守貞謾稿』（嘉永六序、写）はその図を上方のものとして掲げながら「江戸に無之」というので、幕末には廃れたか。林美一『江戸看板図譜』（三樹書房、一九七七）参照。同書、また同氏『江戸店舗図譜』（三樹書房、一九七八）の掲げる四方屋の店頭図（鍬形蕙斎『近世職人図尽絵詞』文化二筆、二代豊国画『浮世酒屋喜言上戸』天保七刊）には見当たらず、そのせっかいの看板がとくに大きかったか否かは不明。

・**十二月十七日十八日両日の中に、武州浅草村宮戸川の辺り**　宮戸川は隅田川の古名。十二月十七、十八日には浅草で年の市が開かれる。辻知篤「浅草市の記事」（『ひともと草』、寛政十一成、写）に「ふるくよりとしごとのならはしにて、師走の十七日十八日は、かならず市女あき人たちつどひて、年のはじめのいはひものをうり侍ることぞ、いまもなをかはらぬそのはじめしれる事もなければど（略）ひさぐものは道もさりあへずうちひろげて、ゆずる葉小松かやかんしのたぐひ、くさ〴〵のもの路傍にふまれたり、その品々はかきつくるもうるさし」。

・**貝杓子**　板屋貝の貝殻を頭にした柄杓。『浅草寺志』（写）巻十五には、生活用品・食品など、年の市で売買された品々が列挙され、その中に「貝杓子」も見える。『小紋新法』（天明六刊）に「貝じやくし」の図案が見え、年玉にもされたこと、延広真治「『小紋新法』―影印と注釈（七）―」（『江戸文学』十号、一九九三）参照。

・**あらひが崎**　荒藺（あらゐ）の崎。（摺鉢を）洗ひ、を掛ける。『八雲御抄』が古歌に見えるこの地名を大森の西北の荒井に比定したという（『大日本地名辞書』）。『江戸砂子』（享保十七刊）巻五は「鈴の森の磯也」とし、さらに『再校江戸砂子』（明和九刊）において「あらゐが崎は今いふ木原山なるべし。荒井宿村のうち也」とされる。同書は武蔵国の地名で唯一『万葉集』に詠まれたこと

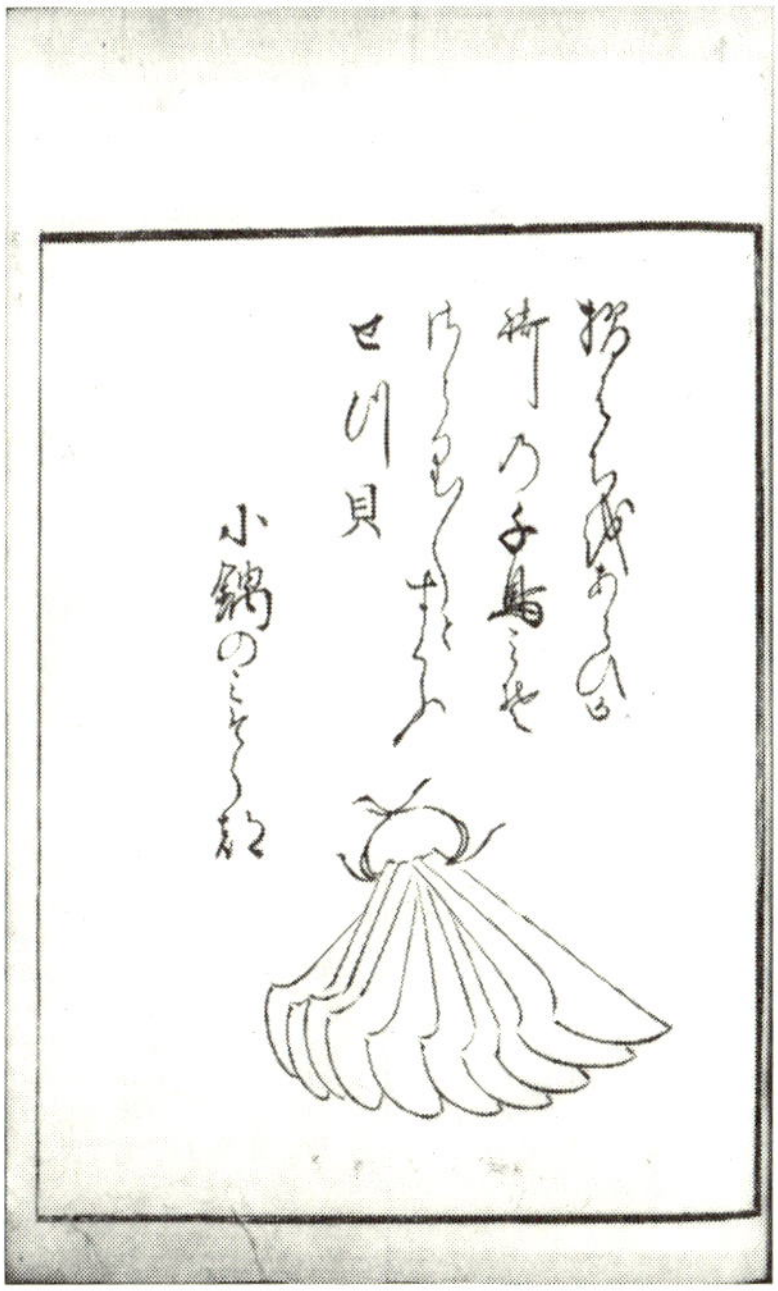

を述べ（巻十二）、「むさしの国第一の英名といふべし」とする。千鳥の縁語で、『増補歌枕秋の寝覚』（元禄五刊）巻五、武蔵荒藺の崎の項は、縁語として「ちどり」を挙げる。

・**千鳥みそ**　『江戸塵拾』（写）巻四に「千鳥みそ　品川東海寺より毎年公儀へ献上之品なり、沢庵和尚はじめて製せられしとぞ、千鳥と名づくる其故をしらず」。千鳥は次項と縁語になる。

●小鍋みそうづ　『江戸花海老』（天明二刊）によれば麻布住まい。『江戸方角分』には赤坂の一乗院別当として見える。狂歌壇には天明二年の三囲会より見え（『栗花集』写）、『万載狂歌集』（天明三刊）には二首入集する。「宝合」報条にも名を連ねる数寄屋連の一員。狂名に因む趣向の割り当て。

（十六）　たた貝

八島檀の浦より出。往昔源平の戦に源氏の士三保の谷四郎国俊、此貝を拾ひしを、平家の士悪七兵衛景清、かひなを延てむづと取、おのが得物とせしかども、国としは取も返さで、貝吹て逃たるは、いひ貝なき侍なり。此貝、今は所々の絵馬堂にあり。**（中六ウ）**

八しまなる浪うちぎはのたゝ貝をよ所に見なしてにゐのあま人　草家野師鯵**（中七オ）**

※謡曲「八島」「景清」で知られる、平景清が、屋島の戦いにおいて箕尾谷（三保谷）四郎の兜の錣を引いて争った逸話を、「戦い」ならぬ「たた貝」の奪い合いとする。謡曲「八島」に「彼の三保の谷は其時に、太刀打ち折つて力なく、すこし汀に引き退きしに、景清追つかけ三保の谷が、着たる兜の錏をつかんで、うしろへ引けば三保の谷も、身を遁れんと前へ引く。互にえいやと、引く力に、鉢付の板より、引きちぎつて、左右へくわつとぞ退きにける」。図は、錣引でちぎれてばらばらになった兜やしころ、また、しころをつかんだ手の小手を二枚貝に、「太刀打ち折つて」で折れた剣先を馬刀貝のような棒状の貝に、各々見立てる。

・**八島檀**（壇）**の浦**　瀬戸内海に北面し、源平の戦いの戦場となった屋島を取り巻く海が壇ノ浦であった。自然の変化、近世中期の塩田開発等により、この頃には屋島は地続きとなり、現在のように八栗半島との間を指す呼称となった。

・**三保の谷四郎国俊**　『平家物語』巻十一で景清に兜のしころを引かれるのは三保谷四郎・藤七・十郎のうち十郎とされるが、謡曲「八島」において四郎とされる。『世界綱目』（寛政以前成、写）「源平軍」の項に「箕尾谷四郎国俊」と見えるように、近世、俗に三保谷四郎の名を国俊とする。『東海道中膝栗毛』三編（文化元刊）に「イヤ身どもは、みをのや四郎国俊の末孫だから、それで刀のおれたのをさしおるて」。

・**貝吹て逃たる**　とぼけて逃げることの譬喩。『増補俚言集覧』の増補箇所、「かひふき」項に「そらとぼけて遁る者を貝吹いてにぐるといふ」と見える。『平家物語』巻十一、錣引きに先立つ箇所で「みをのやの十郎、小太刀、大長刀にかなはじとや思ひけん、かいふいてにげければ」（延宝五版による）、『源平盛衰記』巻四十二「十郎かなはずと思ひてかいふいて逃ぐるも」（ただし三保谷十郎ではない、元禄十四版による）をふまえる。

・**いひ貝なき**　言ひ甲斐なし（取るに足らない）に貝を掛ける。

・**絵馬堂にあり**　絵馬には武者絵が用いられることが多く、景清・三保谷の錣引も例外ではない。松濤美術館展示図録『武者絵』（二〇〇三）所収の矢島新「武者絵の絵馬」は、現存する近世の古い作例の画題の一つに「錣引」を挙げる。やや時代が下るが、浅草寺には長谷川雪旦画「錣引」絵馬（天保十一年作）がある（『金竜山　浅草寺　絵馬図録』、一九八一）。

・**よ所に見なしてにゐのあま人**　二人の争いをよそに、二位の尼（のちに安徳天皇を抱いて入水することにな

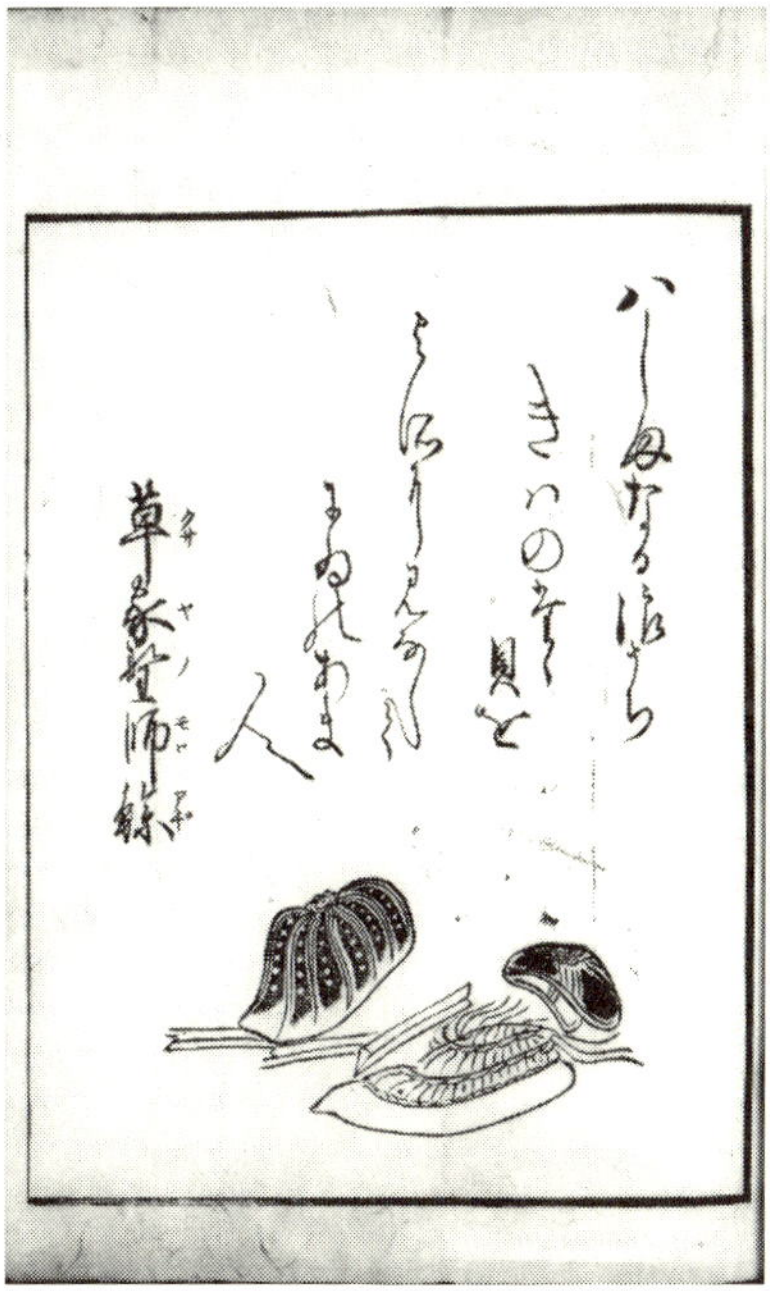

る、平清盛の妻時子）が逃げる、の意。逃ぐの「に」と二位の「に」が掛詞。

●草屋師鯵『江戸方角分』・『蜀山人自筆文書』紙片R等によれば、算木有政弟、細井弥郎治（八郎次）。数寄屋連の一員。はじめ、師鯵を名乗って三囲会（『栗花集』写）以来活動するが、天明三年十一月刊『落栗庵狂歌月並摺』あたりより橘実副に改名。文化元年没（『日本古典文学大系　川柳狂歌集』濱田義一郎注）。

（十七）懸む貝　又手なべ貝

恋（こひ）の淵（ふち）、跡先水（あとさきみづ）の行留り、逃水（にげみづ）の水の出ばなにあり。

此貝のある所には、小いさ貝あるものなり。たとへ野の末、山の奥にもあり。（中七ウ）

　味噌しほの竈のまへだれかけむ貝あたりとなりもちかのうら住　油（アブラ）のとうじ煉方（ネリカタ）（中八オ）

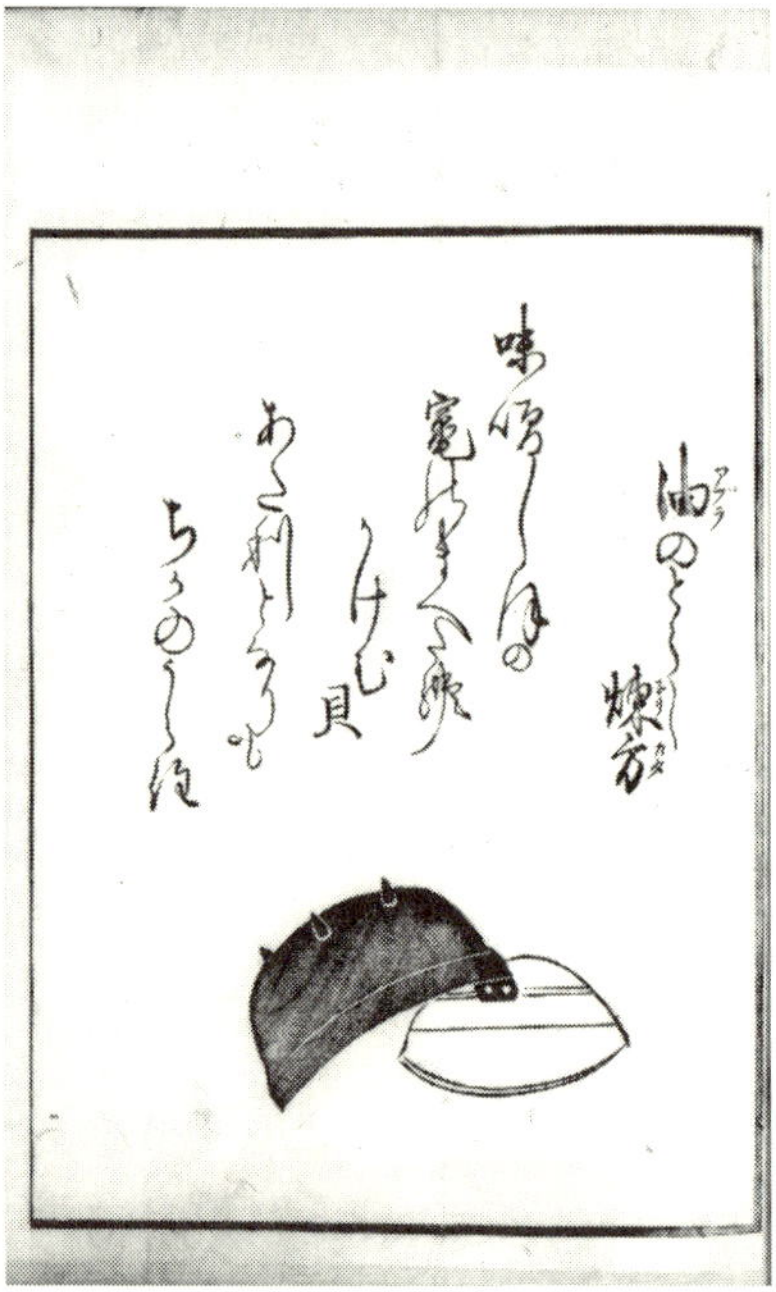

※「懸む貝」とは掛向、二人きりで向かい合うこと。『金銀先生再寝夢』（安永八以前成、天明初年頃刊か）に「金銀先生、心のまゝに金を捨ててしまひければ家来を遣ふ事もならず、今は夫婦かけ向ひの身代となる」。「手なべ貝」（「貝」は「買ひ」か）の「手なべ」は鍋を火に掛け、手づから炊事すること。駆け落ちした男女二人きりの暮らしを、足つきの手鍋と蓋で象徴する。

・**恋の淵**　恋の想いの深さをいう比喩。謡曲「松風」に「三瀬川絶えぬ涙の憂き瀬にも乱るる恋の淵はありけり」。

・**跡先水**　後先見ずの語を貝の縁で水にこじつける。向こう見ずな駆け落ちの末の暮らしであることを言う。

・**逃水**　逃げ水現象と「逃げ」を掛ける。二人の実家からの追っ手が迫るたびに逃げ回るさま。

・**小いさ貝**　小諍い。痴話喧嘩をいう。二十一「いさ貝」の趣向とされる夫婦げんかの小さなもの。

・**野の末、山の奥**　駆け落ち・逃亡する男女の常套句。『神霊矢口渡』（明和七初演）初段切に「堪忍して暫くのお命ながらへ、野の末山の奥までも、夫よ、妻よと呼、呼れ、一所に居たらわしや本望」。「たとへ」には、貝なのに陸地にもあるの意も込める。

・**味噌しほ**（塩）　暮らし向き、生計を言う語。次項を掛ける。

・**しほの竈**　海水を煮詰めて塩を精製するのに用いるかまどの意。塩竈明神を祭る陸奥の歌枕「塩竈」をきかせる。

・**まへだれかけ**（前垂掛）　前垂れを掛けて、自ら立ち働くこと。「かけむかい」を掛ける。

・**ちかのうら**　近くの裏長屋の意に、歌枕「ちかの浦」を掛ける。その所在には諸説あり、『夫木和歌抄』巻二十五に「ちかのうら、摂津、又陸奥、或は肥前」。『増補歌枕秋の寝覚』（元禄五刊）は「肥前　ちか（千賀）の浦」。『歌枕名寄』（万治二版本あり）が陸奥の例を挙げて「血鹿塩竈　或千賀」とするように、陸奥の塩竈を「千賀の塩釜」「千賀の浦」ともいい、例えば『日本永代蔵』（貞享五刊）巻三・二に「むかし千賀の浦を六条に移され、塩釜の大臣あり」。

●油杜氏練方　『江戸方角分』によれば、数寄屋橋「河岸鍋町」住、油屋宇野丸屋甚五郎、千丈。三囲会（『栗花集』）から見える早くからの数寄屋連中。

（十八）　かう貝

太鼓（たいこ）のかたちをせしもあり。松葉の形をせしもあり。しのぎの立し貝を多しとす。種類（しゆるい）品々なれば尽（こと〴〵）くは記（しる）さず。

（中八ウ）

乙女子があれよこれよとかう貝をなみよりどりの直もやすの浦　浦辺（ウラベ）の干（ホシ）あみ（中九オ）

※図は、女性の髪飾りである笄（こうがい）の三種を、馬刀貝のような棒状の貝に見立てたもの。黒点のある二本は斑入りの鼈甲。

・**太鼓のかたち**　笄の端に太鼓型の飾りを付したものがあったことを言う。

・**松葉の形**　簪に「松葉簪」と呼ばれる根本近くから二又に分かれたものがあったことをいう。『通言総籬』（天明七刊）に「松ばかんざしでびんの所をまきこむ」と見える。

・**しのぎ**　笄の一種。鼈甲製棒状のもので、多く遊女が用いた。万象亭『太平楽巻物』（天明二序、刊）「まづおとび様ン（芸者新富、引用者注）のさしてゐさんす、ふなしべつかうのむなたかぐしに、しのぎの笄」。「しのぎ」が立った（かくばった）形態の笄が多い、の意。

・**種類品々なれば**　笄や簪の装飾の形が非常に多種多様であることをいう。

・**なみよりどり**　種々品々で「よりどりみどり」であることに「波寄る」を掛ける。

・**直もやすの浦**　値段が安いことを「やすの浦」と貝の縁で海辺の地名めかした表現。

●浦辺干網　『江戸方角分』によれば、後西本願寺役人、連歌師執筆、「杢阿連」とされる（杢阿は木網の意）。数寄屋連。

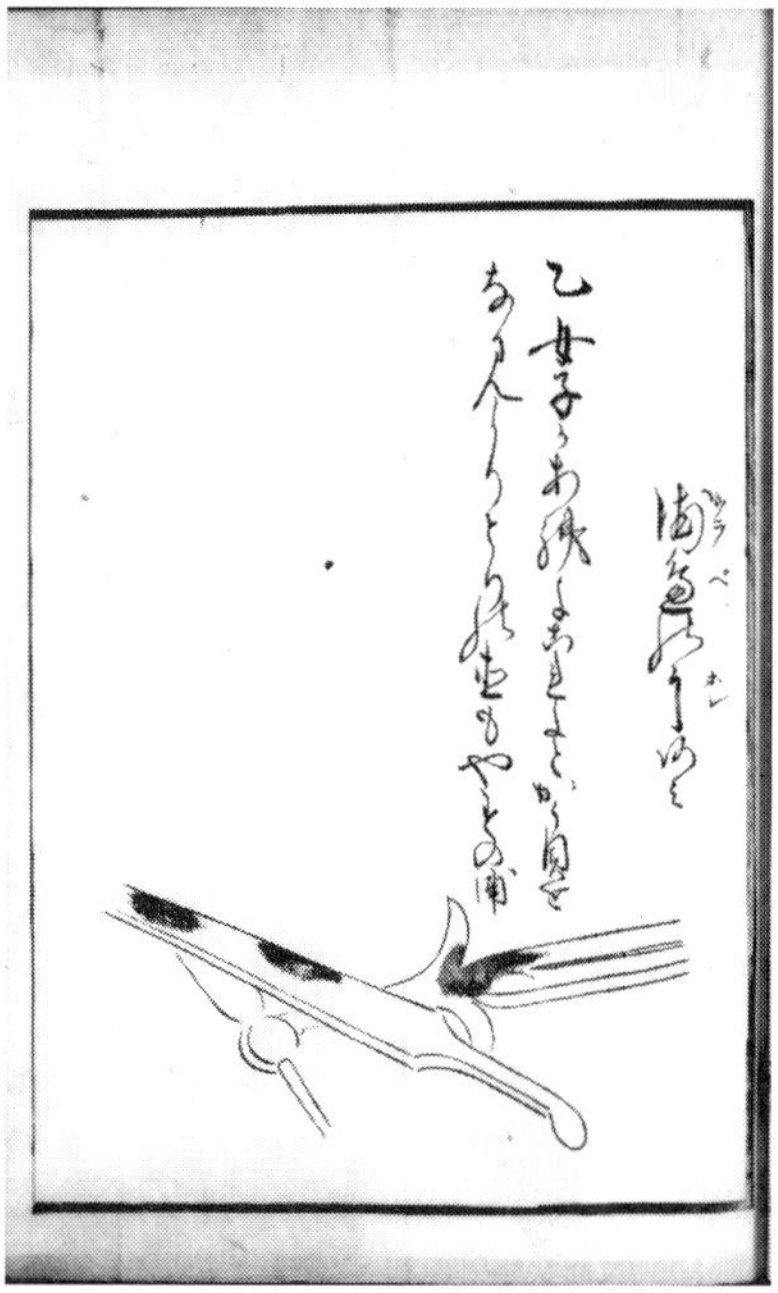

（十九）　やつ貝

親に捨てられし身なし貝なり。此貝を吹寄たる所にては、扨もきついやつ貝じやといふ。地ぬし御には禁物なり。

（中九ウ）

見るめうしうみちながらに捨し子をひろひとりたる蜑がやつ貝　北川ぼくせん　（中十オ）

※図はみかん駕籠に入った捨て子で、駕籠入りの蛤などのかたちに見立てる。捨て子はみかん駕籠に入れるのが一般的であった。「出てうしやうなんじ元来みかん駕籠」（『柳多留』初編）。本来、引き取り手がない捨て子は名主が町内ともども「御訴申上養育仕置」ことになっていたが、「近年捨子御座候節、貰人無数、其町々長々養育仕置難儀仕候」という状態であった（『江戸町触集成』所収『正宝録続』所引安永六年年番名主共訴状）。そのために「厄介」であった。

・**身なし貝**　「みなしご」の意をきかせる。『貝尽浦の錦』所収「後歌仙介」の「みなし介」項に「螺類。上長く下にてつまりたるやうな介なり。色あい色々あれども、地白く、黄赤きかた在が多し。按に、古歌は只みのなき介をよみし歌なるべし。後に強て一種の介の名とせし歟」。『潮干のつと』（寛政元刊）に「取あげてみる重ばこのみなし貝のこるふたみが浦のあけぼの」。

・**地ぬし御には禁物なり**　捨て子は前述のように正式には町内で養育すべきものとされたが、特定の地内に捨てられた場合、その地主が費用を負担することがあったか。『仮名世説』（文政八刊）巻上、大屋裏住の項に、「同じ町に盃の米人といへる狂歌師ありしが、これが軒の折釘に、ある夜すて子をかけ置たり。市中のもの、捨子ならば町の内の費用にすべきが、此家を心ざしてすてたるものなれば米人一人の費用にすべしとて、評議まち〳〵なりし時、裏住大屋の事なれば了簡はいかゞと問ひしに、裏住袖かきはせていひけるは、各の評議尤なれども、これなん例なきすて子也。これは軒にかけたれば、かけごといふものにて、すて子の例にあらずといひしゆゑ、こゝろなき市中の者も笑ひいで、市中のもの、費用にせしといへり」（傍線引用者）。

・**見るめうし**　見るめ（見た目）は、貝の縁で「海松布」を掛ける。捨て子が哀れで「見る目（にも）うし（つらい）」となる。

・**うみち**　海松布・蜑・貝の縁語で「海路」。あるいは

「産みしながら」の意を掛けるか。
●北川卜川　『江戸方角分』によれば鉄砲洲（現中央区湊一丁目）、北川次郎右衛門。『江戸花海老』（天明二頃刊）では「築地の海辺に卜養が屋敷のあとの北川」とされる。『若葉集』・『万載集』（ともに天明三刊）あたりより入集。数寄屋連。狂歌の他に俳諧もよくし、吾山の年々の春興『東海藻』に散見し、とくに天明三年には同書に「夷曲歌」として狂歌も出している。

（二十）　た貝

駿州田子の浦の名物にして、異国にても是を賞美す。六月を旬とす。正月二日の夜、此形を夢見る時は。富士の山ほど金を持也。（中十ウ）

田子の浦うつる浪間のしら雪をわけてた貝をみるふじの山　秦野玖呂面（中十一オ）

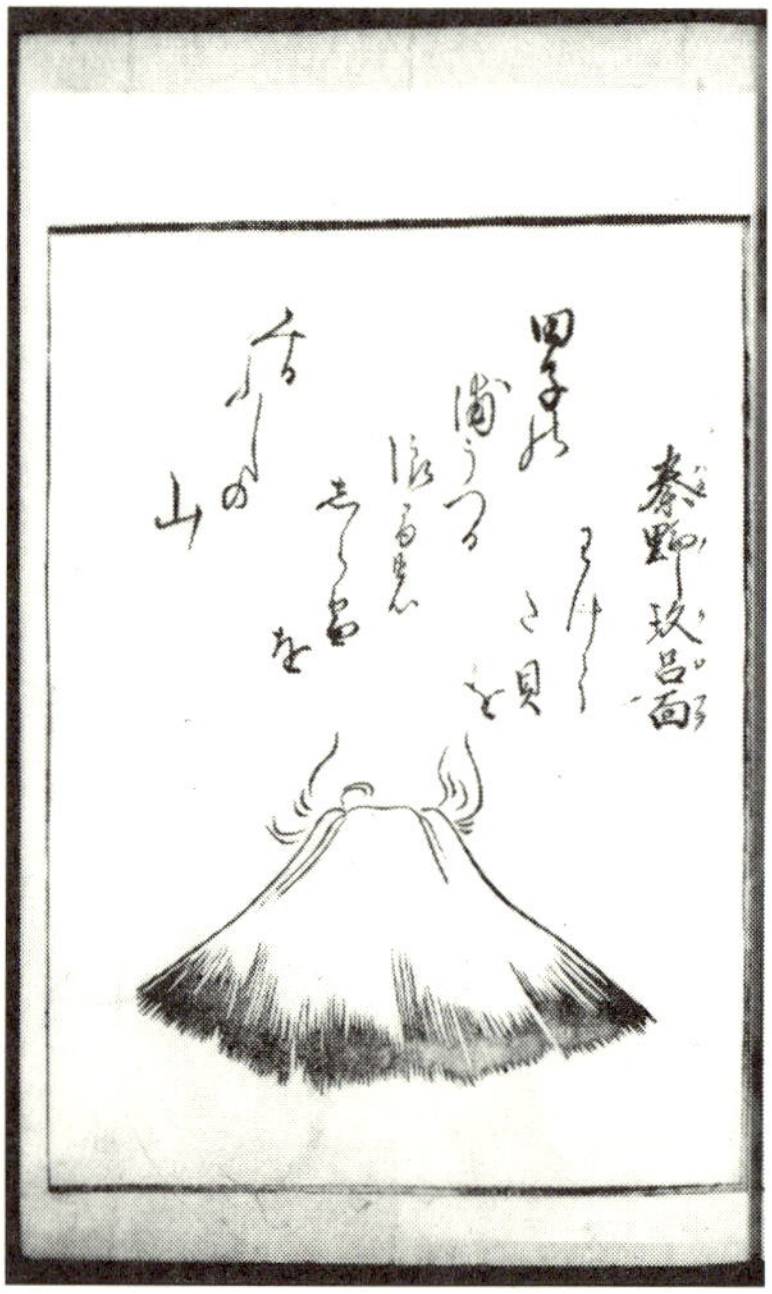

※高い富士山を、閉じた二枚貝に見立て、その名も「た貝」、つまり高いとする。
・**駿州田子の浦**　駿河湾の名所。富士を仰ぐことができる景勝地で歌枕。山辺赤人「たごのうらにうち出でてみれば白妙の富士のたかねに雪はふりつつ」（『新古今和歌集』巻六冬・『小倉百人一首』、もとは『万葉集』巻三）で有名。
・**異国にても是を賞美す**　富士山は「三国一」、つまり日本のみならず唐・天竺にも名だたる名山とされたことを言う。『聞上手』（安永二刊）「富士山」の一話に「三国一の名山といへば、するがのふじへのぼつて見たい」。
・**六月を旬とす**　富士山の山開きは例年六月朔日であった。江戸市中でも、この日から駒込、浅草、高田など江戸各地の富士塚が開放され、その祭礼が参詣者で賑わった。『飛鳥川』（文化七成、写）に「例年六月朔日、富士権現の祭礼、所々の富士へ参詣群集、中にも浅草の富士別て賑といふ」。朱楽菅江『大抵御覧』（安永八刊）高田新富士の条に「富士山詣、貴賤男女の差別なく行こふ袖はみな月のもちにふり袖つゞら笠」「さて十五日より十八日まで日夜をわかず群集なし」。

・**正月二日の夜、此形を夢見る時**　初夢の吉夢「一富士二鷹三茄子」のうち、第一の富士を見ること。『春笑一刻』（安永七刊）「初夢」の話に「あら玉の年たちかへる、なみのり舟のおとのよき初夢を見んと、宵からとろ〳〵ねた所が、さて、初夢を見たとも〳〵。一富士二たか三茄子（略）あのうちで一色を初ゆめにいたしたうぞんじます」。初夢が二日の晩の夢であることは一「夢ち貝」参照。

●秦玖呂面　『江戸方角分』『蜀山人自筆文書』（紙片R）によれば、京橋弥左衛門町、豊田屋茂兵衛。和泉屋とも、という。三囲会（『栗花集』）、『若葉集』『万載集』（ともに天明三刊）より入る、早くからの数寄屋連の一員。

（二十一）　いさ貝

懸（かけ）む貝の一種（しゅ）なり。町の浦屋、女夫池（めうといけ）の辺りにあり。女浪男浪（めなみ）打あひて、貝を未塵（みぢん）に打砕（くだ）き、跡でこう貝する事なり。いろは短歌（たんか）の絵鈔（ゑせう）に見へたり。（中十一ウ）

うらちかく海士のよび声きこゆなりゆきてさへ
なんめうといさ貝　底倉（ソコクラ）のこう門（中十二オ）

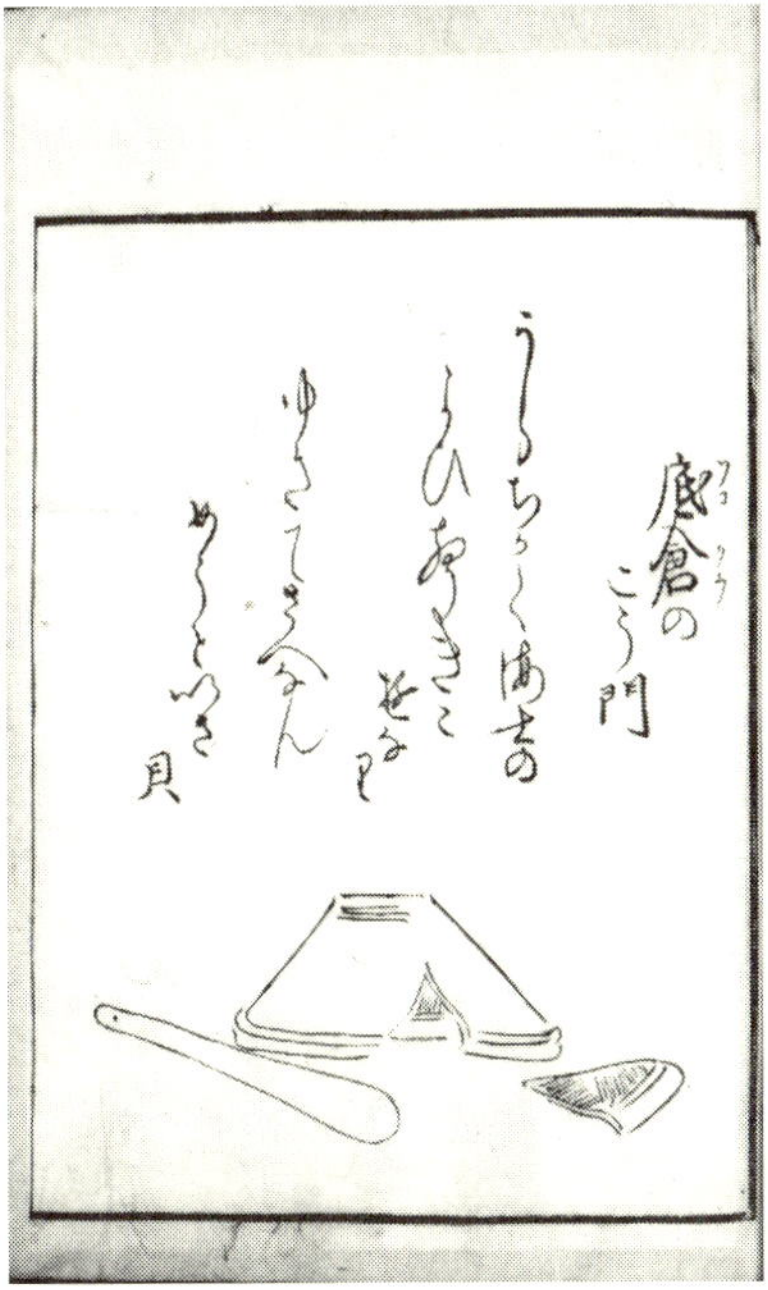

※夫婦の諍い、夫婦喧嘩を貝に見立て、それを象徴する

擂鉢と擂り粉木を図にする。

・**懸む貝の一種**　夫婦二人きりでいると諍いとなることを言う。十七「懸む貝」参照。

・**浦屋**　裏屋つまり裏店、裏借屋に、貝の縁語となる浦屋（浦の苫屋）の意を掛ける。

・**女夫池**　大坂の地誌『葦分船』（延宝三刊）等に見える伝説の舞台。三年たって帰らなければ意に任せると言い置いて出ていったまま帰らない夫の身の上を悲観して妻が池に入水する。そのあとへ戻った夫がそれを聞きまた自殺する。近松門左衛門作の浄瑠璃『津国女夫池』（享保六年初演）に脚色されて広く知られる。「夫婦」を名とするこの池を「いさ貝」の産地とする。

・**女浪男浪打あひて**　打ち寄せる波のうち、低く弱い波が女波、高く強い波が男波。『和訓栞』中編（文久二刊）めなみおなみ項に「波のうつに一たびは高く、一たびは卑し。よて男女を分てるなり」。これを男女の比喩として、その喧嘩のさまを言う。

・**こう貝**　後悔を貝名めかす。

・**いろは短歌**　いろは四十七文字と京の字の四十八文字で始まる言葉を折り込んで夫婦喧嘩とその仲良りのさまを描いた草双紙。中に夫がすりこぎを持ち、妻がすり鉢で迎えうつ夫婦喧嘩の図がある。山東京伝『御存商売物』（天明二刊）にこれを取り入れた場面があり、「女房いろは短歌、何のわけも知らず、大のやきもちにて夫婦げんくわを始め、おさだまりのすりこ木でたゝきおふ」。

・**うらちかく**　貝の縁となる浦近くの意に、近くの裏長屋で、という意を掛ける。

・**ゆきてさへなん**　行って障えよう、つまり喧嘩を止めよう、の意。

●底倉のこう門　『狂歌知足振』（天明三刊）で芝連の列にその名が見える他は、未詳。底倉は箱根の湯治場の一で痔疾に効果があり、陰間が行くとされたことを利かせた狂名。中巻巻軸の位置にあること、「黄門」の音を借りることから、相応の身分の人物か。

絵本見立仮譬尽　下の巻

○位貝　○法貝　○ちよつ貝　○両貝　○魔貝　○新造貝　○文津貝　○鳥貝　○馬貝　○手貝　○買んせん貝

○夜鷹貝　○櫓貝　○売貝　○おむ貝（下一オ）

※この目次の配列は、実際の順序と一致しない。すなわち、右のうち、新造貝・おむ貝が入れ替わる。各趣向を狂歌師に割り振った結果、江戸狂歌界の長老格白鯉館卯雲に新造貝があたったため、その格を考慮して巻軸に置いたのであろう。

（二十二）　位貝(ゐ)

おほけなくも雲の上の御宝(おんたから)にして、末のすゑなる賤(しづ)の女(め)は拝(はひ)する事も叶(かな)ひがたし。三月汐干の頃、形代(かたしろ)をうつせる貝をとりて、その形(かたち)を見る事を得。（下一ウ）

位山しゐをぽつ〳〵ひろふなりたれも木の実はいちゐなれども　浜辺黒人（下二オ）

※宮中の武官の冠の老懸(おいかけ)と檜扇を、板屋貝のような大型の二枚貝に見立て、いずれも公家の装身具であることから位階と掛けて、実在の「貽貝(い)」（今日、ムール貝と呼ばれる）めかして「位貝」と名付ける。『貝尽浦の錦』（寛延二刊）「貽貝」項に「青黒き、うすく横に長き介なり。多く白くされ、はげあり」と説く。

・**おほけなくも**　もったいない、恐れおおいの意。内裏のことであるから。

・**雲の上**　宮中の意。藤原敏行「久方の雲のうへにて見る菊はあまつほしとぞあやまたれける」（『古今集』巻

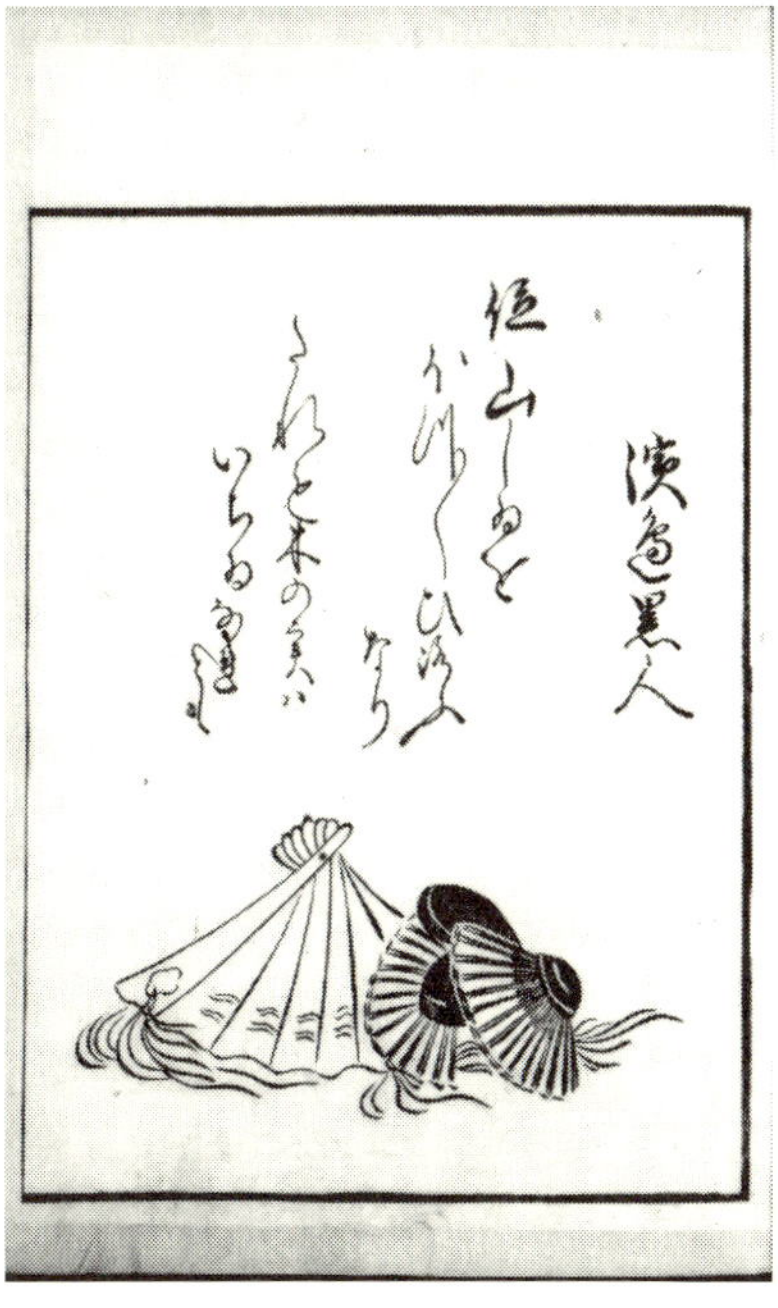

五・秋下）は、内裏で菊を見ての歌。図の冠・檜扇とも、宮廷の装束であることを言う。

・**末のすゑなる賤の女**　宮中のことなので下々の者はあずかり知らない、の意であるが、上巳が女の節句であることから賤の「女」とする。

・**三月汐干の頃**　大潮で潮干狩りの日とされる三月三日は、上巳の節句にあたり、この日のために飾られる雛が檜扇を持ち、また老懸のある武官の冠を付けていることをいう。貝の縁ともなる潮干狩りについては、『東都歳時記』（天保九刊）三月の条に「当月より四月に至る。其の内三月三日を節（ホドヨシ）とす。南風烈しければ、汐乾兼るなり。（略）芝浦、高輪、品川沖、佃島沖、深川洲崎、中川の沖、早旦より舟に乗じてはるかの沖に至る。卯の刻過より引始て、午の刻には海底陸地と変ず。こゝにおりたちて、蠣蛤を拾ひ、砂中のひらめをふみ、引残りたる浅汐にて小魚を得て宴を催せり」。

・**位山**　飛騨国の歌枕。古来、その名に因んで、加階を祝し、また望む歌に詠まれた。『増補歌枕秋の寝覚』（元禄五刊）に「飛騨くらゐ（位）山　おほく宮位のことによせてよめり」。実際に櫟（いちい）の木を名産とし、笏の材料としたという。長谷川忠崇『飛州志』（延享頃成、写）に「国説ニハ、古来此山ノ櫟ヲ以テ土産ノ第一トス。イチヰノ木ハ州内ニ多シトイヘドモ当山ヲ以テ珍トセリ。是上古御笏ノ料トシテ帝都ニ進奏セシニ其時賜爵アリテ一位ノ木ト称セラレ、其地ヲ位山ト号セリトイフ」。また三条西実隆『雪玉集』（寛文十刊）に「飛騨の国司にて、基綱卿位山のいちゐの木を笏のれうにのぼせられしとき」の詞書のある一首がある。

・**しゐ・いちゐ**　四位に椎を、一位に櫟を掛ける。源三位頼政が三位を得るきっかけとなった「上るべきたよりなければ木の本に椎を拾ひて世を渡るかな」（『源平盛衰記』巻十六、『平家物語』巻四にも同じ逸話あり）の一首に似た趣向。

・**木の実はいちゐなれども**　「木の実」は「好み」を掛ける。誰にとっても「一位」がよいに決まっているが、の意。

●浜辺黒人　本芝二丁目（現港区芝）の書肆三河屋半兵衛。本名斯波孟雅。安永八年の高田馬場月見に源孟雅の名で見え（『月露草』写）、安永末年より天明狂歌初の撰集『栗の下風』（天明二刊）『初笑不琢玉』（天明二刊）を企図した狂歌壇の古参の一員。その活動については石川了「浜辺黒人による江戸狂歌の出版」（『大妻女子大文学部三十周年記念論集』、一九九八）参照。

（二十三）　法貝（ほう）　又無縁法貝（むゑんほうかい）

七月盂蘭盆会のころを旬とす。小児には驚風の毒なり。（下二ウ）

わたりかね橋本町に落ぬればそめし衣の墨とゆきげた　覚蓮坊目隠（下三オ）

※七月の盆と混じて行われた施餓鬼のため、願人坊主が鳴らして歩いた鐃鉢を二枚貝に見立てる。願人の勧進のさまは『妹背山婦女庭訓』（明和八初演）三段目に「盆前のせがきには鐃鉢なんど打ち鳴し、法界の施餓鬼〳〵と六字詰」、また清水晴風『街の姿』（原本写、明治頃成、無題、一九八三年太平書屋版による書名）に「法界〳〵法界の大施餓鬼といふて七月盆の頃これを行て銭を貰ふものなり」とあって、裸の上に法被を着て鉢巻をし、本図に似た鐃鉢二個一組を打ち合わせるさまが見える。鐃鉢の名称、また形態は『訓蒙図彙』（寛文六刊、元禄八増補）にもほぼ同様のものが見える通り。

・**法貝・無縁法貝**　法貝は法界のもじり。法界は、元は仏語で、広義にはこの世界を指す。無縁法界は法界無縁と同義で、法界にあって仏の救済の縁を持たない衆生。転じてともに無縁の亡者を意味して施餓鬼と同義に用いられ、願人坊主が勧進の台詞に「法界の施餓鬼」という。

・**盂蘭盆会**　七月十三日から十六日に行われる祖霊を迎える行事で、前述のように願人坊主の勧進の機会の一つとされた。『百戯略述』（写、『新燕石十種』所収）二集の願人坊主の記事に「七月盂蘭盆会中、鐃鉢をならし、又、閻魔、奪衣婆の像等を持歩行、大山石尊奉納の木太刀等持歩行、銭を乞候義、近頃相止候」。

・**驚風**　小児のひきつけを起こす病の名。慢性と急性があり、怯えにより起こるとされ、『小児必用養育草』（元禄十六序、刊）巻三に「銭仲陽が説に、驚風の病は、

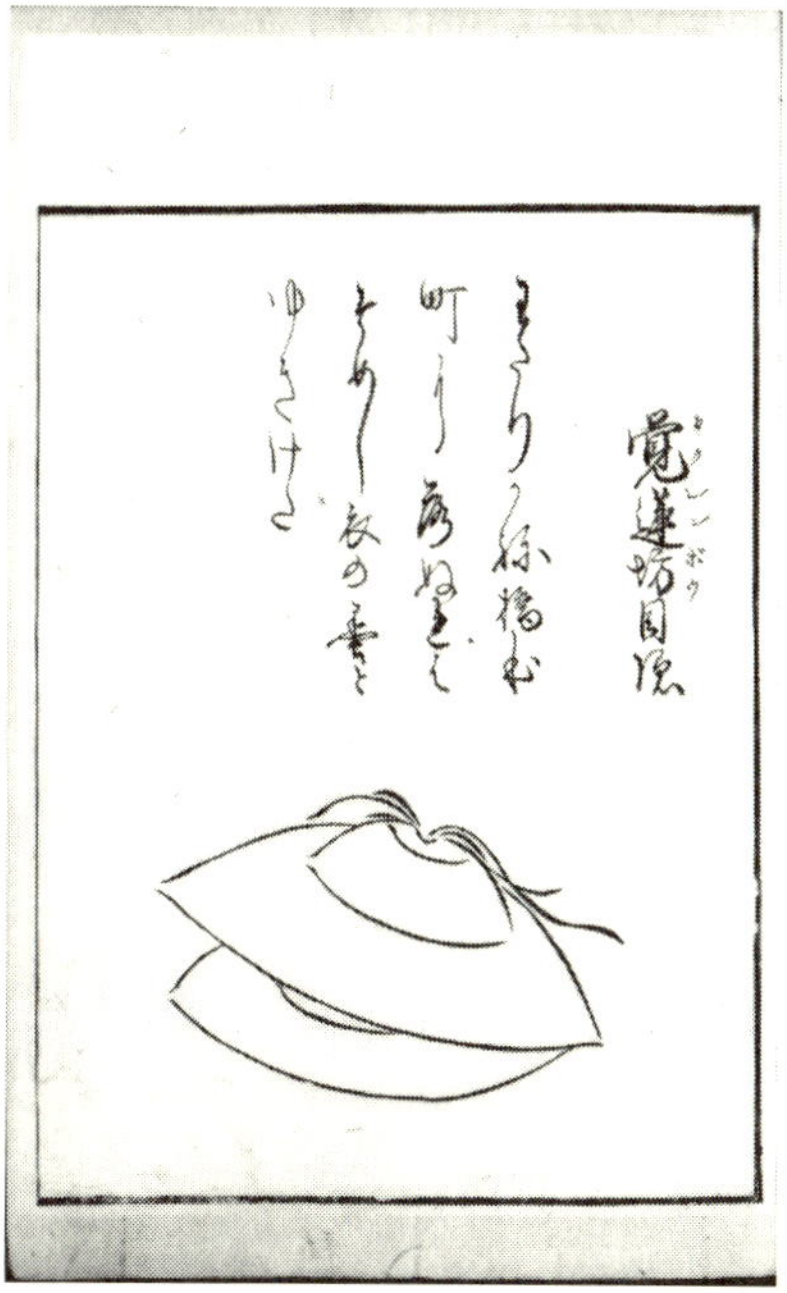

小児の元気弱く神魂いまだ定まらざる故、あやしき形の物をみせ、或は厲き響きのある器など鳴声を聞て、心神を驚かし躁ぎおびえて、眼をみつめ、手足を動し、搐搦（搐搦とは手足をひくつかすをいふ）し、痰沫を吐て死にいたる。病の勢の火急なる事を急驚風と名付、病のゆるやかなるを慢驚風といふなり」とある。願人の鳴らす鐃鉢の音に幼児が怯えて引きつけを起こしやすかったのであろう。

・**わたりかね**　世の中をうまく渡りそこねて願人坊主に身を落としたことを言う。

・**橋本町**　日本橋と神田の境、馬喰町の西北。願人坊主が多くいたとされる。吉田伸之「江戸の願人と都市社会」（『身分的周縁と社会＝文化構造』部落問題研究所、二〇〇三）によれば、願人坊主が寝泊まりする寮坊主すなわち木賃宿は大蔵院末と円光院末と二派があったが、その双方が橋本町に集中していたという。

・**そめし衣の墨**　願人が墨染めの法衣を着ていること。次項と掛ける。

・**墨とゆきげた**　物事の正反対なことを言う譬え「雪と墨」をふまえ、「雪」を出し、渡る・橋との縁で「行桁」を掛ける。助六物の歌舞伎で、意休と助六を比べる揚巻の台詞に「たとへていはゞ雪と墨」。橋本町暮らしの身に落ちぶれ、それまでの生活が一変することをいう。

●覚蓮坊目隠　『狂歌知足振』（天明三刊）では本丁連の一員とされるが、『狂歌師細見』（同）では「一風屋斎兵衛」（一風斎隣海）の「一かど」として見える。『狂歌栗の下風』（天明二刊）や『狂歌猿の腰掛』（天明三刊）等芝連の狂歌集に入集する他、『万載狂歌集』（天明三刊）にも二首入る。

（二十四）　ちよつ貝　又者子

そこの浦、かしこの浦より出る。よくすれて晒落たる貝なり。形振袖のごとくなる物多し。唐土にては者子といふ。（芸者の者の字　踊子の子の字）此ちよつ貝一ッ持ば、ひだるい目をせぬこと、妙なり。紅毛にては、キンスデコロブハスハメロツコと云。橘の諸兄公、薬研堀にての長歌に、ころびが岡のちよつ貝とよめり。上方にては舞子の浜より出るとなむ。（下三ウ）

はへばたてたてばあゆめと親心ころべなど、はおもはざりしに　よみ人しらず

或人いわく此歌は橘のうらずみがよめりと　**（下四オ）**

※芸者稼業を象徴する三味線の撥を二枚貝に見立て、その撥さばきを言う「ちょつかい」の語を貝名とする。

・**ちよつ貝**　編者自序に自らの手を卑下して「ちょつかい」というが、ここでは三味線の撥さばきの意。『狂歌若葉集』（天明三刊）上に「能廻るちよつかいならば土佐ぶしをさあひき給へ猫の皮にて」（樋口氏）と三味線を伴奏に土佐節を語ることを詠む。

・**そこの浦、かしこの浦**　「そこかしこ」を貝の縁で浦の名めかして言う。

・**すれて晒落たる貝**　女芸者の世間ずれして気の利いた振舞いに、貝殻が日光や波、風雨に洗い晒されたさまの意をきかせる。

・**振袖**　袂の長い娘姿。芸者は、この頃まで振袖に白歯の娘姿が一般的であった。『甚孝記』十九「船つみ高の事」参照。

・**者子**　割注に解説する通りであるが、貝の縁で、二枚貝の一種「者渠」の音をきかせる。「者渠」は、『和漢三才図会』巻四十七の和訓が「ほたてがひ」「いたやがひ」であるように、似た形態から混同されることも多かったこの種の貝をいう。

・**芸者・踊子**　踊子は歌舞音曲で酒席を取り持つ女のこと。明和・安永頃からこれを芸者と呼ぶようになったこと、南畝『奴凧』（写）に「女芸者の事を昔はをどり子といふ。明和、安永の頃よりげいしやとよび、者などとしやれたり」と見える。

・**ひだるい目をせぬ**　ひもじい思いをしなくてすむ、の

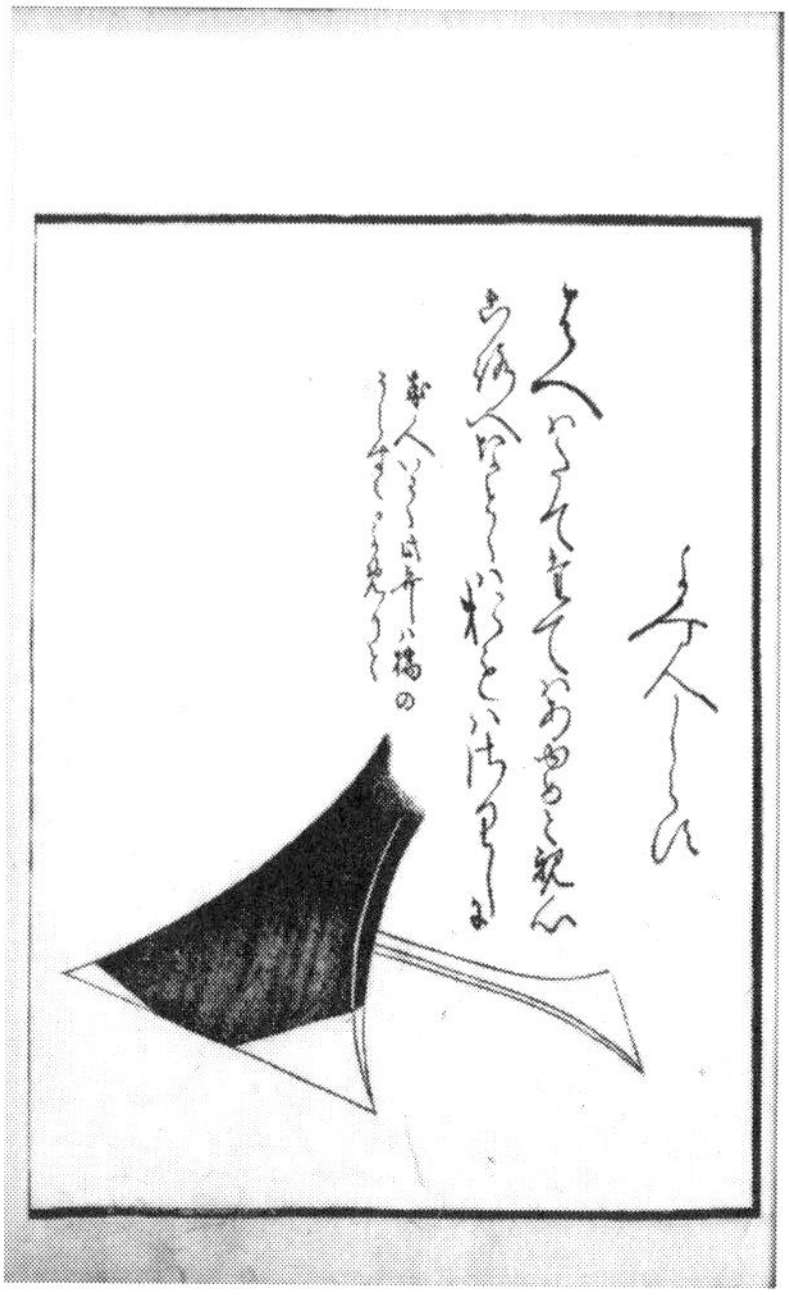

意。

・**キンステコロブハスハメロツコ**　「金子で転ぶ蓮葉女郎っ子」をオランダ語めかしてカタカナ表記する。「女郎（めらう）」は遊女に限らず女性を卑しめて言う語。ここでは、転び芸者。

・**橘の諸兄公**　実在の万葉歌人の名に、女芸者が多くいた橘町あたりに住まう兄さんたちの意をきかせる。橘町については、『甚孝記』二「芸子伊達のこと」参照。

・**薬研堀**　薬研堀。両国橋西端の南にあった堀割の名で、近くの薬研堀不動、また芸者が多いことで知られた。「こま下駄で足をふまれるやげんほり」（『万句合』明和四）は駒下駄を履いた芸者が多いことを詠んだ一句。

・**長歌**　橘諸兄が万葉歌人であることから長歌を詠みそうだ（実際には『万葉集』に諸兄の長歌はない）という発想に、女芸者に長唄を持ち芸とする者が多かったことをきかせる。

・**ころびが岡**　歌枕に多い「～びが岡」のもじり。例えば『増補歌枕秋の寝覚』（元禄五刊）には「大和　ゐかひの岡　あそびの岡」「河内　しのびの岡」「山城　ならびの岡」が見え、とくに京都の双岡は、兼好が住まいした地と考えられて有名であった。芸者がよく「転ぶ」ことをきかせた。

・**舞子の浜**　播磨国明石郡の海岸。淡路島を目前にして、近世においては須磨・明石と並ぶ景勝地として知られた。芸者に類した上方の「舞子」の語を名にもつことから、この貝の産地とする。

・**はへばたてたてばあゆめと親心**　其角『類柑子』（宝永四刊）上・ひなひく鳥に「井上河州公の御吟に」と前書きして「はへばたてたてば歩めと思ふにぞ我身につもる老をわするゝ」と見える。「親心」まで含む句形は「はへばたて立てばあゆめの親ごゝろ」（文化五『柳多留』四十五編）まで見えないが、先行する俚諺があったか。

●橘のうらずみ　未詳。古代氏族の橘氏めかして、橘町の裏長屋に住む人の意で、この趣向に合わせた創作、ないしこの場限りの狂名であろう。一旦、「よみ人しらず」とするのは転ぶ云々の差合があるため。

（二十五）　両貝（りやう）

この貝の価高下あり。た丶くときはピン〳〵と鳴。日くれて四日市のほとりにあつまる。（下四ウ）

貝よせの風吹出しの頃なれば相場もやすくうら波の銭　ひともじの白根（下五オ）

※分銅と、連緡銭（つるべ銭、銭差に通した四文銭の百文の束を二列連ね、二百文としたもの）や海鼠形の丁銀、小玉銀（豆板銀）を貝に見立て、銀を分銅で秤り、銭に両替するところから両替を貝の名とした。両「がえ」は江戸訛で「げえ」となるので貝（けえ）に通じる。連緡銭の図は、『女郎買糠味噌汁』（天明元刊）に見える（棚橋正博・村田裕司編『江戸のくらし風俗大事典』柏書房、二〇〇四、両替屋の項所掲）。

・**価高下あり**　銀と銭の交換比率（銭相場）は一定しなかった。『両替年代記』（弘化二成、写）より、元文～文化年間に銭相場が激しく変動し、一両四貫文の法定相場から五～七貫文まで下落したことがわかる（『両替年代記関鍵』巻二―七、三井文庫、一九三三）。『甚孝記』十八「銭つかいはやわり」参照。

・**ピン〳〵と鳴**　天秤で銀の量目をはかる時に、調節のために針口を小槌で叩く、その音の擬音語（この音を「天秤のひゞき」という。『世間胸算用』巻五―三など）。

・**四日市**　日本橋・江戸橋間の日本橋川南岸。露店が立ち並んだ繁華な商業地域であった。その北側に本両替町が隣接し、両替屋が多くあった。四日市での一日の売り上げが、隣の両替町に集められることを言うか。四日市の賑わいは『江戸砂子』（享保十七刊）巻一に「むかしは四日市場と云村にて、四々の日市立し所と云つたふ。その遺風なるにや、今も瓜・西瓜・冬瓜・蜜

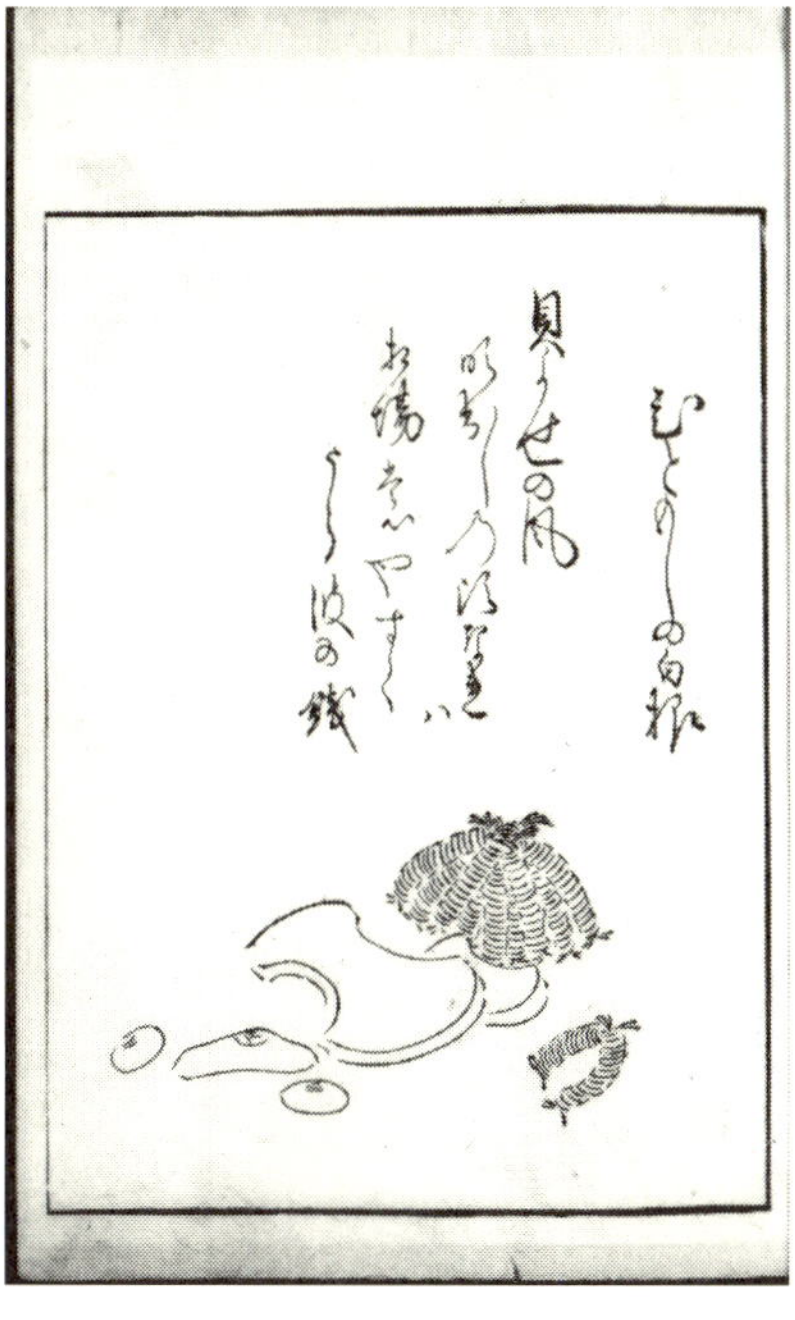

柑・大根などの前栽もの、あるひは門松・正月かざり物の市立。爰に諸方へのかし舟あり」といい、『続絵本江戸土産』（明和五頃刊）にも類似の記述がある。

・**貝よせ**　二月二十日頃吹く風の名。貝を海岸に吹き寄せるという。歳時記『華実年浪草』（天明三刊）にその由来が詳しい。

・**相場もやすく**　吉原健一郎『江戸の銭と庶民の暮らし』（同成社、二〇〇三）によれば、年末の決算期に銭相場が上昇しやすいといい、その反動で二月頃に下がったか。あるいは貝寄せの風に吹かれて多く集まると供給が過剰になり相場が下がる、の意か。

・**うら波の銭**　明和五年に初めて発行された銭貨で、一枚で四文として通用した。真鋳製、表面は寛永通宝と同様の図案で、裏面に波模様を鋳したため、「波銭」「裏波」とも呼ばれた。吉田修久「真鍮四文銭」（『方泉処』四号、一九九三）によると、当初は二十一波、明和六年より十一波。相場もやすく「売」るを掛ける。

●一文字白根　草加氏、名環（または定環）、字循仲、称作左衛門（『月露草』巻末名寄、写）、あるいは宇右衛門（『江戸方角分』）、父は親賢（叢書『群書一轂』所収『蕃山先生保侶簸之図』南畝識語）。『江戸方角分』によれば、熊沢氏の外孫で、小日向水道端切支丹組という。安永八年の高田月見会に参加して狂歌狂文を遺し、南畝『江戸花海老』（天明二刊）に跋文を寄せる。『狂歌若葉集』『万載狂歌集』（同三刊）に入集するが、その後、狂歌壇で目立った活躍はない。『南畝集』五の天明元年の詩に、「秋日、草加循仲に寄す」と題して「官衙旧属す白雲司」といい、白雲司は刑部を指す漢名なので、もと奉行所などで公事に携わったか。

（二十六）　魔貝（まがい）

比良（ひら）や横河（よかは）の銘物（めいぶつ）なり。日本国中に産（さん）する所、くわしくは鞍馬（くらま）の謡曲（うたひ）に載（のせ）たり。（下五ウ）

三熱の酒うりかける二階ざしき六本杉のさかばやしあり　月夜の釜主（下六オ）

※天狗の鼻、くちばしや兜巾を貝に見立て、天狗の世界を指す「魔界」を貝の名として「魔貝」。『雅興春の行衛』（寛政八刊）巻二「後の月」天狗酒盛の場面で「汝、魔界の使ひをうけながら、人界に交りしやと厳き詞」、『残太平記』巻四「天狗扡言之事」に

「天狗曰ク、汝不知ヤ、吾レ魔界ニ在テ儒仏ノ善人ハ吾レニ敵ヲナシ、欲界ノ悪人ハ吾ガ法力ヲ掠ム」。

・**比良や横河の**　謡曲「鞍馬天狗」の「比良や横川の遅桜」の文句をとる。比良は琵琶湖西岸に位置する近江の歌枕。横川は比叡山延暦寺の寺坊の一つで、とくに三塔の一として重要な位置を占めた。いずれも天狗の住む地の一つに数えられる。

・**鞍馬の謡曲**　謡曲「鞍馬天狗」のこと。牛若丸に兵法を授けた僧が鞍馬の大天狗と名乗り、各地の名だたる天狗の名を挙げてゆく。その詞章は「そも〳〵これは、鞍馬の奥僧正が谷に年経て住める、大天狗なり。まづ御供の天狗は誰々ぞ。筑紫には彦山の豊前坊、四州には白峯の相模坊、大山の伯耆坊、飯綱の三郎富士太郎、大峯の前鬼が一党葛城高間。よそまでもあるまじ。辺土においては、比良、横川、如意が嶽。我慢高雄の峯に住んで、人の為には愛宕山、霞とたなびき雲となつて、月は鞍馬の僧正が、谷に満ち〳〵峯をうごかし、嵐こがらし滝の音、天狗だふしはおびたたしや」。

・**三熱**　「三熱の苦しみ」のかたちでも用いられ、神などが受ける苦しみのこと。「さ」音で酒を引き出しつつ、三熱と二階座敷で、三と二を、「うりかけ」（次項）ならず掛けあわせると六本杉の六になるという技巧。

・**うりかける**　掛け売りにする。後で代金をもらう約束で信用で売ること。近世、通常の商取引形態で、江戸の場合、掛けを払うのは盆と年末の二回。酒屋の二階座敷で、かけうりで燗酒を飲ませたことを言う。『春色辰巳之園』初編（天保四序刊）巻三に「酒売二階」。

・**六本杉**　『太平記』巻二十五「宮方怨霊会六本杉事付医師評定事」に、天狗となった人々が樹上で酒盛りする場面があり、二階座敷の宴会をこれに見立てる。「往来ノ禅僧、嵯峨ヨリ京へ返リケルガ、夕立ニ逢テ立寄ベキ方モ無リケレバ、仁和寺ノ六本杉ノ木陰ニテ、雨ノ晴間ヲ待居タリケルガ、（略）夜痛ク深テ月清明タルニ

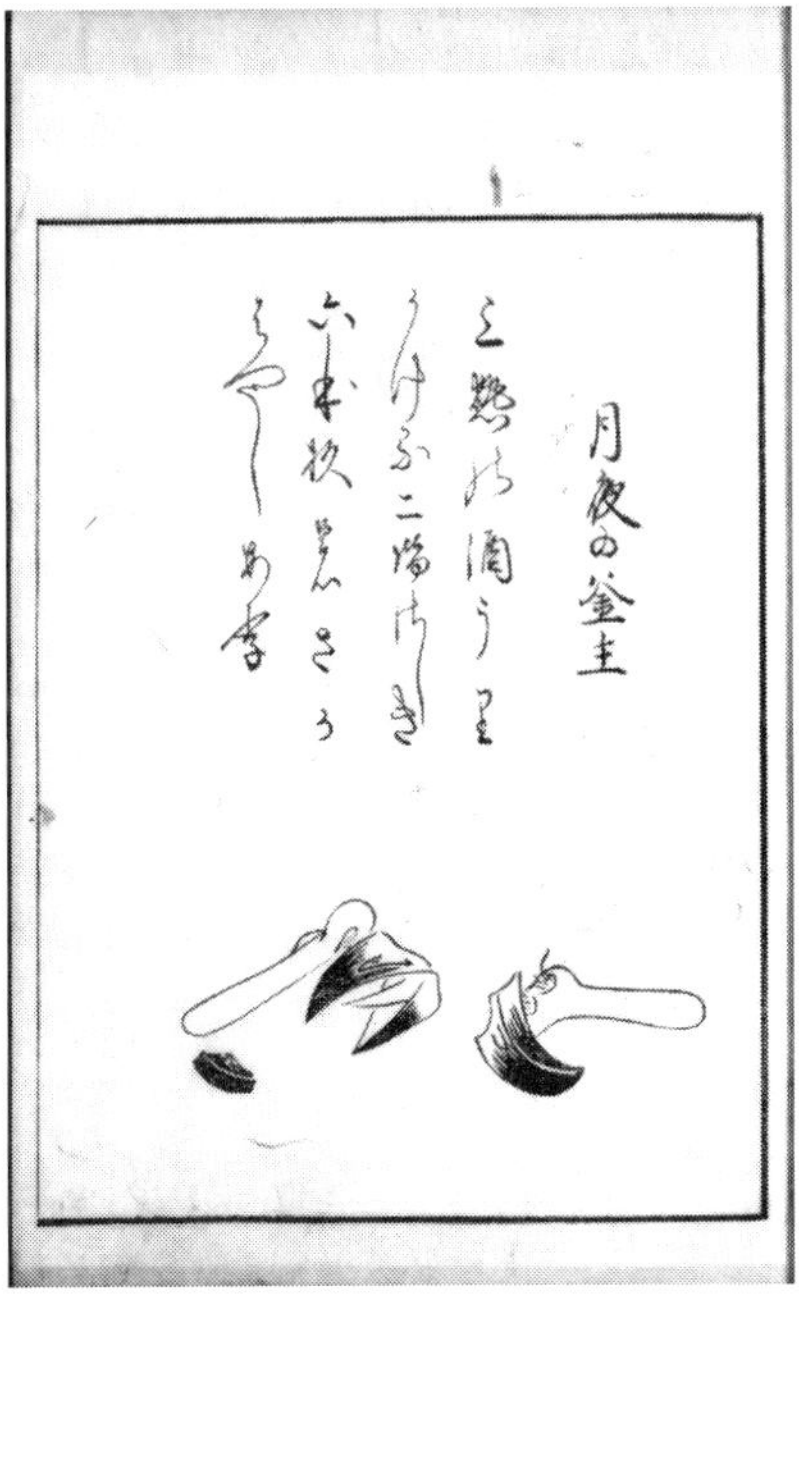

見レバ、愛宕ノ山比叡ノ岳ノ方ヨリ、四方輿ニ乗ケル者、虚空ヨリ来集テ、此六本杉ノ梢ニゾ並居タル。座定テ後、虚空ニ引タル幔ヲ、風ノ颯ト吹上タルニ、座中ノ人々ヲ見レバ、上座ニ先帝ノ御外戚、峯ノ僧正春雅、香ノ衣ニ袈裟カケテ、眼ハ日月ノ如ク光リ渡リ、觜長シテ鳶ノ如クナルガ、水精ノ珠数爪操テ座シ給ヘリ。其次ニ南都ノ智教上人、浄土寺ノ忠円僧正、左右ニ著座シ給ヘリ。皆古ヘ見奉シ形ニテハ有ナガラ、眼ノ光尋常ニ替テ左右ノ脇ヨリ長翅生出タリ。往来ノ僧是ヲ見テ、怪シヤ我天狗道ニ堕ヌルカ、将天狗ノ我眼ニ遮ルカハト、肝心モ身ニソハデ、目モハナタズ守リ居タル程ニ又空中ヨリ五緒ノ車ノ鮮ナルニ乗テ来ル客アリ。榻ヲ践デ下ルヲ見レバ、兵部卿親王ノイマダ法体ニテ御座有シ御貌也。先ニ座シテ待奉ル天狗ドモ、皆席ヲ去テ蹲踞ス。姑ク有テ坊官カト覚シキ者一人、銀ノ銚子ニ金ノ盃ヲ取副テ御酌ニ立タリ。大塔宮御盃ヲ召レ、左右ニキツト礼有テ、三度聞召テ差置セ給ヘバ、峯僧正以下ノ人々次第ニ飲流シテ、サシモ興アル気色モナシ」（元禄四版『参考太平記』による）。

・**さかばやし**　酒屋の看板。杉の小枝を束ね、中央に割り竹または木を並べ、その上を縄で切り、巻き締めた毬状ないし箒形のものを軒下に吊るした。「味酒三輪乃酒」（『万葉集』巻十七）のように三輪大明神が杉を神木とすることから、酒と杉を結びつけたもの。

●月夜釜主　『狂歌知足振』（天明三刊）で芝連とされ、『狂歌栗の下風』（同二刊）や『狂歌猿の腰掛』（同三刊）といった芝連の狂歌集に入る他、『万載狂歌集』（同刊）に一首入集する。諺「月夜に釜を抜かる」を利かせた狂名。

（二十七）　おむ貝

江戸の辰巳に当りたる、深川の蛎殻　蛤　おほき辺にあり。中にも富が岡仲浦の寄浜より出るを最上とす。美敷、しやれ切たる貝なり。ことの外肉所少なきを一切貝といふ。肉所おほきを直し貝といふ。番州湯の隙より出るをちよび貝と云。この貝を取には、猪牙船に乗て急ぐなり。（下六ウ）

ふか川に首だけはまりおむ貝といへどかへらぬ浪のよせ場に　大木戸の黒牛（下七オ）

※深川の遊里の特徴であった切り遊びで、時間が来ると迎えが来ることをいう「お迎え」、江戸訛で「おむけえ」を貝の名とし、その迎えが提げる提灯と芸者の駒下駄を貝に見立てる。深川で桟橋の送迎に使うぶら提灯は、山東京伝『仕懸文庫』（寛政三刊）口絵に描かれるとおり。『深川大全』（文化三成、天保四刊）下「送りむかひの事」に「為になる客又は色客または店者など、約束して迎ひにくる事あり大方は舟宿へくるなり。またむかひに女ばかりよこす事あり。自身に用事を付て忍んで来る時は昼夜を仕舞て仲町にて三歩なり。送りは仲町土ばしに限る」という記事も見られるが、あるいはこれも本項とかかわるか。

・**辰巳**　東南。一般に、江戸の東南の方角に当たる深川の岡場所をいう表現。

・**深川（ふかきかは）の蛎殻、蛤おほき辺**　岡場所の深川を、一般名詞めかした表現。貝は深川の名物で、たとえば深川を扱った洒落本に『美地（みち）の蛎殻（かきがら）』（安永八刊）の書名もある（貝類の殻を道普請に用いたことをふまえる「道の蛎殻」の地口）。

・**富が岡仲浦**　深川の岡場所の中でも代表的かつもっとも格の高い場所であった仲町の一角に「中裏」と俗称される地帯があり、貝の縁で浦の字を宛てた。蓬莱山人帰橋『富賀川拝見』（天明二刊）に「中裏　此所より子ども・はおりいろ〳〵出る」とあるように、子供屋（遊女屋、但し遊女の営業は子供屋ではなく料理茶屋で行った）の密集した地域であった。富岡八幡宮門前にあったため「富ヶ岡」を冠された。仲町は、深川においてもっとも格式が高い地区の一つで、『婦美車紫鹿子』（安永三刊）において深川では土橋と並んで最上の「上品下生」に位置づけられる。

・**寄浜**　娼妓を差配する寄場（後出）を、貝・浦の縁で寄浜とした。

・**しやれ切たる**　（貝が）波浪・風雨で「曝れる」の意に、深川の娼妓が悪摺れしているの意をきかせる。

・**肉所**　貝の肉の部分の意で、ここでは実質、実際に得

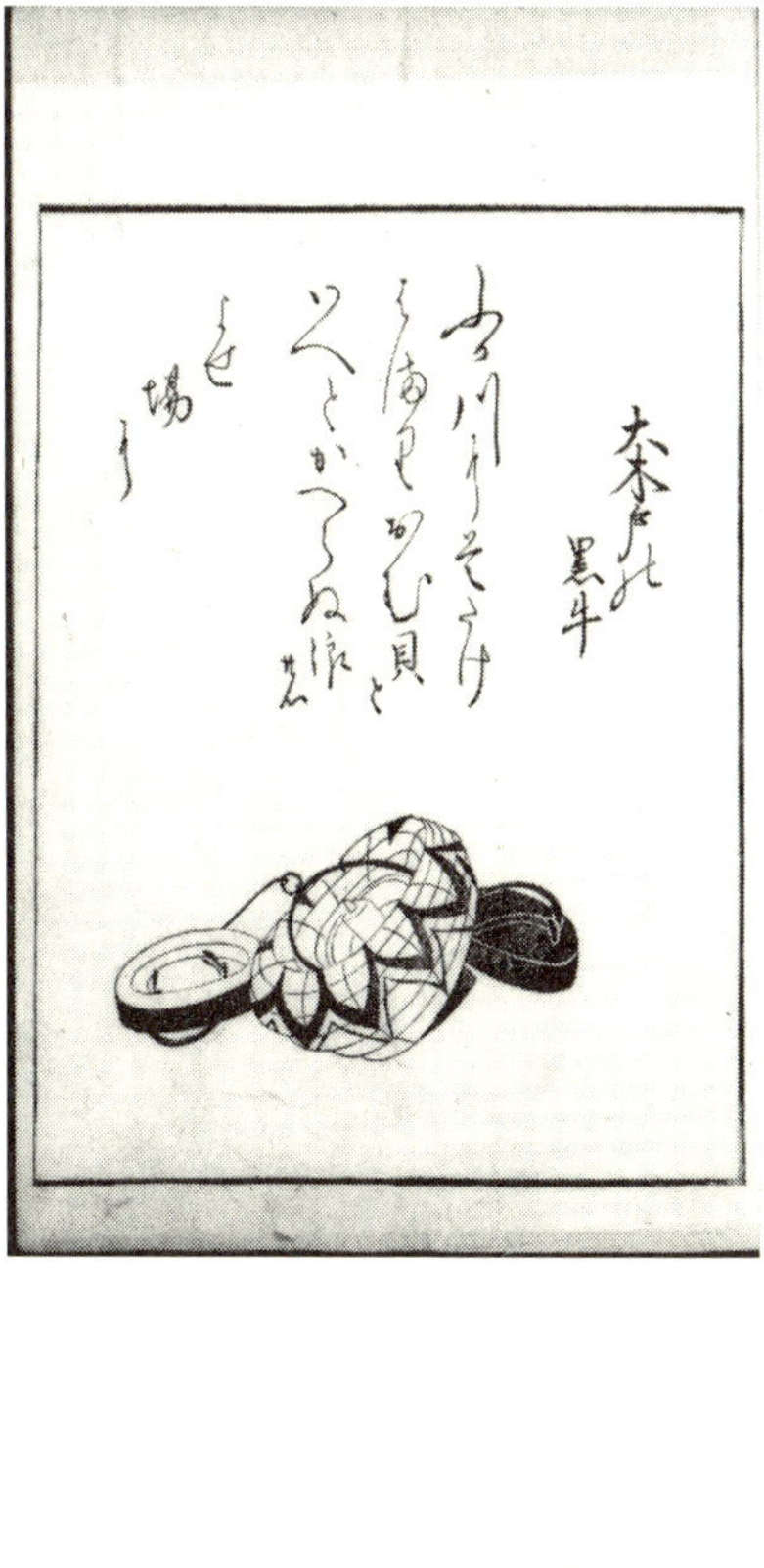

るところ。

・**一切**　遊里での遊興の時間の単位。『婦美車紫鹿子』によれば、仲町では昼夜四ツ切で、一切が十二匁とされた。深川の客は、店者が多く、したがって短時間の、いわゆるちょんのま遊びが主流であった。

・**直し**　一切の遊興ののち、さらに時間を延長することを直すといい、その名詞形。『深川大全』（文化三成、天保四刊）下「仕舞附直しの事」に「一ト切遊ぶにむかひかゝる時はあとを直して早く帰るを通りもの、遊とす（なほす時は直し肴と云を出す也）」と見える。

・**番州湯の隙**　番頭を指す「番州」を播州（播磨国）の地名めかし、商家の番頭が、銭湯に行くという口実で深川に通うことを指す。そのため短時間で「ちよび」買い。「深川へ行つてくるほど長湯なり」（『柳多留』十一編）。『通人三国師』（天明元刊）に「ぬしの内の番州」「番州も通りもんだから」。深川の遊客に商家の番頭や手代が多かったこと、『甚孝記』十二「見番図」参照。

・**猪牙船に乗て**　深川の料理茶屋へは猪牙舟で行くのが一般的であった。『登美賀遠佳（とみがおか）』（天明二序刊）に「けふはゐん日でもあるし、八まんから山の遊びという所はどうだろうね／まあ何にせひ爰から舟がよかろうとなじみの舟やど吉田屋へ寄」。「深川も駕籠で行ては野暮な道」（『万句合』明和四）。

・**首だけはまり**　すっかり惚れ込む、首ったけになる、の意。

・**よ**（寄）**せ場**　深川における子供（遊女）の斡旋所のことであるが、男女の芸者を差配する検番とも混じて用いられた。佐藤要人『江戸深川遊里志』（太平書屋、一九七九）参照。『甚孝記』十二「見番図」項参照。

●大木戸黒牛　新内節元祖鶴賀若狭掾で、芝高輪住まい。俗称庄兵衛。享保二年生、天明六年没。享年七十歳。冨士松薩摩掾（宮古路加賀太夫）の高弟で、敦賀太夫を名のったが、宝暦八年、鶴賀若狭掾と改める。『興歌めざし草』（天明二刊）以来の、芝連の中心人物の一人。高輪の大木戸近くに牛町があり、牛が多く往来していたことによる狂名。竹内道敬『近世邦楽考』（南窓社、一九九八）にその伝が詳しい。

（二十八）　文津（ふみづ）貝

女郎貝のあつまる所に寄リ来るなり。物前の瀬戸に寄貝はいつそ血がたるなり。三津の浦よりはじめて出たるとなり。
（下七ウ）

おいらむのどうしんせうとぐいのみの上戸のひたい盃の物まえ　芝のうんこ（下八オ）

※来訪を促す遊女の手紙を貝に見立て、文を届ける行為、またそれをする者をいう「文遣い」を貝の名とする。文遣いは客と遊女の間を取り持つ役で、遊女の代わりに客をなだめすかしたり、家族に冷たくあしらわれたりと、さまざまな目に遭った。「文づかい或はいさめ又しやくり」（『万句合』明和四）、「文づかひけんもほろゝの目に出あひ」（『同』安永元）、「文づかひ留主で女房がつかまへる」（『同』安永元）、「ふみ使イ引キさく迄を見てかへり」（『同』宝暦十三）。

・**女郎貝**　五「女郎貝」参照。遊女を買う客、つまり女郎買いを「貝」ともじり、その許に文が送られてくることを言う。

・**物前の瀬戸**　紋日（物日）の前、瀬戸際。紋日は遊興代が割り増しとなる特別な日で、遊女は必ず客を取らねばならないとされ、客が得られなければ、遊女が自らその揚代を負担した。遊女はこの日に来て貰うために客に来訪を促す手紙を出すことがあった。天明三年春の『吉原細見』によれば、紋日は正月には松の内のほか九日、その他の月にも五～九日あった。

・**いつそ血がたる**　遊女が馴染客に心中立てして小指を切る、の意をきかせる。「いつそ」は副詞で強調の意。

・**三津の浦**　摂津の歌枕三津（『歌枕秋之寝覚』浦項、明和八刊）に、三つ買、すなわち女郎を三会目まで続け

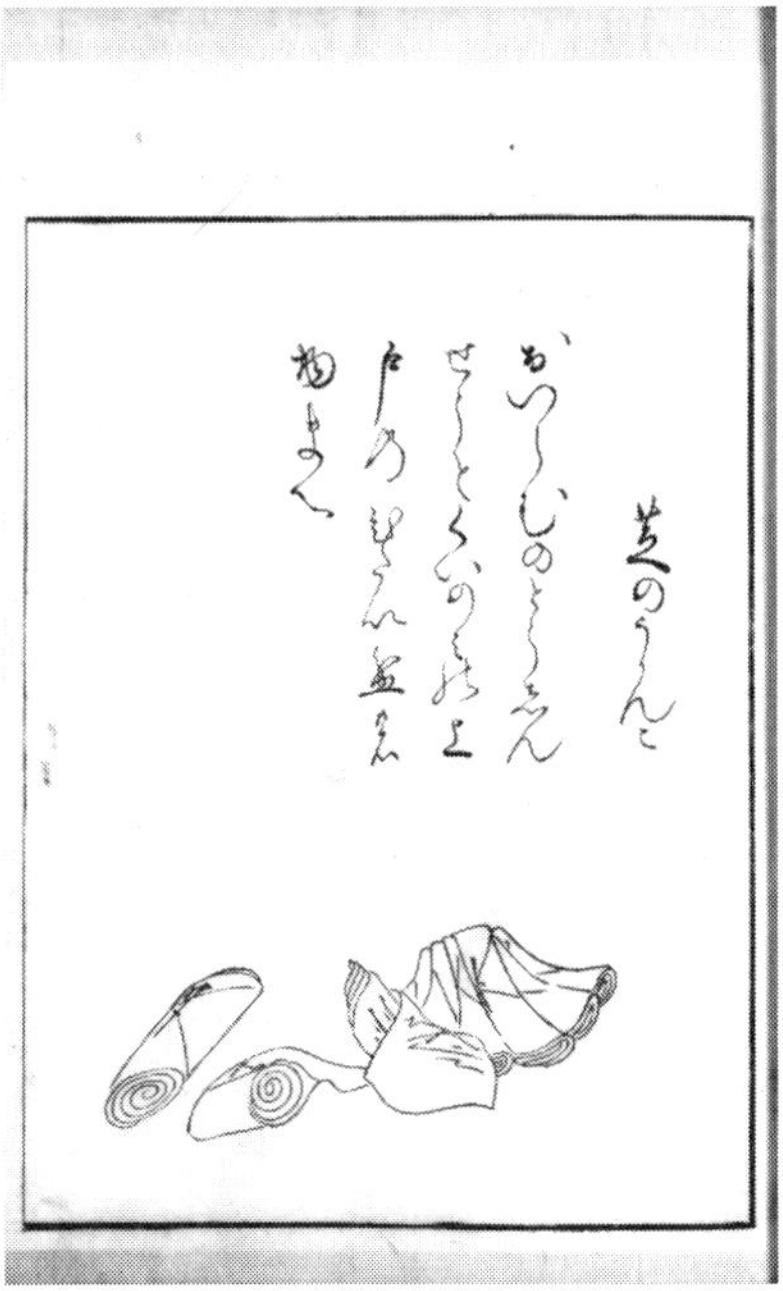

て買い、馴染客となる意をきかせる。「女郎の三ツがいもしたむす子なり」（『柳多留』二十編）。馴染みになってはじめて手紙を貰う仲になる。

・**おいらむ**　吉原で姉女郎を親しみを込めて呼ぶ語。のち、格の高い遊女に敬意を払っていう語に転じた。

・**どうしんせう**　どうしましょう、の意の吉原言葉。紋日の仕舞いを誰に頼もうかと思案している。

・**ぐいのみの**　酒をあおって一気に飲むこと。上戸を導きつつ、紋日を頼む馴染客の心当てが付かず、遊女が自棄になって酒をあおるさまをいう枕詞的修辞。

・**上戸のひたい盆の物まえ**　諺「上戸のひたい盆のまへ」（熱いもののたとえ、『譬喩尽』に「上戸のひたゐと盆の前」）に「物前」を掛ける。

●芝のうんこ　『狂歌知足振』（天明三刊）芝連に名が見える以外、未詳。前出「大木戸黒牛」同様、芝に牛町があり、「牛の小便十八町」（長いことの譬え）同様に牛糞が落ちていたことによって、司馬温公（光）をもじる狂名。

（二十九）　鳥貝（とり）

本てうより出る。上方（かみがた）の鳥貝とは別なり。小児はむしの毒となる。酒飲（さけのみ）は嫌（きら）ふ貝なり。（下八ウ）

松かぜにみどりのなみを吹よせてこの折にこそひろひとり貝　丹青洞恭円（下九オ）

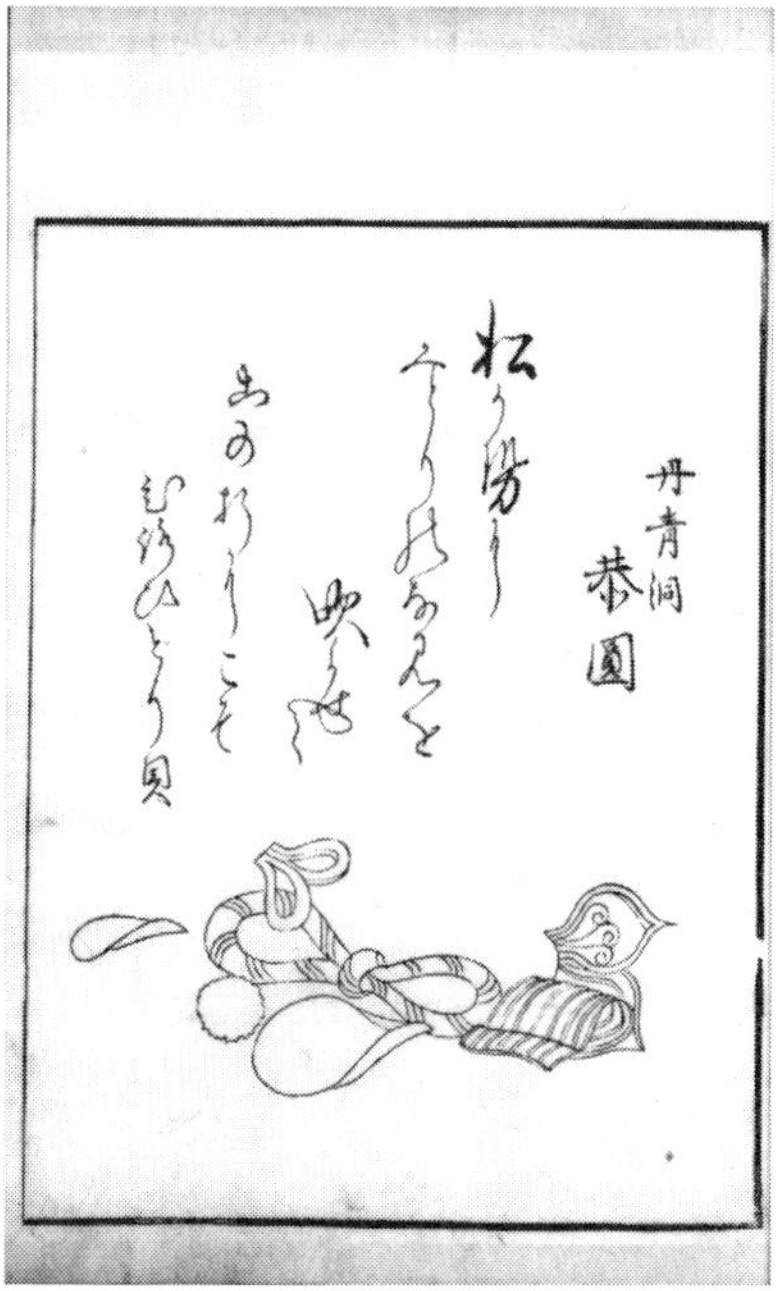

※本町の饅頭屋、鳥飼和泉の干菓子を、その店名を名とする貝に見立てる。鳥飼和泉は、『続江戸砂子』（享保二十刊）・『再訂江戸

鹿子』（寛延四刊）に一丁目とし、『江戸買物独案内』（文政七刊）には三丁目とされる（現中央区日本橋室町二・三丁目）。『川柳食物志』（太平書屋、一九九三）はその移転の時期を文化と推定する。『富貴地座位』（安永六刊）菓子の部に「本丁　風味のよいは八重にならぬ九重まんぢう」。方外道人『江戸名物詩』（天保七序、刊）に「皮薄ニシテ餡尤モ好キ」（原漢文）。図は有平糖、花ぼうろ等の干菓子類。

・**本てう**（朝）　本朝に本町の意をきかせる。本町は、日本橋から続く大通りの両側の町で、江戸の金融・商業の中心地であった。

・**上方の鳥貝**　摂津国島下郡鳥飼。淀川沿いの地で、古代、鳥飼牧・鳥飼院が置かれた。

・**むし**（虫）　小児の起こすひきつけ・疳などの症状。虫のせいと解して言う語で、虫気ともいう。その症状に良くないの意。食べないように、子どもに偽って言ったか。

・**酒飲は嫌ふ**　下戸が一般に甘党とされるのに対して、上戸が甘味を苦手とすることをいう。

・**松かぜ**（風）　菓子の名。『男重宝記』（元禄六刊）巻四干菓子の項に「松風」。『富貴地座位』（安永六刊）菓子の部は「松風」の名店として石町の金沢丹後を挙げる。

・**みどり**　菓子の名。『男重宝記』巻四には「大みどり」「唐みどり」が見える。あるいは「緑の波」で菓子名か。松と緑は縁語。

・**吹よせて**　「吹きよせ」で、さまざまな種類の干菓子を盛り合わせること。

・**この折にこそひろひとり貝**　「折」は機会の意と菓子「折」の意を掛ける。拾ひ取り、に鳥飼を掛ける。

●丹青洞恭円　芝連の古参の狂歌師。『狂歌師細見』（天明三刊）「一風屋斎兵衛」に見え、「ゑのぐのよし丸」と読むか（石川了「『狂歌師細見』の人々」長谷川強編『近世文学俯瞰』汲古書院、一九九七）。

（三十）　馬貝（むま）

往昔（そのかみ）は市村（いちむら）より出たる貝にして、是をふめばたへなる音（ね）を出す。続（つい）で岩井（いはゐ）の清水（しみづ）に出ヅ。赤（あか）貝の類なり。誹道士（はいだうし）が曰（いはく）、形小（かたちしよう）なるを以て上品とす。（**下九ウ**）

馬貝の所作を其日の切かぶろはてをはねとは名付そめける　坂上のとび則（下十オ）

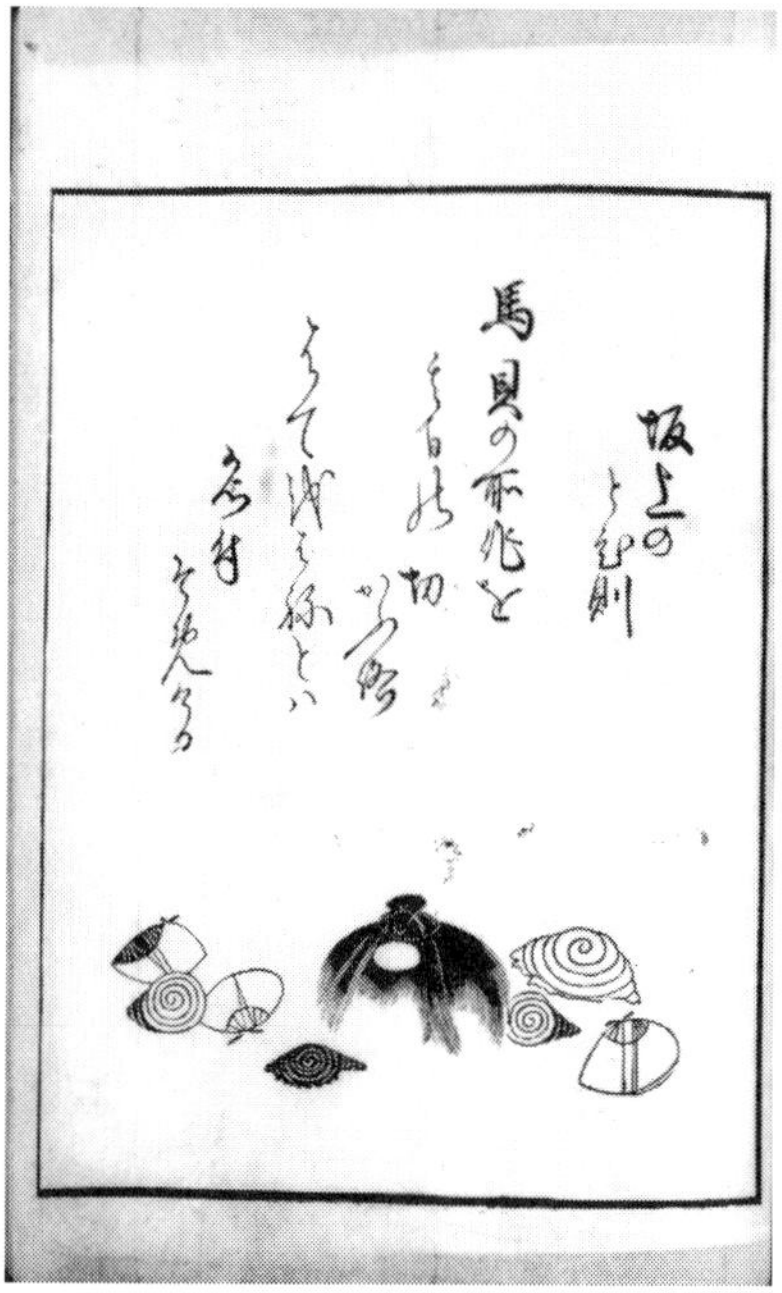

※芝居の「馬貝」の所作事に用いられる切禿の髪・小道具類を貝に見立て、その名も「馬貝」とする。馬貝は、元来子どもの遊びで、随筆『飛鳥川』（文化七序、写）に「子供遊びも昔は赤貝馬に乗る（略）今はしれる子供もなし」と記され、『狂文宝合記』でも、堂鞆白主が「貝の黒駒　一名赤貝馬」と称して馬貝を出品している。散らばる巻貝・二枚貝のうち、後者は半四郎の三つ扇紋を貝に似せたもの。子どもの遊びである赤貝馬にちなんで、貝独楽を散らすか（所作事での使用については未詳）。貝独楽については『嬉遊笑覧』巻六に「寛延・宝暦のころ迄も介殻にてありしと見えて、その頃の画にみゆ」とある。

・**往昔は市村より出たる**　九代目市村羽左衛門が、明和二年顔見世「降積花二代源氏」において切禿のお茶汲み姿で演じたのが、常磐津「蜘蛛糸梓弦（ゆみはり）」による、この馬貝の所作事であったことをふまえる。明和二年十一月の役者評判記『役者当時倍』大上上吉に位付けられる羽左衛門項に「切り禿の馬貝の拍子事、人間ゝの及所にあらず」という。明和九年市村座顔見世「江戸容儀曳綱坂」でも、羽左衛門は再び切禿姿で馬貝の所作を行い、翌安永二年正月の評判記『役者一陽来』に「土蜘のせいれいは明和二酉冬いたされしを又々此度とり組れ、則馬かいの所作拍子は外にはござるまい」、また『花江都歌舞妓年代記』（文化八～十二刊）明和九年項に「土蜘の精霊羽左衛門にて馬貝、医者・大工の所作、大評判なり」とされる。

・**たへなる音**　「蜘蛛糸梓弦」に「轡の鈴がりん〳〵がら〳〵。りんがら〳〵」とあるように、よい音が出る仕掛けになっていたのであろう。

・**岩井の清水**　四代目岩井半四郎を、石清水、岩井の水といった歌語をふまえて水めかした表現。馬琴『戯子名所図会』（寛政十二刊）巻下「岩井山杜若堂」項に「馬貝の禿堂は慶子院の俤をうつす」。台帳をよむ会による同書注（和泉書院、二〇〇一）は半四郎が寛政四・七年に七変化の一つとして切禿を演じていること指摘するが、天明二年以前にも演じたか。天明二年二月市村座「隅田川柳伊達衣」一番目三立目で再び「蜘蛛糸梓弦」が出され、初春狂言「菅原伝授手習鑑」において「蜘蛛糸梓弦」を羽左衛門・吾妻藤蔵で出したものの不入りに終わった後といい（『歌舞伎年表』）、この「隅田川柳伊達衣」に若女形として出演していた四代目岩井半四郎がこの馬貝の所作事を行ったか。あるいはまた安永二年中村座「けいせい片岡山」で「半四郎七変化の所作を出し、評判よし」（ただし内容不明）、安永八年顔見世「帰花英雄太平記」では「三津五郎　番匠　柱立の所作　次に半四郎両人うない子切禿　切先筒瀞色水上　常磐津兼太夫にて何れも大評判」（『花江都歌舞妓年代記』）といった所作事を行っているが、いずれも赤貝馬の切禿が含まれるか否か未詳。

・**赤貝**　大ぶりの二枚貝で、馬貝の貝にはその殻を用いた。「蜘蛛糸梓弦」にも「赤貝馬のしやん〳〵」と見える。

・**誹道士**　馬に乗る時の掛け声「はいどう」を擬人化した表現。「蜘蛛糸梓弦」にも前掲箇所に続き「はいどう〳〵」とある。

・**形小なるを以て上品とす**　未詳。小さい貝の方が所作事に都合がよい、の意か。

・**切かぶろ**　短く切りそろえた幼児の髪型。その鬘が、馬貝の所作をする土蜘蛛の精霊の姿に用いられた。「蜘蛛糸梓弦」末尾は「切髪の姿は消えて失せにけり」。其日の「切」を掛ける。

・**はね**　受けを取る、好評を博すこと。『俚言集覧』（写）に「芝居狂言など、又は物品の時によりてよきをハネルと云」。一首は、馬貝の所作をその日の切狂言として大当たりをとったので、一日の芝居の果て（終わり）を「はね」と名付け始めた、の意。

●坂上飛則　経歴未詳。『狂歌知足振』（天明三刊）で芝連とされ、『狂歌猿の腰掛』（同刊）等に入集する。

（三十一）　手貝（て）

女三（にょさん）の宮（みや）の愛（あい）し給ひし貝なりとぞ。また、一条院（いちじやうのいん）の愛（めで）いとおしみ給ひし手貝（てがひ）をば、馬（むま）の命婦（みやうぶ）といふ女官（にょくわん）に預給（あづけ）へる

事、枕草紙（まくらさうじ）に見へたり。あわび貝のある所（ところ）に出るは至つての下品なり。（下十ウ）

　さみせんのかわいとこまを引よせてだいて猫なで声のわか後家　つくばねの岑依（下十二オ）

※手貝は、手飼いの猫の意で、「飼い」を貝とする。絵は、猫の手、鈴と首紐。なお、丁付「下十一」はもともと欠。

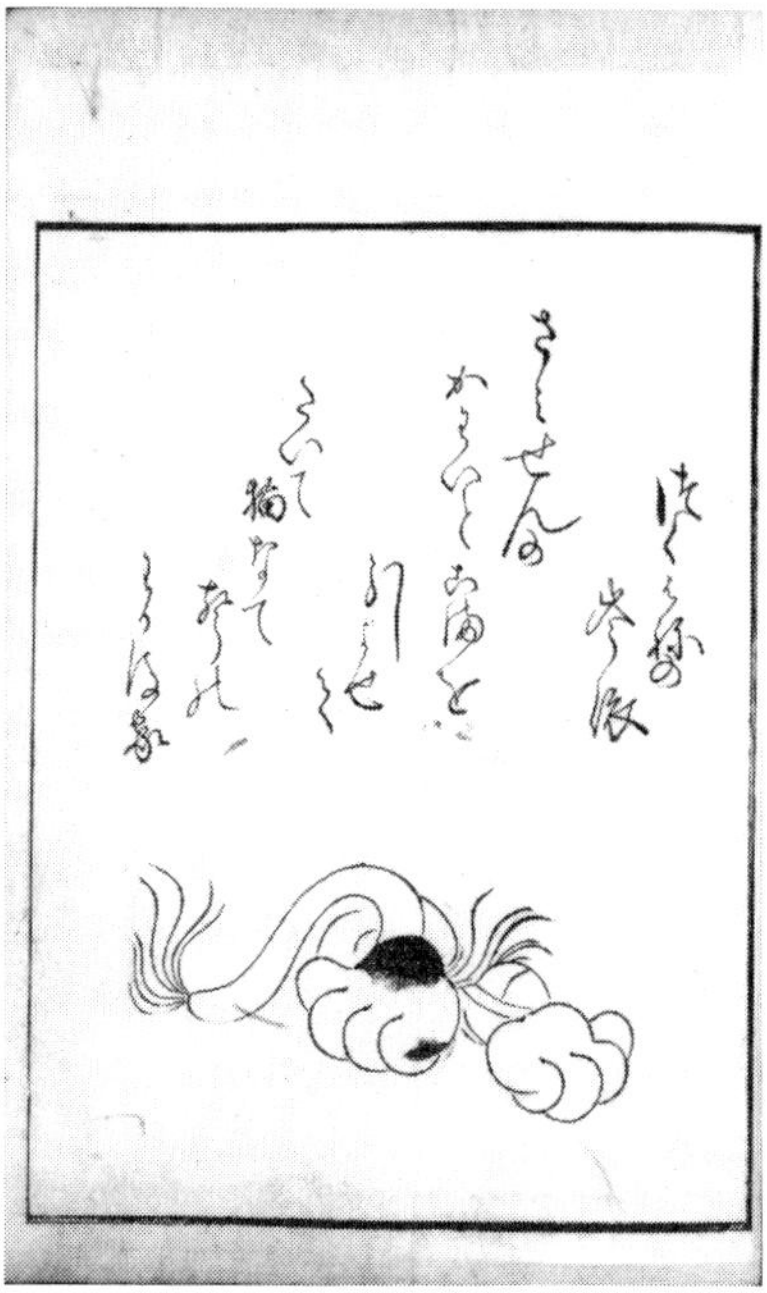

・**女三の宮の愛し給ひし**　『源氏物語』若菜上に見える有名な場面。女三宮の愛猫が御簾にもつれかかって、女三宮に恋慕する柏木に垣間見を許してしまう。その本文は、「宮の御前のかたをしりめにみれば、れいのことにをさまらねけはひどもして、色色こぼれ出でたるみすのつまづますきかげなど、はるのたむけのぬさぶくろにやとおぼゆ。御木丁どもしどけなくひきやりつつ、人げちかくよづきてぞみゆるに、から猫のいとちひさくをかしげなるを、すこしおほきなる猫のおひつづきて、俄にみすのつまよりはしり出づるに、人人おびえさわぎてそよそよとみじろきさまよふけはひども、きぬの音なひ、みみかしましき心ちす。猫はまだよく人にもなつかぬにや、つないとながくつきたりけるを、ものにひきかけまつはれにけるを、にげんとひこじろふ程にみすのそばいとあらはにひきあげられたるを、とみにひきなほす人もなし」（『湖月抄』、延宝元刊）。

・**一条院の……枕草紙に見へたり**　『枕草子』「上にさぶらふ御猫は」に、一条帝の愛猫が命婦のおとどと命名され、馬の命婦がその乳母に任じられたことが見える。「うへにさぶらふ御ねこは、かうぶり給はりて命婦のおとゞとて、いとおかしければかしづかせ給ふが、はしに出たるをめのとのむまの命婦、あなまさなや。入り給へとよぶにきかで、日のさしあたりたるに、ねぶりてゐたるを」（『春曙抄』、延宝二跋、刊）。

・あわび貝のある所に出る　鮑殻は猫の餌入れとされた。「黒ねこのわんにはきざなあわびかい」（『万句合』安永九）。
・さみせん（三味線）　猫の腹の皮を用いるため、猫の縁。
・こま　三味線の駒（胴との間にあって弦を支えるもの）を猫の名になぞらえる。
・猫なで声のわか後家　若後家は、川柳では、好色なもの、また手を出されやすいものとして類型化される。そのため「猫なで声」。手代が言い寄って「若後家にある夜手代がしかられる」（『万句合』明和三）、馴染んだ僧侶が「若後家にずいきの泪こぼさせる」（『柳多留』初編）。

●筑波根峯依（みねより）　青山新坂、岡部内膳正公藩、花沢雲兵衛（『江戸方角分』）。芝連の一員（『狂歌知足振』天明三刊）。芝連・落栗庵系の狂歌集の他、『万載狂歌集』（同刊）、『狂歌角力草』（同四刊）などにも入集する。『後撰和歌集』巻十一・『小倉百人一首』、陽成院「つくばねの峰よりおつるみなの河恋ぞつもりて淵となりける」による狂名。

（三十二）　買（かは）んせん貝　又入んせん貝

豊後（ぶんご）の文字（もじ）が関（せき）なる市川より出たり。近頃にいたりては、隅田川（すみだがは）の鐘（かね）が淵（ふち）より出ヅ。中村（なかむら）の大日坊といふ法師、野分（のわけ）といふ婦人にあたへたる貝をよしとす。（下十二ウ）
矢脊（やせ）や小原（おはら）の辺（ほとり）にては入んせん貝といふ。

しろきやはんはく車がむかし忍ぶ売今も中仲それにおとらじ　鬼守（下十三オ）

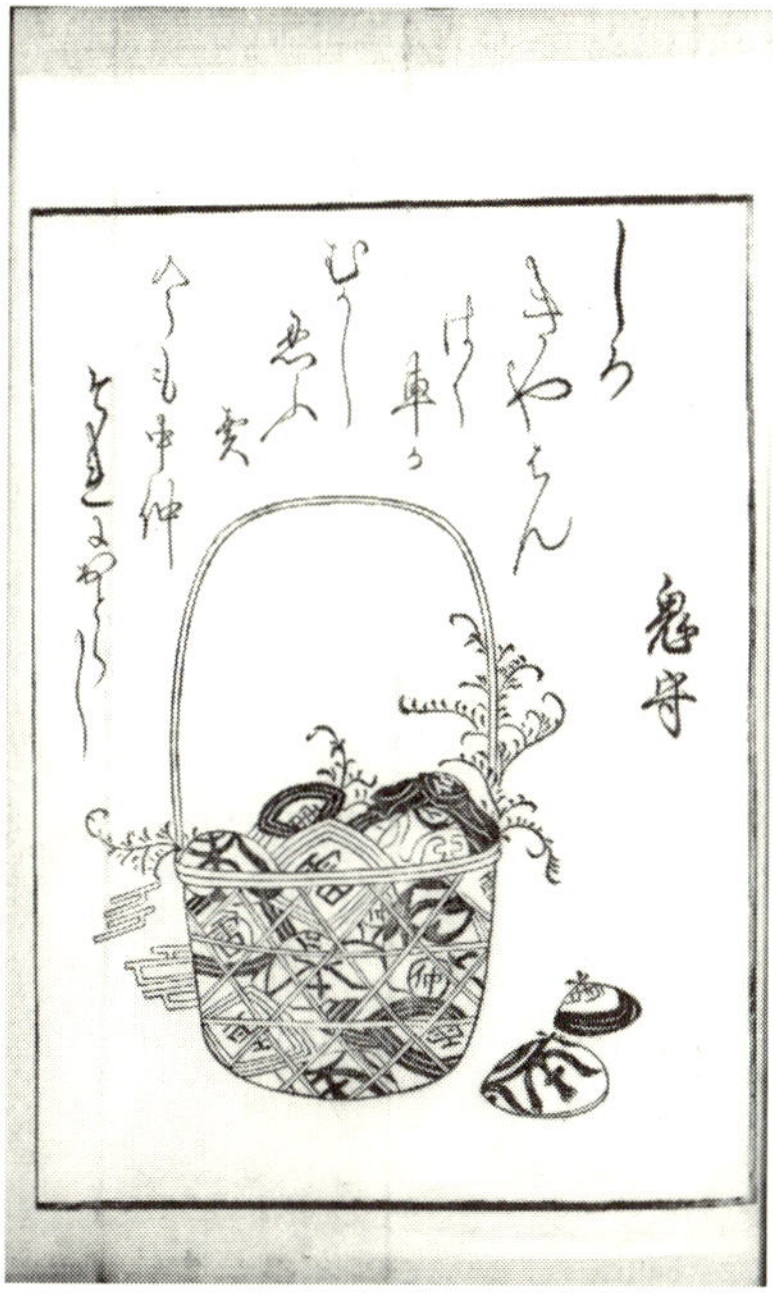

※「法界坊」物で知られる惹売（しのぶ）の所作事が素材。図は、惹売の駕籠に市川雷蔵の紋（三升に雷）・中村仲蔵の紋（中車紋）がそれぞれ入った貝を入れたもので、惹売の呼び声「買んせんかい」「入んせんかい」を貝の名とする。籠の背後に見えるのも仲蔵の替紋（三つ人文字）。この「法界坊」の系譜については、高橋則子『草双紙と演劇』（汲古書院、二〇〇四）二章四節「初代中村仲蔵」三「『法界坊』ものの原型について」が論じ、その図版として掲げられた仲蔵の惹売の細判役者絵に取手のついた本図によく似た籠をもつものがある。

・**豊後の文字が関**　豊前門司の関のもじりで、豊後節の一派である常磐津節の名人文字太夫の意をきかせる。門司の関は歌枕で、例えば『増補歌枕秋の寝覚』（元禄五刊）関に「豊前　もじ（門司）の関」と立項され、『源平盛衰記』巻四十一にも「門司関」「文字関」等として見える。文字太夫は安永四年に隠退する初代。京都の人で、宮古路豊後掾門人。天明元年没。二代目は天明七年に襲名する。『賤のをだ巻』（享和二序、写）に「豊後節も次第に高上になり、文句も昔よりは風流になりて、芝居の所作出語りといへば、いつも常磐津文字太夫とて、男もよく、声もよく上手にて、いつも其狂言当りたり」とある通り、当代きっての名手とされた。次項の初代市川雷蔵の所作事「垣衣草千鳥紋日（しのぶくさ）」も初代文字太夫の語りであった（宝暦十二年三月役者評判記『役者手はじめ』）。

・**市川より出たり**　惹売を初代市川雷蔵がはじめて演じたことをふまえる。宝暦十二年二月『曾我贔屓二本桜』において行平妹白菊亡魂役の惹売の所作事が評判を呼んだ。初代雷蔵は、享保九年生、明和四年没。二代目の団十郎（栢莚）の門人で宝暦十一年より雷蔵を名のる。

・**隅田川の鐘が淵**　隅田川の左岸の地名。『武江披砂』（写、『大田南畝全集』外編1による）所引瀬名貞雄の談に、法瀬寺の鐘が古代隅田川に沈んでよりこの地を鐘ヶ淵と呼ぶとする『江戸砂子』の説は非であり、享保の頃「隅田川の上、木母寺の北の後にあたり、隅田川、荒川、綾瀬川、此三川へ別る三俣の所」で川底から鐘が上げられたこと、元来、橋場の長昌寺にあった鐘が元亨の頃に水難で沈んだものであったことを考証する。本書刊行の翌天明四年四月に、安永四年の「垣衣恋写絵（しのぶぐさ）」（後述）を取り込んで大坂角の芝居で初演された『隅田川続俤（ごにちのおもかげ）』において、惹売の鐘入りが鐘ヶ淵伝説に付会されたことが確認できるが、安永四年の仲蔵の大日坊・野分姫の惹売（次項）にも鐘入りがあったらしく、役割番付（早大演劇博物館蔵）でも「垣衣恋写絵」に冠して「文の綾瀬の鐘ヶ淵に思ひを述る男傾情」などとあるので、この鐘入りが鐘ヶ淵伝説にことよせられたかと推定される。

・**中村の大日坊といふ法師、野分といふ婦人に**　安永四年中村座初春狂言「色模様青柳曾我」二番目「垣衣恋写絵」において初代中村仲蔵が、本田二郎、および聖天町の道心者大日坊・野分姫の亡魂の三役で、葱売の所作事に続いて鐘入りを演じ、好評を博した。安永四年三月の評判記『役者芸雛形』に「二ばんめ本田二郎役よし〳〵。大日坊の悪坊、のわけをころさる、所すごい〳〵。次にときはず上るりにてふり袖の娘がた所作事きれい。古人栢車のせられししのぶうり、いやはやうつくしい物でござる」。この興行は大当たりで『秀鶴草子』（写）安永四年項に「二番め本田次郎と大日坊の平敵、しのぶ売の女形、上るりにてのしよさ、古今の大当り。此頃評に上々吉（半白吉）」としるす。安永八年三月森田座「江戸名所緑曾我」において、仲蔵は再び大日坊を演じ、「垣衣恋写絵」で葱売の所作事をしている。

・**矢背**（背）**や小原の辺**（ほとり）　八瀬・大原のこと。京都洛北、比叡山の西。黒木を売り歩く小原女の風俗で知られる。常磐津「垣衣恋写絵」（国立音大竹内文庫本）に「わしが在所は京の田舎の片ほとり、八瀬や小原やせりやうの里」をふまえる。

・**入んせん貝**　「垣衣恋写絵」にくり返し唄われる葱売の台詞「しのぶいりんせんかいにや、かわんせんかいな」を貝の名に見立てる。宝暦十二年三月役者評判記『役者手はじめ』市川雷蔵評に「立役の身でむすびさげ、しのぶいらんせんかいに、やん共か共いへぬ〳〵」。

・**しろきやはんはく車がむかし忍ぶ売**　大日坊は僧形で、白い脚絆を穿いたことが錦絵で確認できる（勝川春章画、安永八「江戸名所緑曾我」による仲蔵の大日坊図、Tim Clark and Osamu Ueda, *The Actor's Image*, the Art Institute of Chicago, 1994）。その穿くと栢車を掛ける。栢車は市川雷蔵の俳名。その昔を偲ぶと葱売を掛ける。

・**中仲**　中村仲蔵の愛称「中仲」に副詞「なかなか」を掛ける。安永八年三月評判記『役者互先』中村仲蔵項に「皆さま御ひいきの中仲でござる」。

●鬼守　河原鬼守、また嚢庵鬼守とも。『狂歌栗の下風』（天明二刊）、『狂歌猿の腰掛』（同三刊）などに入集する。芝連の中では比較的後発の顔ぶれの一人とされ、天明二、三年頃よりの活躍が知られる。石川了「浜辺黒人による江戸狂歌の出版」（『大妻女子大文学部三十周年記念論集』、一九九八）参照。

（三十三）　夜鷹(よたか)貝

鮫(さめ)が橋本所(はしほんじょ)の辺(へん)より出ヅ。そこの隅(すみ)ではこそ〳〵、かしこのすみではこそ〳〵といふ貝なり。おほく喰へば折助(おり)をして鼻(はな)ばしらを落(おと)さしむ。（下十三ウ）

　河岸ばたの立木もしらぬくらやみにおぼつかなくもよぶ惣嫁かな　加陪の仲塗（下十四オ）

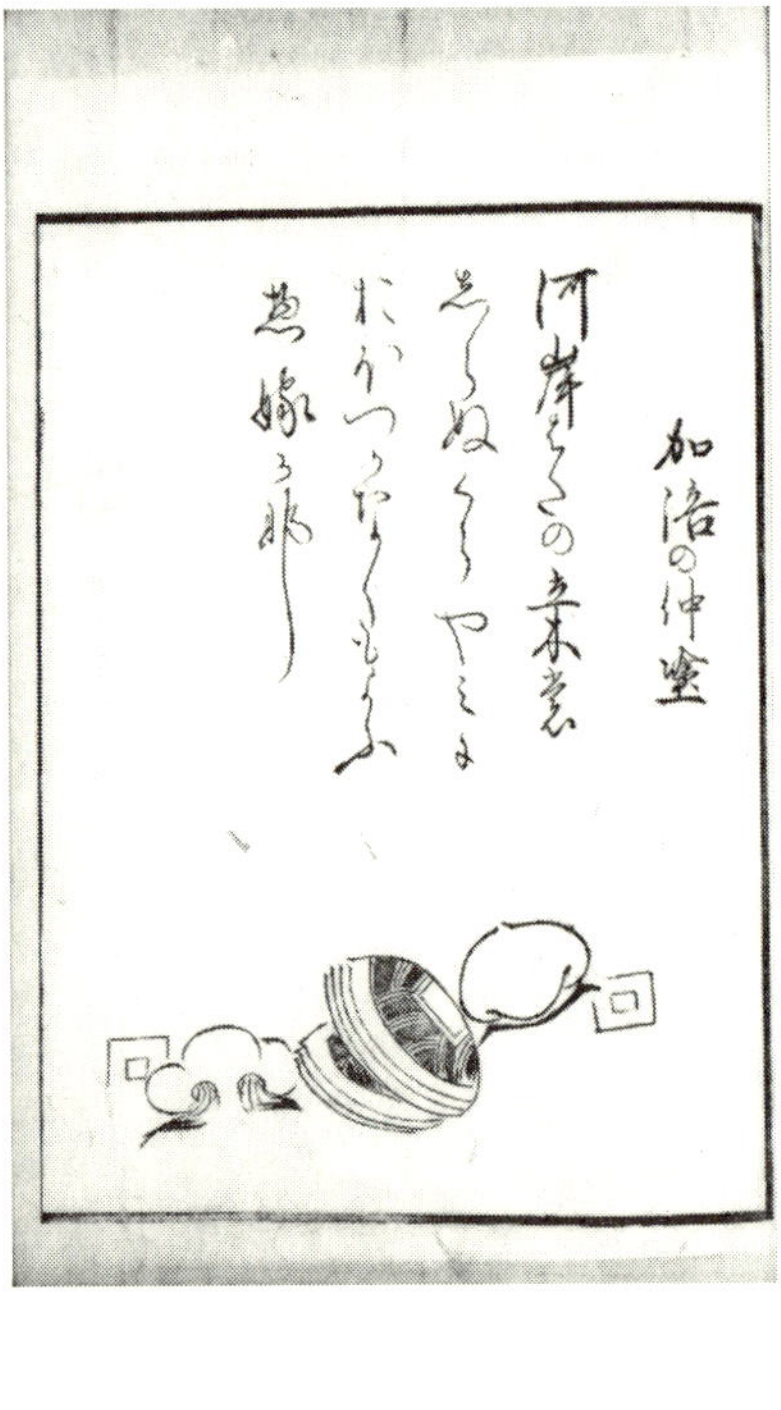

※夜鷹（江戸の最下級の街娼）を買う「夜鷹買」を貝の名とする。梅毒に感染した夜鷹が多く、買うと罹患して鼻が落ちると言われた。図は、左右がその鼻を貝に見立てたものと、夜鷹の得意客である奴の紋所（釘抜）。鼻は夜鷹に鼻毛をのばしている。中央は、貝になぞらえてわん曲させた四文銭（波銭）で、夜鷹の価二十四文を表す。七枚に見えるが、本来は六枚であるべきところ。

・**鮫が橋**　四谷付近の橋の名。その周辺は夜鷹の巣窟とされた。『婦美車紫鹿』は四谷鮫が橋を下品中生と位付けして「引パル事甚し、此所より廿四字のきり売いづる」。

・**本所**　本所吉田町（現墨田区石原四丁目）・入江町（現墨田区緑四丁目）も夜鷹が出没する場所として知られた。「吉田町くだんの病気見世を引」（『万句合』宝暦十三）、「四十から新ぞうと出ル吉田町」『同』宝暦十三）。

・**折助**　武家に奉公して雑役を担った中間、つまり奴。夜鷹の得意客とされた。『通詩選』（天明四刊）に「夜鷹鼻歌贈二折助様一(よたかのはなうたおりすけさんにおくる)」と題する狂詩がある。

・**鼻ばしらを落さしむ**　鼻柱は鼻の隆起した骨。梅毒に罹って悪化すると鼻・唇等が爛れ、変形することを「鼻が落ちる」という。

『落咄山しょ味噌』（享和二刊）に、「人情そく席見立の草花」と題して、夕顔が「わたしは吉田町へいつて、夜鷹にでもなりませうといふ」と金盞花が「はなのおちぬやうにさつしやれ」と落とす咄がある。

・河岸ばたの立木もしらぬくらやみにおぼつかなくもよぶ惣嫁かな　『古今和歌集』巻一春上「をちこちのたづきもしらぬ山なかにおぼつかなくもよぶこどりかな」（よみ人しらず）のもじりで、木陰であやしげな夜鷹が声をかけてくることをいう。夜鷹は木の陰で客を待つとされる。石川雅望『都のてぶり』（文化五刊）の「よたか」の一条に、「たゞ大路のくまぐあやしき木のもとなどを尋ねもとめてしばしのねやとはさだむるになむ」と見える。惣嫁は夜鷹の京坂での呼称で、雅望「よたか」に「京なにはにはさうかといひ、あづまにてはよたかとぞよぶなる」、『守貞謾稿』（嘉永六序、写）夜鷹項に「京坂トモニ孀嫁ト云也」と見える。

●加陪仲塗　赤坂丹後坂住、河田安右衛門秉彝。幕府御大工頭。後、御畳奉行、御書物奉行。『奉行任職序列』によれば文化三年没という（森潤三郎『紅葉山文庫と書物奉行』）。玉林晴朗『蜀山人の研究』第十一章に略伝あり。『一話一言』（『大田南畝全集』本、巻六）に、羅漢寺の耆山上人詩碑が上人の旧友秉彝の隷書との記事が見え（濱田義一郎「栗花集について」『大妻女子大学文学部紀要』十号、一九七八）、天明八年に没した南畝父の墓碑も書した。狂歌では『知足振』（天明三刊）で朱楽連、『狂歌師細見』（同刊）では節松葉屋の「一かど」であるが、『狂歌栗の下風』（同二刊）や『狂歌猿の腰掛』（同三刊）等芝連系の狂歌集にも多く入集。

（三十四）　櫓貝

船宿の河岸柳橋の下より出るものおほし。源氏十二段に蒼海深しと申せども、櫓かいのたゝぬ海もなしと御曹子牛若丸のの給ひしは是なり。**（下十四ウ）**

　加田の浦櫓をたておいてけふもまたあはねば通ふかいなかりける　ゐなみ **（下十五オ）**

※舟を漕ぐ櫓と櫂を、その名も「櫓貝」なる貝とし、馬刀貝のような細長い棒状の貝に見立てる。『和漢船用集』（明和三刊）巻十一を参照するに手前の突起があるものが櫓（この突起を櫓杭・櫓臍という）、奥が櫂となる。

・**船宿**　舟を仕立てて出す店。柳橋には隅田川を吉原・深川へと遊客を乗せて往来する猪牙舟等を出す店が多くあった。古くは「二挺立、三挺立」（長唄「教草吉原雀」明和五）と唄われ、猪牙舟一隻に付き二、三本の櫓を備えた舟があったというが、『古今吉原大全』（明和五刊）には「二挺とて、猪牙船に、二ちやうの櫓をたて（略）其後二ちやうの櫓はきんぜられたり」とある。

・**柳橋**　神田川が隅田川に合流する直前にある橋。吉原・深川へ行く猪牙舟を仕立てる船宿が多くあった。柳橋は、待乳山の麓から吉原へと続く山谷堀と隅田川の合流点にあたる今戸橋付近と並んで、船宿が集まっていた場所であった。「柳ばしどらやたいこをつんで出る」（『万句合』天明四）。

・**源氏十二段**　浄瑠璃節の起源とされる『浄瑠璃物語』のこと。源義経と、矢矧の宿の長者の娘浄瑠璃姫との恋物語。『浄瑠璃御前物語』『源氏十二段』『十二段草子』『浄瑠璃十二段』等とも言い、写本の他、多種の版本がある。

・**蒼海深し・櫓かいのたゝぬ海もなし**　後半は何事にも必ず方策はある、の意の俚諺。寛文頃刊の江戸版十五段系『浄瑠璃物語』第十二段「まくらもんだう」の御曹司義経が浄瑠璃姫を口説く台詞に「そうかいまん〳〵としてきはもなしとは申せ共、ろかいのたゝぬうみもなし」と見える（若月保治『近世初期国劇の研究』青磁社、一九四四）。同書は内題『上るり御前十二段』ながら外題は未詳。『源氏十二段』の外題もしくは内題をもつ、この箇所と同じ本文をもつ版本があったか。

・**加田の浦**　潟の浦。紀州名草郡加太村（現和歌山市）。歌枕であるが、情事の際に戸口に櫂を立てて印とする奇習で知られた。『好色一代男』（天和二刊）巻三「火神鳴の雲がくれ」に「迦陀といふ所は皆猟師の住居せし浜辺なり。人の娘子にかぎらず、しれたいたづら（略）男は釣の暇なく、其留守にはしたひ事して、誰とがむる事にもあらず、男の内に居るには、おもてに櫂立て

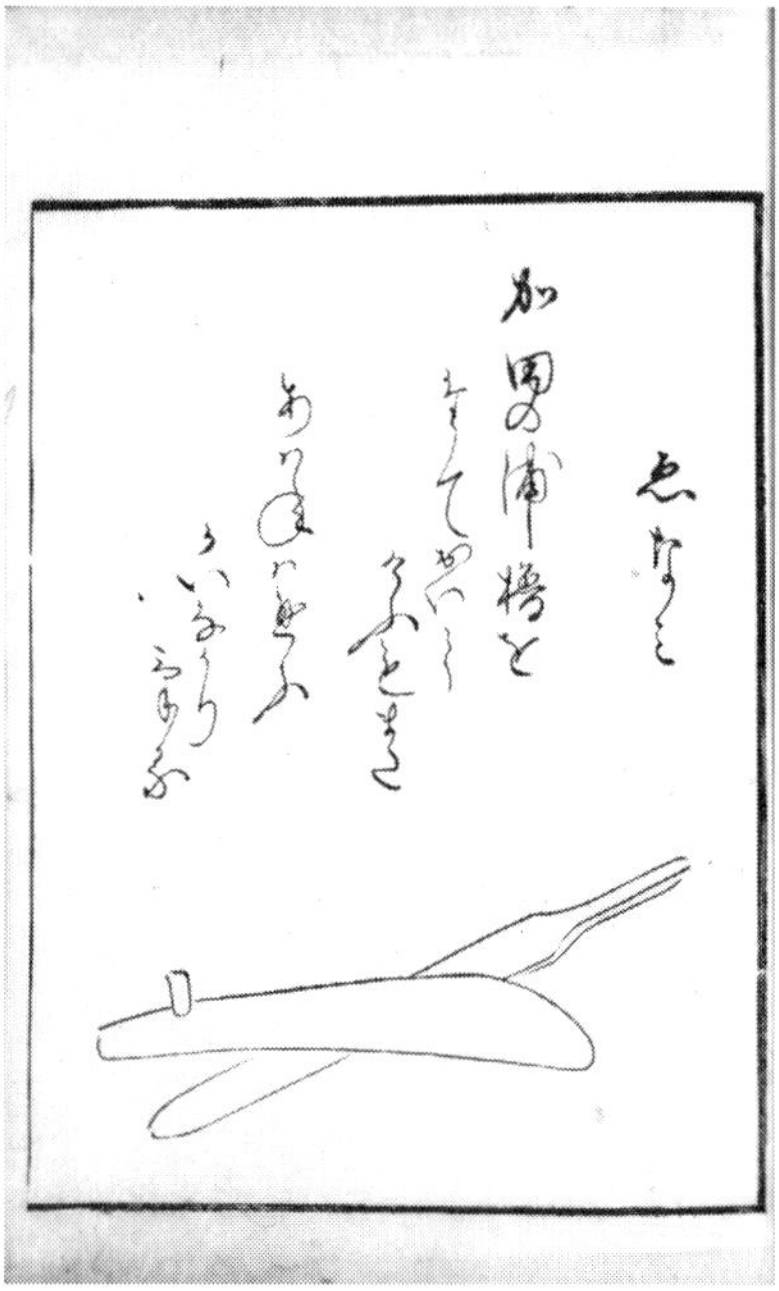

しる、也」。『風流志道軒伝』（宝暦十三刊）巻三にも「色の湊多き中」に「加太の立柱」が挙げられ、比較的よく知られた風習であった。

・**あはねば通ふかいなかりける**　目印の櫓が立てあって（つまり先客があって）逢瀬がもてないなら通っても甲斐がない、の意に、貝がないの意を掛ける。

●ゑなみ　経歴未詳。『狂歌栗の下風』（天明二刊）に入集し、「日本橋」の注記が付される。

（三十五）　売貝（うり）

そんも〱西（にし）の宮（みや）より出たる貝なり。十月の下旬（げじゆん）を旬とす。価甚（あたへはなは）だ高直（かうぢき）なり。十万両より以上を以て交易（かうゑき）す。甚めで度き貝なり。（下十五ウ）

せいもんを払ふ側から百万両もうそつきの名
をゑびす講　赤坂成笑（下十六オ）

※十月二十日、商家で行われた、商売繁昌の神である恵比寿の像に鯛を供えて祭る行事、すなわち恵比寿講にちなんだ趣向。この時、法外に高額な売買の真似事をして縁起を担いだ。図は、恵比寿の烏帽子と福耳を貝に見立てたもの。福耳は『小紋新法』（天明六刊）でも「七福神の耳」とされる。

・**そんも〱**　神が夢枕に立つときの決まり文句「そも

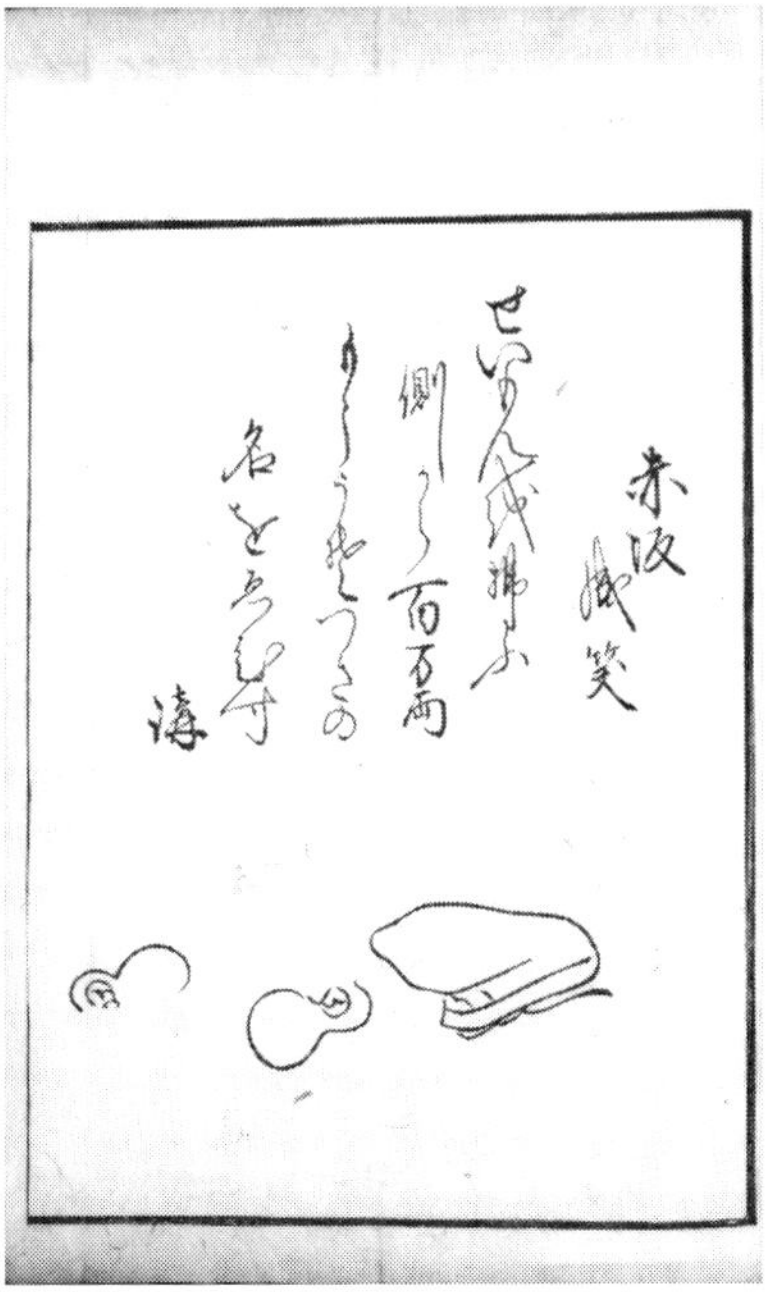

そも」の訛。「ふくの神そんも〳〵は不吉也」（『誹風柳多留』六編）は、元来、福神である恵比寿や大黒が「そんもそんも」と言って現れるのは「損も損も」に聞こえて不吉だ、の意。「口おしきそんも〳〵がうれのこり」（『万句合』安永九）は、この恵比寿講の高額取引の真似事で、祭られている恵比寿神像が売られなかったことを口惜しいとふざける。

・**西の宮**　全国の夷社の総本社とされた摂津西宮の夷神社のこと。恵比寿は「西の宮の夷三郎」と呼ばれた。『壇那山人芸舎集』（天明四刊）所収「蛭子（エビスノ）賛」に「西ノ宮蛭子ノ神」。「大黒屋ときこえしは（略）西宮の夷三郎とは遊びかたきのやうにて」（南畝『かくれ里の記』写、のち天保七刊）。西の振り仮名「し」は、墨付きが悪く、本によってはほとんど見えない。

・**十月の下旬**　恵比寿講は、江戸では年に二度、正月二十日と十月二十日に行われたが、十月の方が盛んであったことからいう。上方では十月にのみ行われた。

・**価甚だ高直なり。十万両より以上を以て交易す**　上述の高額な取引の真似事のこと。山東京山『五節句稚講釈』二編（天保四刊）に「夷講の時、夷に献たる物を取り下ろして、これを商ひ物に譬へて、売り買いの学びをなし、千両万両などと値を付けて買い落とす」と説明する。

・**せいもんを払ふ側から**　「誓文」は神への誓いの文書。上方では恵比寿講を「誓文払」と呼ぶ。元来は、商人が商いのためについた嘘の罪を免れる別の行事であったとも言われる。『日次記事』十月二十日条に「洛中諸商と夷祭り、四条京極冠者殿社参詣。俗に云ふ、此の神偽盟の罪を免れ令むと。故に商売此の社に詣でて、欺き売るの罪を祓ふ。故に今日の参詣を誓文祓と曰ふ」（原漢文）とある。嘘をついた罪を免れたばかりであるのに、その瞬間から、の意。

・**うそつきの名をゑびす講**　百両千両という明らかに法外な高値を言うことが「嘘つき」だということ。『風流志道軒伝』巻二に「恵美寿講の百万両は、商人の虚言をかざる」と同想。「名を得」と「恵比寿講」を掛ける。

●赤坂成笑　『狂歌師細見』（天明三刊）では「浜辺や九郎七」の番新格で「成笑」、『狂歌知足振』（同刊）では芝連の一員。野崎左文による後者に対する書き入れは赤坂住、八木岡政七、栗成笑と同一人物とする。『狂歌栗の下風』（同二刊）で「赤阪」が地名として注記されるので、赤坂住まいは事実であろう。栗成笑は、『狂歌猿の腰掛』（同三刊）以後、『狂歌すまひ草』（同四刊）、『徳和歌後万載集』『俳優風』（同五刊）等にも入集。

（三十六）　新造貝

色赤金薬罐のごとく、至つて丈夫なる貝なり。此貝にて莚をやぶるにあたかも金鉄を以てするがごとし。三浦の大助が領地より出たり。（下十六ウ）

小傾城行て求めむ雪の暮としのくゝりの丸頭巾着て　独流　白鯉（下十七オ）

※新造を好んで買うのは老人客であるという類型から、新造買を「新造貝」とし、老人を象徴する丸頭巾を貝の形に見立てる。老人が新造を買うことは「新ぞうを買ふ迄命ながらへて」（『万句合』明和元）、「しんぞうとばつぐん違ふ客のとし」（『同』明和元）といった句がうがつとおり。

・**色赤金薬罐のごとく**　老人の赤黒く焼けた禿頭の形容。「銅でこしらへたのがおしやう様」（『万句合』宝暦十）。

・**莚をやぶる**　老いてなお精力盛んであることの譬喩。『仮名手本忠臣蔵』七段目、祇園一力茶屋の場面で、大星由良之助が斧九太夫に「額に其の皺のばしにお出でか。アノ爰な莚破めが」という文句がある。諺に「六十の莚破り」。

・**金鉄**　堅固でしっかりしていることのたとえ。

・**三浦の大助**　三浦大助義明。伊豆で挙兵した頼朝をたすけ、衣笠城によった。『吾妻鑑』巻一では「三浦介義明年八十九為河越太郎重頼・江戸太郎重長尋被討取。齢

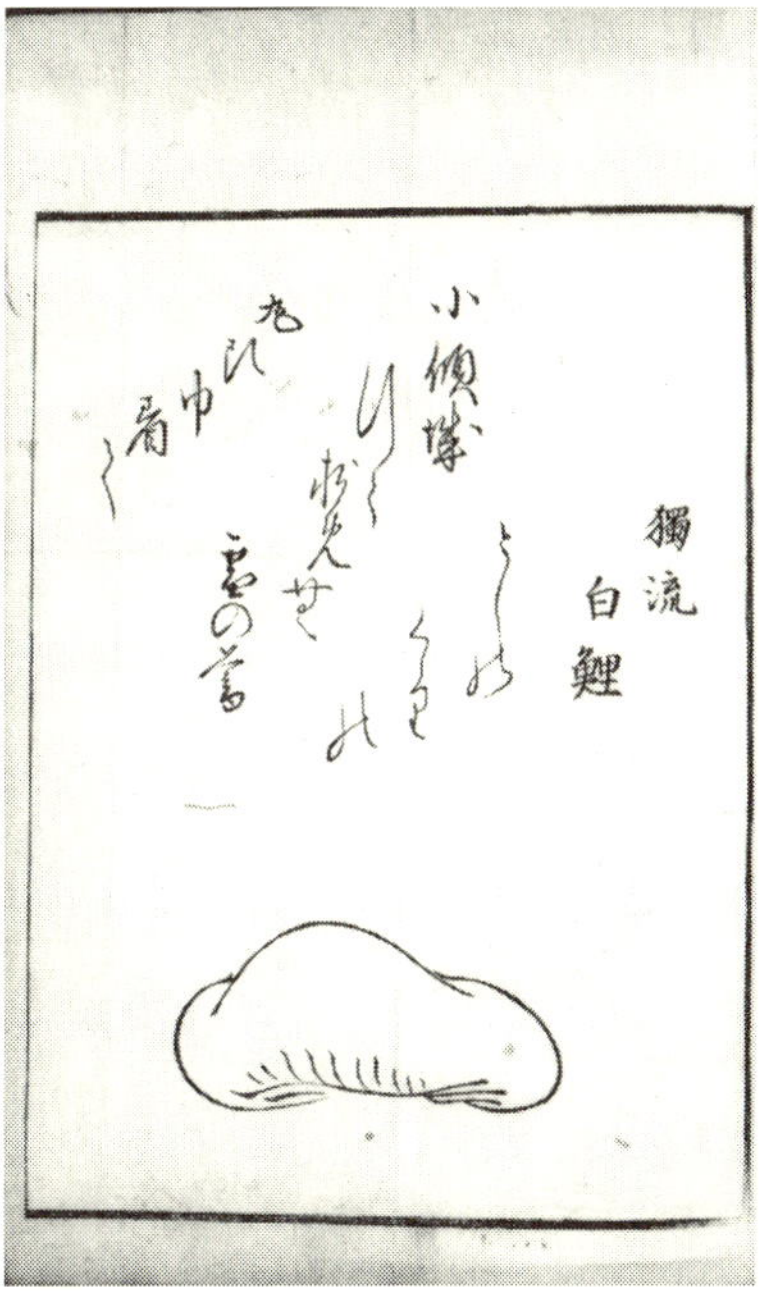

八旬余」とされるが、近世、百六歳没説が行われ、長寿の代表とされた。文耕堂『三浦大助紅梅靮』（享保十五初演）第四に「衣笠の城の大将と我が名を我子におくりごう、心ゆかしの追善なれば、三浦ノ大助義明は、最期もゆゝしき老武者の、年を積つて七十九歳と、記録の面に記してたべ」「東鑑、盛衰記、百六歳の大助を、七十九歳と記せしは、此理と知られけり」と見える。「三浦の大助百六つ」は、とくに節分の夜や大晦日の厄払いの文句として知られた。『無事志有意』（寛政十跋、刊）の一話では、子に名を付けようと「昔からある名で寿命の長い名がよい。」といい、厄払いの文句に出る長寿の人物を挙げてゆく。「左様なら、アノ三浦の大助様はどふでござります。三浦の大助とは。百六つさ。まつと長いはなひか。浦嶌太郎は八千歳。まつと長いはなひか。東方朔は九千歳。まつとながひは。西の海へさらり」。

・**小傾城行て求めむ雪の暮**　小傾城は、禿から上ったばかりの新造のこと（花咲一男『川柳江戸吉原図絵』三樹書房、一九九三）。其角「小傾城行てなぶらんとしの昏」（『雑談集』元禄五刊・『五元集』延享四刊）をもじって中七を「行て求めむ」とする。年末、吉原では「廿二、三日比より、吉例にまかせ、見せをひく」（『古今吉原大全』明和五刊）というので、暮れに新造買に登楼できるのは相当な馴染み客ということになろう。世間は貸借の清算に追われる中、隠居は遊び歩いている。

・**としのくゝりの丸頭巾**　「年のくゝり」は年末の意。括り頭巾、丸頭巾ともに、老人が多く用いたもの。芭蕉「おさな名やしらぬ翁の丸頭巾」（『菊の塵』宝永三刊）、「新ぞうはくゝり頭巾をうるさがり」（『万句合』宝暦十）。

●白鯉館卯雲　天明狂歌の流行に先駆けて江戸において狂歌で名をなした旗本、木室朝濤。狂歌集に『今日歌集』（安永五刊）、咄本に『鹿の子餅』（安永元刊）。天明三年には七十歳という高齢で、この趣向に、また本書掉尾を飾るにふさわしい。この年、六月二十八日に没する。濱田義一郎「白鯉館卯雲考」がこの連中に属していないことを示すと解釈する「独流」は、初印本に見えるものの、のち削られること、解題参照。同氏による「卯雲年譜」（『江戸文芸攷』岩波書店、一九八八）が備わる。石井明『噺の背景』（朝日新聞社、二〇〇一）がその伝をまとめる。

（刊記）

天明三癸卯年正月吉辰

書肆　日本橋北室町三町目　須原屋市兵衛

神田鍋町　同　善五郎

（下十七ウ）

通流小謡万八百番

凡　例

○翻刻

一、排列としてはまず下段の謡のもじりの部分を示し、上段の能面等のもじりの部分は後にまとめて示した。

一、本文の行移りは、底本に従わなかった。

一、本文中の漢字は、概ね通行の字体に改めた。

一、本文中の平仮名・片仮名は、全て現行の字体に統一し、合字はひらいた。

一、仮名を、適宜漢字に改めた。その際、元の仮名は振仮名として残した。また原本にもともとある振仮名は〈　〉に入れて残した。

一、読解の便宜をはかり適宜濁点・半濁点を施した。

一、謡本をもじっている趣向である故に付されているゴマ点等は適宜省略した。

一、読解の便宜をはかり適宜句読点を施した。ただし、目録についてはそのままとした。

一、反復記号は原則として底本に従ったが、漢字一字の反復記号は「々」に改めた。

一、本文の丁替りは、その丁の表および裏の末尾の文字の次に（　）を付してあらわした。その際、底本の丁付を用い、慣例に従ってその表裏をそれぞれ片仮名で示した。

○註釈

一、本文の一まとまりの内容の後に、項目ごとに「・」の記号を冒頭に置き、註釈を施した。

一、その他の解説には「※」の記号を冒頭に置いた。

一、註釈にあたっては、『当流小謡』本の中でも、本書と時期的に近く、排列・構成が極めて類似しており、杜芳が種本にした可能性が充分考えられる『当流小謡百三拾番』（安永五年再版、西村屋与八版、中本一冊、山本陽史蔵本）と対比させることとした（「当流」と略して示す）。原本翻刻の直後に山本陽史蔵本によって対応する部分を翻刻して示した。

一、『当流小謡百三拾番』の翻刻にあたっては、漢字を適宜あて、濁点・半濁点を施した。ただし、句読点は付さなかった。またゴマ点等は『通流』との対比上必要なものを掲げるに止め、適宜省略した。また、目録は右の原則を適用せず、濁点・半濁点を施すのみに止めた。

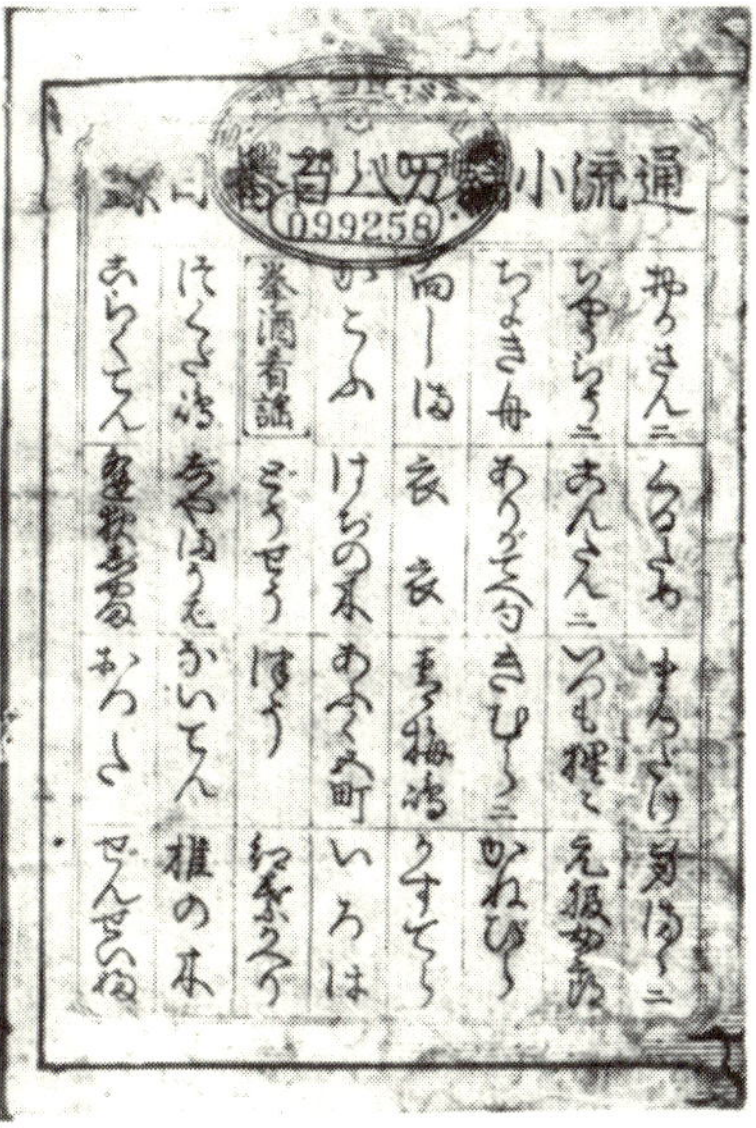

丁付なしウ

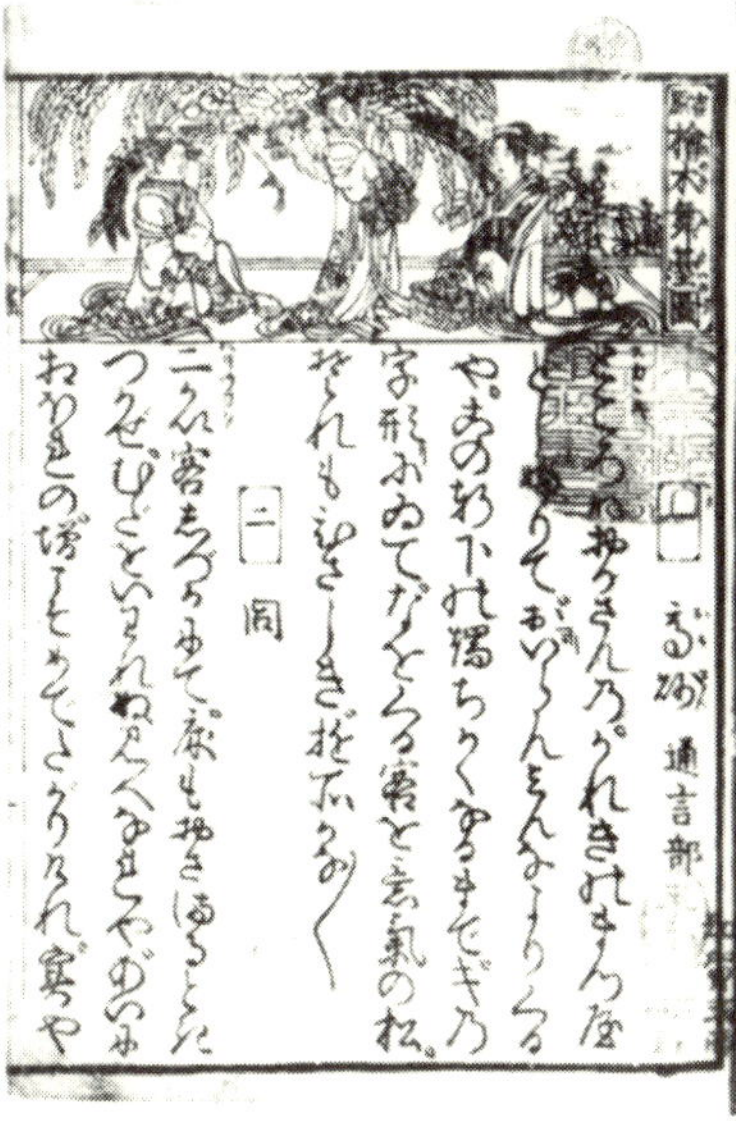

一オ

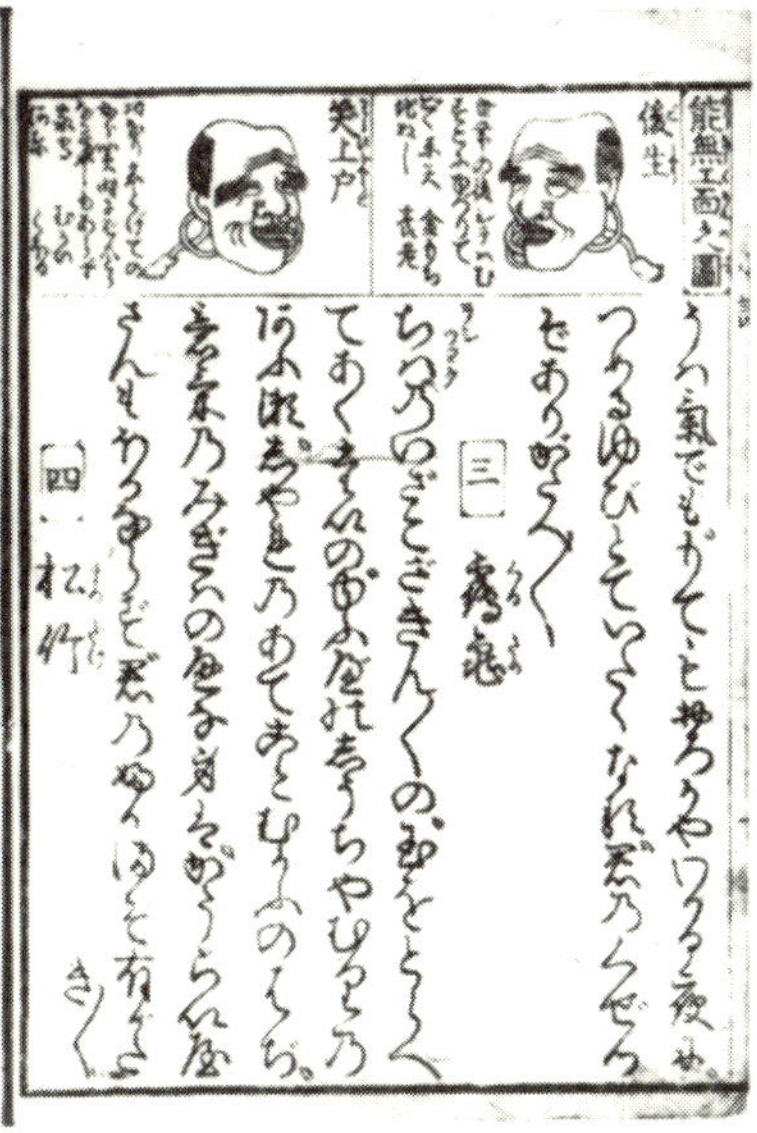

一ウ

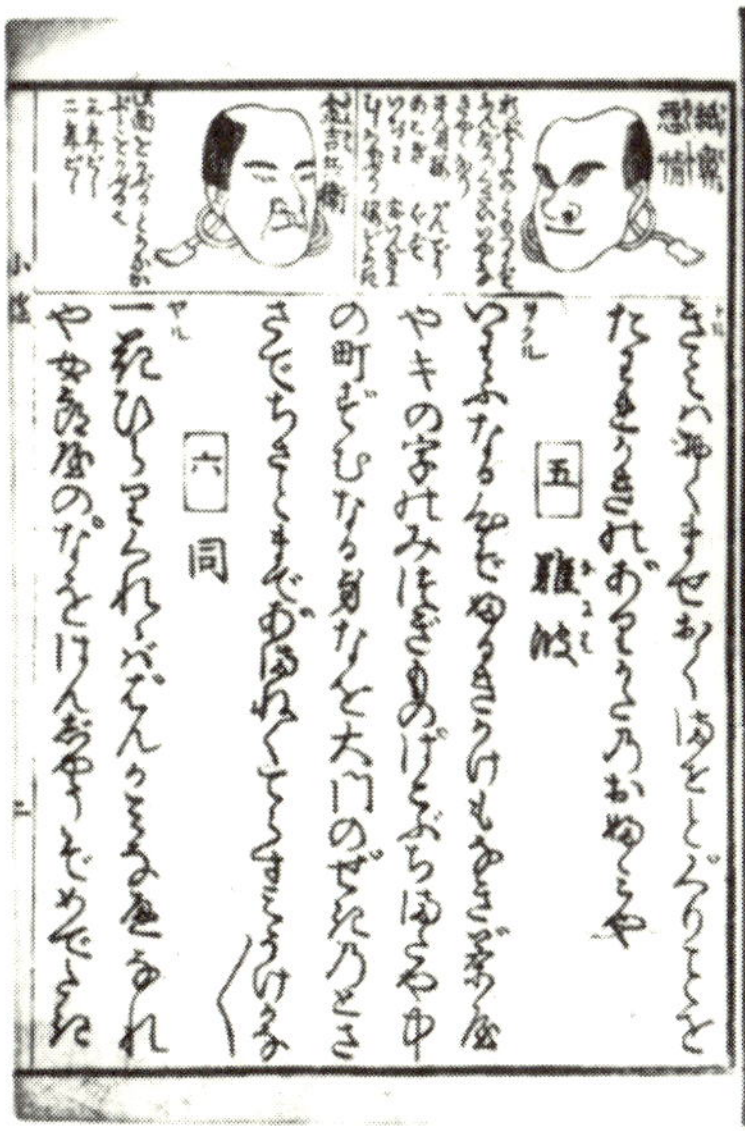

二オ

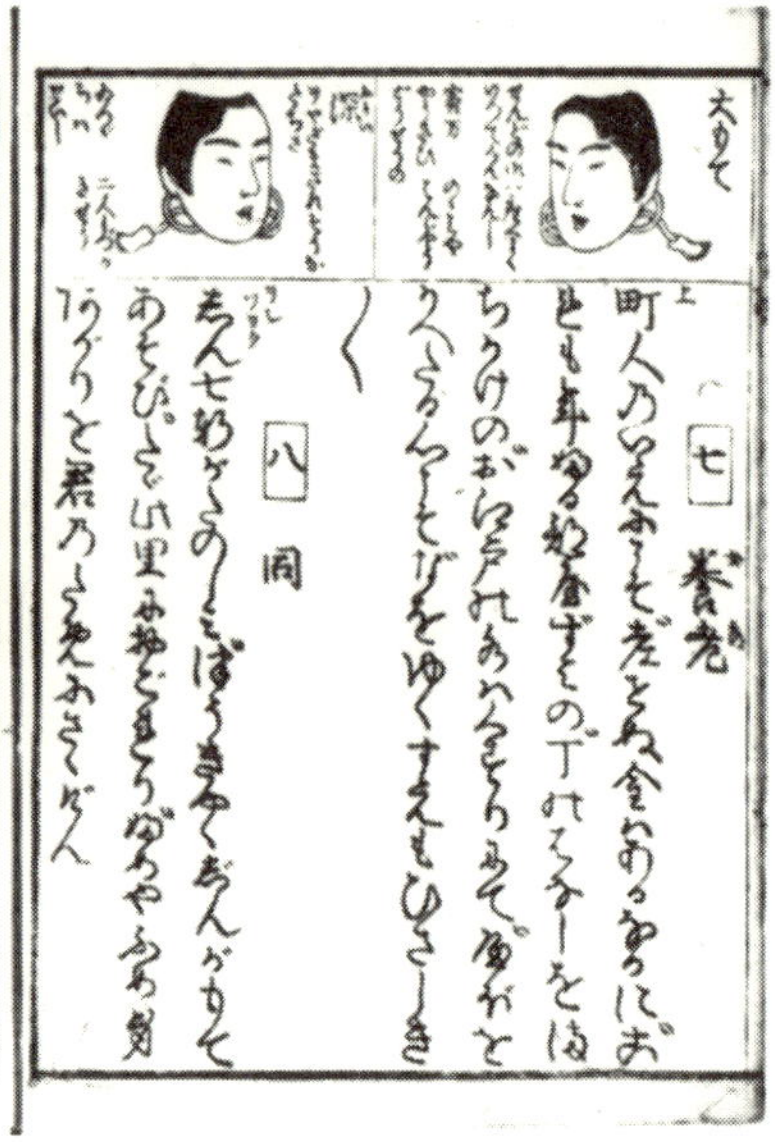

二ウ

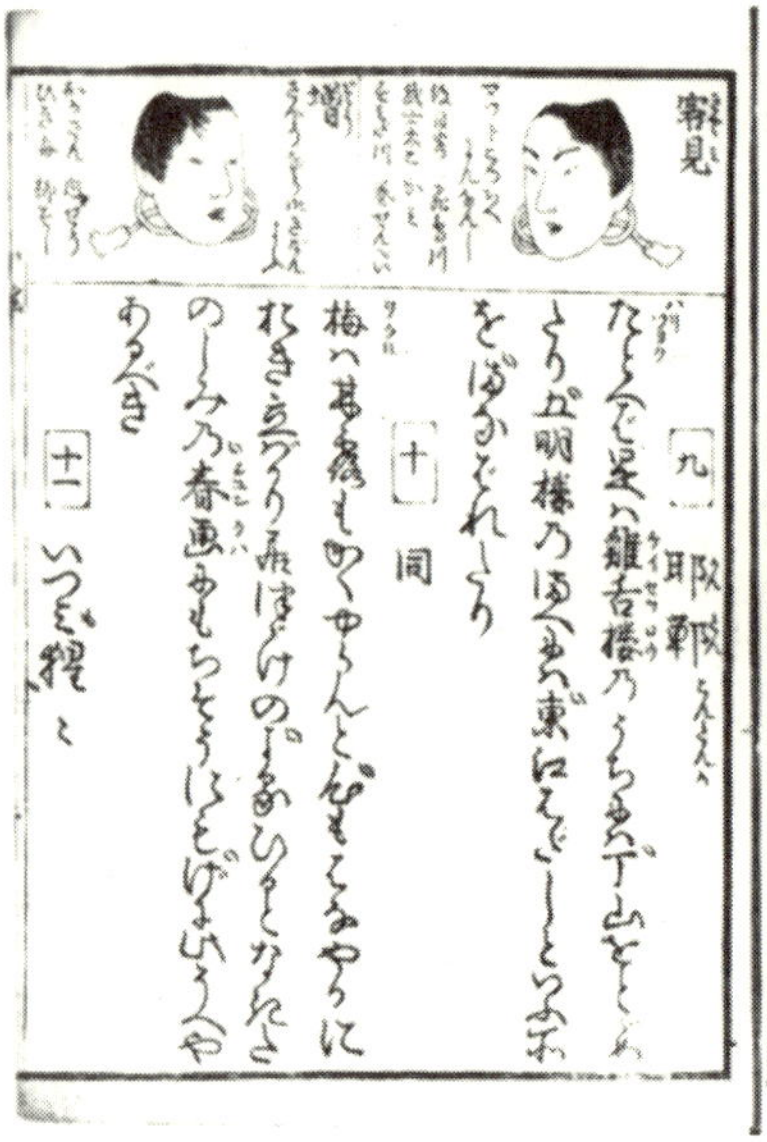

三オ

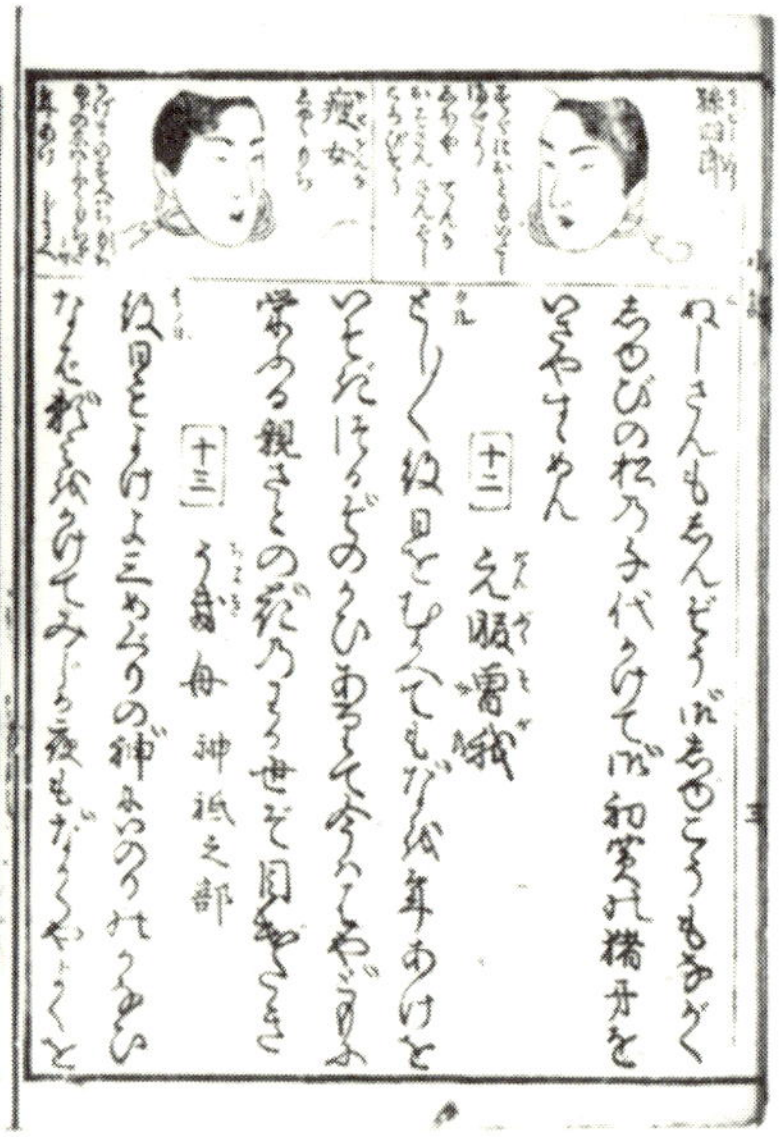

三ウ

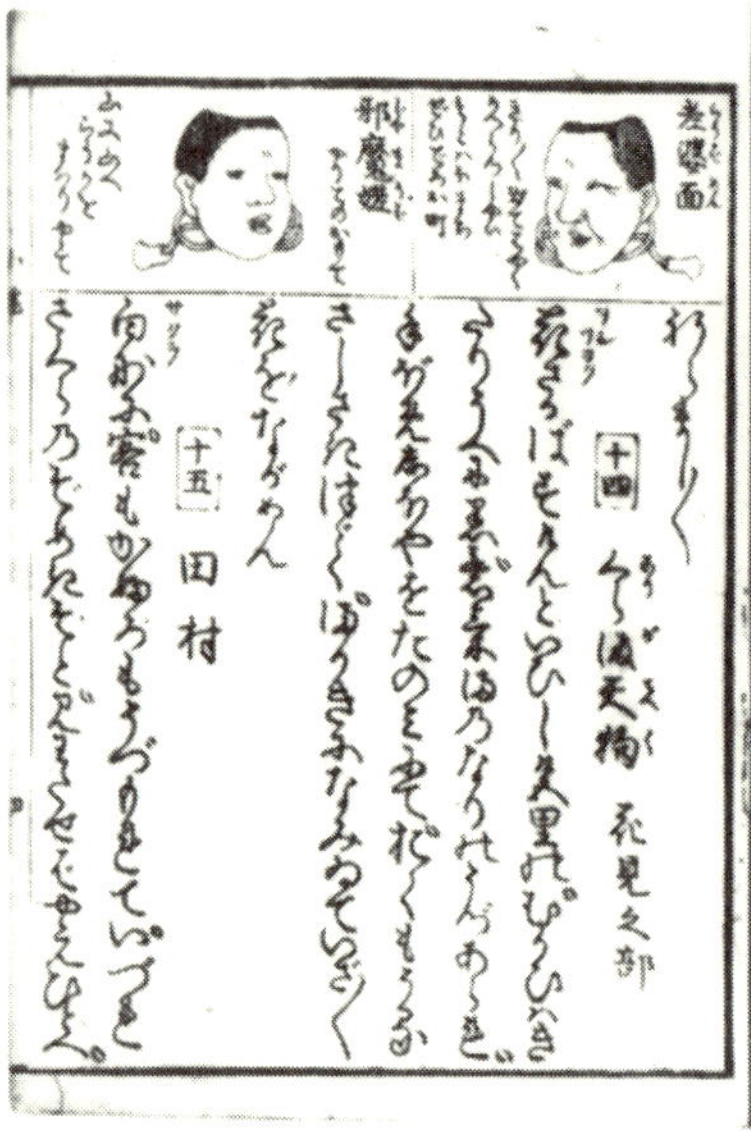

四オ

若男

十六　同
きこと定ふくさかやうす打ゆりのあるさるや
みじりうたあとりのあるさるや

十七　魚平　納涼之部
原るね母乃二味様もひくるをおいくき様ある
のお中狆みてかゝはまふらく

犬勝見

十八　屋しま
げふしりとそれ見ちふーつ野善のあかすて
もしいくどうさをさそに入るを一さるよ

織若

廿一　三井寺　月見之部
八ほ舎入らやかーやぬがぎふんされて
ふりことなかあくや

廿二　うきよふつ
さとやすやけどつふらつてあとりうなりけれ
もりとあそうき

廿三　鈴の段
あとのわりくのよかりしくあいはあらゝく
弟子の最中わ月そむかてゝそれて屋

あふみ男

十九　羽衣　あ
桜ヶ乃小柔のりのくじひてのくろゆよ
れぎ風とかゝふかなるぞちおほぎ
とさつふらんく
すてののせふ打きらのもねつそ金るろ
なきをはふみ松笛ととれぴろひか

三十　竹生嶋
なとて細ろんかやのさたうに生るめ

小町

あむひ小町
るをのそらをすえかたのひぜあかへしよ
せたくらかしどこーてきゑにの
よふてとなあの里の使とやく

伴侶
わちよふたれにはなら苑のゐろはにほへとちりぬるを

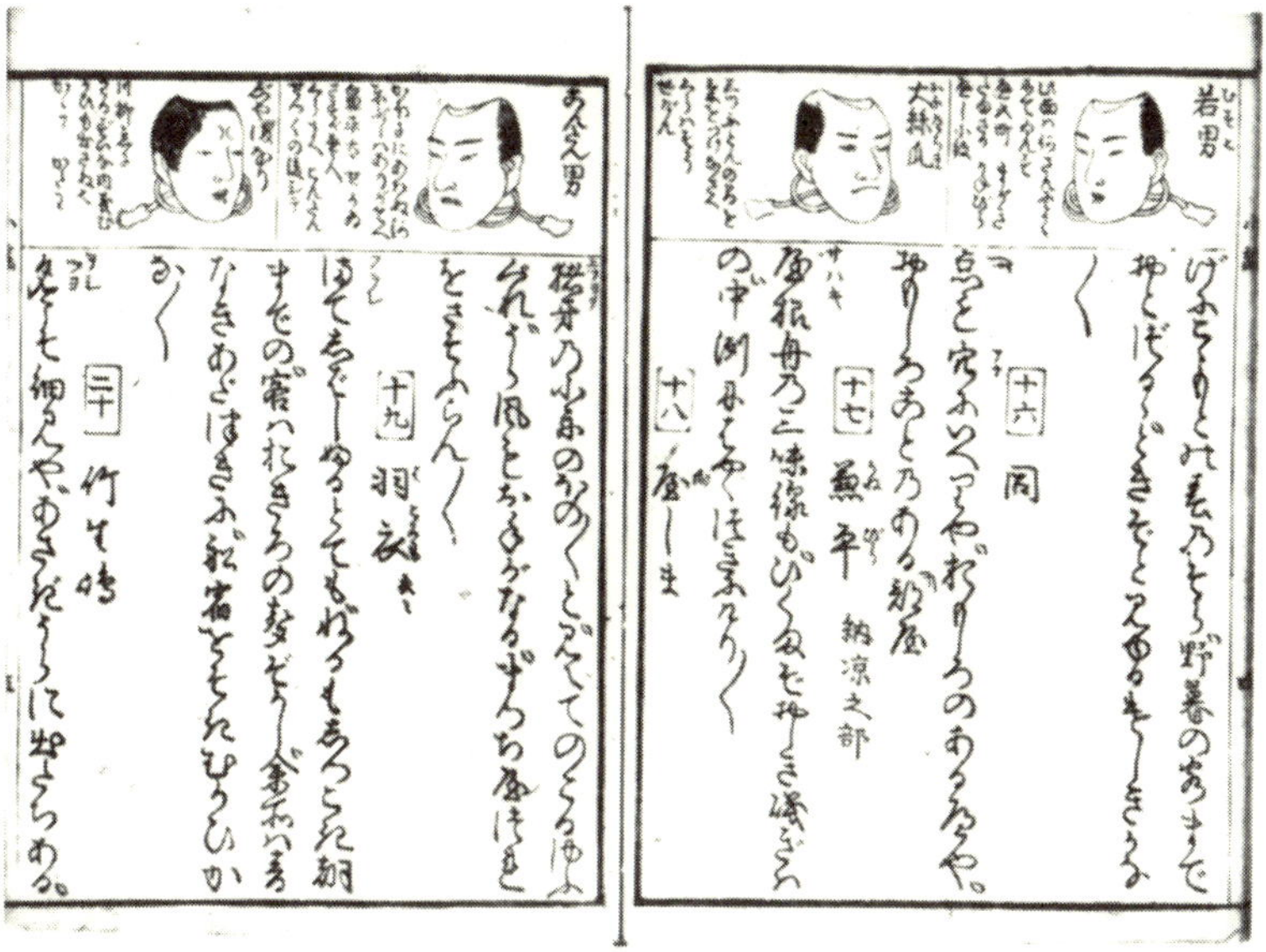

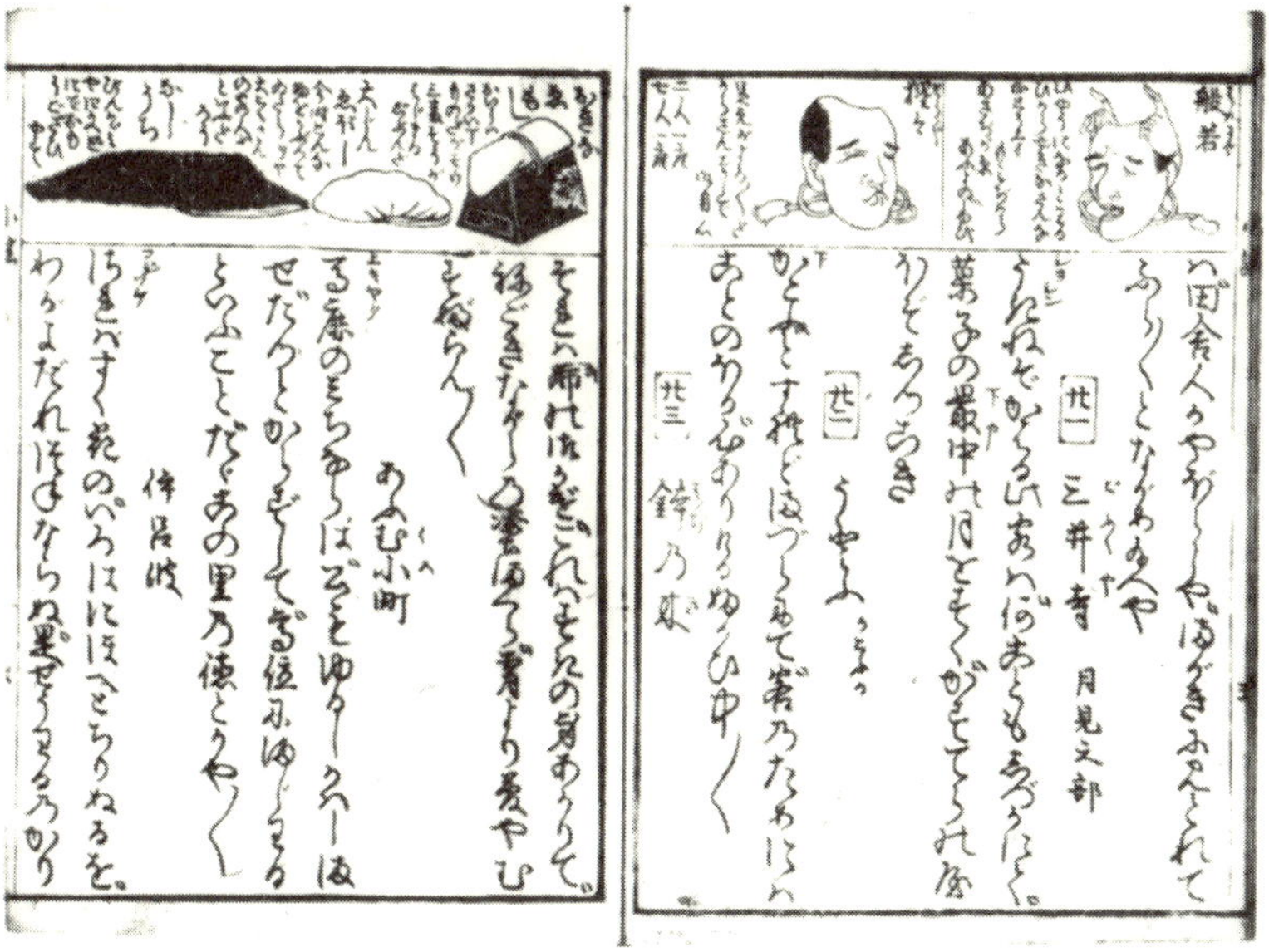

天明四甲辰正月
［版元求］
　　　櫻川慈悲成　戯作
　　　岸田杜芳
　　　北尾政美　画
板元　白鳳堂

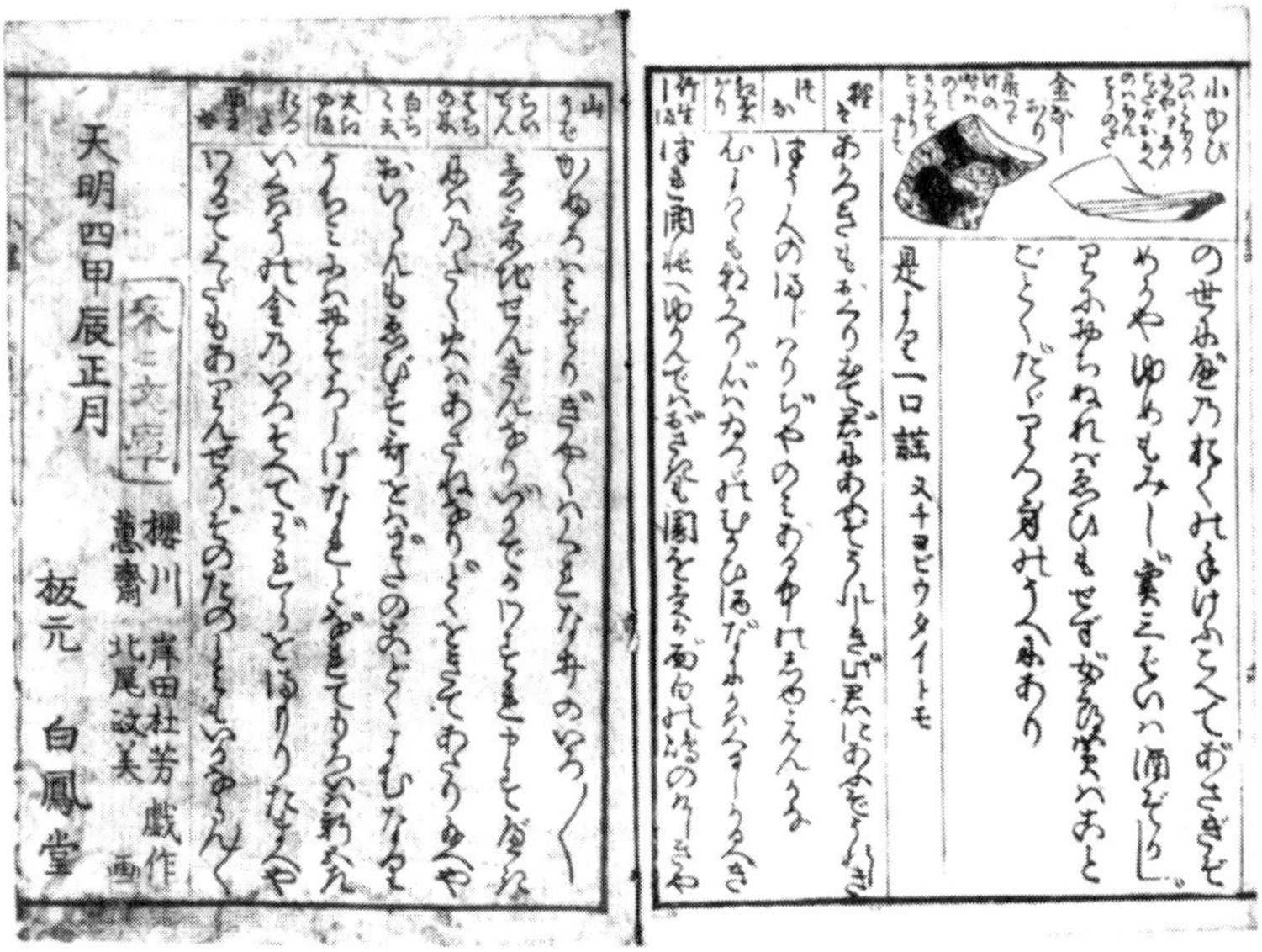

（見返し、目録）

通流小謡万八百番目録

おかさん二　くるため　まつだけ　身まゝ二
ぢやうらう二　こんたん二　いつも猩々　元服女郎
ちよき舟　ありがてへ句　きむら二　かねびら
向じま　衣衣　青梅嶋　かすてら
かこふ　はぢの木　あふく五町　いろは
拳酒肴謡　どうせう　つう　紅葉がへり
つくだ嶋　じやまうば　ないてん　椎の木
ごらくてん　逢夜じやま　おつた　ぜんせい婦

（『当流小謡百三拾番』の見返し、目録）

小謡百三拾番

高さご　二番／つるかめ／松竹／なには　三ばん／やう老　三ばん／玉の井／かんたん　三／のぶゆき／しゆんゑい／いづみ
猩々／さんそう／たま川／いわふね／さほ山／たけふん／くるひ獅子／元ぷくそが／ほう生川／ごぼう／かすが龍神／うき舟

／あわぢ／くらま天狗　二／老まつ／田むら　二／なち／つくし／をしほ／西行桜／うこん／雲林ゐん／ゑひら／たゞのり／さくら川／うねめ／かねひら／屋しま／はごろも／そとば小町／とをる／竹生嶋　二／三井寺　二／めい月／むめがえ／うとふ／雪山／はちの木／あふむ小町／すみよし／せき寺小町／俊成忠度／ほしあひ／きぶね／よろひ／はつね／すへひろ／わこく　二／やうか／おだまき／大江山／もゝ／いろは／是迄七十四番／礼酒肴謡分／しやう〳〵／松むし　二／玉はうき／ゆや／つな／市人猩々／やすみ天神／もみぢがり／三笑／菊じどう／おきな草／とくさ／あり通し／たかさご／ほうか僧　二／弓八わた／たつ田／山うば／あしかり／西行桜／老雲／江ぐち／白らく天／はちの木／紅葉がり／じねんこじ　二／じんてうげ／やう嘉／六かく堂／ひろもと／井づゝ／一宗たい／大江やま／くらま天ぐ／かげきよ／花月／あま／らいでん／土ぐるま／くはうてい／竹生嶋／まつ風／やうきひ／ぼたん／唐船／ゑびら／めかり／小がう／ゑぼし折／さき／現在ぬえ／白ひげ／せいわうぼ／都合百三十番

※「当流」の一覧で傍線を引いたものが「通流」で使われているものである。「当流」の各謡曲名は「通流」と同じく枠で囲まれている。「／」から「／」までが一枠である。曲名を比べると、はじめは「通流」は「当流」と謡の登場の順序通りもじっているが、「通流」の「拳酒肴謡」・「当流」の「礼酒肴謡分」とはかなり順番が入れ替わっている。「通流」の目録ではことごとく謡曲の曲名をもじっており、以下解説する。

・**おかさん二**　「高砂」のもじり。「おかさん」は吉原の茶屋の女房を指す。「二」とあるのは、詞章が二箇所に分けて収録されているということである。
・**くるため**　「鶴亀」のもじり。客を来させるためということか。
・**まつだけ**　「松竹」のもじり。遊女が客を「待つだけ」の身であるということか。
・**身まゝ二**　「難波」のもじり。「身儘」は遊女が年季明けあるいは身請けされて自由の身になること。
・**ぢやうらう二**　「養老」のもじり。「女郎」すなわち遊女に音をこじつけた。
・**こんたん二**　「邯鄲」のもじり。「魂胆」は色事についてあれこれと策をなすこと。

・**いつも猩々**　「和泉猩々」のもじり。常に猩々のように酒に酔っている様子を指すのであろう。

・**元服女郎**　「元服曾我」のもじり。遊女が年明けで結婚する幸福をつかむこと。

・**ちよき舟**　「浮舟」のもじり。『甚孝記』「(十六)新地の術」参照。

・**ありがてへ句**　「鞍馬天狗」のもじり。

・**きむら二**　「田村」のもじり。「きむら」は「木村」であろうが、その意図するところは未詳。

・**かねびら**　「兼平」のもじり。「かねびら」は金を景気よく使うことで、ここでは客が気前よく散財する様子を示す。

・**向じま**　「屋島」のもじり。向島は吉原から見ると隅田川の川向こうで遊覧の地であった。

・**衣衣**　「羽衣」のもじり。「衣衣」は「後朝」で、ここでは客と遊女が一夜を過ごした翌朝のこと。

・**青梅嶋**　「竹生嶋」のもじり。その意味するところは「二十竹生嶋」で述べる。

・**かすてら**　「三井寺」のもじり。下戸の客の好物。

・**かこふ**　「うとふ」のもじり。「囲う」で、ここでは遊女を身請けして妾とすること。

・**はぢの木**　「鉢木」のもじり。身揚がりが恥であるという趣旨か。

・**あふく五町**　「鸚鵡小町」のもじり。「あふく」は「仰ぐ」で、身分の高い人を仰ぎ見ることか。「五町」は吉原のこと。

・**いろは**　原曲も「いろは」。

・**拳酒肴謡**　「当流」の「礼酒肴謡」のもじり。「肴謡」は酒宴の座興にうたう小謡のこと。酒の饗応の礼として小謡を吟じることがしばしばあった。「礼酒」をもじった「拳酒」は、酒席での拳の遊びで負けた者に罰として酒を飲ませること。

・**どうせう**　「猩々」のもじり。「どうせう」は遊女のよく使う言葉で、ここでは好きな客に逢えて嬉しい気持ちを示す表現か。

・**つう**　「綱」のもじり。「通」は遊里の事情に良く通じ、洗練された遊びをすること、また、そのようなことのできる人物。

・**紅葉がへり**　「紅葉狩」のもじり。吉原にほど近い正燈寺の紅葉見物の帰りに吉原になだれ込むこと。

・**つくだ嶋**　「竹生嶋」のもじり。「佃嶋」は深川の岡場所の一つ佃町の異称。

・**じやまうば**　「山姥」のもじり。妓楼の遣手を指すか。

・ないてん　「来殿（雷電）」のもじり。「ないてん（無い点）」は通人用語で、「ない事」「事はない」という意味。
・椎の木　「鉢木」のもじり。隅田川を挟んで首尾の松の向かいに椎の木屋敷があり、舟で吉原に通う際の目印となった。
・ごらくてん　「白楽天」のもじり。漢字をあてれば「娯楽天」であろう。「娯楽」は古くは六欲天における天上の娯楽を言った。吉原を六欲点の一つである「化楽天」になぞらえて、天女ならぬ遊女と楽しむ天界と持ち上げた。
・逢夜じやま　「大江山」のもじり。遊女が好きな客に会おうとする夜に到来した野暮な客が邪魔になる、の意。
・おつた　「竜田」のもじり。女性名であろうが、その意図するところは不明。
・ぜんせい婦　「西王母」のもじりか。全盛の遊女の意味。

（本文下段）

一　高砂（おかさん）　通言部

（スガヾキ）ところはおかさんの。枯木（かれき）の松屋年旧（としふ）りて。花魁（おいらん）みんな寄（よ）り来（く）るや。この軒下の端近（ちか）くなるまで。キの字形リにゐて。なを来（く）る客を意気の松。それも久（ひさ）しき。遊所かな〱

（当流）

祝言部　初　高砂（さご）

上歌（ツヨク）所（ところ）は高砂（たかさご）の尾上（をのえ）の松（まつ）も年（とし）ふりて老（おい）の波（なみ）も寄（よ）りくるや木（こ）の下蔭（かげ）の落葉（おちば）かくなるまで命（いのち）ながらへてなをいつまでか生（いき）の松（まつ）それも久（ひさ）しき名所（めいしょ）かな〱

・**高砂**（おかさん）「高砂」の読みを無理にこじつけた。目録では「おかさん」。「おかさん」は吉原では茶屋の女房を指す。
・**通言部** 「祝言部」をもじる。「通言」は遊郭、特に通人の間での特殊な言葉。
・**スガヾキ** 謡曲の詞章の右肩に付けるゴマ点をもじる。清掻。遊女が昼見世・夜見世を張るとき合図として三味線を弾いたことを言う。
・**枯木の松屋年旧りて** 松屋は吉原の茶屋であろう。天明三年秋・四年春の『新吉原細見』を見ると、同じ屋号の店が何軒かあり、区別をするために「何々松屋」と呼ばれた茶屋があった。ただし、「枯木の松屋」と呼ばれた茶屋が実在したかは未詳。松が枯れるほどの老舗であるということか。
・**⌃●** 『新吉原細見』で昼三格の遊女の合印。これをゴマ点に見立てた。
・**花魁みんな寄り来るや。この軒下の端近くなるまで。キの字形りにゐて。なを来る客を意気の松** 花魁が茶屋に客を迎えに来た様子か。あるいは妓楼の軒近くの格子の内で花魁が見世を張っている様子を指すか。「キの字形り」は横になって倒れているさま。客が来ず退屈しているのであろうか。「なを来る客を意気の松」は客を待っている様子。「待つ」と「松」を掛ける。
・**それも久しき。遊所かな〳〵** 遊廓の日常的な風景であることをいう。

〔二〕同

ハリツヨク
二階客静かにて。床もおさまる時津風。無駄を言われぬ見へなれや。逢いに相惚れの。増こそめでたがりけれ。実や
（一オ）浮気でも。もておろかや別る夜に。詰める指とて痛くなる。君の口舌ぞありがたへ〳〵

（当流）

〔三〕同

ツヨク上歌
四海波静かにて。国も治まる時津風枝を鳴らさぬ御代なれや。逢いに相生の松こそめでたかりけれげにや仰ぎても言も愚かやかゝる世に。住める民とて豊かなる君の恵みぞ有難き〳〵

・ハリツヨク　ハリは「張り」で、意地のこと。遊女の張りが強いことを示す。

・二階客静かにて。床もおさまる時津風　妓楼では二階が遊女の部屋であった。夜半になって遊女と客が床におさまっている様子。

・無駄を言われぬ見へなれや　客が無駄口もたたかずに気取っている様子か。

・逢いに相惚れの。増こそめでたがりけれ　相愛の仲でより一層愛情が深まっていると、客が喜んでいることを言っているのであろう。

・実や浮気でも。もてもおろかや別る夜に。詰める指とて痛くなる　客への誠意を示す「心中立」として遊女が指を詰めることがあった。遊女が浮気性の心を自分の方に引き留めるために自分が指を詰めたのに、男にもてるどころか別れることになって、切った指の痛みだけが残った、と嘆いている様子か。

・君の口舌ぞありがたへ〳〵　「口舌」はここでは遊女が客に対して手練手管の一つとして前出の恨み言を言っていることをさす。それを客が喜んでいる。

三二　鶴亀〈くるため〉

ヲシツヨク
痴話のいざこざきん〳〵の。玉を捕へて悪態の。ゆふべの仕打ちや無理の逢瀬。洒落の当て言向かふの恥。意気の汀の通な身は。高麗屋さんも他ならず。君の深間ぞ有難き〳〵

（当流）
三　鶴亀

ツヨク
庭の砂は金銀の玉を連ねて敷妙の五百重の錦や瑠璃のとぼそしやこの行桁瑪瑙の橋池の汀の鶴亀は蓬莱山もよそならず君の恵みぞ有難き〳〵

※「きんきん」「洒落」「意気」「通」と、金持ちの通人を連想させる語が連ねられている。この詞章は一貫した意味が取りづらいが、通な客に遊女が惚れている状態を記したものとして解釈しておく。

・**鶴亀**〈くるため〉「来るため」で、客を来させるためということか。

・**ヲシツヨク**　押しが強い、つまり図々しいこと。

・**痴話のいざこざきん〳〵の。玉を捕へて悪態の。ゆふべの仕打ちや無理の逢瀬**　「きんきん」は当世風の身なりをきれいに着こなしている金持ちの客をここでは意味する。「玉」は遊女のことで、客が遊女に痴話喧嘩を仕掛け、前夜の冷たい仕打ち（先客があったことを承知で登楼し、それでも深夜に先客の目を盗んで逢いに来てくれるだろうと無理な期待を抱いたが、結局相方は逢いに来てくれなかったことか）に悪態をついているのであろう。

・**洒落の当て言向かふの恥**　「当て事」はあてこすりの意。しゃれた当てこすりを遊女に言って、遊女に恥をかかせた（後から登楼した客にも、一回くらいは逢ってやるのが遊女の普通の振る舞いであった）ということか。

・**意気の汀の通な身は。高麗屋さんも他ならず**　客が人気役者の「高麗屋」（歌舞伎役者松本幸四郎。当時の四代目は和事・実事が巧みであった）にも劣らない、と惚れた身の遊女には思えるのである。

・**君の深間ぞ有難き〳〵**　「深間」は男女の仲の深いこと。遊女にこのように惚れられるのは客にとってはありがたい。

四　松竹〈まつだけ〉（一ウ）

トル
君は奥ませ奥ませと。繰り言を戯れ書の。ありがたのお文や

（当流）

四　松竹

ツヨク　トル
君は千代ませ〳〵と。繰り言を祝ゐ歌のありがたの時世や

・松竹〈まつたけ〉　遊女が客を「待つだけ」の身であるということか。

・トル　出典の謡曲と同じだが、遊女が客に手紙を書くために筆を「執る」の意としたか。

・奥ませ奥ませと　客に遊女がいる妓楼の二階の奥座敷においで下さいと手紙で頼んでいるか。

・繰り言を戯れ書の。ありがたのお文や　遊女が同じようなことを繰り返しくどくどと書いた手紙を客がありがたがる。

五　難波〈なには〉

ヲクル
祝ふなる心ぞ古き影もなき。茶屋やキの字の貢物。運ぶちまたや中の町。住むなる身なを大門の。関の戸ささで千里まで。あまねく照らす身請かな〳〵

（当流）

五　難波

ツヨ上歌
祝ふなる心ぞしるき曇りなき。天つ日嗣の貢物。運ぶちまたや都路の直なる御代を仰がんと関の戸さゝで千里まで。あまねく照らす日影かな〳〵

※目録では「みま丶（身儘）」にあたる。遊女が客に身請けされて自由の身となって吉原を出る情景を描く。
・**ヲクル**　身請けされる遊女を妓楼の人々が送るのである。
・**祝ふなる心ぞ古き影もなき**　自由になった遊女を心から祝っている。
・**茶屋やキの字の貢物。運ぶちまたや中の町**　「キの字」は喜の字屋。吉原で台の物を取り扱う料理仕出し屋の通称。茶屋が祝儀で台の物を提供し、中の町を運ばせている。
・**住むなる身なを。大門の関の戸ささで千里まで。あまねく照らす身請かな〱**　吉原住まいの遊女が大門で止められることもなく、堂々と身請けされて出て行く様子を示す。

六　同

（ヤル）一花ひらりくれ丶ば。繁華みな通なれや女郎屋の。なを繁盛ぞめでたき（二オ）

（当流）

七　同

（ツヨク）一ッ花ひらくれば天下皆。春なれや万代のなを安全ぞめでたき

・**ヤル**　「花」（祝儀）を遣る。
・**一花ひらりくれ丶ば**　花はこの場合「紙花」であろう。客からの妓楼の使用人に祝儀を与えるときその場では鼻紙の小菊紙を与えるのが紙花で、後で現金と引き換えた。客が妓楼の面々に花をくれてやっている情景である。もとの謡曲の詞章「ひらくれば」を「ひらりくれれば」ともじったのは、客が「ひらり」（紙ゆえにそれが翻るさまをあらわす表現）と（紙花を）「くれ」るとい

う意味にするためである。

・**繁華みな通なれや女郎屋の。なを繁盛ぞめでたき**　お金をくれる客は誰でも「通」であり、妓楼がその実入りで繁昌しているさまを描く。

七　養老〈女郎〉

町上人の家にこそ。老せぬ金はあるなるに。これも年旧る部屋住の。丁の話を待ちかけの。お江戸の水は薬にて。野暮をかへたる心こそ。なを行く末も久しき〱

（当流）

八　養老

ツヨク上歌
長生の家にこそ老せぬ門はあるなるにこれも年ふる山住の。千代の例を松蔭の岩井の水は薬にて老を延べたる心こそなを行く末も久しけれ〱

・**養老〈女郎〉**「養老」の音を「女郎」に通わせるか。

・**上**「上客」を匂わせるか。

・**町人の家にこそ。老せぬ金はあるなるに**　町人こそが金を持っている。

・**これも年旧る部屋住の。丁の話を待ちかけの**　年を食っても親掛かりの部屋住の息子が、「丁」すなわち吉原に誘われる機会を待っているということであろう。

・**お江戸の水は薬にて。野暮をかへたる心こそ。なを行く末も久しき〱**　江戸に住んでいれば自然に野暮ではなく、洗練されてくるということか。

八　同

しん七軒が楽しみ。通客人が弄び。たゞ此里におごれり。踏めや踏め身揚がりを君のために捧げん（二ウ）

（当流）

十　同

晋の七賢が楽しみ劉伯倫がもてあそびたゞ此水に残れり汲めや汲め御薬を君のために捧げん

・しん七軒が楽しみ　「七軒」は、吉原大門を入って右側、江戸町一丁目門までの七軒の茶屋を俗称したもの（花咲一男『江戸吉原図絵』）。天明四年春の細見では、山口巴屋・井筒屋・近江屋・升屋・海老屋・松屋・駿河屋。「しん」は未詳。「新」か。元の詞章にあるのでやむを得ず残したか。

・通客人が弄び。たゞ此里におごれり　「里」は吉原のこと。通人が吉原で遊興にふけっていること。

・踏めや踏め身揚がりを君のために捧げん　「踏む」はここでは遊びによって生じた掛かりを支払わないという意味か。「身揚がり」は、ここでは遊女が自分で揚げ代を払うこと。遊女が自分で遊興代を負担してでも惚れた客を遊ばせようとしているさま。

九　邯鄲　魂胆か

たとへば是は鶏舌楼のうちには。丁山をとゞめたり。五明楼の前には。東江はだしといふ所を。学ばれたり

（当流）

十三　同（十二から「邯鄲」）

たとへば是は。長生殿のうちには春秋をとゞめたり不老門の前には日月遅しといふ心を学ばれたり

・魂胆か　目録には「こんたん」とある。「魂胆」は色事についてあれこれと策をなすこと。

・たとへば是は鶏舌楼のうちには。丁山をとゞめたり　「鶏舌楼」は吉原江戸町二丁目の妓楼丁字屋の唐風の別称。「丁山」は丁字屋の呼び出し格の遊女で、天明三年秋の細見では千山、雛鶴に次いで三枚目に名前が見える。

・五明楼の前には。東江はだしといふ所を。学ばれたり　「五明楼」は江戸町一丁目の妓楼扇屋の唐風の別称。「東江」は書家沢田東江。当時東江流の手跡が流行していた。扇屋に東江流をよくする遊女がいたということであろう。山東京伝の『傾城觿』（天明八刊）には、扇屋の遊女花扇（当時は四代目）が東江流を学んでいることが記されているが、向井信夫氏「花扇名跡歴代抄」（『江戸文芸叢語』平成七年、八木書店）によれば、『通流』の時期はその先代にあたるとのことである。北尾政演（山東京伝）の『吉原傾城新美人合自筆鏡』（天明四刊）の巻頭には扇屋の花扇の自筆の書の写しが見えるが、東江流に見える。

十　同

梅は甘露もかくやらんと。心も華やかにおき立ばかり居続けの。夜昼となき楽しみの。春画にも馳走にも。げに此上やあるべき

（当流）

十四　同

（ツヨク）飲(の)めば甘露(かんろ)もかくやらんと。心も晴(は)れやかに飛(と)び立(た)つばかり有明の。夜昼(よるひる)となき楽(たの)しみの。栄華(えいぐわ)にも栄耀(ゑよう)にもげに此上(うへ)やあるべき

・ヲクル　客に「甘露梅」（次出）を贈ること。

・梅は甘露もかくやらんと。心も華(はな)やかにおき立ばかり　「甘露」は吉原の茶屋などで作って客への進物とした吉原名物の「甘露梅」で、それを利かせる。「甘露梅」は砂糖漬にした梅を紫蘇で巻いたもの。

・居続(つゞ)けの。夜昼(よるひる)となき楽しみの。春画(シュングハ)にも馳走(ちそう)にも。げに此上(うへ)やあるべき　「居続け」は遊廓で日を重ねて帰らないこと。昼も夜も酒色に耽っている様子。

十一　いつみ〈も〉猩々（三オ）

（上）主(ぬし)さんも新造(しんぞう)。御趣向(しゆこう)も長(なが)く首尾(しゆび)の松の千代かけて。御初買の猪牙をいざやす、めん

（当流）

十七　和泉(いづみ)猩々

（和）御子孫も繁昌(はんじやう)御寿命(じゆみやう)も長く生の松の千代(ちよ)かけて御祝ひの神酒(みき)をいざやす、めん

・いつみ(も)猩々　「猩々」は中国の想像上の動物で、猿に似て人面。酒を好み、大酒飲みの人の異称ともなる。常に猩々のように酒に

酔って赤い顔をしている様子。正月の情景なのでこの題にした。

・**上**　老人客は上客。

・**主さんも新造。御趣向も長く**　正月に酒に酔って新造買に行く老いた遊客。この趣向も常のこと。「新造買」は通人や老人が情交を目的とせず遊ぶ遊び方として好まれたが、また新造を買っておいてその姉女郎と密会するのが色男の遊びとも考えられていた。

・**首尾の松の千代かけて。御初買の猪牙をいざやすゝめん**　「初買」は新年に初めて遊女を買いに行くこと。江戸市中柳橋から大川を猪牙舟で吉原に向かう場合、左手の浅草御蔵の川端から大きく枝を川上に出していた松を「首尾の松」と称した。首尾の松に上首尾を願って初買に出かける。

十二　元服曾我〈女郎〉

年々紋日を迎へても。なを年明けを急ぎつる。その甲斐ありて今は早。共に栄ふる親里の。花のわが世ぞ目出たき

（当流）

廿四　元服曾我

年々月日を迎へても。なを成人を急ぎつるその甲斐ありて今は早ともに影高き花の若枝ぞめでたき

※この場合の「元服」は遊女のそれを指している。結婚を機に女性は髪を丸髷にしてお歯黒をつける（「半元服」）。また、懐妊か出産により眉を落とすのを本元服と言った。遊女が年明けによって結婚したという設定であろう。

・**クル**　紋日が「来る」の意。

・**年々紋日を迎へても。なを年明けを急ぎつる**　「紋日」は遊里の特別の祝日で、この日は遊女が馴染み客に来てもらうことを強制

されていた。客がないときは遊女自身がその代金を払う必要があり、借金がかさむ原因となる。『絵本見立仮譬尽』二十八「文津貝」参照。そのような紋日の苦労を重ねながら遊女が奉公のあける「年明け」を待ち望んでいた。

・**その甲斐ありて今は早。共に栄ふる親里の。花のわが世ぞ目出たき**　首尾良く自由の身となって結婚し、親とともに栄えているということ。

十三　うき舟〈ちよき〉　神祇之部

紋日(イノル)もよけよ三囲(めぐり)の。神に祈(いの)りの叶(かな)ひなば。頼みをかけて短夜(みじか)も。長(なが)くや欲(よく)を（三ウ）祈らまし〳〵

（当流）

廿八　浮舟(うきふね)

月日(上和)も受(う)けよ行末の。神に祈(いの)りのかなひなば頼をかけて御注連縄(みしめなわ)長(なが)くや世(よ)をも祈(いの)らまし〳〵

・**ちよき舟**　前出。

・**神祇之部**　「当流」でも「浮舟」は「神祇部」に並ぶが、「三囲」神社についてふれているのでこのようにした。三囲は隅田川東岸向島小梅村にあった三囲稲荷社（現在も同じ場所にあり、「三囲神社」と呼ぶ）で、田の中にあったので「田中稲荷」とも呼ばれた。隅田川西岸からは向島堤に遮られて鳥居の上部だけが見える。其角が日照り続きの時節に三囲を訪れた際、「夕立や田をみめぐりの神ならば」と雨乞いの句を詠んだところ、翌日雨が降ったという逸話（『五元集』）で知られる。

・**イノル**　神に祈る。

・**紋日もよけよ三囲(めぐり)の。神の祈(いの)りの叶(かな)ひなば**　これから吉原に行くが、神の威光で紋日もうまく逃れられるように、三囲の神に祈っている。

・頼みをかけて短夜も。長くや欲を祈らましく　遊廓で過ごす夜は短く感じるものだが何とか長くしてほしいものだという厚かましい願いもしている。

十四　くらま天狗　花見之部

ヲシツヨク
花咲かば素見といひし色里の。迎ひは来たり上に黒。意気間のなりの渦霰。手ぼめ塩屋を頼みにて。奥もうるさし咲き続く。籬に並み居ていざ〳〵花を眺めん

（当流）

花見部　三十　鞍馬天狗

上和
花咲かば告げんといひし山里の。使ひは来たり馬に鞍。鞍馬の山のうづ桜手折り栞を標にて。奥もまよはじ咲き続く木陰に並み居ていざ〳〵花を眺めん

・くらま天狗　花見之部　目録では「ありがてへ句」。「ありがてへ句」は、山東京伝の洒落本『通言総籬』（天明七刊）に、艶二郎宛に来た吉原の遊女からの手紙を読んだ北里喜之介が、「出恋の据へ膳、何かありがてへ句ね」と言う場面がある。ここから考えると、天明期に遊客の間で流行した表現かと思われる。「うれしがらせる内容の文句だ」といった意味か。

・ヲシツヨク　素見の客が厚かましいさまか。

・花咲かば素見といひし色里の　三月の桜の開花の時期になると仲の町に桜を植え、多くの見物客で賑わった。「素見」つまり冷やかしだけで登楼しない客も多数押し寄せた。

・**迎ひは来たり上に黒。意気間のなりの渦霰。手ぼめ塩屋を頼みにて**　黒羽二重の上着の上に渦霰文様の羽織を着た通人気取りの客が来たので、茶屋から遊女を迎えに行く。渦霰は渦巻き状の霰文様で、洒落本『通志選』（天明初年刊か）に、通人気取りの放蕩の末居候にまで身を持ち崩した若旦那の形容に「よごれたれどもうづあられの長羽織さめたれどもとびいろ緞子の帯をしめ」とある。「手ぼめ」は自分で自分をほめること。「塩屋」は自惚れているさま。そのような客でも素見よりはましで、上客であることを期待していること。

・**奥もうるさし**　妓楼の奥の方が花見の宴で騒がしいのであろう。

・**咲き続く。籬に並み居ていざ〳〵花を眺めん**　「籬」は妓楼の入口とその横手の見世との間の格子のこと。吉原では妓楼の格によって籬の幅や高さに違いがあった。遊女が妓楼の格子の内に居並び、張見世をしながら花を眺めているさま、あるいは張見世の遊女たちを花と見立てて、大勢の素見客が眺めているさまか。

十五　田村

サクラ
白妙に。客も禿も埋もれて。いづれ桜のぞめきぞと。見渡せば八重一重。（四オ）実にこゝもとの春の空。野暮の客まで訪るゝ。時ぞと見ゆる気色かな〳〵

（当流）

三十三　田村

上ツ
白妙に雲も霞も埋もれて。いづれ桜の梢ぞと。見渡せば八重一重。げに九重の春の空。四方の山並みおのづから時ぞと見ゆる気色かな〳〵

・田村　目録では「きむら」。

・サクラ　前に続いて桜の時期の吉原のありさま。

・白妙に。客も禿(かぶろ)も埋(うづ)もれて　「禿」は、遊女の身のまわりの世話をする少女。遊女の使いで妓楼からよく外出した。桜の花に遊里が賑わっている様子。

・いづれ桜(さくら)のぞめきぞと。見渡(わた)せば八重(やえ)一重(ひとへ)。実(げ)にこゝもとの春の空(そら)　「ぞめき」は浮かれ騒ぐことで、桜で浮かれ立っている人々の様子。「こゝもと」は吉原を指す。吉原の春の賑わいを賞賛している。

・野暮の客まで訪(おとづ)るゝ。時(とき)ぞと見ゆる気色(けしき)かな〱　この時期は桜に誘われて野暮な客も多数訪れる。

十六　同

点も穴〈アナ〉にいへりや。おもしろのある部屋(へや)。おもしろごとのある部屋

（当流）

三十四　同

和
天も花(はな)に酔(ゑ)ゝりや。おもしろの春(はる)べやあらおもしろの春(はる)べや

・　謡本にもこうした記号は使われるが、ここでは俳諧の点を意識しているか。

・点も穴〈アナ〉にいへりや　「点」は通人用語で、「いい点」の略。贔屓する、高く評価すること。「穴」は物事の裏面の内情や実態のことをいう。

・おもしろのある部屋(へや)。おもしろごとのある部屋　「部屋」の脇にある入山形の印は、『吉原細見』では座敷持ちの遊女（床の間付

きの座敷とそれに続く部屋を専有している上級の遊女）であることを示す。それなりの手練手管を身につけており、その遊女の部屋では客にとってはおもしろいことがあるということ。

十七　兼平（かねびら）　納涼之部

屋根舟（サハギ）の三味線も。弾（ひ）く間（ま）ぞ惜（お）しき磯際（ぎは）の。中洲に早（はや）く着（つ）きにけり〳〵

（当流）

船遊部　四十五　兼平（かねひら）

和
柴舟（しば）のしば〳〵も。暇（いとま）ぞ惜（お）しきさゞ波（なみ）の寄（よ）せよ〳〵磯際（いそぎは）の。粟津（あはづ）に早（はや）く着（つ）きにけり〳〵

・**兼平**（かねびら）　「兼平」を「金片（かねびら）」とする。

・**納涼之部**　後述の中洲新地が納涼地として賑わったことをふまえる。また、「当流」の「船遊部」とも内容を対比させている。

・**サハギ**　舟中で騒ぎ歌を賑やかに奏しているさま。『根南志具佐』（宝暦十三刊）に隅田川の賑わいを描写し、「さわぎ舟の拍子に乗て、船頭もさつさおせ〳〵と艪をはやめ」と、船上での騒ぎを記す。

・**屋根舟の三味線も。弾**（ひ）**く間**（ま）**ぞ惜**（お）**しき**　客が景気よく金びらを切り、屋根舟を仕立てて芸者も載せながら中洲へ繰り出すのである。

・**磯際**（ぎは）**の。中洲に早**（はや）**く着**（つ）**きにけり〳〵**　中洲は中洲新地。安永元（一七七二）年、大川（隅田川）と箱崎川の分流点である三ツ又を埋め立てた土地である。以来安永・天明期には茶屋や見世物小屋が多く作られて賑わったが、寛政元（一七八九）年に取り払われた。

十八　屋島〈向〉(じま)（四ウ）

上ツヨク猪牙の小舟のほのぐ〱と。見えて残(のこ)る夕暮(ゆふぐ)れ。浦(うら)風もお手が鳴(な)る。待乳(まつち)屋連(つ)れを誘(さそ)ふらん〱

（当流）

四十六　屋島(しま)

ツヨク海士(あま)の小舟(をぶね)のほのぐ〱と見えて残(のこ)る夕暮(ぐ)れ浦(うら)風迄ものどかなる春や心を誘(さそ)ふらん〱

・**屋島〈向〉(じま)**　目録では「向じま」。隅田川の浅草の対岸を向島と称した。江戸市中から猪牙舟で吉原に通う際、向島を右に見ながら行くことになる。

・**上ツヨク**　謡では元来「ツヨク」は強く吟じる部分という意味であるが、ここでは元来上流の吉原に向かう気持ちが強いということか。

・**猪牙の小舟のほのぐ〱と。見えて残(のこ)る夕暮(ゆふぐ)れ**　吉原の夜見世に行くのに頃合いの時刻になった。

・**浦(うら)風もお手が鳴(な)る**　手を鳴らすのは人を呼ぶときの所作。

・**待乳(まつち)屋連(つ)れを誘(さそ)ふらん〱**　天明二年春『新吉原細見』「新改舟宿之部」に「まつちや三左ヱ門」の名が見える。『狂文宝合記』（天明三刊）所収「蜑之茶羅鞍・焼ケ場之太刀」に「待乳屋〱と呼ぶ声、山々に響きけるにや」、また、「興酣(たけな)はにして船宿待乳を呼び…鉄石も亦た北国へ流るなるべし」（大田南畝『通詩選』所収「向島吟」）とある。これは向島の料理茶屋葛西太郎で宴席を張り、舟を呼んで吉原に向かおうという内容の狂詩。ここも向島から吉原に流れると見れば、前の「兼平」から話が続いていると考えられる。山東京伝『新造図彙』（天明九刊）に「邯鄲の枕」と題して、吉原通いの猪牙舟に乗せる火縄箱を描き、その箱に「待乳屋」と記されている。仲間を誘って吉原に行こうとしている。

十九　羽衣〈はごろも〉　衣々

フラレ
待てしばし振るとても。寝るもしつこき朝までの。客は起きろの声ぞかし。余所は音なきあだつきに。船宿遅き迎ひかな〳〵

（当流）

四十七　羽衣

待てしばし春ならば吹くものどけき朝風の松は常磐の声ぞかし波は音なき朝凪に釣人多き小舟哉〳〵

※「兼平」「屋島」から話が続いている。

・羽衣〈はごろも〉　目録で「衣々」。妓楼で遊んだ後朝の様子。
・フラレ　遊女に振られること。
・待てしばし振るとても。寝るもしつこき朝までの。客は起きろの声ぞかし　前夜遊女と不首尾に終わった客が朝になったので起こされているようす。客はぐずぐず寝ていたいが妓楼側は早く帰したい。
・余所は音なきあだつきに　「あだつき」は男女がいちゃつくことをいう。上首尾の他の客は朝になっても遊女と静かに仲良くしているということ。
・船宿遅き迎ひかな〳〵　振られた客はいたたまれず、言いつけてあった山谷堀あたりの船宿の者に早く迎えに来てもらいたいのである。

二十　竹生嶋

名こそ細見や。浅黄裏に出立ちある（五オ）は。田舎人か野暮らしや。籬に見とれてふら〳〵と眺め給へや

（当流）

五十一　同（五十から「竹生嶋」）

名こそさゞ波や志賀の浦にお立ちあるは都人かいたはしやお舟に召されて浦々を眺め給へや

※目録の「青梅嶋」にあたる。青梅縞は多摩の青梅地方でできる絹織物で、粗末な絹糸を経糸とし、木綿糸を緯糸として織り出す。安物で浅黄裏羽織の表地に使ったか。『日本国語大辞典』「青梅縞」の項で『古今前句集』（『柳多留拾遺』）巻十四の「まつくらな吉原にくる青梅縞」を引き、粗末な着物を着た手代・番頭の類を言うとするが、それに従えば目録の青梅縞とここの浅黄裏とを合わせて、野暮な客をまとめて揶揄しようとしたと言えよう。

・**ヲシツヨ**　「押し強」で「押し強く」と同じ。

・**名こそ細見や**　「細見」は吉原の手引書『吉原細見』。本書出版の前年にあたる天明三年正月より蔦屋重三郎がその刊行を独占した。吉原に馴れていない遊客が細見で妓楼や遊女の名を調べながら歩いているのであろう。

・**浅黄裏に出立ちあるは。田舎人か野暮らしや。籬に見とれてふら〳〵と眺め給へや**　原本では「ある」の後に句点があるが誤りと見て略す。「浅黄（葱）裏」は、着物の裏地に浅黄色の木綿を用いていることで、地方から江戸勤番に来た武士にその風俗が多かったので、田舎武士の蔑称となった。田舎武士は江戸藩邸に門限があって夜遊びができないので、昼見世で籬の内に居並ぶ遊女に見とれながら野暮な武士客が細見を片手に廓内をさまよっている。

廿一　三井寺（ごふくや）　月見之部

うき寝（シヨシン）ぞ変（か）はる此客は。何事（ごと）も静（しづ）かにて。菓子の最中（下戸）の月を好（す）く。かすてらの野暮（やぼ）ぞしつこき

（当流）

月見部　五十三　同（五十二から「三井寺」）

和 うき寝（ね）ぞ変（か）はる此海は。波風（なみ）も静（しづ）かにて秋（あき）の夜（よ）すがら月澄（す）む三井寺（みゐでら）のかねぞさやけき

・**三井寺（ごふくや）**　目録では「かすてら」となっている。「三井」で、呉服屋の代表的な存在である日本橋室町の越後屋を利かせる。三井の店者には上方出身者が多く、上方者は江戸では野暮であるという通念があった。

・**月見之部**　「最中の月」が出るのでこじつける。

・**シヨシン**　初心。呉服屋の手代などの使用人が吉原にやってきたという設定。うぶで若い店者を、宴席や遊女との駆引きを楽しむ気持ちがなく、床だけを目的にする野暮な客と見なしている。

・**うき寝ぞ変はる此客は。何事も静かにて**　呉服屋の店者は謹厳な態度で、遊女が閉口している。

・**菓子の最中（下戸）の月を好く。かすてらの野暮ぞしつこき**　「最中の月」は吉原廓内の菓子屋竹村伊勢製のものが有名。この店者は下戸で最中の月やカステラを好み、遊女にとっては野暮で房中しつこくて閉口する客である。

廿二　うとふ　囲（かこ）ふか

下
囲ふとすれど真面にて。客のためには殊の外。心ありける深ひ中〳〵

（当流）

五十六　うとふ

和
囲ふとすれどまばらにて月のためには外の浜心ありける。住居かな〳〵

・うとふ　囲ふか　語呂合わせがかなり厳しいので「か」としている。

・下　下心がある客の意味か。

・囲ふとすれど真面にて　遊客が遊女を身請けして妾として囲おうということで、その気持ちは真剣である。

・客のためには殊の外。心ありける深い中〳〵　遊女と客が深い付き合いであるということ。

廿三　鉢〈はち〉の木〈き〉（五ウ）

それは姉の御蔭。これは好きの身揚がりで。寝ごきながらの塗枕。宵より夢や結ぶらん〳〵

（当流）

五十八　鉢の木

和
それは雨の木陰是は雪の軒ふりて憂き寝ながらの草枕夢より霜や結ぶらん〳〵

・**鉢の木** この詞章は身揚がり（本書八参照）が恥ずかしいことだと言っているか。

・**それは姉のお蔭** 「姉」は姉女郎のこと。新造女郎を妹女郎と呼ぶのに対する表現。新造女郎が出世するときに費用の世話を引き受ける。入山形に一つ星の合印は『新吉原細見』では散茶女郎（当時、普通には「昼三」と呼ばれていた）の印となっており、当時最高級の遊女（座敷持）である。その姉女郎の世話で妹女郎が部屋持ちになれたことを指している。

・**これは好きの身揚がりで** 遊女自身好きこのんで身揚がりをしている。

・**寝ごきながらの塗枕。宵より夢や結ぶらん〳〵** 「寝ごき」は「寝濃き」であろう。山東京伝『新造図彙』（天明九刊）に「寝濃ひ新造」とある通り、新造女郎の年頃（十代前半で、まだまだ若い）は常に眠たがるもので、この詞章に描かれる遊女は新造から出世して間もないのであろうから、まだまだ眠たがるのであろう。「梅の木の下がりし小枝枕にて十七八は寝濃いものかな」（『吉原伝授仕習鑑』天明元刊）。「塗枕」は遊里で用いた漆塗りの木枕。身揚がりで客を断って宵から寝入っているありさまか。

あふむ小町

上キヤク馬鹿の道ならば。公も許し交はしませ。尊からずして。尊位に交わるといふこと。たゞこの里の徳とかや〳〵

（当流）

和歌部　五十九　鸚鵡小町
和歌の道ならば神も許しおはしませ尊からずして高位に交はるといふこと。只和歌の徳とかや〳〵

・**あふむ小町** 「あふく」は「仰ぐ」か。身分の高い人を仰ぎ見ることか。「五町」は五つの町からなる吉原のこと。吉原の別称を「五丁町」ともいう。身分の高い客を吉原の人々が仰ぎ見ている、ということになろうか。あるいは男芸者の大坂屋五調（天明四年春の『新吉原細見』では「五丁」）のことか。とすれば、以下の詞章のもじりは、幇間が客をあおいで浮かれさせている文句とも捉えられる。

・**上キヤク**　上等の客の意味であるが、相当身分の高い武士を想定しているのであろう。

・**馬鹿の道ならば。公も許し交はしませ**　「馬鹿の道」は遊廓が世間一般の常識を逸脱した世界であることを形容している。「公」は客の高い身分を示唆するが、その身分に関係なく交際しようということを「許し交はしませ」で表現している。

・**尊からずして。尊位に交わるといふこと。たゞこの里の徳とかや〱**　卑しい身の上の遊女も高位の遊客と交際できることが、吉原の「よさ」である、の意。

伊呂波

さればすく花の。いろはにほへとちりぬるを。わがよだれ常ならぬ。是性悪の仮（六オ）の世に。通の奥の手今日越へて。浅黄染かや夢も見し。実三杯は酒ぞかし。理に落ちぬれば酔ひもせず。女郎買はことごとく。たゞ立身の上にあり

（当流）

七十四　いろは

されば咲く花の。いろはにほへとちりぬるを。わがよはたれそつねならむ。是生滅の仮の世にうゐの奥山今日越えて。浅き心に夢は見しげに三界は酒ぞかし。心得ぬれば酔ひもせず十かいはこと〱くたゞ一身の上にあり

・**コジツケ**　この詞章が語呂合わせのこじつけであることを示す。この詞章は全体として遊女にもてない浅黄裏の武士が遊女に振られてやけ酒を飲んでいるさまを描いている。

・**さればすく花の。いろはにほへとちりぬるを。わがよだれ常ならぬ**　「すく花」は好みの遊女を言うか。無理に意味をとると、「ちりぬる」はその遊女に振られたか、あるいは別の客に身請けされたことを花の散るさまにたとえているか。「よだれ」が常ではないのは、振られてなお物欲しげな様子を指すのであろう。

・**此性悪の仮の世に。通の奥の手今日越へて**　「性悪」は浮気な性質を言う。そのような遊女に通人客が奥の手を駆使して挑むのが遊里の日常。

・**浅黄染かや夢も見し**　「浅黄染」は浅黄裏の武士客を指す。遊女にもてることを夢見たが、うまくいかないことを言う。

・**実三杯は酒ぞかし。理に落ちぬれば酔ひもせず**　「理に落ちる」は気が滅入るという意味。遊女に振られたので、酒を飲んでも気が滅入るばかりだ。

・**女郎買はことごとく。たゞ立身の上にあり**　立身をして金を持たなければ遊女遊びはうまくいかないものだと述懐している。

是より一口謡　又チヨビウタイトモ

右小謡七拾四番此ヨリ末肴謡五十六番都合百三拾番也

（当流）

※ここからは「当流」の配列順どおりにはなっていない。

・「当流」では「肴謡」とする。酒席や祝儀用に謡う短い謡ということであろう。「当流」の目録では「礼酒肴謡」とする。「通流」の目録では「拳酒肴謡」とある。「拳酒」は酒席での座興である拳に負けた者に罰として酒を飲ませること。吉原での酒席にふさわしい謡という意味であろう。

・「チヨビ」は安永頃流行した通人用語で、たとえば「ちよびおごり」（ちょっと贅沢をすること）、「ちよび酒落」（ちょっとしゃれたことをすること）と、接頭辞のように用いた。「一口謡」を通人風に「チヨビウタイ」と表現した。

猩々　暁も送り出て。君に逢ふぞ嬉しき。此君に逢ふぞ嬉しき

（当流）
猩々　杯も浮かみ出て友に逢ふぞ嬉しき。此友に逢ふぞ嬉しき

・猩々　目録では「どうせう」。この場合遊女の好きな客に逢えて嬉しい気持ちを示す表現か。あるいは間夫との密会か。
・暁も送り出て。君に逢ふぞ嬉しき。此君に逢ふぞ嬉しき　後朝の客の帰りに遊女が見送りに出ている。遊女は相当この客に惚れているか。

綱　通人の交はり。茶飲みある中の酒宴かな

（当流）
綱　つわもの、交はり頼みある仲の酒宴かな

・綱　目録では「つう（通）」。
・通人の交はり。茶飲みある中の酒宴かな　通人の交際は茶も嗜むし、酒宴もするということ。山東京伝『絵兄弟』（寛政六刊）の「羅生門」に「ア、客者、交はり。頼みなき中の小銭かなとぞ嘆じける」とある。

紅葉狩　心弱くも朝帰り。心は居続の迎ひ酒。何かは苦しかるべき

（当流）

紅葉狩　心弱くも立かへる。所は山路の菊の酒何かは苦しかるべき

・**紅葉狩**　目録では「紅葉がへり」。正燈寺の紅葉見物の帰りに吉原に繰り込んだ。正燈寺は浅草竜泉寺町にある臨済宗妙心寺派の寺で、紅葉の名所として知られた。吉原に近いため、紅葉見物と称して吉原に繰り込むというのが洒落本では常套である。『遊子方言』（明和七刊）に「しよせん正燈寺とはかりの名、よし原へ行ふといふ、かねてたくんだ腹だ」とある。

・**心弱くも朝帰り。心は居続の迎ひ酒。何かは苦しかるべき**　家族の手前、つい弱気になって朝帰りになってしまったが、本当は吉原に居続けをして迎え酒をしても別に構わなかったということ。

竹生嶋　連れ開帳へ行かんでは。お先も闇を走る。面白の嶋の景色や（六ウ）

（当流）

竹生嶋　月海上に浮かんでは兎も波を走るか面白の嶋の景色や

・**竹生嶋**　目録では「つくだ嶋」。「佃嶋」のことで、深川富岡八幡宮の南方の岡場所佃町の異称。深川七場所の一つ。

・**連れ開帳へ行かんでは。お先も闇を走る**　深川の開帳に行くふりをして岡場所に行くことが横行した。「お先」は新参者の意味で、深川の岡場所に慣れていないことか。深川に慣れた連れが開帳に同行しなかったので、新参者が訳も分からず深川の岡場所に遊びに行ったと解する。

山姥　禿は緑。客はくれなゐのいろ〳〵

（当流）

山姥　柳は緑花は紅のいろ〳〵

・**山姥**　目録では「じやまうば」。妓楼の遣手を示唆するか。
・**禿は緑。客はくれなゐのいろ〳〵**　禿の名が「緑」(禿の異称とも)。客が金に吝い客であり、遣手が祝儀を貰えないことを愚痴っているることを言うか。

来殿　意気地千金なり。いかでか忘れ申すべき

(当流)

来殿　一字千金なりいかでか忘れ申すべき

・**来殿**　目録では「ないてん」。「無い点」は通人用語で「ない事」という意味。
・**意気地千金なり。いかでか忘れ申すべき**　吉原の遊女にとっては意気地がなによりも大事であることを肝に銘じるということ。意気地を忘れることが決して「無い点」、つまり忘れないということ。もっとも、当時の吉原遊女には「意気地」などというものはなくなってしまっているので、これは「そうあってほしい」という遊客の願望の表明でしかない。

鉢の木　庭のたく火は朝寝なり。とく起きてあたり給へや

(当流)

鉢の木　衛士の焚く火はおためなりよく寄りてあたり給へや

・**鉢の木**　目録では「椎の木」。隅田川を挟んで首尾の松の向かい、松浦家の邸内に椎の木があり、猪牙舟での吉原通いの際の目印とされた。

・庭(には)のたく火は朝寝(あさね)なり。とく起(を)きてあたり給へや　冬の朝、朝寝をした客を焚き火にあたるよう誘っている情景か。

白楽(らく)天　花魁(おいらん)もえびす歌をば。綿(わた)のごとく詠(よ)むなり

（当流）

白楽(らく)天　翁(おきな)もやまと歌(うた)をば形(かた)のごとく詠(よ)むなり

・白楽(らく)天　目録では「ごらくてん」で、目録の註でも述べたとおり、吉原を天に見立て「娯楽天」としたのであろう。

・花魁(おいらん)もえびす歌をば　「えびす歌」は当時流行していた狂歌のこと。吉原の花魁、つまり上級遊女にも狂歌を詠む者がいたことを示す。たとえば天明三正月刊『万載狂歌集』には吉原大文字屋の呼出し遊女誰が袖の狂歌が収められている。『吾妻曲狂歌文庫』（天明六刊）には、松葉屋の歌姫、大文字屋のはた巻が出ている（但し、書物を華やかにする目的でなされた代作である可能性もある）。

・綿(わた)のごとく詠(よ)むなり　原本の「こどく」を修正。吉原を天に見立てているのであるから、花魁はさしずめ天女であり、「綿のごとく」は、天女のように柔和に狂歌を詠むといったことになろうか。

169　通流小謡万八百番

大江山(やま)　うち見(み)には恐(おそ)ろしげなれど。馴(な)れてもろいは新五左

（当流）

大江山　うち見(み)には恐(おそ)ろしげなれど馴(な)れてつほいは山伏(ぶし)

・大江山(やま)　目録では「逢夜じやま」。新五左の客は野暮で、遊女と間夫（または馴染客と）の恋路を邪魔するということか。

・うち見(み)には恐(おそ)ろしげなれど。馴(な)れてもろいは新五左　「新五左」は新五左衛門の略で、田舎侍の蔑称。見た目はいかめしいが、馴

染みになると遊女の術中にすぐにはまってしまう。洒落本に登場する武左客の定型である。

竜田（たつた）　威光（いくはう）の金の色添（いろそ）へて。我（われ）らを守（まも）り給へや

（当流）

竜田（たつ）　和光（わくはう）の影（かげ）の色添（そ）へて我（われ）らを守（まも）り給（たま）へや

・竜田　目録では「おつた」。その意図するところは未詳。女性名らしきところから、吉原の茶屋の女房らしき通り名として出したか。

・威光の金の色添へて。我らを守り給へや　金持ちの客にたくさんの祝儀を期待する気持ちを表現したか。

西王母　わかる手管（てくだ）もありんせう。その楽（たの）しみもいかならん〱（裏見返し）

（当流）

西王母（せいわうぼ）　かゝる例（ためし）は喜見城（きけんじやう）その楽（たの）しみもいかならん〱

・西王母　目録では「ぜんせい婦」。全盛の遊女の意味。

・わかる手管（てくだ）もありんせう。その楽（たの）しみもいかならん〱　手管のある遊女との遊びで、それを見抜くことが通人客にとっては最上の楽しみであるということ。

（上段本文）

吉原檜木舞台図〈ひのきぶたいのづ〉（一オ）

（当流）能舞台之図〈のふぶたいのづ〉

※「当流」では上段に能舞台や能面、烏帽子など能の道具を図示しているが、「通流」はそれをもじっている。順序は「当流」の排列にほぼ従っている。

※ここでは遊女三人を描く。「当流」の「能舞台之図」の構図に類似する。また、背景の壁には能舞台の松の代りに鳳凰が描かれているが、これは吉原江戸町一丁目の妓楼扇屋宇右衛門の張り見世を描いたものと思われる。『新造図彙』に「鳳凰　扇屋の壁に住む鳥也」とある。

能無工面之図〈のうなしくめんのづ〉

（当流）能之面図〈のうのめんのづ〉

※以下は遊客や吉原にまつわる人々を能面に見立て、それにまつわる事象を謡曲の名めかして並べる。「当流」でその面を使う謡曲を列挙している形式のもじりである。「当流」で引用される謡曲についてはいちいち掲げず、必要な場合註釈で示した。

後生〈ごしやう〉

世常の後ジテは息子（むすこ）に譲（ゆづ）りて

極（ごく）楽天　金持（も）ち

地主（ぬし）　養老

（当流）小尉〈こじやう〉

・**後生**　家督を息子に譲り、悠々たる隠居を楽しんでいる老人客。

・**世常の後ジテ**　能の主役「シテ」には「前ジテ」と「後ジテ」があり、ここでは。老人を前ジテ、家督を譲った息子を後ジテとしている。

・**極楽天**　「白楽天」のもじり。土地も金もあって財産には不自由なくこの世の極楽を体験しているということか。

・**金持ち**　「実盛」のもじりか。

・**地主**　「代主（しろぬし）」のもじり。

・**養老**　同題の謡がある。

笑上戸〈わらひじやうご〉

功成（な）り名遂（と）げての女郎買、時に番頭（ばんとう）なきにしもあらず

家守　迎（むか）い

河東　通（とほ）る（一ウ）

（当流）笑　尉〈わらひじやう〉

※成功した商人の旦那が堂々と遊女遊びをするという設定。家業は番頭に任せる。「時に番頭……」は『太平記』巻第四「備後三郎高徳が事付呉越軍の事」の「天勾践を空しうすること莫れ。時に范蠡無きにしも非ず」をふまえる。

・**笑上戸**　酒を飲むと笑う癖のある人。ここではもちろん旦那を指す。

・**家守**　「野守」のもじり。多くの家作を持っており、その家守（大家）も多く抱えている。

・**迎い**　「善界」あるいは「鵜飼」のもじりか。帰りには家から迎えが出る境遇、あるいは必ず引手茶屋に遊女が迎えに出るような境遇か。

・**河東**　「善知鳥」のもじりか。河東節は江戸浄瑠璃の一派。高級なものとして旦那衆や知識階層に愛好された。

・**通る**　「融」のもじり。通人であるということ。

紙鼻〈かみはな〉
悪情〈あくしやう〉
新造(ぞう)客ともつかず分別(ふんべつ)くさい嫌(いや)な客(きやく)なり
算(さん)用桜　頑丈(がんでう)
阿漕(あこぎ)　愚図(ぐず)
いぢわ　安隠居(いんきよ)
莚破(むしろやぶ)り　桜ぞめき

（当流）鷲鼻悪尉〈わしはなあくじやう〉

・**紙鼻**（花）　遊里で幇間や遣手などに与える心付け。［六］「難波」参照。「はな」の文字遣いは能面の「鷲鼻」に併せて「鼻」となっている。「悪情（性）」はこの場合客が遊び好きで好色な人柄であることをいう。

・**新造客**　新造買をする客の意味か。新造買は通人や老人が情交を目的とせず遊ぶ遊び方として好まれたが、新造を買っておいてその姉女郎と密会するのが色男の遊びとも考えられた。

・**算**（さん）**用桜**　「西行桜」のもじりで、勘定高い男であることを示唆するか。

・**頑丈**（がんでう）　「班女」のもじり。精力のある男なのであろう。

・**阿漕**（あこぎ）　同題の謡がある。また、身勝手で厚かましいさま。

・**愚図**（ぐず）　「国栖」のもじり。

・**いぢわ**　「鉄輪」のもじりで、「意地悪」の意味。

・**安隠居**（いんきょ）　あまり風格のない隠居ということであろう。

・**莚破り**（むしろやぶ）　番外曲「門破」のもじりか。老人の女狂いを指す。『絵本見立仮譬尽』の「新造貝」の項を参照。

・**桜ぞめき**　番外曲「桜川」のもじりか。桜の頃吉原で浮かれ騒ぎ、登楼しない客のこと。

金吉兵衛〈きんきち〉

　此面を被（かぶ）ると鉄兜（かなかぶと）を被（かぶ）る也

三年越（ご）し

二年越（ご）し（二オ）

（当流）石王兵衛〈いしわうびやうゑ〉

・**金吉兵衛**〈きんきち〉「石部金吉」（堅物で融通のきかない客）をふまえた名付け。
・**鉄兜**　謹厳な性格を象徴する表現。
・**三年越し　二年越し**「自然居士」のもじり。このような客は真面目なので特定の遊女に義理を立て通い詰めているということか。

大もて
先途（せんど）の御一座へよく言（い）つてくんなんし
客万　野宮（ののみや）
楊貴妃（やうきひ）　繁昌（はんじやう）
どうせうの

（当流）小面〈こおもて〉

※「当流」引用謡曲に「野宮」「楊貴妃」が見える。
※大もてで客が次々と訪れる遊女の面。
・**客万**「百万」のもじり。客がたくさん訪れる様子。
・**野宮・楊貴妃**　同題の謡がある。謡曲として「野宮」が挙がっているのは、光源氏と六条御息所にまつわる能である故か。後者は楊貴妃のように美しいと遊女を形容している。
・**繁昌**「班女」のもじり。大もての遊女を抱えている妓楼は繁昌する。
・**どうせうの**「道成寺」のもじり。客が押し寄せて嬉しい悲鳴。

深〈ふかい〉
ヲヤだまされそうなたちさ
居続〈ゐつゞ〉　二人静〈しづか〉
痴話〈ちは〉　起請〈きせう〉
誓紙〈せいし〉（二ウ）

（当流）深〈ふかい〉
※客とすぐに深い仲になってしまい、騙されそうな遊女の面か。
・居続〈ゐつゞ〉「井筒」のもじり。客が相惚れの遊女の部屋に居続けしているのである。
・二人静〈しづか〉　同題の謡がある。客と遊女の二人で静かに過ごしているということ。
・痴話〈ちは〉「三輪」のもじりか。痴話喧嘩も絶えない。
・起請〈きせう〉「芭蕉」のもじりか。愛が変わらないことを起請文に誓っている。
・誓紙〈せいし〉　起請文を書く誓紙。『当流』のこの部分に謡曲「誓願寺」が挙げられており、それをもじったか。

客見〈きやくみ〉
マツトこつちへ寄〈よ〉んなんし
紋日客　飛鳥川

武士太鼓（こ）　神（かみ）
隅田川（すみだ）　巻煎餅（せんべい）

（当流）曲見（しゃくみ）

※「当流」に「桜川」「隅田川」「富士太鼓」が見える。

※客を品定めすることが得意な遊女の面か。

・**マツト**　「もつと」に同じ。

・**紋日客**　揚代が普段より高い紋日に来てくれる客のことであろう。客が付かなければ身揚がりをしなければならない遊女にとっては上客である。

・**飛鳥川**　同名の謡がある。「世の中は何か常なる飛鳥川昨日の淵は今日の瀬となる」（『古今和歌集』）による。

・**武士太鼓**　「富士太鼓」のもじり。「紋日客」には武士でありながら太鼓持のようなことをする取り巻きがいたか。

・**神**　「賀茂」のもじりか。大尽客の取り巻き連中のことを言う。

・**隅田川**　同名の謡がある。隅田川は舟で吉原に通うのに利用する川であり、また浅草の山屋半三郎醸造の銘酒「隅田川諸白」も匂わせる。

・**巻煎餅**　吉原の竹村伊勢製のものが有名。「橋弁慶」のもじり。

177　通流小謡万八百番

増（ぞう）

さやうなら御機嫌（きげん）よふ
おかさん　内証（せう）

曳舟（ひき）　柳橋（ばし）（三オ）

（当流）増〈ぞう〉

※船宿の女房の面か。

・**さやうなら御機嫌よふ**　船宿の女房が、客を乗せた猪牙舟を岸から「突き出す」時の挨拶。

・**おかさん**　「高砂」のもじり。ここでは船宿の女房を指す。

・**内証**（せう）　「三笑」のもじりか。妓楼側の意。

・**曳舟**（ひき）　「浮舟」のもじり。

・**柳橋**（ばし）　吉原通いの猪牙舟が出る場所。「船橋」のもじりか。

孫四郎〈まごしらう〉

すぐにお供（とも）いたしませう

塩屋（しほや）　天下（てんか）

おばさん　桟橋（さんばし）

転（ころ）びそう

（当流）孫次郎〈まごじろう〉

※深川の茶屋の女房の面か。
・**孫四郎**　向島須崎の料亭大黒屋孫四郎か。
・**すぐにお供いたしませう**　そこに行こうと誘われた女芸者が喜んで答えているさまか。
・**塩屋**（しほや）「熊野（ゆや）」をもじるか。自惚れのこと。深川から始まった言葉という。
・**天下**（てんか）「天鼓」のもじり。うぬぼれた男が天下を我が物にしているような気分になっているさま。
・**おばさん**　「おかさん」同様「高砂」のもじりか。深川などの岡場所で茶屋の女房を呼ぶ称。
・**栈橋**（さんばし）「船橋」のもじりか。深川の栈橋を言うか。
・**転びそう**（ころ）「三番叟」のもじり。芸者が売春することを「転ぶ」と言うので、深川の「転び芸者」を想定している。深川芸者が売春することがあったことについては本書『初衣抄』の「喜撰法師」の項を参照されたい。

瘦女（やせをんな）
瘡持ち（しやくも）
陰間（かげま）の末（すへ）は痔持（ぢも）ち女郎の末は瘡持（しやくも）ちだトサ
年明（あ）け　自前（じまへ）（三ウ）

（当流）瘦女（やせおんな）
※遊女奉公も年明けし、自前になるほど長く勤めた末に健康を害し、瘡持ちになってしまった遊女の面か。
・**陰間の末は**　平賀源内が書いた「清水餅口上書第二番／風流／餅酒論」という餅尽しの口上に「女郎の末は瘡持となり陰間の果は痔持となる」とある。この口上は『古朽木』（安永九刊）巻二に引用されており、そこでは当該部分が「女郎の末は瘡持となり

陰間の末は痔持となる」と少し変わっている。ここでは『古朽木』を参照したのであろう。

・**年明(あ)け**　年季奉公の期間が空けること。もじった謡曲名は未詳。

・**自前(じまへ)**　年明けをしたが、自分の意志によって妓楼に厄介になって勤めを続けている遊女のこと。もじった謡曲名は未詳。

老婆面(らうばめん)
きり〳〵出て早(はや)く帰(かへ)らつしやい
そとは帆待(ほま)ち
是非(ぜひ)出(で)ろお町

（当流）老女(らうぢよ)

※「当流」引用謡曲に「卒塔婆小町」「関寺小町」が見える。

※妓楼の内儀の面か。内芸者に対し別の店の座敷に出ろと命じているのであろう。この当時の吉原細見には、各妓楼ごとに芸者名を挙げ「外へも出し申候」と添え書きのある場合がある。他の店にも出張させるとの意である（安永八年に見番が出来て、芸者の収入はそこで管理されるようになったが、それまで祝儀・玉代は芸者に直接渡されていた）。他店に内芸者を出すことは店にとって良い儲けになったのであろう。

・**そとは帆待(ほま)ち**　「卒塔婆小町」のもじり。「帆待ち」は本業以外（ここでは、他の妓楼に出ること）の臨時の収入、あるいはへそくりのこと。

・**是非(ぜひ)出(で)ろお町**　「関寺小町」のもじり。「卒塔婆小町」と共に老婆となった小町が登場する謡曲である。また、天明四年春の『新吉原細見』「女げいしやの部」には「まち」の名が見える。この芸者のことを言っているとは限らないが、「お町」は芸者にありそうな名前なのである。

邪魔姥（じやまうば）　遣手（やりて）の面（おもて）
山又山へ廊下（らうか）をまはりやす（四オ）

（当流）山姥面（やまうばおもて）

※妓楼の遣手の面。

・**邪魔姥　遣手**　「遣手」は妓楼で遊女や禿の身の回りの世話やしつけをする中年の女性で、「遣手婆」とも言う。川柳評の雑俳では「意地悪で遊女にとっては煙たい」という通念がある。そこで謡曲「山姥」をもじって「邪魔姥」とした。

・**山又山へ廊下（らうか）をまはりやす**　遊女の部屋のある二階の廊下を見回っている様子。「鬼女が有様。みるや〱と。峯にかけり。谷に響きて今迄こゝに。あるよと見えしが山又山に。山めぐり。山又山に山めぐりして。行方も知らず。なりにけり」（謡曲「山姥」）。

若男（むすこ）
此面は何さんによく似（に）てゐんす
通五町　籬（まがき）
たまさか　金（かね）びら
通し小紋

（当流）若男〈わかおとこ〉〈にやくなん〉

※若い息子株の面。

・**通五町**　「通小町」のもじり。「五町」（吉原）に通い始めた息子。

・**籬**〈まがき〉　「檜垣」のもじり。

・**たまさか**　「熊坂」のもじり。来ることが稀であること。

・**金**〈かね〉**びら**　「兼平」のもじり。金持ちの息子であろう。「金びらを切る」の語がある。

・**通し小紋**　「通小町」の文字の類似によるもじりか。通し小紋は鮫小紋の一種で、行儀鮫と乱鮫を連続したもの。山東京伝の洒落本『仕懸文庫』（寛政三刊）で遊客として登場する近江屋小藤太の服装の描写に「さんとめ縞のひとへもの、きぬの通し小紋のひとへばをり、つむぎ縞の帯。よき酒みせの買出しとみへるふう」とある。また、『当世風俗通』（安永二刊）の「上下〈かみしも〉」の項に「極上之息子風」図の説明として「麻上下は通し小紋またはあられ小紋」とある。

大糸瓜〈おほへちま〉

三ツ蒲団〈ぶとん〉の間を気をつけなさへ

くらはそう

女衒〈ぜげん〉（**四ウ**）

（当流）大癋見〈おふべつしみ〉

※「大癋見〈おふべつしみ〉」は天狗の面に使う。「へちま」は愚かな人を指す言葉。嫌われ者の女衒の意味か。

・三ツ蒲団　吉原で高級遊女の使用する蒲団。遊女に嫌われているので遊女の部屋に出入りするときは気をつけなさい、とのことか。

・くらはそう　『当流』の「大癋見」の部分にも挙げられている「車僧」（車に乗って行脚する僧が愛宕山の天狗太郎坊と禅問答を行う）のもじり。「くらはそう」はやらかす、質に入れるなどの意味であるが、このところ未詳。

・女衒（ぜげん）　「善界」のもじり。遊女の口入業者を指す言葉。

魂胆（こんたん）男
顔（かほ）に似合（にあ）はぬ河東節（ぶし）はありがてへ
鼻平太　せかゐ
さすが通人
蔵前（くらまへ）　魂胆（こんたん）
節句（せつく）の後ジテ

（当流） 邯鄲男（かんたんおとこ）

※「当流」引用謡曲に「邯鄲」が見える。

・魂胆男　色事についてあれこれと策をなす通人客のこと。

・顔に似合はぬ河東節　河東節は旦那衆に愛好された。「顔に似合はぬ」といっているのは、色事についての策をあれこれたくらむ好色そうな人が河東節のような上品な浄瑠璃を嗜むのは意外だということか。

・**鼻平太**　「平太」は眉と髭が跳ね上がり、上下の歯が見える能面。「当流」で邯鄲男の次次項に出る。「鼻平太」は『源平盛衰記』巻五に平清盛のことについて「受領のむちを取、朝夕にかきの直垂になわをのあだはきて通ひ給ひしかば、京童はべは高平太と云て笑ひしぞかし、それを恥かしとや思ひけん、扇にて貌をかくし骨の中よりはなを出して、閑道を通ひ給ひしかば、又童部が先を切て、高平太殿があふぎにてはなをはさみたるぞやとて、後にははな平太〳〵とこそいはれ給しか」（元禄十四版本による）とあるのに拠るのであろう。画面の顔はやや鼻が高く描かれており、好色を連想させるのでわざわざ鼻平太とした。

・**せかゐ**　「善界」のもじり。「世界」で、遊興、またはその場所を指す。

・**さすが通人**　「春日龍神」のもじりで、魂胆男を褒めている。

・**蔵前**（くらまへ）　どの謡曲名のもじりかは未詳。この客は浅草御蔵前あたりの商人か。

・**魂胆**（こんたん）　「邯鄲」のもじり。

・**節句の後ジテ**（せつく）　「後ジテ」は能の主役「シテ」のうち、劇の後半に登場する者。「邯鄲男」の面は「邯鄲」「高砂」などの脇能物の謡曲の後ジテに用いるのでそれに合わせたのであろう。「節句」は紋日なので、その折に来てくれる客は上客である。

邪魔（じやま）なり

川柳点にわるずいな内義迎（むか）ひも出さぬ也

かゝァ　かたわ（五オ）

（当流）生成〈なまなり〉

※「当流」引用謡曲に「かなわ（鉄輪）」が見える。

・**邪魔なり**　遊女遊びには邪魔になる女房の面か。

・わるずい　「わるずい」（悪推）は悪い推量をすること。邪推。
・川柳点　同形の句が『万句合』に見える。

わるずいな内義むかひも出さぬなり（『万句合』明和四）

亭主が遊女遊びに出たと邪推した女房が迎えも出さないという意味であろう。内容的は逆であるが類句があるので紹介する。

わるずいでむかいをとんだ所へ遣り（『柳多留』五編）

「亭主の帰りが馬鹿に遅い。女房が、これはてっきり吉原へ行っているのだろうと邪推して、行きつけの茶屋へ迎いの者を差し向けた。実はその日は、他に所用があって、吉原には行っていなかったという場合らしい」（現代教養文庫『誹風柳多留五編』一九八六刊、佐藤要人氏校注）。

・かゝア　「鉄輪」のもじり。女房の謂。
・かたわ　「鉄輪」のもじり。女房が不器量であるさまか。

般若（はんにや）
此やうになると悪（わる）ひから妬（や）きなさんな
正燈（とう）寺
　紅葉（もみぢ）原
浅茅（あさぢ）が原
　逢（あ）ふ夜（よ）の首尾（しゆび）

185　通流小謡万八百番

（当流）般若（はんにや）

※遊女に嫉妬する女房に対して、「嫉妬すると般若になるから妬くのはよせ」と脅して夫が両手で角を作っている面。「邪魔なり」の面と対になっている。

・**正燈寺**　『当流』の「般若」の部分にも挙げられている「道成寺」のもじり。正燈寺の紅葉見物にかこつけて亭主が遊女遊びに出かけたのである。

・**紅葉原**　『当流』の「般若」の部分にも挙げられている「紅葉狩」のもじり。正燈寺の庭園を指す。

・**浅茅が原**　『当流』の「般若」の部分にも挙げられている「安達原」のもじり。浅茅が原は浅草橋場の原野の称。新吉原が立地した。

・**逢ふ夜の首尾**　『当流』の「般若」の部分にも挙げられている「葵上」のもじり。亭主は吉原に出かけており、遊女と逢う夜の首尾はいかがか。

猩々

足元がよろ〱だから桟橋で御用心

二人一座

七人一座（五ウ）

（当流）猩々面

※「当流」引用謡曲に「二人猩々」「七人猩々」が見える。

・**猩々**　「猩々」については、[十一]「いつみ猩々」参照。ここでは能の「猩々」で用いる面を泥酔状態の客の面ともじった。遊びに行くため舟に乗り込もうとしているのであろう。

・**足元がよろ〱だから**　「猩々」の「入江に枯れ立つ足元はよろ〱と酔ひに臥したる枕の夢の」をもじる。同様の詞章は「遊行柳」「弱法師」「酒呑童子」などにも見られる。

・**二人一座　七人一座**　それぞれ「二人猩々」「七人猩々」のもじり。単独ではなく連れと遊びに出るのである。

おきなゑもし

おいらは堺丁者だがモウ三番叟が始まる時分だ

（当流） 翁烏帽子

※絵は塗枕。

・**おきなゑもし**　「翁烏帽子」のもじりで、「起きなえ、もし」と寝入っている客を朝早く起こしているさま。能で最も神聖な曲である「翁」で使用される烏帽子。翁は歌舞伎でも顔見世で式楽として演じられる「翁渡し」や「三番叟」として伝承された。

・**堺丁者**　芝居関係者であろう。堺丁（町）は親父橋の西にあり、西隣の葺屋町とともに芝居町として知られる。中村座があった。

・**三番叟**　芝居小屋ではその日の舞台浄めと大入りを願って、早朝、一日の番組の最初に三番叟の揉の段の舞を下級俳優が舞った。堺丁者の客と遊女との後朝の会話であろう。

大尽烏帽子

今時こんな物を被つてゐたらヲヤ大黒さんの客人だと言ふだろう

（当流）大臣〈だいじん〉烏帽子（ゑぼし）

※大尽客の烏帽子とした。絵は『絵本見立仮譬尽』の三十六「新造貝」の所にある丸頭巾の絵によく似ている。大黒の被り物に類似しているので、「大黒さんの客人」と揶揄した。

梨打（なしうち）

鬢鏡（びんかゞみ）や四文銭（ぜに）で重（おも）うござひやす（六オ）

（当流）梨打烏帽子〈なしうちゑぼし〉

※「梨打烏帽子」は元来武将が兜の下に着用する烏帽子だが、鬢鏡や四文銭が入っているというのであるから、ここでは烏帽子ではなく、遊客が小物や金銭を入れて懐中する鼻紙入（鼻紙袋・紙入）であろう。小物や小金を入れておいた。鬢鏡は鬢の具合を見るために用いる柄付きの小鏡。

小指（ゆび）

つい通（とほ）りにやァ糝粉（しんこ）だがお前（めへ）のは本当（ほんとう）のだ

（当流）小結〈こゆひ〉

※心中立に遊女が小指を剃刀で切断する事があったが、偽物の糝粉で作ったものが出回っていた。「通り」（通常）はそうであるが、この場合は正真正銘の小指なので客が感動している。絵は小指を切るための剃刀と血を拭うための懐紙が描かれている。

・**糝粉**（しんこ）　原本に「しんご」とあるが、誤りと見て修正。

金なしおり

居続（つゞ）けの時は飲（の）みきつて困（こま）りやす（六ウ）

（当流）金風折（きんかざおり）

※居続けで酒代に持ち金を使い切ってしまった客を妓楼が迷惑に思っている様子か。

（刊記・裏見返し）

天明四甲辰正月　　桜川　岸田杜芳戯作

蕙斎　北尾政美　画

板元　白鳳堂

初衣抄

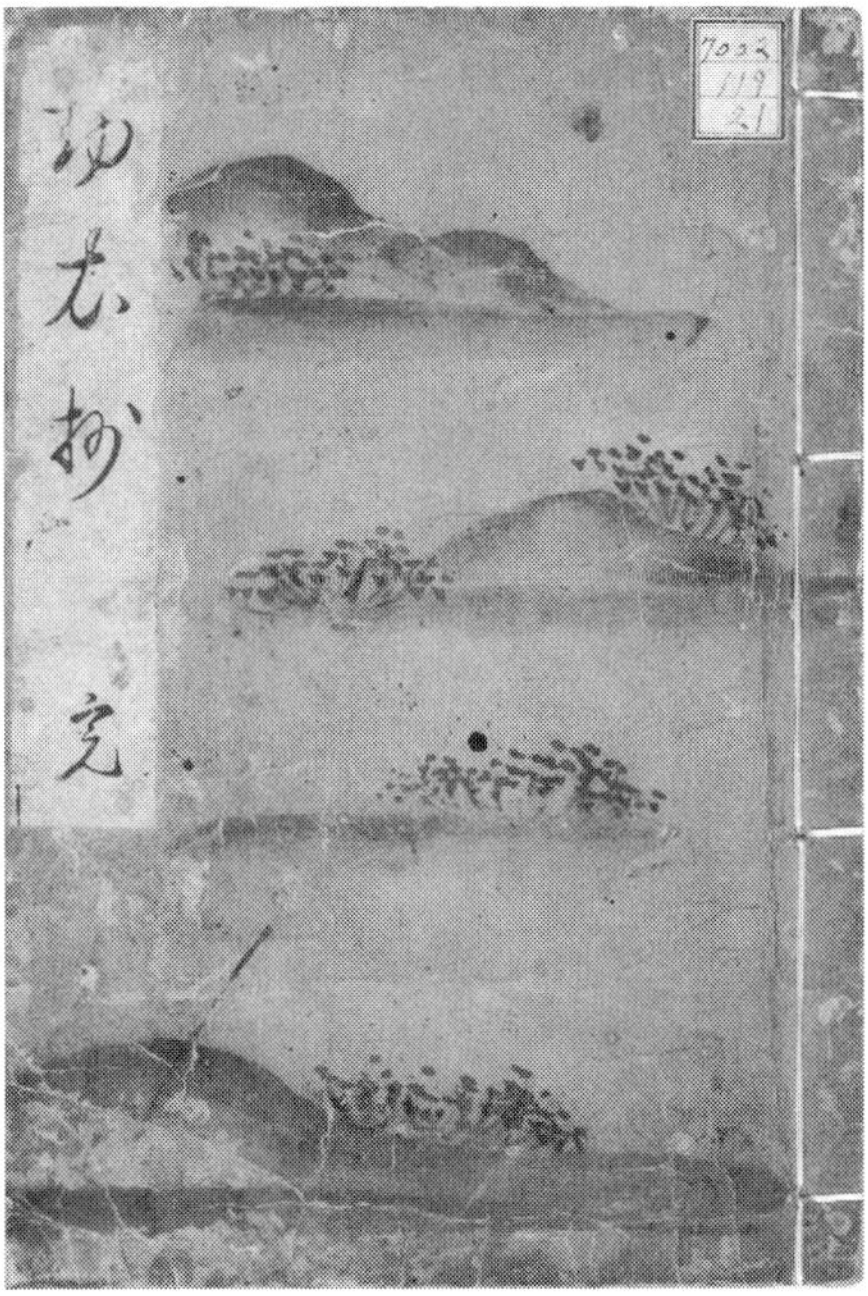

凡　例

○翻刻

一、こじつけ解釈の和歌には、便宜上通し番号と通用の作者名を付した。

一、底本の頭註・後註の翻刻は原本の順序通りとせず、該当する本文の個所に付して翻刻した。そのため、本文とは別に（　）内に頭註・後註である旨と丁付を、翻刻の前に示した。

一、本文の行移りは、底本に従わなかった。ただし、意味のある改行については、その体裁を再現した。

一、本文中の漢字は、概ね通行の字体に改めた。

一、本文中の平仮名・片仮名は、全て現行の字体に統一し、合字はひらいた。

一、仮名を、適宜漢字に改めた。その際、元の仮名は振仮名として残した。また原本にもともとある振仮名は〈　〉に入れて残した。ただし、漢文体の文章の振仮名については省略した。

一、新たに補った振仮名は（　）に内に表記した。

一、読解の便宜をはかり適宜濁点・半濁点を施した。

一、反復記号は原則として底本に従ったが、漢字一字の反復記号は「々」に改めた。

一、原本に存する句読点には必ずしも従わず、読解の便宜をはかり、新たに句読点を施した。

一、本文の丁替りは、その丁の表および裏の末尾の文字の次に（　）を付してあらわした。その際、底本の丁付を用い、慣例に従ってその表裏をそれぞれ片仮名で示した。

○註釈

一、本文の一まとまりの内容の後に、項目ごとに「・」の記号を冒頭に置き、註釈を施した。

一、その他の解説には「※」の記号を冒頭に置いた。

一、語註の見出しに適宜（　）に入れて漢字を示し、解釈の助けとした。

（題簽）

初衣抄

［漢文体自叙］

百人一首和歌始衣抄自叙

昔シ周ノ昭王以テ二翠鳳ノ之毛一ヲ為ル二裘一ヲ。一ヲ曰ヒ二燠質一ト、一ヲ曰フ二喧肌一ト矣。今也松葉館ニ染テ二孔雀一ヲ為ス二衣裳一ト。曰ヒ二之ヲ跡著アトギ一ト、曰フ二始衣裳ハッシャウ一ト也。通ノ之衣裳ハ以テ二八丈一ヲ為シレ紬ト、蔵クラノ衣裳ハ以テ二木綿一ヲ為スレ錦ト也。如キ下其ノ以テレ錦ヲ為シ二木綿一ト、以テ二八丈一ヲ為スタルガ上レ紬ト。国人一ッ対ノ脱デ二始衣抄一ヲ而。為ス二百文（ハツロノーオ）二朱通用物ツウヨウモノ一ト而已。

天明七年丁未孟陬

楓葉山東隠士　京伝老人識

印　印（ハツロノーウ）

・**周昭王**　宝暦二年の和刻本『拾遺記』（神話時代から晋代までの遺事等を記した中国の書物。東晋の王嘉撰、梁の蕭綺が補綴）巻二に「綴青鳳之毛、二裘、一名燠質、二名喧肌、服之可以郤」とある。

・**翠鳳**　かわせみと鳳凰。天子の旗の飾りにする。

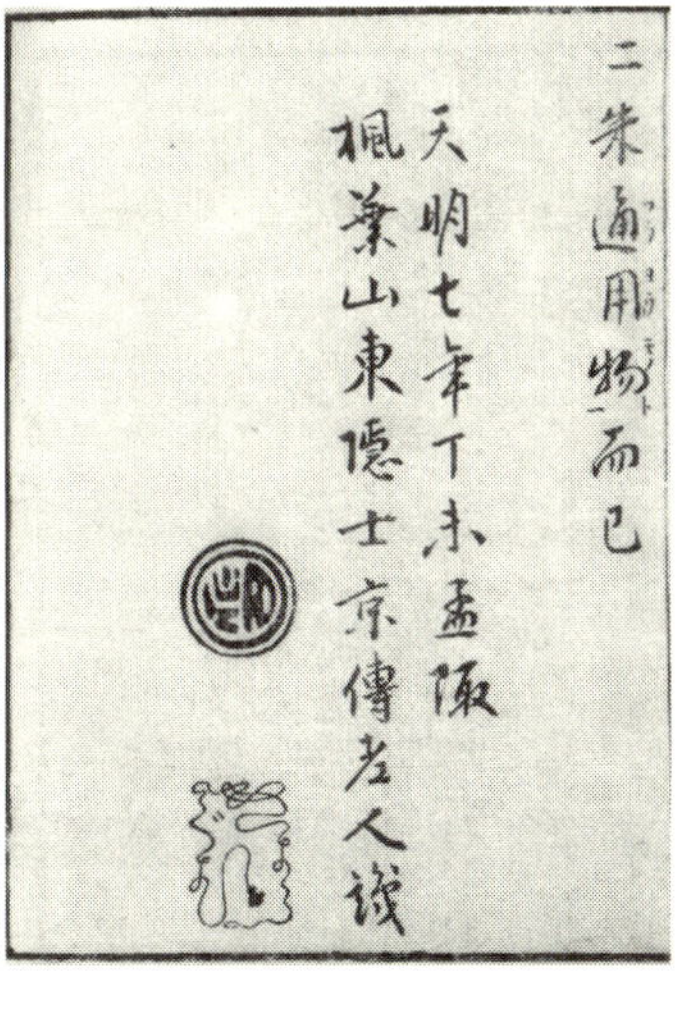
二朱通用物而已
天明七年丁未孟陬
楓葉山東隠士京傳老人識

・**裘**　革衣。毛衣のこと。

・**燠**　暖かいという意味。

・**喧肌**　これも同じく暖かいということ。

・**松葉館**　吉原江戸町一丁目の妓楼松葉屋半左衛門。吉原を代表する大見世。京伝作洒落本『傾城鱶』（天明八刊）に「松葉館（まつばや・しやうやうかん）」。京伝作洒落本『通言総籬』（天明七刊）の舞台。京伝は天明三年頃、松葉屋抱えの遊女「歌姫」の番頭新造「林山」に親しんだという（水野稔『山東京伝年譜稿』による）。京伝にとっては大変縁の深い店であったと言える。

・**孔雀**　松葉屋の仕着せの柄。「仕着せ」は主人から奉公人に四季または盆・正月の二季に与える着物。『通言総籬』に「松葉屋の孔雀絞りと、大海老屋の鳳おうが、よくまちがひやしたつけ」とある。

・**跡著・初衣裳**　「跡著」は「後着」と同義。吉原では正月年賀に妓楼の主人から遊女以下禿に至るまで仕着せを貰い（これを「初衣裳」と呼ぶ。本書の書名の由来）、二日まで着用し、三日に至って各自随意の小袖を着用することを許され、二月上旬に至る。これを「後著小袖」と呼ぶ。

・**通之衣裳・八丈**　「八丈」は八丈島産の平織りの絹布の総称。『金々先生栄花夢』（安永四刊）に「八丈八端」。

・**紬**　絹物だが高級品ではなく、丈夫なので日常の衣料に用いられたざっくりした風合の織物。

・**蔵衣裳**　歌舞伎の興行主が俳優に貸した衣裳。当時衣裳は俳優の自弁が原則だったので、主として薄給の下級俳優のためのもの。

・**以木綿為錦**　舞台上では粗末な木綿を錦に見立てるようなことをする。

・**国人**　その国の人。吉原（北国と呼ばれた）の遊女。

・**百文二朱**　「百人一首」（当時の江戸での発音は「ヒャクニンシ」）をめくりカルタの用語にもじった。「百文二朱」は、『江戸めくり加留多資料集』の佐藤要人氏解説に、「めくりを打つ場合の銭の取遣りに関することで、（中略）十点百文とすれば、五十点札一枚にて二朱という勘定になる。この賭金設定が、当時は一般的だったのではないか」とされる。⑫紫式部参照

・**通用物**　質においた品物。京伝作洒落本『京伝予誌』（寛政二刊）に「通用とつづく時は質屋の通用物の事なり」とある。

・**丁未**　ひのとひつじ。天明七（一七八七）年。

・**孟陬**　もうすう。正月。

・**楓葉山東**　江戸城内紅葉山の東の意味。「山東京伝」という筆名の由来がわかる。すなわち紅葉「山」の「東」の「京」橋に住む「伝」蔵の意である。

・**隠士　京伝老人識**　自らを隠士・老人とするのは碩学の文人めかしたもの。この年京伝は二十七歳である。当時は四十歳が老人の始まりであった。

※署名の後の印影のうち、上は京伝が生涯愛用する「巴山人」印のもっとも早い使用例。下は「きようでむ」。

［自序］

一日松の葉の館、何がしなりける浮かれ女のもとに、訪ふ節、新造どちあぢ鴨のうち群れて、小倉山庄の色紙書きたるかりた合て、競ひ戯れけるを見侍るに、猿丸が顔のましのごとなるは、名に愛でし絵空言と言ふにやあらん。法性寺忠通の入道の名を、三度息つがず唱ふ人あらば賭物すべし。むべ山の名に人がら（ハツロノニオ）を失ひてん、康秀の安がらるは、さねかづらの歌とりて、さゝやきものするは、さしあひにも聞ゆなるか。来ぬ人をの歌取て、鼠鳴きなにどすは、まつほの浦濃占方なるか。はた、上れる代の先達、在中将の歌のさまを、竜田の川波の落話に作りしも、千早振る古事とはなれり。今はた同じことといはんも、もゝしきや（ハツロノニウ）古りにたれど、花さそふ嵐の庭の新しく註せばやの心つきて、和田の原夜舟漕てふ主たちの、かのかりたひろふよすがともならんかしと、岩打つ波に頭打く

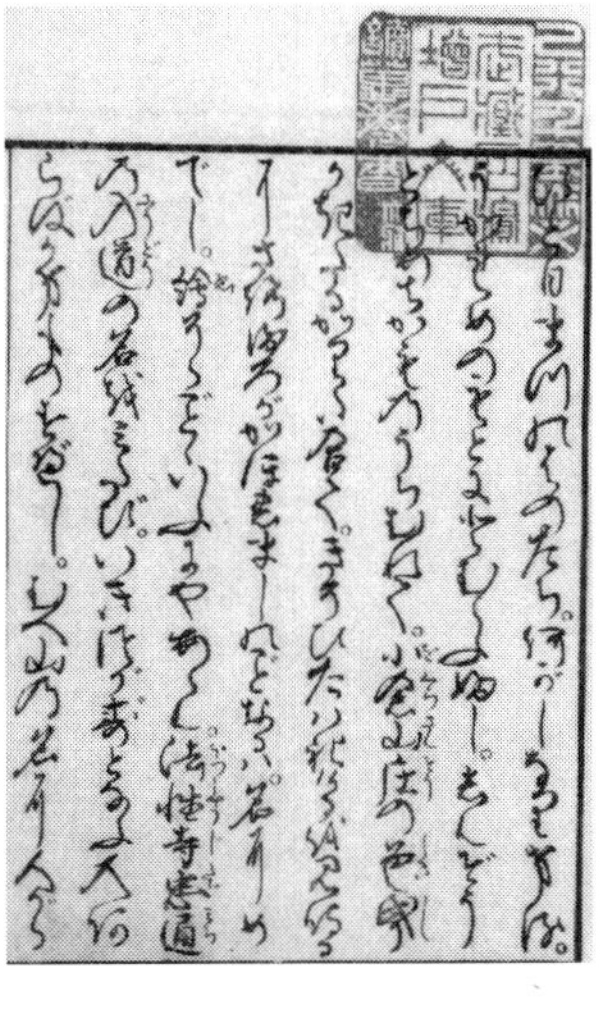

だきて考ゑしは百の歌の口の六十あまり四つほどは抜けたるとか言ふめるにやあらむ。とまれかふまれ、ひとへに淡路島通ふ千鳥とゝもに、向ふの人（ハツロノ三オ）よぶあの子らに伝ふる書にして、是彼の人のまさぐるものならねば、人めも草も許さざらめや。はた、百の歌の行末までは難ければ、八重葎の繁きを省き、かつ秋の田のかりそめとはいへれど、おほけなくもとつ書の歌はそのまゝを、枕紙にも覆ふまじ。時は、因幡の山の峯に生ふる松の葉の、仕着せ模様に染る（ハツロノ三ウ）孔雀の尾の玉の春になんありければ、貫きとめん仕付苧の緒に、こもりくの初衣抄なんど呼びて、なにはがた短き才をもて、山鳥のしだり尾の長々しごとを、対の禿がゑくぼにたまるてふ、みなもとのつたふがいふ。（ハツロノ四オ）

※百人一首を定家が選んだとされることから、本書がそのもじりであることを意識して書体も定家風にしている。

・**浮かれ女**　遊女。

・**新造**　吉原遊廓で言う新造女郎のこと。振袖新造（姉女郎の身の回りの世話をする見習いの遊女）と番頭新造（年季が終わった後も新造として残る遊女）があるが、ここでは前者であろう。

・**どち**　どうし、仲間。

・**あぢ鴨の**　「あしがもの（葦鴨の）」という「うち群る」にかかる枕詞のつもりと思われるが、「あぢがも」（巴鴨の異名）と混同しているのではないか。

・**小倉山庄の色紙**　「百人一首」のこと。藤原定家が、小倉の別荘で、「百人一首」を撰んだ、という伝承に基く。

・**かりた合て**　続松とも言うが、今で言う百人一首の歌かるたの遊びのこと。藤本箕山『色道大鏡』（元禄初年成、写）に遊女の遊びの説明として続松の項がある。「続松　うたかるたの事也。当時傾国のとるは、貝おほひのごとくに残らずならべ置きて歌の上の句を一枚ずつ出し、歌に合てとるときは、露松といふ。又常のかるたのごとくに、歌のかたを下にかくして、三枚づゝうち出し、歌のあひたる数のおほきかたを勝とさだむるを、うたがるたといふ。其もとはおなじ物ながら、とりやうにて名目かはるなり。されども、かるたのごとくにうちあふ事今はたへて、貝おほひのごとくにのみもてあそびきたれり」。また、同書に「比うたがるたに、百人一首のうたならではもちいざるやうにおもはれて」とあるように、歌がるたと言えば百人一首と同義と考えられていた。

・**歌かりた**　吾山『物類称呼』（安永四刊）に「江戸にて歌骨牌（かるた）といふ物を、京にて、うたがりたと云」とある。

・**競ひ戯る**　新造たちが百人一首のかるたを競い戯れる。京伝はそれを見ていたという設定。

・**猿丸**（さるまる）　猿丸大夫のこと。

・**まし**　猿。

・**絵空言**　猿丸の肖像を猿のように描くのは名前に「猿」があることから想像された虚構であるということ。

・**法性寺忠通**　藤原忠通。『百人一首』「和田の原」の作者。百人一首でもっとも長い名乗りの作者である。「法性寺入道前（さきの）関白太政大臣」。余りに長いので、三回息継ぎ無しで唱えることができれば賭物（ほうび）を与えようというのである。

・**むべ山**　歌カルタを使ってする賭博。百人一首の下の句を記した札を各人に配り、上の句を読んでその札の下の句に当たる札を持っている者は、その札を伏せる。手持ちの札を先に伏せ終わったものを勝ちとする。文屋康秀の「吹からに秋の草木のしほるればむべ山風を嵐といふらん」を最高に、種々役札をもうけ、これらの出たとき札を伏せた者が銭幾文というようにして取る。『柳多留』七十三編に「むべ山あらしはした銭巻上る」。この文脈は康秀が後世「むべ山」の賭博ができたばかりにいわれなき不名誉を被っているというのである。

・**さねかづらの**　『百人一首』「名にしおはゞ相坂山のさねかづら人にしられでくるよしもがな」（三条右大臣）による。

・**さしあひ**　「さねかづら」の「さね」には「女陰」の意味があるので、その札を取った者は、女性としては恥ずかしいような気がする、くらいの意か。

・**来ぬ人の**　『百人一首』「こぬ人をまつほの浦の夕なぎにやくやもしほの身もこがれつゝ」（権中納言定家）による。

・**鼠鳴き**　口をすぼめてチューチューと鼠の鳴き真似をすること。善きことを祈るときにするまじない。ここでの鼠鳴きは恋しい人のやってくるようにとのまじないであった。

・**在中将の歌**　『百人一首』「ちはやぶる神代もきかず竜田川からくれないに水くゝるとは」（在原業平）を指す。

・**川波の落話**　「波の音」を掛けた。この歌をもじった落し咄があった。詳しくは「④在原業平」の項参照。

・**もゝしきや**　『百人一首』「百敷やふるき軒葉のしのぶにもなをあまりあるむかし成けり」（順徳院）による。

・**花さそふ嵐の庭の新しく**　『百人一首』「花さそふあらしの庭の雪ならでふり行ものは我身なりけり」（入道前太政大臣＝藤原公任）の上二句を「新しく」を引き出す序詞として使用した。

・**和田の原**　『百人一首』に「わたのはら八十島かけて漕出ぬと人にはつげよあまのつりぶね」（参議篁）・「和田の原こぎ出てみれば久堅のくもゐにまがふ奥津白波」（法性寺入道前関白太政大臣）がある。

・**夜舟漕ぐ**　居眠りをすること。とくに若い新造女郎たちはよく居眠りをするとされ、「あしか」というあだ名まであった。京伝作洒落本『新造図彙』（天明九刊）に「海獺（あしか）」として「一名新造。夜具部屋などに隠れ住みて、やたらに寝る也」とある。

・**岩打つ波に**　『百人一首』「風をいたみ岩うつ波のをのれのみくだきてものをおもふ比かな」（源重之）による。

・**頭打くだきて考ゑし**　懸命に考えた。

・**百の歌の口の六十あまり四つほどは抜けたる**　諺「百の口（内）が十六文抜ける（足らぬ）」による表現。百文の銭さしは、実際は四文足りない九十六文で一筋とするが、十六では、その四倍も足りない。それほど頭の足りない大馬鹿という比喩。不足の数は、八文・十二文・十六文・二十四文・三十二文・六十四文・六十六文・九十五文など一定でないが、数が大きいほど愚かさが強調されることになる。本書で京伝がこじつけ解釈をしているのは十八首。跋文によれば後編として『跡著衣抄』を出す計画があったらしく、それに『初衣抄』とおなじく十八首採り上げる計画があったとすれば計三十六首になり、不足分は六十四首という計算になる。

・**淡路島**　『百人一首』「淡路島かよふ千鳥のなく声に幾夜ね覚ぬすまの関守」（源兼昌）による。

・**千鳥**　禿の名。通り名でもある。

・**向ふの人**　吉原で、物売りの商人を呼ぶ時の言い方。特に禿が多用する。

・**あの子**　禿（かむろ）のこと。禿は遊女の身の回りの世話をする幼女。姉女郎や若い者（遊女屋の使用人の男）が呼ぶときの言い方「あの子」が転じて禿そのものを指すようになった。姉女郎に言いつけられて「むかふの人」を呼ぶのである。
・**是彼の人**　ここではれっきとした歌人、の意。
・**まさぐる**　もてあそぶ。
・**人めも草も**　『百人一首』「山里は冬ぞさびしさまさりける人めもくさもかれぬとおもへば」（源宗于朝臣）による。
・**行末までは難ければ**　『百人一首』「忘れじの行末まではかたければ今日を限りの命ともがな」（儀同三司母）による。百首すべてに註するのは難しいの意。
・**八重葎**　『百人一首』「やへ葎しげれる宿のさびしきに人こそ見えねあきは来にけり」（恵慶法師）による。
・**秋の田の**　『百人一首』「秋の田のかりほの庵のとまをあらみわがころもでは露にぬれつゝ」（天智天皇）による。「かりほ」と「仮初（かりそ）め」を掛けている。
・**おほけなく**　もったいなくも。『百人一首』「おほけなく浮世の民におほふ哉わがたつ杣にすみぞめの袖」（前大僧正慈円）による。
・**もとつ書の歌**　もとの百人一首の歌。
・**枕紙**　「枕紙」は、木枕の上の小枕を覆って、髪による汚れを防ぐ紙。『百人一首』の本歌は粗末には扱わない、即ち、原表記を改めない、の意。
・**因幡の山の**　『百人一首』「立別れいなばの山の嶺におふるまつとしきかば今かへりこむ」（中納言行平）による。
・**松の葉の、仕着せ模様に染る孔雀の尾**　「松の葉」は松葉屋。「仕着せ」以下は、漢文の序参照。
・**玉の春**　『百人一首』「白露に風の吹きしく秋の野は貫きとめぬ玉ぞ散りける」（文屋朝康）による。「玉の春」は「あらたまの春」の略。
・**仕付苧**　着物の仕付に用いる麻糸。
・**こもりくの**　「初瀬」にかかる枕詞。
・**なにはがた**　『百人一首』「なにはがたみじかきあしのふしのまもあはでこのよを過してよとや」（伊勢）による。

・**山鳥の**　『百人一首』「あしひきの山鳥の尾のしだり尾の長長し夜を一人かも寝む」（柿本人麻呂）による。

・**対の禿**　禿は位の高い遊女には二人付く。それを称して言う。

・**ゑくぼにたまる**　好条件の所へは自然と事物が集まることをいう諺「窪き所へ水の溜まるが如し」（『譬喩尽』）をふまえた表現。「水」から「みなもと」に続ける。

・**みなもとのつたふ**　著者本人を源氏めかしてふざけて称した。一字名なので、嵯峨源氏（文人・学者を多く輩出した家柄）を意識している。

［口絵］

政演画**（ハツロノ四ウ～ハツロノ五オ）**

※山荘で庭前の梅を観賞する風流人が描かれる。袖に「京」とあり、京伝その人を擬している。これは近江屋久兵衛板の版本『千載和歌集』の奥村政信（京伝の画名「北尾政演（まさのぶ）」と同音である）の挿し絵をほぼ忠実に模倣したものである。鈴木重三氏「師宣・政信絵本のさまざまな受容」（天理図書館善本叢書月報五四・昭和五十八年三月）参照。

［判じ物］

○　天智天皇御製一首

○　持統天皇御製一首
○　柿本人麻呂一首
○　山辺赤人一首
○　猿丸大夫一首
天（テンニ至ル）レ　持（モツテ）レ柿（カキヲ）ニ山猿（ヤマザル）一　ハンジ物
右五首、口決（ケツ）ノ大事ナレバ、茲（コヽ）ニ註（チウ）ヲモラス。（ハツロノ五ウ）

※この部分は判じ物仕立て。判じ物はある意味をそれとなく文字や絵にして示し、人に判じ当てさせるようにしたもの。当時は願人坊主が朝のうちに町内の家々に文字や絵を摺った紙を投げ入れ、午後「今朝ほどの判じ物」と集めて銭を乞う。その時に判じ物の答えを言う。この場合漢文めかして、それが「百人一首の最初から五番目までの歌である」とするのが解答となろう。それとともにこれらの歌には註釈を付けなかったことを示した。

・**天**　『百人一首』の最初の歌は天智天皇の「秋の田のかりほの庵のとまをあらみわがころもでは露にぬれつゝ」。以下、順番どおりに五番目まで続く。
・**持**　持統天皇「春すぎて夏来にけらし白妙のころもほすてふあまのかぐ山」。
・**柿**　柿本人麻呂「あしひきの山鳥の尾のしだり尾の長長し夜を一人かも寝む」。
・**山**　山部赤人「田子の浦にうち出てみれば白妙のふじのたかねに雪はふりつゝ」。
・**猿**　猿丸太夫「おくやまに紅葉踏分なく鹿の声聞くときぞあきは悲しき」。
・**口決**　文書に記さないで口から伝える秘伝。歌学書めかした表現を使い、最初の五首は珍解釈を加えないことを言い訳した。

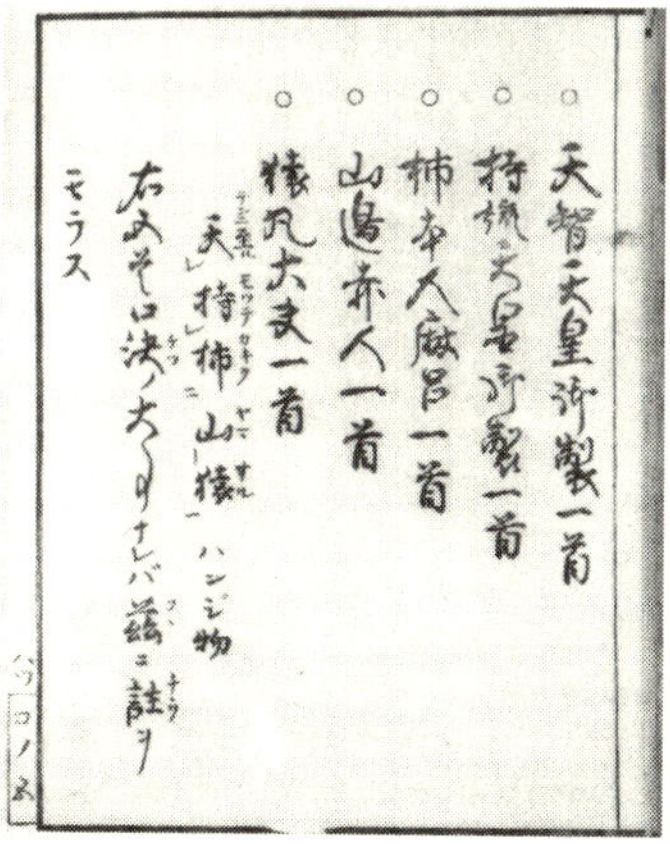
○天智天皇御製一首
○持統天皇御製一首
○柿本人麻呂一首
○山邉赤人一首
○猿丸大夫一首
天レ持レ柿ニ山猿一　ハンジ物
右五首口決ノ大事ナレバ茲ニ註ヲ
モラス

①大伴家持

中納言家持（ちうなごんやかもち）
天武王子日本記作者

家人親王（いゑひとしんわう）　又作二舎人（イエヒト）一

家田屋太右衛門尉（いゑだやたゑもんのじやう）　新吉原娼家

家橘（かきつ）　市村羽左衛門

家暮（やぼ）　坂東三八

家持（やかもち）　一説ニ、此人リンキフカクテ、ソノクセニ紋所ハ通ナモンユヘニ、通ナ紋ヤキ持ト号ス

（ハツ一オ）

※「家」の字の付く人名・俳名などを吹き寄せたでたらめな系図。

・**家人親王**　「舎人親王」のこと。『古事記』の編纂者。「いゑひと」という訓みについては『書言字考節用集』の「舎人親王」の項に「イヘヒトシンノウ」と傍訓がされ、「天武ノ皇子。廃帝ノ父。養老四修ス二日本紀一ヲ」と説明がある。

・**家田屋太右衛門尉**　吉原江戸町二丁目の遊女屋の主人。

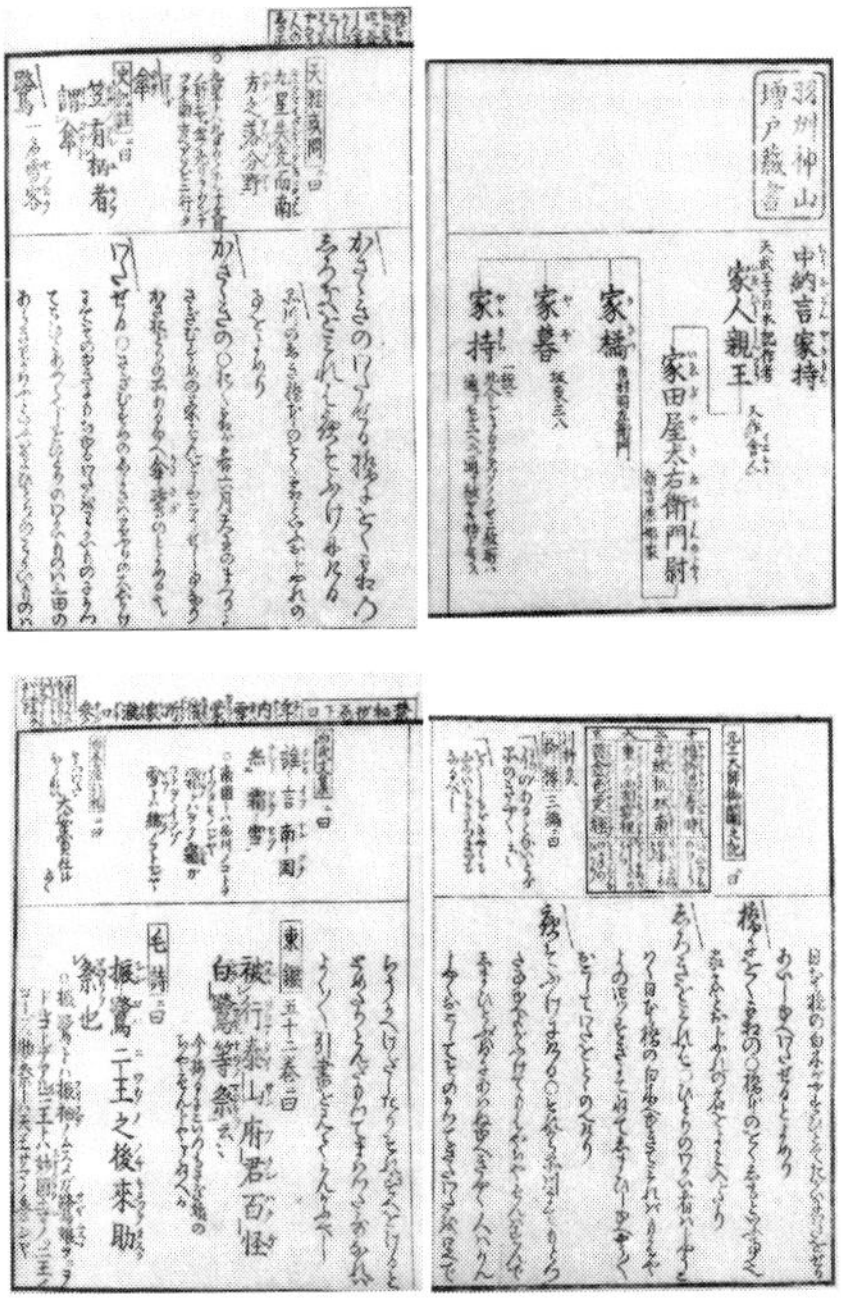

・**家橘**　歌舞伎役者・芝居小屋市村座の座元市村羽左衛門の俳名。市村羽左衛門は現代まで続く名前だが、当時の話題としては「天明五年八月二十五日、九代目市村羽左衛門死す。六十一歳」（『歌舞伎年表』）がある。

・**家暮**　歌舞伎役者二代目坂東三八の俳名。敵役を得意とした。天明七年没。前名の坂東又八時代に「これでやぼなら、しよう事が、ねエ」の科白で当て、盛んに声色等に使われた。

・**通ナ紋ヤキ持**　「中納言家持」のもじり。「一説」というのは注釈書の常套句。「リンキ」（悋気）は嫉妬・やきもち。

かさゝきのわたせる橋にをく霜のしろきをみれは夜そふけにける

　品川のゐき橋本のをく霜といふおじやれの事をよめり。

（欄外註、**ハツ一ウ**）

橋本は、ちかごろ四ッ谷新宿（しん）から越（こ）した旅篭屋（はたごや）なり。人の知（し）る所。

（頭注、**ハツ一ウ**）

天経或問ニ曰、

　九星（キユウセイ）失（ウシナツ）テレ光（ヒカリ）ヲ而南方（ナンバウ）之（ノ）落（ヲ）ツ二分野（ブンヤ）ニ一。

　　○九星トハ、九ヨウノホシ十文目ノ所ジヤ。金ノ光リヲウシナツテ、南方ヘアソビニ行クコトゾ。

※品川は日本橋から二里の東海道の宿場。江戸から旅立った場合、五十三次の最初の宿駅となる。当時遊里同然の地として有名で、「おじゃれ」と称する遊女を各宿屋で抱えていた。本作より少し後の時代の刊行になる『江戸名所図会』には「旅舎数百軒軒端を連ね、常に賑はしく、往来の旅客絡繹として絶えず」と記す。吉原を「北里」というのに対して、品川を「南駅」と称した。

・**橋本**　甲州道中の宿場であった内藤新宿から移転した旅篭屋。『初衣抄』と同じ天明七年刊の『通言総籬』に「新宿からこした橋本は、またあつちへかへつたそふだの」とあり、本作を執筆していたであろう天明六年中に再び品川から新宿に戻ったことが推測されるが、その辺りの事情ははっきりとはしていない。

・**をく霜**　遊女の名。和歌からそれらしい言葉を選んだ。

・**天経或問**　中国清代に成立した天文書。日本では享保十五年刊の西川忠次郎訳の和刻本、寛延三年刊の入江修による『天経或問註解』がある。天文書として日本で非常に普及したものである。ただし引用されたような表現はこれらには見あたらないので、京伝の創作と考えられる。有名でそれらしい書名を掲げたということであろう。京伝作の黄表紙に『天慶和句文』（天明四刊）がある。なお寛政二刊の京伝作黄表紙『藍返行義霰』には「南極せいはしな川の分野におち給ふ」と、同趣の表現がある。

・**九星**　「九曜」に同じ。「九曜」は元来日・月～土の七曜星に二つの星を加えた九の星の意味だが、星紋の一種となり、品川宿では、揚げ代十匁の遊女（品川では最上級）を示す合い印となった。

・**分野**　天文用語。戦国時代中国の天文学において、天の二十八宿を中国の諸国に配当し、各星宿の地上の支配領域と定めた。

・**金の光リヲウシナツテ**　吉原で遊べるだけの財力がなくなったこと。『金々先生栄花夢』（安永四刊）の金々先生は、吉原→深川→品川と、金が苦しくなるごとに段々と格の低い遊里に移っている。

※解説末尾の「ジヤ」・「ゾ」は今日から見ると大変くだけた表現であると感じるが、このような表現は、室町時代以来、漢籍を口頭で講釈する際に用いられた当時の口語であり、その講釈を筆記した「抄物」の文体でもあった。江戸時代になっても講釈および注釈書の常套的文体として使用された。

かさゝぎの〇おく霜が客、六月天王の祭（まつり）に、鷺娘（さぎむすめ）の茶番（ばん）を趣向（しゅこう）せし事なり。傘踊（かさおどり）の所あるゆへ、傘鷺〈かささぎ〉のと詠（よ）める也。

（頭註、ハツ一ウ）

傘（カサ）　[史記註]ニ曰、

笠（カサ）ノ有（アル）レ柄（エ）者（モノ）ヲ謂（イ）フレ傘（カサ）ト。

鷺　一名雪客。

（頭註、ハツ二オ）

元三大師御鬮之記ニ曰、

十	楊柳遇レ春ニ時	八つ山の春のけしき
二	牛ヲ放ツ桃林ノ南ニ	牛は高輪の南にあそぶ
大	重重タル霜雪ノ裡	をく霜がざしきのうち
吉	黄金ノ色更ニ輝ク	そうばなのかねのひかり

川柳点柳樽三編ニ曰、

イのあるとないとが品のきやく云々。

をく霜が客も、山の芋か薩摩芋なるべし。

・**六月天王**　品川の牛頭天王では、陰暦六月に疫神除けの祭礼が行われた。天明七年刊の京伝作洒落本『古契三娼』に「天王の時分がにぎやかさ。六月の七日から十九日まで〻ござりやす。そして灯篭が出やす」とある。

・**鷺娘**　所作事。長唄『柳雛諸鳥囀』の一部。宝暦十二年三月の江戸市村座で二代目瀬川菊之丞が初演した。内容は、娘に化けた白鷺の精が恋に悩む振りを表し、最後は地獄におちて鬼に責められ苦しむさまを演じる、というもの。

・**茶番**　茶番（俄）狂言のこと。祭礼や宴会の余興として素人が演ずる滑稽寸劇。

・**史記註**　『史記』「平原君虞卿列伝第十六」の「簦」についての割註に「長柄笠音登笠有柄者謂之」とあるが、井上泰至氏が「京伝『初衣抄』と秋成『癇癖談』―擬注もの戯作の系譜―」（上・下、『国語国文』平成八年七月・八月）において、この記述が

『書言字考節用集』の「筌」の項に「『史記註』笠有柄者謂之」とある部分からの孫引きであると指摘されている。併せてこの引書に続いて本文中に出る「鷺一名雪客」という記載も『書言字考』からの引用であることも指摘されている。本書には他にも『書言字考』からの引用が散見され、『書言字考』が京伝の座右の書であったと推定できる。ただし京伝が『史記』の和刻本等を見た可能性も否定できない。「⑧春道列樹」の項を参照。

・**雪客**　鷺の別名。『和漢三才図会』（京伝の種本の一つ）巻四十一などにこの表現が見える。

・**元三大師御鬮之記**　『元三大師御鬮之記』は当時もっとも一般的なおみくじの文言の解説書。当時この名や『元三大師百籤』などさまざまの名で出版されていた。

このおみくじは最上段は通し番号と吉凶、二段目に五言絶句風の漢詩、下の段にその和訳が出る形式である。ここでは本物の第十二番（大吉）をもじっているもので、漢詩の一・三・四句はそのままに、二句目「残花発(ひら)ク旧枝ニ」を「牛放桃林南」とし、下段の和訳は全面的に変えている。元来の和訳は順に「柳も春に逢ふて緑を長ずるぞ／木の梢も花咲き実成つては双葉を重ね枝を重ねめでたいぞ／霜雪しきりなうちにも／黄金は色を変ぜずか丶やくぞ」。なお漢詩の変更部分は『書経』の「牛放桃林野」をふまえ、高輪牛町に牛小屋が多かったことを示す。『初衣抄』と同じ天明七刊の『古契三娼』「馬を四ツ谷の新宿につなぎ、牛を高輪の南に放つ」。

・**八つ山**　品川の北高輪の丘。大日山とも。品川宿の江戸方面からの入り口にあたった。

・**そうばな**　惣花。客が配るご祝儀。

・**柳樽**　雑俳点者柄井川柳の点した雑俳の一種である前句付の万句合のうちから、呉陵軒可有が前句を省いても意味の通る秀句を出し、明和二年に出版した撰集。その時の好評に応えて百六十九編まで出版された。その、三編（明和五刊）を見ると同形の句はもとより類句も見あたらない。しかし、七編（明和九刊）には「品川のきやくにんべんのあるとなし」とあり、これが口碑で伝わるうちに異同が生じたか、京伝の記憶違いであろう。京伝は他の自作でも多く川柳を引用しているが、やはり句形の違っているものが多い。

にんべん（「イ」）のあるとないとは、「侍」と「寺」の文字、つまり武士と坊主ということである。侍は品川のそばの芝三田に薩摩藩の中・下屋敷があったため薩摩武士を、寺は芝の増上寺をさす。これらの客が品川には多かったということをこの川柳は示している。また「山のいも」は増上寺の僧、「さつまいも」は薩摩の武士で、当時武士客の代表格とされた。八編には「品川は山のいもよりさつまいも」という句もある。

わたせる○鷺娘の所作は、雪ふりの大じかけにて、その雪にもちゆる綿を、若い者に、買つてこひと誂へしを、一人の若い者は、三田の荒木で買はふといふ。いま一人の若い者は（ハツ一ウ）日本橋の白木が安ひとて、互いに綿を競りあいしゆへ、綿競ると詠めり。

（頭註、ハツ二ウ）

白氏文集ニ曰、

誰カ言フ南国無ト二霜雪一。

○南国トハ品川ノコトヲイフタモノジヤ。

霜トハ、ヲク霜ガコトヲイフゾ。

雪トハ、綿ノコトジヤ。

（欄外註、ハツ二ウ）

禁秘抄巻下曰

年内ノ雪ハ蒙テレ催ヲ、所ノ衆滝口参ズ。

茶ばんのゆきはもよほしをかふむつて、わかいしゆ喜介さんず。

・**若い者**　後出の「若い衆」と同義。遊廓で、男の使用人を年齢にかかわらずこう呼ぶ。

・**三田の荒木**　『江戸買物独案内』（文政七刊）には、「呉服太物所　芝三田通新網町　あら木伊兵衛」とある。京伝作画見立絵本『小紋裁』（天明四刊）に「品川あられ」として、九曜の星などを図案化した模様を出し、「妙国寺の仁王さんへ手ぬぐひをあげんすから三田のあらきへあつらへん」とある。

・**日本橋の白木**　『江戸買物独案内』に日本橋通一丁目に「繰綿問屋　日本橋通一丁目　白木屋彦太郎」（真綿問屋・太物問屋・呉服問屋も兼ねる）、また同じ一丁目に呉服問屋「白木屋加右衛門」があるが、昭和四十二年まで続いた有名な店は前者。

・**白氏文集**　白楽天の詩文集。ここに引用されているのは「酬元員外三月三十日慈恩寺相憶見寄」と題する七言律詩の七句目。

・**禁秘抄**　順徳天皇著の有職故実書。江戸時代にも刊本があった。京都吉田四郎右衛門版の（無刊記本）を見ると巻下、四十六の「雪ノ山」に同じ表現がある。

・**喜介**　娼家等の使用人の通り名。

橋にをく霜の〇橋本のをくしもといふ事也。家名とおじやれの名をよみ入レたり。

しろきをみれば〇ひとりのわかい者はじやうこはく、日本橋の白木へゆきてみれば、もはやよの四ッすぎにて、ねてしまひしゆへ、やう〳〵おこして、わたをと、のへけり。

（頭註、ハツニウ）

白木屋引札ニ曰、

真わた（ほうれい）大安売仕候云々

・**じやうこはく**　強情で。

・**よの四ッ**　午後十時前後。

・**白木屋引札**　白木屋で当時実際にこのような引札が配られたのであろうが実物は未見。「引札」は商店が宣伝のために配るチラシのこと。「真綿」は生糸にならない屑繭を用いて作った綿。「ほうれい」は法令綿のこと。もと大和の法令という地から産した綿。古綿を打ち直した綿を「穂入」と称していたので、江戸ではそれと混同されて使われるようになったという。

夜ぞふけにける○それから品川までもどつた事ゆへ、よがふけて、もはや茶番はすんでしまひ、とふ〳〵間にあはぬゆへ、客人はかんしやくおこして、その買つてきた綿を、足で（ハツ二オ）廊下へ蹴出したり。それデ末を「ける」と止めたり。とんだもつてまはつた歌なれば、よく〳〵引書を見て考ふべし。（ハツ二ウ）

（後註、ハツ二ウ）

東鑑五十二巻ニ曰、
被レ行二泰山府君百怪白鷺等ノ祭一云々。
今按るに、こいつも鷺娘の茶番じやァねへか。
毛詩ニ曰、
振鷺ハ二王之後来テ助レ祭ヲ也。
○振鷺トハ振袖ノムスメガ、鷺娘ヲヲドルコトデアル。二王トハ妙国寺ノ二王ノコトゾ。助レ祭トハ天王サマノ祭ジヤ。

・**東鑑**　鎌倉幕府の治世を編年体で描いた歴史書『吾妻鏡』。第五十二巻・文永二年四月小二十二日辛酉の条に「天晴る。将軍家御夢想の告によつて」（原漢文）に続いて引用部分の記載がある。

・**按るに**　注釈書の常套句。

・**毛詩**　『詩経』のこと。漢初に毛亨の伝えた『詩経』を言う。「周頌振鷺序」に本書と同表現あり。

・**妙国寺**　東品川の東海道沿いにある日蓮宗の寺院。仁王門の運慶作の仁王像で知られた。

※この歌は品川遊廓での茶番狂言の際の歌だと言うこじつけ。同種のこじつけ解釈の先行作である『百人一首虚講釈』（安永四刊）では設定は違うものの、「奥霜」という遊女の源氏名が見える。

②喜撰法師

喜撰法師（きせんほっし）

- 喜太八　四十七騎一人　竹森 — 喜三太　御厩
- 喜三二　画双紙作者 — 喜三郎　小野川
- 喜四郎　吉原越前屋
- 喜六　佐川田 — 喜長　沢村長十郎
- 喜撰 — 喜瀬川　大礒遊女
  - 喜代三　若女形

（ハツ三オ）

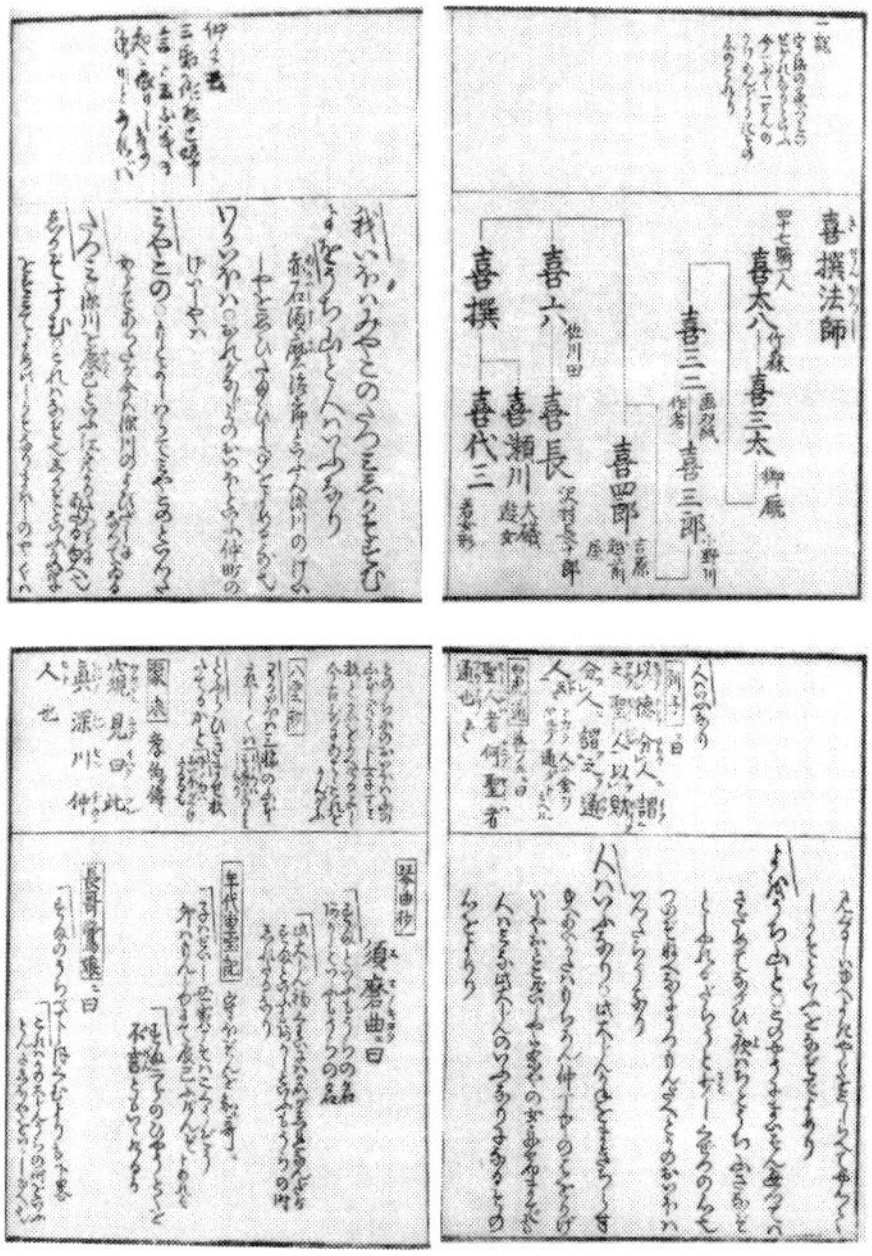

（頭註、ハツ三オ）

一説、宇治の茶摘みのせがれなりといふ。今一服一銭の掛行灯にその名残れり。

・**喜撰法師**　「ほつし」と読ませている。「ほうし」に同じ。

・**竹森喜太八**　『仮名手本忠臣蔵』の登場人物。四十七士の一人。実説では武林唯七。

・**御厩喜三太**　演劇の「義経記」の世界の登場人物。義経の馬を預かる臣。

・**喜三二**　戯作者朋誠堂喜三二（享保二十～文化十）。京伝は天明初年前後画工北尾政演として『運開扇子花』（天明元刊）などいくつかの黄表紙の挿絵を担当している。

・**小野川喜三郎**　第二代横綱。この作品の出版された当時はまだ関脇。宝暦八年大津生まれ。久留米侯の抱え力士となり、安永九年入幕、この時谷風梶之助と初めて顔を合わせ、その後両雄並び立つ時代が十数年間続いた。寛政元年谷風と同時に横綱免許を受ける。谷風を初代、小野川を二代とする。文化三年没、四十九歳。

・**越前屋喜四郎**　吉原江戸町一丁目にあった遊女屋。『通言総籬』に「越前屋は、真にといふことを、たんといふね」とある。

・**佐川田喜六**　桃山・徳川初期の歌人・茶人、佐川田昌俊の通称。「吉野山花まつ頃の朝な朝な心にかかる峯の白雲」の詠が知られる。寛永二年没、五十六歳。

・**喜長**　歌舞伎役者初代目沢村長十郎の俳名。安永元年に襲名、天明七年十一月に亀右衛門と改名。屋号は井筒屋。

・**喜瀬川　大礒遊女**　演劇の曾我物に登場する架空の遊女名。「助六」ものでは、もと白玉の役をこう言った。「白玉の役名を最初は喜瀬川と称したが安永八年中村座で瀬川菊之丞の弟子の吉次が勤めて以来白玉といふ」（『歌舞伎細見』）。大礒は相模国の東海道の宿場（現神奈川県大磯町）。江戸文芸では、しばしば江戸の吉原遊廓を仮託する。

・**喜代三**　歌舞伎役者初代中村喜代三郎。上方で名女形として活躍、江戸に下ること三回、「助六」の揚巻が当たり役。安永六年没。

・**一服一銭**　もと室町時代に路傍で一服の煎茶を一銭（一文）で売ったことから、江戸時代に茶を飲ませる店をこう呼んだ。

・**掛行灯**　家の入り口や店先などに掛けておく行灯。屋号などを書き抜く。「喜撰」は茶の銘柄の一つであり、また茶そのものも指していう。茶店の掛行灯にこの字が記されていたのであろう。

我いほはみやこのたつみしかそすむよをうち山と人はいふなり
赤石須磨治郎（あかいしすま）といふ人、深川の芸者（げいしゃ）を思ひたまひし事を詠（よ）める歌也。

・**赤石須磨治郎**　『源氏物語』の「須磨」「明石」の巻名にちなむ。金持ちの色男を暗示している。

・**深川**　江戸郊外東南に当たることから「辰巳」と呼ばれた。江戸随一の岡場所として栄えた。『辰巳之園』（明和七刊）に「京都辰巳鹿社住（こそすめ）、江戸辰巳有遊楽。夫者宇治山、是者深川」とある。

・**芸者**　深川特有の「羽織芸者」のこと。女芸者が本来は男子の衣装であった羽織を着て客席に出たことからそう呼ばれる。芸者は遊女と違い身を売らないのが建前であったが、実際には遊女と同じく売春することもあった。『仕懸文庫』（寛政三刊）に「羽をり化して子どもとなる」（「子ども」は遊女の深川での称）とある。

わがいほは○おれが馴染（なじみ）のおいほといふ仲町の芸者（げいしや）は。

みやこの○もと吉原（よしはら）で、みやこのと言（い）つた女郎であつたが、今は深川の呼出（よびだ）しになつてゐる。

※ここまでは「赤石須磨治郎」の独白調。

・**仲町**　深川には七場所と称された七か所の岡場所があったが、そのうち土橋とともにもっとも繁盛した地。

・**吉原**　吉原で「みやこの」という源氏名の遊女であったのが、吉原を退廓の後、深川仲町の子供（遊女）となった。
・**呼出し**　深川の岡場所で上級の遊所である仲町・土橋・表櫓の遊女を指す。寄せ場（見番）から呼び出されて茶屋に至り客の相手をするところからこの名がある。

たつみ○深川を辰巳といふ。江戸よりたつみにあたるゆへ也。

しかぞすむ○これは謎也。「しかぞ」といふ文字を澄みて読めば、「しかそ」なり。廻しの夜具は（ハツ三ウ）見ぐるしいゆへ、よき夜具をこしらへてやつて敷かそ、といふを謎で詠めり。

よをうち山と○このやうに毎晩通つては、さだめて長ひ夜はちとうち山さ、なぞと洒落るだらうと、少し口舌の心也。ついぞねへ、何うつもんだへと、かのおいほは言つたらうなり。

・**謎**　謎掛けになっているという意味。「すむ」を「澄んで読む」と解釈する。
・**廻しの夜具**　遊里語。遊女の所有物ではなく、茶屋が所有している夜具。それではみっともないので、須磨治郎が専用の夜具を作ってやろうというのである。『仕懸文庫』（寛政三刊）に、「縄丁（＝仲町）は夜具を茶屋から出すゆへあまりよろしからず。縄丁のほうは芸者をころばすといふ立て（＝特色）ゆへに、夜具も茶屋から出だすなり」とある。ちなみに、土橋の子供は自分専用の夜具を持っていた。
・**うち山**　「……山」は安永期を最盛期とする通人の流行語。形容詞の語幹や動詞の連用形に付け、通人を気取る。「うつ」は、閉口するの意。
・**口舌**　痴話喧嘩。毎晩通っては身が持たねえよ、と須磨治郎がからかったのである。
・**ついぞねへ**　深川から始まった流行語。あきれた、あらいやだ、よく言うよ、というような意味。

・何うつもんだへ　身が持たないどころか、好きではないか、と反論している。

人はいふなり○此大尽、金をまきちらすゆへ、敵娼はもちろん、仲丁中の羽織芸者、男芸者、茶屋の女、舟宿までも、人はみな此大尽の言ふなりになる。その心を詠めり。（ハツ四オ）

人はいふなり

（頭註、ハツ四オ）

列子ニ曰、以レ徳ヲ分ツ人ニ、謂二之ヲ聖人一。以レ財ヲ分ツ人ニ、謂二之ヲ通人一ト云々。トカク人に金ヲヤルデ通ダトミヘル

白虎通巻ノ三ニ曰、聖人者何ゾ。聖者通也ト云々。

・大尽　大金を使って豪遊する客。ここでは明石須磨治郎をさす。

・敵娼　客の相手の遊女。ここではおいほ。

・男芸者　芸者はもともとは男性女性ともにあり、単に芸者と言ったときには男芸者を指したが、後には芸者と言った場合女芸者を指すようになり、男芸者は男芸者と称するようになった。太鼓持・幇間とも。なお、女芸者の呼称については『絵本見立仮譬尽』二十四「ちよつ貝」参照。

・茶屋　ここでは、岡場所で、女郎・芸者を呼んで売春を伴う遊興をさせる色茶屋のこと。

・舟宿　江戸から深川へは舟で通うのが常であった。

・列子　道家列子の著作とされる。中国戦国時代の列子は、虚の道を得た哲人として伝えられるが、おそらくは荘子による架空の

人物であろうと言う。原文では「以徳分人謂之聖人以財分人謂之賢人」（寛永期の古活字本を覆刻した整版本による）。その表現のうち「賢人」を「通人」にすり替えたのである。

・**白虎通**　『白虎通徳論』（後漢・班固撰）。巻三に「聖人者何聖者通也道也声也道無所不通」（寛文二年の和刻本による）とある。この場合は原文の「聖人」は「道として通ぜざる所なし」を「通人」の意味に巧みにすりかえている。

（後註、**ハツ四ウ**）

琴曲抄須磨曲（スマノキヨク）ニ曰、

すまといふもうらの名、あかしといふもうらの名。

此大じん、初会（くわい）には名が知（し）れなんだが、須磨（すま）といふも明石（あかし）といふも、裏（うら）の時知（し）れたるなり。

年代重宝記守本尊（ほぞん）を知ル歌ニ、

子は勢至（せいし）丑寅こそは虚空蔵（こくうぞう）卯は文殊（もんじゆ）にて辰巳普賢（ふげん）ぞ、トあれば

すま二郎の表徳（ひやうとく）を不言（ふげん）とも言（い）ゝけるか。

長歌鷺娘ニ曰、

すまのうらべでしほくむよりも下略

これはかの大じん、裏（うら）の時をいふ。とんだ塩屋（しほや）をいゝしゆへ也。

・**琴曲抄**　琴の楽譜集。元禄七刊。同書所収の「須磨」に「すまといふもうらの名、あかしといふもうらの名、さらしなの月ともにながめていざやかへらん」とある。京伝の黄表紙『無匂線香』（天明五刊）にも引用書目として挙がっている（別の曲を作品中

で使用している）。

・**初会・裏**　客が初めて遊女に会うことを初会、二度目に会うことを裏と言う。三会目からが馴染み。

・**年代重宝記**　年代記（当時流布した歴史年表）の入った重宝記を指す。「勢至」、「虚空蔵」、「文殊」、「普賢」はいずれも菩薩の名。歌は生まれ年の干支によって決まっている守本尊（身の守りとして信仰している仏）を口調よく覚えるためのもので、当時の雑書類にしばしば見える。ただし本によって守り本尊に異同がある。管見のものでは、『狂文宝合記』（天明三刊）「和歌筋夢中伝」に引かれるところでは「子はせんじゆうしとらことはこくうぞう」、須原屋茂兵衛刊『掌中年代重宝記　再刻』では、「一だいまもり本ぞんのうた　子はせんじゆうしとらこそはこくうぞう卯はもんじゆにてたつみふげんぞ」、寛延三年初版の『永代節用無尽蔵』では、「子は観音（以下同じ）」とある。

・**表徳**　雅号。当時通人を自称する者の間では、中国趣味の流行から、漢字二文字を音読する雅号を持つことが流行った。それが遊里での遊客の通り名となった。

・**長歌鷺娘**　『柳雛諸鳥囀』の一部（「①大伴家持」参照）。その詞章は「須磨の浦辺で潮汲むよりも、君の心は汲みにくい、さりとは実に誠と思はんせ」。京伝は黄表紙『無匂線香』（天明五刊）にも引書として掲げ、これをもじった詞章を出している。

・**塩屋**　深川に始まる安永・天明期の流行語。自慢、高慢、自惚れ。『鷺娘』の「潮汲む」から「塩屋」を引き出す。

（頭註、ハツ四ウ）

その後かのおいほは、山の山本へ給仕女(きうじ)に住(す)み、杉と名を変(か)へけるよし。今、古歌にあて、これを考(かんが)ふ。

八雲抄

わがいほは三輪の山本恋しくば（上ノ句はすま二郎のよみしなり）

とぶらひきませ杉たてるかど（下ノ句はおいほが付(つ)けたる句也）

蒙求孝伯ガ伝ニ、

窺（ウカヾ）ヒ見（ミ）テ曰（イハ）ク、此真（コレシン）ノ深川仲（シンセンチウ）ノ人（ヒト）也。

・**山**　深川八幡山の略で、富岡八幡宮の境内をさす。
・**山本**　仲町の料理茶屋。尾花屋・梅本と並び称された店。深川では、最高級の料理茶屋も色茶屋を兼ねた。
・**八雲抄**　『八雲御抄』。順徳天皇の歌論書。江戸時代には享保十三版などしばしば版行された。その中にこの歌が出ている。
・**わがいほは…**　『古今和歌集』巻十八以下、諸書に収められて有名な歌。
・**蒙求**　中国盛唐の李瀚の編んだ書で、子どもたちに歴史の故事を記憶させることを目的に、上代から南北朝までの古人の有名な言行を収めたもの。四字句の韻文で五百九十六句から成る。明和四年の服部南郭校の和刻本『新刻蒙求』、注釈書に『箋注蒙求』（岡白駒、明和四刊）等がある。
・**孝伯**　晋代の王恭の字（あざな）。才知に優れ操も正しかったが、自負心が強く、地位に不満で謀反し、会稽王道子に殺された。容姿がすこぶる美しく、春月に光柳葉と言われ鶴の白羽の毛衣をきて雪中を歩くさまを「神仙中の人」と言われた。『標題徐状元補注蒙求』（寛永十二、中野市右衛門刊）「王恭鶴氅」に「窺見曰此真神仙中人也」とある。この「神仙中人」を「深川仲（町の）人」と、音を生かしてもじったのである。

③ 陽成院

陽成院（やうぜいゐん）
　楊柳観世音（やうりうくわんぜをん）　仏像図彙
　楊貴妃（やうきひ）　事ハ見　長恨歌　楊妃外伝

楊枝屋阿幾〈やうじやおいく〉　浅草寺内　事見 指面草（サシモグサ）

楊名介〈やうめいのすけ〉　源氏夕顔巻　三ケノ口決　つれぐ草

楊香〈やうきやう〉　二十四孝詩　追レテ虎ヲ助ク父ヲ

陽成院（ハツ五オ）

・**陽成院**　平安時代前期の第五十七代天皇。清和天皇の第一皇子。光孝天皇に譲位し、上皇となる。

・**楊柳観世音**　三十三観音の一つ。右手に楊柳の枝を持つか、または座右の水瓶にこれを挿すこともある。衆病を消除することを本誓とする観音。

・**仏像図彙**　五巻五冊。仏像及び道具の画集。元禄三刊。天明三年に画工土佐秀信によって改版増補され、以降寛政四年・八年、天保八年、さらに明治期にまで再版される。その巻二に楊柳観音の項がある。

・**長恨歌**　白楽天の詩。七言古詩百二十行。唐の玄宗皇帝と楊貴妃との愛と、国の乱れ、楊貴妃の殺害とその悲しみを詠う。日本でも平安時代から広く知られた。『古文真宝前集』に「参議雅経」の項で引く「琵琶行」とともに所収されている。『白氏文集』にも収載。

・**楊妃外伝**　本書は唐代に成立した小説『楊太真外伝』のことか。

・**楊枝屋**　浅草寺の境内にあった床店で、美人の看板娘を置いて楊枝、五倍子（ふし）、酒中花などを売った店。

・**阿幾**　『通言総籬』に「羅月がいもうとは、いつ梅とやうじやのおいくを、そうじめへにしたといふかほだねえ」とあり、『日本

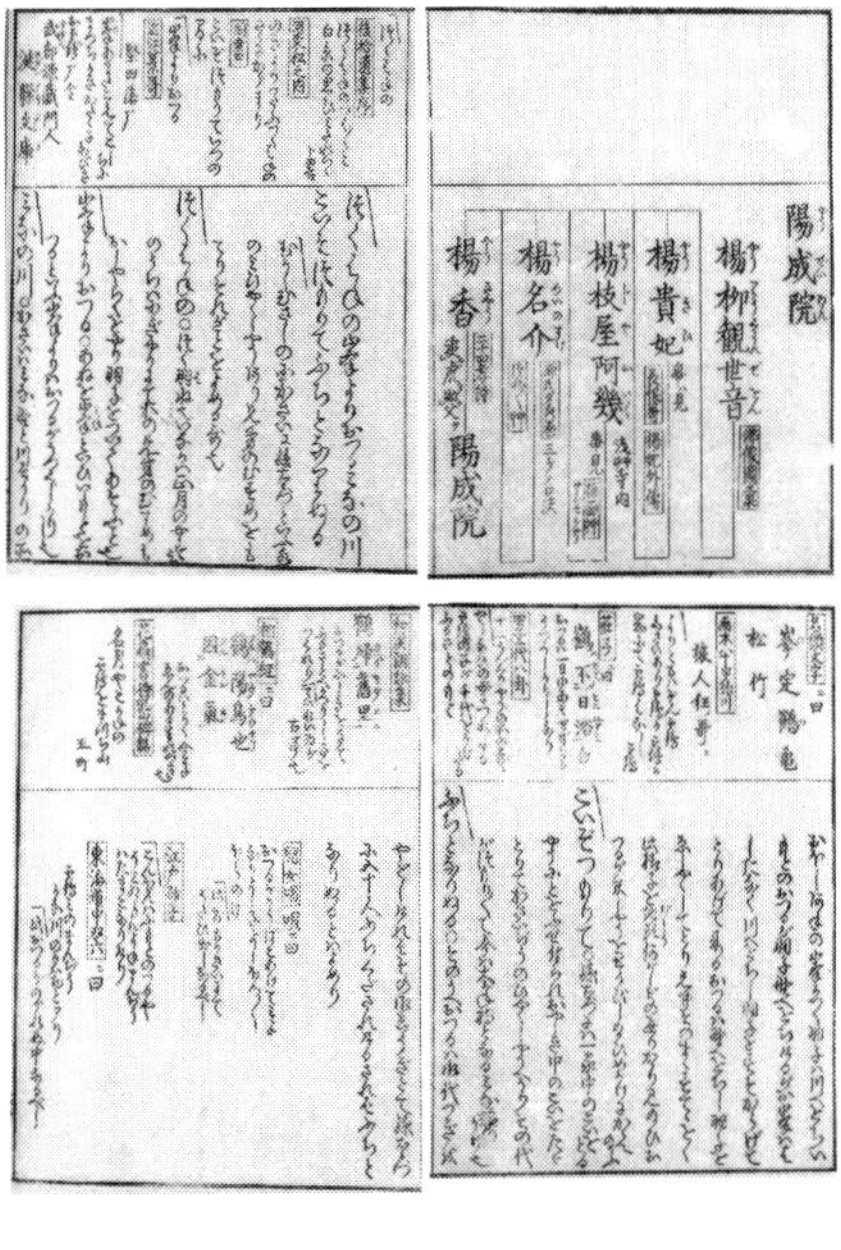

古典文学大系 黄表紙洒落本集』の水野稔氏註に「浅草観音随身門内の楊枝屋柳屋八右衛門の娘。当時評判の女」とある。

・**指面草** 京伝作の滑稽本。天明六年刊。「乗物の中に香留(かをとめ)る梅は武士(もののふ)」の巻に浅草寺内の楊枝屋の看板娘枝屋おいくが登場する。
「銀杏の葉飛で楊枝屋おいくが韎韐(まへだれ)に模様をうつし」

・**楊名介** 平安時代以降、名目だけで職掌も俸録もない国司の次官。

・**源氏夕顔巻 三ケノ口決・つれ〴〵草** 楊名介は、『源氏物語』夕顔の巻では、一時夕顔が身を寄せた家。惟光の隣家。その妻が夕顔の西の京の乳母の子。京伝作黄表紙『御存商売物』（天明二刊）では、『唐詩選』と『源氏物語』が擬人化されて登場。また京伝作黄表紙『江戸生艶気樺焼』（天明五刊）では、一丁裏に艶二郎の背景に『源氏物語』が『伊勢物語』とともに同じ函に入れられている様子が描かれる。

『徒然草』には「楊名介に限らず、楊名目といふものあり。故事要略にあり」（一九八段）とある。『徒然草』は版本が多数出ているし、註釈書も多く出版されている。その註釈書の一つ山岡元隣『増補鉄槌』の寛文版本を見ると、註に「源氏夕顔の巻にある事なり」「源氏三ケの大事と云」とあり、浅井山井『徒然草諸抄大成』（貞享五刊）にも同種の註が付されている。前項はあるいはこれらのいずれかの註から引いたものではないだろうか。『徒然草』については京伝は『狂文宝合記』に「女の髪にてよれる綱 一名糸柳」を寄せているほか、『小紋裁』（天明四刊）・『忠臣水滸伝』（寛政十一・十二刊）等多数の作品に趣向として使っている。「口決」は、文書に記さない、口伝えの秘伝。「三ケノ口決」とは、源氏物語における三つの秘伝のうちの一つの意。

・**楊香** 二十四孝の一人、魯の楊香は、十四歳の時、父と稲刈りに出、父が虎に襲われた時に自分の身を猛虎の前に投げ出し、猛虎を感動させて、親子とも命が助かったという。近松の『国性爺合戦』（正徳五初演）第二には「廿四孝の楊香は孝行の徳によって。自然と遁れし悪虎の難」という表現がある。

・**二十四孝詩** 二十四孝は中国で古来有名な孝子二十四人の総称。元の郭居敬がその伝を記した教訓書を著したのによる。『二十四孝詩』はそれを詩としたもので、単独の版本としても行われたが、節用集等の雑書類にも載る。例えば『頭書増字節用集大成』（元禄十刊）には「二十四孝和解」として詩と絵入りの解説が載る。

つくはねの峯よりおつるみなの川こいそつもりてふちとなりぬる
むかし武蔵の国葛西に孫右衛門といふ水呑み百姓あり。兄弟の娘をもてり。それがことをよめる歌也。

・**葛西**　隅田川以東の、もと下総国葛飾郡の、江戸川と中川とに挟まれた一帯。江戸初期、武蔵葛飾郡として、武蔵国に編入された。「ここは江戸の近郊でありながら、典型的な田舎と見られていた。そして野菜類を江戸へ運んできた舟が、帰りに肥桶を積んで行くので、糞舟を葛西舟と呼んだことなどが、軽蔑感をさそったのであろう。」（『江戸文学地名辞典』）。なお、葛西舟に関しては、「葛西船の悪く臭きまで、入乱れたる舟、いかだ、誠にかかる繁栄は、江戸の外に又有るべきにもあらず」（『根無草』）、「糞舟のはなもちならぬ狂歌師も葛西みやげのなばかりぞよき」（朱楽管江、『狂言鴬蛙集』所収）といった記述もあり、隅田川以東の川や堀では、顕著な存在であった。

つくはねの○つく羽〈は〉ね也。田舎は正月の休みのうちは賑やかにて、かの兄弟の娘もおしやらくをやり、羽子をついて遊ぶこと也。

（頭注　ハツ五ウ）

つくはねの

後拾遺集序　つく羽のつく〴〵と白糸の思ひ乱れつゝ下略

河東松之内　軒よりつたふつくはねの笹にからまり

同書　恋ぞつもりていつの間に

・**つくはね**　本歌では「筑波嶺」の意であるが、「つくばね（突く羽根）」すなわち羽根つきとした。

・**おしやらく**　「お洒落」。女性がおしゃれ、おめかしをすること。

・**後拾遺集序**　当時八代集・二十一代集の版本が行われており、それに拠ったものか。『後拾遺集』序には、「すがのねのながき秋の夜つくばねのつく〴〵と。しらいとのおもひみだれつゝ」とある。後年になるが京伝は合巻『笠森娘錦乃笈摺』（文化六刊）で和泉式部の歌を引き、「後拾遺集にあり」と記す。

・**河東松之内**　河東節「松の内」は竹婦人（または鶴見一魚とも）作詞。初代十寸見河東作曲。享保三年正月、江戸市村座「傾城富士の高根」において初演された。半太夫脇語りであった初代十寸見河東が初めて独立して河東節という新風を興した記念の浄瑠璃。大磯の廓の元日から七草までの情景を綴る。『日本歌謡集成』第十一巻に所載の歌詞では、「二日は茶屋にゐの日にて。手まづさへぎるはご板に。軒よりつたふ。つくばねの笹にからまりもすそへ。まりが〳〵袖くぐる手どりに一つ袂へ二つさゝにからまり。もすそへまりがくそでくぐるてどりにひとつたもとへふたつ恋ぞつもりて。いつのまに。ちよつと百ついた。まりの数、とんと落ちなば名はたたん」。「名や」ではなく「名は」となっている。『江戸生艶気樺焼』（天明五刊）の「道行興鮫肌」に引かれているのをはじめ、『小紋新法』（天明六刊）・『新造図彙』（天明九刊）・『繁千話』（寛政二刊）・『先開梅赤本』（寛政五刊）等、京伝作品にしばしば引かれている。

峯よりおつる○あねを峯（みね）といひ、妹（いもと）をおつるといふ。峯よりはおつるが美（うつく）しかりし也。

（頭註　ハツ五ウ）

峯よりおつる

近江八景歌　堅田落雁　峯○あまた越（こ）えてこしぢに松（まつ）ちかき堅田（かたゞ）になびきお鶴○雁金

武部（タケベ）源蔵門人　涎繰（ヨダレクリ）文庫（ブンコ）

（頭註　ハツ六オ）

名頭文字ニ曰　峯定鶴亀松竹

画本八十宇治川　猿人狂ノ歌ニ
頼朝はぞん鶴しさいあり鶴か鶴が岡にて鶴はなし鶴

荘子ニ曰　鶴ハ不ㇾ日ニ浴セズシテ白
おつるは一日湯浴みせずともうつくしかりしなり。

・**近江八景歌**　近江八景は近江国琵琶湖南部の八つの景勝。明応九年（一五〇〇）、中国の「瀟湘八景」に擬した近衛政家の選定と伝えられる。三井の晩鐘、唐崎の夜雨、堅田の落雁、粟津の晴嵐、矢橋の帰帆、比良の暮雪、石山の秋月、瀬田の夕照をいう。『近江八景歌』は近江八景のそれぞれを歌に詠んだもので、単独でも版行され、節用集の類にもよく掲載されている。たとえば『文翰節用通宝蔵』（明和七刊）にも近江八景歌が出ている。同書の堅田落雁の歌は「峯あまたこえてこしちにまつちかきかたゞになびきおつるかりがね」とある。また、戯註の趣向に合わせて、「落つる」を人名の「お鶴」ともじっている。

・**名頭文字**　「武部源蔵門人　涎繰文庫」の蔵書として出る。涎繰は『菅原伝授手習鑑』寺子屋の段で、源蔵の寺子屋の門弟として登場する。『名頭文字』は寺子屋などで、源・平・藤・橘・菅などのように、有名な姓氏の頭字を列記して、読み書きの教材にしたものであり、それで涎繰の文庫にあるとしたものであろう。節用や雑書類に「名頭文字」として見えるが、単独でも版行されている（たとえば『名頭国尽』江戸後期、藤岡屋慶次郎板）。それらには各文字が引用の通りではなく順不同に掲載されている。

・**画本八十宇治川**　天明六年蔦屋重三郎刊。京伝の画の師であった北尾重政画。その中に「鎌倉将軍頼朝」として源頼朝が鶴を放生する画があり「よりとも丶存する子細ありつるが鶴が岡にてつるはなしつる　尻焼猿人」の狂歌がある。猿人は尻焼猿人。酒井抱一の狂名。京伝妹の黒鳶式部の主催した「手拭合」の会（天明四年）にも名を連ね、京伝作洒落本『客衆肝照子』（天明六刊）に序文を書いている。天明五年刊『狂歌俳優風』にも「尻焼猿人狂」として載るので、「卿」を常に「狂」ともじっていたのであろう。なお、『画本八十宇治川』の義経と静御前の画に「烏羽玉の闇にきらめく小薙刀しづかは敵ををふて搦手　山東京伝」と、京伝も賛を寄せている。

・**荘子**　天運篇第十四に「夫鵠不日浴而白、烏不日黔而黒」とある。京伝の洒落本『傾城觿』（天明八刊）の「丁字屋雛鶴」の項にも同所の引用がある。『荘子』が近世文学に与えた影響は大きく、京伝ももちろん例外ではない。たとえば黄表紙『孔子縞于時藍染』（寛政元刊）・洒落本『傾城買四十八手』（同二刊）・黄表紙『百化鳥準擬本草』（同十刊）等。

みなの川○葛西はみな野と川ばかりの所（**ハツ五ウ**）おほし。姉の峯がつく羽子は川へ落ち、妹のおつるが羽子野へ落ちけるが、お峯ははしたなく川へ落ちし羽子を裾からげてとりあげて来る。おつるは野へ落ちし羽子をゐしやくしてとりえず、そのまゝすてゝをく。此様子を地頭何がしどの通りかゝり見給ひ、おつるが気性を賞美し給ひ、妾にかゝえ給ふ。

・**ゐしやくする**　遠慮する。さしひかえる。「トとわれてしばしゐしやくせしが」（『契情買虎之巻』安永七刊）。

・**地頭**　ここでは、江戸時代、地方知行（将軍または大名から与えられた一定地域の領主権）を持つ幕府の旗本、私藩の給人のこと。また一地域の領主の俗称。幕府や藩から知行を受けた村々を実際に管理し、行政および年貢徴収等を自ら行った。『風俗文選』（宝永四刊）所収、去来「霊虫伝」に「されど久しく民間にとゞまらず。地頭・代官のもとに上られ」とある。

こいぞつもりて○孫右衛門には一家中の肥をとるやうにと仰せ付られ、お屋敷中の肥をたゞとりて葛西中の百姓へうり、その代がつもり〳〵て今は大金持となる。みな娘のかげ也。

（頭註　**ハツ六オ**）

男女一代八卦　十二運繰りやうの所の歌ニ

養ひの母につれたる鶴の子が千代をかけたる故郷のもと

（頭註　ハツ六ウ）

和漢朗詠集　鶴帰リ二旧里一ニ

おつるが錦を着てふるさとへ帰りし事をつくれり。丁令威が古事也。

相鶴経ニ曰　鶴ハ陽鳥也因ニ金気一

おつるはとかく金子縁のある生れつき也。

花扇書待乳山碑銘　名月やこがねの鶴を待乳山　五町

・**一家中**　武家社会において、家来一同。

・**こい**　「こえ（肥）」の変化した語。「新吉原では糞をとるとはいはず、恋をとるといふ言葉に通ふを忌みて、糞をあぐるといふもおかし」（大田南畝『金曾木』文化六頃）。当時糞尿は、肥料とするため近郊農民が高値で買い取った。『守貞謾稿』（嘉永六頃成）巻四に「家主株ハ陽ニ金ヲ以テ譲レ之。雖レ然ドモ地主ノ意ニ応ゼズ、或ハ奸曲及ビ地代店賃等ヲ多ク債スル時ハ地主ヨリ追放スルコトアリ。株金ハ大略二十両、三十両ヨリ一、二百両ニ至ル。地主ヨリノ給金ト余得トニ応ジテ売買ニ差アリ。大略百両ノ株ノ年給廿両、余得十両、糞代十両、大概凡三、四十両ヲ得ル。蓋如此ノ株金、昔ハ賤シク年々漸クニ貴シ。因云、江戸ハ尿ハ専ラ溝湟ニ棄レ之、屎ハ厠ニ蓄レ之。屎、俗ニ『コヱ』ト云。コヤシノ略也。屎価、コヱ代ト云、屎代ハ家主ノ有トシ、得意ノ農夫ニ売レ之。稀ニ尿ヲ蓄フ者アリ。皆代家主ニ収ム。京師ハ尿ハ借屋人ノ有トシテ野菜ト代ル。大坂ハ屎代ハ家主、江戸ニ云地主ノ有トシ、尿ハ借屋人ノ有トシ、得意農ニ与之、冬月綿ト蕪菜トヲ以テ易レ之トス。屎価大略十口ノ屎一年金二、三分也。農地ニ近キ所貴価也」とある。

・**男女一代八卦**　男女の相性占い。雑書類にも納められているし、多少違う書名の場合もあるが単独に版行されたものもある。京伝の『御存商売物』では妹の柱隠しを誘拐された青本が、その居場所を『男女一代八卦』を呼んで占わせる。「十二運」は、中国の九星で、十二年で一巡する運勢のこと。胎・養・長・沐・官・臨・帝・衰・病・死・墓・絶をいう。該当歌は、『宝暦大雑書万々歳』（安政二年再刻）「十二運の事」の「養」の項に「やしなひのは、につれたるつるの子かちよをかけたるふるさとのもと」とあり、また刊年不明であるが『昼夜懐要両面重宝記　再刻』にも「十二運吉凶を知事」として見える。

・**和漢朗詠集**　『和漢朗詠集』は江戸時代にはたびたび版行され、本作に近いところでは天明二年刊行のものがある。また、節用集類にも引用されていることがある。『和漢朗詠集』巻下「鶴」に、「鶴帰旧里丁令威之詞可聴。龍迎新儀陶安公之駕在眼」（出典、『本朝文粋』巻三「神仙策　都良香」）とある。『捜神後記』上に、丁令威が鶴に化して郷里の城門華表の柱にとまったという故事にもとづく。

・**相鶴経**　『相鶴経』は宋、王安石編の鶴について記した書。『円機活法』鶴之部に載るのが有名であるが、京伝はそれを直接見たのではなく、『書言字考節用集』に載る表現を採ったものであろう。『書言実考節用集』「丹頂鶴」の項に「『相鶴経』鶴ハ陽鳥。因金気」とある。『円機活法』ではもう少し複雑な表現となっている。

・**花扇書待乳山碑銘**　向井信夫氏「花扇名跡歴代抄」（『江戸文芸叢話』平成七、八木書店所収）によれば、吉原の男芸者大坂屋五調（町）の「月照やこがね波よる真乳山」の句を天明元年に吉原扇屋の遊女二代目花扇が碑とするために書いたという。

・**待乳山**　浅草の本竜院（浅草寺末寺）の境内にある小丘。丘上に本竜院の本堂待乳山聖天宮があり、俗に聖天山という。また、丘上には戸田茂睡の「あはれとは夕越えて行く人も見よまつちの山にのこすことの葉」を刻んだ碑が立っている。

ふちとなりぬる○そのうへおつるは御代つぎを（ハツ六オ）やどしければ、その御祝儀とて孫右衛門に五十人扶持くだされける。されば扶持となりぬるとはよめり。（ハツ六ウ）

（後註　ハツ六ウ）

児女唄ニ曰　おつるが香箱（かうばこ）あけてみよ、なかよし子よしほつ〱ほらのけ
　此歌も葛西（かさい）にてうたひ出しなるべし。
江戸砂子　根本（こんぽん）は麓（ふもと）の鶴屋（つるや）うみぬらん米（よね）まんぢうは玉子（たまご）なりけり
東海道中双六ニ曰　鶴みのまんぢう神奈（かな）川の名物とアリ。
　此おつるがのがれぬ中なるべし。

・**扶持**　近世武家の俸禄の一種。主として下級の武士に与えられるものだが、出入りの御用達商人たちが扶持俸禄を受けることもあった。一日五合の支給が一人扶持で、時には金子で与えた。五人扶持（一日二斗五升、年に九十石）は、かなり法外に高額の扶持。

・**児女唄**　実在の書名ではない。大正四年刊の『俚謡集拾遺』（高野辰之・大竹紫葉編）の「東京府　童謡　手鞠唄」の項、「おん正〱お正月」で始まる唄に「女房は亀屋のお鶴殿、お鶴の針箱開けて見たれば雌鳥雄鳥仲好し小好し、ホ、ほ螺の貝、ヒツヒヒラノ貝」とある。この歌中には、京伝が黄表紙『無匂線香』（天明五刊）・『花芳野犬斑』（寛政二刊）などにおいても、もじる等、利用をした歌詞があり、これに類する手鞠唄があったことは確実であろう。

・**江戸砂子**　地誌、菊岡沾涼著、享保十七刊。巻之二中に「聖天宮　金龍山　本龍院。天台、浅草寺末。待乳山、又真土山、聖天山とも云。（中略）米まんぢう、当所の名物。根本鶴屋。根本はふもとの鶴屋産（うみ）ぬらん米まんぢうは玉子なりけり」。とある。安永九刊の京伝黄表紙『米饅頭始』はこの歌を趣向とする。また、京伝は後年に黄表紙『江戸砂子娘敵討』（文化元刊）を書いている。「米饅頭」は、金龍山の「ふもとや」「鶴屋」、武蔵国川崎宿の川崎大師のそばの茶屋「万年屋」などの名物。名前の由来は、「よね」という女が作ったとか、皮を米で作ったからなどの説がある。京伝自身『骨董集』上之巻（文化十成）で『紫の一本』（天和三奥書）、『江戸鹿子』（貞享四刊）を引くなどして詳しい考証を試みており、そこでは「よね」が作ったという説を否定している。

・東海道中双六　『御存商売物』最終丁には表を商人が「一枚絵、草双紙、宝船、道中双六」と売り歩く声がする様子が記される。正月の販売物であった。鶴見は宿駅ではなく川崎と神奈川の間の立場で、当時の双六の神奈川宿に鶴見の饅頭を記載したものがあったのだろうと推察される。ただし今のところ該当する記載を持つ双六は未見。都立中央図書館東京誌料所蔵の「東海道五十三次新板道中すご六」（刊年不明、上州屋重蔵版）の神奈川の部分には、「つるみ」という文字があり、おそらくはその名物に触れていると見られるが、刷りが悪く、その他の文字が欠落している。なお、京伝作黄表紙『新板替道中双六』（寛政五刊）では川崎の項に鶴見の饅頭が見える。

④ 在原業平

在原業平朝臣〈ありはらなりひらあっそん〉

本院左大臣
時平〈ときひら〉〈シヘイ〉　基経男
　金平〈きんぴら〉　坂田

川越平〈かはごえひら〉　川越産
コイツハ人ノ名デハナカツタ。ハカマニスルモノダ、ヲキヤアガレ。

実平〈さねひら〉　土肥二郎
仕ニ鎌倉殿ニ

兼平〈かねひら〉　今井四郎
仕ニ木曾殿ニ

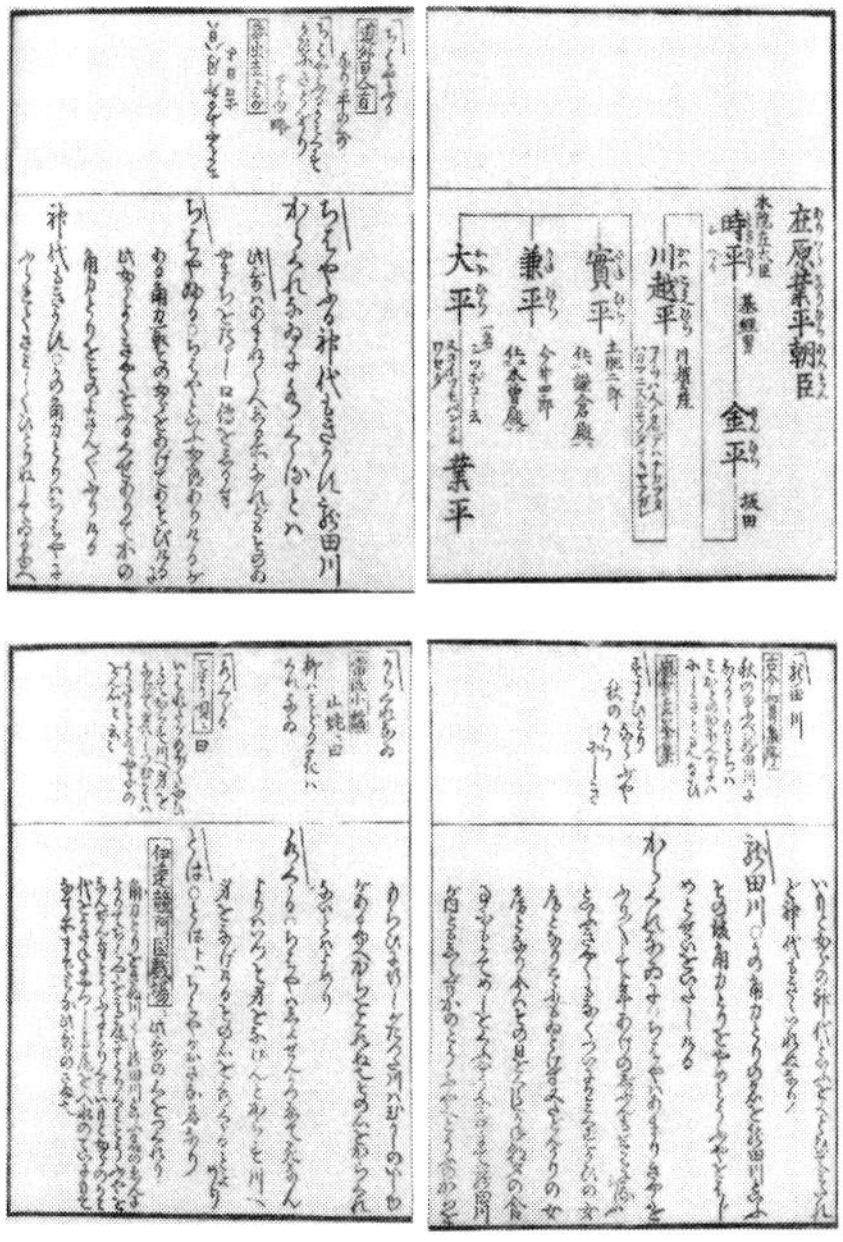

大平〈おほひら〉 一名シッポコト云　又コイツモバンクルワセダ　業平（ハツ七オ）

・**時平**　藤原時平貞観十三年～延喜元年、三十九歳没。平安時代初期の公卿。「シヘイ」は浄瑠璃読み。菅原道真を大宰府に左遷したゆえに、『菅原伝授手習鑑』（延享三初演）など、芝居では悪役となる。

・**基経**　藤原基経承和二年～寛平三年、五十六歳没。時平は基経の長子。謡曲「雲林院」では、在原業平の霊が業平と二条の后の恋物語、基経の霊が妹二条の后に対する兄弟愛的執着という、『伊勢物語』の秘事を語る。

・**川越平**　武州川越地方から産出する絹の袴地。『当世風俗通』（安永二刊）極上の息子風に「夏は袴せいかう平の小棒すしまたは。河越平。極上品ニいちつてはあやひら。などよし」とある。

・**ヲキヤアガレ**　よしにしろ。よしゃあがれ。

・**実平**　土肥実平。源頼朝挙兵以来の臣。相模土肥次郎と称す。

・**兼平**　今井兼平。信濃権守中原兼遠の子、今井四郎と称す。木曾四天王の一人。義仲とは乳兄弟。義仲挙兵の時より、その謀将となる。

・**大平**　平たく大きな蓋付きの椀。また、それに一つ盛りにして出す料理。

・**シッポコ**（卓袱）「しっぽく」とも。種々の大きな器に料理を盛って卓袱台の上におき、各人が取り分けて食べるという、食べ方が中国風の料理。

ちはやふる神代もきかす龍田川からくれなゐに水くゝるとは

此歌はあまねく人しる所なれども、その過（あやま）ちを正（たゞ）し口伝をしるす。

ちはやふる○ちはやといふ女郎ありけるが、ある角力取その女郎をあげて遊びけるに、此女郎よく客をふるくせありて、かの角力取をその夜さん〴〵ふりける。

（頭註　ハツ七ウ）

ちはやふる

道外百人一首　業平の歌

ちはやふる紙屑買ひに炭団売り　下ノ句略

毒虫去ル歌　ちはやふる卯月八日は吉日よ

・**道外百人一首**　享保年間の近藤清春画の百人一首の各歌をもじった書。天明四年版本の四丁表に「ありはらのなり平あそん
　ちはやふるかみくずかひにたどんうりからくりみせて水あめをやる」。

・**毒虫去ル歌**　潅仏会（釈迦誕生の日）の卯月八日（陰暦四月八日）に甘茶で墨をすり、「ちはやふる卯月八日は吉日よ紙下（さげ）虫を成敗ぞする」の歌を紙に書いて逆さまに便所に張ると、毒虫が上がってこないという俗信があった。天明三刊の『狂文宝合記』「和歌筋夢中之伝」に「毒虫をはらふ歌」として天地を逆に「ちはや振卯月八日は吉日よかみさげむしをせいばいぞする」とある。また、『江戸生艶気樺焼』の画面中の吉原の遊女屋の雪隠にもこの札が描かれている。

神代もきかず○かの角力取は、ちはやにふられてさみしく一人寝してゐるゆへ（ハツ七ウ）、妹女郎の神代といふをくどひてみたれど、神代も聞入れぬなり。

龍田川○かの角力取の名を龍田川といふ。その後角力取をやめ、豆腐屋をはじめ渡世をいたしける。

（頭註　ハツ八オ）

龍田川

古今和歌集序　秋の夕べ龍田川に流るゝ紅葉は、帝の御目には錦と見給ひ

嵐雪玄峯集　角力取並ぶや秋の唐錦

・**古今和歌集序**　近世に版本はしばしば出されているし、序のみでも安永七年以降版行されている。京伝作品では黄表紙『客人女郎』（天明三刊）等に引かれる。序のこの部分で指しているのは次の歌。

「　題しらず　　　　　よみ人しらず

龍田河紅葉乱れてながるめりわたらば錦中やたえなむ

このうたはある人、ならのみかどの御歌也となむ　」。

・**玄峯集**　寛延三年刊。百万坊旨原が編纂した服部嵐雪の発句集。嵐雪の別号玄峯堂から取った名称。秋之部・相撲として「角力とり並ぶや秋のから錦」とある。山本亀成『続百化鳥』（宝暦六刊）中に「すもふ鳥」という項目が立てられ、「ある人の句に」として、「すもふとりならぶや秋の唐にしき」と所引。京伝は嵐雪や其角の句を自作中によく引いている。

からくれなゐに○ちはやはあまり客をふり〳〵して、年あけの時分も世話にならふといふ客もなく、ついに紙屑買ひの女房となり、こゝにもゐとげず、又炭団売りの女房となり、今はその日をくらしかね、朝夕の食事にもかて飯を食ふやうな事にて、龍田川が内ともしらず、かの豆腐屋へ、豆腐のからを（ハツ八オ）もらひに行しが、龍田川は昔の意趣があるゆへ、からをくれぬ也。その心をからくれないとは詠めり。

（頭註　ハツ八ウ）

からくれなゐ

当流小謡　山姥ニ曰　柳はみどり花はくれなゐ

・かて飯　米が足りない時、米に麦、大根、豆類などを混ぜて炊いた飯。

・意趣　人を恨む心。

・当流小謡　謡曲の中でも有名な一節を抜き出して便宜に供したものであり、『当流小謡』のほか『当流小うたひ大成』（元禄八刊）『当流小謡粱塵集』（明和元刊）等の名で単独で版行されたり、節用集等に収録されたりしていた。『通流小謡万八百番』解題参照。ここでは謡曲「山姥」「仏あれば衆生あり、衆生あれば山姥もあり、柳はみどり、花は紅の色々」を採っている。京伝作品では『奇妙図彙』（享和三刊）・『本朝酔菩提全伝』（文化六刊）・『重井筒娘千代能』（文化十刊）・『石枕春宵抄』（文化十三刊）等にこの詞章を使用している。

水くゞる〇ちはやは、しよせん餓ゑて死なんよりは、いつそ身を投げんと、からす川へ身を投げける。その心を水くゞると詠めり。

（頭註　ハツ八ウ）

水くゞる

てまり唄ニ曰　いはれたが面目なひとてからす川へ身をなげて、身は沈む、髪は浮きる、そこで女子の御心と云々

・水くゞる　流水を纐纈染にするの意の「水くくる」をあえて誤説「水潜る」（『百人一首うひまなび』天明元刊）で解釈した。

・**からす川**　上野国（群馬県）南西部を流れる川。利根川の支流。次項『てまり唄』の詞章による。

・**てまり唄**　特定の書名ではない。前出『俚謡集拾遺』の「東京府　俚謡　麦打唄」中、「鎌倉へ参る道」で始まる唄に「あやのかけ苧を忘れた、忘れたが、面目ないとて、烏川へ身を投げた。身は沈み髪は浮き候よ」とある。また同じく「東京府　童謡　手鞠唄」の「向ふ身しヤい」で始まる唄に「彼方で打たれて此方で打たれて、烏川へ身を投げた、身は沈む。髪は浮きやる、そこで取るものは御心」とある等、明治期まで類歌が伝承されていたことが確認できる。

とは○とはトハちはやが幼名（おさな）なり。（ハツハウ）

（後註　ハツハウ）

伊達競阿国戯場ニ此歌の心をつくれり

角力とりをきぬ川とし、龍田川といふ名の縁（えん）によりて、ちはやを高尾にとりくみ、豆腐屋（とうふや）を南禅寺（なんぜん）豆腐（とうふ）にとりくみ、妹（いもと）女郎の神（かみ）代を累（かさね）にやつし、高尾を入水の体（てい）にもてなす所まで、みな此歌の様（さま）也。

・**おさな名**　幼いときの名の意味だが、遊女の場合は本名の意味。

・**伊達競阿国戯場**　歌舞伎脚本。初世桜田治助・笠縫専助合作。安永七年江戸中村座初演。伊達騒動と累の解脱物語をあわせて脚色したもの。翌年江戸肥前座での人形浄瑠璃（烏亭焉馬・達田弁二ほか）として（同名）上演され、親しまれた。京伝は治助と親しく、この狂言も当然深く知悉していたであろう。ここでは原文を引用するのではなく、その趣向をこじつけている。

※本こじつけ解釈は、本書以前の『百人一首虚講釈』（安永四刊）と『鳥の町』講釈の段（安永五刊）に既にある。その二書の解釈を語句ごとに比較すると、次の通りである。

「ちはやふる」

『虚講釈』女郎ちはやが、通ってくる業平を振り続けた。

『鳥の町』女郎ちはやが、通ってくる角力取を振り続けた。

「かみよもきかず」

『虚講釈』末社の紙屋与兵衛（紙与）に頼んで言い聞かせたが、それでも承知しない。

『鳥の町』角力取は妹女郎の神代にとりもちを頼んだが、それでも聞き入れない。

「龍田川」

『虚講釈』業平は真崎で豆腐屋を始め、焼いて田楽にして売ったりもした。店の名が龍田川。

『鳥の町』角力取の名が龍田川で、その後豆腐屋になった。

「からくれないに」

『虚講釈』ちはやはその後乞食になり、おからをもらいに業平の店にもくるが、断わられる。

『鳥の町』業平を龍田川とする以外、右に同じ。

「水くくる」

『虚講釈』ちはやは世をはかなんで身投げする。

『鳥の町』右に同じ。

「とは」

『虚講釈』ちはやのおさな名。

『鳥の町』右に同じ。

以上を見ると、本書は『鳥の町』を基として、頭註に引いた『道外百人一首』の「紙屑買ひに炭団売り」の内容を加えたと考えられる。なお、現行の落語の「千早振る」は『鳥の町』に同じ。また、『百人一首虚講釈』の戯注末には、「右此一首の戯注は一トむかし先キの夜話に予弘メ置たり」とある。

⑤　伊勢

伊勢（いせ）
　伊勢平氏嫡流
　伊勢喜　豊竹伊勢太夫門弟芸子　アダ名ヲトウナスト云
　伊勢三郎（さぶろう）　義経ノ臣　四天王ノ一人
　伊勢四郎（しろ）　御蔵前
　伊勢　竹村氏　吉原住菓子屋　伊勢

（ハツ九オ）

・**伊勢**　平安中期の歌人。三十六歌仙の一。伊勢守藤原継蔭の女。

・**伊勢平氏**　桓武平氏のうち高望王の曾孫維衡の頃から伊勢・伊賀地方に所領をもち、この地方を基盤にした一族。五代目忠盛に至り中央官界に進出。その子清盛が政権を取って栄華を極めたが、文治元年（一一八五）源氏により壇の浦で滅亡。

・**伊勢喜**　未詳。

・**豊竹伊勢太夫**　義太夫語り。経歴は未詳であるが、安永八年江戸肥前座における浄瑠璃『伊達競阿国戯場』初演の際、第三段と第十段を語っている。

・**芸子**　音曲・歌舞などで酒席をとりもつ女。女芸者。「芸子（ゲイコ）　女芸者をいふ」（『浪花方言』）。

・**トウナス**（唐茄子）　不美人の女をののしって言う語。

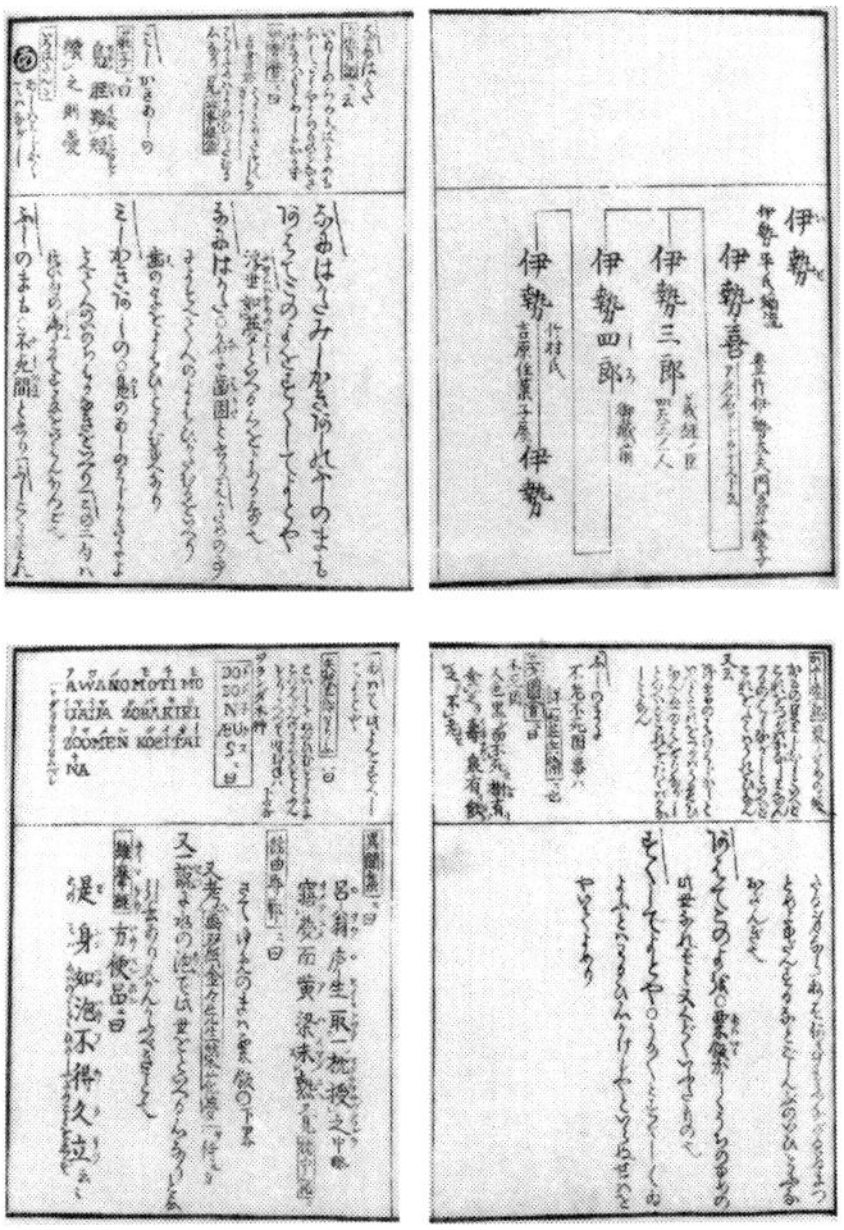

・**伊勢三郎**　鎌倉時代の武人、伊勢三郎義盛。出生等、未詳。参謀格として源義経に仕えた。俗に義経四天王の一人。
・**伊勢四郎**　蔵前の札差伊勢屋四郎左衛門。十八大通の一人。「蔵前者」は、浅草蔵前の札差仲間の称。「世に蔵前者といへば一流立て、往古十八大通抔とて浪花に云堂島そだち抔の類にして侠客有」（『伝奇作書拾遺』上）と言われた。「まじめなかたい伊勢屋四郎左衛門は、人のかゝい者に成りたる兵庫屋の月岡を、十四五年立てもと買馴染の女郎故、思ひ残りてしうしんふかく、はげの月岡を引取てめかけにせしも、古今稀れ成る事なり」（『十八大通』三升屋二三治）とある。
・**伊勢　竹村氏**　竹村伊勢大掾の略。吉原仲之町にあった菓子屋。巻煎餅・最中が有名。「よい中の町の夕景色、左リの竹村に比して、右側の七けん軒をなぶ」（『通言総籬』天明七刊）とある。

なにはかたみしかきあしのふしのまもあはてこのよをすくしてよとや
　浮世如レ夢（ふせいはゆめのごとし）といへる心を詠（よ）める歌也。

・**浮世**　はかない人生。定まりのない人の世。李白「春夜宴二桃李園一序」に「浮生若夢」とある。「文に曰く、浮生は夢の如し。歓をなす事いくばくぞやと。誠にしかり」（『金々先生栄花夢』序、安永四刊）「されば、天地は万物の逆旅、光陰は百代の過客、浮生は夢〔まぼろし〕といふ」（『日本永代蔵』一ノ二）など、諸書に引用される。これをこじつけ解釈の趣向としたのは、「蘆」と『枕中記』（後出）主人公「盧生」の字形の類似性及び同音であることからの思いつきか。

なにはがた○名（な）に歯固（はがた）と書り。歯固（はがた）めの事によそへて人の齢（よはひ）かたむるをいへり。歯（は）の字をよはひと読（よ）む故（ゆへ）なり。

（頭註　ハツ九ウ）

なにはがた

土佐日記ニ云　芋茎（いもじ）・荒布（あらめ）も。歯固（はがた）めもなし。かうやうのものもなき国なり。もとめしもおかず。
伊勢暦ニ曰　吉書始　歯固（はがた）め着衣始（きそはじ）め万よし
歯固（はがた）めは齢（よはひ）かたむる心なりト見公事根源

・**歯固め**　正月の三が日に、鏡餅・大根・瓜・猪肉・鹿肉・押鮎などを食べて長寿を願う行事。歯（齢）を固めることから、寿命を延ばす意がこめられている。

・**よそへて**　かこつけて。

・**土佐日記**　『土佐日記』承平五年一月一日の条に見える記述。宝永四年版本では「いもじあらめもはがためもなし。かうやうの物もなき国なりもとめしもおかず」とある。国とは、船のことを戯れて大袈裟に言ったもの。「いもじ」は芋の茎（ずいき）を干したもの。「あらめ」は、コンブ科の黒褐色の海藻。

・**伊勢暦**　伊勢神宮が全国に配った暦。折本の体裁。神宮暦。この年代に近い『天明八戊甲暦』を見ると、「はかため（歯固）くらひらき（蔵開）ひめはしめ（姫始）きそはじめ（着衣初始）ゆとのはしめ（湯殿始）こしのりそめ（輿乗り初）万よし」とある。「ア、つがもなき梅暦の評判は、伊勢こよみのこまかに穿りて」（『春色梅児誉美』三）、「只今伊勢ごよみを見て春のちかづくをわきまへ」（『世間胸算用』四ノ四）などの用例がある。

・**吉書始**　正月の書初めに吉として暦に記されている日。「日あたりもよき梅の枝を、月曜星の尊前に供、一陽来福の吉書はじめ」（天保三・四刊『春色梅児誉美』序）。

・**着衣始め**　江戸時代、正月三が日のうち吉日を選んで、新しい着物を着始めること。また、その儀式。「天皇玉女の神徳に、恵方の買手来そはじめ」（『春色梅児誉美』序）、「季吟曰、衣を着初め祝なり、三が日の内吉日をえらぶ」（『栞草』序）、「その春駒に乗初の、仕合よしや木曾始」（『道中粋語録』安永末刊）などの用例がある。

・**公事根源**　朝廷における年中行事の起源・沿革を、一月より十二月まで順次説明した有職故実の書。一巻。応永三十年ごろ成立。

著書は一条兼良とされる。一月の項には「歯固」についての言及はあるが、このような表現はない。『書言字考節用集』の「歯固」の項に「年始ニ所言。見『江次第』『公事根源』」とあり、引書として本書を掲げている（ただし引用文の表現はなし）。この表現は京伝の独自のものであり、引書を『書言字考』によってもっともらしく掲げたものであろう。

みじかきあしの○鳧のあしの短きによそへて、人の命はかなきをいへり。この二句は対句の序にて、末をいはん発語也。

（頭註　ハツ九ウ）

みじかきあしの

荘子ニ曰　鳧ノ脛雖レ短シト続レ之則憂。

いろは短歌　あ　足は短く手は長し

（頭註　ハツ十オ）

かぶと軍記琴責めの段

鳧の足短しといへど、これを継がば悲しみなん。鶴の嘴長しといへど、これを断たば憂ひなん。

又云

野暮のはけ短しといへど、これを継がば憂ひなん。通のはをり長しといへど、これを断たば悲しみなん。

・**発語**　語調を整えたり、ある意味を添えたりするために語の初めに用いられる言葉。もともとの歌意でも「難波潟短き蘆の」は「ふし」を導く序詞である。

・**荘子**　『荘子』は「③陽成院」参照。「鳧脛雖短続之則憂」は駢母編にある表現。「鶴ノ脛ハ雖レ長シト断レバ之ヲ則チ悲シム」と続く。京伝は『小紋雅話』（寛政二刊）・『初役金烏帽子魚』（寛政六刊）・『五人切西瓜斬売』（享和四刊）でも、この詞章をもじっている。「風呂は鳧の脚短といへども膝をこゆる事なく」（『東海道中膝栗毛』二ノ上）。

・**いろは短歌**　『絵本見立仮譬尽』二十一「いさ貝」参照。近藤清春画の草双紙などが知られる。そこに同じ表現がある。

・**かぶと軍記**　人形浄瑠璃『壇浦兜軍記』。文耕堂・長谷川千四作。享保十七年九月竹本座で初演。第三段に「鳧の脛短しといへども之を続がば憂へなん、鶴の脛長シト雖も之を断たば悲しみなん、民を制する事此理に等し」（前出『荘子』を引いた台詞）とある。「琴責」は、三段目初めの部分の通称。畠山重忠が阿古屋が景清のゆくえを知らないことを知る。

・**はけ**　［捌］　男の髷の先端。髻（もとどり）の先。「髪がとんだやぼだ、どふぞもう五分ほど根をあげて、はけさきをすつとひつこきとしたい」（『遊子方言』明和七刊）。

・**はをり**　安永・天明当時、通常よりかなり丈の長い羽織が通人の間に流行した。「焼きのまわつた長羽織は、二ばん目の子のひよ〱になります」（『無頼通説法』安永八刊）、「男も羽織などの長すぎたらんはいと見ぐるしけれ」柳沢淇園の随筆『独寝』（享保十頃成、上ノ三二）。

ふしのまも○不死間（ふしのま）と書り。不死国（ふしこく）に生れ（**ハツ九ウ**）たる身ならねば、何事も死（し）なざる間につとめよ、油断（ゆだん）するなと、御親父（ごしんぷ）のいひそふなお談義（だんぎ）也。

（頭註　**ハツ十オ**）

ふしのまに

不老不死国ノ事ハ　詳和荘兵衛ニ也

三才図会ニ曰　不死国

人色黒シ而不レ死セ樹（ジユ）有リ食ハレ之ヲ寿（イノチナガシ）泉有リ飲（ノメ）バレ之ヲ不レ老セ

・**御親父**（ごしんぶ）　他人の父を敬っていう語。お父上。

・**談義**　意見をすること。説教。

・**和荘兵衛**　遊谷子作の読本。安永三年前編刊。巻之一に不老不死国についての詳細な記述がある。「聞きも及ばん此国は不老不死国なり。中華の境を去事海上凡そ五六万里（中略）扨此国の風俗を見るに。人に死ることなければ産る、こともなし。千年二千年の内にたま〳〵一人死ことがあれば其かわりの人又独り生る。されども是は幾万の中に一人もまれなることにて。皆歳のころ四十ばかりの顔色。男女とも病といふうれひもなく。四季とも雨風序よく。五穀よく実のりゆたかなる国なり。日本の牛馬のごとく家々に大なる鶴を飼て耕作のたすけとなし。往来する時はこの鶴いろ〳〵の装束して。其背中に乗て飛あるくことなり（下略）」。京伝に黄表紙『和荘兵衛後日話』（寛政九刊）がある。

・**三才図会**　中国、明代の書。文・地理・人物・鳥獣・草木など一四部門に分けて種々の事物を図説する。『和漢三才図会』はこれに日本の事物を加えたもの。京伝は、『三才図会』を直接見ていたのではなく、『和漢三才図会』等からの孫引きではないかと思われる。『和漢三才図会』巻十四に『三才図会』を引いて、「不死国ハ在二穿胸国ノ東一。其人黒色長寿ニシテ不レ死セ。居二園丘ノ上一有二不死樹一。食レ之寿シ。有二赤泉一飯レ之不レ老」とある。たとえば後年になるが合巻『累井筒紅葉打舗』（文化六刊）に「鰐魚図」として『和名抄』『三才図会』を引いているが、これは明らかに『和漢三才図会』からの孫引きである。

あはでこのよを〇粟飯（あはいゝ）かしぐうちの夢（ゆめ）の此世なればと、又くどく言（い）ふたもの也。

すぐしてよとや〇うか〳〵とすぐしてゐよふとは、悪（わる）ひ心がけじやと、いらぬ世話（せは）を焼（や）いてよめり。（ハツ十オ）

（頭註　ハツ十ウ）

あはで此よをすぐしてよとや

矢根五郎せりふ ニ曰　砥石をぬぐひ無造作に、これ邯鄲の枕ぞと、ふんぞりかへつて時致は 下略

ヲランダ本草

ドドネウス ニ曰
DO DO N ÆU S

アワノモチモ
AWANOMOTIMO

イヤイヤソバキリ
IJAIJA ZOBAKIRI

ソヲメン クイタイ
ZOOMENKOEITAI

ナ
NA

ヒダリヨリヨムベシ

（後註　ハツ十ウ）

異聞集 ニ曰
呂翁盧生 ニ 取 テ 一 ノ 枕 ヲ 授 ケ レ 之 ヲ 中略
寤 メ テ レ 夢 而 黄 粱 未 ダ レ 熟 ニ　又見枕中記 ニ

謡曲邯鄲 ニ曰　さて夢のまは粟飯の 下略

又考 ニ 画双紙金々先生栄花夢 一ヲ 侍 ルカ。

又一説に水の泡で此世をといへる心なりと云

引書あり。又かんがふべきこと也。
維摩経（ユイマケウ）　方便品（ハウベンボン）ニ曰
是身如泡不得久立（ゼシンニヨハウフウクリツ）云々
このみはあはのごとくひさしふたつことをゑず

・**かしぐ**［炊］　米麦・粟等を煮たり蒸したりして飯にする。飯をたく。炊事する。

・**矢根五郎せりふ**　歌舞伎「矢の根」は享保十四年江戸中村座で「扇恵方曾我」の中の一場面として二代目市川団十郎が初演。曾我五郎が矢の根を研いだ後うたたねし、夢の中で兄の十郎が和田の酒盛で危難にあっていることを知り、それを救いに工藤の館へ向かうという内容。豪壮な曲風の大薩摩節を伴奏に荒事演出を見せる。「砥石を拭ひ無雑作に、是れ邯鄲の枕ぞと、ふんぞり返つて時致は、ヤツトコトツチヤアウントコナ　暫しまどろむ高鼻鼾、ゆたかにこそは臥しにけれ」とある。

・**時致**　曾我の五郎時致。「五郎がせりふに、宝の山とはいはず、『貧乏の山へいりながら、手をむなしく帰るが口惜しいわい』といへば、見物その気どりをほむる」（『孔子縞于時藍染』京伝作画、寛政元刊）。

・**ドドネウス**　当時の俗謡「粟の餅もいーやいや、米の餅もいーやいや、蕎麦切素麺くいたいな」（平凡社東洋文庫『日本児童遊戯集』大田才次郎、明治三十四年原本刊、所収の「どうどうめぐり」による）をオランダ語風にラテン文字表記したもの。京伝にはラテン文字の知識はなかったと思われる。周辺で蘭学に堪能な人物万象亭森島中良などに相談して書いてもらったのではないか。『小紋新法』（天明六刊）に「をらんだいろは」としていろは歌をラテン文字表記している。なお、寛政六年刊行の鶴屋喜右衛門板の黄表紙の絵題簽の意匠にこれが使われている。万象亭が鶴屋から久々に黄表紙を出した年であり（異論もあるが）、その意匠はそれと関連があるとも思える。「ドドネウス」はベルギー生れの植物学者の名であるが、ここではその著書『Cruydt-Boeck』（植物誌・草木誌の意）を指す。この本は万治二年に幕府へ献上された後知られるようになり、野呂元丈により寛保二年～寛延三にかけて『阿蘭陀本草和解』として和訳され広まった。平賀源内も原著を入手しており、源内所蔵の蘭書目録『物産書目』に「紅毛本草　壱帖　ドドネウス著」とある（城福勇『平賀源内の研究』昭和五十一年）。

・**異聞集**　唐の伝奇集であるが完本としては伝わらず、『太平広記』ほかに引かれて伝わる。『太平広記』八十二では、「呂翁」と題して「開元十九年、道者呂翁経邯鄲道上邸舎中、設榻施席、擔嚢而坐、俄有邑中少年盧生」「是時主人蒸黄粱為饌、翁之探嚢中枕、以授之」「盧生欠伸而寤」「主人蒸　黄粱尚未熟」「蹶然而興曰。豈其夢寐耶、翁笑謂曰、人生之大事亦猶是矣」というものであり、文末割注で「出異聞集」とある。一方『枕中記』は「邯鄲一炊の夢」を題材にした中国唐代の伝奇小説。なお『和漢三才図会』には「枕中記云」として、「呂翁経二邯鄲一有リ盧生一倶ニ言フ二世事ノ困厄ヲ一主人方ニ蒸スレ粱ヲ取テ二嚢ノ中ノ枕ヲ一以テ授クレ之ニ一」「盧生欠シ伸シテ而寤メタリ呂翁在レリ傍ニ黄ノ粱尚ヲ未レダ熟」とある。

・**謡曲邯鄲**　「邯鄲」は、前項と同じく「邯鄲一炊の夢」を題材にした謡曲。「栄花のほどは五十年さて夢の間は粟飯の一炊の間なり」とある。

・**金々先生栄花夢**　恋川春町の黄表紙『金々先生栄花夢』（安永四刊）である。全体の趣向を邯鄲の故事に拠っており、「金々先生の一生の栄花も邯鄲のまくらの夢もともに粟粒一すひの如し」という表現もある。

・**維摩経**　正しくは「維摩詰所説経」。引用と同じ文がある。『維摩経義疏』が版本として行われた。

⑥素性法師

素性法師〈そせいほうし〉

素盞烏尊〈そさのをのみこと〉　神社考　神代巻

素々法都〈そつそぼうづ〉　道心者

弁天経ヲヨンデ町中ヲ
クワンゲス

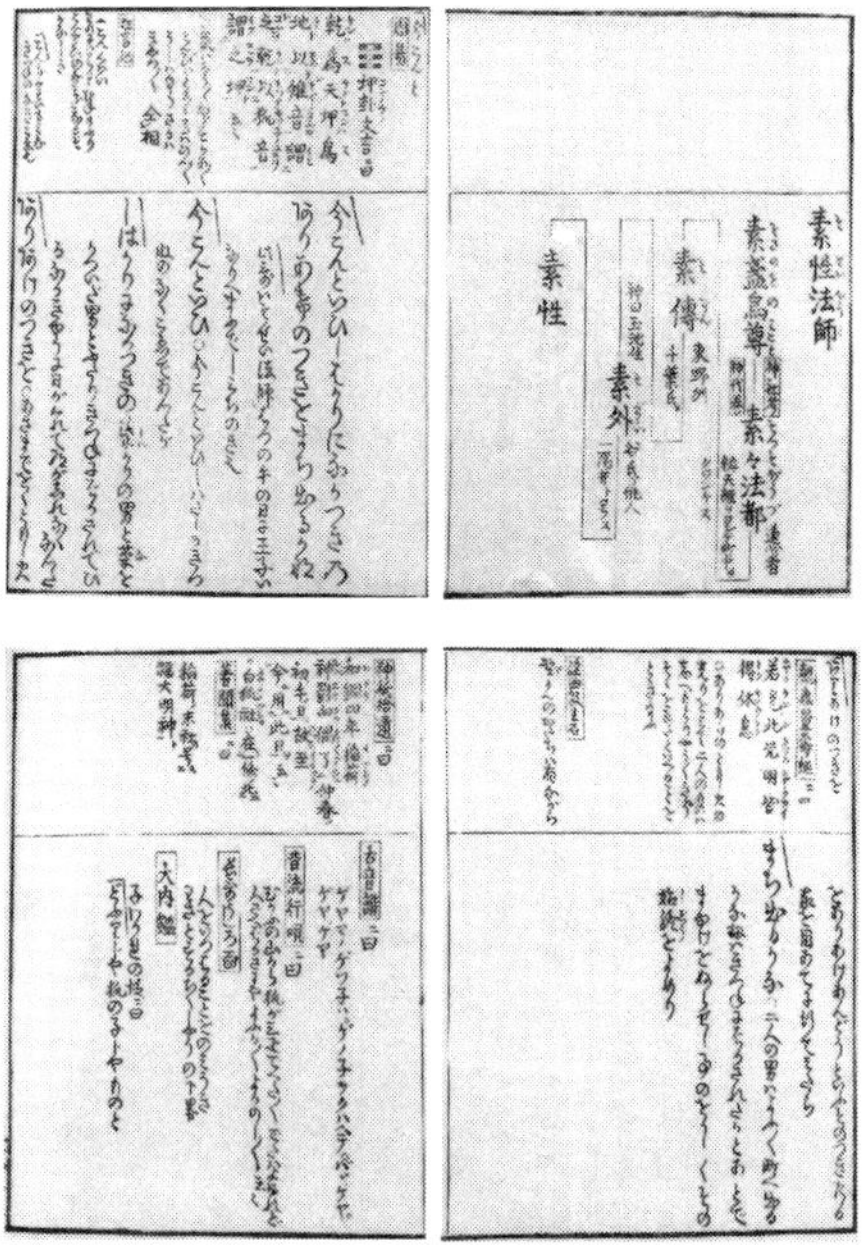

素伝〈そでん〉　東野州　千葉氏

神田玉池住　素外〈そぐわい〉　谷氏○俳人　一陽井ト号ス

素性（ハツ十一オ）

・**神社考・神代巻**　『神社考』は林羅山の『本朝神社考』のことと考えられる。『本朝神社考』の版本を見ると「三輪」五のところに「神代巻」を引いて「素盞烏尊」に言及しており、京伝は『本朝神社考』を目にしていた可能性もある。『神代巻』は『日本書紀』の一部。『神代巻』だけでしばしば版行された。『書言字考節用集』神祇門に「素盞烏尊（ソサノヲノミコト）」の項があり、「神代巻」を引書として掲げる。ただし『神社考』の名は『書言字考』には挙げられていない。

・**素々法都**　『只今お笑草』（瀬川如皐、文化九年序）によると、「〇そゝそ　これも宝暦の末明和の比にてありける。坂井町の辺、新吉原、深川仲町なんど、繁華なる場を弁天堂建立とてあるきし修行者（中略）菅笠にその字三つ書たるをかむり、ちいさき打ならしのりんに小蒲団しき、柄を付たる数多持て、何事かいひて子供あつまれば此りんを借しあたへ、数十人の子供修行者をとり巻、弁天経やらんを口うつしにとなへさせ、間々にそゝといへるを口癖にて、其身もおどり、子供もりん打ならして、はやしものすることにてありける。（中略）一枚絵画草紙なんどにもてはやらし、江戸中もつぱらにて、誠に一時の興なるものにてありける」。

・**クワンゲ**（勧化）　寺の堂塔や仏像を建立するために、寄付を募ること。

・**素伝**　東常縁のこと。歌人。千葉介常胤の六男胤頼から出るという。応永八年〜明応三年、九十四歳。法号を素伝と称す。正徹及び二条派の尭孝法印に師事。古今伝授の創始者とされる。『書言字考節用集』「東野州」の項に「千葉氏ノ余胤」「名ハ常縁」「和歌ノ達人剃髪シ素伝ト称ス」とある。

・**素外**　文政六年没の俳人。江戸談林七世となり、一陽井と号した。

今こんといひしはかりになかつきのありあけのつきをまち出るかな

　此歌は素性(そせい)法師、初(はつ)の午の日に王子稲荷(いなり)へまふでし道(みち)の記(き)也。

・**初の午の日**　二月の最初の午の日。この日、稲荷社で初午祭があり、初午詣でをする。また学齢に達した子どもは寺子屋入りをした。

・**王子稲荷**　関八州の稲荷社の総社とされる。毎年十二月晦日には、関東中の狐が集まって狐火を焚くと伝えられた。「同（飛鳥山）北の方にあり。（中略）月ごとの午の日にはことさら詣人群参す。二月の初午にはその賑ひ言ふもさらなり」（『江戸名所図会』五）。京伝は、王子風車作の草双紙『夜野中狐物』（安永九刊）・『其後瓢様物』（天明元刊）の画工をつとめる。

今こんといひ〇今こんといひしは、たしかきつねのなくこゑであつたが。

（頭註　ハツ十一ウ）

今こんと

周易

☷　坤(コンノケノ)卦文言ニ曰

乾(ケン)ハ為(ス)レ天(テン)ト坤(コン)ハ為(ス)レ地(チ)ト以(モツ)テニ雉(キヂ)ノ音(コエ)ヲ一

謂(イ)ヒニ之(コレ)ヲ乾(ケン)ト一以(モツ)テニ狐(キツネ)ノ音(コエ)ヲ一

謂フ二之ヲ坤ト一云々。

○鼠はちう〳〵、からすかあ〳〵、とんびはとろゝ、馬はひん〳〵、うしはもう、さるはきやつ〳〵、仝レ相。

狂言記

▲こんくはい

われにははる、むねけぶり、こんくわいのなみだなるぞかなしき。

こんもくわいもみなきつねのなきごゑ也。（八ツ十一ウ）

・**周易**　『周易』に「乾為天」「坤為地」の表現がそれぞれ見える。後は雉と狐の鳴き声にこじつけた。

・**☷**　陰の算木三個の組み合わせで、八卦の坤を表している。

・**狂言記**　『狂言記』は、万治三年以降、何度か版行されている。元禄十二年跋の刊本『絵入狂言記』では、「われにははる、むねのけぶり。こんくわいのなみだなるぞ。かなしき」となっている。

しばかりになかつぎの○柴〈しば〉刈の男と菜〈な〉をかついだ男と二人、きつねにばかされて、昼中急に日がくれて道がしれなくなつた。

ありあけのつきを○朝まで置ともし火（八ツ十一ウ）を、有明け行灯といふ。そのつきたる家を目あてに行てみたら。

（頭註　八ツ十二オ）

ありあけのつきを

観無量寿経ニ曰

若見此光明皆得休息。

○ありあけのともし火の光りをみて二人のものは宿へもどり、やう〳〵きうそくをゑたといへることをとき給ふ。

・**観無量寿経**　十六観に分けて阿弥陀仏の身相及び浄土の相を観想する事を説いた経典。この引用表現は実は『観無量寿経』にはなく、同じ浄土三部経の一つである『無量寿経』の一節である。版本としては『仏説無量寿経』などがある。京伝の『無匂線香』（天明五刊）では『観無量寿経』を引用書として掲げて、その内容を取り入れている。京伝は浄土宗信徒であった。

まち出るかな○二人の男は、よふ〳〵町へ出るかな、扨はきつねにばかされたかと後でまゆげをぬらせし事のをかしくその始終を詠めり。（ハツ十二オ）

（頭註　ハツ十二オ）

謡曲殺生石

野かんのかたちは有ながら。（ハツ十二オ）

（頭註　ハツ十二ウ）

神祇拾遺ニ曰

和銅四年稲荷神影向偶了ニ仲春ノ初ノ午ノ日一故ニ至テ今ニ用ニ此日一ヲ云々。

○白狐社　○在リ一条ノ北ニ

著聞集ニ曰　稲荷ノ末社ヲ号ス福大明神ト。（ハツ十二ウ）

・**まゆげをぬらせし**　狐などに化かされないためのまじない。

・**謡曲殺生石**　「殺生石」に「不思議やなこの石二つに割れ光の内をよく見れば野干の形はありながらさも不思議なる仁体なり」とある。野干は狐の異名。

・**神祇拾遺**　『神祇拾遺』は、室町後期の神道家卜部兼満の神道書。写本で伝わる。京伝がどの本に拠ったかは不明。「元明帝和銅四年辛亥二月戊午日三峯ニ出顕也」「二月初午ノ御祭会ハ。和銅年中ニ山峯顕形ノ時。偶二月初午ニ相当レリ」（「続群書類従」三十一上による）といった記述はあるが、本書に引くところと同じ文はない。『和漢三才図会』「稲荷社」の項には「元明天皇和銅四年（中略）垂跡」「初午（以下割註）毎二月午ノ日也昔シ垂跡之初以レ当二ルヲ此日一」とある。

・**著聞集**　『書言字考節用集』の「白狐社（タウメノヤシロ）」の項に、「在二一條ノ北堀川ノ西一、稲荷ノ末社号二ス福大明神一ト。（中略）事見『著聞』」とある。これを見て記したと思われる。

（後註　**ハツ十二ウ**）

舌音譜ニ曰　ゲヤマノゲツネハゲノネヲクハヘテバゞゲヤゲヤゲヤ。

昔流行唄ニ曰　むかふの山から狐が三疋でへた〱でたはよけれど、人さへばかさにやよふか〱よかのし〱云々。

長歌うしろ面　人をいつはることをのみ、うきわざとするちくしやうの下略。

大内鑑　子わかれの段ニ曰

どふりじや狐の子じやものと。

・**舌音譜**　書名ではなく、当時行われていた言葉遊びを音韻学の書名めかしたものであろう。京伝作黄表紙『真実情文桜』（寛政元刊）に「げやまのけつねはやのねをくわへていそげや〳〵」とある。

・**昔流行唄**　これも書名ではなく、童謡などをそれらしく言ったものであろう。ただしこの歌詞は未見。近いものとして、内新好作黄表紙『高芋／卑芋　芋世中』（寛政元刊）に「古歌にも『裏の畠へ蛸が三匹でへたでた、でたはよけれど芋さん掘らねばよをかよか』」とある。「よかのし」「よふかよか」等は、俗謡の囃子詞。

・**長唄うしろ面**　「後面」は、歌舞伎所作事で、頭の後ろに面をつけ、身体の前後で二役を踊り分けるもの。長唄「後面」（『柳雛諸鳥囀』の一つ）は、狂言の「釣狐」を所作事化したもので、狐と白蔵主（はくぞうす）の二役を踊る。宝暦十二年三月市村座で初演。その中にこの詞章がある。

・**大内鑑**　安倍保名と信太の森の狐の登場する浄瑠璃『芦屋道満大内鑑』のこと。享保十九年竹本座で初演。四段目子別れの段に「道理よ狐の子ぢやものと人に笑われ謗られて母が名までも呼出すな」とある。

⑦三条右大臣

三条右大臣（さんじやううだいじん）
- 三条小鍛冶宗近（こかぢむねちか）　刀工
- 三条右衛門（ゑもん）　熊坂ガ手下
- 三条勘太郎（かんたらう）　歌舞妓娘形　京下リ

三条小六〈ころく〉　曲マリニ名アリ
マリノ小六共云

三条右大臣（ハツ十三オ）

・**三条右大臣**　藤原定方。貞観十五（八七三）年～承平二（九三二）年、六十歳。『古今集』の歌人。家集に『三条右大臣集』がある。

・**三条小鍛冶宗近**　永延（九八七～九八九）頃、山城の人で名工と言われた刀鍛冶。勅命によって刀を打つとき、稲荷の神体に助けられ、その刀を小狐丸と名付けるという内容の謡曲「小鍛冶」の主人公として名高い。

・**三条右衛門**　源義経に討たれた盗賊熊坂長範が登場する謡曲「熊坂」に、その手下として見える名。「三条の衛門、壬生の小猿、火とぼしの上手、分斬りには、これらに上はよも越さじ」とある。

・**三条勘太郎**　歌舞伎役者。天明二年から京都で修行し、同四年江戸に戻り中村座に出座。同時に四代勘太郎を襲名した。若女方。

・**三条小六**　篠竹で鞠を操る曲芸を見せて膏薬と歯磨きを売った大道商人。『土地万両』（安永六序、刊）にその名が見える。当時の小六は、享保頃に江戸名物だった初代を継いだ二代目で、初代と同じく芝神明の社地で興行した。

名〈ぬイ〉にしをは丶あふ〈をほイ〉さかやまのさねかつら人にしら

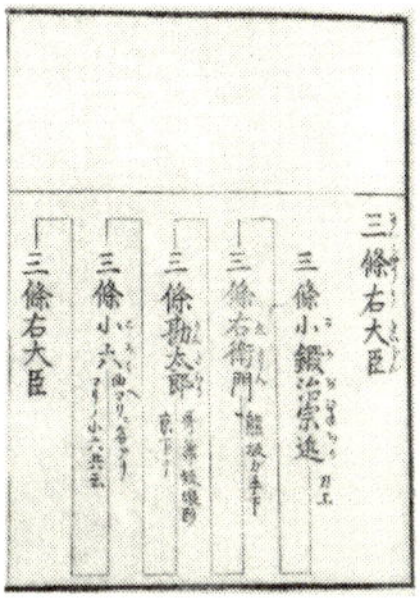

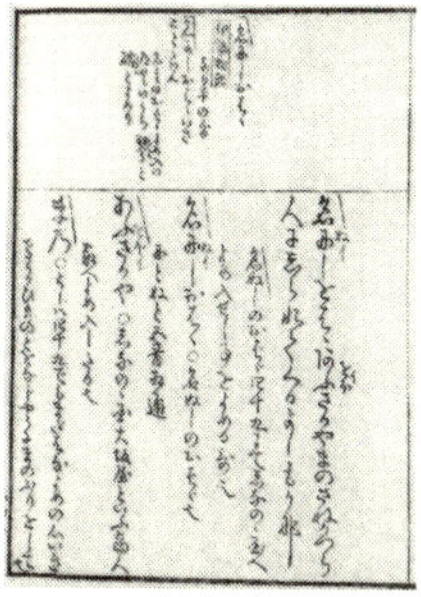

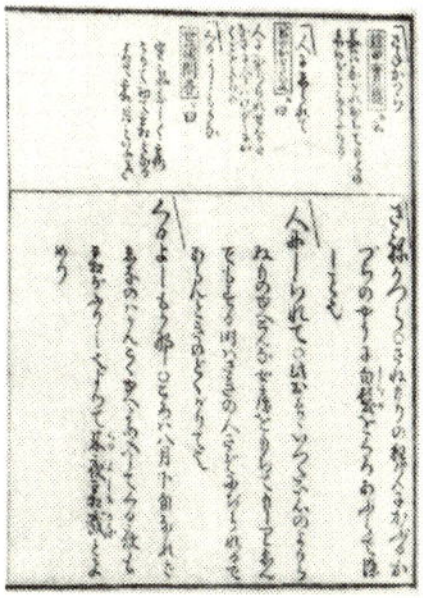

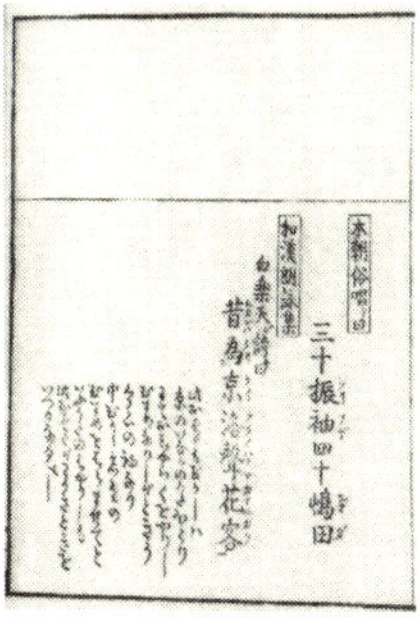

れてくるよしもかな

名主(ぬし)のおばゞ、四十九にて信濃(しなの)の国へ嫁入(よめいり)せし事を詠(よ)める歌也。

※歌の脇に付いている「イ」は「一本」によるの意であるが、もちろんそんな異本はなく、「名にし」を名主にこじつけた無理な駄洒落を、いかにももっともらしく学問の成果めかしたもの。

・**名主**　村制においては村方三役の頭で、関西で言う庄屋に当たる。「みょうしゅ」とも読む。町制においては、町年寄の支配を受けた町名主のこと。

・**おばゞ**　「おばば四十九で信濃に嫁入り」は、老女の嫁入りをからかって言う成語。元々は手鞠歌の類に、例えば「おいらがおばさんは四十九で信濃へ嫁に行く。嫁に行くとて孫衆が笑ふ」などの詞があったのに基づく。「おばゞ四十九で信濃へ嫁入り此かたの珍説、孫嫁も思ひがけなき姑をもうくる（京伝作黄表紙『三筋緯客気植田』天明七刊）。

・**信濃**　当時江戸に住む人にとって、信濃の国の観念は、冬場江戸に出稼ぎに来るいわゆる「信濃者」によって作られていた。彼らは川柳評の雑俳などでは田舎者の典型として描かれ、また「信濃者三杯目から噛んで喰ひ」（明和三年万句合）のように、大飯喰らいと決めつけられていた。

名にし〈ぬイ〉おば、〇名主(ぬし)のお婆(ばゞ)也。にとぬと五音相通。

（頭註　十三ウ）

名にしおば、

伊勢物語　業平(なり)の歌

名にしおはゞ、いざことゝはん

名主のお婆、嫁入の道具の内、琴と碗と詠めり。（十三ウ）

・**五音相通**　五十音の各行の五つの音が互いに交換可能であること。当時の辞書や古典の注釈書に見られる術語で、ここでも学問を駄洒落の説明に使って茶化していると言える。

・**名にしおばゝ**　『伊勢物語』第八段、東下りの「『これなむ都鳥』と言ふを聞きて、『名にし負はばいざこと問はむ都鳥わが思ふ人はありやなしやと』と詠めりければ、舟こぞりて泣きにけり」に見える有名な歌の上二句。「聞きたいことがある」の意の「こと問はむ」を嫁入り道具の「琴と碗」にこじつけた。

あふさかや〇信濃の国大坂屋といふ商人家へ嫁入したる也。

まの〇歳は四十九でもまだ花嫁の心意気で、若ひ者と同じやうに真の振りをして也。（八ツ十三ウ）

・**心意気**　心の持ち方。『江戸生艶気樺焼』（天明五刊）に「世の中にだいぶかふいふ心いきの者があるて」とある。

・**真の振り**　さも真面目な顔をすること。『世説新語茶』（安永五、六年頃刊）に「たばこの火が消えたから手をたゝへたら（略）真の振をしてそうゞしいのやかましいのとぬかしやァがるからのことさ」とある。

さねかつら〇実盛の狂言にかぶる鬘のやうに白髪を黒油で染しこと也。
（頭註　**八ツ十四オ**）
さねかつら
謡曲実盛ニ云　墨は流れ落ちて元の白髪となりにけり。

・**さねかつら**　樹皮から抽出した液は整髪料に用いられた。
・**実盛**　斉藤別当実盛。平安末期の武将。越前の人。平維盛に従って、寿永二（一一八三）年に義仲と戦った（篠原の合戦）際、老年を隠すため、鬢髪を黒く染めて奮戦したが、手塚光盛に討たれた。（『平家物語』巻七－七「実盛最後の事」）。『源平布引滝』（寛延二年竹本座初演）に「その時こそは実盛が鬢髪を黒に染め、若やいで勝負を遂げん」。
・**黒油**　白髪染めの鬢付け油。雲鼓評『万句合』二に「黒油とろりと老の女郎買」とある。
・**謡曲実盛**　謡曲「実盛」に「髭を洗ひてみれば墨は流れ落ちて元の白髪となりにけり」とある。

人にじられて〇此お婆いつたい心の良からぬ者ゆへ、こんな女房を持ちて、もし離縁でもする時は、先の人さぞにぢられるであらん、と気の毒がりて也。

（頭註　**ハツ十四オ**）

人にしられて
八百屋お七祭文ニ曰　人ににぢられ詮方なさに今はわが身に覚悟を極め。

・**八百屋お七祭文**　八百屋お七を主題にした祭文は多くあるが、引用と同じ詞章を持つものは未見。
・**にじられる**　ねじこまれる。

くるよしもかな〇頃は八月下旬なれど信濃は寒国ゆへ嫁入してくる夜も霜が降りし也。よつて来夜霜哉と詠めり。

（**ハツ十四オ**）

（頭註　ハツ十四オ）

くるよしもかな

世諺問答ニ曰　寒気甚しく露凝(こ)りて初て霜となる。よつて霜月といふ云々。（ハツ十四オ）

（後註　ハツ十四ウ）

本朝俗唱ニ曰　三十振袖(フリソデ)四十嶋田(シマダ)。

和漢朗詠集　白楽天ガ詩ニ曰

昔(ムカシ)ハ為(タ)リ二京洛(ケイラク)ノ声花(ハナヤカナル)客(カク)一。

此お婆(ばゞ)も昔(むかし)は京の田舎(いなか)の片辺(かたほとり)にておしやらくをやりし娘(むすめ)なりしが、と旧懐(きうくわい)の詩なり。中昔(むかし)「名主の娘(むすめ)をはらませて」といふ歌(うた)の流行(はや)りしも、此お婆(ばゞ)が若(わか)き時(とき)をいへるなるべし。（ハツ十四ウ）

・**世諺問答**　一条兼良の著。寛文三年版本等では、正月や十月の月の由来は記すが、霜月の由来についての記事は無し。なお『和漢三才図会』「天象」には「本綱陰盛則露凝為霜」とあり、霜月の語源については『倭訓栞』前編十一「霜月　十一月をいふ。霜月の義なり。霜の盛んにふるときなれば名つくる成るべし」とある。

・**本朝俗唱ニ曰**　「俗唱」は卑俗な歌謡のこと。このような題の書物はもちろん無い。『江戸語の辞典』（講談社学術文庫）の「三十振袖四十島田」の項には「早く近世前期の上方流行歌に用いられ（『松の落葉三』所収）、後期には江戸で夜鷹をうたった俗謡に用いられている」として安永三年の『弦曲粋弁当』を引く。そこに「かんさらし」「とのさまお江戸入り（中略）姉様本庄かへ。さつても塗つたりうどんの粉。三十振り袖四十嶋田、勤めはつらい、土手の川風芝の露。さぞ冷たかろ」とある。「三十振袖四十嶋田」は、年増女の若作りを冷評する語。なお、「テ」を誤刻と見て「三」に改めた。

・**和漢朗詠集**　『和漢朗詠集』下「老人」に同詞章がある。

・**京の田舎の片辺**　常盤津、信夫売りの詞章。『絵本見立仮譬尽』三十二「かはんせん貝」参照。

・**おしやらく**　おしゃれ。おめかし。

・**名主の娘を**　『辰巳之園』（明和七刊）に「此間にはやる『おいらを狐がはらませた』にしなさい」とあり、『日本古典文学大系 黄表紙洒落本集』の水野稔註に、「明和頃から流行し、幕末頃には「やだちゅう節」とよばれ、挙歌にもなった俗謡。常盤津〈杜鵑花空解〉（明和七年七月）にも、「おいらを狸がはらませて云々」と、この流行歌をとり入れている」とある。

⑧春道列樹

春道列樹〈はるみちつらき〉
竹本春太夫
正伝ブシ元祖　春富士〈ふじ〉正伝
春信〈のぶ〉　鈴樹〈スヾキ〉氏　浮世絵師
春道列樹（ハツ十五オ）

・**竹本春太夫**　（初代）延享元年豊竹春太夫として豊竹座へ出演。寛延二年春江戸に下り宝暦二年竹本座へ出演、改称する。天明四年三月没。

・**正伝ブシ元祖**　宝暦から天明頃まで主に上方で行われた豊後浄瑠璃の一派。

・**春富士正伝**　延享〜明和時代の京都の浄瑠璃太夫。正伝節の流祖。宮古路薗八の高弟。宝暦中ごろ一流を為し、明和年中に改称したという。『声曲類纂』に「寛延・宝暦の頃、京都より江戸へ下り、吉原に居す」とあるが、その年代については明和年中という説が有力である。

・**春信**　享保十年江戸生まれ。本姓は穂積。通称治兵衛。鈴木春信と号し、絵暦を契機に錦絵を完成させ、美人画を多く描いた。明和七年六月十五日没、四十六歳。「鈴樹」の「樹」は「列樹」に合わせた。

・**春道列樹**　延喜十年生まれ。『古今和歌集』に三首入集。

（系図頭註　**ハツ十五オ**）

一説に此人友達に誘はれて六阿弥陀へ詣でける。時は春弥生のころなりしが、年寄りての遠道はァ、つらひぞといひしより、世の人春道の辛きといふ。年が寄つては火事も近所が良い、といひし落し話も此人らの噂なるべし。

（ハツ十五オ）

・**六阿弥陀へ詣でける**　春秋の彼岸会に江戸市中や近郊に散在

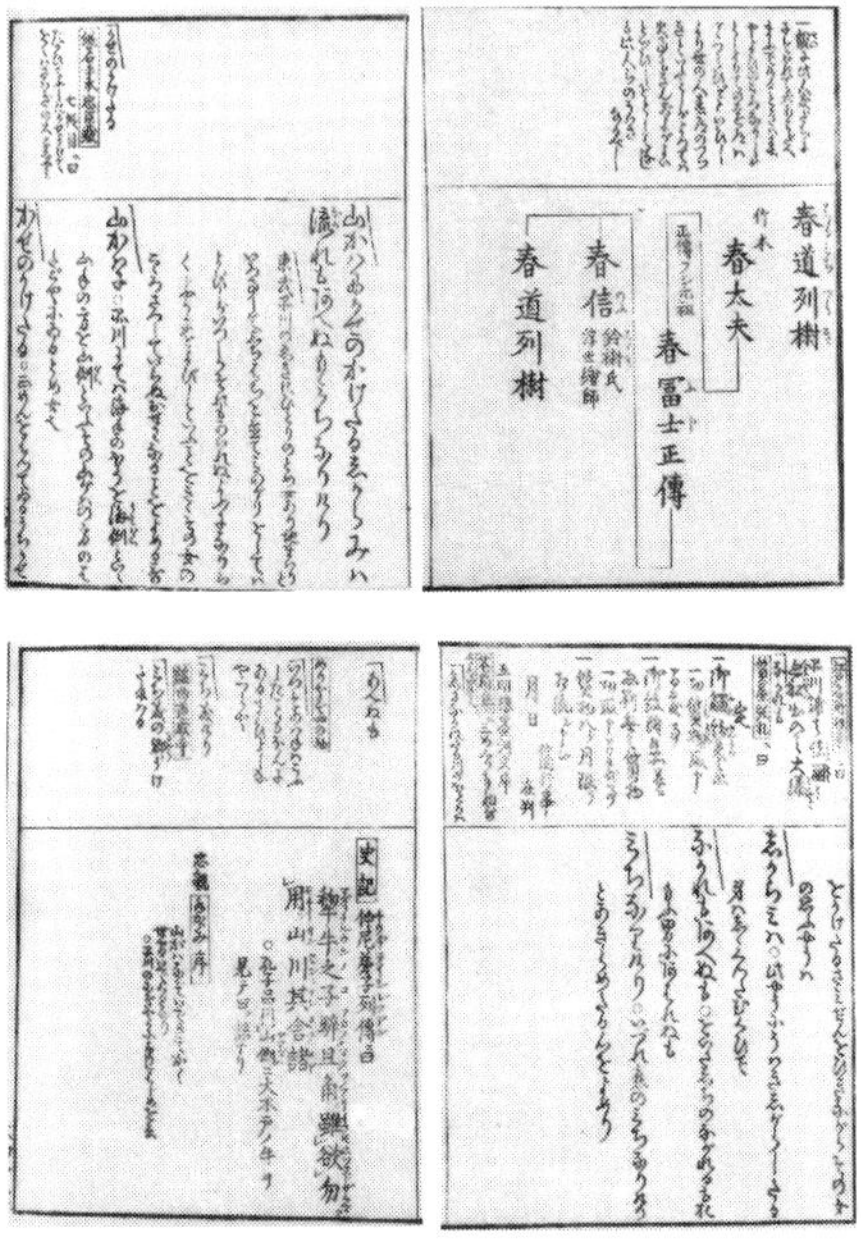

する六か寺の阿弥陀仏を巡拝する行事で、下谷広小路長福寺・田畑村与楽寺・西ヶ原村無量寺・豊島村西福寺・下沼田村応味寺・亀井戸常光寺の順に廻る事が普通。季語としては春。『柳多留』（初編）に「五番目は同じ作でも江戸生まれ」とある。

・**遠道**　六阿弥陀詣は、江戸の西北の郊外から、江戸市中を通過して江戸東郊の亀井戸まで行程六里二十三丁を一日かけて歩くので、かなり遠い道のりであった。

・**年が寄つては火事も近所がよい**　武藤禎夫『江戸小咄辞典』の「火事」の項に『千年草』（天明八刊）の「遠火」が紹介されている。「火事がある。遠い〳〵。火元見に行くとて、若い者四、五人走る。老人が一人、同じく火元見に行くとて走る。『ヤレ〳〵せつねえ。年寄つては、ずいぶん近火がいゝぞ』」というものである。河玄佑の狂文集『前戯録』（明和七刊）の「以近為便也」にも同様の話があり、この頃広く知られていたものであると考えられる。

山かはにかせのかけたるしからみは流れもあへぬもみちなりけり

東武品川の駅に一人の留め女あり。地回りと色事して質八を置て身揚がりをしては呼びしが、いつしかそれも逢はれぬよふになり、落城に及びしといふことを聞き、その女の心察して要らぬお世話なることを詠める歌。

・**東武**　武蔵の国の異称。また江戸の異称。
・**留め女**　宿場の客引き女。飯盛り女。
・**地回り**　遊里付近に住み、遊里を冷やかし歩くならず者。
・**質八を置て**　質を置くことの無駄言葉。質が七と同音ゆえに、八を続けた。
・**身揚がり**　遊女が自分でその日の揚げ代を払って休むこと。金のない情人と会うために行う場合が多い。
・**落城**　物事を維持できずに投げ出す事。破産。

山がはに○品川にては海手の方を海側と言い、山手の方を山側と言ふ。その山側の方の旅篭屋に居る留め女也。

・**海側・山側**　「女郎屋は何れも大きく、浜側の方は縁先より品川沖を見晴らし、（中略）岡側の家は後ろに御殿山を控へ、浜側は裏に海を控へ」（西沢一鳳軒『皇都午睡』三下、嘉永三成）にある浜側・岡側と同じか。

かせのかけたる○正面を張つてゐるうち、枷（**ハツ十五ウ**）をかけたる三味線をひきながら、その女の思ふやうは。

・**正面を張つて**　遊女が店に出て居並ぶこと。品川遊里語。「どこの内も皆三人つゝ、さだまりで店へ出やす。此ことを正面をはるといひやす」（『古契三娼』天明七刊）とあるのは、旅篭屋一軒につき、遊女三人までが公認されていたからである。

・**枷**　三味線の上調子の高音を出すのに用いる駒。枷を弦の上に当てて縛ることを「掛ける」という。

（頭註　**ハツ十五ウ**）

かせのかけたる

仮名手本忠臣蔵七段目ニ曰

たかひてふしにかせかけて、をくはさはぎの大こしやみ。（ハツ十五ウ）

（頭注　**ハツ十六オ**）

江戸名所往来ニ曰

品川浦者諸（しよこく）国之廻（くわいせん）船出入之大湊（みなと）。

・**仮名手本忠臣蔵**　『仮名手本忠臣蔵』七段目に「高い調子にかせかけて奥は騒ぎの太鼓三味」とある。京伝はしばしば忠臣蔵を自作の趣向に取り入れている。たとえば作品全体の趣向としたものでは黄表紙『義士の筆力』（天明八刊）・『忠臣蔵即席料理』（寛政六刊）・『忠臣蔵前世幕無』（同年刊）・『仮名手本胸之鏡』（寛政十一刊）・『仮多手綱忠臣鞍』（享和元刊）・読本『忠臣水滸伝』（寛政十一・十三刊）。

・**江戸名所往来**　板本未見。東京学芸大学望月文庫蔵の写本（天保十三年）には、同文がある。『江戸名所往来』は『国書総目録』には安永九年版・寛政三年版が登載されている。岡村金太郎『往来物分類目録』（大正十一刊）には「『江戸方角』と大体同じ。唯文中飛鳥山とあるのみにて碑銘とはなし（中略）しかれば『江戸方角』より古くして其の前身か（中略）元禄五年書籍目録に見ゆ」とある。

・**大湊**　「品川は江戸の咽喉なり。天下第一の巨港なり」（『江戸繁昌記』五編、原漢文）。

しがらみは○此やうにうはきしがらしたる身はし、喰（く）つた報（むく）ひで。

・**うはきしがらしたる身**　色事に身を入れあげた自分。

・**し、喰つた報ひ**　「しし」は獣肉のこと。美食や快楽などの報いとして味わう苦痛。また、悪いことをした報い。「みれんなことをい、なんすな。し、くつたむくひでざんす」（『契情買言告鳥』寛政十二刊）。

ながれもあへぬも○置（を）いた質（しち）の流（なが）れるも、思（おも）ふ男に会（あ）はれぬも。

（頭註　ハツ十六オ）

ながれも

質屋張札ニ曰

定

一　御触〈ふれ〉・紛失〈ふんじつ〉之品、一切質物〈しちもつ〉ニ取申間敷事。

一　御紋附候品、并ニ両判無之質物一切取申間敷事。

一　質物八ヶ月限リ相流シ申候。

仲間行事　在判

月　日

五明楼墨河文庫

花扇集ニ　三めぐり奉納歌

上ノ句略ス。　名に流〈なが〉れたる川のほとりは（ハツ十六オ）

（頭註　ハツ十六ウ）

あへぬも

めりやす四の袖　いつそあはねば、こふしたことも、ほんにあるまひ、よしなやつらや。

・**質屋張札**　これは書名ではなく、当時質屋の店内に張ってあった掟書き。なお、京伝の父は質屋であった。

・**御紋附**　葵の紋の入った品。

・**両判**　借り主と保証人両者が判を押す事、またその判。「一　判式　一人両判の質物（本来二人で押すべき判を、一人で二つの判を押した質者）取候質屋、質物取上、過料三貫文」（寛政九年九月『御触書天保集成』一〇二一）とあり、そのような不法行為が少なくなかったことを思わせる。

・**八ヶ月限リ**　元文元年から八ヶ月で質物を流した。

・**五明楼墨河**　吉原の遊女屋扇屋の主人宇右衛門。山東京伝の弟山東京山が晩年になって著した随筆『蜘蛛の糸巻』（写）に「世に聞こえしは江戸町一丁目扇屋宇右衛門、墨河と号す。（中略）天明中の成家なりき。（中略）天明の頃、初代花扇、東江沢田氏の門人なり。遺墨世にちりのこる中に、三囲稲荷の額に、自筆のよみ歌のこれり」とあり、その歌の一部を引いたものと思われるが、和歌の上の句は未確認。向井信夫氏「花扇名跡歴代抄」（『江戸文芸叢話』平成七、八木書店所収）によれば、献額は安永八年六月のことであったという。また、この花扇は前出待乳山の碑銘を書いた花扇と同じということである。だとすると、京山の「天明の頃、初代花扇」は記憶違いであり、「安永の頃、二代花扇」でなければならない。

・**めりやす四の袖**　『四の袖』は元来琴唄で、後、めりやすになった。寛延四年以降何度か増補出版される。本文は「いつそ逢はねばこふした事も、ほんにあるまひ、由なや辛や」（日本歌謡集成第九巻『荻江節正本集』による）。京伝のめりやすへの愛着は相当なもので、本書にもいくつか引用されていることからもそれは明らかであるし、自身「素顔」というめりやすを作詞している、さらに『江戸生艶気樺焼』には「まずめりやすといふやつが、うはきにするやつさ。こいつをしらねばなりやせん。およそ人の知つた口ぢかひめりやすの分、小口のところを申やしやう。まず、きゞす・無間（中略）四の袖（中略）恋ばなし。まだいつくらもあれど」と、めりやすの曲名を並べたてている。

みちなりけり〇いづれ恋のみちなりけり、とあきらめたる心を詠めり。（ハツ十六オ）

（頭註　ハツ十六ウ）

みち成けり

【謡曲道成寺】みち成の卿〈きやう〉うけたまはる。（ハツ十六オ）

・**謡曲道成寺**　原文は「道成の卿うけたまはり、はじめて伽藍たちばなの、道成興行の寺なればとて」とある。

（後註　ハツ十六ウ）

【史記】仲尼弟子列伝（チウヂテイシレツデン）ニ曰

犂牛之子（マダラナルウシノコ）騂（アカフ）シテ且角（マタツノ）アリ。雖（イフ）レトモ欲（ホツ）レスト勿（ザラマ）レク用（モチ）イ。山川（サンセン）ニ其（ソレ）舎（ステ）諸（メ）ヤ。

○孔子品川ノ山〈ヤマガハ〉側ニ大木戸ノ牛ヲ見テ曰ッ語〈ゴ〉ナリ。

忠親【水鏡（かゞみ）序】

山がはなぞいできて、かく世間いでくるなり。

○品川のにぎやかになりしはじめを言。（ハツ十六ウ）

・**史記**　『史記』当該箇所「冉雍」の記述。明和七版（寛永十三版の再刻）『史記評林』と訓に異同はあるが、和刻本を見たか。

・**大木戸**　高輪の大木戸は東海道の品川寄りにあった。現、港区高輪二丁目付近。

・**水鏡**　『水鏡』序に「山河などいできて、かく世間の出くるなり」（無刊記版本による）とある。『水鏡』の作者は中山忠親と考えられているが確定しがたいと言う。当時はこう信じられていた。「山河」を「山側」にこじつける。

⑨恵慶法師

恵慶法師（ゑげうほつし）

恵美須屋（ゑびすや）八郎左衛門　尾張町

恵美押勝（ゑみをしかつ）　道鏡ト仝レ時ヲ

恵心僧都（ゑしんそうづ）　名ハ源信

恵慶法師（ハツ十七オ）

（頭註　ハツ十七オ）

一説

歌舞妓物芸頭

慶子（けいし）　中村富十郎

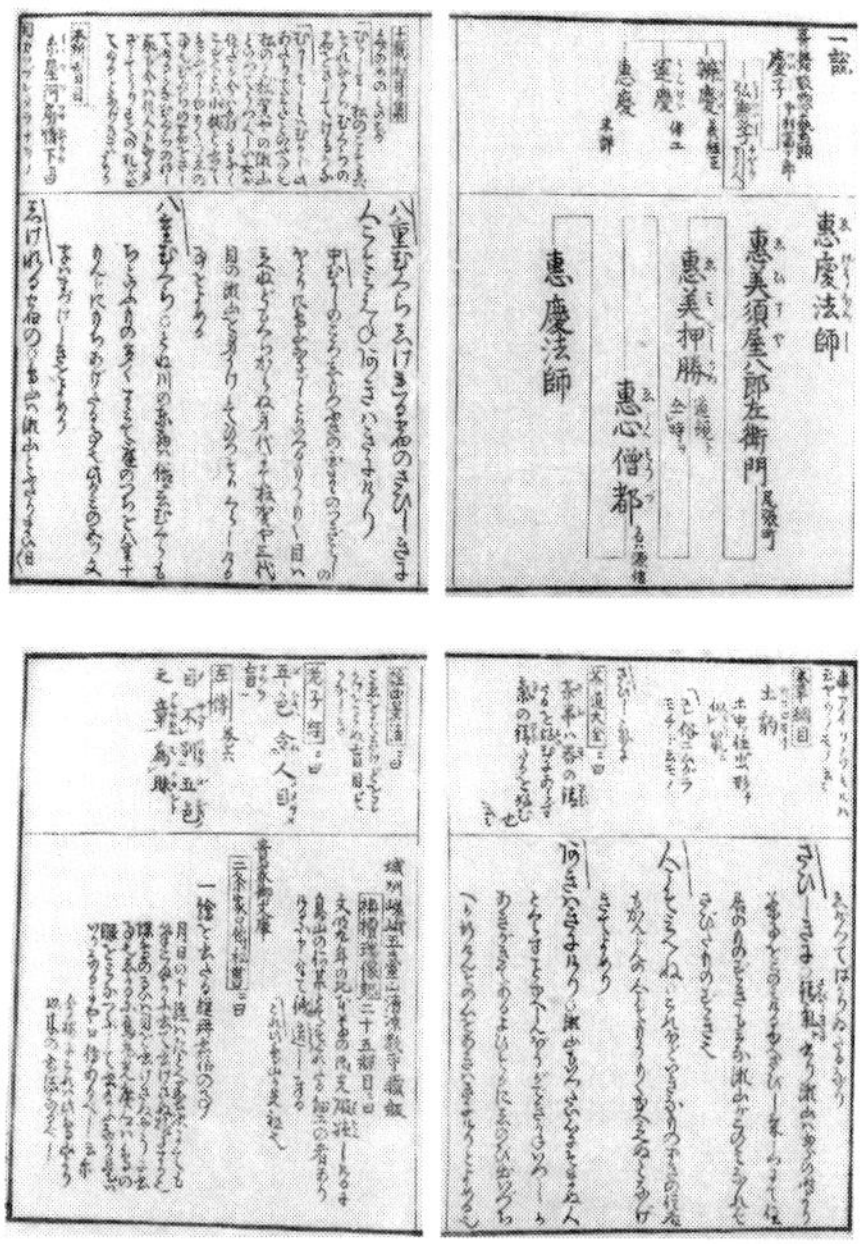

弘慶子（こうけいし）チヤウセンノ人
├ 弁慶（べんけい）義経臣
├ 運慶（うんけい）仏工
└ 恵慶 未詳

・**恵美須屋八郎左衛門**　江戸京橋尾張町（現中央区銀座四丁目）角にあった呉服商人。

・**恵美押勝**　藤原仲麻呂の前名。孝謙上皇が寵愛した道鏡の排除を策して失敗、近江で殺された。慶雲三年～天平宝字八年、五十九歳。

・**源信**　平安中期の天台宗の学僧。通称、恵心僧都・横川僧都。浄土教を広めた僧として知られる。主著は『往来要集』（寛和元年成）。

・**中村富十郎**　初代。享保四年～天明六年、六十八歳。江戸中期の歌舞伎俳優。当時最高位の女方で、『京鹿子娘道成寺』（宝暦三初演）の初演者として有名。天明四年の役者評判記『役者千両箱』京の巻において「歌舞妓一道　惣芸頭」とされるに至る。

・**弘慶子**　安永頃江戸にいた、朝鮮人の風体をした薬の行商人。『絵本見立仮譬尽』四「癪津貝」参照。

・**運慶**　鎌倉時代前期の彫刻家。康慶の子で、慶派を代表する仏師。

八重むくらしけれる宿のさひしきに人こそみえねあきはきにけり

中昔（むかし）のころ下総（しもつふさ）の国、真間（まゝ）の継橋（つぎはし）のほとりに鳥山なにがしとか言（い）へる盲目（もうもく）、目は見（み）ねども暗（くら）からぬ身代にて、松賀屋（や）三代目の瀬山を身請（う）けして、ひつそり暮（く）らしける事を詠（よ）める。

（頭注　ハツ十七ウ）

千載和歌集　弁のめのとの歌

昔見し松の梢はそれながらむぐらの宿をさしてけるかな

昔見しとは、昔此あたりで見たといふ事也。松のとは、松賀屋の瀬山といつて美しい女が住だが、今は影もなく、こずへとは、小杖と書て鳥山が撞木杖の事也。むぐらの宿をさしてけるかな、むぐらの住し家も今は住人もなく戸ざして売り据への札が出てゐる、と嘆きて詠めり。

本所盲目　糸屋阿房情下ニ曰

目ガ潰レタラ猶ノ（ハツ十七ウ）事、愛想ノ尽キルハ定ノモノ云々。

・**真間の継橋**　下総国葛飾国府台村（現千葉県市川市真間町）にあった継橋。歌枕。

・**鳥山なにがし**　『半日閑話』巻十三、安永四年十二月の条に「松葉屋瀬川請出さる　又吉原松葉屋瀬川といへるを鳥山検校うけ出せしといふ事当年の是沙汰なり」とあるように、当時大評判となった事件であった。「松賀屋」は「松葉屋」、「瀬山」は「瀬川」のこと。田螺金魚の洒落本『契情買虎之巻』（安永七年刊）は、この事件を題材としている。

・**千載和歌集**　口絵の項で既に述べた通り、京伝は『初衣抄』の口絵に近江屋久兵衛板の『千載和歌集』の奥村政信画の挿し絵をもじったものを取っており、それに拠ったものであろう。ただし、同書では「むぐらの門」（近江屋版も「門」）。

・**本所盲目**　このような書は存在せず、『本草綱目』のもじりである。本所一ツ目（現墨田区千歳一丁目）に杉山検校が関東総検校職に任命され、将軍綱吉から広大な宅地を拝領した（いわゆる「総録屋敷」）ことに由来する名。「糸屋阿房情下」も漢籍の項目名めかした題名。詞章は安永六年三月初演の浄瑠璃『糸桜本町育』（紀上太郎作）の第八小石川の段の一節。「お房はわつと泣出し、嫌はしやんすな佐七様。無理に添はうといふではない。そなたに添はして母様のお年の上の御苦労をさせましともないばつかりじや。眼が潰れたら猶の事、愛想が尽きるは定のもの」。

八重むぐら○利根川の東西は、俗ニ言むぐらもちといふもの多く住みて、庭の土を八重十文字に持ち上げたる事也。

此上の五ッ文字は、まづ景色を詠めり。

（頭註　ハツ十八オ）

本草綱目　土豹

土中ニ住ム虫　形チ似タリレ鼠ニ。

コレ俗ニムグラモチト云モノ。

・**本草綱目**「うごろもち」はモグラの異称。『本草綱目』「鼴鼠」の項に「在土中」「形如レ鼠ノ而大ナリ」とあるが全く同じ記載はない。なお、『和漢三才図会』「鼴　うころもち」の項に「本綱鼴状如レ鼠ノ而大ナリ」とある。『書言字考節用集』では、「ウゴロモチ」として「鼴鼠・鼢鼠・田鼠・土豹」が載る。

しげれる宿の○鳥山は瀬山と二人、毎日〲（ハツ十七ウ）繁つてばかりゐたるなり。

さびしきに○錆気ト書り。瀬山は女郎の時より茶事を好みけるゆへ、錆し気質にて住居の物数寄も皆瀬山が好みなれば、錆た物数寄也。

（頭注　八ツ十八オ）

さびし気に

茶道大全ニ曰　茶事は器の錆たるを好むにあらず。気の錆たるを好む也云々。

・繁つて　情交すること。

・茶道大全　未詳。

人こそみへね○これほど粋な物数寄の住居も、肝心の人こそ盲目ゆへ見へぬと嘆きて詠めり。

（頭注　八ツ十八ウ）

謡曲景清ニ曰　声をば聞けど面影を見ぬ盲目ぞ悲しき。

老子経ニ曰　五色ハ令ニ人ノ目ヲシテ盲一ヲ。

左伝巻六　目不レ別ニ五色ノ之章一為レ味シト。

・謡曲景清　謡曲「景清」に「声をば聞けど面影を見ぬ盲目ぞ悲しき」とある。

・老子経　『老子経』第十二に同じ表現がある。
・左伝　『春秋左氏伝』のこと。巻六に同じ表現がある。

あきはきにけり○瀬山も一体心に染まぬ人と暮らすことゆへ、辛抱ができかね、いつしか飽きが来て、或る夜密かに忍び出、いづちへか行けん。その心を飽きは来にけりと詠める也。（ハツ十八オ）

（後註　ハツ十八ウ）

城州嵯峨五台山清涼教寺蔵版

栴檀瑞像記　二十五牒目ニ曰　文明九年の比本尊の御光破損しけるに、鳥山の何某とて優れたる細工の者ありけるに申付て修造し奉る。

これ此鳥山が先祖也。

貴家御文庫

二条家口伝秘書ニ曰

一　絵を書たる短冊書様の事

月日の下絵はたとへ墨次にても、筆細かに書て書消さぬ様にする也。蝶鳥の類は目を書消さぬ様に書事也。しかるに烏丸光広卿は鳥の眼を皆潰して書給ふなり。是は如何なるにや口伝あるべし云尓。

今按に、これは此鳥山より以来の書法なるべし。

・**栴檀瑞像記**　城州嵯峨五台山清涼寺は天明五年六月に江戸両国回向院に出開帳があった。その際に販売されたものと思われる。東京大学総合大図書館所蔵の『栴檀瑞像三国伝来記』（刊年不明）の二十一丁裏・二十二丁表を見ると、「文明九年丁酉冬十一月（中略）本尊御光破損の刻也（中略）其比鳥山のなにかしとてすぐれたる細工の仁有けるに申付られ修造し奉る」とある。この冊子は二十三丁しかなく、記載のように二十五丁目はない。白石克「既見寺社略縁起類目録稿」（『斯道文庫論集』十九）によると、清涼寺のものでもっとも丁数が多いのは二十四丁。

・**二条家口伝秘書**　和歌の秘伝書のようであるが、このような内容のものは未見である。絵の描き方に関する事なので、浮世絵師であった京伝の知るところとなったか。

⑩源重之

源重之〈みなもとしげゆき〉

- 畠山庄司 重忠　善ニ茶琴一ヲ　景清ト仝時
  - 重ノ井　御乳人
- 重太夫　重太夫ブシ元祖
  - 重政　氈受〈メンジヤウ〉 字ハ勝助 為ニ勝家一ガ忠死ス
  - 重政　北尾 字ハ左助 浮世画工
- 重山　四目屋抱 遊女

重之──豊重〈とよ〉富本門弟 田所町ニ住ス

（ハツ十九オ）

・**源重之**　平安中期の寡人。三十六歌仙の一人。清和天皇の皇子貞元親王の孫。家集『重之集』。

・**畠山庄司重忠**　長寛二年～元久二年、四十二歳。武蔵畠山庄司重能の第二子。頼朝の重臣。景清物の演劇で有名。登場する歌舞伎に『出世景清』『牢破りの景清』『閏月仁景清』『大仏供養』など、浄瑠璃に『ひらがな盛衰記』『壇浦兜軍記』などがある。琴は『壇浦兜軍記』「琴責め」による。茶とあるのは天明三年市村座の『寿万歳曾我』における「茶の湯景清」によるか。

・**重ノ井**　演劇の「丹波与作」の世界で、丹波城主由留木家の姫君調姫の乳人。与作の妻。浄瑠璃『恋女房染分手綱』で名高い。

・**重太夫ブシ**　上方浄瑠璃の一派繁太夫節。宮古路豊後掾の門人、豊美繁太夫が元文・寛保の頃創始し、大坂島之内の花柳界に流行した。江戸に伝わって薗八節となり、さらに常磐津になった。

・**重政**　『書言字考節用集』「甑受重政」の項に「字ハ勝助。尾州春日部郡ノ人柴田勝家ガ為忠死事見『太閤記』」とあり、京伝はこの記述を見ていたと考えられる。

・**重政**　山東京伝の浮世絵の師匠北尾重政。元文四年～文政三年、八十二歳。

・**重山**　当時実在の遊女。『新吉原細見』（天明六年春）では京町一丁目の遊女屋四目屋善蔵抱え。「しげ山　むめの／にほひ」。

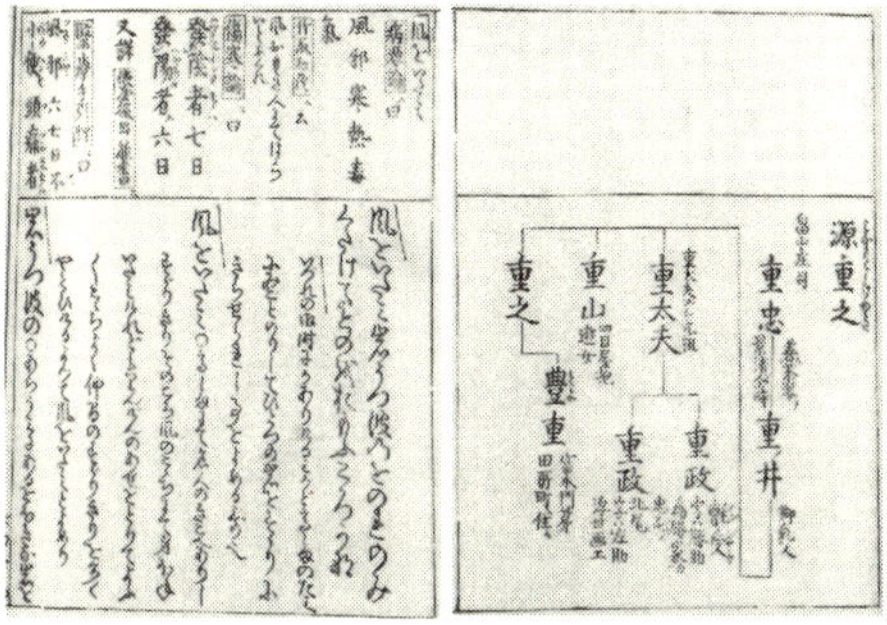

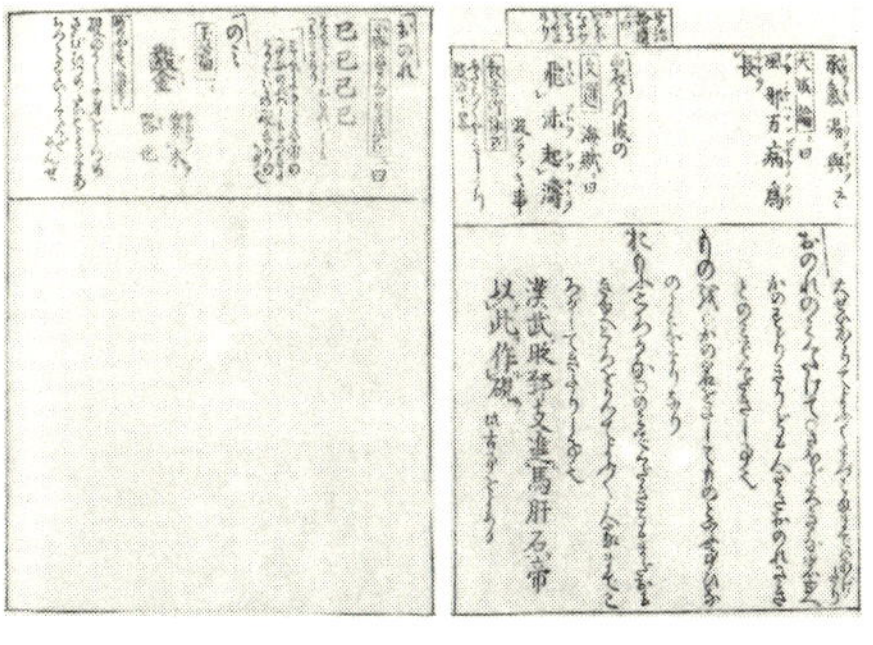

・**豊重**　不明だが、この部分の記述を信じれば浄瑠璃の一派富本の門弟で、本所田所町住であったのであろう。原文に「富本門第」とあるが、誤刻とみて改めた。

風をいたみ岩うつ波のをのれのみくたけてものをおもふころかな

いづれの御時にかありける。帝(みかど)高島(しま)の民(たみ)に詔(みことのり)して、一(ひと)つの岩を硯(すゞり)に切(き)らせられし事を詠(よ)める歌也。

・**高島**　高島石。近江国高島郡（現滋賀県高島市）で切り出す粘板岩。良質で硯石にする。

・**いづれの御時にか**　『源氏物語』冒頭の表現を借用した。

（頭注　ハツ十九ウ〜ハツ廿オ）

風をいたみ

病源論ニ曰　風邪寒熱毒気。

竹取物語ニ云　風おもき人にて腹(はら)いと膨(ふく)れ。

傷寒論ニ曰　発(ハツ)レスル陰(イン)ヲ者(モノ)ハ七日、発レス陽(ヤウ)ヲ者ハ六日。

又詳俵屋振出シ能書ニ

医療手引草ニ曰　風邪六七日不小便セ頭痛スル者ハ　承気湯ヲ与フ云々。

大成論ニ曰　風邪ハ万病ノ為リ長ヲ。

・**病源論**　『医学古書目録』に巣元方『病原候論』（正保元刊）が見え、これが正式名称か。和刻本には『重刊巣氏諸病源候総論』（正保二刊）がある。そこには「風邪」という用語はあるが『初衣抄』所引の表現はない。

・**竹取物語**　『竹取物語』の大伴御行の大納言が龍の首の珠を取りに行くところにある記述。「風いとおもきひとにてはらいとふくれ」（元禄二年版本）。

・**腹いと膨れ**　『病原候論』に「腹張は陽気外に虚なるにより陰気内に積もる故なり」とある。

・**傷寒論**　漢の張機著の医学書。おそらく京伝はこの書を直接見たのではなく、『医療手引草』からの孫引きではなかったのかと思われる。『医療手引草』に「発ニ於陽一七日癒　発ニ於陰一六日癒」とあり、「精キコトハ傷寒論ヲ熟覧スベシ」とある。

・**俵屋振出シ能書**　「俵屋」は日本橋通四丁目の薬屋古沢甚兵衛。振り出し（湯につけて振り出す薬）の風邪薬で知られる。安永四年の『万句合』に「俵屋の次にかかるが薮医なり」とある。能書は薬の効能書。薬に添えられていたものであると思われ、実物は未見であるが、『傷寒論』の引用部分に類する記述があったか。

・**医療手引草**　加藤謙斎著の医学書。家庭常備の実用性の高いもので、かなり広く読まれたと考えられる。明和三刊、天明四刊版本がある。その「五　感冒　附傷寒」に「傷寒六七日不大便頭痛有レ熱小便清者病不レ在レ裏不レ可レ用ニ承気湯一」とあり、これを書き改めたものか。本作の前年天明六年刊行の京伝の滑稽本『指面草』（天明七刊）に「紙入を出してはたいて見ても有ものは医療手引草」とある。

・**承気湯**　「承気」は瀉下作用をいう。大黄を主に処方される薬で、小承気湯・大承気湯・調胃承気湯・桃核承気湯がある。

・**大成論**　中国の医学書。『医方大成論和語鈔』（元禄十五刊）によれば「風ハ為タリ百病之長一」とある。原本を見ないで記憶で引用したのではないかと思われる。

風をいたみ○高島にて名人の聞へありし硯切り、その頃風の心地にて身骨痛みけれども、綸言の汗をとりてよふ〳〵心地よく仲間の硯切りを多く雇ひける。よつて風をいたみと詠めり。

・**硯切り**　硯作りの職人。

・**綸言の汗**　ことわざに「綸言汗の如し」（天子の言葉は一度口にでたら取り消す事が出来ないこと）とある。ここでは「綸言の」を汗にかかる枕詞風に使っている。

岩うつ波の○荒海にある大きな岩を（ハツ十九ウ）大勢かゝりてよふ〳〵まづ浜までは上げたり。

（頭注　**ハツ廿オ**）

岩うつ波の

文選海ノ賦ニ曰　飛レ沫ヲ起レ涛ヲ

波ノアラキ事

観音御詠歌　補陀落や岸打つ波の下略

・**文選**　『文選』巻十二「海賦」に同詞章あり。

・**観音御詠歌**　西国三十三観音のそれぞれにあり、これは一番札所那智山青岸渡寺の御詠歌。雑書や巡礼の手引き書等に収録されている。『淋敷座之慰』（延宝四成）、「西国巡礼歌の品々」では「一番　那智　普陀落や岸うつ波はみくま野の那智のおやまに響く滝つ瀬」。また、『西国順礼袖鑑』（享保頃刊本）では「一番　きいの国なちさん　ふだらくやきしうつなみは見くまの、なちのお山にひゞくたきつせ」。「の」と「は」が違うが、これも記憶に従ったことから生じたものか、百人一首の歌に引かれたからであろう。

・**補陀落**　本来はインドの南海岸にあり、観音の住所といわれる山。観音の浄土として崇拝された。那智山のある紀州熊野地方は、観音浄土への往生を目指す「補陀落渡海」が行われた地であった。

おのれのみくだけて○さほど大きな岩ゆへ、かの硯切り(すゞりき)ども人先(さき)おのれ先(さき)と鑿(のみ)で砕(くだ)きし事也。

ものを○かの岩を指(さ)してものといふ事、鄙(ひな)の横訛(よこなまり)也。

（欄外註　**ハツ廿オ**）

宇治拾遺二曰　いはほくだけて散(ち)り失(う)せにけり。

（頭註　**ハツ廿ウ**）

おのれ

小野篁歌字尽(づくし)二曰　巳己已巳

すでにかみおのれはしもつきにけり

すでにかみとは帝の事、おのれはしもにつきにけりとは、かの硯切り(き)の事也。

のみ

玉篇ニ　鏨（ノミ）穿（ウガツ）レノ木ヲ器（キ）也。

めりやす筆　硯の海（うみ）に身を沈（しづ）め、寒（さむ）ひ冷（つめ）たいこともまあちつと推（すい）して下（くだ）さんせ。

・**横訛**　言葉や発音がくずれること。

・**宇治拾遺**　『宇治拾遺物語』巻二の三「同（静観）僧正大嶽の岩祈り失事」に「夜明、大嶽を見れば毒龍巌砕けて散り失せにけり」（万治二年刊本）とある。

・**小野篁歌字尽**　『小野篁歌字尽』はまぎれやすい漢字の区別方を歌でわかりやすく示した俗書。小野篁が博学で知られたので作者に仮託された。所引のものはもっとも知られたもの。この四字は上から「いこみき」と読み、歌はさらに下に「巳は皆離れ、つちは皆付く」と続く。単独刊本としては寛文十三年刊のもの等が知られるが、節用集類にも出ている。たとえば管見では『大万宝節用集字海大成』（元文三刊）。

・**玉篇**　『玉篇』は梁（六世紀）顧野王撰の字書。「鏨」は巻第十八「金部二百六十九　四百七十二字」にあるが、「在各切穿也斬金也又子各切」と文言は異なる。京伝は本書を直接見たわけではなく、『書言字考節用集』の「鏨」の項に「『玉篇』穿レ木之器也」とあるので、これを引用したのであろう。

・**めりやす筆**　「筆」という題名のめりやすは未詳。

おもふころかな○鏨（のみ）で砕（くだ）きてもまだ重（おも）きゆへ、ころをかつてよふ〳〵人家まで転（ころ）がして来（き）たりし事也。

（後註　**ハツ廿オ**）

漢武ノ吃貶郅支進ニム馬肝石ヲ一帝以レテ此ヲ作レル硯ヲ　此古事を詠（よ）める。

・**馬肝石**　大石の名。蒙古地方に産し、硯に作り、また毛を染めるのに用いられたという。『易林本節用集』に「馬蹄　バテイ　馬肝　バカン　二共硯石」とある。『洞冥記』「元鼎五年（紀元前百十二年）郅支国貢馬肝石　半青半白（以下略）」とある。郅支（しつし）は『大漢和辞典』に「匈奴単于の名号」と言う。「吃」については不明。

⑪藤原義孝

藤原義孝（ふじはらよしたか）
- 朝夷名三郎義秀（あさひなよしひで）
- 新田小太郎義峯（にったよしみね）
- 大星由良介義雄（をほぼしゆらのすけよしを）
  - 義亮（よしすけ）本田義光男
  - 義松（よしまつ）天川屋長男
  - 義孝（ハツ廿一オ）

・**朝夷奈三郎義秀**　鎌倉時代前期の武士。和田義盛の三男。母は巴御前といわれ、豪力無双で知られ、その武勇を伝える種々

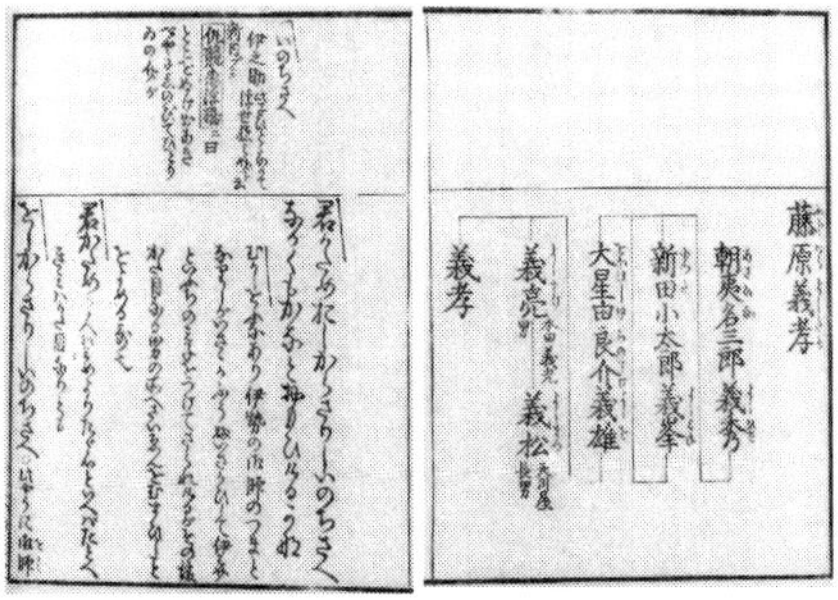
藤原義孝
朝夷名三郎義秀
新田小太郎義峯
大星由良介義雄
義亮
義松
義孝

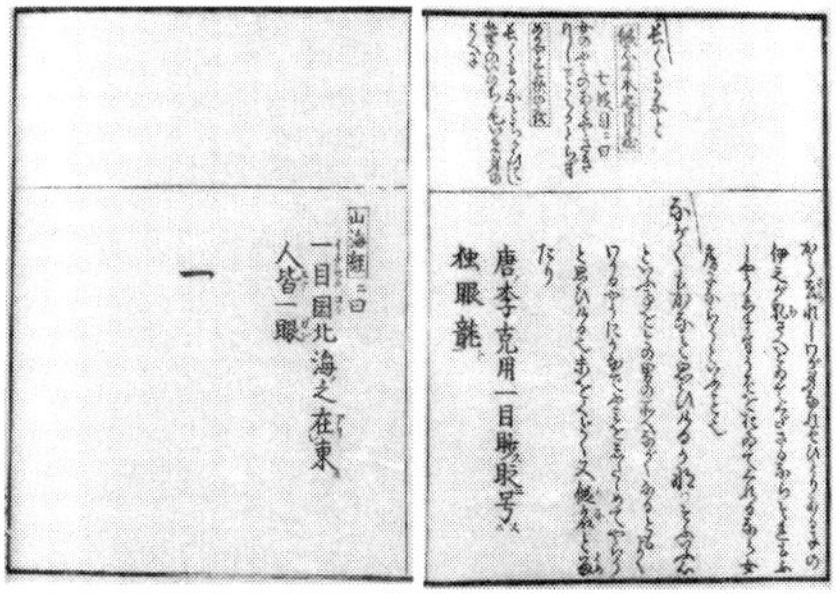
唐李克用一目眇号
独眼龍
山海経曰
一目国北海之在東
人皆一眼

の伝説は能狂言・浄瑠璃などに戯曲化された。「朝夷名」は当時の発音で「アサイナ」。

・**新田小太郎義峯**　『神霊矢口渡』（明和七初演）初段中、九条揚屋の段の登場人物。

・**大星由良介義雄**　浄瑠璃『仮名手本忠臣蔵』では、大星由良之介義金。忠臣蔵狂言に登場する。赤穂義士の大石内蔵助良雄にあたる。

・**義亮**　**本田義光男**　『本田義光日本鑑』（浄瑠璃、為永太郎兵衛作、元文五初演）に登場する。

・**義松**　『仮名手本忠臣蔵』十段目「天河屋」に登場する。天河屋義平（実名、天野屋利兵衛）の長子。

・**藤原義孝**　平安時代の歌人。一条摂政伊尹の子。天禄元年左兵衛権佐となり、同二年双生児の兄挙賢と共に疱瘡にかかり、兄は朝に、弟の義孝は同日夕に没した。道心が深かったことを伝える逸話が『大鏡』に見えている。

君かためおしからさりしいのちさへなかくもかなとおもひけるかな

むかし嫗（をふな）あり。伊勢の御師の妻（つま）となりしが、いさゝか夫婦（ふうふ）いさかひして、伊之介といふ乳（ち）のみ子をつけて去（さ）られけるが、その後かた目なる男の所へ再縁（さいゑん）を結（むす）びしことを詠（よ）める歌也。

・**御師**　「おし」は御祈祷師（おんきとうし）の略で、祈祷を取り次ぐ身分の低い神職だが、伊勢大神宮では「おんし」といい、参詣人の案内や宿泊施設を兼業し、また、諸国の得意先を回って信仰の普及にも寄与した。

君かため○人は眉目（みめ）よりたゞ心といへば、たとへ君（きみ）は片（かた）目なりとも。

をしからさりしいのちさへ○此やうに御師（をし）（ハツ廿一ウ）から去（さら）れしわが身なれば、一人（ひとり）ある子の伊之が乳（ち）さへをゐて下さるなら、それも不承します。乳母をおゐてくれるなら、女房にならうといふこと也。

（頭註　ハツ廿一ウ）

いのちさへ

伊之助　此子ひと、なりて浮世猪之介ト云

新内ブシ

仇競恋浮橋ニ曰　床をぬけ出あき部屋に、忍びて一人ゐの介が。

・乳　乳を飲ませて子を育てる女性。育ての親。乳母。

・不承　不満足ながら、それで我慢すること。

・仇競恋浮橋　『浮世猪之助／わかなや若草　仇競恋浮橋』は有名な新内節で、『江戸生艶気樺焼』冒頭に「新内節の正本なぞを見て、玉木屋伊太八・浮世猪之介が身の上を羨ましく思ひ」とある。新内の本文は、「ねまきのま丶にわかくさは。とこを抜出であきべやに。忍びて独り猪之介が。ふぜい見るよりすがりつき」（『日本歌謡集成』第十一巻所収の歌詞）。

ながくもかなと思ひけるかな〇そふいふ心といふ事を、その男の所へ、長くなるともよくわかるやうに、仮名で文をした丶めてやらうと思ひける也。末をくどく又仮名と留たり。（ハツ廿二オ）

（頭註　ハツ廿二オ）

長くもかなと

仮名手本忠臣蔵七段目ニ曰　女の文(ふみ)の後(あと)や先(さき)ではかどらず。

めりやす秋の夜　長くもがなとちかひてし、筆の命毛(いのち)いま身のうへに。

（後註　ハツ廿二オ）

唐ノ李克用一目眇ス眩ニ号ニ独眼龍一ト。

（後註　ハツ廿二ウ）

山海経ニ曰　一目国(イチモクコク)北海之(ノ)在(アリ)レ東ニ人皆(ミナ)一眼(ガン)。

・**仮名手本忠臣蔵七段目**　『仮名手本忠臣蔵』七段目「一力茶屋」中の詞章。『仮名手本忠臣蔵』七段目は「一力茶屋」由良之助が御台かほよ御前から受け取った敵の様子を知らせる手紙を恋文らしく読んでいる。それを勘平の妻、おかるが手鏡に写し取って見る。

・**後や先**（参らせ候）**ではかどらず**　手紙の文意が整然としていないので、読むのに時間がかかる。

・**めりやす秋の夜**　『秋の夜』に「長くもがなと誓ひてし筆の命毛今身の上味気なや」（『日本歌謡集成』第九巻所収の宝暦七刊『女里弥寿豊年蔵』による）とある。

・**命毛**　筆の穂先の毛。書くのに最も大切な毛であるから。

・李克用　唐の人。もと西域突厥種。「僖宗黄巣造反、李克用破レ之、時人以二其一目眇而有一レ男、号為二独眼龍一」（『唐書』李克用伝）。「盵」は『龍龕手鑑』（九七七成）に「眨」の俗字とする。「眨」は片目の意。

・山海経　古代中国の地理書。その一に、「一目国在二其ノ東一二一目中二其ノ面一二而居一ッ二曰有二手足一」（海外北経）とある。また、『和漢三才図会』巻十四では、「三才図会云、一目国ハ在二北海ノ外無脣之東一二其人一目当二其面一二而手足皆具也」とある。

⑫紫式部

紫式部〈むらさきしきぶ〉

後小松院落胤

紫野一休〈むらさきのいっきゅう〉大徳寺

紫姑女〈しこめ〉　姓ハ何、字ハ娟、見ユ紀原 代酔ニ。

紫夕〈しせき〉　又濃紫〈コムラサキ〉ト云、能ク書画香〈ヨクショグワカウ〉ヲ。角玉屋抱遊女太夫ノ名跡〈ミヤウセキ〉。

紫式部　源氏物語作者　（ハツ廿四ウ）

・紫野一休　禅僧一休宗純は京都紫野に大徳寺を営んだ。一休

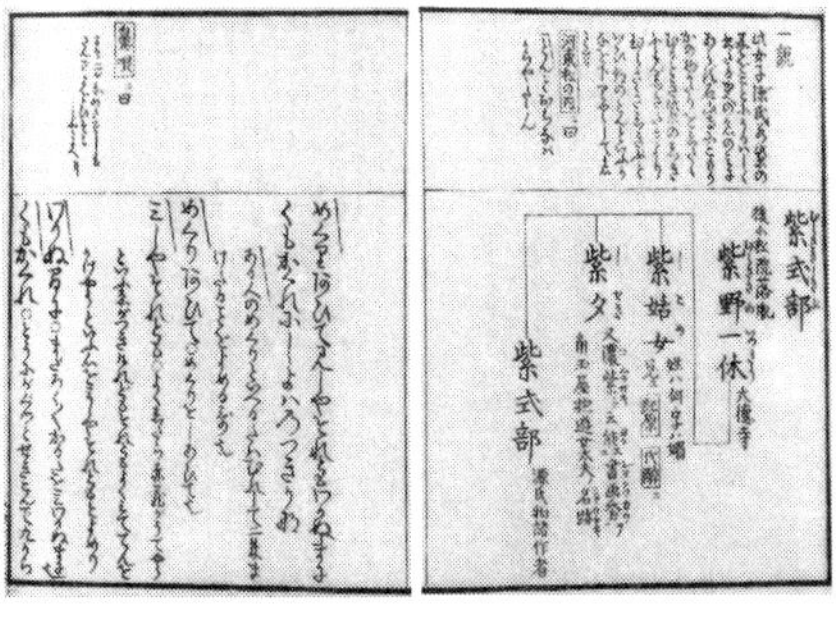

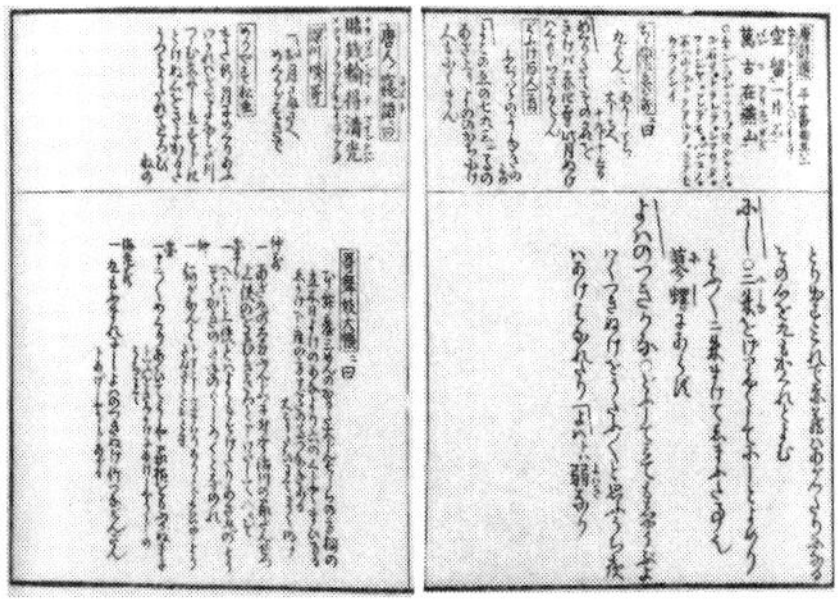

噺で有名。従来後小松天皇の落胤であるとの説が行われており、『書言字考節用集』の「一休」の項に「後小松ノ院ノ落胤。名ハ宗純。紫野大徳寺ノ宗曇花叟ノ嗣法」とある。

・**紫姑女　姓ハ何、字ハ媚　見ユ紀原 代酔ニ**　『紀原』は漢籍類書『事物紀原』。十巻、宋の高丞撰。寛文四年に和刻本が出ている。「歳時風俗部」に「紫姑」の項がある。一方『代酔』は『瑯琊代酔編』。延宝三年の和刻本がある。巻之五に「紫姑」についての記述がある。ただし京伝は原本を直接見たわけではないと思われる。『書言字考節用集』「紫姑女　姓何。名媚」とあり、引書として『紀原』『代酔』の二書を掲げている。

・**しこめ**　容貌の醜い女。

・**濃紫**　吉原角玉屋抱えの遊女。紫夕はその俳名。京伝作洒落本『傾城鱶』（天明八刊）に見える。「此君諸げいにきやうなるは人のしる所也。手跡は王羲之の流をくみ、能書の聞へ有」云々と書かれ、書は東江流、香は米田流、また画も得意であった事が記されている。また俳名は「柳枝」に改めた事が知られる（天明七年中の事であろう）。京伝の知友であった。

（頭注　ハツ廿三オ）

一説、此女子、源氏若紫の巻をことにうるはしく書たるゆへの名のみにあらず。石山寺にこもり、かの物語をした丶むるとき、紫の敷き布団敷きたるより、紫しきぶといひ、跡のとんといふ仮名を下略して名とす。

河東松の内ニ曰、とんとおちなば名やた丶ん

※「紫式部」という名の由来をこじつけた。石山寺は近江国大津瀬田の真言宗の名刹。紫式部は『源氏物語』をここに籠って執筆したという伝説が当時行われた。今も「源氏の間」として伝えられている。『絵本写宝袋』（享保五刊）に「しよ願ありて石山寺にこもりしが、比しも八月十五日夜月湖水にうつりてすみわたりしかば光源氏の物語心にうかぶま丶ひとつの巻物にうつしけるとなり」とある。

・**河東松の内**　『松の内』とその詞章については③陽成院参照。「名や」は原曲では「名は」。

めくりあひて見しやそれともわかぬまにくもかくれにしよはのつきかな
　ある人の、めくりといへる戯(たはむ)れして、二朱負(ま)けたることを詠(よ)める歌也。

・**めくり**　「めくり」とは当時流行の賭博「めくりカルタ」のこと。ポルトガルから渡来したカルタが変化した独特のカルタ札をもって行う。しばしば禁令が出されたが、安永・天明期のいわゆる田沼時代には風俗に関する取締りがほとんど行れなかったため、この作品に触れられていることからもわかるように大流行していたのであろう。作者不明だが安永末年頃の作と考えられている洒落本『咲分論』には、めくりの大流行する様が、そのあおりを食って芸者が不景気になるという誇張を持って描かれる。田沼失脚後、寛政の改革によってほぼ壊滅したという。

細々と残ったものもおそらくは地下に潜った関係から、四十八枚一組のカルタ札自体もほとんど現存していない。その遊戯法は現時点ではかなりわかりにくくなっているが、『江戸めくりカルタ資料集』（昭和五十年、近世風俗研究会刊、以下『資料集』）にもっとも詳しく、カルタ札もそこで森田誠吾氏らの努力で復元されている。これによりながら解説を進めることにする。「中世末に伝来しためくりは〝ポルトガル・カード〟を国産化した〝天正カルタ〟を母体としている。すなわち、〝天正カルタ〟を略化した描線の上に、さらに極端に略化した陰影を重ね合わせたものが〝めくり札〟の図柄である」（『資料集』解説から）。札は全部で四十八枚。「はう（青札）」「いす（赤札）」「おうる」「こつぷ」の四系列にそれぞれ一～十二までの十二枚の札がある。十一番と十二番はそれぞれ「馬」「きり」の異称を持つ。「めくり」は通常三人で行う賭博である。なお同じカルタを使う「読みカルタ」という賭博もあり、これは四人で行う。

なお、一九九六年に江戸東京博物館他で『シーボルト父子のみた日本』展が開催され、その図録にシーボルトが持ち帰ったためくりガルタ札四十八枚の完全揃えが収録されている（現、オランダ・ライデン国立民族学博物館所蔵）が、これは十九世紀のものと見られ、『資料集』のものに比べてかなり変化が進んでいる。めくりカルタのルールは江戸後期に出現した花札に大筋受け継がれている。もちろん札は全く別物である。

二朱は一両の八分の一。それだけすってしまったというのである。京伝にはめくりカルタを趣向とした『初衣抄』と同年刊の黄表紙『寓骨牌』がある。

めくりあひて○めくりをしあひて也。

みしやそれとも○よくしたら赤蔵が打（う）てやうといふ絵（ゑ）がつきけれども、それともよく見（み）て、点（てん）をかけやうといふ心を、みしやそれともと詠（よ）めり。

（頭註　ハツ廿三ウ）

鼻唄ニ曰、青二がなめたで下三（しもざん）ざ、よをひそこじやにへ引

・**赤蔵**　めくりカルタの赤札の七・八・九でできる役名。
・**絵がつきけれども**　良い札を次々とめくり取ること。
・**点をかけやう**　手札を見てこの札なら勝負に出て良いという場合、参加証明用に白の碁石一個（「点石」と呼ぶ）を出すこと、碁石はいわゆる「コマ」（麻雀における点棒のようなもの）として使われる。清算時に金に換算される。
・**『鼻唄』ニ曰、青二がなめたで下三ざ、よをひそこじやにへ引**　『鼻唄』は書名ではなく文字通りの鼻歌。歌詩は天明四年に流行した「ざんざ節」の「いよさのすいしよできはざんざ」のもじり（藤田徳太郎『近代歌謡の研究』勉誠社、昭和六十一復刊）。この

鼻歌の内容は理解し難いが、想像するに、めくりカルタを打ちながら打ち手が口ずさむ戯れ歌で、当時流行していたものではないか。『寓骨牌』にも「青二がなめたで下モ三だ」とある。「なめる」は重要な札をいつのまにかかすめ取るように入手することを言う。「青二」は青の二の札。「下三」は青札のうち、一（「あざ」の異称がある）、二、三という下位の三枚で構成される役。

わかぬ間に○まだろく〳〵かるたを見わかぬ間に也。

くもかくれ○胴二がぐつとせきこんで、九から（ハツ廿三ウ）とり出す。これで赤蔵はあがつたりになる。その心を九も隠れと詠む。

・胴二　二番目の打ち手を指す。最初が親、三人目が大引。「あがつたり」は、胴二の者が赤蔵の役に必須の赤札の九を最初から場に出してしまったので赤蔵の役が成立しなくなったこと。

（頭注　ハツ廿四オ）

唐詩選平蕃曲其二、空シク留テ二一片石ヲ一、万古在二リ燕山ニ一

○ムナシク。ナンリヤウ。一片ダケシテ。ゴ石ヲ。トラレテ。シマウタ。コトジヤ。ソレデモ。バンコノ。石ハ山ノゴトクアルヲ。ミテモウラメシイ

秩父御詠歌ニ曰、九番ニ赤四寺大慈寺へ十九丁十三間

めくりきてその名をきけば赤四寺此月ぬけはくもらざるらん

・『**唐詩選**』**平蕃曲其二**　『唐詩選』は『御存商売物』にも擬人化されて登場。引用は劉長卿「平蕃曲」の三・四句目。「絶漠大軍還。平沙独戍潤」に続く。

・**ナンリヤウ**（南鐐）　二朱銀の異称。長方形の銀貨。

・**ゴ石ヲ。トラレテ**　勝負に出るために出した碁石を他の者が上がったために取られたこと。麻雀を比喩に使えば、「リーチ」を掛けたのに上がることができずに千点棒を取られてしまった、というのに似た事態。

・**バンコ**　『江戸めくり加留多資料集』では「番個」（めくり勝負の一区切りの番数。五十番）のこととするが、『江戸語辞典』（東京堂出版）では「博奕用語。テラ銭の上がり」とする。

・**秩父御詠歌**　秩父三十四か所巡礼の御詠歌のもじり。『秩父独案内記』（安永三刊）には「九番明智寺　十番へ十九町三十間　御詠歌　めぐりきてその名をきけばあけちでらこゝろの月はくもらざるらん」とある。十番は大慈寺。「めぐり」を「めくり」と解し、「明智」を「赤」の四の札とした。「月ぬけ」は「突き貫け」（後述）。

にし○二朱（にしゆ）を下略（げりやく）して「にし」と詠（よ）めり。とふ〳〵二朱負（ま）けてしまふた事也。蓼螺（にし）にあらず。

（頭註　**ハツ廿四オ**）

道外（どふけ）百人一首　ふぢはらのよしゆきの歌

よみのゐの七九三ン馬のあざ上リよめのかちにげ人もにくまん

（頭註　ハツ廿四ウ）

唐人ノ寝語（ネゴト）ニ曰、賭銭輪得清光（トウツエンシユイテツインクハン／メクリヲウツテキレイニマケタ）

・**蓼螺**　巻貝の一種。『和漢三才図絵』に項目がある。

・**道外百人一首**　④に既出。『道外百人一首』は百人一首の歌をもじって記す絵本。江戸時代には何種類も出された。作者名は誤りで、享保年間刊の近藤清春画のものでは、「ふじはらのしげゆきあそん」としている。『寓骨牌』にも読み人知らずとして出る。元歌は『古今和歌集』恋の部所出の「住みの江の岸による波よるさへや夢のかよひぢ人めよくらむ」。冒頭「よみの」とあることから、「読みカルタ」の遊戯に関する内容か。「馬」はめくりカルタの十一番の札のこと。「あざ」は、青一の札のこと。もともと竜が描かれ、それが変形して海馬や青あざのように見えるので「海馬」「あざ」「虫」などと呼ばれる。青一の札を使った「あざ上り」という役があり、その後で勝った「嫁」が「勝ち逃げをしたので憎まれた」ということか。

・**唐人ノ寝語**　『唐人ノ寝語』は、書名ではなく、何を言っているのかわからないことのたとえを書名めかしたもの。ここでは中国の白話文を出して、右に原語の読み、左に訓訳を掲げている。京伝の周辺には白話を解する人々がいた（『和唐珍解』を書いた唐来三和など）ので、彼らの示唆があったものと思われる。

よはのつきかな○どふしてみても勝負弱（しやうぶよは）く、突抜（つきぬ）けを打（う）たふ〳〵と思ふうち、夜は明（あ）けはなれたり。

「よは」トハ弱（よはき）なり。（ハツ廿四オ）

（頭註　ハツ廿四ウ）

深川噺歌　お月さまさへめくりがすきで

めりやす松虫　また行月にめくりあふ、別れは袖に涙川、つゝむ縁も一筋に、とけぬ心をさよかるた、うつと打たれて転びねの。

（後註　ハツ廿四ウ）

歌舞妓大帳ニ曰、本舞台三面のかるた、大臣柱の方、桐の立木、日よけの穴より、六の孔雀舞ひ下る仕掛。下座の方、すべたの馬つなぎある。大鼓うたひにて、幕明ク。

仲蔵

一　あざ丸の太刀紛失に付、宇治川の家断絶。上使の趣、きつと申わたしてムルぞ。

団十郎

一　へ、、ハ、、、上使とはよくもばけたり。あざ丸のとうぞく、かきのたねのぐしろくとなのれ。

仲

一　何がなんとトすこし立まはりあり、とゞくはい中より、短冊をおとす。

団

一　ナニ〳〵、めくりあひてみしや家根をもふかぬまに。トいふをきつかけに、あげしやうじのうちにて、

海老蔵

一　九もふまれにしよはのつきぬけ。竹綱、見参。トあげしやうじあがる。

・**突抜け**　突き貫け。めくりで青七と赤七、青八と赤八、青九と赤九というふうに、別系列の同一数標を通貫して手にいれた場合、仲蔵役と赤蔵役を同時に取得できる大役のこと。負けが込んできたので大役で一発逆転を狙ったのだが、結局機会を得られず、夜が明けてしまったということ。

・**深川唀歌**　このような書物はやはり存在しない。深川遊里の流行歌という意味を書名めかした。この歌は京伝作黄表紙『天慶和句文』（天明四年刊）にも引くところであり、じっさいに流行していた歌であったと考えられる。

・**めりやす松虫**　宝暦十二年市村座で富士田吉次が初演。「めくり」は原詞「めぐり」のもじり、「さよかるた」は「さよきぬた」を変えた。

・**歌舞妓大帳**　歌舞伎の脚本の一般的称。通常は「台帳」と表記。実際にこのような歌舞伎狂言があったわけではない。ここではめくりカルタの役名などが歌舞伎役者名と共通することから擬人化し、歌舞伎のお家騒動劇の陰謀露見の場の台帳めかした。実はこの趣向は京伝の黄表紙『寓骨牌』（天明七刊）とも共通する。『寓骨牌』ではめくりの役人仲蔵が赤蔵や「ぐし（五四）六」らとともにお家横領をたくらみ、痣丸の太刀を奪うが、団十郎・海老蔵らに取り返されるという内容になっている。同じ年の刊行ということもあり、趣向が共通する結果となったのであろう。焉馬の洒落本『蚊不喰呪咀曾我』（安永八刊）は、茶番の台帳仕立てで、賭博用語で洒落のめす。

・**本舞台三面のかるた**　歌舞伎台帳冒頭の決まり文句である「本舞台三間の間」のもじり。めくりカルタでは三枚で役が形成される故であろう。

・**大臣柱**　本来客席から向かって右側のチョボ床と舞台を区切る柱。下手の柱もそう呼ぶようになった。

・**桐の立木**　舞台に立てられる大道具の木。「青きり」（十二番目の札）を利かす。

・**六の孔雀**　『寓骨牌』最終丁に桐と青六札に孔雀を書く（実際の札には孔雀は描かない）。

・**すべたの馬**　ハウ（青）、イス（赤）以外の馬（十一）札。

・**仲蔵**　青の七・八・九でできる役名。

・**あざ丸の太刀**　景清劇などによく出る銘刀だが、これを取り入れてめくりのあざ札にきかせた趣向。『寓骨牌』に「青木馬之進が所持のあざ丸の太刀を奪ひくれよとのことにて」。

・**宇治川**　青馬とコップの馬の二枚でできる読みカルタの役。馬二頭で源平合戦の宇治川の先陣争いの故事の連想からこう名付けられた。

・**団十郎**　あざ札と青二・釈迦十でできる役名。

・**かきのたねのぐしろく**（柿の種の五四六）　柿の種は賭博の一種「柿の種当て」のこと。五四六は『寓骨牌』には仲蔵の一味として登場。五四六は役であるらしいが未詳。『江戸めくりカルタ資料集』では山崎美成『博戯犀照』の「五四六とて、この数三枚そろへば勝なり。これにも赤ぞう青ぞうとし、色をもてそのしなを分つ」という記述を引いた上で「五四六役をかなり重要視しているので、この点なお判然としないところもある」とする。これらを擬人化した。

・**めくりあひて**　紫式部の歌のもじり。

・**海老蔵**　あざ札・釈迦十（青の十の札）・海老二（赤の二の札）でできる役名。

・**九もふまれにし**　九の札を他の打ち手に取られてしまったこと。

・**竹綱**　あざ札・太鼓（おうる）二・釈迦十でできる役名。金平浄瑠璃の「渡辺竹綱」によるという（向井信夫氏説）。

※なお、『寓骨牌』の角書は「百文二朱」とある。これは『初衣抄』の序文にもあるが、「百人一首」のもじりである。ただし、賭け金の賭け率に関することであるという説もある。百文を賭けて勝つと二朱貰えるという意味ではないか。この賭け率設定が当時は一般的だったのではないかという（佐藤要人氏説）。

⑬左京大夫道雅

左京大夫（さきやうたいふ）道雅（みちまさ）

道端売餅家太郎兵衛殿（みちばたでうりやるもちやのたろべどの）

- 道長（なが）　御堂関白、
- 道実　天神サマノヒヤウトク
- 道成（なり）　ヨウ曲道成寺ニミユ
- 道無（なし）　アサクサ三ノワ占者コヲタヅヌレバヂキニシレヤス
- 女子　松葉屋新造　道汗（ミチシヲ）〇ミチシヲホドナクコノゴロハ袖ヲトメヤシタ
- 道雅

（ハツ廿五ウ）

・**道端売餅家太郎兵衛殿**　慶長年間に武蔵国越谷（現埼玉県越谷市）の合田太郎兵衛が栽培した餅米の品種を「太郎兵衛餅」と呼んだ。この米を徳川家康に献上、以来江戸城大奥の正月用の餅米とされたという（『月刊ぐりーんぷらざ』一九九六・十二号、筑波常治氏記事）。その米で作った米を大道で売っていたのをここでは擬人化したものか。

・**道長**　藤原道長。伊周（道雅の父）を大宰府に左遷した事があった。

・**道実**　菅原道真の当て字。天明三刊の『狂文宝合記』「天万宮御新筆天拝山御告文並添状　竹杖為軽家宝」も「道実」と

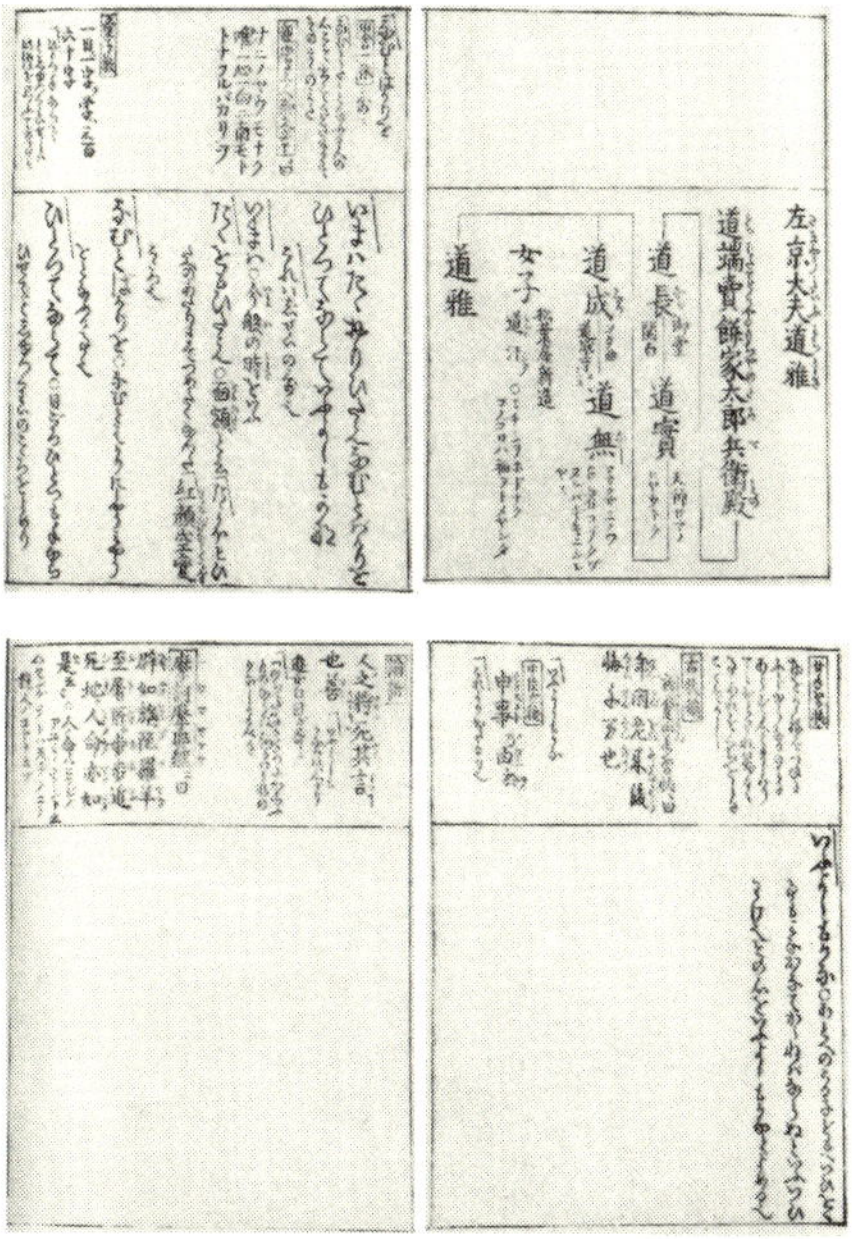

している。道真は大宰府に左遷され、死後怨霊が天変地異をひきおこしたので、天神として祭られた。「ヒヤウトク」は「表徳」。雅号・俳名・芸名・あだ名のこと。当時の通人たちの間に流行した。吉原などでは本名でなく客を表徳で呼んだ。

・**道成**　橘道成。安珍清姫説話の舞台になった道成寺を太宝年間に文武天皇の命で建てたという。

・**ヨウ曲道成寺ニミユ**　謡曲『道成寺』に「道成の卿、うけたまはり、始めて伽藍、たちばなの、道成興行の寺なればとて、道成、寺とは名付けたりや、山寺のや」とある。

・**道無**　未詳。実在の占い師らしく、京伝の黄表紙『三筋緯客気植田』（天明七刊）に「三のわのみちなしといふうらないしやをよび、うらなわせる」、洒落本『客衆肝照子』（天明六刊）「みちなしが占は箕輪にかくれなし」として見える。

・**道汗**　松葉屋は吉原遊廓を代表する大見世。道汗は松葉屋抱えの遊女の名。天明三年～八年の『新吉原細見』にその名が見える。『初衣抄』と同年の刊行になる『通言総籬』に、新造「いつてふ」が登場するが、あるいは、この道汗のもじりか。

・**新造**　遊女の身の回りの世話をする見習い遊女で、最初振り袖を着ているので振袖新造と呼ばれるが、よい客が付くと、姉女郎の差配で客に多額の費用を用してもらって「袖留」の式を行う。

・**道雅**　正暦四（九九三）？～天喜二（一〇五四）。藤原伊周の子。

いまはたゝおもひたえなむとばかりをひとつてならていふよしもかな

　これは辞世（じせい）の歌也。

いまは○今般〈いまは〉の時〈とき〉をいふ。

たゞをもひたえ○面額〈をもひたえ〉と云。たゞ顔（かほ）も額（ひたへ）のあたりまで冷（つめ）たくなつた。紅顔空変〈かうがんむなしくへんず〉こゝろ也。

なむとばかりを○南無（なむ）とばかりに称名（しやうみやう）を唱（とな）ふる事也。

（頭註　ハツ廿五ウ）

なむとばかりを

田舎一休歌ニ、なむとたゞとなふる人の心こそ書ずきざまずそのまゝのみだ

親鸞上人御文章ニ曰、ナニノヤウモナク唯（タヾ）一心一向ニ南無（モ）トトナフルバカリヲ。

・**紅顔空変**　親鸞の「御文」にある表現。

・**田舎一休**　享保十三年刊の談義本であるが、このような歌は収録されておらず、未詳である。

・**親鸞上人御文章**　『親鸞聖人御文』（国訳大蔵経第四巻）を見ると全く同じ表現は見いだせなかったが、「なにのようもなく阿弥陀如来をふかくたのみまいらせて」「一心に御生を御たすけ候へとひしとたのまん女人は」「ねてもさめても南無阿弥陀仏〳〵と申すべきばかりなり」といった表現が見える。それらを併せ、大意を記したか。

ひとつてならで○日ごろひとつも手習（なら）ひせでと、述懐（じゆつくわい）の心（こゝろ）を詠（よ）めり。（ハツ廿五ウ）

（頭註　ハツ廿五ウ）

童子教　一日ニ一字ヲ学バ三百六十字。
ひとつ手ならでと述懐（じゆつくわい）せしは、此語を思ふての事か。
（頭註　ハツ廿六オ）
女手習状　物をかゝねば、つねにふじゆうなるのみにあらず。人とまじはりて、みおとされ笑るゝ事あれば、くちをしきことぞかし。
古状揃　初登山（しよとうざん）手習状ニ曰、
年閑老来後悔千万也（ねんかんをいきたつてこうくわいせんばんなり）。

・**童子教**　室町期に成立。江戸時代には『実語教』と取り合わせてたびたび版行され、寺子屋などでの手習いの代表的な教科書として使われた。正確には「一日学一字。三百六十字」。
・**女手習状**　女子用の手習いの教科書。『女手習教訓書』『女訓手習鑑』等の書名の異版が多くある。文政十二年刊西村屋与八版『女手習教訓書』等に同文がある。また、「物書くことの叶はねば、人にひとつの疵にして、常に不自由のみならず……」という場合もある。
・**古状揃**　『古状揃』は古人の名筆による書簡の模範文例集。『初登山手習教訓書』（慶安二刊）によれば「閑」は「闌」に作る。『御存商売物』では、『徒然草』の指図を受け、赤本・黒本に定規を当てて裁ち直そうとする役割で擬人化されて登場。

いふよしもかな○あとへのこる子どもへ言置く事も、みな仮名で書かねばならぬといふ言訳也。その心を、いふよしもかなと詠める也。（ハツ廿六オ）

（頭注　ハツ廿六オ）

いふよしもかな

中臣太祓申事乃由於。

これより出たる句也。

（頭注　ハツ廿六ウ）

論語人之将ニ死レ、其言也善。

いふよしもかなは、此心ナリ。

遊女白目ガ歌ニ

いのちだにこゝろにかなふものならば何かわかれのかなしかるべき

摩訶摩耶経ニ曰、辟如旃陀羅羊至屠所。歩歩近死地。人命亦如是云々。

○人ノ命ハヒツジノアユミノゴトシト云。

△センダラトハ、天ヂクニテ狩人ノコトヲ云ゾ。

・**中臣太祓**　『中臣太祓』は、朝廷で六月・十二月の晦日にけがれを清めるために行った神事の際の詞を収録したもので、写本・版本が多数存在する。版本としては『中臣祓瑞穂抄』（万治二刊）、『中臣祓集説』（寛文二刊）など。引用部分はその詞章の一部である。「乃」を「能」に作る本もある。

・**論語**　『論語』泰伯編にある語句。

・**遊女白目ガ歌**　『古今和歌集』所収の歌。巻八離別歌に「源のさねがつくしへゆあむとてまかりけるに、山さきにてわかれをしみける所にてよめる」の詞書きで、「いのちだに心にかなふ物ならばなにかわかれのかなしからまし」という「しろめ」の一首がある。『和漢朗詠集』にも所収。ただし『初衣抄』所引のものと五句目の形が異なる。『初衣抄』所引の句形は『古今和歌六帖』に見える（日本古典文学大系『和漢朗詠集』註による）。「白目」は江口の遊女。『異本洞房語園』（日本随筆大成　第三期　二巻所収）巻之一に、「往昔延喜の帝の御時、江口の里に白女（シロメ）といひし、歌をよみ古今集に載せられたり。（中略）いのちだに心にかなふものならば何かわかれの悲しからまし　白女」とある。

・**摩訶摩耶経**　釈迦が母摩耶夫人を追って昇天するさまを描く仏典。大正新修『大蔵経』の該当箇所は「譬如旃陀羅　駆牛就屠所　歩歩近死地　人命疾於是」。『近松語彙』所引の文言には「譬如旃陀羅駆羊屠所、歩歩近死地、人命亦如是」。「旃陀羅」はインドの下級賤民の称。

⑭権中納言定頼

権中納言定頼〈ごんちうなごんさだより〉

定之進〈しん〉　猿楽　見染分手綱ニ
定九郎　斧九太夫男　為ニ勘平一横死ス
定光〈みつ〉　頼光ノ臣　又作ニ貞光一ニ
定頼

・**定之進**　浄瑠璃『恋女房染分手綱』（寛延四初演）中の登場人物、竹村定之進。腰元重の井の父で、由留木家抱えの能役者。

・**定九郎**　『仮名手本忠臣蔵』中の人物。五段目山崎街道の場で追い剥ぎとなり、勘平に誤って射殺される。

・**定光**　頼光四天王の一人。碓井貞光。歌舞伎『四天王宿直着綿』などでは「定光」につくる。

朝ほらけうちの川きりたえ〴〵にあらはれわたるせゝのあしろ木（**ハツ廿七オ**）

青砥左衛門〈あをと〉がなめり川の古事を詠〈よ〉めり。

・**青砥左衛門**　青砥藤綱。鎌倉幕府執権北条時頼のもとで公正な裁判を行った政治家として有名だが、実在は疑わしい。『太平記』巻三十五に載る、鎌倉由比が浜に注ぐ滑川に落とした十文を探すのに五十文を投じた逸話などで知られる。

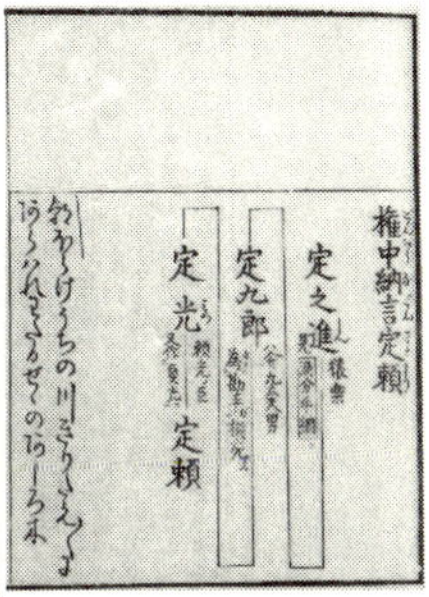

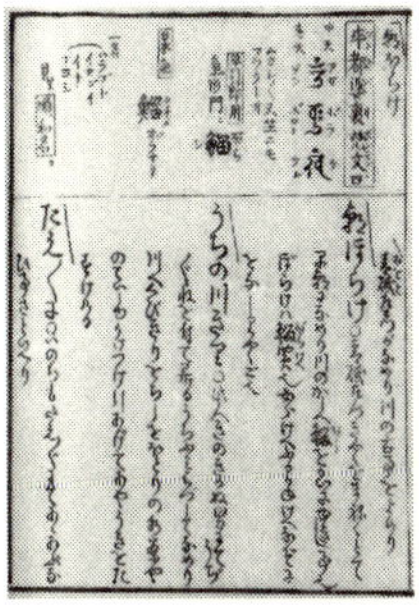

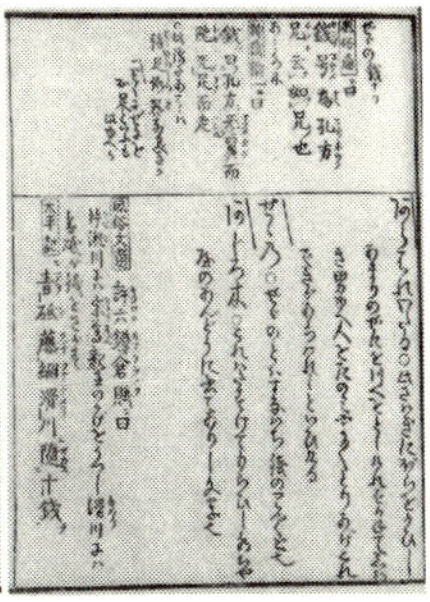

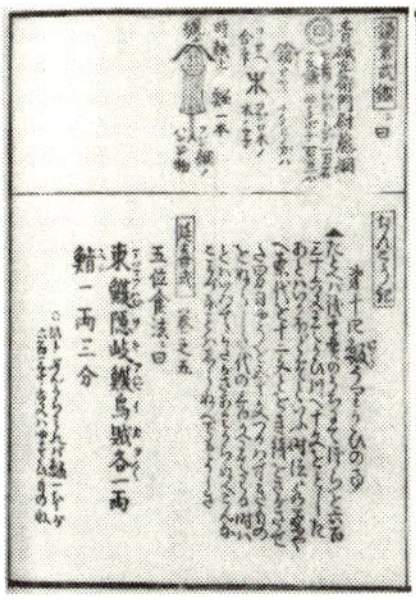

朝ぼらけ○青砥左衛門、きやくをまねくとて早朝になめり川のかしへ鯔（ぼら）をかいにゆきし事也。ぼらけは鯔買（ぼらけへ）也。女郎買（けへ）、古金買（ふるかねけへ）なぞに同じ（をな）略語（りやくご）也。

・**古金買**　古鉄・屑鉄を買い集める事を業とする人。

（頭註　**ハツ廿七ウ**）

朝ぼらけ

卒都婆裏梵文（ソクトバリボンモン）ニ曰

中天　アサ　ボラ　ケ

南天　ヲン　ボロン　ケン

ムカシ〱天竺ニモアツタトサ。

早引節用

気形門ニ　鯔（ぼら）〈シ〉

日本記

鯔（クチメ）ボラナリ。

一名

（ハラブト
イセゴイ
イナ
ナヨシ）見ユ［順和名］ニ

・**卒都婆裏梵文**　書名ではなく、児玉義隆編『梵字必携』（一九八一）によれば、卒塔婆の裏面によく記され、『初衣抄』のものは、「オンボッケン（キャン）」と発音する「浄土変真言」の梵文。「中天」は中天竺の発音、「南天」は南天竺の発音ということ。

・**早引節用**　近世に多数出版された簡便な辞書。『御存商売物』に擬人化されて登場。引用と同じ記述のあるものは未見。

・**鯔**　『和漢三才図会』（巻四十九）に「和名　奈与之　俗云　保良　小者ヲ名ク江鮒ト　又云　簀走リ」「按鯔ハ『日本紀』ニ（目赤女魚／又云口女）彦火火出見ノ尊（中略）赤女ハ者則鯔也」とある。

・**昔々**　昔話や、昔話の絵本の冒頭の決まり文句。

・**順和名**　源順の『和名類聚抄』。鯔を立項する。ただし訓は「名与」。その他の名辞はすべて『和漢三才図会』に見える。

うぢの川ぎり○此人気（き）のきかぬ男にてうぢ〳〵値（ね）を付て居るうち、ふみはづして、なめり川へ首（くび）きり落（を）ちしを、ほとりの水茶屋（や）の亭主（ていしゆ）かけつけ、引あげて危（あや）うきを助（たす）けける。

たえ〴〵に○命（いのち）もたえ〴〵にて、あゝ危（あぶな）ひ事さといへり。（廿七ウ）

あらはれわたる○此さはぎに、ぼらをかひしあまりの銭(ぜに)を川へ落(を)としければ、かねて吝(しは)き男ゆへ、人をたのみ、やう〳〵とりあげ、これできがあらはれしといひける。

ぜゞの○ぜゞのとは、すなはち銭の略語(りやくご)也。

（頭註　ハツ廿八オ）

ぜゞの　銭ナリ

風俗通ニ曰

銭(セン)ヲ号(ゴウ)シテ為(ナ)ス孔方(コウホウ)ノ兄(ケイ)ト。云レフ如レヲ兄ノ也。

・吝き男　「しはい」は、けちの意。

・きがあらはれし　「気が洗れし」（清々した）か。

・風俗通　『風俗通義』（後漢末、応劭著）のこと。この文章は不詳。「孔方兄」は、銭の異称。「これ公が所に孔方は少々なしか」（『通言総籬』）。

あじろ木○これはたすけてもらひし水茶屋(ちや)のあんどうに書てありし文字也。（廿八オ）

（後註　廿八オ）

風俗文選　許六鎌倉賦〈キヨロクカマクラノフ〉ニ曰
片瀬〈かたせ〉川には宗尊〈そうそん〉親王のかげをうつし、滑川〈なめり〉には青砥が銭をさがす。
太平記ニ青砥藤綱〈アヲトフヂツナ〉滑川〈ナメリ〉ニ随〈サガス〉ニ十銭一ヲ。（廿八オ）

あじろ木

神銭論ニ曰
銭ヲ曰ニ孔方一ト无〈ナフ〉シテレ翼〈ヨク〉而飛〈トビ〉无シテレ足〈ソク〉而走〈ハシル〉。
○此語にあてゝは銭足路器〈ぜゞのあじろぎ〉なるべきか。
ぞくにぜにをお足といふも、此ゆへか。

（頭註　ハツ廿八ウ）
鎌倉武鑑ニ曰
青砥左衛門尉藤綱
モン所　ビザノ上デ一万石
十文銭　西ノクボデ百万石
鎗〈ヤリ〉サヤ　ナメリガハ
ヲサヘアジロ木ノ
合印　木ノ字
時献上　鰡一本

纏

フジ綱ノハンジ物

（後註　ハツ廿八ウ）

塵劫記（ちんこう）第十四　鯔（ぼら）うりかひの事

▲たとへば銭壱貫のうちにて、ぼらを六百三十六文にてかひ、川へ十文をとしたあとはいかほどぞ、といふ時、法ニ、水茶屋（や）へ茶代を十二文とをき、銭をさがさせた男、日やうを五十文つかはす。きものをぬらした代の三百文にてわる時は、とはいつてみたが、さあわからねへ。こんなこみづなことはしらねへでもよしさ。

延喜式巻之五

五位食法ニ曰

東鰒（アヅマアハビ）　隠岐鰒（ヲキアハビ）　烏賊（イカ）　各（ヲノヲノ）一両。鮨（スシ）一両三分。

○此じぶんからみれば鯔一本が六百三十六文はやすひものね。（ハツ廿八ウ）

・**風俗文選**　俳文集。宝永四年刊、許六編。前年刊の『本朝文選』を改題。巻二に同一文章有り。

・**太平記**　巻三十五ノ四に「北野通夜物語　付青砥左衛門が事」があり、記されたような内容が出ている。ただし表現は違っている。

・**神銭論**　銭の流通をそしった晋代の文章で、正しくは『銭神論』（魯褒著）であるが、江戸時代の文献にはしばしば『神銭論』と表記される。『晋書』に略文、『芸文類聚』「産業部銭門」等に全文が引かれる。また、『標題徐状元補注蒙求』（寛永十二年、中野市右衛門板）「魯褒銭神」にも略記される。同書には「字シテ孔方ト失レ之則貧弱ナリ得レハ之ヲ則富昌ナリ無シテレ翼而飛無シテレ足而走」とある。『寝惚先生文集』（明和四刊）には「病目銭神論」と題して本書に言及する文章があり、『金々先生栄花夢』序文にも『神銭論』として違う箇所を引用。「羽生えて銭が飛ぶなり年の暮」（文政三成の一茶「俳諧寺の記」に見られる句）とあるように、近世には広く知られていた文章であった。

・**銭足路器**　「銭は、あたかも足を用いて移動する道具であるようだ」の意を、「瀬々の網代木」に付会した。

・**鎌倉武鑑**　『鎌倉武鑑』という書物はあるのだが、管見に入ったのは文政二刊の『増補改正　鎌倉武鑑』である。そこにはこのような記載はない。また刊年も合わない。この書の序（刊行と同年）には、「向に鎌倉武鑑といふありて世に行はる、事久し然れども只其姓名を記したるのみなれば」とあり、文政以前にも『鎌倉武鑑』という書物が出ていたことが推定できる。しかし、「姓名を記したるのみ」とあるように、『初衣抄』と同じ記載のあったことは期待できないであろう。

・**塵劫記**　『塵劫記』の第十四「銭売買の事」のもじり。

・**こみづ**　細かいこと、またはけちであること。

・**延喜式**　巻五（神祇五）「供新嘗料」に「東鰒二斤十両（中略）隠岐ノ鰒各二斤（中略）烏賊・螺各十両。鮨鰒二斤」とある目方の「両」を、わざと通貨の単位に曲解した。

⑮祐子内親王家紀伊

祐子内親王家紀伊〈ゆうしないしんおうけきい〉

然阿上人
紀主禅師（きしゆぜんじ）　紀伊国屋文左衛門〇事ハ
紀文（きぶん）　見吉原大全ニ奈良屋茂左衛門ト仝レ時
紀上太郎（きの）　浄瑠理作者　見白石噺ノ跋ニ
紀名虎（きのなとら）　見ユ文徳実録ニ
紀伊国屋（きのくにや）　沢村宗十郎　訥子
紀伊　（廿九オ）

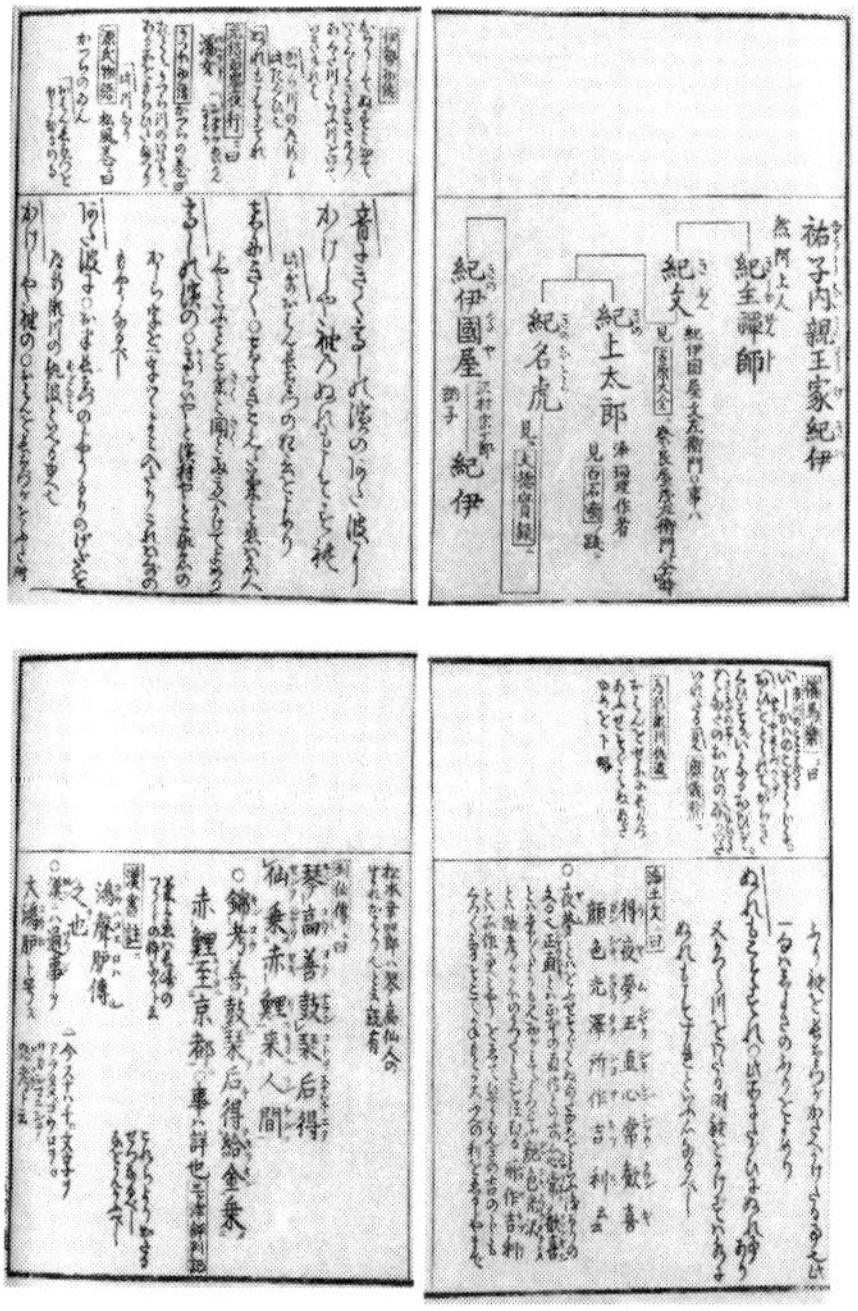

・**然阿上人**　**紀主禅師**　鎌倉時代の浄土宗の高僧。諡号を正しくは「記主禅師」という。鎌倉光明寺を興す。画を得意とした。正治元年～弘安十年、八十九歳。

・**紀文**　寛文九年～享保十九年、六十六歳。材木問屋。奈良屋茂左衛門と並ぶ元禄期の江戸を代表する豪商。『吉原大全』は吉原を詳細に案内した書。沢田東江著、明和五刊。『息子部屋』に引く。『古今吉原大全』（明和五刊）には「元禄宝永の比、きの国や文左ヱ門といゝし人、あげや丁尾張や清十郎かたにて、はじめてほりぬき井戸をほらせしに、（中略）紀文此井をほらせし時、祝義として、外にて金銀を斗り、まきちらしけると、今にかたり伝え侍る」とある。

・**紀上太郎**　浄瑠璃作者。狂歌師三井嘉栗。大坂三井南家の当主。延享四年～寛政十一年、五十三歳。江戸に住み、福内鬼外（平賀源内）・烏亭焉馬らを後援。『碁太平記白石噺』は烏亭焉馬らとの合作浄瑠璃。安永九年、江戸外記座で初演。

・**紀名虎**　文徳天皇皇子の惟喬親王の外祖父。皇太子争いに巻き込まれて失脚した。『世界綱目』では業平の世界に出る。業平の世界の引書として、『文徳実録』が挙がっている。京伝は原本を実際に見なくともこの系図に挙げることは可能であったろう。『文徳実録』は正しくは『日本文徳天皇実録』。

・**紀伊国屋**　沢村宗十郎の屋号。俳名「訥子」。当時は三代目。宝暦三～享和元年、四十八歳。立役で曾我十郎祐成・紙屋治兵衛・『義経千本桜』の忠信などが当たり役。とりわけ『忠臣蔵』の大星由良之助役は古今を通じて比類無しと称された。

・**紀伊**　十一世紀後半の女流歌人。

音にきく高しの浜のあた波にかけしや袖のぬれもこそすれ

此歌、お半(はん)長右衛門の狂言を詠(よ)めり。

音にきく○音にきこえた菊之丞は名人じやといふことを、菊(きく)と聞(きく)と両方へ掛(か)けて詠(よ)めり。

高しの浜の○高(かう)麗屋(らいや)と浜村屋(や)と、家名の頭(かしら)字を一字ヅ、詠(よ)み入たり。これは歌の模様(もやう)なるべし。

あだ波に○お半長右衛門の浄瑠璃(じやうるり)の外題(げだい)を、道行瀬川の仇波(あだなみ)といへるゆへ也。

かけしや袖の○お半(はん)を長右衛門が負(を)ふた時（**廿九ウ**）、振(ふり)袖を長右衛門が肩(かた)へ掛(か)けたる事也。此一句は所作(しよさ)の振(ふ)りを詠(よ)めり。

ぬれもこそすれ○此所に互ひに濡れ事あり。又かつら川を渡る時、袖を掛けずば水に濡れもこそすれ、といふ心なるべし。

・**お半長右衛門の狂言**　信濃屋娘お半と帯屋長右衛門の心中事件を扱った芝居。お半十三歳、長右衛門三十八歳という年齢差が興味を引いた。旅からの帰りがけ石部の宿に泊まった長右衛門は異な縁で泊まり合わせたお半と結ばれる。長右衛門の家庭は複雑で、継母にお半とのなかを知られていびられ、また御用金の詮議に詰まり、お半は妊娠。貞淑な妻おきぬの献身を振り切って、長右衛門はお半を伴い、桂川へ身を投げる。菅専助作の浄瑠璃『桂川連理柵』（安永五初演）で有名だが、その後、天明元年四月、江戸市村座で上演された歌舞伎『おはん／長右衛門　道行瀬川仇浪』（桜田治助作、富本節）が好評で七月十五日から再演。また七月から人形浄瑠璃で江戸肥前座で上演された。天明元年の大当たりの様子を烏亭焉馬『花江都歌舞妓年代記』で引いておく。「天明元丑年、四月廿五日より、市村座春狂言戯場花万代曾我に祐経幸四郎（中略）人丸姫菊之丞（中略）二番目江戸京大坂三ヶの津に取組三日替り、（中略）三日かわり替名あらまし　かまくらや手代勘十郎、片岡幸左衛門同幸右衛門、島田平右衛門八百屋後家おつま五役友右衛門、（中略）船頭次郎八と家主太郎兵衛幸四郎也、いずれも古今の大入大当り、秋まで続く。

おなつ瀬川菊之丞／清十郎市川門之助　道行比翼の菊蝶　初日（分かち書き）

おちよ瀬川菊之丞／半兵衛坂東三津五郎　道行垣根の結綿　二日め

おはん瀬川菊之丞／長右衛門松本幸四郎　道行瀬川の仇浪　三日め」

また、『蛛の糸巻』「芝居三日替り」にも、この芝居を見た記憶が書かれている。同書には「此時京山十三歳にて、おはん長右衛門を見物したるに、おはんが美容、猶今目にあり、長右衛門に扮したる幸四郎は、近年うせたる幸四郎が父也。踊りの手なかりしゆえ、長右衛門の役をさせ、おはんがをどる間は、ただうでぐみして、おはんを殺す事のいたましきを心になげくさまみえて妙也、と人々いへり。かかる事今はみず、戯場の盛なりしをしるべし」。

・**菊之丞**　瀬川菊之丞。当時は三代目。宝暦元年～文化七年、六十歳。俳名路考・仙女。屋号浜村屋。当時の人気随一の女形役者。

戯作類に似顔絵が多数残っているが、受け口が特徴的である。紋は「結綿」。前項参照。

・**高麗屋**　松本幸四郎。当時は四代目。元文二年～享和二年、六十六歳。俳名錦考（江）。屋号高麗屋。立役。戯作類に似顔絵も数多く残されている人気俳優。前々項参照。

・**浄瑠璃**　この場合の浄瑠璃は富本節を指す。

・**濡れ事**　男女の情事を示唆する演技。

（頭註　**ハツ廿九ウ**）

伊勢物語　からうじてぬすみ出て、いとくらきにきけり。あくた川といふ川をいていきければ。

かつら川の道行も此類（たぐ）ひ也。

ぬれもこそすれ

元信百鬼夜行ニ曰、

濡女（ヌレヲンナ）　お半が霊魂（れいこん）なるか。

宇津保（うつほ）物語かつらの巻ニ曰、おとゞ、かつら川のわたりニある所をもちひたまへり。

此川なり。

源氏物語松風巻ニ曰、桂（かつら）の院（ゐん）。

お半(はん)長右衛門を葬(ほうむ)るの寺。

（頭註　ハツ卅オ）

催馬楽ニ曰

（いしかはのこまうどに、(市川のこま蔵に)

（おびをとられて、(帯や長右衛門が事)からきくひする、いかなるおびぞ、

（はなだのおびの、(さなだの帯)（なかわた(ゆひわた)いれたる。見奥儀抄ニ。

道行瀬川仇波　おはんをせなに長右衛門、あふせそぐはぬあだゆめを　下略

・**伊勢物語**　『伊勢物語』第六段「芥川」による。正保二年版本には「からうしてぬすみ出て。いとくらきにきけり。あくた河といふ河をゐていきければ」とある。

・**元信**　室町時代の絵師。狩野氏。『嬉遊笑覧』巻三の書画中「化物絵」に「光重が百鬼夜行を祖として、元信などが書たるもあり。」とある。

・**百鬼夜行**　多くの妖怪変化が夜連なって行くこと。ここではそれを描いた絵画。さまざまな絵師が描いている。

・**濡女**　藤沢衛彦『図説日本民俗学全集　民間信仰・妖怪編』（あかね書房、一九六〇）によれば、鳥山石燕（近世中期の絵師）の一連の百鬼夜行図に描かれた「濡女」等は彼の独創になるものだという。

・**宇津保物語**　版本には延宝五年版などがある。この物語は巻名や巻の序列の異動が激しく、「かつらの巻」は古くは独立した一巻であったらしいが、後に「春日詣」巻もしくは「梅の花笠」巻に取り込まれ、巻名は失われた。又「田鶴群鳥」一名「沖つ白浪」の巻に「付かつらの巻」として本文が組み込まれている流布本もある。文化三版（延宝五版の後印）では「夕ぐれの程に、内裏におとゞ久しく参り給はぬことを、帝、右の大臣にの給ふ。右大将久しく参らぬや、との給へば、おとど。桂川わたりに興あるところを持て侍りたうぶを、そこになむ、花見給へむとて、日頃侍りたうぶなる」。次項とも関連するが、『源氏物語河海抄』の「松風」巻の「御つかひの弁はとくかへまいるに」の註釈として「うつほの物語かつらの巻云（中略）おと、かつら河のわたりにけうある所をもち侍り」とある。あるいは『源氏物語』古註釈からの知識か。

・**源氏物語**　前項参照。桂の院は光源氏が都に呼んだ明石の上を住まわせるために造営した邸宅。「松風」に記載がある。

・**桂の院**　光源氏が都に呼んだ明石の上を住まわせるために造営した邸宅。桂川の縁で出したものであろう。

・**催馬楽**　中古以後の歌謡の一種。主として上代民謡の歌詞を取って、雅楽にあてはめたもの。その「石川」の歌詞であるが、京伝は次項『奥儀抄』からの孫引きをしたと見られる。この市川高麗蔵は四代目幸四郎の前名。

・**奥儀抄**　藤原清輔の著した歌学書。慶安五刊『清輔奥儀抄』によれば、『後拾遺和歌集』「哀」の歌「なきながすなみだにたへてたへぬればはなだのおびのこゝちこそすれ」を引き、「是は催馬楽の心也。いしかはのこまうどにおびをとられてからきくひする。いかなるおびぞ、はなだのおびのなかわたいれたると、いふ歌をよめるなり」とある。

・**道行瀬川仇波**　既出「お半長右衛門の狂言」参照。「道行瀬川仇波」の詞章は「入がたをにしとさだめん夏の霜きへて行身を何ぞとゝはゞ露とこたへて珠数の玉夫はふりにし芥川これは桂の川水にうき名を流す二人連おはんを背に長右衛門あふせそぐわぬ仇夢を結ぶ帯やの軒もはやこよい限に月かげの流れて連て沈む身は妻にも名残押小路なげきは跡に遠ざかる町をはなれてやう〳〵とせなおろして取々に姿つくらふ心ねは」である。

（後註　ハツ卅オ）

浄土文ニ曰、
得夜夢正直心常歓喜、
顔色光沢所作吉利云云。

○夜夢とは、逢瀬そぐはぬあだ夢を、といふ浄瑠璃の文句也。正直とは、正本の直伝といふの心。心常歓喜とは、常々よりも見物が見て喜ぶ。顔色光沢とは、路考が顔の美きをほむる。所作吉利とは、所作事ニ妙を得て、評判記の吉の字も黒くなる。そこで、金元が大分の利を得るじやまで。

（後註　ハツ卅ウ）

松本幸四郎は琴高仙人の生れかはり也と云説有。

列仙伝ニ曰、琴高善鼓レ琴、后得レ仙乗ニ赤鯉一来ニ人間一。

○錦考善ク鼓レ琴ヲ、后チ得ニ給金一乗ジテ赤鯉ニ至ニ京都一。○事は詳也三ケ津評判記

菊之丞は長崎の通事の悴なりト云。

漢書註ニ、鴻声、胪ハ伝レル之ヲ也。

○漢ニハ通事ヲ大鴻胪ト号ス。

△今スナハチ。文字ヲアラタメ。コウロヲ。サカシマニシテ路考ト云

これらより出たる説なるべし。なを考ふべし。

・**浄土文**　『龍舒浄土文』（宋の王日休撰）のことか。浄土教に関する記述を諸文献から抄出したもの。全十二巻。

・**吉の字も黒くなる**　役者評判記での役者の評価は「吉」「上々吉」などとするが、次第に細分化し、吉の字を表記するときに一部や全部を白抜きにするなどの手段が取られた。八文字舎自笑『役者一口商』（文化二刊）の凡例に「位の昇進は白の字よりだん〳〵黒字になるをよきとす」。

・**金元**　歌舞伎の出資者。

・**列仙伝**　中国の仙人の列伝。漢の劉向撰とされるが、後代の偽作であるという。「琴高者趙人也。以レ鼓レ琴為二宗康王舎人一行二涓彭之術一（中略）果乗二赤鯉来一」とある。琴高は中国周代の仙人。琴の名手で、鯉を巧みに乗りこなしたという。鯉に乗って水上を行く姿が画題としても知られている。京伝作品では『艶哉女僊人』（寛政元刊）に登場。また洒落本『傾城買四十八手』（寛政二刊）の口絵に見立絵として描く。なお『書言字考節用集』の「琴高」の項に「趙人能鼓琴。得仙術。（中略）後乗鯉来」とある。

・**三ヶ津評判記**　三ヶ津は三都に同じ。江戸・京・大坂。天明二年から八年まで、『三ヶ津役者評判記』が出版された。文は前項の記述のもじり。京伝作黄表紙では寛政元刊の『延寿反魂談』に松本幸四郎が鯉に乗る絵が描かれ、同年刊『艶哉女僊人』には「松本ならぬきんこう」という記述がある。

・**漢書註**　『漢書』「百官公卿表」の註に同じ記述がある。京伝が漢書を直接見たかどうかは確証が持てないが、寛政三刊の『世上洒落見絵図』には京伝宅に漢書の函が置いてある絵が見える。また、『無匂線香』（天明五刊）には引用書として『前漢書』を掲げている。

⑯源俊頼

源俊頼朝臣〈みなもととしよりあつそん〉

俊陰〈としかげ〉　事ハ詳ニうつほ物語ニ也

俊頼

一説此人百人一首ノウチニテイツチ年寄〈トシヨリ〉ユヘ名トス。

・**俊陰**　次項『宇津保物語』の登場人物、清原俊陰。
・**うつほ物語**　⑮「祐子内親王紀伊」参照。巻一が「としかげ」。俊陰が渡唐の途上波斯国に漂着、阿修羅に出会い秘曲と霊琴を授けられて帰国し、娘に伝授する。この巻だけで版本としてよく流通していた。
・**イツチ**　「いち（一）」を促音化し強めた語。最も。いちばん。

うかりける人をはつ瀬の山おろしはけしかれとはいのらぬものを

大和（やまと）の国城上（くにしろがみ）の郡（こほり）に一人（ひとり）の（ハツ卅一オ）女あり。成人（せいじん）の娘子（むすめ）どもを内（うち）へ置は心（こゝろ）ならぬとて、母少（すこ）しのつてを求（もと）めて、鎌倉（かまくら）右大将家（しやうけ）の奥（おく）御殿（てん）、まさご御前のおすへにいだしける。此女いたつてきんぴらな生れつきで、もちろん短気（たんき）ものゆへ、母一しほあんじ、三月の宿下りを幸ひ、氏神（うぢ〈がみ〉）へ身の上（うへ）を祈（いの）りのため、母もろとも娘をともなひ詣（まふ）でける事を詠（よ）めり。

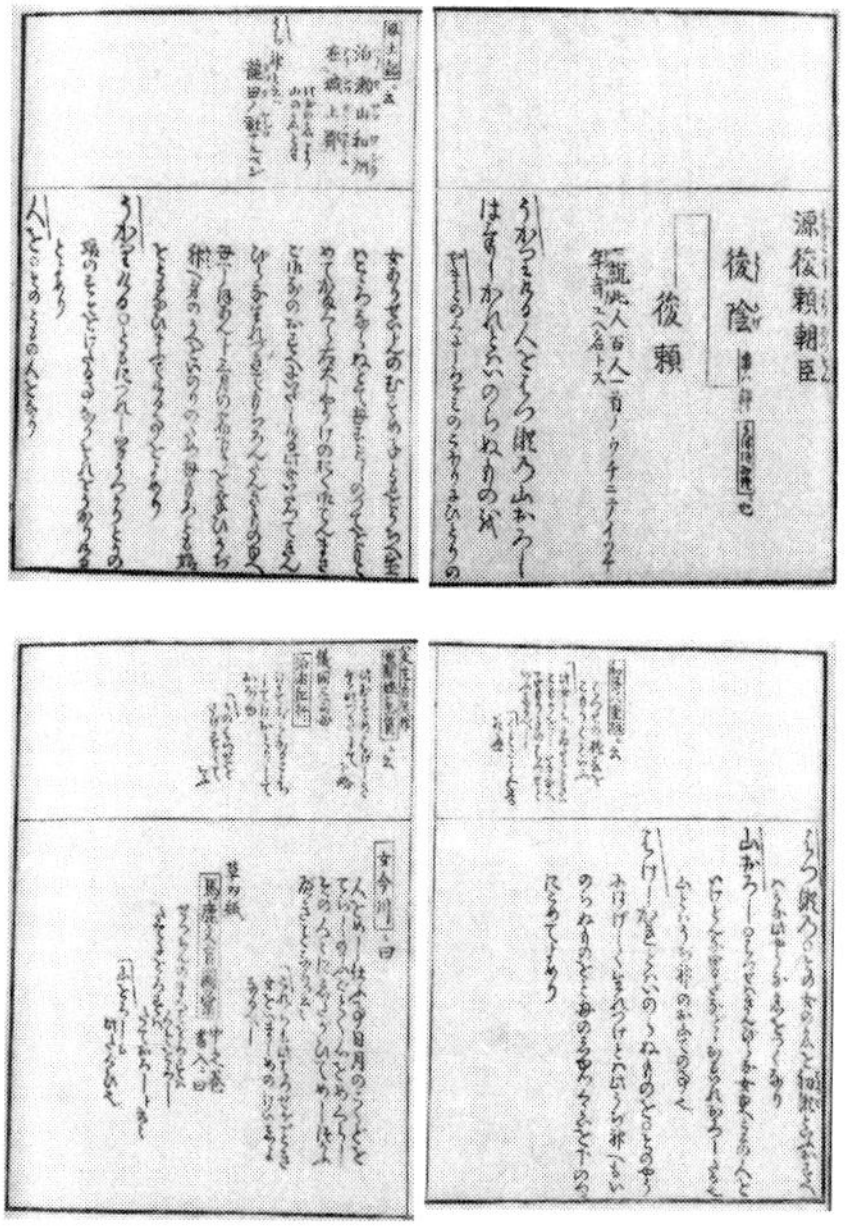
源俊頼朝臣
俊陰
俊頼

（頭注　ハツ卅一ウ）
風土記ニ云　泊瀬山（ハツセヤマ）和州（ワシウ）ニ在（アリ）二　城上郡（シロカミノコホリ）一。

此女の名より山の名とす。

うぢ神と云は
龍田（タツタ）ノ社（ヤシロ）ナルベシ。

・**城上の郡**　大和国（奈良県）の地名。大化改新以前の磯城県（しきのあがた）が城上（しきのかみ）・城下（しきのしも）の二郡に分かれたもの。磯城県は『日本書紀』によれば多くの天皇が都を置いた宮跡の地。
・**鎌倉右大将・まさご御前**　源頼朝とその妻北条政子。
・**おすへ**　御末。将軍・大名・旗本などの奥向きで、炊事や雑役に従う女。
・**きんぴら**　ここでは、女が、男のように荒々しいこと。おてんば。おきゃん。
・**宿下り**　『東都歳時記』三月の頃に「当月武家奉公の女子、宿下りまたは藪入とて家にかへり遊楽をなす」とある。これを当てこみ天明三年より「鏡山」物が上演されるようになった。
・**風土記**　和銅六年（七一三）元明天皇の詔によって諸国で編纂された官撰の地誌。出雲・常陸・播磨・豊後・肥前の五か国のものが現存するが、大和国の風土記は散逸して残っていない。『書言字考節用集』には「泊瀬山又作二初瀬一。和州城上郡」とある。
・**龍田ノ社**　奈良県生駒郡三郷町立野にある神社。祭神は天御柱命、国御柱命で、風の神。五穀の豊穣を祈願する神としても有名。

うかりける○供（とも）につれし男、うつかりとかの娘のすそを蹴（け）たる事なり。それをうかりけると詠（よ）めり。

人を○その供（とも）の人をなり。（ハツ卅一ウ）

・**蹴たる**　「蹴る」は江戸中期までは下一段活用であったとされる。

はつ瀬の○その女の名を初瀬（はつせ）といふ。おすへはみな此やうな名をつくなり。

（頭註　**ハツ卅二オ**）

和歌八重垣ニ云　はつせの枕言をこもりくといふ。

此女うちにゐたるときは、こもりをしたるゆへ、子もり子のはつせといふなるべし。

　くとこと五音相通。

・**初瀬**　「鏡山」物に登場する中老尾上の下女で、武芸の達者なお初の当てこみか。

・**和歌八重垣**　有賀長伯著、元禄十三年刊の和歌の入門書。享保九年以降何度も版行されて流布した。七巻七冊。それに「こもりくのはつせ　籠口初瀬とかけり　初瀬のまくら詞也　初瀬は一方にて三方よりつゝみまはして口の籠たる心也云々　又こもり江の初瀬ともつゞけたり　これは籠口の口の字を江の字にかきあやまりたるとなん」（第六巻）とある。

・**五音相通**　⑦「三条右大臣」参照。

山おろし○はつせはきんぴらな女ゆへ、供（とも）の人をいけどんな男だなど、、おもいれおろしたる也。山とは氏神（うぢ）のお山での事也。

・いけどん　まったく愚鈍。「いけ」は、卑しめる意の形容詞・形容動詞を強める接頭語。「どん〔鈍〕」は、愚か、のろま、にぶい。

・おもいれ　思いっきり。徹底的に。

・おろしたる　「おろす」は悪く言う、けなす。

はげしかれとはいのらぬものを○そのやうにはげしく生れつけとは、此氏神（うぢ）へもいのらぬものをと、母の述懐（じゆつくわい）を下の句にこめて詠（よ）めり。（ハツ卅二オ）

（頭註　ハツ卅二ウ）

八文字自笑作　世間娘気質ニ云　此娘（むすめ）はげしき生れつきにて下略。

儀同三司母　泊瀬紀行　げすぢかなるこゝちして、けおとりしておぼゆ。

かのはつせをさげすみていふ。

（後註　ハツ卅二ウ）

女今川ニ曰　人をめし仕ふ事、日月の国土（こくど）を照（てら）し給ふごとく心をめぐらし、その人々にしたがひてめしつかふべきことなりト云々。

これらも此はつせがごとき女をいましめの経書(けいしよ)なるべし。

草双紙　馬鹿文盲図彙　中之巻書入ニ曰　せつちんのまへでをろすはくそをろし。たてにをろすはたておろしト云々。

山をろしも此たぐひ也。

・**八文字自笑**　京都の書肆。江島其磧と結んで多くの浮世草子を刊行した。また、自身の名でも浮世草子を多数上梓した。

・**世間娘気質**　享保二刊、江島其磧作の浮世草子。ただし、江島屋刊であって、八文字屋本ではない。また、該当する記述は見あたらない。

・**儀同三司母**　平安中期、円融天皇の内侍で、藤原道隆の妻となり、伊周（＝儀同三司）、定子を生んだ。

・**泊瀬紀行**　『文の栞』（七巻八冊、山岡浚明編、安永七刊）に収められて広く知られた。「かたゐともの杯なへなとするゐてをるもいとかなし。けすちかなる心ちして気おとりしておほゆ」とある。

・**げすぢか**　卑しい者の中に入り込んだようだ。

・**けおとり**　なんとなく劣っている。

・**女今川**　仮名書きの往来物。沢田きち著。貞享四刊。今川貞世の「今川帖」に擬して書かれたもので、教訓書としてのほか、女性の習字手本としても珍重された。「あまたの人をめしつかふ事大かたにちげつのさうもくをてらし給ふことくに昼夜じひのこゝろをめぐらし其ひとくにしたがひめしつかふへし」（安永七版）とある。

・**馬鹿文盲図彙**　黄表紙『馬鹿夢文盲図会』のこと。芝全交作・北尾重政画、天明五刊。「ともだちをたのみ女ろをおろしにゆきけるがあべこべをくつて（中略）うぬ介はとうにんなれは八人まへにてせつちんのまへでくそおろしになる」（十一ウ・十二オ）。

・**くそおろし**　糞は接頭語。ひどく悪く言うこと。

・**たておろし**　悪く言う。ののしる。

・山をろし　不明。

⑰崇徳院

崇徳院（しゅとくゐん）

人王八十一代帝　安徳天皇（あんとくてんわう）　―　徳宗権現（とくそうごんげん）　相州鎌倉

大威徳明王（だいゐとくめうわう）　―　聖徳太子（しやうとくたいし）　厩戸皇子（ムマヤドノワウジ）　未来記（ミライキノ）作者

八大龍王九代後胤（コウイン）　徳叉迦龍王（とくしやかりうわう）　―　徳願寺（ぐわんじ）　行徳

中家徳（なかかとく）　高輪（タカナハ）　茶屋　―　一寸徳兵衛

三国志　玄徳（げん）　蜀ノ劉備　―　貞徳（てい）　誹　松永ト云　士　―　枡徳（ます）　歌舞妓

（ハツ卅三オ）

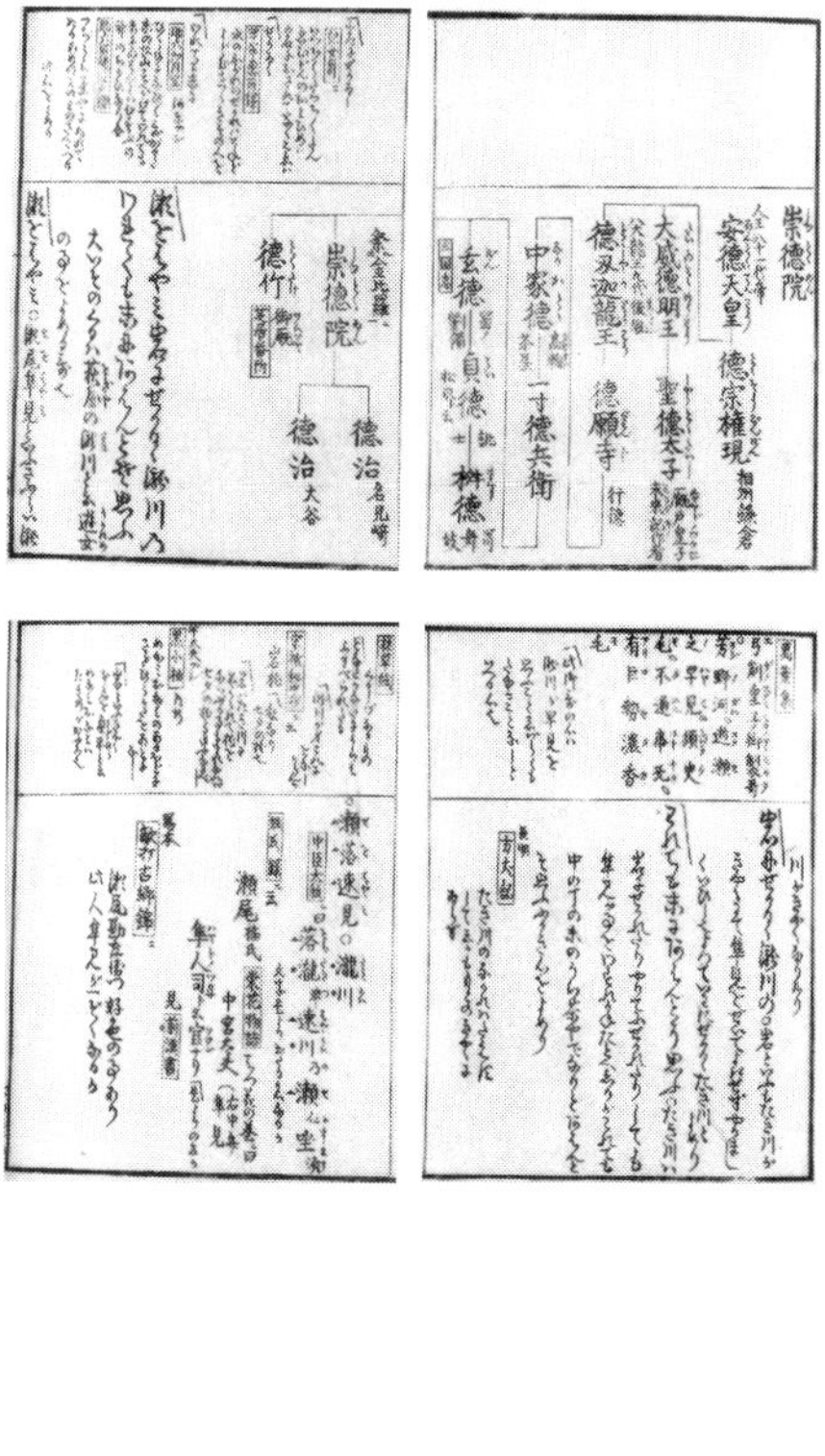

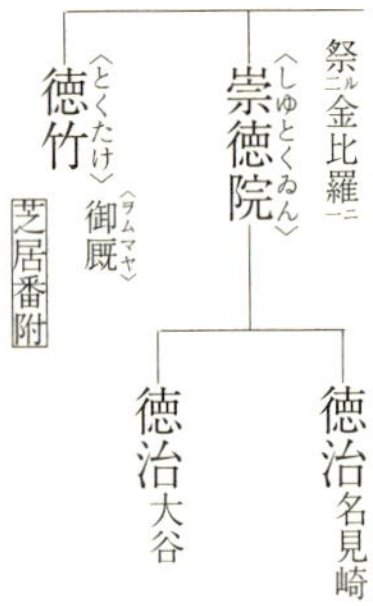

・**安徳天皇**　治承二～文治元、八歳。第八十一代天皇（在位治承四～文治元）。母は平清盛の女徳子（建礼門院）。壇ノ浦で平家一門とともに海中に没した。

・**徳宗権現**　相模国鎌倉（現神奈川県鎌倉市小町）の神社。『大日本地名辞書』に「宝戒寺中に在り、徳宗権現と云、蓋北条氏の諸公を祭れるにて、独高時の亡霊に止まらざるべし。北条五代記に「平家の亡魂ども怨を為る由に因て、高時が屋敷跡に、宝戒寺を建立して、多くの平家の亡魂を葬ひ、高時を徳宗権現と号し、此寺の鎮守に祝給ければ、さてこそさしも静まりぬ」とあり、太平記に相模入道の一跡をば、徳宗領と云ひ、若州守護次第には、「相模守時徳宗、御分国」また貞時の下にも徳宗と註すれば、徳宗とは北条嫡家総領の知行所の号なり」とある。

・**大威徳明王**　仏教でいう五大明王の一つ。西方を守護し、衆生を害するいっさいの毒蛇・悪龍を征服する。本地は阿弥陀如来。その像は身は青黒く、六面・六臂・六足で忿怒の相を表し、左に戟・弓・索、右に剣・箭・棒を持つ。また、水牛に坐すともいう。「南方に軍荼利夜叉、西方に大威徳明王、北方に金色夜叉明王」は、当時の常套文句。

・**聖徳太子**　?～六二二。厩戸皇子とも呼ばれた。『太平記』に楠木正成がこの書を見たことを記す（巻六「正成天王寺未来記披見事」）。死後さまざまな伝説が付会された。『未来記（聖徳太子未来記）』は太子が著したと広く信じられた未来予言の書である。『未来記』を下敷きとした黄表紙に『無題（無益委）記』（恋川春町作画、天明元刊）、『長生見度記』（明誠堂喜三二作・春町画、天明三刊）、『従夫未来記』（万象亭作・喜多川歌麿画、天明四刊）などがある。

・**徳叉迦龍王**　仏法護持の八大龍王の一つ。

・**徳願寺**　『江戸名所図会』「海巌山徳願寺」によると「本行徳の駅中一丁目の横小路、船橋間道の左側にあり。浄土宗にして鴻巣の勝願寺に属す。当時往古は普光庵といへる草庵なりしが、慶長十五年庚戌、開山聡蓮社円誉不残上人、寺院を開創して、阿弥陀如来の像を本尊とす（丈三尺二寸あり）。仏工運慶の作なり。往古鎌倉二位の禅尼政子の命によりこれを造る。（中略）境内閻王の像は運慶の彫造なり、座像にして八尺あり。（毎年正月・七月の十六日にて参詣群集す）。当寺十月は十夜法会にて最も賑はし。山門額海巌山の三大字は、縁山前大僧正雲臥上人の真蹟なり」。

・**中家徳**　高輪から品川宿までの並びにあった茶屋。

・**一寸徳兵衛**　延享二年竹本座初演の人形浄瑠璃『夏祭浪花鑑』（並木千柳ほか合作）に登場する人名。『夏祭浪花鑑』は夏祭を背景に、団七九郎兵衛・釣船三婦・一寸徳兵衛ら三人の男伊達の侠気を描く。天明六年六月、江戸中村座で徳兵衛を宗十郎が演じている。

・**劉備玄徳**　一六一～二二三。中国、三国時代蜀の昭烈帝（在位二二一～二二三）。『三国志』・『三国志演義』で知られる英雄。

・**松永貞徳**　元亀二（一五七一）～承応三（一六五三）、八十三歳。江戸時代初期の俳人・歌人・歌学者。貞門俳諧の指導者。

・**枡徳**　初代三枡徳次郎の通称、寛延三～文化九、六十三歳。

・**崇徳院**　元永二（一一一九）～長寛二（一一六四）。第七十五代天皇。保元の乱で敗れ、讃岐に流され、失意の内に死去した。陵墓は香川県坂出市松山にあり、白峰陵という。上田秋成『雨月物語』（安永五刊）の「白峯」に取り上げられている。『応永抄』『幽斎抄』等ではシユトクとふりがな（島津忠夫『百人一首』角川文庫）。

・**徳治**　名見崎徳治。当時活躍していた富本節の三味線方。文化七没。松平南海公より撥捌きを「波が崎に寄るがごとし」と賞されたのに因んで名見崎を名のる。「鞍馬獅子」、「其俤浅間嶽」などを作曲したと思われる。

・**徳治**　大谷徳治。道化方役者。三世大谷広次の門人。道化方の親玉といわれ、江戸で人気があった。俳名馬十。文化四年没、五十二歳。

・**徳竹**　未詳。具体的にどの芝居の番付に載るか不明。『世界綱目』に曾我の世界の役名として「御厩徳斎」が見え、その類か。

瀬をはやみ岩にせかるゝ瀧川のわれても末にあはんとぞ思ふ
　大磯（いそ）のくるは荻屋〈をぎや〉の瀧川〈たき〉と言遊女〈うかれめ〉の事を詠（よ）める歌也。

・荻屋　大磯は吉原の仮託で、荻屋は遊女屋扇屋のもじり。
・瀧川　扇屋の瀧川。こちらは当時実在の遊女の源氏名である。
・うかれめ　遊女の振り仮名とする通り、同義。

瀬をはやみ○瀬尾隼見〈せをはやみ〉といふさぶらい、瀧（ハツ卅三ウ）川が客（きやく）なりけり。

岩にせかるゝ、瀧川の○岩といふも瀧川（たき）が客（きやく）にて、隼見をせいてよばせず、やかましくいひし也。よつて、いわにせ
　かるゝ、瀧川（たき）と詠（よ）めり。

（頭註　ハツ卅三ウ）

岩にせかるゝ、
児女歌ニ　いつちくたつちくたんゑむどんのおとひめは、岩におされてなくこゑは
せかるゝ、
四十八手恋所訳　水のながれのせかれはせねど、よどむもつらきその人を

・せかるゝ　「せく」は遊里語で、女郎のためにならぬ客を登楼させないこと。
・児女歌　『児女歌』は当時子どもが歌っていた童謡ということで、それを書名めかしている。「いつちくたつちく太右衛門（たーえも）どんの乙姫様は、湯屋（ゆーや）で押されて泣く声聞けば、ちん〳〵もが〳〵おひヤりこひヤアりこ」（平凡社東洋文庫『日本児童遊戯集』「東京鬼定め」）、「いつちくたつちく太ゑもどの、乙姫君」（『狂文宝合記』「猿の生き肝」）などの歌が知られる。
・四十八手恋所訳　富本節。金井三笑作、安永四年十一月の中村座顔見世狂言『花相撲源氏張膽』の二番目として初演。「逢ひ見ては恋こそまされみな瀬川水のながれのせかれはせねど淀むもつらき其人をうらみながらもうちつけに」とある。

われても末にあはんとぞ思ふ○瀧（たき）川は岩にせかれたり、やりてにせかれたりしても、隼見が事をわすれかね、たとへしりがわれても、中の丁の末の裏茶屋（うらや）でなりとあはんとぞ思ふ、ふかき心を詠（よ）めり。（ハツ卅四オ）

（後注　ハツ卅四オ）
長明　方丈記　たき川のながれはたえずして、しかももとのきやくにあらず。

（頭注　ハツ卅三ウ）
われても末に
助六卯月里河東ブシ　ひく手になびく歌がるた、末の松山すへかけて、われても末にあはんとは、むすぶの神のちかひなり合

助六所縁江戸桜　つぢうら茶やにぬれてぬるあめのみのわのさへかへる
　此心をよめり。

（頭注　ハツ卅四オ）

万葉集　弓削皇子御製歌（ユゲノスメラミコノヲ、ミウタ）
芳野河（ヨシノガハ）、逝瀬之（ユクセノ）早見、須臾毛（シバラクモ）、不通事无（タユルコトナク）、有（アリ）巨瀬濃香毛（コセヌカモ）。
　此御歌の心は、瀬川が早見を思ふこと、しばらくもたゆることなしといへる心也。

（頭注　ハツ卅四ウ）

枕草紙　くるしげなるもの　こなたかなたにうらみふすべられたる。
　瀧川が身これに同（をな）じからんか。

宗祇秘中抄ニ云　岩枕　秋なり。七夕の枕也。
岩は瀧（たき）川にいやがられて、枕をならぶる事もまれなれば、七夕の枕ともいふなるべし。

半太夫ブシ　黒小袖道行　めなみおなみのあるほどに、さだひらかたをあとになし
岩といふきやく本名を貞平（さだひら）と云。めなみおなみは瀧（たき）川がかぶろ也。

（後註　ハツ卅四ウ）

○▲瀬▲落▲速見〈せをはやみ〉　○●瀧●川〈たきがは〉

中臣太祓ニ曰　▲落●瀧〈をちたき〉津〈つ〉▲速●川〈はやかは〉乃〈の〉▲瀬〈せ〉仁〈に〉坐〈ましま〉須〈す〉。

文字是より出たる名なるか。

姓氏録ニ云　瀬尾橋氏　栄花物語はつ花の巻ニ曰

中宮太夫（右中弁　隼見）

隼人司〈ハヤトノツカサ〉ト云官〈クワン〉ナリ。是よりの名か。

見前漢書

写本　敵打古郷錦ニ　瀬尾勘左衛門好色の事あり。此人隼見が一ぞくなるか。

・**しりがわれても**　「尻が割れる」で隠し事が発覚する。悪事、秘密が露見する。

・**中の丁**　仲の町。吉原の中央、大門より水道尻まで通じる街路。大籬の上級女郎が毎夕ここの引手茶屋まで客を迎えに出張る。

・**裏茶屋**　吉原の裏通りにある茶屋。多く揚屋町の裏通りにあった。芸娼妓が密会に利用した。

・**方丈記**　『方丈記』（正保版本）には「行川のながれは絶ずして。しかも本の水にあらず」。この有名な冒頭の部分を巧みにもじった。京伝作品で方丈記に触れているものとしては、滑稽本『指面草』（天明六刊）、洒落本『傾城觽』（天明八刊）、黄表紙『箱入娘面屋人魚』（寛政三刊）、同『四人詰南片傀儡』（寛政五刊）、読本『本朝酔菩提全伝』（文化五年成稿）等がある。

・**助六卯月里**　宝暦六年四月の中村座『長生殿常桜』の二番目、河東節「富士筑波卯月里」のこと。『日本歌謡集成』では「うたに和らぐ。さみ線の引く手にまよふ。歌がるたすゑのまつ山。末かれてわれても末に。御げんとはむすぶの神の。ちかひなり」（十一巻『十寸見声曲集』「（富士／筑波）助六卯月里」）とある。「末の松山」は歌枕。陸奥国にあったとされ、宮城県多賀城市八幡宮付近とも岩手県二戸郡一戸町と二戸町との境にある浪打峠のことともいわれる。

・**助六所縁江戸桜**　歌舞伎狂言。金井三笑・初代桜田治助作。宝暦十一初演。助六ものの代表作。ここではその中の浄瑠璃の詞章。

・**つぢうら茶屋**　「辻占」と「裏茶屋」をかける。

・**みのわ**（箕輪）　三ノ輪とも。東京都台東区北部の地名。江戸時代は奥州道中裏道と日本堤の土手との交差する位置に当たり、吉原の近くにあるところから遊女屋の寮などが置かれた。京伝作の洒落本『娼妓絹籭』（寛政三刊）は箕輪の寮を舞台とする。「ぬれてぬる雨」の縁で「蓑」、同音の「箕輪」とつながる。

・**さへかへる**　春になって暖かくなりかけたと思う間もなく、また寒さがぶり返すこと。

・**万葉集**　賀茂真淵『万葉（集）考』。巻二（明和六刊）によれば「弓削皇子思紀皇女御作歌」として「吉野河。逝瀬之早見。須臾毛。不通事無。有巨勢濃香毛。（ヨシノガハ　ユクセノハヤミ　シバラクモ　タユルコトナク　アリコセヌカモ）」。二句目の現行の読みは「しましくも」だが、賀茂真淵『万葉考』では『初衣抄』所引のものと同じ「しばらくも」。なお、『万葉考』版本を見ると句点の雨垂れ様の形が類似しており、あるいは京伝の種本はこれであったか。

・**枕草紙**　「こなたかなたふすべらるる男」という本文もあるが、『枕草子春曙抄』（延宝二跋、享保十四年などの版本がある）では「くるしげなる物　夜なきといふ物するちごのめのと。思ふ人二人ふたり持ちて、こなたかなたにうらみふすべられたるをとこ」となっている。

・**宗祇秘中抄**　連歌論書。文明十二年成立。版本は延宝六年刊がある。「難儀の詞」の部に「岩枕秋成。七夕のまくら也」とある。「岩枕」は、和歌・俳諧では七夕に天の川原で牽牛と織女が石を枕にして寝ることにいうことが多い。「七夕の枕」は枕を交わすことがきわめて稀であるということ。

・**半太夫ブシ　黒小袖**　浄瑠璃の半太夫節。江戸半太夫貞享（一六八四〜一六八八）頃に語り出したが、享保以後河東節に押されて振るわなくなった。『黒小袖』は『黒小袖浅黄帷子』。『国書総目録』によれば元禄四成立。「正清あれ、、満来る汐も。こひするや。女浪。男浪の有程に。佐太牧方を後になし。葛葉の森の色鳥が。䝷求むるやさしさよ」（『日本歌謡集成』第十一巻所収「半太夫節正本集」による）。

・**さだひらかた**　元来地名の「佐太枚方」（現大阪府枚方市）。それを遊客の名に曲解した。

・**めなみおなみ**　天明六年春の『新吉原細見』に載る、扇屋遊女瀧川の実際の禿の名。

・**かぶろ**　禿。吉原で遊女の身の回りの世話をする七、八歳から十二、三歳までの少女。

・**中臣太祓**　⑬「左京太夫道雅」に既出。『中臣祓瑞穂抄』（万治二刊）、『中臣祓集説』（寛文二刊）等に同じ表現がある（『瑞穂抄』等「須」を送らない本もある）。

・**姓氏録**　未詳。『新撰姓氏録』のことか。万多親王等の編、弘仁六年成立の系譜。版本はこの頃のものは『国書総目録』には登載されていない（文化四刊のものはある）。写本を見てもこのような名字は出ていない。

・**栄花物語**　当時の代表的な流布本明暦二年版本にもなく、『日本古典文学大系』本等にも該当する記述は見出せない。「宮の大夫」（中宮の大夫に同じ）は登場するが、その他の人名・官名は見あたらない。

・**前漢書**　京伝は『前漢書』を直接見たのではなく、『書言字考節用集』の「隼人司」の項に引書として『前漢書』を掲げているのを見たものと思われる。

・**敵打古郷錦**　このような写本の存在は確認できていない。実在したとしたら実録体小説のようなものであろうか。なお、似た書名のものに京伝の黄表紙『娘敵打古郷錦』（安永九刊）があるが、内容的には全く関係はない。また富川吟雪画の草双紙『女敵討古郷錦』（安永二刊）も類似の書名だが、瀬尾勘左衛門は登場しない。

⑱参議雅経

参議雅経（さんぎまさつね）
経若丸（つねわかまる）―文字経（もじ）常盤津門弟
清経（きよ）鳥居氏浮世画工
祐経（すけ）工藤左衛門尉―雅経

・**経若丸**　演劇の義経記の世界では、義経の子の名とする。江戸人には周知の名であった。
・**文字経**　この人物に関しては未詳。常磐津の名取りで、女子は「文字」を冠して名をつける習慣であった。
・**鳥居清経**　鳥居派の浮世絵師。鳥居清満の門弟。役者似顔絵を得意とし、また明和から安永年間にかけて草双紙に多く描いた。
・**祐経**　工藤祐経。源頼朝の寵臣。父の仇として曾我兄弟に建久四年五月二十八日、富士の巻狩の夜、討ち果たされた。

みよし野の山の秋風さよふけてふるさとさむく衣うつなり

さるお寺（てら）の坊様（ぼうさま）、吉原（よしはら）にて振（ふ）られ（ハツ卅五オ）たる事を詠（よ）める歌。

みよし野の○吉原の桜の頃（ころ）をさして、み吉（よし）野のとほめたる言葉（ことば）也。

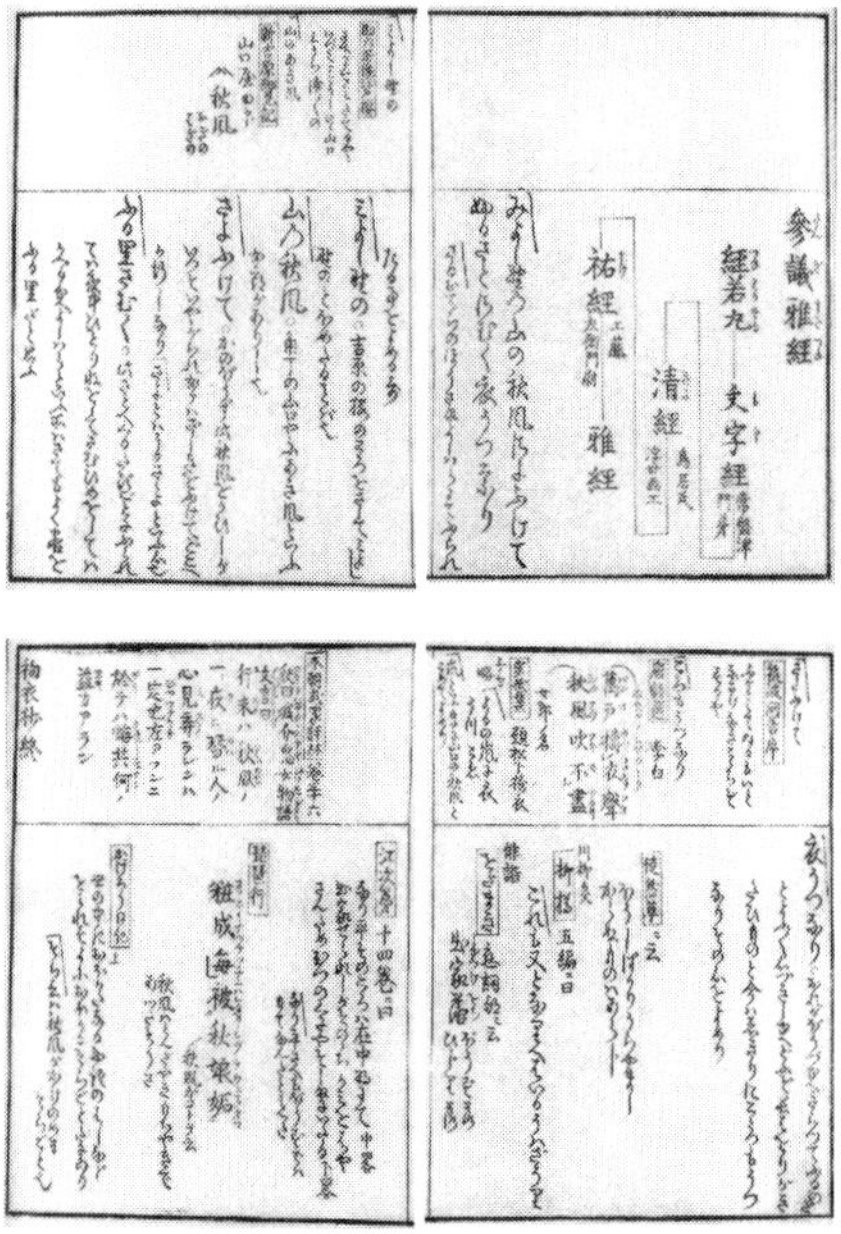

（頭註　ハツ卅五ウ）

みよし野の　[助六所縁江戸桜]　春がすみたてるやいづこみよしの丶、山口三うら浦〳〵の

・**吉原の桜**　新吉原仲の丁には桜の木が植えられ、名物であった。それを桜で有名な吉野（「み吉野」は美称）に見立てたという解釈。

・**助六所縁江戸桜**　既出。引用は劇中で唄われる河東節の詞章。「浦々の」は「浦々と」が正しい。「山口」は吉原の七軒茶屋のうちの一軒。「三うら」は助六の舞台となる遊女屋「三浦屋」。それを序詞として「うらうら」と続く。

山の秋風○角丁の山口屋(や)に、秋風(あき)といふ女郎がありし也。

（頭註　ハツ卅五ウ）

山のあき風　[新吉原細見記]　山口屋◐印

秋風
おぎの
はぎの

・**新吉原細見記**　新吉原の案内書。茶屋・遊女屋・芸者名などを示し、各遊女屋の遊女についてはその等級を符号で表している。◐は遊女屋の等級で総半籬（総籬に次ぐ格式）。はその遊女が「座敷持」といわれる等級であることを示す。「おぎの　はぎの」は秃の源氏名。

・**山口屋**　当時吉原にあった遊女屋。秋風という源氏名の遊女がいたということは確認できず、京伝の仮構であろう。

さよふけて○かの坊主此秋風を買ひしが、いつそいやがられ女郎は座敷をふけて、どこへか行しなり。
　さよとは、うるさゝ、よといふ心也。

（頭註　**ハツ卅六オ**）

さよふけて

筑波問答序　ふりはてぬるも、いとなさけなきこゝちぞするや。

・**いつそ**　大層、非常にの意。

・**ふけて**　「ふける」は逃げる。さぼる。

・**筑波問答**　連歌論書。二条良基著。版本はないが、写本で広く読まれた。序に「そことなき水草がくれに古りはてぬるも、いと情なき心地ぞするや」とある。ここでは、「古り」を秋風が坊主客を「振り」に付会する。

ふる里さむく○此里へ来るたびごとに、ふられては夜中ひとり寝をして、寒ひめをしては帰るゆへ、吉原といふ所は、さてもよく客をふる里だと思ふ。（**ハツ卅五ウ**）

衣うつなり○おれが坊主ゆへ、嫌つて振るのだと、よふ〱心づきしゆへ、どふぞ長羽織が着たひものと、今はし

きりに心（こゝろ）もうつなり。その心を詠（よ）めり。（ハツ卅六オ）

（後註　ハツ卅六オ）

徒然草ニ云　ほうしばかりうらやましからぬものはあらじ。

川柳点柳樽五編ニ曰　これも又となりへはいるうはざうり

俳諧　をだまき恋詞部ニ云　出家落（しゆつけをち）ぼうず落　ひじり落

（頭註　ハツ卅六オ）

ころもうつなり

唐詩選李白

ボウヅノヒヤウトク

万戸擣（バンコウツ）レ衣声（コロモヲコエ）

秋風吹不（シウフウフキズ）レ尽（ツクサ）

女郎ノ名

宗祇集題松下擣衣　上ノ句略　よるの嵐に衣うつこゑ

嵐といふ字に山口の秋風とこめてよめり。

・**長羽織**　着物より丈の長い羽織。当時通人の間に流行した。

・**徒然草**　第一段にある一節。

・**柳樽**　五編には無く、出典未詳である。振られた客が一人わびしく部屋で遊女を待つ、遊女の履く上草履の音が廊下を近づいてくるたび期待をするのだが、いつも別の部屋の前でその音が止まってしまう様を言ったものであろう。この句は『新造図彙』（天明九刊）にも出る。その注解（佐藤要人氏『青楼／和談　新造図彙』昭和五十一年）によれば、類似句は「業腹さ隣へ入る沓の音」（『川榜柳』四）「上ハ草履隣まで来て滞り」（『万句合』安永四）などの翻案かとされる。また、「上草履」については「遊女が廊下などを歩くのに用いた履物で、すこぶる寸の厚い草履（階級によって厚さが違ったという）だった」と説明される。そこにも引かれているが、『通言総籬』に「松ばやはぜんてへかてへ内でござりやす。女郎衆にうはぞうりをはかせやせん。今でもはくものは、瀬川さん、松人さん、へ屋もちでふたりばかりござりやしやう」とある。最高位の遊女のみが上草履を履くことを許された遊女屋もあったのである。

・**をだまき**　『をだまき綱目』。溝口竹亭著の俳諧書。元禄十年以降しばしば版行され、人口に膾炙した。同じ表現がある。

・**出家落・ぼうず落・ひじり落**　俳諧における恋の詞に分類される表現。僧侶が堕落すること。とくに還俗すること。女性との色恋沙汰を言うことが多い。「ぼうず落」も同義、「ひじり落」も同様であろう。

・**唐詩選**　五言絶句「子夜呉歌」（李白）中の二句目と三句目。一句目は「長安一片月」、四句目は「總是玉関情」。

・**擣衣**　「砧」（きぬた）。絹布を打って柔かくすること。山里の秋の風情とされていた。

・**宗祇集**　『宗祇法師集』。「松下擣衣」の題で、「峯の松に鳴音はたえしせみのはの夜の嵐に衣うつこゑ」（写、国文学研究資料館蔵山崎文庫蔵本による）。

（後註　ハツ卅六ウ）

江次第十四巻ニ曰　なり平、そのころは在中将にて中略出家せられしが、その、ちかみをはやさんため、むつのくにやそしまにいたる下略。

業平（なり）さへも坊主（ぼうず）ではもてなんだと見（み）へた。

琵琶行　粧（ヨソホ）イ成（ナツ）テ毎（ツネ）ニ被（ハレ）ニタリ秋娘（シウラウ）ニ妬（ネタマ）一。

秋風ガコトヲ云

秋風はとんだやきもちやきであつたそうさ。

かげろう日記上　世の中におほかたなる物語のはしなどをみれば、よにおほかるそらごとだにあり。

そら言は秋風がかけのめすそらごと也。

（頭註　ハツ卅六ウ）

本朝武家評林巻三十六　秋田城介鬼女物語文言曰（アキタジヤウノスケキジヨモノガタリブンゲンニイハク）

行末（ユクスエ）ハ　秋風（アキカゼ）ノ一ト夜（ヨ）ニ替（カハ）ル人ノ心、見棄（ミステ）ラレンハ一定也（ジヤウナリ）。左（サ）アランニ於（ヲイ）テハ、悔（クユルトモ）共何（ナン）ノ益（エキ）カアラン。

初衣抄終

・**江次第**　『江次第』は大江匡房著の有職故実書。『江家次第』が正式名。承応二刊の版本がある。原本は漢文体で引用は正確ではない。二条后高子についての記述で、版本には「或ハ云在五中将為メレ嫁ンガ二件ノ后ニ一出家シテ相構フ後為メニ二生髪一到二陸奥国ニ一向二八十嶋ニ一」とある。

・**琵琶行**　白楽天の詩。前出『白氏文集』所収。『古文真宝前集』に「長恨歌」とともに所収。同詩句あり。

・**かげろう日記**　『蜻蛉日記』の本文では「世の中におほかたふる物語の」となっている。たとえば宝暦六年の版本をみると、「ふ」は「な」と紛れやすい文字遣いとなっており、そこから誤りが生じた可能性が高い。

・**かけのめす**　口先で操る。言いくるめる。巧妙にだます。

・**本朝武家評林**　遠藤元閑の著。元禄十二年成。同十三刊。巻三十六の「秋田城介鬼女物語之事」に「行ク末ハ秋風ノ一夜ニ替ル人ノ心。見棄ラレンハ一定也。左アランニ於テハ悔共何ノ益カアラン」とある。『初衣抄』では「行」の振仮名が「ユ」のみであるが「ク」を補った。

［漢文体跋］

京極黄門殿小倉山荘ノ色紙、百人一首和歌秘中ノ抄一帖、青楼ノ妓女駒治ニ雖トモレ伝トレ之ヲ堅ク可キレ禁ズ二外見ヲ一者也。

茶飯吉奈良京橋（チヤメシヨシナラノキヤウバシ）

山東源京伝　在判

天明七歳丁未正月初店日（ハツミセノヒ）（ハツ卅七オ終）

※秘伝書の奥書めかしている。

・**京極黄門**　百人一首の選定者とされる藤原定家のこと。「黄門」は中納言の唐名。

・**青楼ノ妓女駒治**　吉原の女芸者荻江駒次。青楼はここでは吉原のこと。『通言総籬』に見える。京伝の黄表紙では『江戸春一夜千両』（天明六刊）に「駒次さん、けふはどこへいきなすつた」「いつ梅さんと留守居衆の一座で待乳山のふさざきへいきやした」という会話があり、また、『三筋緯客気植田』（天明七刊）には「駒次もくるはづだ」とある。この時期京伝とかなり親しい関係にあったことが推察される。

・**茶飯吉奈良京橋**　「あをによし奈良の京」のもじり。京伝は江戸京橋に住んでいた。茶飯に大豆・小豆・栗・くわいなどを入れた「奈良茶飯」が当時江戸で流行していた。『狂言鴬蛙集』（天明四刊）に「なら茶に淡雪豆腐たうべて　俤はなら茶にのこるあは雪の豆腐も口に消えやすくして　足曳小町」とある。

・**山東源京伝**　自らを源氏めかしてもったいをつけている。序文の「源伝」と呼応している。

・**在判**　古文書の正本の写しや控えで、花押が書かれてあったことを示す表現。秘伝書を特に版に起こしたということをもったいを付けている。

[跋]

跋

此書（このしよ）は荻江氏駒治（をぎゑうじこまじ）が。文庫（ぶんこ）なりしを。むなしくうたゝねの。枕（まくら）にあてん事をなげき。予ひそかに求（もとめ）て。その書（ふみ）にしむ油町（あぶらてう）の。蔦屋（つたや）にあたふ。師（し）のこゝろにたがふのつみあなれど。人の口のともいへかくも家桜（いゑざくら）にゐりてしんぞいのちをながふす。はたこれにもれたる歌の註（ちう）は。跡の〳〵選集（せんしう）をあらはし。跡著衣抄（あときゐしやう）と題（だい）して後編（こうへん）とす

京伝門子月池（つきち）

朱翁鶏告誌 

（ハツ卅七終ウ）

・**荻江氏駒治**　前出「駒次」に同じ。荻江節の芸者だったので「荻江」を貴人の氏めかした。荻江節は長唄から出た流派。明和のはじめに初代荻江露友が創始した。市中で衰微した後も吉原で行われた。

・**その書にしむ**　「油」を引き出す序詞風の修辞。

・**油町の。蔦屋**　本書の版元日本橋通油町（現中央区日本橋大伝馬町）蔦屋重三郎。『新吉原細見』の版元でもあった。

・**家桜にゑりてしんぞいのちを**　版木には桜の木が用いられたので、出版することを「桜木に彫る」などと言う。『助六所縁江戸桜』の詞章「帰るさ告げる家桜」「しんぞ命を揚巻の」による。

・**跡の〳〵**　子どもの遊戯歌「あとのあとの千次郎」による。「おいらはモウ衣を脱いだよ。跡の〳〵千次郎、おめへはおそい、おめへはおそいと」（『浮世風呂』上）。

・**跡著衣抄と題して後編とす**　後編の予告だが、実際には出版はされなかった。

・**月池**　当時しばしば使われていた築地の雅称。鶏口の居住地。

・**朱翁鶏告**　京伝の門人山東鶏告。「山東汐風の狂号を持つ真顔社中スキヤ連の一人で画才もあり、築地居住であったらしい」（水野稔『山東京伝年譜稿』一九九一）。

『甚孝記』解題

※書誌・異本については『洒落本大成』（中央公論社）第九巻に詳しい解説があるため、ここでは略記するにとどめる。

○作者　桃栗山人柿発斎（烏亭焉馬）

○刊年・版元　安永九（一七八〇）年正月、版元不明

○底本と書誌

・底本　東京都立中央図書館加賀文庫蔵本

・表紙　改装、十七・五×十二・八センチ

・題簽　後補、「戯算　甚孝記　全」

・内題　なし

・匡郭　一五・六×十一・五センチ

・柱刻・丁付　初丁が柱記「甚孝記終」、丁付なし、表が白紙で裏から本文が始まる。二丁目から九丁目までが柱刻「甚孝記」、丁付「一」～「八」。最終丁が柱刻「甚孝記終」、丁付なし、表で本文が終わり裏は白紙。全十丁。一冊。ただし、初丁と最終丁の白紙部分は後の改装で、本来は初丁表が表紙見返しに直接貼られ、最終丁は裏表紙に貼られていたと思われる。詳しくは『洒落本大成』第九巻に解説されている。

・刊記　「于時　庚子　安永九年　正月吉旦　桃栗山人柿発斎著［印（焉馬）］」。

○翻刻・影印　『洒落本大成』第九巻に影印がある。

○内容

本書は、江戸時代において最も広く使われた算術書『塵劫記』のもじりである。書の体裁も同じくして絵・文ともにもじるのは、同年刊の『大通人好記』と同趣向であるが、うがちの精緻さにおいて本書の方が秀でているといえよう。当時の女芸者（踊子）の生活、あり方をうがつことが全体を貫く主題となっており、舞台は、橘町を初めとして、深川・品川・四谷新宿など、主要な遊所に幅広く及んでいる。『塵劫記』の音をもじりながらのうがちである上に、芸者の実名がふんだんに出るなど、今日においてはやや難解な印象は免れないが、算術用語のもじりは軽妙で、細見にも載っていない芸者の名などが見られるので、資料的価値も高い。

著者の桃栗山人柿発斎すなわち烏亭焉馬は、同じ安永九年に洒落本『客者評判記』も出している。こちらも本書と同様に「役者評判記」をその体裁からもじったものである。形は違うが本書と同趣向で、こちらも諸所の遊里を細かくうがっている。落語中興の祖とされる焉馬の、戯作者の交流が浅かった時期、持てる知識を活かして趣向に走る様子がよく窺われる。

吉田光由著『塵劫記』の初版は寛永四（一六二七）年刊の大本四巻本。その後、本人により改訂が加えられていくが、寛永十一年に中本四巻本、寛永十八年には遺題（問題のみで解答を付さないもの）をつけた中本三巻本も出版した。吉田光由自身が刊行したのは、この寛永十八年まであって、寛永二十年にそれまでの内容をまとめた大本三巻本が出版されるが、これは書肆の西村又左衛門が光由に依らずに刊行したものであった。しかし、後の異本のほとんどはこの寛永二十年本を下地とし、普及するにつれ多くの亜流が発生した。その数があまりに膨大なため、現在においてもそのすべてが整理されてはいない。

また、万治二（一六五九）年には、山田正重著の算術書『改算記』が出される。この書は『塵劫記』を元として解説を加えたり、その誤りを正すなどしているが、全体として、必ずしも分かりやすくなったとも言えない。しかし、『塵劫記』についで普及し、やはり、多くの異版を生んだ。そして、両書の内容が互いの亜流の異版本に入るなどしたため、いっそう複雑さを増している。

本書『甚孝記』のもじりを見ると、記憶によるだけではなし得ないもので、『塵劫記』のいずれかの本を傍に置いて著したと思われる。後半には、『改算記』の影響も見て取れる。しかし、具体的にどの本に依っているのか、あるいは複数の本に依っているのかなど、今明らかでない。本註釈では、刊行年が本書に近い、安永二年刊、菊屋七郎兵衛版『（新撰／大成）改算塵劫記』を中心に本文の比較を行ったが、同書に該当項目がない場合や、本文の異同が大きい場合には、構成や図などが比較的に近い弘化版『大字　ぢんかうき』と、適宜他本も参照した。

○参考文献

東京学芸大学附属図書館望月文庫蔵本『広完塵劫記』（内題は「早割ぢんこうき」）
塵劫記刊行三百五十年記念顕彰事業実行委員会編『塵劫記論文集』（大阪教育図書、一九七七年）
大矢真一校注『塵劫記』（岩波文庫、一九七七年）
佐藤健一著『江戸のミリオンセラー「塵劫記」の魅力－吉田光由の発想』（研成社、二〇〇〇年）

『絵本見立仮譬尽』解題

○編者　竹杖為軽（万象亭森島中良）

○刊年・版元　天明三（一七八三）年正月、須原屋市兵衛・同善四郎板

○底本と書誌

・底本　大妻女子大学草稿・テキスト研究所蔵本。半紙本三冊

・表紙　行成表紙。二二・七×一五・八センチ

・題簽　上冊欠。中・下冊は、それぞれ左肩に、薄紅色（ないし鴇色）紙に子持ち枠に「絵本見立仮譬尽　中」「絵本見立かひつくし　下」。天理図書館蔵本には上冊の題簽があり、「絵本見立仮譬尽　上」。

・内題　上中下巻各目録に「絵本見立仮譬尽」。

・匡郭　一七・二×一三・一センチ

・丁付　各丁裏ノドに上冊「上ノ一」（〜十二）、中冊「中ノ一」（〜十一）、下冊「下ノ二」（〜十、十二〜十七）。

・刊記　「天明三癸卯年正月吉辰　書肆　日本橋北室町三町目　須原屋市兵衛
神田鍋町　同　善五郎」

天理図書館蔵本上冊表紙

『割印帳』には「天明二年七月より」の項目に、「絵本貝尽」として見える。竹杖為軽述、半紙本一冊、墨付四

十一丁とされ、販元売出しとしては須原屋市兵衛のみが記載される。

須原屋市兵衛は、万象亭とゆかりの深い、蘭学分野に強い有力書物問屋の一で、今田洋三『江戸の本屋さん』（日本放送出版協会、一九七七）の詳論で知られる。一方、須原屋善五郎は、安永四年に吾山『物類称呼』を本書と同じく須原屋市兵衛と相版で出版していることが確認できるが、『割印帳』には寛政初年頃までその名が記載されず、安永・天明期には書物問屋仲間未加入の新興書肆であったと推定される。

○諸本

本作品の伝本は、今のところ、端本も含めて全部で十一本が確認できる。すなわち、底本とした大妻女子大学蔵本の他、大英図書館（The Brithish Library）・西尾市岩瀬文庫・国立国会図書館（二本）・大阪府立中之島図書館・早稲田大学中央図書館・東京国立博物館資料館・京都大学附属図書館・中野三敏氏・天理大学附属天理図書館の各所蔵本である。このうち上冊のみの二本を除き、すべてが右と同一の刊記を備える。また名古屋市蓬左文庫所蔵の『続学舎叢書』第十二巻に本書上冊の透き写しが収められる（本文は後述の初印本に同じ）。本文には、下記の六箇所の異同が認められる。すなわち、上冊、序文後の附言の見出し「附ていふ」／「附といふ」、その本文一項め、二行目の「言葉のよこなわれる」／「言葉のよこなはれる」、同じ行の「多」のふりがな「さわ」／「さは」、同じ丁の二項め「貝歌仙」のふりがな「かい」の有／無。さらに中冊十三「西海」項の狂歌末尾の「まとひうちむれ」／「まとひうちこむ」、下冊巻軸「新造貝」に狂歌を寄せる白鯉の左肩に「独流」を冠するか／否か。このうち、附言の「よこなはれる」「さは」、及び貝のふりがなの三箇所は同じ時に改刻されたと考えられるので、この三点をまとめて諸本の異同を示すと次表のようになる。

大妻本	三冊	附と	よこなわれる／さわ／かい	うちこむ	独流
ＢＬ本	合一冊	附と	よこなわれる／さわ／かい	うちこむ	独流
岩瀬本	合一冊	附と	よこなわれる／さわ／かい	うちむれ	独流
京大本	上冊のみ存	附と	よこなわれる／さわ／かい	（欠）	（欠）
国会乙本	合一冊	附て	よこなはれる／さは／（無）	うちこむ	独流
中之島本	合二冊	附と	よこなはれる／さは／（無）	うちむれ	（無）
早大本	合一冊	附と	よこなはれる／さは／（無）	うちむれ	（無）
東博本	合一冊	附と	よこなはれる／さは／（無）	うちむれ	（無）
中野本	上冊のみ存	附と	よこなはれる／さは／（無）	（欠）	（欠）
天理本	三冊	附て	よこなはれる／さは／（無）	うちむれ	（無）
国会甲本	三冊合一冊	附て	よこなはれる／さは／（無）	うちむれ	（無）
稀書本		附と	よこなわれる／さわ／かい	うちこむ	（無）

＊国会本二本のうちもともと同館所蔵であった本を甲本、二〇〇〇年に特許局より移管された本を乙本とする。

一項めについて、「附ていふ」本では「て」の印字がやや濃く入木と推定されること、「附ていふ」をわざわざ誤って改刻することは考えられないことから、「附と」とする本を初印と見てよい。また二項めは、註釈本文に示したように「よこなはる」「さは」が正しい仮名表記であることから、「よこなわる」「さわ」が初印のかたちでそれぞれ改められたと考えられる。附言の項において既出の「貝」のふりがなも、削りこそすれ、あえて入木することは考えられない。これらの点を考えれば大妻女子大学・大英図書館（ＢＬ）本が初印のかたちと考えられよう。本書刊行後、まもなく没する白鯉館卯雲の「独流」も、当初あったものを削ることはあっても、わざわざ入木までしてこの註記を加えることも考えがたい。となれば、必然的に「うちこむ」が初案ということになる。

問題は改刻の順序である。大妻本・ＢＬ本以外で「独流」をもつ西尾市岩瀬文庫本・国立国会図書館乙本を考えてみよう。両者は「うちむれ」と「うちこむ」、「附と」「附て」の二点が相違する。大阪府立中之島図書館本・早稲田大学付属図書館本・東京国立博物館本のような、「附と」としながら、「うちむれ」でかつ「独流」の文字がない本が多数あることからすれば、国会乙本のような「附て」と改めながら、「うちこむ」の本文をもち、「独流」の文字をもつ本は理解しがたく、該本は取り合わせの合冊と考えておくより他はない。そうなると、大妻本・BL本に次ぐ早印本は岩瀬本と見られ、まず「うちこむ」が「うちむれ」に改められ、次いで、中之島・早大・東博本のように「独流」が削除され、附言の仮名表記の改変・振り仮名の削除が行なわれたと考えられる。のち最終的に天理図書館本・国会甲本のように附言の見出しが「附ていふ」に改められたのであろう。

以上のように、本文に細かな異同のある計十一本であるが、多少の墨付きの良し悪しはあれ、いずれも版面に荒れという荒れはなく、匡郭の欠損や版面のようすに大きな差異は認められない。

○これまでの翻刻・影印

稀書複製会の複製および『新編稀書複製会叢書』（臨川書店）によるその影印がある。

稀書複製会叢書の複製は、「まとひうちこむ」の本文を有しながらも、附言の見出しを「附といふ」とし、仮名遣い「よこなわれる」「さわ」、振り仮名「かい」が残り、かつ「独流」の文字が無い。これも例のない本文であり、その底本は未詳。岩瀬本の存在と矛盾することを考えれば、あるいは、この底本も取り合わせ本であった可能性を考えるべきか（但し、合冊の岩瀬本が取り合わせである可能性も残り、その場合附言の仮名遣い等の改刻より先に独流の削除となる）。

○内容・形式について

・着想

「かい」で終わる言葉が表すものをそれぞれ貝に見立てるという発想は必ずしも新奇なものではない。中野三敏氏は『続百化鳥』（宝暦六刊）の広告に見えたものの未刊に終わった『見立御伽実なし貝』と題する「三十六の見立貝尽」の着想を具現化したもの（「見立絵本の系譜」『戯作研究』中央公論社、一九八一、初出一九七二）と指摘し、濱田義一郎氏は『俳諧歌異合』（明和二刊）をその先蹤と見なしている（「江戸文学雑記帳（一）十六踏襲」『江戸文芸攷』岩波書店、一九八八、初出一九七九）。いずれもこの貝の見立ての発想の淵源として首肯できるものである。

・形式

そうした「貝」の見立ての発想を淵源としながら、この『貝尽』の絵本が「見立本」として成立するためには、その規範となるべき貝の絵本の存在が不可欠である。石上敏氏は、「三十六歌仙貝」を初めとして多くの貝を紹介する大枝流芳『貝尽浦の錦』（寛延二刊）や勝間竜水『海の幸』（宝暦十二刊）、また本草・物産書の類を挙げている（「戯号『竹杖為軽』の背景―松尾芭蕉への親炙―」『万象亭森島中良の文事』翰林書房、一九九五、初出一九八六）。とくに『貝尽浦の錦』は、朱楽菅江編・歌麿画『潮干のつと』（寛政元頃刊）など、のちの作品への影響が大きい作品であり（浅野秀剛「摺物『元禄歌仙貝合』と『馬尽』をめぐって」『浮世絵を読む・4　北斎』朝日新聞社、一九九八）、こうした流れの中に本作を位置づけることは大枠では正しく、貝の解説部分はたしかに本草書の記述を意識したものと言えよう。ただし、本作品各見開き左半丁の図賛の形式にこだわれば、墨刷りであること、半丁に賛を伴う貝の絵が入る形式であること、また凡例で万象亭自身が「貝歌仙のためしにならひて」と言明していることを考え併せ、浅野氏が同論考で歌麿への影響を指摘した『新撰三十六貝和歌』（元禄三刊）その他、貝歌仙の絵本になぞらえた形式であることは確認しておく。

・狂歌壇的背景

凡例「夷曲の歌人に乞て。松の木の脂（やにつ）こき詞のだいに。梅桜の継穂をなして。此ふみに花咲す」という、編者万象亭の言葉は、本書の成立を物語るものとして注目に値する。「脂こき詞」とは、万象亭が自身の文章を謙遜した表現と考えられ、つまり万象亭が趣向を案じ、文章を付して、狂歌師連中に出詠を求めたことになる。このことについては、従来、言及を見ないが、各趣向の発想・配列、および各貝の見立の趣向を説く狂文は、万象亭がひとりで作ったものと考えられよう。三十六の狂文の調子が一様であることは、多くの狂歌師の狂文を寄せ集めた『狂文宝合記』（天明三刊）・『老莱子』（天明四刊）における発想や文体の多様さと対照的で、この点も万象亭がひとりで趣向を案じ、説明の文を作り、各狂歌師に狂詠を依頼したという推定を裏付ける。万象亭が狂歌師連中に依頼するにあたって、それぞれ狂歌師の職業や特徴、出身といったそれぞれの属性にあわせて趣向を割り振ったことは、各項目に註記した。こうした本作品の、いわば机上における成立が、実際に会を開き、その成果として上梓された『狂文宝合記』や『たなぐひあわせ』（天明四刊）等とは性格を異にすることは、石上氏（前掲論文）が論じた通りである。

本書に狂歌を寄せた狂歌師の顔ぶれを考えてみよう。四方赤良こと大田南畝、唐衣橘洲、朱楽菅江、元木網、平秩東作、智恵内子、紀定丸、巻軸に白鯉館卯雲と、江戸狂歌壇の大物が顔を揃えたことは桂川家の貴公子にして始めてなせる業である。しかし、本書刊行の前年冬に「森羅万象も竹つゑ為軽翁と改て此道にわけいらん事を思ふ」（大田南畝『江戸花海老』）と狂歌壇に参入したばかりの万象亭が、三十六名の狂歌を集めるには、元木網の門人集団、とくに本書の刊行前後から数寄屋連を名のってともに活動を開始した仲間の協力が不可欠であったろう。

万象亭は、自作の黄表紙『万象亭戯作濫觴』（天明四刊）に「親分」として木網を登場させるように、狂歌においては元木網に師事した。本書、および『狂文宝合記』で巻頭に木網を据えるのはそのためである。当時、木網門下では鹿都部真顔・物事明輔（のちの馬場金埒）・算木有政などといった町人連中が活発な活動を繰り広げていたことが天明二年三月の三囲会の記録（写本『栗花集』所収）などによって知られる。本書の上巻・中巻に入集する狂歌師の多くが、この木網門下の仲間である。この人々が万象亭を頭目に担いで数寄屋連と名のる集団を結成したことが、本書の刊行と前後する、天明三年四月の「宝合」の報条とその成果『狂文宝合記』、同年六月「狂歌なよごしの祓」の記録に窺える（小林ふみ子「鹿都部真顔と数寄屋連」『国語と国文学』七十六巻八号、一九九九）。連中の多くが数寄屋河岸周辺に住まいしたことによる名称である。木網門人、中でも徐々に結成の機運が高まりつつあった数寄屋連中とのつながりが本書成立の鍵であったと言って誤りなかろう。

本書下巻の多くを占めるのが、芝連の人々である。浜辺黒人率いる芝連は、天明狂歌壇にあっても四方連や朱楽連などとの関わりはあまり見出せない一方、同じく芝の西久保に住まいした木網一門とは関わりが深く、月並み会等でも交渉があったようで、木網編『春興抄』（天明四刊）にも多く入集する（小林ふみ子「落栗庵元木網の天明狂歌」『近世文芸』七十三号、二〇〇一）。築地の万象亭からすれば、木網も、この芝連中もさほど遠くない場所で狂歌の集いを開いていた。本作は、このような意味で、出入りし始めた木網門下の人脈を存分に生かして万象亭が編んだ作品と言えよう。

なお本註釈の礎稿は、一九九七－八年頃、東京大学教養学部で開かれていた戯作の研究会における小林の発表に基くものである。席上、御教示を賜った岩田秀行氏他多くの方々に感謝する。
また書誌調査にあたって貴重な御蔵書の披見を御許し下さった中野三敏氏に心よりお礼を申し上げる。

『通流小謡万八百番』解題

○作者　岸田（桜川）杜芳

○画工　北尾政美

○刊年・版元　天明四（一七八四）年正月、白鳳堂

○底本と書誌

・底本　東京都立中央図書館加賀文庫蔵本。なお、他に伝本を知らない。

・表紙　十七・四×十二・六センチ　後装のもので、原表紙は失われている。黄表紙と同じ中本で出版されたことを考えると、袋入りで出版された可能性もある。

・匡郭　十五・五×十一・四センチ

・外題　なし。

・内題　目録に「通流小謡万八百番目録」とある。

・柱刻　「小謡　一（〜六）」。但し裏見返し部分にも「小謡」の柱刻あり（丁付なし）。

・刊記　裏表紙見返しに

「天明四年辰正月　　桜川　岸田杜芳戯作

蕙斎　北尾政美　画

板元　白鳳堂」

・蔵書印等　「中川氏蔵」（一オ）、「来々」（一オ）、「来々文庫」（裏見返し）

○書名について

本書は『当流小謡』あるいは『小謡百番』といった、謡曲のサワリの部分を集成し、面や舞台の解説を付随させた雑書をもじり、遊廓での諸相をこじつけた作品である。「通流」としているのは、吉原遊廓を主題にしている故である。数字については「万八」「嘘八百」をもじり、中身のでたらめさを意味している。

○作者・画工について

本書の刊行に関しては、天明狂歌壇と関係があるものと思われるので、狂歌関連の事跡について『狂文宝合記の研究』（平成十二刊、汲古書院）によって略述する。

作者岸田（桜川）杜芳は、黄表紙作者。天明初年から黄表紙作者として活躍し、また狂歌師としては「言葉綾知」の狂名で天明三年頃から活動を始め、「宝合報條摺物」では数寄屋連、『狂歌知足振』には落栗庵門下、『狂歌師細見』では「万字屋万蔵」（万象亭森島中良）の「よみ出し」（つまり、一番弟子）格。

また、画工をつとめた北尾政美は、北尾重政門の浮世絵師で、山東京伝（北尾政演）とは兄弟弟子。安永末年から黄表紙の画工をつとめる。狂歌師としては「菱原の雄魯智」の狂名で、『狂歌師細見』では「万字屋万蔵」の項に出る。『狂文宝合記』にも狂文が出るとともに、画工を政演とともに勤める。

このように、杜芳・政美いずれも本書刊行前後から天明狂歌壇、とくに万象亭森島中良に関わりを持っていることがわかる。

○版元について

「白鳳堂」なる書肆に関しては実体が不明である。職業的な版元ではなく、素人ではないかと考えられている。花咲一男氏は『天明期吉原細見集　覚書』（昭和五十二刊）・『洒落のデザイン』（昭和六十一刊）において、幕府お抱えの能楽者、福王茂右衛門雪岑ではないかと仮説を提出されている。

白鳳堂の出版物については花咲氏が『洒落のデザイン』でまとめられている。花咲氏が考える白鳳堂の出版物は以下の通りである。

①天明四年正月　　通流小謡万八百番（杜芳作・政美画）
②天明四年正月か　小紋裁（見立絵本、山東京伝作画）
③天明四年六月か　二日酔巵觶（洒落本、万象亭作・北尾政演画）
※万象亭の序に「頭に聖代の御蔭を蒙る、白鳳堂の鵬親仁」とある。
④天明四年六月跋　たなぐひあはせ（見立絵本、山東京伝画）
⑤天明五年正月　　天地人三階図絵（黄表紙、山東京伝作画）
※⑤〜⑦に関しては、天明五年春版の蔦屋版天明細見の広告では「くしげ京伝作」とある。
⑥天明五年正月　　侠中侠悪言鮫骨（黄表紙、山東京伝作画）
⑦天明五年正月　　八被般若角文字（黄表紙、山東京伝作画）
※袋に「すきやかし白鳳堂／通油町蔦屋重三郎」とあり、蔦屋との相版。

⑧天明六年正月　客衆肝照子（洒落本、山東京伝作画）

※本作に関しては蔦屋の単独版行であるが、天明五年正月蔦屋刊の『息子部屋』（洒落本、山東京伝作画）の奥付広告に

「絵／本　客衆氷面鏡　全一冊　出来

山東京伝作／北尾政演画　耕書堂／白鳳堂　合版」

とある（「耕書堂」は蔦屋のこと）。この予告にもかかわらず、実際には翌年書名を変えて蔦屋の単独版行となった。

このうち、⑤に関しては初版本は発見されておらず、改竄本があるのみである。⑤と⑥については白鳳堂版である徴証はない。花咲氏は⑦からの類推で白鳳堂の関与を考えておられるようであるが、現時点では蔦屋の単独版行としておくのが無難なところである。

いずれにしても、白鳳堂の出版物は天明四・五年の両年に集中しており、本書は白鳳堂の初めての出版物になる。考証の詳細は花咲氏の文章を参照していただきたいが、これら白鳳堂のかかわった出版物からみると、万象亭・山東京伝・杜芳・北尾政美・蔦屋重三郎に関係の深い人物であったと考えられる。『八被般若角文字』の袋に「すきやがし」（数寄屋河岸）とあるところから見ると、天明狂歌運動にことのほか熱心であった万象亭を中心とした数寄屋連との関わりがあったかも知れない。おそらくは万象亭を中心とした人脈に連なる人物と考えて良かろう。また、若き京伝の売り出しに白鳳堂はかなり大きくかかわっているが、それは万象亭や蔦屋の京伝への肩入れと軌を一にしている。

仮に福王雪岑が白鳳堂その人とすると、能楽関係者であるから、本書の企画・内容にある程度関与した可能性も考えられる。

○内容について

『当流小謡』の形を借り、主として吉原の遊客や遊女、芸者などの人々の風俗をうがったものであり、内容的に見ると洒落本に類するとも言える。

○種本について

『当流小謡』本は多種多様なものが出版され、杜芳が何を座右に置いていたか、具体的にある一本を種本にしたかについては断定しきれない。しかしながら、偶々山本陽史蔵にかかる『当流小謡百三拾番』（安永五年刊、西村屋与八版）は、『当流小謡』本の中でも本書と時期的に近く杜芳が目にした可能性のあるものである。内容的に見ても、排列・構成が極めて類似しており、杜芳が種本にした可能性も充分考えられるのではないかと考えられる。

『初衣抄』解題

○作者・画工　山東京伝
○刊年・版元　天明七（一七八七）年正月、蔦屋重三郎
○底本と書誌
・底本　西尾市立岩瀬文庫蔵本
※『洒落本大成』第十四巻でも底本として影印されており、詳細な書誌情報が記されているので本書では略記することとし、詳細はそちらに譲る。
・表紙　十八・六×十三・〇センチ
緑茶色地に遠山桜の模様が描かれ、題簽の文字の書体とあわせて、歌書に擬したもっともらしい雰囲気を醸し出している。
・匡郭　十四・六×一〇・七センチ
・外題　「初衣抄　完」
・序題　「百人一首和歌始衣抄自叙」
・内題　なし
・丁付　各丁裏ノドに、漢文序から例言まで「ハツ口ノ一」～「ハツ口ノ五」。本文「ハツ一（～三十六）」、跋「ハツ三十七終」。蔵板目録にはなし。

・刊記　なし
・広告　巻末に一丁半の広告あり。「江戸本町北エ八町目通油町／書肆　蔦屋重三郎」
※本書末に後編『後著衣抄』の刊行予告がなされているが、結局出版されなかった。
※初刷本には大東急記念文庫蔵本のように本文の前に封切紙の跡が残るものもある。
※表紙が遠山模様でなく無地薄茶色表紙で、蔵板目録を欠くか、又は別の広告を持つ本があるが、やや後の刷りか。
※山本陽史蔵本は水色表紙で広告を省略し、裏表紙見返しに以下の奥付を持つ。これは前項のものよりも後の刷りであると思われる。

「珍らしき新板諸品追々出来
中候御求メ御覧可被下候
江戸通油町
書林　蔦屋重三郎」

○翻刻・影印について
過去に『洒落本大系』・『日本名著全集　洒落本集』・『洒落本大成』・『百人一首戯作集』（武藤禎夫編、古典文庫）に影印または翻刻が備わっている。

○註釈について
松田高行・山本陽史が『山東京伝『初衣抄』註釈』（一～三）を『明海日本語』第七号～第九号（二〇〇二～二〇

〇四）に連載しており、今回はそれを元に新たに書き下ろした。

〇内容について

本書は『蕩子筌枉解』（明和七刊）、『論語町』（明和末刊）、『通詩選笑知』（天明三刊）とおなじく、古典のこじつけ解釈、枉解物の一つとして位置づけられる。百人一首の和歌中から十八首を選び、注釈書の体裁を取り、もっともらしい作者の偽系図や、真偽とりまぜた多数の引用書を引きながら、こじつけ解釈を展開している。山東京伝が話題作を次々と出していた時期の作品であり、才気に溢れた意欲的な内容であると言える。

・影響関係

本書の着想に直接に影響を与えたのは同じ蔦屋から出版された南畝の『通詩選笑知』であろう。百人一首のこじつけ解釈という点では、翠幹子『百人一首虚講釈』（安永四刊）が影響を与えたかと思われる。また、棚橋正博氏は『黄表紙の研究』（平成九刊、若草書房）で『似勢物語通補抄』（天明四刊）との形式上の類似関係を指摘されている。

・京伝周辺の人物の協力

京伝の周辺の人物も本書の成立の協力していたはずである。企画の段階でかかわったのは『通詩選笑知』の版元で、京伝との関係が深い蔦屋重三郎であったろうし、「紫式部」の章には漢文を白話の発音で読んだ引用書があるが、これについては『和唐珍解』を書いた京伝の親友唐来三和あたりの助言があったものと思われる。さらに「伊勢」の項には「ドドネウス」として俗謡がローマ字表記されている。屋名池誠氏『横書き登場』（二〇〇三、岩波新書）に拠ればオランダ語式の正統なものであるとのことで、京伝の後援者格であった万象亭森島中良の直伝になるものと推測されているが、おそらくその通りであろう。それ以外に厖大な引用書についても周辺の人々の助言があった可能性もあり、ここからは憶測に過ぎないが、京伝が周囲に相談しながら、一種共同作業のような形で本書の執筆を進めていった可能性も考えられる。

・引書について

多数見られる引用書は、作者がもっとも心を砕いた、本書の眼目とも言うべきもので、多数の雅俗・虚実取りまぜた書物を引いている。引用書は本書巻末の引書索引によってその全貌を御覧いただきたい。これらの書物については、京伝が直接原本にあたらず、記憶によって引いたもの、あるいは周辺の人物に教示されたもの、辞書類から孫引きしたものなどさまざまなケースがあったであろう。後出井上氏論文において、京伝が引用書を必ずしも直接見ていたわけではなく、『書言字考節用集』の記載から孫引きしていた実例が指摘されている。個別には註釈を見ていただきたいが、後に考証随筆執筆のため諸書を博捜した時期とは違って、若き日の京伝にそれほどの学識はなかったであろう。しかし、京伝の知識関心の範囲の概略はじゅうぶんにつかむことができるであろう。そしてそれはまた当時の読者（あくまで京伝が想定した範囲であろうが）の教養程度をつかむ上でも参考になるのではないだろうか。

・落し咄との関係

本書中「家持」の章は、落語「千早振る」の類話である。同種のこじつけ解釈の先蹤としては、『百人一首虚講釈』（安永四）があるが、内容的に見ると『鳥の町』講釈の段（風来山人序、安永五、堀野屋板）がより近い。『虚講釈』のこの部分の末に「右此一首の戯注ハ一トむかし先キの夜話に予弘メ置たり」とあるので、口承で広まっていた可能性がある。

また、「春道列樹」の章には既に註で指摘したとおり、『千年草』（天明八刊）の「遠火」の類話が載せられている。

・系図『初衣抄』の引書について言及した論文としては井上泰至氏「京伝『初衣抄』と秋成『癇癖談』―擬注もの

戯作の系譜―」（上・下、『国語国文』平成八年七月・八月）と拙稿『山東京伝『初衣抄』の引書について（未定稿）』（国文学研究資料館『調査研究報告』第十九号、平成十年）がある。このような系図の先蹤としては安永の宝合会の記録である『たから合の記』（安永三刊か）の「桃太郎系図」がある。

わ行

ま行

は行

な行

た行

さ行

か行

索　引

あ行

編著者略歴

小林ふみ子（こばやし・ふみこ）
昭和48年山梨県生まれ
東京大学大学院人文社会系研究科博士課程修了　博士（文学）
現在　法政大学キャリアデザイン学部専任講師
著書／論文　『絵入　吉原狂歌本三種』／「酒月米人小伝」

鹿倉秀典（しかくら・ひでのり）
昭和30年東京都生まれ
明治大学大学院文学研究科日本文学専攻博士後期課程満期退学
現在　青山学院女子短期大学国文学科教授
著書　『近世邦楽詞章に関する基礎的研究(平成11～13年度科学研究費補助金報告書)』

延広真治（のぶひろ・しんじ）
昭和14年徳島県生まれ
東京大学大学院博士課程人文科学研究科国語国文学専門課程満期退学
現在　帝京大学文学部教授／東京大学名誉教授
著書　『落語はいかにして形成されたか』『近松半二／江戸作者　浄瑠璃集』

広部俊也（ひろべ・しゅんや）
昭和36年東京都生まれ
東京大学大学院博士課程人文科学研究科国語国文学専門課程満期退学
現在　新潟大学人文学部助教授
著書／論文　『江戸狂歌本選集』（共編）／「芝全交とその黄表紙」

松田高行（まつだ・たかゆき）
昭和31年東京都生まれ
東京大学大学院博士課程人文科学研究科国語国文学専門課程満期退学
現在　共立女子大学講師
論文　「市場通笑と『菊寿草』『岡目八目』」「恋川春町の創作意識」

山本陽史（やまもと・はるふみ）
昭和34年和歌山県生まれ
東京大学大学院博士課程人文科学研究科国語国文学専門課程満期退学
現在　明海大学教授
著書／論文　『シリーズ江戸戯作　山東京伝』／「狂歌師の戯作」

和田博通（わだ・ひろみち）
昭和23年福岡県生まれ
東京大学大学院博士課程人文科学研究科国語国文学専門課程満期退学
現在　山梨大学教育人間科学部教授
著書／論文　『蜀山人黄表紙集』／「天明初年の黄表紙と狂歌」

江戸見立本の研究

二〇〇六年二月十四日　発行

編著者　延　広　真　治　他

発行者　石　坂　叡　志

整版印刷　富　士　リ　プ　ロ

発行所　汲　古　書　院

〒102-0072 東京都千代田区飯田橋二-五-四

電　話　〇三（三二六五）九七六四

FAX　〇三（三二二二）一八四五

ISBN4-7629-3546-8　C3093

KYUKO-SHOIN, Co., Ltd. Tokyo.